पहला पड़ाव

पहला पड़ाव

श्रीलाल शुक्ल

राजकमल प्रकाशन

ISBN : 978-81-7178-527-8

मूल्य : 795

पहला संस्करण : 1987
नौवाँ संस्करण : 2024

प्रकाशक : राजकमल प्रकाशन प्रा.लि.
1-बी, नेताजी सुभाष मार्ग, दरियागंज
नई दिल्ली-110 002
शाखाएँ : अशोक राजपथ, साइंस कॉलेज के सामने, पटना-800 006
पहली मंजिल, दरबारी बिल्डिंग, महात्मा गांधी मार्ग, प्रयागराज-211 001
1, अनमोल सोराबजी संतुक लेन, धोबी तलाव, मरीन लाइंस, मुम्बई-400 002
वेबसाइट : www.rajkamalprakashan.com
ई-मेल : info@rajkamalprakashan.com

मुद्रक : बी.के. ऑफसेट
नवीन शाहदरा, दिल्ली-110 032

PAHLA PADAV
Novel by Shrilal Shukla

पहला भाग

1

चैत की अमावस के पहले से ही मेड़ूराम उर्फ़ नेता का मन कसमसाने लगा था। उनकी मेमसाहब भी कभी-कभी दीवार से अपनी धनुष-जैसी तनी पीठ टिकाकर एक गीत गुनगुनातीं। उसके बोल हमारी समझ में न आते पर इतना हम समझ लेते कि उन्हें भी अपने गाँव की याद सता रही है। ऐसा कई दिन से हो रहा था। काम के वक्त भी मेमसाहब इधर कुछ उखड़ी-उखड़ी रहती थीं। खोपड़ी पर सीमेंट की फटी बोरी की एक एँडुर रक्खे, उस पर छह मंजिलों में सजी ग्यारह ईंटें लिए जब वे मिस्त्री के पास पहुँचतीं तो उन्हें अब पहलेवाली फुर्ती से न फेंकतीं; वे पहले नेता को खड़े-खड़े धिक्कारतीं। धिक्कार के बोल थे : जोत-जवारे के दिनों में भी गाँव न चलेगा? यहाँ रहेगा तो जो बचा-खुचा है उसे भी जुए में फूँक देगा। मिस्त्री, जो रोज शाम नेता के साथ जुआ खेलते थे, बड़ी समझदारी से कहते : जुए का काम बड़ा कच्चा है। इधर, चिकने लहरिया बालोंवाले साँवले चेहरे में ऊबड़-खाबड़ दाँतों की मटमैली छटा दिखाते हुए नेता मुझे सुनाकर जवाब देते : मुंसी जाने दें तब न।

मुंसी मैं ही था। सुनकर हाकिमाना अंदाज से मैं दूसरी ओर किसी मजदूर को सुस्ती छोड़कर चुस्ती दिखाने के लिए आवाज़ देता। पर मैं जानता था कि बिलासपुरी मज़दूर का जी उखड़ जाए तो उसे बिलासपुर से लेकर दिल्ली तक की कोई भी ताकत तब तक नहीं रोक सकती जब तक उसके हाथ में पुराने क़र्ज़ का चाबुक न हो, जो मेरे हाथ में नहीं था। यह अच्छा ही था, उसके बिना मेरे गंदे हाथ कुछ और गंदे होने से बच गए थे। रोज़-रोज़ की झिकझिक से ऊबकर आठ-दस दिन बाद मैंने उन दोनों को घर जाने को कह दिया।

बड़े तामझाम से, यानी अल्लम-गल्लम से भरी बाल्टी, टीन की ट्रंक और सीमेंट की बोरी में भूसे-जैसी ठुँसी घरेलू फटीचरी के साथ वे स्टेशन जाने को निकले। मैंने उन्हें समझाया कि यहाँ से जाने के लिए लखनऊ से इलाहाबादवाली दिन की गाड़ी पकड़ो और दिन-ही-दिन निकल जाओ। रात में न चलना। जैसी कि उम्मीद थी, नेता की दिन की गाड़ी छूट गई। वे रातवाली गाड़ी से ही गए। तीन स्टेशन पार करके निगोंहा स्टेशन आते-आते गाड़ी ही में लुट गए। फिर रास्ते से किसी तरह वापस लौटे। अगले

दिन वे फिर हमारे अधबने मकान के आगे मज़दूरी करने को खड़े हो गए। मेमसाहब ने लूटमार का पूरा-पूरा हाल बताया; विलाप नहीं किया, थोड़ा प्रलाप-भर किया। उससे लूटमार की भयंकरता भले ही न प्रकट हुई हो, नेता को बुजदिली की पक्की सनद मिल गई। खुद नेता राजा जनक बने हुए निर्विकार मुद्रा में—अगर बेहरकत निगाह और फैले ओठों और निकले दाँतों को ऐसी मुद्रा माना जाए—चुपचाप बैठे रहे। फिर, जिस तरह हवाई जहाज की दुर्घटना के बाद मरे हुए विमानचालकों और खुद अपनी दरकी हुई पसलियों को नजरअंदाज करके तत्कालीन प्रधानमंत्री मुरारजी देसाई राजकाज की किसी फ़ाइल को बेलौस ढंग से देखने लगे होंगे, लगभग वैसे ही अंदाज़ से नेता ने कहा, ''मिस्त्री, अब आज की चिलम तुम्हारे भरोसे।'' चिलम, यानी गाँजा। मिस्त्री ने उन्हें घूरकर देखा, मासूम आवाज़ में मुझसे कहा, ''पता नहीं क्या बकता रहता है।''

मेमसाहब बोलीं :

''डिब्बे की बत्तियाँ झपझप करती थीं। गाड़ी धीमी होती तो धीमी पड़ जातीं, रुकती तो बुझने लगतीं, बत्ती की सींक-भर दिखती, डिब्बे में घुप्प अँधेरा हो जाता। गाड़ी खिचिड़-खिचिड़ करके चल रही थी। तभी जो लड़का मेरे पास बैठा था, सीधा खड़ा हो गया। उसके हाथ में कट्टा था। मेरी तो छाती धक्क-से रह गई...।''

मेरा मन रहज़नों के देसी तमंचे के दबदबे और मेमसाहब की छाती के बीच भटकने ही वाला था कि उनकी उँगली मेरी ओर उठ गई। बोलीं, ''इन्हीं मुंसी-जैसा था, मरियल, इतना ही लंबा, ऐसा ही दुबला-पतला। इन्हीं के जैसे बड़े-बड़े बाल। पुलिस जहाँ भी कहे, उसे सौ के बीच में पहचान लूँगी।...

''उसने अपना कट्टा तुम्हारे इन नेता की कनपटी पर ठोंक दिया। दो-तीन लड़के और भी थे। डिब्बे के दरवाजों के पास खड़े होकर उन्होंने भी कट्टे निकाल लिए। एक के हाथ में छुरा था, वह सबको सुनाकर बोला, चुपचाप बैठे रहो। अपने माल के पीछे जान मत दो।...

''नेता भोलानाथ बने बैठे रहे। भाँय-भाँय यहीं करते बनती है, वहाँ चोर कुत्ते की तरह कूँ तक नहीं की। संदूक मुझे ही खोलनी पड़ी। डिब्बे में हमारे उधर के और भी कई लोग थे। सभी के करम फूटे थे...।''

मेमसाहब की आवाज़ बड़ी प्यारी थी। कभी भूले-से सहज सुर में बोलतीं तो लगता, किसी अँधेरे कोने में तुम्हें बैठाकर फुसला रही हैं। पर उन्हें जोर से बोलने की आदत पड़ गई थी, दिन-भर मर्दों के बीच काम करने का असर रहा होगा। इस वक़्त उनकी आवाज़ में कुछ और भी तीखी झनक थी। क़ायदे से मुझे भी उनकी बात मिस्त्री की तरह कुछ ज़्यादा ग़ौर से सुननी चाहिए थी। पर मेरा ध्यान उनके तमतमाए चेहरे और धक्क-से रह जानेवाली सुडौल छाती के कारण भटका हुआ था। इसलिए भी कि रहज़नी की त्रास-भरी घटना मुझे ज़्यादा हिला नहीं पा रही थी। उसमें मेरे लिए कुछ नया नहीं था।

थाने का सिपाही पोस्टमार्टम कराने के लिए इंसान की लाश को मार्चुअरी के लिए ले चलता है। उसे कपड़े में सिलाकर रिक्शे पर रखवा लेता है। लाश का सिर रिक्शे के बाहर हिलगा रहता है, पाँव दूसरी ओर तने रहते हैं। रिक्शा किर्र-किर्र चलता रहता है। सिपाही बीड़ी फूँकता हुआ बाजार का नजारा देखता रिक्शे पर बैठा रहता है। उस वक़्त सिपाही के मन में जितनी भावुकता होती है, उतनी ही भावुकता के साथ चाय सुड़कते हुए मैं रेलगाड़ी की रहज़नी का क़िस्सा सुन सकता हूँ।

एक मज़दूर को आवाज़ देकर मैंने उसे दो रुपए का नोट दिया, कहा, "नुक्कड़ से चार गिलास चाय ले आओ।"

लूटमार का क़िस्सा सुनने की मुझे जरूरत न थी। उसका मैं सोते हुए भी आँखों देखा हाल बयान कर सकता हूँ। परसों रात नेता-दंपत्ति और दूसरे मुसाफिरों को लूटनेवाली जो युवाशक्ति थी, वह मेरे ही पुराने साथियों की होगी। इस पर मैं दस का नोट लगाने को तैयार हूँ।

कुछ समाजशास्त्री पंडितों ने भारतीय रेलगाड़ी को पहियों पर चलता-फिरता भारतीय गाँव बताया है। पर दरअस्ल रेलगाड़ी के मुक़ाबले गाँव बड़ी अदना चीज है। रेलगाड़ी गाँव, क़स्बा, शहर—सभी की सभ्यता और संस्कृति का संगम है, इस सबके साथ अपनी ख़ास गुंडागर्दी का भी; वैसे गुंडागर्दी का अलग से नाम लेने की जरूरत नहीं, वह भी सभ्यता में शामिल है, या संस्कृति में, या शायद दोनों में, या शायद दोनों मिलकर गुंडागर्दी में। बहरहाल, जब आपके डिब्बे पर ककड़ी-खीरा, जामुन, आम, तला चना, अमरूद, मूँगफली और गन्ना बेचनेवाले कड़कदार आवाज़ के साथ धावा बोलते हैं तो वह गाँव हो जाता है। जवान बिटिया को बछिया की तरह आगे करके सोहर गाती हुई बेवा जब कटोरा खनकाकर उसकी शादी के लिए भीख माँगती है तो वही डिब्बा टाउन एरिया बन जाता है। जब पॉकेटमार और ज़हर खिलानेवाले डिब्बे में घुसते हैं और उनके साथी घुटनों पर अटैची की मेज़ बनाकर ताश खेलते और ठर्रा पीते हैं तो वहाँ एकदम चौबीस कैरेटवाला शहर उतर आता है। अंधे, लूले, लँगड़े, कोढ़ी और मिठाई-पान-बीड़ी-सिगरेट बेचनेवाले डिब्बे में किसी शहरी हनुमान जी के मंदिर का माहौल पैदा करते हैं। अगर आप इन सबके बीच बँधुआ बनकर चल रहे हैं तो आप मुसाफिर हैं और आपको टिकट की जरूरत है। अगर आप चोर-उचक्के या डकैत हैं, खोंचेवाले या दूधिया हैं, भिखमंगे हैं या नौजवान डेली पैसेंजर हैं, तो फिर आप रेलवे के आदमी हैं; रेलवे स्टाफ से दुआ-सलाम करते हुए आप पहियों पर चलते-फिरते इस भारतवर्ष को बिना रोक-टोक अपनी पतलून की जेब में डालकर घूम सकते हैं। मुसाफिरों का उस पर कोई हक़ नहीं, भारतीय रेल इसी समुदाय की बपौती है।

इस समुदाय में—मैं अपने इलाक़े की बात कर रहा हूँ—सबसे ज़्यादा ताकतवर गुट

दैनिक यात्रियों का, यानी 'डेलीवालों' का है। दूधियों का भी। वास्तव में रेलवे के इस रसातल में प्रभुसत्ता के दावेदार यही दोनों गुट हैं। मौक़ा पाते ही दूधिए पिंडारियों की तरह डिब्बे में घुस जाते हैं। वे अपने दूध के कनस्तर खिड़की से बाँधकर बाहर टाँग देते हैं और अपनी साइकिलें डिब्बे में खींचकर पुवाल की तरह जमा कर देते हैं। नौसिखिए मुसाफिर डिब्बे के किनारे-किनारे लटके हुए कनस्तरों के इन नारियल फलों को देखकर भले ही इस धोखे में आ जाएँ कि यहाँ गाँव के कई मेहनतकश ग्वाले बैठे हुए हैं जो दूध दुहकर या उसे घर-घर से इकट्ठा करके, मुँह अँधेरे ही बीवी-बच्चों को पीछे छोड़ पापी पेट के लिए शहर की ओर भागे हैं, पर समझदार मुसाफिर उस डिब्बे को ताऊनवाली बस्ती मानकर उधर मुँह नहीं करते। उधर डेलीवाले भी, जो खासतौर से रिज़र्व डिब्बों पर हमला करने के विशेषज्ञ हैं, बिना अपनी संख्या और सामूहिक ताक़त की पड़ताल किए दूधियों के मुँह नहीं लगते। ये दोनों गुट शहर से तीस-चालीस मील के देहाती स्टेशनों से आ-आकर रेल पर दैनिक यात्रा करते हैं और बराबर अशांतिपूर्ण सहअस्तित्व की हालत में रहते हैं।

तो, यह काम, निश्चय ही डेलीवालों का था। पिछले साल तक मैं खुद डेली पैसेंजर रहा हूँ। उस लाइन के लगभग सभी डेलीवालों को पहचानता हूँ। बरसों हम सब रेल पर साथ-साथ चले हैं। दूर-दूर से हम सब गोल बाँधकर लखनऊ आते थे। सब पढ़ते ही नहीं थे, कुछ नौकरी भी करते थे। पढ़नेवाले यूनिवर्सिटी ही में नहीं, शिया कालेज, कान्यकुब्ज कालेज, दयानंद ऐंग्लो वैदिक कालेज, विद्यांत हिंदू कालेज, क्रिश्चियन कालेज आदि से लेकर चुटकी भंडार पाठशाला तक फैले थे। सबको बी.ए., एम.ए. करना था, फिर आई.ए.एस. के इम्तिहान से शुरुआत करके और बाद में घूस देकर ग्रामीण विकास बैंक की चपरासगिरी या बहुत हुआ तो निर्बल वर्ग विकास निगम में लेखा लिपिक की कुर्सी पर बैठना था। डेली पैसेंजरों में लगभग चालीस फ़ीसदी ऐसे ही भूतपूर्व छात्र थे जो अब सरकारी या लगभग-सरकारी नौकरी करते थे और चूँकि उनमें से बहुतों ने नकद पैसे देकर नौकरी ख़रीदी थी, इसलिए वे उसे अपनी मौरूसी जायदाद मानते थे। डेली पैसेंजरों का अपना संगठन था और रेलवेवालों की दुम में खटखटा बाँधने के लिए उनकी एक बाक़ायदा कार्यकारिणी थी जिसका दो साल तक मैं, यानी खुद मैं उपाध्यक्ष रह चुका था।

डेलीवालों में बैंक और बीमा के कुछ कर्मचारियों को छोड़कर, जिनके मुकाबले ज़िले के कलेक्टर की तनख़्वाह कुछ थोड़ी ही कम होती है, ज़्यादातर तीसरी और चौथी श्रेणी के कम तनख़्वाहवाले कार्मिक थे। पर उनकी ऐंठ से ही पता चल जाता था कि ये डेलीवाले हैं और उनके अफ़सरों के अफसर भी समझते थे कि इन्हें छेड़ना उतना ही निरापद है जितना कि गुमसुम पड़े हुए बिच्छू के डंक पर हाथ फेरना। वे जानते थे कि जो दुबला-पतला डेढ़ पसलीवाला नौजवान गले का टेंटुआ निकाले, निगाह नीची किए सामने खड़ा है. वह अपने गिरोह का सहारा पाते ही खूँख़्वार तेंदुआ बन जाएगा।

इसीलिए डेलीवालों के सौ ख़ून मुआफ़ थे। उनके कालेज या दफ़्तर पहुँचने का और वहाँ से घर के लिए चल देने का वक़्त प्रिंसिपल या दफ्तर के हाकिम नहीं तय करते थे, इसका फ़ैसला रेलवे का टाइम टेबुल करता था। दो साल पहले मैंने ही डेली पैसेंजर्स असोसिएशन के वाइसचेयरमैन की हैसियत से एक ज्ञापन देकर बेमतलब विनम्रता दिखाए बिना ऐलान किया था कि कालेज और दफ्तर के घंटों और हमारी आमद-रफ्त के बीच तालमेल बैठाने की जिम्मेदारी रेलवे मिनिस्टर की है।

अब अगर कुछ डेलीवाले इस नेता-जैसे फक्कड़ आदमी की कनपटी पर कट्टा ठोंक देते हैं या किसी मोहतरमा के गले से चेन खींच लेते हैं तो क़ानून कुछ भी कहे, यह कोई ख़ास बात नहीं है। यह एक खिलवाड़ है या, ज्यादा-से-ज्यादा, उनका व्यावहारिक जीवन-दर्शन है।

वैसे उनका व्यावहारिक जीवन-दर्शन कुछ ज्यादा ही व्यावहारिक है। मसलन, अगर उनका गाँव स्टेशन से दो मील की दूरी पर है तो स्टेशन आने के पहले गाँव के पास चेन खींच लेना या होज़पाइप निकालकर गाड़ी को रोक लेना बिलकुल स्वाभाविक होगा। एक दिन की बात हो तो स्टेशन से घर तक पैदल चल लें, पर हर रोज दो-दो बार दो मील पगडंडी नापने का काम कौन चिड़ीमार करेगा? वैसे ही, गाड़ी में चाहे जैसी भीड़ हो, वे तो बैठकर चलेंगे ही। उन्हें रोज ही रेल से चलना है, खड़े-खड़े कहाँ तक टाँगें तोड़ें? तभी वे किसी शरीफ दिखनेवाले मुसाफिर के दाएँ-बाएँ, जगह हो या न हो, धँस जाएँगे और उसे अपने नितंब के एक-बटा चौंसठ अंश पर टिकने को मजबूर कर देंगे। मुसाफिर हयादार हुआ तो खुद उठकर खड़ा हो जाएगा और खिड़की के बाहर की छटा निहारने लगेगा। तब हमारे डेलीवाले साथी उसकी सौम्यता को पहचानते हुए, गाली-गलौज का सहज संबोधन छोड़कर मौसम के विषय में योरोपीय शिष्टाचार निभाते हुए उससे कहेंगे कि आज बड़ी गर्मी है और आपके उधर बारिश हुई या नहीं। यही व्यवहार-बुद्धि टिकट पर भी लागू होती है। रोज-रोज चलना है, कहाँ तक टिकट खरीदें? कल तो लिया ही था। और अगर माहवारी टिकट की बात हो तो इस महीने में दशहरे की छुट्टियाँ भी हैं, दस दिन के लिए माहवारी टिकट लेनेवाले भकुए इस इलाक़े में नहीं रहते।

इन तर्कों का तोड़ दुर्ग, रायपुर, बिलासपुर-जैसे ज़िलों यानी कला और संस्कृति के चुनौती-भरे कार्यों में पच्चानबे प्रतिशत और आर्थिक विकास के मामले में पाँच प्रतिशत अंक पानेवाले मध्यप्रदेश नामक राज्य के भीतरी क्षेत्रों से आनेवाले मजदूरों की लूटपाट पर होता है। ये लोग, जो हमारे राज्य की संपत्ति लेकर अपने गाँव जा रहे हैं, इतने रुपयों का क्या करेंगे? रुपया खर्च करने की तमीज भी है उन्हें? उसे फूँक-तापकर आखिर यहीं वापस आएँगे न? अच्छा है कि इन्हें अभी से हल्का कर दिया जाए। रुपया सत्कर्म में लग जाएगा। वह कालिज की फीस भरने या बड़े भाई की नौकरी के लिए हाकिम को घूस देने के काम आएगा। कुछ न हुआ तो शहर के किसी

मेहनतकश ढाबावाले के हाथ पर उसके मुर्गे और रम के बदले बख़्शीश के तौर पर रख दिया जाएगा।

''एक काला-काला लड़का है,'' मैंने कहा, ''मुँह पर चेचक के दाग हैं । बालों में चाहे जितना तेल-पानी चुपड़े, वे खड़े ही रहते हैं । जिसने नेता की कनपटी पर कट्टा ठोंका था, यह वही लड़का तो नहीं है ?''

मेम साहब ने मुझे घूरा, बोलीं, ''बोल तो दिया मुंसी जी, वह तुम्हारा ही जैसा था । तुम काले हो ? तुम्हारे मुँह पर दाग हैं ?''

''चुप रह ।'' नेता बोले, पर उससे कोई प्रभावित नहीं हुआ ।

तब यह काम हरचरन एंड कंपनी का है—मैंने सोचा पर कहा नहीं । वह मेरे साथ बी.ए. तक पढ़ा है, अब कानून पढ़ रहा है । मेरा ही जैसा गोरा-चिट्टा और दुबला-पतला है । एक बार बिना टिकट मुसाफिरों की मजिस्ट्रेटी जाँच होने लगी । पुलिसवालों ने हरचरन को रपटा लिया, वह उन्हें बुत्ता देकर स्टेशन मास्टर के कमरे में मेज के नीचे दुबक गया । स्टेशन मास्टर को वहीं नौकरी करनी थी । बाहर गलियारे की ओर उँगली उठाकर चीखने लगे, 'वह गया, वह गया !' पीठ की तरफ से हम दोनों इतना एक-से दीखते थे कि एक पुलिसवाले ने मुझे ही दबोच लिया । उस दिन अपने फूफा के पैसे से उनका टिकट खरीदते वक़्त उसी से मैंने अपना भी टिकट ले लिया था । सिपाही को झटककर मैंने कहा, 'खबरदार, मुझे चमड़े के हाथ न लगाना ।' दुनिया के आठवें अजूबे-जैसा टिकट अपनी जेब से निकालकर मैं उसकी नाक के सामने हिलाने लगा; रेलवे प्रशासन के खिलाफ एक संक्षिप्त पर मार्मिक भाषण भी दिया ।

यह एक मामूली-सी घटना है । पिछले साल राजनीतिशास्त्र में एम.ए. करके, निठल्ले बैठने से यल. यल. बी. होना भला, यह मानकर क़ानून की डिग्री के लिए एक स्थानीय कालेज में नाम लिखा चुकने के बाद इस अधबने मकान के मालिक का मुंशी बनने तक मेरा गड्ढ, जिसका कि नाम ज़िन्दगी है, इस तरह की सैकड़ों मामूली घटनाओं से भरा पड़ा है ।

मैंने कहा, ''मेमसाहब, घबराओ नहीं । लुटेरों का पता मैं लगाऊँगा ।''

''रुपिया भी लौट आवेगा ?''

''वह अब क्या लौटेगा, पर कम-से-कम उत्तर प्रदेश में दुबारा तुम्हारे साथ ऐसा सुलूक नहीं होगा ।'' कहते ही मैंने अपने शरीर को डाइरेक्टर जनरल आफ़ पुलिस, उत्तर प्रदेश की चुस्त-दुरुस्त वर्दी में सजा हुआ पाया । बिना आँख मूँदे ही मैं अपने ख़याली सिनेमा की वह रील देखने लगा जिसमें मेरे इशारे पर निगोहाँ थाने की मुस्तैद पुलिस हरचरन और उसके साथियों को पेड़ की डाल से चमगादड़-जैसा लटकाकर उनसे रेल डकैती का पूरा ब्यौरा उगलवा रही है ।

2

मोटर रुकने पर परमात्मा जी तुरंत नीचे नहीं उतरे; खिड़की के शीशे चढ़ाए, नाक सिकोड़े थोड़ी देर अंदर ही बैठे रहे । श्यामवर्ण ठिंगनी काया, उस पर उम्दा सफ़री सूट, मत्थे पर रोली की बिंदी । गाड़ी के शीशे हल्के रंगीन थे, अंदर कार के गद्दे गहरे नीले रंग के । गाड़ी के रुकते-रुकते बालू, चूना, सुर्खी, धूल आदि का जो बवंडर-सा उठा, उसकी झिलमिल से कार के भीतर बढ़िया टेक्निकलर सनीमा-जैसा झलका । जो धूल दाएँ-बाएँ, ऊपर-नीचे उड़ी थी, धीरे-धीरे अपनी पुरानी जगह और हम लोगों के कपड़ों और चेहरों पर आकर बैठ गई । तब ड्राइवर ने दरवाज़ा खोला । परमात्मा जी ने उतरते ही पूछा, ''बढ़ई का क्या हुआ ?''

''आज भी नहीं आया ।''

''उसके घर पर पता लगवाया ?''

''मैं खुद कल दो बार गया था, आज सवेरे भी, किसी शादी में गया है । कब लौटेगा किसी को पता नहीं ।''

''पेशगी कितना दिया था ?''

''तीन सौ सत्तर रुपए ।''

''तुम रहे पोंगा ही । अब उसे भूल जाओ, किसी दूसरे का इंतजाम करो । वह तीन सौ सत्तर भी भूल जाओ । पर तुम्हें क्या—तुम तो पहले से ही भूले हो ।''

मैंने ओंठ बंद करके उन्हें दाएँ-बाएँ फैलाया और आँखें सिकोड़ीं । हम डेलीवाले ऐसे ही मुस्कुराते थे । कहा, ''जीजा जी, ऐसा नहीं है । तीन सौ सत्तर की जगह पाँच सौ न वसूलूँ तो कहिएगा ।''

वे मेरे जीजा यानी मेरी बहन के पति परमेश्वर नहीं हैं, फिर भी मैं उन्हें जीजा जी कहता हूँ । उनको मेरे गाँववाले पड़ोसी की लड़की ब्याही है । थोड़ा फ़्लैशबैक मारा जाए तो कहा जा सकता है कि उनका ब्याह उस लड़की से हुआ है जो बचपन में मेरी दोस्त थी; कविता की रसभरी ज़बान में सहचरी । हम खेत की मेड़ों पर और बागों में साथ-साथ दौड़े थे; खलियान में पुवाल के ढेर में कब्र बनाकर, अंग-से-अंग मिलाकर, एक साथ दफ़न हुए थे, एक साथ बालों से तिनके झाड़ते हुए फ़रिश्तों की तरह ऊपर उठे

थे । बाद में मेरी वह सचमुच की सहचरी बन सकती थी पर कुछ सामाजिक, आर्थिक, राजनीतिक और मनोवैज्ञानिक कारण इसके खिलाफ़ पड़ गए ।

सामाजिक कारण यह था और है कि हमारे गाँव-घर के लोग बहुत नजदीक़ के और जाने-बूझे घरों में शादी-ब्याह करना नापसंद करते हैं । गाँव-घर का तरीक़ा है कि लोग एक-दूसरे की अच्छाइयों पर कड़ी नजर रखते हैं, बुराइयों पर भी । अतः जैसे ही आसपास किसी की किसी से शादी का ज़िक्र उठा, वैसे ही पहला ऐतराज यह होता है कि लड़के की बुवा किसी रामऔतार काछी से फँसी है और लड़के की माँ का गला हमेशा फटे बाँस-जैसा भाँय-भाँय किया करता है । मेरे मामले में दोनों बातें लागू थीं । किसी रामऔतार काछी का कत्ल और मेरी बुवा का स्वर्गवास हो जाने पर भी ऐतराज अपनी जगह क़ायम है । आसपास के घरों में किसी का बाप गंजेड़ी है, किसी का भाई देसी तमंचा बाँधकर चलता है, किसी के चाचा की देह पर सफेद दाग हैं । इसलिए इन सब घरों को खारिज करके किसी बिचौलिए की मार्फ़त बीस कोस दूर शहर के किसी अपरिचित खानदान में पनपे किसी चुंगी के अमीन को दामाद की हैसियत से तरजीह दी जाती है जिसका बाप भले ही वहीं चुंगी का चपरासी हो पर जिसके मामा का चचेरा भाई यक़ीनन सेल्स टैक्स ऑफिसर होता है । शादी मंजूर करने या न करने की, शादी में स्कूटर या गद्देदार पलँगों का जोड़ा या दोनों माँगने की ज़िम्मेदारी सेल्स टैक्स ऑफ़िसर साहब की होती है । उसके बाद लड़की उसी स्कूटर या पलँग के पीछे जले या मरे, इसके लिए कोई क्या कर सकता है ? सब अपना-अपना मुक़द्दर लेकर पैदा होते हैं ।

आर्थिक कारण फिर फ़्लैशबैक में । लड़की के बाप पहले मेरे बाप-जैसे ही मामूली खेतिहर थे । अचानक उनके बड़े लड़के की दोस्ती कृषि विभाग से हो गई । तब जो गेहूँ हमारे घर से सरकारी खरीद में मिट्टी-मोल बिकता था वही उसके घर से उन्नतिशील बीज बनकर दुगुनी-तिगुनी कीमत पर उसी सरकार में बिकने लगा । उसके मुनाफ़े से उन्नतिशील बीज के साथ ही उसने शीशम, पाकड़, नीम आदि की कमखर्च-बालानशीं नर्सरी लगाई और उसकी पौध को दो-तीन साल विकास खंड को वनमहोत्सव के लिए थोक ढंग से बेचा । फिर उसके मुनाफ़े से उसने गन्ने का अनुमोदित बीज उगाना शुरू किया । उसे चीनी मिल के क्षेत्र में गन्ना किसान सहकारी समिति की मार्फत ताबड़तोड़ बेचा । इसके बाद उसने गाँव से मिली हुई पक्की सड़क के किनारे पी. डब्लू. डी. की जमीन पर पाँच पक्की दुकानें बनवानी शुरू कीं, पी.डब्लू.डी. वाले उन्हें गिराने पर आमादा हुए तो मुंसिफ़ के कोर्ट से स्थगन आदेश लाकर पहले उसने उन्हें खिझाया, फिर कुछ ले-देकर उन्हें रिझाया और दुकानें बनाकर किराए पर उठा दीं । अब दो ट्रकें और एक मिनी बस भी खरीद ली है । हमारे भूतपूर्व खेतिहर पड़ोसी ज्यादातर कहते रहते थे, और अब भी कहते हैं कि मेहनत से क्या नहीं हो सकता । मैंने उनसे जिस दिन कहा था 'और घूस से भी,' उस दिन हमारे घर के खिलाफ़ एक और ऐतराज जुड़ गया । उन दिनों लड़की की शादी की बातचीत

परमात्मा जी से चल रही थी, उसमें कुछ और सरगर्मी आ गई ।

अब राजनीतिक कारण : परमात्मा जी हमारे गाँव से दस-बारह मील की दूरी के एक गाँव के आदिम निवासी थे, छोटे-मोटे भूतपूर्व जमींदार । रहते शहर में थे और वकालत करते थे । देश में आपातकाल जाने के बाद जब जनता पार्टी का शासन आया और पुरानी प्रधानमंत्री इंदिरा गाँधी का कनकौवा कटा तब अचानक उन्होंने ऐलान कर दिया कि वे 'इंद्रा जी' के हाथ मजबूत करेंगे । यही नहीं, तीन साल बाद जब इंदिरा जी के नूरेचश्म लखनऊ होते हुए अपने चुनाव क्षेत्र में जाने लगे तो हमारे गाँव के पास सड़क पर दो फाटक बनवाने की जिम्मेदारी परमात्मा जी पर आ गई । तभी हमने उन्हें एक भूतपूर्व जमींदार, एक वकील और एक होते-होते-न-हो-पानेवाले नेता के रूप में जाना । अभी ढाई साल हुए, उनकी पहली पत्नी जैसे ही मरीं, बिचौलिए उनकी शादी का ज़िक्र उस लड़की के लिए करने लगे जो बचपन में पुवाल के ढेर में सोने की शौकीन थी और अब इधर सड़क पर बनता हुआ फाटक छूने और उसके पास खड़ी ऐंबेसेडर गाड़ी को बार-बार देखने का शौक पाल चुकी थी ।

अब बचा मनोवैज्ञानिक कारण । वह यह है कि उस लड़की से शादी करने की मेरी ख़ास तबीयत थी ही नहीं । मेरे घर में उस खानदान के खिलाफ़ सबसे बड़ा ऐतराज यह था कि लड़की घमंडी है और उसका चाल-चलन भी कुछ ऐसा-वैसा ही है । उसके चाल-चलन के बारे में अपने घर में पहली बार यह वक्तव्य मैंने ही दिया था । अब हम लोग इस बात से बहुत खुश थे कि उठाईगीरी करके हमारे पड़ोसी भले ही रईस हो गए हों, अपनी लड़की के लिए उन्हें यह बूढ़ा खबीस ही मिला ।

वैसे, लड़की बहुत खुश थी । शादी के बाद वह अपने हर तीसरे जुम्ले में अपनी मोटर का ज़िक्र करती, परमात्मा जी के लिए कहती, 'बड़े हुक्मी हैं,' यानी उसका हर हुक्म मानते हैं । सबूत के तौर पर उसने मेरा परिचय परमात्मा जी से करा दिया था और बाद में मुझे उनके काम में लगवा भी दिया था । परमात्मा जी को संतोष था कि उन्होंने एक बेरोजगार नौजवान की मदद की है । मुझे संतोष था कि उनके मकान के चौपट होते हुए काम को मैंने कायदे से सँभाल लिया है । हम दोनों ही अलग-अलग मौकों पर, जो कोई भी सुनने को मिल जाए उसे अपने-अपने संतोष की बात सुनाया करते थे ।

गाँव के झगड़े-फसाद में जब लोगों ने परमात्मा जी की खटिया खड़ी करनी शुरू कर दी तो वे शहर में आकर रहने लगे थे । यह शादी के पहले की बात है । शौकिया वकालत भी शुरू कर दी थी जो सड़क पर स्वागतम्‌वाले फाटक बनवाने के दिनों से और भी अच्छी चल निकली थी । अब हर साल वे गाँव के कुछ खेत और बाग बेचते थे और शहर में मकान बनवाते थे । तीन बन चुके थे, यह चौथा बन रहा था । पहली बीवी से तीन बच्चे थे, उन्हें उम्मीद थी कि दूसरी से चौथी संतान भी होगी ।

मैं कहता रहा :

''लकड़ी का काम इस तिड़ीबाज बढ़ई से न सध पाएगा । आप, जीजा जी, सज्जन पुरुष हैं । उसने जैसा कहा, आपने मान लिया । यहाँ साइट पर खड़े-खड़े हम लोगों को जो पता रहता है वह आपको नहीं है । अब मानसिंह, मलखानसिंह-जैसे डकैत रायफ़ल लेकर नहीं घूमते, इन नई कालोनियों में बढ़ई, प्लंबर, इलेक्ट्रिशियन के रूप में औजारों का झोला लेकर चलते हैं । किसी का भरोसा नहीं ।''

''उसे लाए तो तुम्हीं थे ।''

''मैं कब लाया था ? आपके आर्किटेक्ट ने आपको घपले में डाल दिया । जो भी हो, रुपिया तो मैं बढ़ई के बाप से वसूल लूँगा । और आगे के लिए मैंने बंसल से बात कर ली है । निर्माण निगम में लाखों का ठेका लेता है । उसका जैसा महीन काम कोई नहीं कर सकता । कभी जाकर वहाँ के मैनेजिंग डाइरेक्टर का कमरा देख आइए । तबीयत बाग-बाग हो जाएगी । कल उसे पकड़कर कोठी पर लाऊँगा । वैसे वह छोटे-मोटे काम में हाथ नहीं डालता, पर आपके लिए ··· ।''

''जो चाहो सो करो । मैं तो, क्या बताऊँ, इस मकान में रो दिया । पहले भी कोठियाँ बनवाई हैं, पर तब सब काम अपने-आप फटाफट होता था । अब न जाने क्या हो गया है ज़माने को !''

''अब लोगों की नीयत में खोट आ गया है सरकार,'' कर्मयोग के अवतार बने हुए मिस्त्री ने आँख से दीवार की सीध नापते हुए दीवार ही से कहा ।

परमात्मा जी एक टुटही खटिया पर बैठ गए । खटिया मेरी थी, उन्हीं के बैठने से टूटी थी । बोले, ''इस तरह पार नहीं लगेगा । इसीलिए मैंने अब इस मकान का चार्ज इंजिनियर साहब को दे दिया है ।''

मिस्त्री ने ललककर कहा, ''अपने इंजिनियर साहब ?''

परमात्मा जी ने ऊपर-नीचे सर हिलाया । मिस्त्री ने कन्नी तसले में रख दी । बीड़ी निकालते हुए, काफ़ी देर तक बातचीत की प्रस्तावना बनाते हुए बोले, ''बड़े रईस आदमी हैं, और बड़े दबंग—तभी तो सरकार पीछे पड़ी है ।''

परमात्मा जी ने यह चारा नहीं पकड़ा, मुझसे बोले, ''यह लोहा इधर-उधर बिखरा क्यों पड़ा है ? एक जगह इकट्ठा क्यों नहीं रखा देते ?''

मेरे दिमाग़ में एक दबंग इंजिनियर तना हुआ खड़ा था । इसलिए इस टटपुँजिया आलोचना का जवाब देना मेरे लिए जरूरी न था । पर अपने मन को सुस्थिर करने के लिए मैंने दूसरा दरवाज़ा खोला, कहा, ''जीजा जी, बिजली का ठेकेदार कह रह था ··· ।''

''अब भाई, यह सब इंजिनियर साहब को ही समझाना । तुम लोग जो तय करोगे ठीक ही होगा । अब ज़रा दिखा दो, इधर तीन दिन में क्या-क्या हुआ है ।''

'तुम लोग' से कुछ सुकून मिला, यानी अभी कुछ दिन मैं रोज़गार-समाचार पढ़ने से बचा रहूँगा ।

आगे चलकर जो ड्राइंगरूम होगा, जिसमें दीवारों पर टँगे हुए मेनका-विश्वमित्र, राम पंचायतन के पाँचों देवी-देवता मय हनुमान जी, गंगाधर शंकर, सदासहाय श्रीलक्ष्मी जी, मकबूल फ़िदा हुसेन की दुर्गा अर्थात इंदिरा जी और परमात्मा जी के पिता स्वर्गीय ब्रह्मा जी उर्फ श्री ब्रह्मस्वरूप फोटू के फ्रेम से रंग-बिरंगे गलीचों और मलाई-जैसे मुलायम सोफ़ों का मुतवातिर मुआयना करेंगे, जिसमें इंजिनियर साहब बैठकर अपने और सरकार के बीच चलनेवाले साँप-नेवले के खेल का आँखों देखा हाल बयान करेंगे, जिसके पास आते वक़्त नेता-जैसे जीव पचास गज पहले ही अपनी प्लास्टिकवाली चप्पल उतार देंगे और दरवाजे से दो गज पहले ही मलेरिया के मरीज की मुद्रा में धरती पर धम्म-से बैठ जाएँगे, उसी भावी ड्राइंगरूम के हाहाहूती कमरे में गाइड की हैसियत से मुझे आगे करके परमात्मा जी ने धीर-गंभीर चाल से प्रवेश किया । पीछे से मेमसाहब ने खिंची हुई आवाज में, जैसे गुलेल से ढेला फेंका गया हो, कहा, ''अब काम क्या होगा साहब ? सारा बिलासपुरी लेबर घर चला गया है । यहाँ तीन मिस्त्री पर बस हम तीन मजूर बचे हैं । इन्हें जोतकर कितना काम करा लोगे ? तीन मिस्त्री पर छह मजूर चाहिए । सामने मिट्टी की भराई पर दो और । छह दो कितने हुए ?''

''आठ !'' नेता ने कहा । फिर सुनाने लगे :

''हम लोग भी गाँव चले गए थे । सिर्फ एक मजूर बचा था । इसलिए आज दो मिस्त्री भी घर बैठे रहे । अब बचे · · · ''

मिस्त्री दो-तीन दिन से मौज कर रहे थे । मैं चाहे जितना हुसकाता, गरियार बैल की तरह चल ही नहीं रहे थे । हर आधे घंटे बाद उन्हें चाय की तलब सताती, पास की दुकान से चाय लाने को वे नेता को भेज देते, तब तक काम रुका रहता और मिस्त्री बीड़ी पीते हुए मेमसाहब से बिलासपुर ज़िले के हालचाल पूछते रहते । कभी एक ठेकेदार के साथ वे माताटीला बाँध पर काम करने गए थे । चूँकि वह झाँसी ज़िले में है और झाँसी यहाँ से बिलासपुर की जानिब है, इसलिए वे मेमसाहब से एक ख़ास रिश्ता महसूस करते हुए बार-बार माताटीला का ज़िक्र करते और बुंदेलखंड की पहाड़ियों पर रेंगनेवाले बिच्छुओं की ख़ौफ़नाक कथाएँ सुनाते । हर दो घंटे बाद गाँजे की चिलम सुलगती । इस मुफ्तख़ोरी पर मैं मिस्त्री से नाराज होता रहता और वे हमें घर के बुज़ुर्ग की तरह समझाते रहते, ''मुंसी जी, यह जो मकान का काम है न, यह बड़े धीरज का काम है । तुम चाहो कि कनकौआ-जैसा सर्र से उड़ाकर इसे आसमान में पहुँचा दें तो वैसा नहीं होता ।''

परमात्मा जी काम के धीमेपन की आलोचना करते और प्लास्टर के काम में खुचड़ निकालते हुए मिस्त्री को हरामख़ोरी की हानियाँ समझाने लगे । नैतिकता के इस पहलू पर ग़ौर न करके मिस्त्री ने उन्हें भी कनकौआ-जैसी सर्र से उड़ानेवाली उपमा समझाई । परमात्मा जी ने आवाज बदलकर कहा, ''इस तरह कैसे चलेगा मिस्त्री ?''

''तो सरकार, हमें जवाब दे दिया जाए ।''

सन्नाटा । जिसे मैंने तोड़ा : ''अब ज्यादा बकवास न करो मिस्त्री । किससे बात कर रहे हो ? कुछ होश है ?''

''मालिक से बात कर रहा हूँ मुंसी,'' कहकर मिस्त्री लद्द से फ़र्श पर बैठ गए, कन्नी को झन्न से एक ओर फेंक दिया, दूसरी ओर मुँह करके, भावातिरेक में डूबते-जैसे बोले, ''मालिक को काम पसंद नहीं तो उसे करने से क्या फायदा ।''

साँस खींचकर परमात्मा जी ने एक शहतीर को देखना शुरू कर दिया । वह कुछ टेढ़ी हो गई थी पर मैं जानता था कि वे इस वक़्त मिस्त्री से कुछ न कहेंगे । दुबारा, और पहली से कुछ ज्यादा गहरी साँस खींचकर, उन्होंने दो रुपए का नोट निकालकर नेता से कहा, ''जाओ, आठ पान ले आओ—तंबाकू अलग से ।''

मेमसाहब बाहर खड़े-खड़े बोलीं, ''मैं न खाऊँगी । खाने से उबकाई आती है ?''

परमात्मा जी ने मेरी ओर सवालिया निगाह उठाई, बोले, ''उबकाई आती है ? ऐसी बात है ?''

पान के संधिपत्र ने मिस्त्री को ठंडा कर दिया था । जवाब उन्होंने ही दिया, ''गँवार औरत है सरकार, इसी को जाहिल कहते हैं ।'' परमात्मा जी ने उनकी तरफ देखा तो वे मुस्कुराए, बोले, ''आप सही समझे ।'' फिर धीरे- से कन्नी उठाकर फ़र्श खुरचने लगे ।

परमात्मा जी ने कहा, ''अब उबकाई शुरू हो गई है तो मेमसाहब भी हाथ से गईं ।''

''नहीं सरकार, यह बिलासपुरी काठी है, अभी छह-सात महीने और चलेगी । मकान पूरा कराके ही जाएगी । क्यों ?''

''चपर-चपर बतियाना तुम्हें बहुत आता है मिस्त्री ।'' कहकर मेमसाहब दूसरी ओर एक अधबने कमरे में चली गईं । परमात्मा जी बोले, ''देखता हूँ कि ये लोग अपनी कोठरी से उठकर उस कमरे में चूल्हा जलाने लगे हैं ।''

''कोठरी में बड़ा ताप लगता है साहब !'' मेमसाहब की आवाज आई ।

मिस्त्री ने कहा, ''अभी तो सब अधबना पड़ा है । जब सरकार का पूजाघर वहाँ जगमगाएगा तब ये मेम-शेमसाहब क्या, मुंसी जी तक नहीं घुस पाएँगे । अभी तो मजूर लोग जिधर जैसा चाहते हैं, वैसा करते हैं । जमाना ज्यादा रोक-टोक का नहीं है सरकार ।''

''तो क्या वहाँ टट्टी-पेशाब भी करने दिया जाए ।''

वैसा तो खुद मिस्त्री ही करते थे । इधर-उधर न जाकर वे पीछे आँगन में दीवार के पास नियमित रूप से दिन में तीन बार जाते थे । मैं टोकता था तो बड़ी विनम्रता से सुन लेते थे । इस वक़्त बोले, ''गँवार हैं साले, जाहिल । पर महीना-डेढ़ महीना की बात है । जहाँ कोठी तनकर तैयार हुई, कोई चिड़िया तक मूत जाए तो कहिएगा ।''

नेता पान ले आए । मिस्त्री, नेता और फिर मुझको—इस क्रम से पान खिलाकर

परमात्मा जी ने खुद दो पान खाए । बोले, ''देखो भाई मुझे तो भाईचारे से काम कराना अच्छा लगता है । हम लोग पुराने जमींदार रहे हैं । अपने हलवाहे को भी काका कहते थे । अकेले न चाय पीएँगे न पान खाएँगे ।''

''चाय तो पी नहीं मालिक,'' नेता बोले ।

परमात्मा जी ने दो का दूसरा नोट निकाला, कहा, ''लो पी लेना ।''

''इससे क्या होगा मालिक ? तेरह सौ रुपया कल रेल में धरा लिया लुटेरों ने । अब मालिक के हाथ लगाए बिना ...।''

''कब ? कहाँ ? कैसे ? क्या हुआ ?'' के जवाब में मैंने पूरी घटना सुनाई । मेरे लिए यह आँखों-देखा-हाल-जैसा था ।

परमात्मा जी ने कहा, ''तब तो नेता को कुछ एडवांस देना ही होगा ।''

मिस्त्री बोले, ''पाँच सौ काफी होंगे सरकार ।''

मैंने कहा, ''इतना बहुत है । दो-तीन सौ तक ठीक रहेगा ।''

परमात्मा जी बोले, ''तुम हो पोंगा । इन्हें पचास रुपए दे दो । पाँच सौ पाना है तो मजूरी करके कमाएँ, जुआ खेलना बंद करें ।''

जिन गुणों के कारण उनका नाम नेता पड़ा था, उन्हें प्रकट करते हुए नेता ने कहा, ''पचास का तो मैं पान चबाकर दो दिन में थूक देता हूँ । देना है तो पाँच सौ दें, कोई भीख थोड़े ही माँग रहा हूँ ।''

''तुम्हें साले कोई भीख भी नहीं देगा ।'' मैंने तमककर कहा पर परमात्मा जी बोले, 'जाने दो ।' बात साठ पर टूटी । परमात्मा जी मुझे समझाने लगे, ''उन दोनों मिस्त्रियों को भी कल से बुला लो । चार मजदूर भी कल बाजार से पकड़ लाओ । काम फटाफट होना चाहिए ।''

''हमारे साथ यहाँ का मजदूर नहीं चल पाएगा सरकार ! बिहारी लेबर तक रो देता है । काम तो बस बिलासपुरी करता है ।'' मिस्त्री बैलों की नस्ल जैसी बयान करने लगे । परमात्मा जी ने अनसुना कर दिया ।

पर मोटर तक आते-आते मिस्त्री से उनकी एक और झड़प हो गई । मिस्त्री ने उनके कान तक पहुँचकर, पर मुझे सुनाते हुए कहा, ''उजरत बहुत कम है सरकार । कहीं भी रेट पूछ लीजिए । अँधेरा हो जाने तक हम लोग काम करते हैं । कम-से-कम चार रुपिया बढ़ना चाहिए ।''

परमात्मा जी बमक पड़े, ''तुम मुझे पोंगा समझते हो ?''

''ऐसी बात न कहें सरकार । मैं सरकार की तीन पीढ़ी को जानता हूँ । बाप रे बाप । इतना जालिम खानदान रहा है । पेशाब में चिराग जलता था ।''

परमात्मा जी कड़ाई से बोले, ''मैं भी कुछ कम जालिम नहीं हूँ । क्या समझे ? भाइचारे से बात करता हूँ तभी तुम लोग बेवकूफ बनाने की कोशिश करते हो ? क्या मैंने वह ड्राइंगरूमवाली बीम देखी नहीं है ? तिरछी करके धर दिया है । क्या समझे ?

ऊपर से मजदूरी बढ़वाने की बात करते हो ।"

मिस्त्री चुप रहे । परमात्मा जी बमकते रहे, "एक मिस्त्री ने ज़रा दीवार टेढ़ी कर दी थी । हमारे बाबा ने उसकी उँगलियाँ कटवा दीं ।"

अब मिस्त्री भी अकड़कर बोले, "हमारी आप गर्दन काट लें सरकार । पर काम में कोई खोट नहीं निकाल सकता ।"

परमात्मा जी तमतभाए हुए मोटर में बैठ गए । उँगलियाँ कटवाने का हुक्म-सा देते हुए बोले, "कितना मिल रहा है ?"

मैंने कहा, "इक्कीस रुपिया रोज ।"

"एक रुपिया बढ़ा दो । मजदूरों को पचास पैसा ।" कहकर उन्होंने अपने पर क़ाबू पाने के लिए गहरी साँस ली ।

मिस्त्री लोग तेईस-चौबीस रुपए रोज पाते थे । पर मुझे पता था कि अपने मिस्त्री उससे कम पाकर भी यहाँ क्यों टिके हैं । जो भी हो, धन्यवाद देने का अपना निजी तरीका अपनाते हुए मिस्त्री रूखे मुँह से बोले, "आप से कुछ कहें भी तो क्या कहें । यह भी न दीजिए । आया हूँ तो कोठी बनाकर ही जाऊँगा ।"

परमात्मा जी की गाड़ी चलने को हुई । उन्होंने कहा. "तुम लोग समझते नहीं हो । मैं दूसरों-जैसा नहीं हूँ । जालिम जरूर हूँ पर मुझमें एक अच्छाइ है । मैं गरीबों का पेट नहीं काटता ···।"

उनकी मोटर के पीछे उड़ी धूल काफी ऊँचाई तक गई । उसी वक़्त जो कभी जगमगाता हुआ पूजाघर होगा, उस कमरे से मेमसाहब के चूल्हे का कसैला धुआँ खिड़की की राह हवा में तैरता हुआ निकला और सामने के पेड़ की फुनगी पर धूल से बात करने लगा ।

इमारत में मोज़ेइक का फर्श डाला जा चुका था पर अभी उसकी कटाई नहीं हुई थी । जब कटाई, रगड़ाई, घिसाई के बाद इस पर पॉलिश हो जाएगी तब यह किसी सुपरस्टार के चेहरे-जैसा झलझलाने लगेगा । पर अभी यह खुरदरा था और इस पर हवा और धूल की इतनी लताड़ पड़ रही थी कि लगता था, इसे सूअर की लीद से लीपा गया है । इस वक़्त यह एक रईस की कोठी का जगमग फर्श नहीं था, चुनाव सभाओं में लतिआया जानेवाला जाहिल उम्मीदवार था जो कुछ ही दिनों में चार-चार एअरकंडिशनरोंवाले कमरे में मिनिस्टर की कुर्सी पर बैठेगा और चापलूस अखबारनवीसों को बरदंत की पंगति दिखाता हुआ अललटप इंटरव्यू देगा । बारह साल में घूरे के भी दिन पलटते हैं । पर यह घूरा मुक़द्दर का सिकंदर था; इसके दिन तीन-चार महीने में ही पलटनेवाले थे ।

ऐसे विचारों में विचरता हुआ मैं जब खटिया से उठा तो सूरज निकलने को हो रहा था । सामने बिखरे हुए बीड़ी के टुकड़ों को चप्पल के तल्ले से दूर करके मैं

जीवन-संग्राम में उतरा । बाहर आकर इधर-उधर नजर दौड़ाई । हमारे दाईं ओर दो-तीन प्लाट खाली पड़े थे जिनमें गुजरती बसंत ऋतु के असर से कुकरौंधा, करुआ, भटकटैया और अड़ूसे के पौधे लहलहा उठे थे । पर कोई भी दो बित्ते से बड़ा नहीं था । कहीं-कहीं कौड़िल्ला भी फैला था जिसके सफेद फूल दूर से ही चमकते थे । कौड़िल्ला की ठंडाई गर्मी में बड़ी हुनरमंद साबित होती है, पर इन प्लाटों का कौड़िल्ला छूने लायक़ न था । कम-से-कम दो दर्जन लोग इन प्लाटों पर पौधों की झूठमूठ आड़ लेकर रोज़ सुलभ शौचालय करते थे और उधर देखते ही दूसरी ओर देखना पड़ता था । इस वक़्त भी मुझे एक प्लाट के दक्खिन-पच्छिम कोने की रिजर्व सीट पर लाल रंग की मैली बुशशर्ट लहराती दिखी । मैं समझ गया कि नेता अपनी जगह बैठे हुए हैं । तब मैंने मेमसाहब का हालचाल लेने के लिए दूसरी ओर निगाह दौड़ाई ।

मध्यप्रदेश के अलग-अलग इलाकों से आनेवाले और बिलासपुरी के बिल्ले से पहचाने जानेवाले इन मजदूरों की बराबरी किससे की जाए ? मैंने मन-ही-मन सवाल किया : तुम्हीं बताओ मेमसाहब, तुम जो इस अधूरी इमारत के कोने से लगे बंबे पर प्लास्टिक के पाइप से अपनी कंचन-काया पर पानी की तेज धार गिरा रही हो, देह की एक-एक मांसपेशी को, बगल और छाती और गले और गाल को रगड़-रगड़कर दिन-भर के लिए धूल, चूने, सुर्खी की झुरभुरी परतों के लिए तैयार कर रही हो । तुम, जो हँसली, हमेल, करधनी खनकाती हुई, उनके नीचे की त्वचा को सहला रही हो ताकि वहाँ साँवली लकीर न पड़ जाए; तुम, जो अपने सीधे मेरुदंड को धनुष-जैसा तानकर, छातियों को होशियारी से ढकती हुई, गीली धोती को दाँतों से दबाकर सूखी धोती पहनने जा रही हो; तुम, जो सूखी धोती पहनते ही पीठ और बाँहों के ऊपर उसमें गीले धब्बे छोड़ रही हो; तुम, जो इस एम.ए. पासशुदा और यल. यल. बी. पास करने की घिस-घिस में फँसी कबाड़ ज़िंदगी को इतने सवेरे हर रोज सूर्योदय के साथ उभारती हो; तुम्हीं बताओ मेमसाहब, तुम्हारी बराबरी कहाँ, किससे की जाए ?

किसी पद्माकर की नायिका से ? पर वह तो गए दिनों की मरी कविता के साथ ही गुज़र गई । कभी रहा होगा जब वह किसी राजमहल के अंत:पुर में, संगमरमरी चौक के बीचोंबीच जड़ाऊ चौकी पर खड़ी होकर, अंगों से रोशनी की कौंध छिटकाती हुई अपनी रत्नजड़ित हरी कंचुकी उतार रही होगी, दासियाँ सेवा-टहल के लिए उसे घेरकर खड़ी होंगी । वह उसी जड़ाऊ चौकी के साथ न जाने कब की ग़ायब हो चुकी है ।

तब क्या ढोर-डांगर से ? जिनके गिरोह में तुम्हीं नहीं, तुम्हारा नेता भी शामिल है । किसी भी खुली जगह में सुलभ शौचालय कर लेना, कहीं भी कुछ भी खा लेना, जहाँ ठौर मिल जाए वहीं आँख मूँदकर पड़ रहना, जहाँ जिस क़ीमत पर जोत दिया जाए, वहीं, उसी क़ीमत पर, औरों के साथ जुत जाना ।

या शौकिया घूमनेवाले परमहंसों से ? पेड़ की छाँह को अपना भवन मानना, दोनों हाथों की अँजुरी का बर्तन रखना, मुड़ी हुई बाँह का तकिया लगाना ?

या खुद भोले बाबा शंकर से ? आसमान से भी ऊपर बसे हुए विश्वकर्मा जिनके ताबेदार हैं, जो अपने ठाठ-बाटवाले भक्तों के लिए सोने के सतमंज़िले महल बनवाते हैं, जो खुद बर्फ़ीले तूफ़ानोंवाले कैलास पर, जहाँ दूब का तिनका तक नहीं उगता, नंगी चट्टानों पर पड़े रहते हैं ।

इनमें से किसी से भी नहीं । क्योंकि कोई घर न होते हुए भी दुनिया की तुम सबसे अच्छी घरवाली हो; दिन-भर मशीन की तरह काम में लगी रहती हो, उसी के साथ हँसती हो, गाती हो, माघ-पूस की ठिठुरन में भी, सूरज जब कहीं अतल में दुबका पड़ा होता है, प्लास्टिक के पाइप तक को तराश देनेवाली जलधारा से अपनी देह सींचती हो, जहाँ हमारी कोठी बन रही है उसी के पास ईंट के चट्टे से बनाए गए एक सुअरबाड़े-जैसी घिरी जगह में ईंटों से दबाई हुई काली-काली पालीथीन की चादर की छत के नीचे अपने नेता के साथ रहती हो, कभी सब्जी या दाल से, कभी प्याज से और ज्यादातर नमक से रोटी खाकर दिन में हाथ के धक्के से पहाड गिराने का हौसला दिखाती हो, रात को सोने के पहले उन्हीं हाथों से पूरी देह में अंडी का तेल मलकर, अपने नेता के हाथ-पैर दबाकर वहीं सो जाती हो । और आजकल उबकाई की याद करके पान तक खाते हुए डरती हो ।

अजीब थी मेरी हालत भी कि सबकुछ जानते हुए भी, अपने से कोफ़्त होते हुए भी, मेरी चोर निगाह मेमसाहब का पीछा नहीं छोड़ रही थी । सवेरे-सवेरे, जब चैत का सूरज साफ़-सुथरे आसमान में उभरनेवाला था, मैं बिना मुँह-हाथ धोए अपने सबसे आरंभिक नित्यकर्म में ख़ामोशी से लगा था; वे किस तरकीब से, अपने खुलते हुए अंगों को एक बार भी खोले बिना, गीली धोती से सूखी धोती में उतरकर आ रही हैं, इसी पर गौर कर रहा था ।

तभी वे सूखी धोती लपेटते-लपेटते 'अह्-अह्' करने लगीं । बंबे के पास वैसे ही बैठ गईं । जिस पक्के गड्ढे से मकान की तामीर के लिए पानी लिया जाता था, उसी के किनारे क़ै करने लगीं । उनकी पीठ और कंधे काँप रहे थे । मैं उनकी तरफ़ बढ़ा । दूसरी तरफ़ के प्लाट पर दो मज़दूरिनें अभी तक चुपचाप नहाती हुई खुले मैदान में गीली साड़ी बदलने की वही सरकसी कला आज़मा रही थीं जिसके दौरान मेमसाहब 'अह्-अह्' के लिए मजबूर हो गई थीं । उनमें एक चौदह-पंद्रह साल की ठिगनी-सी बच्ची थी जो उसी तरह साड़ी लपेटे, उसकी काँछ खोंसे हुए किसी तजुर्बेकार मज़दूरिन का गुटका संस्करण लग रही थी । उसने पुकारकर मेमसाहब से और फिर शायद मेमसाहब ही के बारे में अपनी सीनियर से कुछ कहा । सीनियर तजुर्बे, बुज़ुर्गी और बहनापे की चाल चलकर मेमसाहब के पास आई और उनकी गर्दन पर हाथ फेरने लगी । थोड़ी देर में मेमसाहब ने पाइप से बहता हुआ पानी सीधे मुँह में लेकर कुल्ला किया और उसे थोड़ी देर आँख और गाल पर बहने दिया ।

मुझे पता नहीं चला कि मैं इसी बीच मेमसाहब के पास कब और कैसे पहुँच गया

था । बड़े सरपरस्ताना अंदाज़ में उनसे पूछा, "क्या हुआ ?"

सीनियर महिला ने आँखें सिकोड़कर और सड़े दाँत दिखाकर मेरी ओर ऐतराज़ की निगाह से देखा । बया के उखड़े हुए, खुक्ख घोंसले-जैसे स्तनों को उसने ठीक से ढँकने की भी कोशिश न की । उसकी निगाह ने उसकी कुरूपता को तो दो सौ फ़ीसदी ज़्यादा कुरूप बनाया ही, खुद मेरी मौजूदगी को वहाँ चार सौ फ़ीसदी ज़्यादा कुरूप बना दिया । मैं अचकचाया खड़ा रहा । तब मेमसाहब ने अपनी लाल-लाल आँखें एक सेकंड के लिए मेरी ओर घुमाईं और हिक़ारत के साथ बिना मुँह खोले बोलीं, "ऊँह ।" मेरे पीछे मकान की साइट पर मिट्टी का ढेर, लकड़ी के कुंदे और लोहे की सरिया पड़ी थीं जिन पर मज़दूर लोग बेहिचक तंबाकू की पीक गिराया करते थे । उस एक 'ऊँह' से इस सामान की सूची में मैं भी शामिल हो गया ।

नेता की लाल बुश्शर्ट मेरे पीछे फरफराई । बोले, "यहीं हिलगे रहोगे मुंसी जी ? त्रिसातगंज चलकर मजूर नहीं गिनाने हैं ?"

मैंने कहा, "तुम्हारी ही राह देख रहा हूँ । चार घंटा तो तुम्हें टट्टी में ही लगता है ।"

"मुंसी जी, देख रहे हो जनाना की तबैत ठीक नहीं है । तुम चले जाओ । हम रोटी ठोंकेगा ।"

मेमसाहब की आवाज़ का झनाका तब तक लौट आया था । नेता से बोलीं, "चला जा । बड़ा आया जनाना की तबैतवाला ।"

मेमसाहब की आवाज़ के शब्दबाण पर बैठकर हम दोनों पंद्रह मिनट में मज़दूर-मंडी पहुँच गए । मज़दूर-मंडी के बीचोंबीच, जहाँ कबाड़ा साइकिलों का बेतरतीब फैलाव था, और ही-ही-ही-ही करते हुए फटीचरों का हुजूम था, चीकट झोलों से जहाँ कन्नियाँ और गुनिया बाहर झाँक रही थीं, मैंने नेता को भेज दिया, कहा, "मैं तुम्हारी मेमसाहब के लिए दवा लेकर आता हूँ ।"

नेता खुश हुए, बोले, "वो तो ओक-बोक करके ठीक हो गई । दिन-भर काम करेगी, बिलकुल फ़िट हो जाएगी । अब काहे की दवाई ?" इस तरह वे अपने ढंग से कृतज्ञता-प्रकाशन करके मज़दूर-मंडी में प्रवेश कर गए । मैं दवा ख़रीदने के लिए कमर कसकर नुक्कड़ पर एक दुकान की ओर बढ़ा ।

अपने यहाँ बाज़ार में सौदा-सुलफ़ करना कोई मामूली काम है ! सीधे-सादे आदमी को नौ साल का छोकरा तक बकरा बनाकर खंभे से बाँध सकता है । दस पैसे की धनिया तक ख़रीदो तो कोई तुम्हारे हाथ में सड़ी पत्तियों का गुच्छा पकड़ाकर चलता बनेगा । कुछ बोलो तो गाली-गलौज, छुरेबाज़ी तक की नौबत । राजनीतिशास्त्र में पढ़ा है कि स्वतंत्रता की क़ीमत अनवरत सतर्कता है । वही बात ख़रीदारी पर भी लागू है । पसंगा मारनेवाले तराज़ू, नक़ली बाँट । सड़ियल माल और गुस्ताख़ दुकानदार । अनवरत सतर्कता, चुस्त-चौकन्ना दिमाग़ और एक चुटकी अकड़—इसी नुस्ख़े के सहारे आप

बाज़ार जाकर बिना किसी खरोंच के वापस आ सकते हैं । जो भी हो, पहले मैंने वहीं सब्जी की दुकान से दो नींबू ख़रीदे । कुँजड़िन मोटी-तगड़ी और खनकदार आवाज़वाली थी, पर यह सौदा बिना किसी झगड़ा-झंझट के निबट गया । फिर दवा की दुकान पर पहुँचा । वहाँ काउंटर पर एक मरियल आदमी दवा बेचता हुआ किसी गाहक से रेज़गारी को लेकर झिक-झिक कर रहा था, उसी के पीछे एक दूसरा आदमी कुर्सी पर बैठा हुआ एक बुज़ुर्ग की नब्ज टटोल रहा था । दुकान पर 'गुप्त रोगों का शर्तिया इलाज' वाला विज्ञापन, जिसमें एक तगड़े मुछंदर डॉक्टर की तस्वीर थी । नब्ज़ देखनेवाला डॉक्टर तगड़ा न था पर मुछंदर ज़रूर था; ग़ौर से देखने पर लगा कि जैसा भी हो, है वही ।

मैंने डॉक्टर को पुकारकर कहा, "क्यों डॉक्टर साहब, गुप्त रोगों के अलावा खुले रोगों का भी इलाज है आपके पास ?"

ऐसी तहज़ीब अब इस शहर में नहीं मिलती । डॉक्टर ने कहा, "उधर से अंदर आ जाइए । बोलिए, क्या तकलीफ़ है ?"

मैंने कहा, "उबकाई की कोई दवा चाहिए ।"

डॉक्टर ने काउंटरवाले मुर्दे से कहा, "आपको एवोमिन दे दीजिए ।"

मैंने पाँच रुपए का नोट निकालकर काउंटर पर रख दिया, चार टिकिया माँगीं । जब वह आलमारी में दवा खोजने लगा तो मैंने यूँ ही रौब मारकर कहा, "असलीवाली देना । हम चूना-छाप दवाई लेनेवाले नहीं हैं ।"

मेरा यह वक्तव्य बहुत उचित और सामयिक साबित हुआ । उसने जो दवा निकाली थी उसे एक डिब्बे में डाल दिया, दूसरे खाने से चार टिकियाँ निकालकर काउंटर पर फेंकते हुए कहा, "रेज़गारी निकालिए ।"

ज़्यादा नहीं, कुल सात-आठ मिनट झगड़ा हुआ । यह कहकर कि रेज़गारी नहीं है तो दवा मत लो, उसने टिकिया काउंटर पर से हटाना चाहा, पर तब तक वे मेरे हाथ से होकर मेरी जेब में जा चुकी थीं । तब उसने फैल मचाई; मैंने रेज़गारी की जमाख़ोरी का आरोप लगाकर पुलिस के छापे की धमकी दी । फिर उसने पाँच रुपए से दवा का दाम काटकर कुछ कूपन देने की बात उठाई, जवाब में मैंने उसे एक गोल-गोल नींबू पकड़ाना चाहा, फिर उसने पाँच का नोट छोड़ देने और घंटा-भर बाद आकर बाक़ी पैसे उठाने का सुझाव दिया जिस पर मैंने खुद घंटा-भर बाद वापस आकर खुली रेज़गारी में दवा की क़ीमत चुकाने का वादा किया । अंत में पाँच रुपए का नोट तोड़कर उसने बाक़ी पैसे वापस किए और दुकानदार को वाजिब ढंग से आगाह करते हुए मैं मज़दूर-मंडी की ओर चला आया ।

मज़दूर-मंडी उस चौराहे का नाम था जहाँ आसपास के मज़दूर साढ़े सात-आठ बजे तक इकट्ठा होते और उस दिन के लिए मज़दूरी पाने का इंतजार करते । इनमें उड़ीसा,

बिहार या मध्यप्रदेश के मज़दूर लगभग नहीं के बराबर होते थे क्योंकि वे ज़्यादातर ठेकेदारों के छोर से बँधे होते थे । यहाँ पर ज़्यादातर छुट्टा मज़दूर थे जिनकी हैसियत घटिया और साख दो कौड़ी की थी । कन्नी और वसूली लिए नक़ली, अधकचरे राजगीर, मोतियाबिंद भरी आँखोंवाले रंगाई-पुताई के उस्ताद, सवेरे से ही ताड़ी चढ़ानेवाले कुछ शहरी निठल्ले—इनसे लेकर मलेरिया की मार झेलकर उठे हुए नौजवान खेतिहर, गाँव के भूस्वामियों और साहूकारों के डर से भागे हुए क़र्ज़खोर तक—और पारंपरिक मज़दूरों के घर के अपढ़ छोकरे । इन सबको रोज़ी की तलाश थी पर नियमित रोज़ी किसी फ़िल्म की शोख़ और लचीली नायिका का नाम था जिसकी ये सिर्फ़ दूर से तस्वीर-भर देख सकते थे । इन्हें काम पर लेने के लिए हम-जैसे तभी इधर जाते थे जब असली, ठेठ पेशेवर मज़दूर सरदार कहे जानेवाले ठेकेदार रूपी गधे के सर से सींग बनकर एकदम ग़ायब हो जाते थे । वैसे फ़सल-कटाई के बाद दो-चार रुपए की बरकत के लिए यहाँ कभी-कभी असली मज़दूर भी आ जाते थे, और अपने झुंड से कटे हुए इक्का-दुक्का बिलासपुरी भी ।

शहर के इन फ्रीलांस मज़दूरों के बारे में मिस्त्री की राय बेहद ख़राब थी । उन्होंने मुझे पहले ही समझाया था, "गंदे नाले की ढलान पर बसे हुए उचक्कों को मत गिना लाना मुंसी जी । ये अपनी आधी कमाई चाय के गिलासों में सुड़क जाते हैं, तगड़े हुए भी तो क्या—हाथी की लीद-जैसे हैं, न लीपने के, न पोतने के । और वे गाँववाले भगोड़े ! वे भी किसी से कम नहीं । उनकी देह में इनके मुक़ाबले ज़्यादा कस है, यह माना । पर हर घंटे में तीन-तीन बार चिलम फूँकेंगे, आपस में ही-ही-खी-खी करेंगे, घर-घर के क़िस्से बखानेंगे और पूरा दिन यूँ ही खुक्ख कर देंगे । ये दोनों ही एक-जैसे हैं । जैसे उदई वैसे भान, न इनके चुटिया, न उनके कान ।"

नेता को मैंने इस भीड़ में एक बच्चा-मज़दूर के पास खड़ा हुआ पाया । नेता जोर-जोर से बोल रहे थे । लड़का हाथ के इशारे से, चेहरे को टेढ़ा-मेढ़ा बनाकर, उन्हें कुछ समझाने की कोशिश कर रहा था । नेता ने मुझसे कहा, "··· बाप ने मारा ।"

वह चौदह-पंद्रह साल का होगा । बड़े-बड़े बाल, तेल से चिकने और घुँघराले, चुचका हुआ पर मुलायम चेहरा, गेहुँआ रंग, गाल कुछ भरे होते तो रामलीला में राम बनाकर बैठालने लायक़ होता ।

वह एक हाफपैंट पहने था, जिसकी निचली सीवन से धागे निकलकर उसकी जाँघों पर झालर-जैसे फैल रहे थे । जो बुश्शर्ट पहने था वह क़ीमती कपड़े की थी, बड़े फैशनेबुल काट से सिली थी, शायद किसी लंबे-चौड़े नौजवान की माडेलिंग के लिए सिलाई गई होगी। मगर उन कंधों से उतरती-उतरती आज इन कंधों पर हाथी की झूल-जैसी झूल रही थी, यक़ीनन किसी मालकिन द्वारा झाड़ू-पोंछा करनेवाले को मालिक की उतरन का इनाम ।

मैं उसकी कमल ककड़ी-जैसी दुबली कलाई देखता रहा और उसकी इशारेबाज़ी

'सुनता' रहा । आँखों को जिस तकलीफ़ से सिकोड़कर मुँह की टेढ़ी-मेढ़ी हरकत से 'गों-गों'-जैसी आवाज़ निकालकर वह नेता से कुछ कहना चाहता था वह तो मैं नहीं समझा, पर इतना समझ गया कि लड़का गूँगा है पर पूरी तौर से बहरा नहीं है । कुछ देर तक नेता की बकवास और लड़के की हरकतों से मुझे मालूम हो गया कि नेता उसके बाप को पहले से जानते हैं । यह भी मालूम हुआ कि बच्चा-मजदूर छह महीने से चार-पाँच घरों में झाड़ू-पोंछा का काम कर रहा था, डेढ़ सौ रुपया महीना पैदा कर लेता था । नेता ने मुझे जो बताया उससे यह पता भी चला कि लड़के के बाप से उसका सिर्फ तीन-सूत्री रिश्ता था : हर चार घंटे बाद उसके लिए बीड़ी का बंडल खरीदकर लाना, हर तीसरे दिन बाप के हाथों लात-जूता खाना और हर महीने की शुरुआत में कमाई का एक-एक पैसा बाप के ही हाथों में धर देना ।

कल रात, दूसरे सूत्र को कार्यान्वित करते हुए बाप ने पिटाई के साथ-साथ एक नया काम भी दिखाया था । उसने उसे मरे चूहे जैसा लटकाकर घर के बाहर फेंक दिया था और सख़्त हिदायत दी थी कि वह दुबारा घर के पास न दिखाई पड़े ।

''घर कहाँ है ?'' मैंने पूछा । मुझे अपने मन में लड़के के लिए कुछ कुस्स-फुस्स-जैसी होती जान पड़ी, सोचा कि अगर मैं रईस होता तो सबसे पहले इसकी कबीर बेदी मार्का बुश्शर्ट उतरवाकर इसको एक अच्छी कमीज पहनाता, पर डेली पैसेंजरी में कमाए गए विवेक और व्यवहार का सहारा लेकर मैंने अपने चेहरे को सख़्त बनाए रक्खा ।

नेता ने ही जवाब दिया । मालूम हुआ कि किसी अधबने घर की दीवार से सटे हुए ईंट के चट्टे पर पालीथीन की काली चादर तानकर जो चिरपरिचित सूअरबाढ़ा बनाने का चलन है, यहीं कहीं वैसा ही उसका एक घर है । वाह रे जमूड़े । (मैंने उसके गैरहाजिर बाप से बेआवाज़ बनकर कहा) यह तो अब है, अगर तेरे पास सचमुच ही कोई घर होता तो एक बंडल बीड़ी के पीछे तूने लड़के ही को फूँक दिया होता ।

नेता की च्यः-च्यः में खलल डालकर पहले हमने तीन मज़दूर साथ ले चलने के लिए गिने । वे पास के ही गाँवों के थे, चिलम नहीं, बीड़ी पीनेवाले थे और कामकाजी दिखते थे । तब नेता ने कहा, ''दस रुपए पर इसे भी गिन लो मुंसी ।''

मैंने चेहरा सख़्त बनाए रक्खा, बोला, ''अनाथालय उधर सआदतगंज की तरफ है ।''

नेता बोले, ''अच्छा, आठ दे देना । इसकी देह पर न जाओ मुंसी । असली बिलासपुरी है ।''

''नाम क्या है बे ?''

नेता ने कहा, ''सुरेस।''

''असली नाम बताओ न । क्या नाम है ? रंगीलाल कि मंगीलाल ?''

नेता ने कहा, ''काहे को उलझ रहे हो मुंसी जी । सुरेस कहता हूँ तो सुरेस ही मान लो । चल रे सुरेस ।''

यूनानो-मिस्र-रोमां-जैसी गुलामों की हाट से हम बाहर आए । हम छह आदमियों के अटपटे गिरोह के कुछ दूर चलते ही अचानक नई शिक्षा-नीति और इक्कीसवीं सदी की तैयारीवाला इलाका आ गया । दुकानों की क़तारों की जगह छायादार सड़क और उसके किनारे बने खुशहाल बँगले नज़र आए ।

मैंने नए मज़दूरों के साथ अपने रिश्ते और हैसियत का ऐलान करने के लिए कहा, "स्पीड बढ़ाए चलो साले ।" आवाज़ में थोड़ा हल्कापन भी घोल दिया ताकि अगर कोई नया मज़दूर उसे गाली समझकर उखड़ने लगे तो उसे मैं मज़ाक कहकर बहला सकूँ ।

हम छह के बीच तीन साइकिलें थीं । एक का मडगार्ड नदारद, दूसरी में ब्रेक लगाओ तो साइकिल सुवरिया-जैसी चिचिहाती, तीसरी में रबर के पैडिल की जगह लकड़ी के टुकड़े ठुँके हुए—यह मेरी साइकिल थी ।

3

अचानक मेरी हैसियत घट गई पर मेहनत उसी अनुपात में नहीं घटी । परमात्मा जी ने काम में तेज़ी लाने के लिए एक अंग्रेजीदाँ गिरगिट को पकड़ लिया जो वास्तव में इंजिनियर था और खासतौर से परमात्मा जी के लिए आला दर्जे की ठेकेदारी पर उतर आया था । मेमसाहब ने, जो नींबू की खटास और एवोमिन के टोटके के सहारे इन दिनों ओक-बोक से बची रही थीं, एक दुर्लभ मुस्कान और उससे भी ज़्यादा दुर्लभ कानाफूसी से मुझसे कहा, ''मुंसी जी, अब तुम्हें फ़ुरसत-ही-फ़ुरसत है । नहाती हुई जनाना लोगों को अब जी भरकर देखो ।''

अभी तक इस भवन-निर्माण-परियोजना का असली विभागाध्यक्ष मैं था; वैसे कहने को दो विभागाध्यक्ष थे । एक तो मैं : सामान्य प्रशासन विभाग मेरा था । भंडार नियंत्रण, कार्मिक खंड, वित्तीय प्रबंध आदि के लगभग सारे अनुभाग मेरे नीचे थे । मेरे अधिकार और दायित्व बड़े व्यापक और जटिल थे । मैं मुख्यालय का इंचार्ज था और दौरा भी करता था । दौरे में कभी नोवा-टीक बोर्ड की चमाचम दुकान पर फोकट का कैंपा कोला पीते हुए ख़रीददारी और कभी कैरियर पर संगमरमर की छर्रीवाली बोरी बाँधे हुए एक लटी हुई साइकिल पर मीलों किर्र-किर्र चलना तक शुमार था । दुकान पर ग़लत नट-बोल्ट लौटाने और पैसा वापस लेने की कोशिश में तू-तड़ाक करना, पेशगी रुपिया हज़म कर जानेवाले कारीगरों से वसूली करने के लिए खुले संडास और छुट्टा सुअरोंवाली गलियों में घूमना और कभी-कभी परमात्मा जी की मुख-शुद्धि के लिए कुत्ते की चाल जाकर और चौराहे पर पान-तंबाकू खरीदने के बाद बिल्ली की चाल वापस आना भी दौरे में शामिल था । जो भी हो, काम में मज़ा आता था, घरेलू नौकरी थी । माना कि जो तनख़्वाह थी वह किसी से बताने लायक़ न थी, पर यही क्या कम था कि डेली पैसेंजरी की अलाय-बलाय से छुटकारा पाकर शहर के इस दलदल में जहाँ बड़े-बड़े तीसमारखाँ धँसकर उभर नहीं पाते, मैं एक किनारे पुख़्ता जगह पर अपना खूँटा मजबूती से गाड़ रहा था ।

दूसरे विभागाध्यक्ष एक आर्किटेक्ट थे जो निर्माण का सारा टेक्निकल काम देखते थे । उनकी टेक्निकल देख-रेख का मतलब था हर तीसरे दिन स्कूटर से मौक़े पर आना,

उसके किर्र-किर्रवाले हार्न का बटन तब तक दबाए रहना जब तक मिस्त्री और दूसरे नायब मिस्त्री उन्हें घेरकर खड़े न हो जाएँ, फिर अधमुँदी आँखों से अधबनी इमारत की ओर शायराना अंदाज़ से ताकना और मेरी नाकारा मौजूदगी को नकारते हुए गर्दन को दूसरी ओर मोड़कर मिस्त्री के साथ कुछ विचारों का आदान-प्रदान करना । मिस्त्री उनके साथ पहले भी काम कर चुके थे और उनके साथ वह आदान-प्रदान बहुत संक्षिप्त और तारवाली भाषा में होता था । उनकी कोशिश होती थी कि मैं उनकी तकनीकी उत्कृष्टता के आगे अपनी निकृष्टता का बोध प्राप्त करूँ, मेरी कोशिश होती थी कि मैं इसे दो मज़दूरों की बातचीत समझकर उन्हें वैसी ही हिकारत से देखूँ जो एक नए आई.ए.एस. अफ़सर को किसी पुराने, घिसे-पिटे टेक्नोक्रेट के लिए दिखानी चाहिए ।

जो भी हो, अब यह सफ़री सूट पहननेवाला, अपनी नई मोटर साइकिल की फट्फट् से हवा में हथौड़े की चोट पैदा करनेवाला नया अंग्रेजीदाँ इंजिनियर -सही-ठेकेदार-बटा व्यवसायी हमारे बीच आ गया था । उससे पुराने प्रशासनिक ढाँचे के चूल हिल गए थे । आते ही उसने कई शाखाओं के पुराने लोगों की छुट्टी कर दी । वे मेहनत के नतीजे को देखे बिना मेहनत करनेवाले सीधे-सादे प्राणी थे । उनकी समझ में रोटी का मतलब गेहूँ से बनी और आग पर सिंकी एक टिक्की-भर था, उसकी खूबसूरती और नफ़ासत और मुलायमियत आदि से उनका कोई सरोकार न था । ऐसे प्राणियों को हमारे इंजिनियर ने सलाह दी कि हमारी पसंद का महीन काम तुम्हारे बूते का नहीं है । जाओ, उधर ठाकुरगंज की तरफ तेली-तंबोलियों के जो छोटे-छोटे घर बन रहे हैं, वहाँ तुम्हारी खपत हो जाएगी । यह बताकर कि ये काम कम करते हैं, मज़दूरी ज्यादा लेते हैं, उन्होंने कई पुराने मज़दूरों को चलता कर दिया और उन्हीं-जैसे दूसरे बिलासपुरी मज़दूरों को, जिनमें दो पुष्ट-दुष्ट देहवाली लड़कियाँ भी थीं, पुराने मजदूरों की लगभग दो-तिहाई मज़दूरी पर लगा लिया । ये उन्हीं के ईंट-भट्ठे पर काम करनेवाले मज़दूर थे जिन्हें सरकारी क़ानून में कोई बँधुआ नहीं कह सकता था और, अपनी पसंद की जगह छोड़कर, इंजिनियर उर्फ ठेकेदार का कोई भी काम करने के लिए वे बिलकुल आज़ाद थे । मामूली मज़दूरों के अलावा बिजली, पानी, सैनिटरी फिटिंग, बढ़ईगिरी आदि के लिए भी उन्होंने अलग-अलग ऊँचे दर्जे के उप-ठेकेदार तैनात कर दिए । इन उप-ठेकेदारों की निगाह में सारी दुनिया एक विराट जंगल थी जिसमें सिर्फ एक बबर शेर था—जो कि हमारा इंजिनियर था, बाक़ी हम सब खरगोश और लोमड़ी तक नहीं थे—सिर्फ कीड़े-मकोड़े और भुनगे थे ।

पुराने लोगों में सिर्फ़ मिस्त्री, जिन्हें इंजिनियर साहब पहले से जानते थे और उनके एक नायब मिस्त्री, जिन्हें मिस्त्री साहब पहले से जानते थे और परमात्मा जी की सिफ़ारिश पर नेता, मेमसाहब और सुरेस रोक लिए गए । मैं तो घर का आदमी था । इनके लिए यह शर्त रक्खी गई कि वे इंजिनियर साहब के क़ानून के मुताबिक़ चलेंगे, यानी मजदूरी कम लेंगे, काम ज़्यादा करेंगे । इन सबको यह शर्त मंजूर थी, पर

मेमसाहब ने अपनी भी एक शर्त रक्खी । परमात्मा जी, इंजिनियर और सारी कौरव-सभा के सामने उन्होंने अपनी झनकदार आवाज़ में कहा, "और सब कुछ करूँगी, ठेकेदार के कहने से भट्ठे पर न जाऊँगी ।"

नेता ने सत्ता पक्ष की चापलूसी करते हुए कहा, " तुझे भट्ठे पर कौन भेज रहा है ?"

"तू चुप रह । भट्ठे पर ये क्या-क्या करते हैं, तुझे कुछ पता है ?"

ईंट के भट्ठे अलग-थलग और बस्ती से दूर होते हैं, इसका मुझे पता है । नदी की धारा में नाव पर नक़ली कुहासा पैदा करके पाराशर मुनि ने धीवर-कन्या के साथ क्या किया था, इसका भी पता है । इसलिए असली कुहासे में, गड्ढों और खाइयों के बीच, कुश-कास के झाड़ों से ढके ईंट के भट्ठों में क्या होता या हो सकता है, इसका पता लगाने के लिए लखनऊ विश्वविद्यालय के समाजशास्त्र विभाग में कोई रिसर्च प्रोजेक्ट चलाने की ज़रूरत नहीं है । भट्ठे के मालिक पैसेवाले होते हैं; उनके साथी-संघाती, जो मौक़ा पाते ही रेलवे से कोयले के डिब्बे-के-डिब्बे चकमा देकर ट्रकों पर ढो लाते हैं, संत विनोबा के चेले नहीं हैं; वे खराब कपड़े पहनने, पर उम्दा खाना खाने और उससे भी बड़े पैमाने के दूसरे ऐश करने के शौकीन होते हैं । उन्हीं की देख-रेख में भट्ठों का पचास फ़ीसदी कारोबार चलता है, और मालिक उनके साथ "जियो और जीने दो" का बड़ा ही मानवीय व्यवहार करते हैं ।

फिर, भट्ठे के मालिक की चुटिया हमेशा सरकारी अमले के हाथ में रहती है । इसलिए उन्हें भट्ठे के आसपास उसकी आवभगत का भी सरंजाम रखना पड़ता है । मौसम अच्छा हो तो पिकनिक और तफ़रीह की वहाँ अच्छी जगह निकल सकती है । वहाँ शहर के खुशमिजाज़ अदना अफ़सरों की, देहाती आबोहवा के मुताबिक़, उम्दा खातिरदारी की जा सकती है । तफ़रीह में पुष्ट-दुष्ट देहों की ज़रूरत भी पड़ सकती है ।

यह मैं जानता था और हूँ, पर नेता अनजान बने रहे । इंजिनियर ने परमात्मा जी से कहा, "बेहूदा औरत है ।" परमात्मा जी ने मुंसिफ़ाना ढंग से समझाया, "सिर्फ़ ज़बान की तेज़ है, दिल बड़ा मुलायम है ।" इंजिनियर साहब बोले, "मेरे हिस्से में तो इसकी जबान ही पड़ी है । दिल की आप जानें ।"

मेमसाहब का दिल ही मुलायम नहीं था, उनमें और भी बहुत कुछ था । उनकी आँखें बड़ी-बड़ी और बेझिझक थीं; भौंहें बिलकुल वैसी, जैसी फ़ैशनेबुल लड़कियाँ बड़ी मेहनत से बाल प्लक करके और पेंसिल की मदद लेकर तैयार करती हैं । रंग गोरा, गाल देखने में चिकने—छूने में न जाने और कितने चिकने होंगे; क़द औसत से ऊँचा, पीठ तनी हुई, और दाँत—जो मुझे ख़ासतौर से अच्छे लगते—उजले और सुडौल । उनके बाल कुछ भूरे थे । मेमसाहब की उपाधि उन्हें अपनी बातचीत के हाकिमाना अंदाज़ से नहीं, गोरे चेहरे और इन लंबे-घने-भूरे बालों के कारण मिली थी ।

मैंने कहा, "तुम यहीं काम करोगी । भट्ठे में झोंकने के लिए इंजिनियर साहब को

दूसरी कबूतरियाँ मिल जाएँगी ।''

जवाब में इंजिनियर ने मुझे बाज़ की तरह देखा । पर मेरा विरोध किसी ने नहीं किया ।

परमात्मा जी ने सबके लिए चाय मँगाई थी । दो घूँट घटिया चाय के गिलास जब सबके हाथों में पहुँच गए तो वे बोले, ''हमारे इंजिनियर साहब डिसिप्लिन के बड़े पक्के हैं । चाय आने के पहले ही खिसक लिए । वे लेबर-शेबर के साथ चाय नहीं पीते ।''

ड्राइवर को पुकारकर उन्होंने कहा, ''वहाँ गाड़ी में बिस्कुट का डिब्बा रक्खा होगा । सबको दो-दो बिस्कुट दे दो ।''

मुझसे बोले, ''इंजिनियर साहब देख लें तो कहेंगे, हमारे मज़दूरों की आदत ख़राब कर रहे हैं ।''

पुष्ट-दुष्ट देहवाली एक लड़की अपनी पीठ हमारी तरफ़ किए हुए दीवाल से टिके खिड़की के फ्रेम से चिपकी हुई चाय सुड़क रही थी । बिना मुड़े हुए बोली, ''वो इमरती देता है, बिस्कुट से क्या होगा ?''

''तो इमरती भी हो जाए जीजा जी ।'' मैंने ललककर कहा । जीजा जी ने अनसुना कर दिया । गर्मी की धूल, धुंध और शाम के साढ़े छह बजे खुले मैदान के चूल्हों से उठनेवाले धुएँ में थके हुए मज़दूर भी चुपचाप चाय-बिस्कुट में रमे रहे । इमरती का उपहार पानेवाली लड़की ने सिर घुमाकर कनखियों से परमात्मा जी की, और फिर मेरी ओर देखा । किसी पर भी बिजली नहीं गिरी । परमात्मा जी की बातचीत रूपी ताली एक हाथ से बजती रही, ''अपना तो वही गाँववाला तरीक़ा है । हलवाहे को भी काका कहते थे । सबके साथ उठना-बैठना, बड़े को पालागन, छोटे को खुश रहो । पर इंजिनियर साहब की बात दूसरी है । वे अफ़सर आदमी हैं ।''

अब मिस्त्री का बोल फूटा, ''आप लोग राजा-महाराजा रहे हैं सरकार । आपकी बात हाकिम लोगों में थोड़े ही आ सकती है ।''

''नहीं, ऐसा नहीं । पर अपने-अपने खानदान का चलन होता है । हमारे बाबा बड़े जल्लाद क़िस्म के आदमी थे, पर उनका एक उसूल था, जहाँ तक हो, सबका भला करते चलो ।''

जल्लादी और ग़रीबपरवरी का एक ही अर्थ हो सकता है, इस आचार-शास्त्र के सिद्धांत को काढ़ानुमा चाय के घूँट के साथ मैं पचा भी न पाया था कि परमात्मा जी ने मुझसे पूछा, ''बिस्कुट कैसा है ?''

मैंने सर हिलाकर दाद दी । वे बोले, ''अरारूट का यह पतलावाला बिस्कुट अब बाज़ार में नहीं आ रहा है ।''

मैंने कहा, ''पर मज़दूरों के लिए वे मोटेवाले बिस्कुट ठीक रहते हैं । दो में ही डकार आ जाती है ।''

"डकार के लिए साले अपनी रोटी खाएँ । मुझे बिस्कुट खिलाना होगा तो बिस्कुट ही खिलाऊँगा । क्यों ?"

"क्यों" का जवाब किसी ने नहीं दिया, क्योंकि इस चाय-बिस्कुट की गार्डेन पार्टी का राज सभी को मालूम था । सभी मज़दूर जानते थे कि उन्हें आज रात दूसरी शिफ़्ट में जोतने की तैयारी हो रही है । इमरती खानेवाली साँवली लड़की को छोड़कर जिसे असली ड्यूटी शायद रात को ही देनी पड़ती थी, कोई भी मज़दूर अपने मन से रात को खटने के लिए तैयार न था । उसके साथ की दूसरी साँवली लड़की चाय की बात सुनते ही मुँह बिदकाकर कहीं टरक गई थी ।

दरअस्ल, मकान, कोठी, बँगला—उसे कोई भी नाम दूँ—यानी परमात्मा जी के इस चौथे घर के, जो बज़ाहिर उनकी होनेवाली चौथी संतति की प्रत्याशा में बनाया जा रहा था, दो हिस्से थे । आगे का हिस्सा लगभग पूरा हो गया था, पीछेवाले पर अब ऐसी तेज़ी से काम शुरू हो गया था जिसे सरकारी योजनाओं के चश्माधारी मरियल कारकुन तक "युद्ध-स्तर" कहते हैं । और यह काम हमारे नए ठेकेदार उर्फ़ इंजिनियर साहब चुस्ती से करवा रहे थे ।

"चुस्ती से" इसलिए कि चुस्ती ही उनका जीवनदर्शन जान पड़ती थी । वही उनका नाज़, उनका अंदाज़, उनकी राजनीति और उनकी रणनीति थी । शक्लोसूरत में चुस्ती, पोशाक में चुस्ती, दिलोदिमाग़ में चुस्ती, कोहनी के पास से छोटी उँगली तक कोई उनका हाथ ज़रा मज़बूती से निचोड़ दे तो एक गिलास चुस्ती उससे चूकर निकल सकती थी । तभी वे मज़दूरों को चुस्त रहने की हिदायत देकर अभी चले गए थे और आज की रात इमारत के दूसरे हिस्से में सीमेंट कांक्रीट की छत एक साथ डलवाने जा रहे थे । सीमेंट, छर्री आदि को मिलाने के लिए मिक्सर आज दोपहर को ही आ गया था और पड़ोस की इमारत से तार खींचकर उसे बिजली से चलाने का इंतज़ाम भी हो चुका था ।

पहले इस काम के लिए मज़दूरों का एक दूसरा जत्था आनेवाला था पर ऐसा नहीं हो पाया । वह इंजिनियर साहब की ही एक इमारत में चुस्ती दिखाने के लिए भेज दिया गया था । इसलिए दिन-भर काम किए मज़दूरों को चुस्ती और चौकसी का चबेना चबवाकर रात के काम के लिए तैयार किया जा रहा था । इंजिनियर साहब कह गए थे : रात का वक़्त होगा, बढ़िया ठंडक रहेगी, छत पर अभी बिजली नहीं है तो क्या हुआ, गैसें भिजवा रहा हूँ । दो घंटे में यह काम भी फटाफट कर डालो ।

परमात्मा जी के जाने और दूसरी पाली का काम शुरू होने के बीच जो दो घंटे की साफ़ हवा मिली उसने मुझे चारपाई पर चैन से लिटा दिया । फिर सचमुच ही बड़ी प्यारी हवा बही, उत्तर की ओर कुछ मटमैले बादल भी क्षितिज पर हिलते हुए दिखे । मैं खाट पर पीठ चिपकाकर अर्धचीकट तकिया पर खोपड़ी टिकाए हुए आराम से लेटा रहा, सपने देखने लगा ।

ये खुली आँखों के सपने हैं । वैसे इनका जो लुत्फ़ सीधी, लंबी, निर्जन सड़क पर आराम से साइकिल चलाते हुए है वह चारपाई पर पड़े-पड़े नहीं । इस आसन में, जो शवासन का पड़ोसी है, ऐसा भी हो जाता है कि खुली आँखों से देखा जानेवाला मेरी अजीबोग़रीब करामातों का सपना धीरे-धीरे सचमुच ही नींद में घुल जाए या उन खिझानेवाले और कभी-कभी डरानेवाले सपनों के नीचे दब जाए जिनसे बचने के लिए मैं नींद को ही एक उबाऊ लाचारी मानने लगा हूँ । रास्ता चलते हुए, साइकिल पर हों या पैदल, खुली आँख के सपने के टूट जाने पर नींद के सपनोंवाला ख़तरा नहीं है । वह टूट जाए तब भी बहुत कुछ बचा रहता है—सूनी सड़क, या गाँव का हरा-भरा ऊबड़-खाबड़ रास्ता और सबसे ऊपर, मैं खुद ।

मैं जानता हूँ कभी-कभी इन जागते हुए सपनों में मैं सर हिलाता, आँखें मिचमिचाता, उँगलियाँ घुमाता या ज़ोर-ज़ोर से बात करता हुआ पाया जाता हूँ । बात भी कोई सहज भाषावाली नही; "पस्पेक ता बीन मा ने बस्सा, ओदेत ना के पुसीत"। यह वह भाषा है जिसमें मैं स्पैनिश या फ्रेंच के विद्वान् की हैसियत से शहर की किसी थुकैली गली से निकलता हुआ संयुक्त राष्ट्र संघ की महासभा को संबोधित करने की मुद्रा में बोल सकता हूँ । बोलता पाया भी गया हूँ और एकाध बार परिचितों ने टोककर पूछा भी है, "सत्ते भाई, यह किससे बात कर रहे हो ?" ऐसे मौक़े पर यह सच्चाई बताना मुश्किल है कि मैं संयुक्त राष्ट्र संघ की महासभा के सामने स्पेनी ज़बान में भाषण दे रहा हूँ । कहना पड़ता है, एक नाटक का पार्ट याद कर रहा हूँ ।

इस समय जो घटना घटी या घटनेवाली थी उसका पहला दृश्य सीधा-सादा था । उसमें कोई उलझाव नहीं था; सिर्फ़ थोड़ी ढुशुम्-ढुशुम् थी । एक घना, लंबा-चौड़ा बाग; उसके दूसरे छोर पर बंजर ज़मीन; पलाश, कुश-कास का फैलाव; वहीं ईंटों के चट्टे हैं । पेड़ों के एक झुरमुट में एक खूबसूरत झोंपड़ी बना ली गई है । उसमें छह-सात शहराती आदमी दारू पी रहे हैं, कबाब खा रहे हैं । इंजिनियर साहब खुद नहीं पीते, दूसरों को पिला भर रहे हैं । मेम्साहब का प्रवेश, उसके पीछे ठिगने क़द और बड़ी-बड़ी मूँछोंवाला वही आदमी है जो हमेशा इंजिनियर साहब के साथ रहता है । हाथ में कार्बाइन । मेमसाहब आते ही चीखकर कहती हैं : 'यह मुझे यहाँ धोखा देकर लाया है । मैंने पहले ही कहा था, भट्ठे पर न जाऊँगी ।' लोग हँसते हैं । वे पलटकर बाहर निकलना चाहती हैं । पर कार्बाइनवाला आदमी अपने फ़ौलादी हाथ से उनकी कलाई जकड़ लेता है । ग़ौर कीजिए : फ़ौलादी हाथ । यही कहा जाता है न ! खींच-तान, द्रौपदी-चीर-हरण का शुरुआती दौर ।

अब, इस सब में मैं कहाँ हूँ ? यही तो सपने का रहस्य है । कहीं नहीं और सब कहीं हूँ । अचानक, तूफ़ान की तरह, मैं झोंपड़ी में घुसता हूँ । आज मुझे मुक्केबाज़ी और भारतीय कुश्ती के दाँवपेंच नहीं दिखाने हैं । यह जूडो और कराटे का दिन है । मैं काफ़ी देर ढुशुम्-ढुशुम् करता हूँ या अपने को ऐसा करते देखता रहता हूँ । थोड़ी देर में ही

झोंपड़ी के अंदर हनुमान का लंका-विध्वंसवाला दृश्य झलकने लगता है । टूटे ग्लास और फूटी प्लेटें, औंधे पड़े हुए लोग, कुछ कराहते हुए । इंजिनियर साहब नदारद । कार्बाइन का मालिक कोने में, बेहोश । मेमसाहब मेरे कंधे से टिकी हुईं, आँखें मूँदे ।

एक सस्ता सिनेमाई दृश्य, जो मेरे पराक्रम और विजय के बावजूद तबीयत में हरियाली नहीं उभारता । करवट बदलकर मैं थोड़ी देर मन को सुन्न करने की कोशिश करता हूँ । पर मन में परमात्मा जी विराजमान हैं । उन्हें लेकर, खुली आँखों, जो सपना उभरकर आता है वह ज़्यादा जानदार है ।

हाई कोर्ट में मैं काला कोट पहने किसी हत्या के मामले में बहस कर रहा हूँ । कहने की ज़रूरत नहीं, शहर के नामीगरामी वकीलों में मेरी गिनती है । मैं बहस कर रहा हूँ और जज ही नहीं, कई सीनियर वकील भी पीछे की सीट पर बैठकर मेरी बहस बड़े सम्मान और उत्सुकता के साथ सुन रहे हैं । कोर्ट से सीधे मैं कार द्वारा अपने बँगले पर आता हूँ । कार परमात्मा जी की ऐंबैसेडर ही है, बँगला भी वही है जिसमें वे रहते हैं । शायद परमात्मा जी अब नहीं हैं । शायद मैं ही परमात्मा जी हूँ । उनकी बीवी सावित्री शायद मेरी ही बीवी है । पर ऐसा कैसे हो सकता है ?

सर को झटका देकर मैं चारपाई पर सीधा बैठ जाता हूँ । देखता हूँ कि परमात्मा जी की कार दुबारा हमारी ओर आ रही है ।

इस वृत्तांत में मैंने उन्हें एक जगह इंजिनियर-सही-ठेकेदार-बटा-व्यवसायी कहा है । आगे की कथा सुनाने के पहले यहीं इसकी व्याख्या कर दी जाए । हम लोग अब तक इंजिनियर साहब के चमत्कारी जीवन-चरित की काफ़ी जानकारी पा चुके थे । हमारे दिमाग़ी आसमान में उनकी सफलता का जेट विमान सुदूरतम ऊँचाइयों से भी ऊपर उड़ रहा था और उनके सफ़ेद धुएँ की पूँछ हमारी खोपड़ी में नीचे से ऊपर तक लंबाकार हिलग रही थी । जिनसे हमें उनके जीवनवृत्त का कुछ पता मिला, उनमें पहले तो मिस्त्री ही थे जो कि उनके साथ टेढ़ा जीवन नीच विचार लेकर भूतकाल में कुछ अच्छे साल गुजार चुके थे । दूसरा सूत्र खुद परमात्मा जी थे जिन्होंने उनके और उन्होंने जिनके लिए कुछ बड़े-बड़े काम किए थे । तीसरा सूत्र कभी-कभी हाथ में आ जानेवाले दैनिक अख़बार थे जिनमें, एक को छोड़कर, सभी सरकार द्वारा उनके ऊपर ढाए गए जुल्मों की गाथा छापा करते थे । चौथा स्रोत एक ठिगने क़द और चौड़े जबड़े वाला कुर्ता-पायजामा-अँगोछाधारी जवान था जो ज़्यादातर इंजिनियर साहब की मोटर साइकिल की पिछली गद्दी पर बैठकर चलता था; उसके हाथ में एक छोटा-सा हथियार भी होता था जिसे हमारे जैसे जानकार जानते थे कि इसका नाम कार्बाइन है । इस जवान का नाम पप्पी था । नाम के फ़िल्मीपन से हमें पूरा भरोसा था कि वह उसका स्कूलवाला नाम नहीं है, वैसे हमें यह भरोसा न था कि उसने कभी स्कूल देखा है ।

असली स्रोत खुद इंजिनियर साहब हो सकते थे पर उन्हें हम लोगों के बीच ज्यादा बोलने का शौक न था ।

वे सार्वजनिक निर्माण विभाग में असिस्टेंट इंजिनियर थे । अब भी हैं । कुछ घूस-वूस ज़्यादा ली; ख़ैर, वह तो कोई खास बात नहीं; ख़ास बात यह कि दो तीन मामलों में चुस्ती दिखाना भूल गए और सरकारी चपेट में आ गए । कहा भी है, यानी यह खुद मैंने कहा है कि घपला करना या घूस लेना बुरा नहीं है, बुरा है उसकी चपेट में आ जाना । इसी बुराई में इंजिनियर साहब मुअत्तल कर दिए गए । पर एक घंटे के भीतर ही वे अदालत से मुअत्तली के ख़िलाफ़ स्थगन आदेश ले आए । सम्मानित न्यायालयों को पहला और आख़िरी पाठ यह याद करना होता है कि इंसाफ़ किया ही न जाना चाहिए, ऐसा दिखना भी चाहिए कि जो हुआ है वह इंसाफ़ ही हुआ है । यह याद रखते हुए और अखिल विश्व को इसकी याद दिलाते हुए सम्मानित अदालत ने निष्पक्ष भाव से यह भी व्यवस्था कर दी कि स्थगन आदेश के दौरान सरकार चाहे तो उनसे काम ले, न चाहे तो न ले । तदनुसार चोर चोरी कर रहा है और साह खटिया पर लेटा हुआ जाग रहा है । स्थगन आदेश में साफ़ लिखा है कि उनसे काम लिया जाए या न लिया जाए, वे ड्यूटी पर शुमार किए जाएँगे और इस दौरान अपनी पूरी तनख़्वाह के हक़दार होंगे । तब से अब तक चार साल, पाँच महीने, तेईस दिन बीत चुके हैं ।

मुकदमा बेशक पेचीदा है क्योंकि अब भी चल रहा है । सरकार ने तय किया था कि वह इंजिनियर साहब को तनख़्वाह भर देगी, उनसे काम न लेगी । उधर हमारे इंजिनियर जैसा जो भतीजा चाचा नेहरू की 'आराम हराम है' वाली ललकार पर बदन की नसें चटकाता हुआ उठ खड़ा है, उसे काम करने से कौन रोक सकता है ? इसलिए वे सरकार का नहीं तो अपना, और उसी के बहाने जनता का काम कर रहे हैं । आदत से वे काम करने के लिए अभिशप्त हैं । तभी वे तीन भट्ठे चला रहे हैं, एक ट्रांसपोर्ट एजेंसी बनाकर ट्रकें और टैक्सियाँ चलवा रहे हैं, बड़े-बड़े ठेके ले रहे हैं, चार-चार मंजिलवाले बाज़ार और दफ़्तरों की इमारतें बनवा रहे हैं, अब एक सिनेमा हाउस बनाने की योजना भी तैयार हो रही है ।

जब वे मुअत्तल नहीं हुए थे तभी, कृष्ण को बलराम बनाने, यानी काले पैसे को सफ़ेद करने के लिए, उन्होंने अपनी लगभग ख़ूबसूरत बीवी के नाम से 'शुभकामना' नाम का ब्यूटी पार्लर क़ायम करा दिया था । उसमें वज़न घटाने, छातियाँ मज़बूत करने और कुल मिलाकर ख़ूबसूरत बनने से लेकर 'योगा' का अभ्यास करने तक की व्यवस्था थी । उस इलाके की लड़कियाँ, युवतियाँ और प्रौढ़ाएँ शायद वज़न घटाने और छातियाँ मज़बूत करने आदि की ज़्यादा इच्छुक नहीं थीं, इसलिए उस ब्यूटी पार्लर में ज़्यादातर पूरे दिन उसकी मालिकिन ही अपना वज़न घटाने आदि की क्रिया में तल्लीन रहती थीं और अपनी एक नौजवान सहायिका के वज़न और उसकी छातियों के ठोसपन पर अपने को, सक्रिय तुलनात्मक प्रयोगों के आधार पर. ढालने की कोशिश करती रहती थीं ।

पर इंजिनियर साहब को अपनी बीवी की इन कोशिशों, उत्तेजनाओं और कुंठाओं से कोई ख़ास सरोकार न था। उनका असली सरोकार उस आठ सौ रुपए की दैनिक आमदनी से था जो कमला, विमला, इला, विला, शीला, लीला, नीला आदि फ़र्ज़ी अप्सराओं की गाहकी की मार्फ़त आती थी और जिस पर लगभग तीन लाख रुपया सालाना की रक़म पर प्रतिष्ठान के जायज़ ख़र्चों का बाज़ाप्ता रिबेट लेकर और इनकमटैक्स देकर घूस और कमीशन और चोरी और सीनाज़ोरीवाली आमदनी को, जिसका ख़्वाब उन्होंने शायद इंजिनियरी के पहले दर्जे से ही देखना शुरू किया था, कृष्ण से बलराम बनाया जा रहा था।

बहरहाल, मुअत्तल होते-होते इंजिनियर साहब ने राज्य सतर्कता आयोग, सी.बी.आई., स्थानीय पुलिस, विभागीय भ्रष्टाचार विरोधी संगठन और स्थानीय लोकमत को अपने ठेंगे पर रखकर इतमीनान से रईस बनने के लिए काफ़ी पैसा जोड़ लिया था; यह दूसरी बात है कि असिस्टेंट इंजिनियर की सामाजिक-आर्थिक हैसियत की दंभी ईमानदारों में फैली धारणा का आदर करते हुए वे अपनी टोयोटा ससुर के घर पर, फ़ियट चचेरे भाई के यहाँ और एंबैसेडर एक ठेकेदार के यहाँ रखते हुए ख़ुद प्रायः मोटर साइकिल पर चलते थे। पर उसका भी एक नक्शा था। ऐसे कितने मोटर साइकिल सवार होंगे जिनके पीछे लंबी मूँछोंवाला अँगोछा-पायजामा-कुर्ताधारी आदमी कार्बाइन लेकर चलता है?

उनकी मदद के लिए चार-पाँच वकीलों का एक पैनेल है जिसमें परमात्मा जी भी शामिल हैं। तभी, अपनी हैसियत के हिसाब से अदना काम होते हुए भी, परमात्मा जी की उलझन देखकर उन्होंने उनके मकान में दिलचस्पी ली है। सरकार उनसे खीझी हुई है, इसलिए वे मज़दूरों पर खीझे हुए हैं। पर सरकार उनसे जैसा सुलूक कर रही है उसका बिलकुल उल्टा सुलूक वे मजदूरों से कर रहे हैं। सरकार उन्हें तनख़्वाह दे रही है, काम नहीं देती; तभी वे अपने आदमियों को सिर्फ़ काम देते हैं, तनख़्वाह नहीं देते—या, कम-से-कम, कोशिश ऐसी ही करते हैं।

परमात्मा जी आते ही बोले, "ये रुपए देना भूल गया था। मज़दूरी के हिसाब में डाल देना।" कहकर उन्होंने गिनकर एक हजार के नोट मुझे पकड़ा दिए। मैंने चारपाई ख़ाली कर दी। कहा 'बैठिए जीजा जी।' वे बैठ गए। बोले, "बैठने का टाइम नहीं है। जस्टिस बंसल के यहाँ बैठ गया था। वहीं याद आया तुम्हें रुपए देने हैं। अब चलूँगा।" पर वे बैठे रहे।

अभी पौन घंटा पहले परमात्मा जी की चाय, बिस्कुट और पूर्वजों के ज़ुल्म की गौरव गाथा को मज़दूर ख़ामोशी से ले रहे थे और उनके 'क्यों' का परंपरागत जवाब नहीं मिल रहा था। एक बार कहकर मिस्त्री ने दुबारा उनके राजामहाराजा होने का, या उनके पिता के बड़ा जाबिर या ख़ूँख़्वार ज़मींदार होने का जस नहीं गाया था। एक बार कहकर

मैंने भी उस वक़्त उन्हें दुबारा जीजा जी का संबोधन नहीं दिया था, शायद इसी पौन घंटा पुराने व्यवहार का बदला लेने के लिए उन्होंने कहा, ''अब तक पाँच सौ तेईस बोरी सीमेंट लग चुकी है । इंजिनियर साहब कहते थे कि सरकारी फार्मूला के हिसाब से अब तक के काम पर चार सौ से ज्यादा नहीं लगनी चाहिए ।''

''सरकारी फ़ार्मूला तो यह है कि इतने में चार सौ बोरी ख़र्च हों और उनमें से भी दो सौ उन्तालीस बोरी इंजिनियर साहब की सासवाले मकान में लगा दी जाएँ ।''

''फिर भी सीमेंट कुछ ज़्यादा ही लग रही है ?''

''कैसे ? आपको कैसे मालूम ? मकान तो मैं बनवा रहा हूँ ।''

जवाब में परमात्मा जी मुझे ग़ौर से देखते रहे, जैसे मैं सिनेमा के कोर्ट सीन में खड़ा हुआ कोई झूठा गवाह हूँ जिसे वे वकील की पोशाक पहनकर अपनी बड़ी-बड़ी तीखी आँखों से घूर रहे हों और उम्मीद कर रहे हों उनकी नुकीली चमक से सच का डंठल पिघल जाएगा और सच मेरे गले से आँवले की तरह उनकी हथेली पर चू पड़ेगा ।

पर मैं वह चीज़ नहीं हूँ । जानता था कि वे कहना चाहते हैं कि उनकी सीमेंट मेरी साजिश से बिक रही है । इसीलिए जवाबी तर्ज़ में मैं भी उन्हें घूरता रहा । बिला टिकट चलते हुए ट्रेन के टिकटचेकरों को न जाने कितनी बार मैंने इसी तरह घूरा है और उन्हें ज़ेर किया है । थोड़ी देर में पलक उन्हीं की झपकी । बोले, ''किसी का भरोसा नहीं है ।''

मैंने सहमति में सिर हिलाया । वे फिर बोले, ''सगा-से-सगा आदमी भी आजकल धोखा देने में नहीं चूकता । ज़रा-सी आँख झपकी नहीं कि कान का मैल तक निकाल लेगा ।''

मैंने कहा, ''क्यों जीजा जी''—इस वक़्त उन्हें जीजा कहने में हर्ज नहीं दिखा—''आप ऐसी बात इंजिनियर साहब के लिए तो नहीं कह सकते । इतना सच्चा, मेहनती, ईमानदार, क़ाबिल नमूना आप इतने दिनों बाद खोजकर लाए हैं । वे आपको धोखा नहीं दे सकते, मैं भले ही · · · ।''

''नहीं, नहीं, ऐसा नहीं । तुम दोनों मेरे लिए एक-से हो । वे मेरे मुअक्किल हैं, तुम मेरे · · · ।''

इधर साल भर से मैं ऐसे शरीफ़ लोगों के बीच रह रहा था जो 'साला' तक को गाली समझते हैं । परमात्मा जी के आगे ज़्यादा-से-ज़्यादा पशु-पक्षियों के नाम को गाली बनाकर सुअर, गधा, उल्लू या कुत्ता का प्रयोग किया जा सकता था । पर 'उल्लू का पट्ठा' का प्रयोग असांसदिक था । इस माहौल में मुझे धोखा हो गया था कि मैं सारी पुरानी गालियाँ भूल चुका हूँ । पर इंजिनियर साहब के साथ परमात्मा जी ने जैसे ही मेरी समानता की बात उठाई, मेरी सारी बचपन की यादशुदा गालियाँ अपनी केंचुल छोड़कर फुफकारने लगीं । बिना किसी ख़ास आदमी का नाम लिए मैंने सैकड़ों गालियाँ दे डालीं । और निश्चय ही, जैसे प्रधानमंत्री के यह कहते ही कि कुछ देश हमारे देश की अखंडता और जनतंत्रीय मूल्यों को नष्ट करना चाहते हैं, हम समझ जाते हैं कि बात

पाकिस्तान या अमरीका की हो रही है, वैसे ही परमात्मा जी समझ गए कि मैं किसकी माँ-बहन को न्यौता दे रहा हूँ । वैसे मेरी बात का कुल मतलब इतना था : कोई मुझे चाहे जितना बुरा-भला कह ले पर, ख़बरदार, इस चोट्टे इंजिनियर के साथ मेरा नाम न लिया जाए । नहीं तो, हाँ ··· ।

परमात्मा जी उठकर खड़े हो गए, बोले, ''भाई, अपनी इज़्ज़त अपने हाथ में है । यहाँ और रुका रहा तो पता नहीं अपनी तोप का रुख़ कब उधर से मोड़कर मेरी ओर कर दो । अब मैं चलता हूँ ।''

फिर अचानक हाकिमाना अंदाज़ में कहा, ''देखो, गैसें आ गई हैं । जाओ, रात का काम शुरू करा दो । दो-तीन दिन में बिजली का कनेक्शन भी मिल जाएगा । इंजिनियर साहब ने इंतजाम कर दिया है । उसके लिए अब तुम्हें शिलिर-बिलिर करने की जरूरत नहीं है ।''

मिस्त्री और उनके साथ के दो नायब मिस्त्री इमारत के पिछवाड़े काफ़ी देर से रुके हुए थे । इतनी देर लघुशंका नहीं चल सकती, यह सोचकर मुझे शंका हुई कि वहाँ गाँजे की चिलम सुलग रही होगी । मज़दूर सबेरे की ठोकी हुई रोटियाँ नमक, मिर्च और प्याज़ से खाने के लिए अपने-अपने दरबों में चले गए थे । सिर्फ़ नेता सहन के एक कोने में बैठे हुए लैया-चना चबा रहे थे । मैंने पूछा, ''रोटी नहीं खा रहे हो ?''

''जनाना आज पड़ा हुआ है ।'' इस सुंदर खड़ी बोली के वाक्य का मतलब शायद यही हो कि मेमसाहब इस वक़्त उससे नाराज़ हैं । पर मेमसाहब हैं कहाँ ? जानने के लिए मैंने दस में से आकाश को छोड़कर नौ दिशाओं में निगाह दौड़ाई । जवाब के तौर पर बिजली के तार पर बैठी एक चिड़िया ने किशमिशी आवाज़ में 'किशमिश किशमिश'-जैसा एक तराना सुना दिया । नेता चबेना चबाकर, बंबे का पानी पीकर, सड़क की ओर टहल गए थे । मैं धीरे-से उठकर पड़ोस के ख़ाली प्लाट पर लगे हुए ईंटों के उस पाँच फुट ऊँचे चट्टे की तरफ़ बढ़ा जिसके कोटर में प्लास्टिक की धूल-भरी चादर के नीचे नेता की ख़्वाबगाह थी । पर इस वक़्त सारे ख़्वाब मेरे थे ।

झिझक को शिष्टता में बदलते हुए मैं बाक़ायदा खाँसता हुआ उस ख़्वाबगाह में घुसने को हुआ । उसी के साथ एक बकरी का बच्चा मेरी टाँग से टकराता हुआ बाहर निकला । भीतर ढिबरी जल रही थी जिससे बाहर का धुँधलका अँधेरे में तबदील हुआ जा रहा था । अपने को छिपाने की कोशिश किए बिना मैं वहाँ कई मिनट खड़ा रहा । कुछ दूरी पर कुत्तों का एक गिरोह लगातार भूँक रहा था । उससे भी कुछ और आगे रामायण का कहीं अखंड पाठ चल रहा था । फिर भी मेरे दिमाग़ में सन्नाटा था ।

थोड़ा-सा झुककर, थोड़ा घुटनों को मोड़कर, मैं बाअदब बामुलाहिज़ा अंदर घुसा । सिर उठाने की गुंजायश न थी क्योंकि पूरी ऊँचाई पर उठते ही सिर टकराने का डर था । ढिबरी के धुआँधार धुँधलके में मैंने मेमसाहब के लिए चारों ओर निगाह

दाढ़ाइ । उन्हें छोड़कर बाक़ी सबकुछ देखने को मिल गया ।

पत्थर के एक टूटे चौके पर दो-तीन मैली-कुचैली पोटलियाँ । एक कोने में छितरा हुआ लगभग पाव भर प्याज़ । ब्रिटिश पेंट का पाँच किलोवाला डिस्टेंपर का एक डिब्बा, जिसमें शायद आटा हो । या क्या पता, चोरी का डिस्टेंपर ही हो । मिट्टी के एक कुल्हड़ में नमक के चंद मटमैले डले । एक ईंट पर रखी दो चीकट शीशियाँ, जिसमें कोई चिकनी चीज़ थी जिसे मैंने तजुर्बे से सरसों और अंडी का तेल समझा । चट्टे की एक दीवार से सटा हुआ बिजली का एक तार अलगनी की तरह आर-पार बँधा था । उस पर अँगोछे जैसी लटकी एक हरी कमीज़, एक धुली हुई कत्थई धोती, एक नीला ब्लाउज़ । दीवार की दो ईंटों के बीच ठूँसकर कील की तरह निकाली गई लोहे की छड़ पर टँगी हुई एक गिलट की करधनी । नीचे, पुवाल से ढके फ़र्श पर प्लास्टिक की चप्पलों का एक टूटा हुआ जोड़ा, जिसे चाहे घूरे पर दे मारो चाहे नेता की क़िस्मत पर—कोई फ़र्क़ नहीं पड़ेगा ।

फ़र्श के एक कोने से एक चुहिया ने सिर उठाया । ढिबरी की रोशनी उसके थूथन पर बूँद जैसी चमकी । उसी के बाद पुवाल के ऊपर एक कोने से दूसरे तक एक सर्राटेदार तीर छूटा । चुहिया दूसरे किनारे पर आकर ज़ोर से उछली और दो ईंटों के बीच छूटे हुए एक चौकोर सूराख़ में घुस गई । ढीली-ढाली ईंटों के उस पार खुली हवा थी, पर वहाँ भी गेहूँ का दाना न था ।

मेरा मन खराब हो रहा था । उसे बहलाने के लिए मैंने अख़बार, रेडियो और टी.वी. से रोज़ उगले जानेवाले मसखरेपन का सहारा लिया । यानी इस ढहती हुई बीसवीं सदी में मैं भी आगे का ख़्वाब देखने लगा । सोचा, सर्राटा मारती हुई यह चुहिया ईंटों के उस पार बिना दाना-पानीवाली ज़मीन पर इसी रफ़्तार से अगर बढ़ती चली जाए तो यक़ीनन् पंद्रह सेकेंड में इक्कीसवीं सदी में पहुँच जाएगी । इतनी प्रगति के बाद हम उसे चुहिया नहीं, मूषकी कहेंगे ।

4

इमारत के इस कमरे में—जो बाद में परमात्मा जी का मास्टर बेडरूम होगा और जिसमें वी.सी.आर. पर रोज़ रंगीन सिनेमा देखा जाएगा—मेमसाहब ईंट-पर-ईंट रखकर आजकल रसोई राँधा करती थीं । इस वक़्त मैंने उन्हें यहाँ जमीन पर गुमसुम पड़ा पाया । उनके घुटनों में अपनी एक दुबली-पतली टाँग फँसाए हुए गूँगा सुरेस भी पड़ा था । बाहर बरामदे में जलती हुई गैस की रोशनी की एक पतली धार उन टाँगों के ऊपर से तिरछी निकल गई थी । कमरे में घुप्प अँधेरा नहीं, धुँधलका था ।

उस तिरछी रोशनी के धुँधलके में मेरी निगाह सबसे पहले सुरेस की कमलककड़ी जैसी कलाई पर पड़ी । कलाई मेमसाहब की कमर के उस हिस्से पर थी जिसके दक्खिन में साड़ी और उत्तर में कसा हुआ ब्लाउज़ होता है और बीच में एक चिकनी कटावदार घाटी होती है । आजकल गाँवों में शादियाँ-ही-शादियाँ हो रहीं थीं जिनमें बजनेवाले रिकार्डों में सबसे ज़्यादा जाहिल और उससे भी ज़्यादा मशहूर गाना था : "लौंडा तू है नसीबोंवाला ।" सुरेस के लेटने का यह नक्शा देखते ही यह गाना अचानक मेरे दिल में पूरे वाल्यूम पर बज उठा । मैं मेमसाहब के पास जाकर धीरे-से पंजों के बल बैठ गया और उनके भूगोल का मुआयना करने लगा ।

वैसे तो ये बैसाख के दिन थे पर वहाँ उकड़ूँ बैठकर मैं सावन का अंधा हो गया, मुझे चारों ओर हरा-ही-हरा दीखने लगा । देखते हुए भी मुझे फर्श का मटमैलापन, उन दोनों के नीचे बिछी सीमेंट की खाली, फटी हुई बोरियाँ, चारों ओर बिखरे हुए लोहे और लकड़ी के टुकड़े, घरेलू सीवर लाइन के इस्तेमाल से बचे ट्यूब के टुकड़े, छर्री के छोटे-छोटे ढेर, कुछ आड़ी-तिरछी पड़ी हुई बल्लियाँ—ये देखते हुए भी नहीं दीख पड़ीं । द्रौपदी स्वयंवर में अर्जुन की निगाह जैसे कटोरे में पड़नेवाली मछली की छाया पर टिकी थी, उसी तरह मैं मेमसाहब की कमर से खेलती हुई उस कलाई की हड्डी को निहारता रहा । तब मुझे लगा कि वह कलाई, उससे जुड़ा हुआ छोटा-सा पंजा, और उससे जुड़ी गठीली उँगलियाँ कमर से खेल नहीं रही हैं, उस पर सुरेस की उँगलियाँ बार-बार खुल-मुँद रही हैं, पंजा छटपटा रहा है ।

उस पर मैंने धीरे-से अपना पंजा रख दिया । पंजे का एक हिस्सा सुरेस के पंजे के रक़बे के बाहर जाकर मेम साहब की कमर के कटाव को छूने लगा । उसी के साथ मैंने महसूस किया कि सुरेस के पंजे और मेमसाहब की कमर—दोनों की गरमाहट में बड़ा

फ़र्क़ है । सुरेस के पंजे का ताप मेरी हथेली को झुलसा रहा था--उसे बहुत तेज बुख़ार था । उधर मेमसाहब की चिकनी त्वचा की गर्मी दूसरे ही पैमाने की थी । जो भी हो, डेली रेल यात्रा के पाँच-सात सालों के दौरान सार्वजनिक हेकड़ी और बेबुनियाद गुंडागर्दी में थोड़ी-बहुत दीक्षा पाने के बावजूद इस पहले झटके में मुझे सुरेसवाली गर्मी ने ढेर कर दिया । सुरेस के चुचके चेहरे की ओर मेरी नज़र घूमी, मेमसाहब फोकस से बाहर हो गईं ।

उधर मेमसाहब ने कुछ ऊँघती, कुछ कराहती आवाज़ में कहा, ''मिस्त्री, बोल दिया है । पीछे न पड़ो, नहीं तो उठकर तुम्हारी बसूली तुम्हारे मुँह में ठूँस दूँगी ।''

इसमें ख़ास नाराज़गी नहीं थी, थकान थी । उनकी आवाज़ किसी बुढ़िया-जैसी थी जिसने छह महीने तक संग्रहणी झेली हो । मैंने हाथ नहीं हटाया, मुझे कुछ अज़ीब-अजीब-सा लगने लगा, जैसा पहले कभी नहीं लगा था । एक द्रव भरा गुब्बारा-जैसा मेरी छाती और गले के बीच फूलने लगा । मैंने कहा, ''जसोदा, मैं हूँ ।'' पहली बार उनका असली नाम मेरे मुँह से निकला ।

मेमसाहब ने जोर की साँस ली और कराहा । उसकी लहर उनकी कमर की घाटी तक फैलती जान पड़ी । फिर वह मेरी उँगलियों के पोर-पोर से चलकर मेरे फेफड़ों तक पहुँची जिससे वे भी वैसी ही गहरी साँस खींचने को शायद मज़बूर हो गए । मेमसाहब का बेजान-सा हाथ उठकर मेरी उँगलियों पर गिरा, जड़ हो गया । कमर की घाटी में इंसानी हाथों की एक तिमंजिला इमारत बन गई । सुरेस का तपता हुआ, मेरा पसीजता हुआ, उसके ऊपर मेमसाहब का हाथ बेजान-सा, पर कहीं भीतर से चिनगारियाँ जैसी छोड़ता हुआ । कुछ देर में ऊपरवाला हाथ उतना बेजान नहीं रहा, उसका दबाव मुझे महसूस हुआ । पर उत्तेजना के बजाय, न जाने क्यों और कैसे, उसने मुझमें यथार्थ का एहसास जगाया । मैंने पूछा, ''सुरेस को बड़ा तेज बुख़ार है ? कब से ?''

मेमसाहब ने कुछ भी नहीं कहा, सिर्फ़ मेरा हाथ अपने जिस्म से दूर सरका दिया । मैंने फिर पूछा, ''और तुम्हें क्या हुआ है ?''

''मर रही हूँ ।''

''तो मरो ।''

मैं उनके पास एक फटी बोरी पर बैठ गया । उकड़ूँ बैठे-बैठे मेरे पंजों में दर्द होने लगा था । पूछा, ''यह मिस्त्री साला तुम्हें परेशान करता है ?''

''गँजेड़ी है ।''

कहानी का खलनायक कितनी आसानी से गँजेड़ी बनकर बच निकला ! अब कुल यही बचा था कि थोड़ा उचक्कापन दिखाकर, और उसी सिलसिले में अपने और मेमसाहब के बीच भविष्य के रिश्तों का कच्चा ख़ाका तैयार करके धीरे-से बाहर निकल जाऊँ । इधर-उधर टटोलकर मैंने उनके हाथ की उँगलियाँ पा लीं, ढीली पकड़ से उन्हें थामे रहा । तटस्थ आवाज़ में पूछता रहा, ''बताती क्यों नहीं हो ? तुम्हें क्या तकलीफ है ?''

ज़रा भी नहीं जान पड़ा कि यह दिन भर फावड़ा चलानेवाली मज़दूरनी की उँगलियाँ हैं । वे मुलायम और चिकनी थीं । पोरों की हड्डियाँ उभरी न थीं, जैसी कि मेरे बेहूदा हाथों की थीं, मुझे उन उँगलियों का दबाव अपने हाथ में महसूस हुआ, या शायद यह मेरा भ्रम ही हो, पर जब तक मैं अपने भ्रम के साथ ठीक से परिचित होऊँ, वे मेरी गिरफ़्त से बाहर चली गईं ।

अचानक मेमसाहब करवट बदलकर मुझसे दूर हट गईं और सुरेस के उतना ही नज़दीक आ गईं । मैंने जब दुबारा पंजा फैलाकर हारी हुई रियासत को हथियाना चाहा तो इस बार विपक्षी ने हमारा हमला क़िले की चहारदीवारी से बाहर ही रोक लिया । अब मुझे ख़्याल आया कि मिजाजपुर्सी के बारे में मेमसाहब ने मेरे सवाल का जवाब नहीं दिया है । मैंने अपना सवाल दोहराया ।

जवाब मिला : "जाकर अपना काम देखो मुंसी जी । काहे को मेरी दुर्गत कर रहे हो ?"

मैं खड़ा हो गया, जैसे कुछ हुआ ही न हो । और हुआ ही क्या था ? मैंने 'जसोदा' नामक मंत्र का फिर से इस्तेमाल करते हुए कहा, "कहीं दर्द है ?"

"हाँ । पेट में बड़ी पीर है ?"

"नेता से नहीं कहा ?"

"वह क्या करेगा ? कुछ समझता भी है ?" उस थकी हुई ऊँघती आवाज़ में कुछ ऐसा था जिसने मुझे एक ही जगह दो आदमियों में बदल दिया, एक मैं था, दूसरा नेता था । मैं ही जसोदा को यह अँधेरी पीर पहुँचा रहा था, मैं ही उसका झिड़की-भरा प्यार पा रहा था और उससे अलग खड़ा हुआ यह दूसरा मैं--संतोषकुमार उर्फ सत्ते महसूस कर रहा था कि यहाँ पर इस तरह खड़ा होना ऐसी असभ्यता है जो मेरी बरसों की पाली-पोसी असभ्यता तक को गवारा नहीं है ।

ऊपर छत पर कोई काम नहीं हो रहा था। जैसे बाढ़ आने पर सरकारी राहत का अभियान चल रहा हो, सिर्फ़ हो-हल्ला मचा हुआ था। इंजिनियर साहब ने, जो ऊँचे दर्जे की टेक्नालॉजी, प्रबंधविज्ञान और देख-रेख की हवा बाँधी थी, वह मज़दूरों के पुराने ढर्रे में और बढ़ते हुए शोरगुल में टाँय-टाँय फिस् होती जा रही थी। सीमेंट और पत्थर की छर्री आदि को सही अनुपात में मिलानेवाली मशीन का अंडाकार भंडा मुर्दा गैंडे की तरह निश्चल खड़ा था और दो मज़दूर फावड़ों की मदद से पुराने ढंग से सहन में सीमेंट-कांक्रीट की घुलाई कर रहे थे। इक्कीसवीं सदी की ओर जाते-जाते मिक्सर से लगा हुआ बिजली का तार अपनी जगह से कहीं खिसक गया था। उन्नीसवीं सदी की लोकप्रिय टेक्नालॉजी फिर वापस लौटने लगी थी।

मिस्त्री गाँजे की गहनता में कुछ ज़्यादा ही गंभीर बन रहे थे, गैस के पास बैठे बीड़ी पी रहे थे। हवा तेज़ी से बहने लगी थी और उसमें डेढ़ महीना पहलेवाली ठंडक आ गई

थी। नेता ने कहा, ''गैसें भक्क-भक्क कर रही हैं। बादल उठ रहे हैं। काम कैसे होगा?''

''इंजिनियर साहब से जाकर पूछ आओ।''

''वे भट्ठे पर गए हैं'' मिस्त्री ने कहा, ''बड़े आदमियों की बड़ी-बड़ी बातें। इस वक़्त मैं तो वहाँ जाऊँगा नहीं। नेता, तुम चले जाओ।''

''मैं ही फालतू हूँ? रास्तेवाला वह पीपल देखा है? मैं न जाऊँगा। तुम्हीं जाओ मिस्त्री, तुम हो मियाँ लोग—बरमराच्छस तुम्हारा क्या बिगाड़ लेगा?''

मैंने उन्हें बकवास बंद करने का आदेश दिया। कहा, ''कहीं कोई बरमराच्छस नहीं है। जैसे पीपल वैसे बबूल। लपककर जाओ और लौटते में चौराहेवाले डॉक्टर से मेमसाहब के लिए दवा भी लेते आओ। उनके पेट में दर्द हो रहा है। सुरेस को भी बुख़ार है। एकाध टिकिया उसके लिए भी लेते आना।''

नेता बोले, ''कितनी बार कहा इससे कि नोन-पानी गरम करके पी ले। मानती ही नहीं।''

''मिस्त्री, तुम तो छत पर जाओ न। यहाँ बैठकर क्या घुइयाँ छील रहे हो?''

मेरे इस मुहाविरा-भरे सवाल का जवाब खुदाबंद ताला ने दिया। हवा के झोंके के साथ ही पानी की बड़ी-बड़ी बूँदें हमारे सिर पर पड़ीं। पहले ही रेले में एक गैस भक्क-भक्क करके बुझ गई। नेता बोले, ''राम नाम सत्त है।'' अब पानी धार बाँधकर आया। मज़दूर छत से नीचे उतर आए। थोड़ी देर में गैसें सामने के बड़े कमरे में सजा दी गईं। मज़दूर मंडली पोर्टिको में बैठकर वर्षा-मंगल मनाने लगी। मिस्त्री और नेता कमरे में बैठकर बीड़ी पीने लगे। उन्हीं के पास मैं अपनी खटिया पर बैठ गया, बोला, ''यह बौछार निकल जाए तब जल्दी-जल्दी काम करा डालो मिस्त्री।''

''कहाँ की बात कर रहे हो मुंसी? पत्थर पड़ रहा है। काम अब कल होगा—कल की भी कौन कहे, परसों।''

सचमुच ही ओला पड़ने लगा था। मेमसाहब टाट की एक फटी बोरी सिर पर डाले, दूसरी पीठ पर ओढ़े, कमरे में नमूँदार हुईं। नेता बोले, ''नोन-पानी पिया था?''

वे बिना जवाब दिए बरामदे की ओर बढ़ीं। मैंने कहा, ''ओला पड़ रहा है। बाहर मत निकलना।''

''वहाँ सब भीग रहा होगा।'' कहकर वे बारिश में उतरीं और जो चुहिया मुझे उनके दरबे में दिखाई दी थी, उसी की तेज़ी से अपने ईंटोंवाले चट्टे की ओर चली गईं। वहाँ भीगने और बचाने लायक़ जो भी था, मेरा सब देखा हुआ था। फिर भी मैंने दुबारा रोक-टोक नहीं की। भारतीय खाद्य निगम का सैकड़ों बोरा गेहूँ जगह न होने के कारण रेलवे स्टेशनों के यार्ड में भीग रहा होगा—इस राष्ट्रव्यापी चिंता से बिलकुल बेलौस बेवकूफ़ की तरह उन्हें बारिश में जाते देख मुझे पहले हँसी छूटी, फिर उन पर दया आई और फिर अचानक उन्हें मन-ही-मन दाद दी। वे अपने टपरे की प्रधानमंत्री भी हैं,

महारानी भी। फॉकलैंड द्वीप की तरह एक चिपके हुए डिब्बे में जो दाल के चार दाने पड़े हैं, उन्हें चुहिया से, और पानी की टपकन से बचाने की जिम्मेदारी सही तौर से समझती हैं। आँधी हो या तूफ़ान, किसी से सलाह लिए बिना उन्हें अपने साम्राज्य को बचाना ही होगा।

मैंने कहा, ''अबे नेता के बच्चे, वह पेट के दर्द में तड़प रही है और तू उसे नोन-पानी पिला रहा है। तेरा बिलासपुरी गूँगा शेर बुख़ार में पड़ा है। गाँजा के नाम पर पाँच रुपए फूँकने में तुझे कोई कलक नहीं होती, दो रुपए की दवा ख़रीदने में तेरी हवा खिसक रही है। ये ले दो रुपए, बारिश थमते ही लपक जा चौराहेवाले…

नेता के ओंठ पूरब से पच्छिम तक मोहनी मुस्कान में फैले थे. हाथ में बीड़ी थी। बोले, ''दो से क्या होगा? तीस रुपया निकालो टेंट से…।''

जवाब में नेता को कुछ गालियाँ सुनाने जा रहा था कि मेमसाहब बारिश में भीगती हुई उसी चुहिया-चाल से कमरे के अंदर आ गईं। एक फावड़े का बेंट वहीं ज़मीन पर पड़ा था, उसे उठाते हुए बोलीं, ''कीरा! कोठरी में कीरा निकला है। जल्दी चलो मिस्त्री।''

कीरा, यानी कीड़ा, यानी साँप। हम लोग उछलकर खड़े हो गए, जैसे साँप हमारे पतलून में घुस आया हो। मिस्त्री और पोर्टिको में बैठे मज़दूर भी लकड़ियाँ लेकर नेता के दरबे की ओर दौड़े। सिर्फ नेता नहीं उठे। मैंने कुछ कहा तो बोले, ''वही मार लेगी।'' उनकी मुद्रा में बस इतना फ़र्क़ आया था कि पहले जहाँ उनके ओंठों पर गाँजे से उद्दीप्त मुस्कान लपलपा रही थी, वहाँ अब सिर्फ़ उसकी केंचुल रह गई थी।

नेता ने कहा था : निकालो टेंट से तीस रुपए, तब मेमसाहब और बिलासपुर के गूँगे शेर के इलाज की बात करो।

उनके इस रईसी इलाज का राज़ समझने के लिए यहाँ की चिकित्सा प्रक्रिया को जानना ज़रूरी है। पूरी बात विस्तार के साथ और गाँजे की बहक में अपनी दो-चार पेटेंट गालियाँ मिलाकर मिस्त्री और नेता ने, एक-दूसरे की बात काटते हुए, मुझे समझाई।

यह इमारत शहर की एक नई बस्ती में बन रही है। यह पूरा क्षेत्र गुम्टी-संस्कृतिवाला है। चौड़ी सड़कों के किनारे-किनारे नेता-अफ़सर-व्यापारी गिरोह के कुछ शानदार, कुछ कम शानदार निवास गृह हैं। पर सड़क की पटरियों पर हर पचास मीटर के फासले पर लकड़ी की चलायमान गुम्टियों में, या बाँसों पर टिके हुए तिरपाल के नीचे, और कहीं-कहीं बिलकुल नीले गगन के तले पान, बीड़ी, सब्जी, चाट, समोसा-जलेबी, चाय, सुराही और कुल्हड़, स्कूटर और साइकिलों की मरम्मत, धोबीगिरी, नाईगिरी, बढ़ईगिरी, लुहारगिरी, कुम्हारगिरी आदि की दुकानें हैं। कहीं बिलकुल अकेली दुकान है और कहीं-कहीं, ख़ासतौर से चौराहों पर, उनके

छत्ते-के-छत्ते हैं। दुकानदार और ग्राहक प्राय: एक-दूसरे को नाम, आकृति या गुण से पहचानते हैं। यानी पानवाला अगर मेरा नाम नहीं जानता तो यह तो जानता ही है कि यह चिमिरखी-जैसा शख़्स पहले बिना किसी निशाने के, यूँ ही, किसी अनुपस्थित हस्ती के लिए चार छह गालियाँ निकालेगा, फिर दो पानों की फरमायश करेगा। झगड़ा-झंझट के बावजूद ये सब ज़्यादातर भाईचारे में रहते हैं। पटरी-सफ़ाई-अभियानवालों के खिलाफ़ गुम्टी-संस्कृति की रक्षा के लिए प्रोलेतेरियत का कोई प्रतिबद्ध संगठन नहीं, बल्कि गुंडों का एक गिरोह है और चंद सफ़ेदपोश लौंडे-लफाड़ी हैं जो यक़ीनन् नेतागीरी की लीक पर पहुँच रहे हैं। कुल मिलाकर इन पटरियों पर देहाती बाज़ार का घरेलू माहौल है जहाँ नाई लोग अपनी-अपनी गुम्टी में जलेबी खाते हुए जनता के बाल काटते हैं और जनता के बाल उड़कर जलेबी की कड़ाही में जाते हैं। इस खेल या समझौते का सरकारी नाम नगर-विकास है।

इस गुम्टी कल्चर में अगर कुछ अचल है तो वह है डॉक्टरी की दुकानें। ये गुम्टियों में तो नहीं हैं, हर सौ-डेढ़ सौ मीटर के बाद नई बनी इमारतों के गराजों में खुली हैं, पर उनकी कल्चर गुम्टी ही की है। हर दुकान के सामने सड़क पर रेडक्रास के निशान के साथ डॉक्टर का साइन-बोर्ड लगा है। वैसे, क़ानूनन् इस पर रेडक्रास के बजाय इंसान की खोपड़ी और उसके नीचे आड़ी-तिरछी दो हड्डियों की तस्वीर होनी चाहिए। बहरहाल, इनमें कुछ ऐसे डॉक्टरों के नाम जरूर हैं जिन्होंने बाक़ायदा यहाँ से लंदन तक की डिग्री हासिल की है। पर ज़्यादातर डॉक्टर आर.एम.पी. यानी रजिस्टर्ड मेडिकल प्रैक्टिशनर की भारी-भरकम डिग्रीवाले हैं। ये कहाँ रजिस्टर्ड हैं, इसे न कोई पूछता है, न कोई बताता है।

उत्तर प्रदेश में डकैतों के गिरोह जैसे तराई और चंबल घाटी के दो प्रमुख संप्रदायों में बँटे हैं वैसे ही आर.एम.पी. के भी दो गिरोह हैं। एक तो अपनी अम्मा के पेट से डॉक्टरी सीखकर आने और बाद में, किसी अस्पताल में स्वीपर, या वार्डब्वाय से लेकर कंपाउंडर तक की जगह पर व्यावहारिक प्रशिक्षण लेकर गले में आला लटका लेनेवालों का और दूसरा देहातों से कूद-कूदकर आए हुए भूतपूर्व स्वास्थ्य-रक्षकों का। हुआ यह कि उमर-भर प्रतिष्ठान का विरोध करके हमारे नेता जी यानी राजनरायन जी जब खुद प्रतिष्ठान बन गए तो केंद्रीय स्वास्थ्य मंत्री की हैसियत से उन्होंने जनता की सेवा के लिए गाँव-गाँव में पचास रुपए माहवार की उजरत पर स्वास्थ्य-रक्षक तैनात किए और उन्हें बीमारों में बाँटने के लिए ख़ैराती दवाइयाँ भी दीं। अब उनका क्या क़ुसूर, पर हुआ यही कि यही स्वास्थ्य-रक्षक बाद में भक्षक बनकर सैकड़ों की तादाद में आर.एम.पी. बने और गाँवों को पदमर्दित करने के बाद शहरों पर भी टूटे। शहरों में बड़े-बड़े सरकारी अस्पताल हैं पर चूँकि घूम-फिरकर वे बड़े सरकारी नौकरों और दालमोट की तरह दवा चबानेवाले विधायकों के लिए ही रह गए हैं, इसलिए इस बस्ती में अब सारे मज़दूर आर.एम.पी. पर और सारे आर.एम.पी. लोग मज़दूरों पर निर्भर रहने लगे हैं।

मिस्त्री ने जो बताया उसका निचोड़ यह है :

आज दोपहर को नेता मेमसाहब और सुरेस को लेकर एक ऐसे ही आर.एम.पी. के पास गए थे। उसने मेमसाहब के पेट और पीठ के नीचे तक टटोला, उन पर अपनी उँगलियों से असली डॉक्टरों की तरह ठक्-ठक् करके उन्हें पेट के दर्द के लिए कुछ टिकियाँ दीं। फिर सुरेस का खून एक टेस्ट टयूब में निकालकर उसे खूब हिलाया-झुलाया और उसके बुलबुले देखता रहा। इतना करके उसने सुरेस की बाँह पर एक पट्टा बाँधा और रबड़ का एक भोंपू दबाते हुए बताया कि उसके खून की दबाव की माप ले रहा हूँ। इसके बाद उसने सुरेस की बाँह में सुई लगाई और कहा कि यह सात दिन तक लगेगी। इस पूरे खेल और दवा की लागत तीस रुपिया हुई जो नेता ने कुछ अपनी और कुछ सुरेस की जेब से निकालकर दिए।

फिर क्या हुआ ? दोपहर बाद मेमसाहब के पेट का दर्द और सुरेस का बुख़ार बढ़ गया।

सुरेस का बाप लड़के को नालायक कहकर बाकी परिवार के साथ शहर के दूसरे छोर पर काम करने लगा है। अब नेता सोच रहे हैं कि इलाज उसी आर.एम.पी. से कराया जाए या दूसरे से। मिस्त्री बड़ी गंभीरता से बोले, "वैसे मुंसी जी, इस डॉक्टर की तारीफ़ बहुत है। सुनते हैं उसने विलायत से भी डॉक्टरी का कागज मँगाया है।"

मैंने कहा, "कल सबेरे जल्दी ही मेरे साथ चलो। सरकारी अस्पताल में मेरी जान-पहचान के एक डॉक्टर हैं। उनसे दवा ले आएँगे।"

नेता बोले, "मेरी गर्दन काट लो मुंसी, पर सरकारी अस्पताल नहीं जाऊँगा।"

सरकारी अस्पताल में मेरी जान-पहचान के एक डॉक्टर साहब थे जो पहले हमारे गाँव के प्राथमिक स्वास्थ्य केंद्र में रह चुके थे। वहाँ उनके लिए मैंने जो कुछ किया था उसका वे आज तक एहसान मानते थे। इसकी भी एक कहानी है।

वहाँ एक खादीधारी आदमी था जो हमारे क्षेत्र में मास्टर साहब कहलाता था। उसकी जड़ें वहीं पड़ोस के एक गाँव में और फुनगी शहर में थीं। पेशे से वह पुलिस का लायज़ाँ एक्ज़ीक्यूटिव था जिसे अपमानजनक हिंदी में दलाल कह सकते हैं। पर वह अपराधियों और थानेदारों के बीच टुच्ची दलाली नहीं करता था, यह काम वह थानेदारों और पुलिस कप्तान के बीच किया करता था। इसी से, जब वह कहता कि घबराओ नहीं दारोगा जी आपके खिलाफ़ यह जाँच तो ख़तम कराऊँगा ही, उसके बाद आपको कोतवाली का इंचार्ज भी बनवाऊँगा, तो उसे मुसीबतज़दा दारोगा जी गर्वोक्ति भले ही मानते, अतिशयोक्ति मानने की ग़लती नहीं कर सकते थे।

यह कारोबार कुछ ज़्यादा विकसित हो जाने पर मास्टर साहब ने अपने उद्योग की नई शाखाएँ निकालनी शुरू कीं। शहर में एक ऐसे चीफ़ मेडिकल आफ़िसर के आ जाने के बाद जो कम-से-कम वक़्त में ज़्यादा-से-ज़्यादा अमीर बनने को अधीर था, वे

थानेदारों और पुलिस कप्तान के समानांतर मेडिकल आफ़िसरों और चीफ़ मेडिकल आफ़िसर के बीच संपर्क स्थापित कराने लगे। उद्योग की यह शाखा और भी ज़्यादा बढ़ी क्योंकि यह धंधा समाज से दुरदुराए थानेदारों के साथ नहीं, बल्कि समाज से थपथपाए डॉक्टरों के संपर्क का था।

इन डॉक्टर साहब के प्राथमिक स्वास्थ्य केंद्र में आते ही मास्टर साहब ने वहाँ आना-जाना शुरू कर दिया। खुशामद करके जान-पहचान बढ़ाई, फिर उनके कामों में बिना माँगी सलाह देकर घरेलूपन दिखाया, फिर फर्जी नसबंदी के मामलों में डॉक्टर साहब के लिए आमदनी का बाँध तोड़कर उसकी एक धारा अपने घर की ओर भी मोड़ ली। फर्जी नसबंदी की आमदनी का अपना तंत्रशास्त्र है। नसबंदी करानेवालों को हमारे यहाँ कुछ रुपया तंदुरुस्ती बढ़ाने के लिए दिया जाता है, कुछ रुपया उसको भी मिलता है जो किसी को नसबंदी के लिए फाँस-फूँसकर लाता है यानी 'प्रेरित' करता है और कुछ आपरेशन करनेवाले डॉक्टर को मिलता है। यह सारा खेल आबादी को नियंत्रित करने और उसके द्वारा देश की खुशहाली बढ़ाने के नाम पर होता है। उधर, सरकार ज़्यादा-से-ज़्यादा आपरेशन करनेवाले डॉक्टर को राजा बेटा और कम आपरेशन करनेवाले को निकम्मा मानती है। इस धमाचौकड़ी में अगर कोई डॉक्टर अपने रजिस्टर में कुछ ऐसे लोगों का आपरेशन भी दर्ज कर ले जो कभी कहीं थे ही नहीं तो उनके नाम पर तीन धाराओं से खींचे जानेवाले धन की त्रिवेणी का संगम उसी के बैंक खाते में हो सकता है। वैसे, यहाँ जो संगम था, वह दो बैंक खातों में हो रहा था, एक डॉक्टर साहब का और एक मास्टर साहब का।

इस जोशीले अभियान में डॉक्टर साहब ने एक-एक दिन में सौ-सौ आपरेशन दर्ज करने शुरू कर दिए, यानी स्प्रिंगबोर्ड से उछलकर स्विमिंग पूल की सतह छूने में जितना वक़्त एक अच्छे गोताख़ोर को लगता है, उतने वक़्त में नसबंदी का एक आपरेशन पूरा करने का कीर्तिमान उन्होंने स्थापित कर दिया। इसका उल्लेख गिनेस बुक ऑफ वर्ल्ड रिकार्ड में तो नहीं हुआ पर सरकारी दस्तावेज़ उनकी गौरव-गाथा की धूम में दफ्तरी मेजों पर उछलने लगे। उन्हें परिवार नियोजन कार्य में जिले का सबसे उत्साही डॉक्टर माना गया और खुद स्वास्थ्य मंत्री ने अपने हाथों उन्हें एक सनद और रंगीन टी.वी. सेट प्रदान किया। फर्जी व्यक्तिवाचक संज्ञाओं का ज़खीरा इकट्ठा करने से उन्हें जो नसबंदी करानेवाले, नसबंदी के लिए प्रेरित करनेवाले और नसबंदी करनेवाले के हिस्से की रकम मिली, वह मास्टर साहब के हिस्सा-बाँट के बाद भी शहर में एक प्राइवेट क्लिनिक भर के लिए काफी साबित हुई।

इतना हो चुकने पर उनमें और मास्टर साहब में फूट पड़ गई। झगड़ा शायद किसी मारपीट के मामले को लेकर हुआ जिसमें कहा जाता है कि मास्टर साहब उनके हाथों भारतीय दंड विधान की धारा 323 के एक हादसे को धारा 307 में बदलवाना चाहते थे। यानी मारपीट में जिस आदमी की पीठ पर कुल्हाड़ी का बेंट डंडे की तरह लगा था

उसके बारे में, मास्टर साहब की इच्छा के अनुसार, डॉक्टर साहब को लिखना था कि कुल्हाड़ी से उसकी हत्या करने की कोशिश की गई है। मास्टर साहब की यह माँग सरासर बेबुनियाद न थी क्योंकि पिटे हुए आदमी के कंधे पर घाव का एक प्राचीनकालीन निशान पहले से मौजूद था जिसकी बुनियाद पर हत्या के प्रयास का हवामहल बनाया जा सकता था। पर डॉक्टर साहब इस मामले में सच्चाई पर उतर आए। उन्होंने दफा 323 की संख्या को सत्य का राष्ट्रीय चिह्न मानकर उसमें कोई भी दखलअंदाजी करने से इनकार कर दिया। पता नहीं, ज्यादा पैसा आ जाने से उनका आत्मविश्वास बढ़ गया था या सी.यम.ओ. के तबादले की अफवाहें सुनकर उनकी निगाह में मास्टर साहब का अवमूल्यन हो गया था या भारी रकम के लालच के बावजूद उनकी हिम्मत जवाब दे रही थी—जो भी कारण हो, डॉक्टर साहब टस की हैसियत पर डटे रहे, मस नहीं हुए।

हम लोग, यानी डेली पैसेंजरीवाले कुछ नौजवान अस्पताल जाते ही रहते थे और डॉक्टर साहब हम सबकी आवश्यकता और इच्छा देखते हुए हमारे बीच बदहज़मी की गोलियों से लेकर निरोध तक बड़ी दरियादिली से बाँटा करते थे। वे हम सबके लाडले थे। इसलिए एक दिन जब हम तीन नौजवान उनके कमरे में घुसे और उन्हें तमतमाए चेहरे से मास्टर साहब की ताबड़तोड़ गालियाँ सुनते हुए पाया तो हमारे एक साथी के मुँह से अचानक निकला, 'मारो साले को।' उस वक्त मास्टर साहब चीख-चीखकर, गालियों और फुफकारों के बीच कह रहे थे, ''तुम्हें, देखना बेटा, इसी हफ़्ते में कोढ़ी बना दूँगा।''

हिंदू समाज के जातिगत व्याकरण में 'देखना तुझे भंगी बनाकर छोड़ूँगा।' जैसा मुहाविरा बेहूदा होते हुए भी बहुतों की ज़बान पर रहता है, पर कोढ़ी बनाकर छोड़ने का प्रयोग एकदम बेहूदा था और जिस अंदाज से मास्टर साहब यह प्रयोग कर रहे थे वह और भी ज्यादा बेहूदा बन गया था। उस बेहूदेपन से डॉक्टर साहब को छुटकारा दिलाने के लिए मेरे एक साथी ने मास्टर साहब का टेंटुआ पकड़ लिया, दूसरे ने उनकी टाँगें घसीटकर फर्श पर गिरा दिया जिसका फ़ायदा यह हुआ कि उनका टेंटुआ छूट गया पर नुकसान यह हुआ कि खोपड़ी फर्श पर 'खट' की ध्वनि और उसकी प्रतिध्वनि के साथ गिरी। मास्टर साहब चित हो गए। मैं ब्रिगेड कमांडर की तरह झगड़े के दायरे से कुछ दूर, दीवार के सहारे, अपना मुख्यालय बनाए हुए, 'शाबाश', और 'नहीं, नहीं' आदि के निर्देशों में छिपा रहा। हमारे साथी मास्टर साहब की चटनी बनाने पर उतर आए। तभी डॉक्टर साहब अचानक चीख़कर अपने शत्रु की रक्षा के लिए फुदकने लगे। संक्षेप में, जब डॉक्टर साहब की रक्षा के लिए पहले मास्टर साहब को गिराकर, फिर जुतियाकर, फिर लतियाते हुए उन्हें कमरे से बाहर बरामदे और बरामदे से बाहर मैदान में तिलचट्टे-जैसा फेंक दिया गया तो उनके कत्ल और जानबख़्शी की क्रियाएँ साथ-साथ पूरी हो गईं।

बहरहाल, मास्टर साहब के साथ जो भी हुआ हो, डॉक्टर साहब को पाँच दिन में कोढ़ी बना दिया गया। यानी वे जिला मुख्यालय पर एंटी-लेप्रासी आफ़िसर हो गए। यहाँ उनके कुछ और ही ठाठ थे, फर्जी नसबंदी से मिलनेवाला इनाम और रुपया, सरकारी दवा को चुराकर बेचने का रुपया, प्रैक्टिसबंदी के कारण नानप्रैक्टिसिंग एलाउंस का रुपया और उसके बावजूद जमकर की जानेवाली प्राइवेट प्रैक्टिस का रुपया, फोकट की जीप, फोकट का मकान, नर्स, मिडवाइफ, फेमिली प्लानिंग की एक्सटेंशन एजुकेटर के रूप में मिलनेवाली फोकट की नौजवान माशूकाएँ—एंटी-लेप्रासी आफ़िसर बनकर डॉक्टर साहब सचमुच ही एक तरह से कोढ़ी हो गए।

तब हम सब—डेली पैसेंजर्स एसोसिएशनवाले—राजनीतिक हो गए। उसके लिए कुछ ज्यादा खींचतान की ज़रूरत न थी। हम लोगों के गिरोह में लगभग डेढ़ सौ नौजवान थे। चुनाव में कांग्रेस से लेकर जनता और लोकदलवाले तक अपनी ज़रूरत के मुताबिक हमें शक्ति-प्रदर्शन के लिए बुलाते थे और हम लोग, प्रायः शक्ति का प्रयोग किए बिना, सिर्फ उसके प्रदर्शन के सहारे, शत्रु-पक्ष को चित कर दिया करते थे। अफ्रीकी देशों में योरोप के मर्सीनरी सिपाहियों को स्टेनगन और ग्रिनेड वगैरह चलानी पड़ती है, यहाँ हमारा काम सिर्फ हेकड़ी से निकल जाता था।

तो, हम लोगों ने तुरंत कई पार्टियों के स्थानीय नेताओं को अपने घेरे में डालकर चीफ़ मेडिकल आफ़िसर का घेराव कर दिया। घूसखोर सी.यम.ओ. हमारे आगे 'हें हें हें' करने लगा। हमने अपने डॉक्टर साहब को ज़िले के सदर अस्पताल में फ़िज़िशयन कंसल्टेंट बनाने की माँग, 'इंकलाब जिंदाबाद' और 'मास्टर दलाल का नाश हो', 'सी.यम.ओ. गोयल मुर्दाबाद' के नारों के बीच पेश की। परिणामतः सी.यम.ओ. गोयल ने अपने निरोध-जैसे पिचके गालों से वक्तव्य दिया कि 'कहीं कुछ ग़लतफहमी हुई है।' उसी के साथ उन्होंने हमारे डॉक्टर साहब को सदर अस्पताल का चीफ़ फ़िज़िशियन बनवा दिया। यह ओहदा कंसल्टेंट से आधा इंच नीचा था और चूँकि डॉक्टर साहब इसे ही चाहते थे इसीलिए हमने उससे आधा इंच ऊपर के ओहदे की माँग की थी। तदनुसार हमारे डॉक्टर साहब आज तक इस अस्पताल के चीफ फ़िज़िशियन हैं और इतने शुक्रगुज़ार हैं कि हमारे कहने पर अब वे दफ़ा 323 के मामले को 307 तो छोटी बात है, 302 यानी हत्या तक का मामला बनाने को फाउंटेनपेन खोले बैठे रहते हैं।

नेता को सरकारी अस्पताल ले जाने के लिए उनकी गर्दन काटने की ज़रूरत नहीं पड़ी। दूसरे दिन सबेरे ही अपनी साइकिल पर सवार होकर और एक माँगी हुई साइकिल पर सुरेश को नेता के पीछे बैठाकर अस्पताल पहुँच गया। सरकारी अस्पतालों में चाहे जो ख़राबी हो, एक अच्छाई ज़रूर है कि उसके ऊँचे स्टाफ में अगर कोई अपना आदमी हो तो अस्पताल भी अपना हो जाता है। तभी सुरेश के बुख़ार का तुरंत परीक्षण हुआ और

टाइफाइड बताकर उसे अस्पताल में भरती कर लिया गया। उसके लिए तुरंत मुफ़्त दवा, दूध, फल और ख़ुराक का भी हुक्म हो गया। मेमसाहब की गैरहाज़िरी में गर्भ के दिनों में दी जानेवाली दवाओं और टानिक का भी तुरंत इंतज़ाम हुआ। नेता पर मेरी हैसियत का इतना रोब पड़ा कि वे सिर्फ़ 'बड़े आदमी बड़े आदमी' कहते रहे, मुझे उससे जोड़ने के लिए पूरा वाक्य नहीं बना पाए।

हम लोग दवाओं और आत्मविश्वास की अतिरिक्त ख़ुराकों से लैस होकर, बाज़ार में चाय और समोसे का परमात्मा जी के नाम पर नाश्ता करते हुए, दस बजे तक वापस लौट आए।

तीन बजे के लगभग वहाँ इंजिनियर साहब पधारे। मोटर साइकिल की पीछे की सीट पर उनका बाडीगार्ड, सिर पर शहीदाना कफ़न के अंदाज में अँगोछा बाँधे, हमेशा की तरह कार्बाइन-सहित मौजूद था। पर इंजिनियर साहब का हुलिया बदला हुआ था। चेहरे पर दो दिन की बढ़ी हुई दाढ़ी थी, बाल रूखे थे, एक पुरानी भूरे रंग की पतलून और घटिया बुश्शर्ट पहने थे जिसके कालर बकरी के कानों की तरह बेजान जैसे गिरे हुए थे, गर्दन पर कालर की सिलन उधड़ी हुई थी। पाँवों में घिसे हुए चप्पल थे। दाढ़ी की बढ़त ने उनके गाल की हड्डियों के उभार और आँखों के धँसाव को कुछ ज़्यादा ही पैना कर दिया था। बिलकुल किसी टुटपुँजिया ठेकेदार की धज में वे आए, पर जब उन्होंने मोटर-साइकिल मेरे पैर के पास अचानक ब्रेक लगाकर पुराने अंदाज़ में रोकी, तो वे चुस्त-दुरुस्त इंजिनियर बन गए।

हुलिया जैसा भी हो, वे ख़ुश नजर आ रहे थे और उनकी निगाह से ही लग रहा था कि छत के काम को देखकर उन्हें संतोष हुआ है। वैसे हमें डर था कि रात में काम न हो पाने पर वे इंद्र भगवान से लेकर नेता तक फटकारेंगे और बिना कुछ कहे ही कल के आँधी-तूफान का ज़िम्मा मज़दूरों की बदमाशी और मेरे निकम्मेपन पर डालेंगे। पर ऐसा कुछ नहीं हुआ। उन्होंने मकान के सामने टट्टी करते हुए एक मज़दूर-बच्चे तक को देखकर अनदेखा कर दिया; हमेशा की तरह, मेरी चौकसी में छेद निकालते हुए, किसी दूसरे को फटकारकर मुझे ज़लील करने की कोशिश नहीं की। ख़ुशी से उफनाती आवाज़ में उन्होंने मिस्त्री से कल की बारिश की तारीफ़ शुरू कर दी। बोले, "दो फायदे हुए। एक तो बाहर जितना प्लास्टर हुआ है, उस पर तीन दिन तक तरी करने की ज़रूरत नहीं रही, प्लास्टर बिलकुल फौलाद जैसा हो जाएगा। और दूसरे मियाँ, यह ठंडी हवा देख रहे हो ? मई में कभी ऐसा हुआ है ? जब तक मौसम ऐसा ही सुहावना रहे, फटाफट सारा काम खत्म कर डालो। मैं तो चार दिन के लिए दिल्ली जा रहा हूँ, परवीन आता रहेगा।" फिर मुझसे बोले, "भाई, दुनिया में मैं तुम्हीं से डरता हूँ। तुम परवीन से बहस मत करना। मकान के बारे में वह जैसा कहे, वैसा ही करते रहना।"

"वैसा ही होगा बॉस।" किसी तस्करीवाले फिल्म के चमचा कारकुन की तरह मैंने

जरूरत से ज़्यादा मुस्तैदी दिखाते हुए कहा।

जो नहीं कहा वह अपने गाँव-घर की बात थी। खलियानों में गेहूँ की कटी फसल कल की बारिश में बरबाद हो गई होगी, भूसा काला पड़ जाएगा और मिट्टी के मोल बिकेगा—इन बातों का जिक्र करके मैंने इंजिनियर साहब के सुहावने मौसम को ख़राब नहीं किया, पास खड़े हुए नेता को—दूसरों की निगाह बचाकर—सिर्फ इशारा भर किया।

मशीनी ताकत पर इंसानी ताकत का दुमंजिला महल बनाते हुए इंजिनियर साहब जब मोटर साइकिल पर बैठ रहे थे तभी नेता ने उनके पास आकर कहा, ''सुरेस को अस्पताल में भर्ती करा दिया है। दवा-दारू के लिए कुछ मिल जाए।''

ज़ाहिर है, यह गांजे की चिलम का तकाज़ा था और मेरा भी जवाब वही होता, पर कुछ न देने का फैसला इंजिनियर साहब ने कुछ दूसरे कारणों से किया, मुझसे पूछा, ''उसका कुछ बाकी है क्या?''

मैंने सिर हिलाकर 'नहीं' कहा। वे बोले, ''तब क्या मिलेगा? कद्दू?''

''दवा के लिए...''

''मैंने पहले ही कहा था कि इस मरियल छोकरे को काम पर न लिया जाए।'' कहकर उन्होंने मोटर साइकिल स्टार्ट कर दी। वह बनैले सुअर की तरह गुर्र-गुर्र करती हुई एकदम से बाईं ओर मुड़ी, तभी उसमें ब्रेक लगा, इंजिनियर साहब ने ठंडी आवाज़ में मुझे हिदायत दी, ''पाँच रुपए दे देना। अगर वह काम पर न लौटे तो नेता के पैसे से काट लेना।''

उनकी ओर से ऐसी दरियादिली न पहले देखी, न सुनी थी। मैं अचंभे में डूब गया। दो दिन तक डूबा रहा, सतह पर तब आया जब परमात्मा जी के आने पर उनकी ख़ुशी का राज़ खुला।

उस दिन अदालत में सरकार के ख़िलाफ़ उनके मुकदमे की पेशी थी। मुअत्तली के स्थगित हो जाने पर उन्हें हर महीने बिना किसी काम के जो तनख्वाह मिलनी थी, वह इधर दो महीने से किसी कायदा-कानून के चक्कर में रुक गई थी। शायद सरकार में किसी ने उनके भट्ठा-ट्रांसपोर्ट-सर्विस-बाज़ार-निर्माण-ठेकेदारी आदि व्यवसायों के बारे में पूछताछ शुरू कर दी थी। शायद उनसे इस प्रमाण की माँग की गई थी कि वे वेतन के अलावा किसी दूसरे स्रोत से पैसा नहीं कमा रहे हैं। पेशी में उनके ख़िलाफ़ होनेवाली जाँच के असली मुद्दे को किनारे ठेलकर वकील की हैसियत से परमात्मा जी ने सरकार की इस नालायकी की शिकायत कर दी।

अदालत को उन्होंने बताया कि अदालत के संरक्षण के बावजूद यह सरकार उनके मुअक्किल को भूखों मारना चाहती है। इस पर सरकारी वकील ने इंजिनियर साहब की भट्ठा, ट्राँसपोर्ट, बहुखंडी बाज़ार, ठेकेदारी-जैसी क्रियान्वित और क्रियाशील योजनाओं

का हवाला देकर उनके ख़िलाफ कुछ नई जाँचों का जिक्र किया और सिविल सर्विस रेगुलेशन और वित्त मैअनुअल के कुछ नियम निकालकर बताना शुरू किया कि अपनी सेवा के अलावा किसी दूसरे कारोबार से कमाई करनेवालों को तनख्वाह दिए जाने का प्रावधान नहीं है और किसी ऐसे प्रमाण-पत्र का हवाला दिया जो इंजिनियर साहब को इन नियमों के अनुसार हर महीने सरकार को देना चाहिए था। बरसाती कीड़े जैसे इन तर्कों को तभी परमात्मा जी ने छिपकली की तरह उछलकर ऊपर ही ऊपर दबोच दिया। उन्होंने अदालत को उसकी आन-बान-शान आदि का हवाला देकर कार्यपालिका की हरामज़दगी का और न्यायपालिका की शराफत और अज़मत का बखान किया, उसे समझाया कि 'मिलार्ड', 'योर ऑनर'! (पता नहीं इनमें कौन लफ़्ज शराफत के लिए था, कौन अज़मत के लिए) मामला मेरे मुअक्किल और सरकार के बीच का नहीं, बल्कि सरकार और सम्माननीय अदालत के बीच का है, माना कि मेरा ग़रीब, मज़लूम, मुसीबतज़दा मुअक्किल इस वक्त, इंजिनियरिंग सेवा का एक सम्मानित सदस्य होने के बावजूद, दर-दर भटक रहा है, कदम-कदम पर ठोकरें खा रहा है, पर मैं उसकी गिरी हालत को बतौर बहस मिलार्ड के सामने नहीं पेश करूँगा क्योंकि वह कैसा है और क्या करता है, यह सवाल ही मौजूदा मसले के लिए अप्रासंगिक है। प्रासंगिक कुल इतना है कि इस अज़ीमुश्शान इजलास ने उसके बारे में सरकार को एक हुक्म दिया है और जानबूझकर उस मामले में सरकार अदालत की हुक्मउदूली कर रही है, उसकी तौहीन करने पर आमादा है। इस शानदार अदालत का हुक्म है कि सरकार मेरे मुअक्किल को नियमित वेतन देती रहे; पर दो महीने से सरकार ने ऐसा नहीं किया है। मैं सिर्फ इतनी-सी मामूली बात जानता हूँ, इसके अलावा और कुछ नहीं जानता हूँ। सरकार को अगर इस हुक्म से ऐतराज़ है तो बाकायदा हल्फ़नामा देकर, अपने कारण बताकर, उस हुक्म की मंसूखी की दरखास्त दे, उसकी नकल पाकर अपने मुअक्किल का पक्ष प्रस्तुत करने का तब मुझे भी अधिकार होगा। तब उस पर अलग से बहस हो सकती है, पर जब तक यह हुक्म कायम है...।

परमात्मा जी ने कहा कि इस हालत में मैं पी.डब्लू.डी. के सचिव और विभागाध्यक्ष के ख़िलाफ अभी अदालत में मानहानि की दरख्वास्त पेश करता हूँ। इन उद्दंड नौकरशाहों को यह सम्माननीय अदालत खुद बख़ूबी समझती है। उन्हें सबक सिखाए बिना...।

सरकारी वकील की बोलती बंद हो गई। यानी, वह खुलती, इसके पहले ही सम्माननीय अदालत ने कहा, "याची को एक सप्ताह में पिछले महीने तक की तनख्वाह मिल जानी चाहिए। वर्ना एक ओर आपके पी.डब्लू.डी. सिक्रेटरी के कमरे का पंखा, एअरकंडिशनर, आलमारी और उनका कलमदान तक कुर्क करा लिया जाएगा और दूसरी ओर अदालत की मानहानि की कार्रवाई में उन्हें बतौर मुल्जिम यहाँ खड़ा होना पड़ेगा।"

मुझे लगता है कि सम्माननीय अदालत के सामने सबसे जोरदार तर्क इंजीनियर साहब के हुलिए ने पेश किया था। वह घिसी हुई चप्पल, वह कटी-फटी बुश्शर्ट, वह दो दिन की बढ़ी हुई दाढ़ी व धँसी हुई आँखें और उठी हुई चेहरे की हड्डियाँ—ये सब उन्हें भी सम्माननीय बना रही थीं। फिर उनके साथ कुछ सम्माननीय पत्रकारों का हुजूम भी नियमित रूप से हर पेशी पर अदालत जाता था। उनमें से कुछ सिर्फ व्हिस्की से प्रसन्न होनेवाले थे, कुछ को शहर के बाहर इंजिनियर साहब के फार्म में दो-एक बीघे ज़मीन पाने का भरोसा था, कुछ को उनके 'पन्नालाल मार्केट' में एक-एक दुकान बनने के पहले ही मिल चुकी थी। कुछ ऐसे सीधे-सादे, भोले-भाले बुद्धिजीवी पत्रकार भी थे जो इसे सचमुच ही हृदयहीन नौकरशाही द्वारा एक निरीह आत्मा पर अत्याचार का मामला समझते थे। जो भी हो, वे सब चुस्ती से अदालत की कार्रवाई अपनी नोटबुकों में नोट करते हुए नौकरशाही की धाँधलेबाजी पर एक खबर तैयार करने को तैयार हो गए।

तीन दिन बाद सवेरे जब मैं खासतौर से एक अखबार खरीदकर पढ़ रहा था, इंजिनियर साहब की मोटर साइकिल मेरे पाँव के अँगूठे के पास ब्रेक के जोर से आकर रुकी। दंगा-फसाद की एक घटना के अध्ययन से सिर उठाते ही मैंने देखा, सवेरे की ठंडी हवा का असर उनके फेफड़ों में ही नहीं, गालों और गले तक में दिखाई दे रहा था। आज इस ठिगनी, साँवली मूर्ति पर न पहलेवाला सफरी सूट था, न बढ़ी हुई दाढ़ीवाले निस्तेज चेहरे के नीचे फटीचर बुश्शर्ट। वे नीली जीन्स पहने हुए थे और धड़ पर सिल्क की नए काट की ऐसी चीज थी जो कुर्ते और टीशर्ट के दोगलेपन से पैदा हुई थी। पाँव में ऊँची एड़ी के लंबे बूट जिन्हें देखते ही मोटर साइकिल स्टार्टर पर जोर पड़े बिना ही घुर्र-घुर्र करने लगती होगी। बाल रँगकर काले किए हुए, पर किसी शैंपू के इश्तहारी मॉडल की धज में रूखे बनाकर छोड़े हुए। आँखों पर प्रधानमंत्री की नकल में कीमती तीलियोंवाले फ्रेम का काला चश्मा। पैंतालीस साल की उम्र में भी लौंडा जैसा दीखने की कोशिश। मैंने भी उन्हें लौंडे जैसा ही शुमार किया। पूछा, "आपकी कमीज़ बहुत जँच रही है। कहाँ से ली?"

"कमीज नहीं, कुर्ता है" सूचित करते हुए उन्होंने मिस्त्री से कहा, "तुम लोग अभी उधर की छत भी पूरी नहीं कर पाए। ये हरामी के पिल्ले कल पूरे दिन क्या करते रहे?"

5

पंद्रह दिन के बाद जब सुरेस अस्पताल से छूटकर घर आया (पर कौन सा घर, किसका घर ?) तो उसकी हालत मरियल गिलहरी-जैसी थी। आने के दूसरे दिन ही उसने गिलहरी ही की तरह टेढ़े-मेढ़े होते और चक्कर काटते हुए सीमेंट में बालू आदि मिलाने का काम हाथ में लिया और मरियल जिस्म पर जितना चैतन्य चेहरा हो सकता था, उसकी चमक के साथ हाथ, मुँह और आँखों का इशारा जोड़ते हुए मेमसाहब को अस्पताल की जिंदगी के बारे में बताना शुरू कर दिया। मैंने उन इशारों से यही समझा कि अस्पताल में वह खूब सोया और खाने-पीने को उसे कुछ अजीब चीजें मिलती रहीं। मैंने किसी मौके पर अस्पताल जाकर डॉक्टर साहब को धन्यवाद देने और 'यहाँ भी कोई परेशान कर रहा हो तो बताइए' कहने का निश्चय किया।

बाप-दादा से मिले संस्कार और जिंदगी की लताड़ के सहारे सुरेस-जैसे लोग रोग से निवृत्ति और स्वास्थ्य-लाभ के बीच हफ़्तों नहीं झूलते। बीमारी के बाद सुस्ती, बेचारगी, खीझ और निकम्मी आत्म-दया का उनके लिए लंबा शोकोत्सव नहीं चलता। उन पर चार्ल्स लैंब के 'ऑन कन्वैलिसेंस'-जैसे निबंध नहीं लिखे जाते जिसे कभी मुझे बी.ए. में पढ़ने को कहा गया था और चंद सतरों तक अंग्रेजी से जूझने के बाद मैंने जिसे अनपढ़ा छोड़ दिया था। बीमारी से उठने और रोज का काम शुरू करने के बीच उनके जीवन के चिकारे पर विलंबित लय के सांध्य प्रकाश राग नहीं बजते। वे बीमारी के अँधेरे से निकलकर एकदम तपती दोपहरी में क़दम रखते हैं और फावड़ा सँभालकर खड़े हो जाते हैं। यही सुरेस ने किया।

दोपहर को घंटे-भर की छुट्टी होने के पहले मिस्त्री मेरे आगे आकर खड़े हो गए। बोले, ''मुंसी, तुमको भी कहीं जाना हो तो जाओ घूम-घाम आओ। अब आज काम नहीं होगा।''

''क्यों ?'' के जवाब में ''दीन-दुनिया का कोई खबर भी है तुम्हें मुंसी ? आज नदी पर हनुमान जी का मेला है। है कि नहीं ? हम लोग हनुमान जी का दर्सन करने जा रहे हैं।''

छुट्टी के लालच में मिस्त्री बुतपरस्ती पर उतर आए थे !

''इंजिनियर साहब शाम तक आएँगे। उन्हीं से पूछकर जाना।...''

''हमारे सबसे बड़े इंजिनियर साहब तो आप ही हैं।''

इस तरह खुद छुट्टी माँगकर और खुद ही उसे मंजूर करके मिस्त्री मज़दूरों के साथ दोपहर बाद मेला देखने चले गए, नेता और सुरेस भी गए, पुष्ट-दुष्ट देहवाली दोनों लड़कियाँ भी अपनी जटिल छत्तीसगढ़ी में यह बताती हुई कि वे उधर से ही भट्ठे पर निकल जाएँगी, चली गईं। उनके चले जाने पर मेमसाहब भी कोठी के एक ओर से निकलकर मुझ पर मुसकान बिखेरती हुई पड़ोस के एक अधबने मकान में अपने गोल की औरतों से मिलने चली गईं।

अच्छी-खासी गर्मी थी, बाहर ऐसी हवा चल रही थी जो दो-तीन दिन में लू बन जाएगी। खटिया पर पड़े-पड़े एक अखबार को मोड़कर जिस्म पर हवा करते हुए मैंने सोने की कोशिश की, पर नींद नहीं आई। ऐसे एकांत में प्रायः बिना किसी कोशिश के मेरी खोपड़ी में कोई सिनेमा चालू हो जाता है। एक फिल्म तो इधर कई दिनों से मुझ पर हावी रही है। इंजिनियर साहब अपनी मोटर साइकिल से जाने लगते हैं और उसके पहले मुझे कुछ हिदायत देते हैं। मैं हाकिमाना लहजे में कहता हूँ, 'रुकिए, आप मेरे साथ चलेंगे।' मैं दरअसल सी.बी.आई. का एक बड़ा अफसर हूँ और उनके घर पर छापा मारने का पूरा इंतज़ाम कर चुका हूँ। पलभर में मेरी स्टाफ कार वहीं आकर खड़ी हो जाती है, दो इंस्पेक्टर उससे उतरकर इंजिनियर साहब के आसपास, उन्हें बिना छुए अपने घेरे में ले लेते हैं। एक पप्पी से पूछता है, 'इस कार्बाइन का लाइसेंस ?' मैं कहता हूँ, 'उससे अभी कुछ पूछने की जरूरत नहीं है।' इंजिनियर साहब कहते हैं, 'मैंने कोई जुर्म नहीं किया है।' मैं कहता हूँ, 'अभी कुछ कहना बेकार है। आप हमारे साथ अपने घर तक चलेंगे। वहाँ हमारे आदमी आपका इंतजार कर रहे हैं। इंजिनियर साहब खामोशी से कार में बैठ जाते हैं। पप्पी उनकी मोटर साइकिल लेकर हमारे पीछे चल रहा है। हम सब ख़ामोश हैं, हम सब जानते हैं कि इंजिनियर साहब के घर की, उनके लॉकरों की, बैंक खातों की तलाशी से इतना माल निकलेगा जो भ्रष्टाचार की दुनिया में एक नया कीर्तिमान क़ायम करेगा। बँगले तक पहुँचते-पहुँचते वे एक बार मुझसे कहते हैं, 'डाइरेक्टर साहब…' फिर कुछ कहना फ़ज़ूल समझकर ख़ामोश हो जाते हैं।

तलाशी शुरू होती है…।

यह और ऐसे कई फिल्म मेरी खोपड़ी के डिब्बे में बंद हैं, पर कोई भी रील इस वक़्त प्रोजेक्टर पर नहीं चढ़ी। सोने की कोशिश भी नाकाम साबित हुई। जब भी आँखें मूँदीं, बाहर की उमस भीतर की उमस में घुलती जान पड़ी। मेरी बंद आँखों के सामने बार-बार मेरा अपना जाना-पहचाना हुआ 'मैं' ही आता-जाता रहा।

अपने घर-परिवार के, नाते-रिश्तेदारों के मामले और उनके बीच झूलता हुआ गैस भरे गुब्बारे-जैसा 'मैं'। गाँव में डेढ़ बीघे के एक खेत में चारों ओर ऊँची मेड़ देकर काँटे रूँधकर एक कलमी आमों का बाग परसाल लगाया था। हमारे ही खानदान के एक चाचा ने, जिनके साथ एक दूसरे खेत का मुकदमा चल रहा है, अपने जानवर बाग में खदेड़ दिए और आधे से ज्यादा पेड़ बरबाद हो गए। बूढ़े बाप जानवरों को भगाने दौड़े

तो एक भैंस ने उन्हें हुँड़ेस दिया, धच्च से गिरे और आज कमर पर अरंडे के गरम पत्ते बाँधकर खटिया पर पड़े हैं। बड़ा भाई उलाहना देने गया तो खानदानी चाचा ने पुचकारकर तख़्त पर बैठाला, कहा, 'बड़ा खराब हुआ, पता नहीं किस नालायक के जानवर थे! पकड़कर काँजीहाउस में बंद करा देना था।' भाई ने कुछ और कहा तो समझाने लगे, 'मुकदमा चल रहा है तो उससे क्या? यह तो हमारी-तुम्हारी हक़ की लड़ाई है। कोई तुमसे दुश्मनी थोड़े ही है।' फिर उन्होंने हमारे बाप के बारे में पूछा, 'भैया को चोट तो नहीं आई? कमर में पंचगुण तेल की मालिश कराओ, दो दिन में ठीक हो जाएँगे; एक खाली शीशी ले आओ तो थोड़ा-सा अपनी शीशी से निकाल दूँ।' यह सुनकर भाई चुपचाप वहाँ से उठ आए।

उधर बहन के वहाँ हाहाकार मचा है। उसकी सास राक्षसी है। किसी की छाया भी पकड़ पाए तो खींचकर चबा जाए। बहनोई नहर के दफ़्तर में बाबू था। एक नए हाकिम ने आते ही भ्रष्टाचार का कोई मामला पकड़कर उसे नौकरी से निकाल दिया है। और भी तीन-चार लोगों को निकाला है। उनकी जगह अपने भरोसे के आदमी रख लिए हैं और अब वहाँ पहले से चार गुना भ्रष्टाचार हो रहा है, जिसमें तीन हिस्से ख़ुद उसके हैं। बहनोई शहर में उस पुराने हाकिम को तलाशता हुआ घूम रहा है जिसे छह महीने पहले पाँच हजार रुपिया देकर उसने यह बाबूगिरी पाई थी। जो भी हो, इस सबका दंड अभी बहन को भुगतना पड़ रहा है।

एक और भी मुसीबत है। एक ज्योतिषी इधर कुछ महीनों से हमारे घर आने लगा है। वह इस जमाने में भी चश्मे के टूटे फ्रेम को बदलाए बिना उसे डोरी से कान पर बाँधकर चलता है। उसने माँ को समझा दिया है कि अगले साल माँ का मृत्यु-योग है। उसने माँ को किसी महामृत्युंजय मंत्र का अनुष्ठान सुझाया है। पर माँ को सिर्फ इतना सूझ रहा है कि मरने के पहले वे अपनी छोटी बहू का और मुझसे बन पड़े तो, अपने पोते का मुँह देख लें।

तो, माँ की चले तो मेरी शादी इसी साल हो जाए। यह हालत है अपने समाज की, और हम हैं जो आदिवासियों को भी सभ्य बनाकर उन्हें इसी समाज की मुख्यधारा में लाने का ऐलान करते हैं। मुख्यधारा में है क्या? बेकार, बेरोज़गार अधमरे नौजवानों पर थोपी हुई कुछ बेमेल शादियाँ, दहेज के लिए जलाई गई बहुओं की चीखें, हाकिमों को घूस देकर खरीदी गई नौकरियाँ और हम-जैसों को जहन्नुम से निकालकर जहन्नुम के रास्ते जहन्नुम तक पहुँचाने की मीठी-मीठी बातें—जिन्हें टी. वी. की खबरों में आप रोज सुन ही नहीं, देख भी सकते हैं।

हालत यह है कि परमात्मा जी के दान पर गुज़ारा कर रहा हूँ, यल. यल. बी. प्राक्सी के तिकड़म से चला रहा हूँ। जिस खोपड़ी पर चारों ओर से दनादन पड़ रहे हों, उसी पर अम्मा इस साल विवाह का मोर-मुकुट बँधवाना चाहती हैं। और शादी भी किससे होनी है? गाँव की किसी बछिया से? जिसके साथ एक गाभिन भैंस और दो बीघे की खेती हाथ लगेगी? या शहर में चुंगी के बाबू की आठवाँ फ़ेल लड़की से? जो खुद रोज ठर्रा

पीता होगा और वही मुझे भी पिलाएगा? या अपने ही जैसी किसी एम. ए. पास कन्या से? जो कुछ बड़े घर की होगी और अम्मा को नौकरानी और मुझे हरकारा समझेगी?

आँखें मूँदे-ही-मूँदे फैसला किया कि अम्मा चाहे जिएँ चाहे मरें, शादी अभी नहीं होगी। तब कब होगी? शायद कभी नहीं होगी, या कम-से-कम तब तक यह सवाल नहीं उठेगा जब तक जहन्नुम से जहन्नुम तक की यात्राओं का घेरा नहीं टूटता, जब तक खच्चरों और ऊँटों की तरह किसी दूसरे के हाथों निशाँदेही किए हुए रास्ते पर चलने के बजाय अपनी आँख से अपनी राह पहचानकर उस पर चलने का वक़्त नहीं आता।

यह सोचने के बाद तबीयत कुछ हल्की हुई।

यल. यल. बी. का पहला साल निकल चुका है। दो-चार दिन छोड़कर हाज़िरी कभी दी नहीं थी, 'प्राक्सी' से काम चलाया था। पर इम्तहान देने ख़ुद ही जाना पड़ा था। एक नए वकील हमारी जगह पर्चे करने को तैयार थे—पाँच सौ रुपए लेकर। पर इस साल परीक्षाओं में नकल के ख़िलाफ छापामार दस्तों ने बड़ी धमा-चौकड़ी मचाई, धोखाधड़ी के कई मामले पकड़े गए। इसलिए वह वकील कच्चा पड़ गया। पर्चे कुछ ऐसे ही वैसे हुए हैं। पास होने के लिए परीक्षकों तक दौड़-धूप करनी पड़ेगी। और भी उलझनें हैं, परमात्मा जी का मकान दो-चार महीने में तैयार हो जाएगा। उसके बाद? वैसे देसी शराब का एक ठेकेदार फिर से बुला रहा है। उसकी दुकान पर दो साल पहले महीना-भर काम किया था, पर नकली शराब की बोतलें अपने हाथ से उठाकर बेचने का अब मन नहीं करता। तब? पता नहीं शादी के मामले में अपने निश्चय का इन बातों से क्या संबंध था। लगा कि अकेले पड़े-पड़े इन छोटी-छोटी चींटी-जैसी समस्याओं को मैं यूँ ही बिच्छू बनाकर देख रहा हूँ।

कुछ खटपट हुई और मैंने आँखें खोल दीं। अपना एक पुराना दोस्त मकान के आगे साइकिल रोककर उसमें ताला लगा रहा था। तबीयत खिल उठी। धूल-भरी सड़क, ठिगने पेड़ों की मटमैली पत्तियों, अधबने मकानों के बदसूरत खँडहरों की जगह हरी-भरी अमराइयाँ, लचीली टहनियोंवाले नीम के पेड़, केलों के ऊँचे-ऊँचे गाछ लहराने लगे।

साइकिल में ताला लगाकर वह लँगड़ाता हुआ मेरे पास आया, पूछा, "क्या रंग हैं गुरू?"

दोस्त का नाम प्रेमबल्लभ था।

जब मैं हाई स्कूल में पढ़ता था, प्रेमबल्लभ से मेरी पक्की दोस्ती थी। वह हमारे ही गाँव का रहनेवाला है। दोस्ती अब भी है पर पहले-जैसी नहीं। उसने भी मेरी ही तरह एम. ए. किया है और अब यल. यल. बी. कर रहा है। पर हमारे ढंग अलग-अलग हैं। यल. यल. बी. मैं कर रहा हूँ पर प्राक्सी के सहारे। मैं कभी कालेज नहीं जाता और अपने पुराने गिरोह से कुछ अलग होकर परमात्मा जी की चाकरी कर रहा हूँ। वह रोज़

कालेज जाता है और क्लास में कुछ देर बैठकर कचहरी चला जाता है। एक वकील का, जो कलेक्टरेट के अधिवक्ता संघ का सिक्रेटरी है, वह अभी से जूनियर बन गया है। वह पेशकारों से फाइलें माँगने का, मुअक्किलों के साथ जाकर उनकी दरख्वास्त--पेशकारों की ही मार्फ़त--अदालत में लगाने का, ज़मानत के लिए पेशेवर ज़ामिन और मुल्ज़िमों के बीच समझौता कराने का काम अभी से बखूबी कर रहा है। छोटे-मोटे मुकदमों में अगर इजलास और दूसरे पक्ष ने ऐतराज न किया तो वह अदालत में छोटी-मोटी बात भी कर लेता है। चूँकि उसके सीनियर वकील बार एसोसिएशन के सिक्रेटरी हैं और फैल मचाने और हर तीसरे दिन किसी भी मजिस्ट्रेट या जज के खिलाफ हड़ताल की धमकी देने के लिए मशहूर हैं, इसलिए प्रेमबल्लभ की डिग्रीरहित वकालत पर इजलास या साथ के वकील प्रायः ऐतराज नहीं करते। अगर कभी ऐतराज हुआ तो प्रेमबल्लभ झट से जूनियर वकील के बजाय अपने को अपने सीनियर का मुंशी बताकर इजलास से बहुत विनम्रता के साथ निवेदन करता है कि वकील साहब अभी हाईकोर्ट में हैं, उनका मुक़दमा दो घंटे बाद लिया जाए। बहरहाल, अदालती छिपकली की हैसियत से वह दाँव लगाकर रोज बीस-तीस कीड़े यानी रुपए खा जाता है। यल. यल. बी. में उसका यह आखिरी साल है।

हमारे स्वभाव भी अलग-अलग हैं। आपसे क्या चोरी, मैं तबीयत से सीधा-सादा हूँ पर हवा बाँधने के लिए लोगों को दिखाता रहता हूँ कि मैं बड़ा काइयाँ हूँ। प्रेमबल्लभ भीतर से बड़ा काइयाँ है पर लोगों को यही दिखाता रहता है कि वह बड़ा सीधा-सादा है। अपने सीनियर के साथ अक्सर शाम बिताने के कारण उसे सिगरेट और शराब का चस्का भी लग चुका है। शराब में भी रम और रमों में भी फ़ौजवाली रम--जिसकी सस्ती बोतलें वह फ़ौजी अफसरों के दलालों से ले आता है और उन्हें अपने और सीनियर के इस्तेमाल के अलावा जनसंपर्क के काम में भी लाता है। वह अब दूसरी दुनिया का हो गया है, इसलिए हमारी दोस्ती लगभग 'प्रेमपूर्ण निस्संगता' के धरातल पर टिक गई है।

प्रेमबल्लभ लँगड़ाकर चलता है और इसका एक इतिहास है।

लगभग आठ साल पहले की बात है। तब मैं हाई स्कूल कर रहा था। ग़ौर करने की बात है कि मैं यल. यल. बी. 'कर' रहा हूँ, हाई स्कूल 'कर' रहा था-जैसे फ़िकरे इस्तेमाल करता हूँ, 'यल. यल. बी. में पढ़ रहा हूँ' 'हाई स्कूल में पढ़ रहा था' नहीं कहता। क्योंकि, साल में दो-चार महीने छोड़कर, मैंने क्लास में बैठकर कभी नहीं पढ़ा। कभी मौका नहीं मिला, कभी ज़रूरत नहीं समझी। बहरहाल, उस साल हाई स्कूल करते हुए प्रेमबल्लभ ही ने सुझाव दिया कि हम लोग शहर में एक कमरा किराए पर लेकर बाक़ायदा पढ़ाई कर लें। उस साल डेली पैसेंजरी में दिक्कत आ गई थी। जिस ट्रेन से हम लोग रोज शहर पढ़ने जाते वह एक्सप्रेस थी। हमारे स्टेशन से छूटने पर सीधे शहर के स्टेशन पर रुकती थी। पिछले कई स्टेशनों पर उसके रुकने की व्यवस्था

नहीं थी। पर उधर के डेलीवाले क़दम-क़दम पर उसकी चेन खींचते थे और होज़पाइप निकाल देते थे। इस खिचिर-खिचिर में गाड़ी हमारे स्टेशन पर हमेशा दो-ढाई घंटा लेट आती पर हम लोगों का इतना रुतबा था कि वहाँ के बाद ज़ंजीर खींचने और होज़पाइप निकालने का कारोबार नहीं हो पाता था। इसलिए हर हालत में हम अपने स्कूल दूसरे घंटे तक पहुँच जाया करते थे। पिछले दिनों उधर के डाउन स्टेशनों पर डेलीवालों का अत्याचार कुछ ज़्यादा बढ़ गया था। ट्रेन हर तीसरे किलोमीटर पर रुकने लगी थी। हमने अपने डेली साथियों को समझाया, पर वे गदर से भागे हुए सिपाहियों के छोटे-छोटे गिरोहों की तरह कोई भी अनुशासन मानने को तैयार न थे। उनमें कोई ऐसा उम्दा नेता नहीं था जो पूरे समूह में गुंडागर्दी के मानदंड निर्धारित करता। बहरहाल, हारकर रेलवे ने हमारे सेक्शन में ट्रेन को एक्सप्रेस की जगह पैसेंजर बना दिया और देखते-देखते वह तूफान गाड़ी खचड़ा बन गई। अब उससे स्कूल पहुँचने में बाजाब्ता शुरू के तीन पीरियड छूटने लगे। चूँकि हाई स्कूल का मामला था और परीक्षा में नक़लबाजी पर सौ फ़ीसदी भरोसा नहीं किया जा सकता था, इसलिए मैंने प्रेमबल्लभ के इस सुझाव को आसानी से मान लिया कि दो-तीन महीने शहर में रह लिया जाए।

जो कमरा किराए पर लिया उसे सिर्फ मकान-मालिक कमरा कहता था, सारी दुनिया की निगाह में वह कोठरी थी। कमरे की हैसियत देने के लिए उसकी पिछली दीवार में जो खिड़की थी वह अंदर मकान-मालिक के बरामदे में खुलती थी। पर बेपर्दगी बचाने के लिए उसे भीतर से बंद कर रक्खा गया था। कमरे के अलावा संडास और बंबा साझे में था, इस शर्त के साथ कि इनका इस्तेमाल हम इतना सवेरे कर लें कि उनके घरवालों का क्यू घरवालों तक ही सीमित रहे। कमरे का दरवाज़ा बाहर जिस गली में खुलता था वह कचरा, सुवर, घुमक्कड़ गाय और खुली नालियों के शहरीपन में बसी हुई थी। पर उन दिनों इससे हमें कोई खास उलझन न थी। हमारे दिमाग़ में शहर की यही छवि थी; हम आवारा गायों, सुवरों, टिमटिमाते या बुझे बल्बों, खुले संडासों को ही शहर समझते थे। चौड़ी सड़कों, खुले बाग-बगीचों, दूर-दूर बसे चमकती हरियालीवाले बँगलों को शहर का हिस्सा जानते हुए भी अपने शहर का हिस्सा मान नहीं पाते थे।

हम दोनों ने इस कमरे में रहते हुए पढ़ना यानी स्कूल की पढ़ाई का हालचाल देखना शुरू किया। पर उससे भी ज़्यादा जरूरी था खाना, जो हम लोग कमरे के कोने में कोयले की अँगीठी पर बनाते थे। चूँकि रसद के रूप में आटा, दाल, चावल हम गाँव से लाया करते थे, इसलिए हमारी व्यंजन-सूची दाल, रोटी और खिचड़ी पर खत्म हो जाती थी। मुर्गमुसल्लम, मटर पनीर, शाही कोरमा, कोफ़ता, नरगिसी पुलाव आदि का जिक्र तो बहुत बाद में पहले अफवाहों की तरह और बाद में भूगोल की तरह हमारे सामने खड़ी शहरी परीलोक की दीवार ढह जाने के बाद आया।

पत्थर का कोयला सस्ता था और स्टेशन के यार्ड का चुराया हुआ कोयला पड़ोस में

ही बिकता था। पर पत्थर के कोयले की अँगीठी सुलगने में घंटों लेती थी और उसे सुलगाने में भी बड़ी तवालत थी। इसलिए हम लकड़ी का कोयला जलाते। पर यह कोयला महँगा था, इसलिए हमने उसे भी गाँव से लाना शुरू कर दिया।

हमारे गाँव और स्टेशन के बीच, सुना जाता है, पहले बाग-ही-बाग थे। देशी आम के बागों का सिलसिला एक मील से ऊपर जाता था। हमारे बचपन में, जब एक ओर वन-महोत्सव की गुहार पड़ी थी, दूसरी ओर ये सभी पुराने बाग कटने लगे थे। जब की यह घटना है, आधा इलाका कटकर साफ हो गया था और उसमें बनाए गए खेतों में गेहूँ कम और रेह ज़्यादा पैदा होने लगी थी। फिर भी स्टेशन तक आते-आते एक बहुत बड़ा बाग अब भी पड़ता था, जहाँ आम और महुए के पेड़ों के बीच मकोय और करौंदे की झाड़ियाँ, बड़े-बड़े बाँसों के झुरमुट और न जाने कितने ऊँचे, कितने पुराने इमली के पेड़ थे। बाग के मालिक ने ये इमली के पेड़ शहर के एक ठेकेदार को बेच दिए थे जो उन्हें कटवाकर वहीं उनका कोयला बना रहा था। हम लोग हर सनीचर को गाँव जाते और सोमवार को जब मुँह अँधेरे शहर की गाड़ी पकड़ने को स्टेशन की ओर भागते तो रास्ते में अपना-अपना झोला इस कोयले से भर लेते।

दो-तीन हफ्ते यह कारोबार इतना सुचारू रूप से चला कि हम भूल ही गए कि कोयले के इन पहाड़ों की निगरानी के लिए कोई चौकीदार भी तैनात होंगे और वे आसपास कहीं कुत्तों की तरह दुबके पड़े सो रहे होंगे। वहाँ कोयला इतना ज़्यादा था कि झोला-दो-झोला निकाल लेने में लगता ही नहीं था कि कोई इसे चोरी भी कह सकता है। 'तुलसी पंछिन के पिये घटै न सरिता नीर' वाला भाव हमारे दिमाग़ पर छाया रहता था। इसलिए एक दिन जब पूरब में लाली का नामोनिशान न था और घुप्प अँधेरे और कोहरे की बाँबी में सारा बाग, सारे खेत-खलिहान ढके पड़े थे और जब पिस्टन की तरह हाथ चलाते हुए हम अपने-अपने झोलों में कोयला भर रहे थे तभी पीछे से एक ललकार सुनकर हम सचमुच ही चौंक पड़े। निहायत गँवार उच्चारण से माँ की गाली देकर किसी ने पुकारा, "कौन है?"

घुप्प अँधेरे में, घने बाग के बीच हम आँख मूँदकर निकलते तब भी आदत के सहारे हम राह से बेराह नहीं होते थे। पर इस वक़्त जो भगदड़ मची उसमें हमें राह छोड़कर भागना ही ज़्यादा निरापद जान पड़ा। बिना आपस में तय किए ही हम दोनों ने एक साथ बेलीक चलने की ठानी क्योंकि हम दोनों को ही पता था पीछा करनेवाला जानी-बूझी लीक का ही आदी होगा। उसी में हम गच्चा खा गए।

लीक छोड़कर हम भागे तो, पर सरपट नहीं भाग पाए। बाँसकोठियाँ रास्ते में आ गईं, करौंदे की एक झाड़ी मेरे सुएटर से चिपक गई और उसका एक छोर उस पर चढ़ाकर ही मैं आगे बढ़ पाया। उधर प्रेमबल्लभ किधर निकल गया इसका मुझे कुछ देर पता नहीं चला। पीछेवाला गँवार अब भी पीछे था और इसका सबूत उसके मुँह से झरनेवाली धुआँधार गालियाँ थीं। कुछ देर ही में, जब तक बाग के दूसरे कोनों से 'कौन है' 'कौन है' की कुछ नई आवाजें इस हाहाकार में शामिल हुईं, एक दूसरे रास्ते से

प्रेमबल्लभ का आकार मेरी ओर बढ़ता दीख पड़ा । तभी पीछा करनेवाले ने एक चीख़ मारी और उसी के साथ पूरी ताकत के साथ फेंका गया एक डंडा प्रेमबल्लभ के टखने में आकर लगा ।

पहले शब्दबेधी बाण जरूर होते होंगे, नहीं तो सिर्फ भागने की आहट लेकर फेंके गए इस डंडे का निशाना इतना अचूक न होता । पर प्रेमबल्लभ की मर्दानगी का भी जवाब नहीं, देखने पर डंडे का भरपूर वार झेलकर भी वह चिल्लाया नहीं, ओंठों-ही-ओंठों उसने एक गाली दी और उछलकर एक टाँग से हिरन की तरह कूदते हुए वह मुझसे आगे निकल गया । इसके बाद जब रेलवे लाइन के पास खुदे हुए गड्ढे में वह भरभराकर गिरा तभी उसके मुँह से चीख़ निकली, और चीख़ भी कैसी? जंगली हाथी के चिग्घाड़-जैसी, जिसे घासफूस से ढके गड्ढे में फाँस लिया गया हो ।

पर बाग पीछे छूट चुका था । हम खतरे का दायरा पार कर चुके थे । मैंने हाथ का सहारा देकर प्रेमबल्लभ को गड्ढे से बाहर निकाला । उसे बाहर घसीटने पर मैंने पाया उसकी टाँग में चोट आ गई है । और चाहे जो कुछ हुआ हो, पट्ठे ने कोयले का झोला हाथ से नहीं जाने दिया था । वैसे इस मामले में मैं भी नहीं चूका था ।

रेलवे केबिन में जलता हुआ लैंप कोहरे में सिगरेट के जलते सिरे पर चमक की बिंदी-जैसा दिख रहा था । पटरी के किनारे-किनारे हम उसी की तरफ बढ़े । पर अब प्रेमबल्लभ कराह रहा था, लँगड़ा भी रहा था ।

तब से आज तक वह लँगड़ाकर चलता है । वक़्त की बात है । डंडे की चोट और उसके तुरंत बाद गड्ढे की धचक से उसके टखने की हड्डी दरक गई थी । हम सोच-समझकर दो-चार दिन सेंक-साँक करते रहे और वहाँ यह कोयला सचमुच ही काम आया । फिर गाँव में चूँकि हड्डी की हर अदृश्य चोट को यह मानने का चलन है कि वह जोड़ से उतर गई है, हमने उसे एक घोसी को दिखाया जिसे मुहल्लेवाले जर्राह कहते थे । घोसी ने टखने के साथ जो सलूक किया उससे प्रेमबल्लभ की टाँग उस हफ्ते बराबर झूलती ही चली गई । फिर जब तक हम यह सोचते कि इसे डॉक्टर को दिखाएँ या नहीं, और दिखाएँ भी तो किसे, तब तक सूजन घटने लगी । सेंक से और अरंडे के गर्म पत्तों को लपेटकर बाँधने से कुछ हफ्ते बाद प्रेमबल्लभ की टाँग ठीक हो गई, सिर्फ चलने में थोड़ी-सी धचक रह गई जिसे वक़्ते ज़रूरत अपमान करनेवालों द्वारा लँगड़ाना कहा जा सकता है । अंत में सोलहवीं सदी के सूरमाओं की सी राहचलंतू चिकित्सा कराके प्रेमबल्लभ स्वस्थ हो गया, अंग-भंग हुआ, वह कोई ख़ास बात नहीं । तैमूरलंग भी लँगड़ाकर चलता था । और राना साँगा की देह पर चोटों और घावों के निशान क्या कुछ कम थे ?

''क्या रंग है गुरू ?'' का जवाब मैंने बेहिचक दिया, ''रंगबाज़ी न झाड़ो वकील साहब । कितने दिन बाद मिले हो, कुछ पता है ? कैसे आना हुआ ? कोई मतलब की बात तो होगी ही ।''

"मतलब न होता तो इस दुपहरी में पाँच मील साइकिलिंग क्यों करता गुरू? बताओ, दो सौ रुपए दे सकते हो?"

"वापस कब करोगे?"

"महीना-भर में।"

"सौ दे दूँगा।"

रुपए की बात सुन लेने पर अनजानी बिपदा का डर अब मुझे नहीं रह गया था। मैं चारपाई से उठा, उसका हाथ पकड़कर उसे बाइज़्ज़त अपने साथ बैठाला। बैठकर उसने कहा, "सौ से नहीं, दो सौ से ही काम बनेगा।"

मुझे चार दिन पहले परमात्मा जी से तीन सौ रुपिया मिला था, दो सौ से ज़्यादा ही बचा होगा; पर मैंने कहा, "तब इसके लिए परमात्मा जी से कहना पड़ेगा।"

"तो चलो, वहीं चलें।"

"आराम करो, वे दो-तीन घंटे में यहीं आएँगे।" सौ रुपए का नोट उसकी जेब में ठूँसकर मैंने कहा, "तब तक इसे तो समेटो ही।"

एक-दूसरे का हालचाल लेने में एक घंटा लगा। एकाध नई ख़बरों को छोड़कर कोई ख़ास ख़बर नहीं थी। वह कालेज और अदालतों के क़िस्से सुनाता रहा। मैं परमात्मा जी के, इंजिनियर साहब के, मज़दूरों के। पर वह मज़दूरिनों के क़िस्सों के लिए ललक रहा था। उसने इधर-उधर जो नौजवान मज़दूरिनें देखी थीं, उन पर 'पटाखा', 'सेक्स बम' जैसे शब्दों का प्रयोग करके मेरे नसीब की सराहना की। 'जवानी फटी पड़ रही है', 'गदराया जोबन' और 'हुस्न का धमाका' भी आया। मैं कैसे-कैसे ऐश कर रहा हूँ, इस कल्पना से वह लोटपोट हो गया। मैंने न इक़बाल किया, न इनकार।

फिर, "गुरू तुम बड़े हरामी हो।" आखिर में, "यार, बड़े मुँहचुप्पे हो गए हो। क्या कहीं कोई चोट खा गए?" मैंने कहा, "मेरी छोड़ो, अपनी सुनाओ।" तब उसने अपने सीनियर वकील की विधवा बहन का नख-शिख-वर्णन किया, बताया कि बीस-तीस रुपए रोज की आमदनी के अलावा बोनस के तौर पर वह भी उसे जल्द ही मिल सकती है। मैंने चेतावनी दी, "बोनस में दस जूते भी मिल सकते हैं।" वह खुश हुआ, बोला, "अब बोले बेटा तुम अपनी बोली।" मेरे ऐश के बारे में उसके जो ख़्वाब थे, उन्हें उसने फिर से दोहराया। कहा, "पर तुम्हें बोनस में तो ऐश-ही-ऐश पाना है।"

आँखों को आधा मूँदकर, सिर ऊपर उठाकर वह कहता रहा, "गाँव की गोरियाँ हैं, बहुत सीधी-सादी। पाँच रुपए का नोट दिखाकर धीरे-से उनके आँचल में बाँध दो, फिर काम निकल जाने के बाद वही नोट उसी तरह धीरे-से खोलकर अपनी जेब में डाल लो। उनको पता भी नहीं चलेगा कि क्या दिया, क्या पाया।"

मज़ाक में कोई ऐसा खास शोहदापन न था—इतना दो नौजवानों की बात में होना ही चाहिए—पर मेरी तबीयत उखड़ गई। प्रेमबल्लभ जैसे ठंडे दिमाग के सामने उखड़ी तबीयत का सीन पेश करना भी हेठी की बात थी। फिर भी इसका ध्यान आने के पहले

ही मैं उसे लगभग एक लेक्चर पिला चुका था। मैंने कहा :

''भाई, माना कि तुम ऊँचे दर्जे के लुच्चे हो, पर हर बात का मज़ाक ठीक नहीं होता। इंसानियत भी कोई चीज़ होती है। जिन लड़कियों के लिए तुम बकवास कर रहे हो, उनकी हालत का तुम्हें कुछ पता भी है ? ये सोलह-सोलह, अठारह-अठारह साल की लड़कियाँ, या बच्चे को पेट या गोद में लेकर घूमती हुई औरतें, जो यहाँ मकान बना रही हैं या उधर भट्ठों पर ईंटों का काम कर रही हैं, ज़्यादातर छत्तीसगढ़ से आई हैं। वहाँ इनके पास कुछ नहीं है। छोटी-मोटी जोत हुई भी तो साल में मोटे-झोटे अन्न या धान की एक फटीचर फ़सल हो जाती है। मजदूरों के दलाल उन्हें एडवांस देकर यहाँ ले आते हैं। पर पूरे ख़ानदान के ख़ानदान मज़दूरी की तलाश में इतनी दूर तक आकर क्या पाते हैं ? आधी-तिहाई मज़दूरी, सुवरबाड़े-जैसी झोंपड़ियाँ, बेइज़्ज़ती, बीमारी ! कानून में बँधुआ न होते हुए भी ये सबसे कड़ी जकड़ में फँसे हुए बँधुआ मज़दूर हैं। न इनके लिए कोई फ़ैक्टरी ऐक्ट है, न कोई लेबरवाला क़ानून। होगा कोई मिनिमम वेजेज़ ऐक्ट, पर सरकार उसे न जाने कहाँ छिपाकर बैठी है। और हर हालत में खुश रहनेवाली, अपनी इन सेक्स-बम-जैसी लड़कियों की हालत जानते हो ? यहाँ की बात छोड़ो; उधर वे जो भट्ठे पर काम करती हैं, उन्हें पूरे दिन खटने का आज भी मुश्किल से साढ़े पाँच रुपिया हजार मिलता है। वे दो सौ-ढाई सौ गज़ की दूरी से कच्ची ईंटें ढोकर भट्ठे पर पहुँचाती हैं। एक खेप में वे सिर पर ग्यारह ईंटें ढोती हैं। दिन-भर में उन्हें कितना मिल जाएगा ? तुम्हीं जोड़ लो। फिर उसमें से कुछ रुपिया सरदार खींच लेगा। सरदार, यानी दलाल। उसे अपना एडवांस भी वापस लेना है। बचे-खुचे में वे थोड़ा भात राँध लेती हैं। सबेरे नमक-रोटी या कोई साग। और अगर बुखार में पड़ गईं तो सरदार दवा के लिए दूसरा एडवांस दे देगा और उसे जनम-जनम की दासी बना लेगा।''

''क्या समझे गुरू ?''

''समझ गया गुरू समझ गया। इसका मतलब यह कि अब तुम नेतागिरी पर उतारू हो। कोई हर्ज नहीं। नेतागिरी में भी कम ऐश नहीं है।''

ऐसा मज़मून जो किसी भी वक़्त हमें संजीदगी के दलदल में ढकेल सकता था, हमारे बीच ज़्यादा देर टिकनेवाला न था। थोड़ी देर में हमारी बातचीत का रुख दूसरी ओर मुड़ गया। प्रेमबल्लभ ने जिन दो नई ख़बरों का इशारा शुरू में किया था, उसके रंग-रेशे दिखने शुरू हो गए।

पहली खबर : एक कुँअर साहब हैं, यानी किसी पुराने ख़स्ताहाल तअल्लुकेदार के लड़के, जो अपनी देहाती हवेली छोड़कर बंबई में जा पड़े हैं। सिनेमा की कुछ हस्तियों से पियक्कड़ी की हालत में जान-पहचान कर बैठे हैं, उनकी शह पर कुछ लाख रुपए फूँककर एक 'ख़ूनी हसीना' टाइप की फिल्म बना चुके हैं, अब वे एक नई फिल्म बनाने के चक्कर में अपनी जन्मभूमि के आसपास चक्कर काट रहे हैं। उन्हें 'गाँव की गोरी'

जैसी किसी समस्या पर एक 'सबजेक्ट' की तलाश है। परसों एक धुआँए-धुँधुआए होटल के मैले-कुचैले कमरे में आनंद जी नाम के सज्जन वकील यानी प्रेमबल्लभ के सीनियर के साथ ख़ुद प्रेमबल्लभ रम के ग्लासों पर कुँअर साहब से टकरा चुका है। कुँअर साहब सस्ती रम पीते हुए उन्हें बता चुके हैं कि वे या तो स्कॉच व्हिस्की पीते हैं या देसी रम। जो भी हो, रम की संध्या-छाया में उन्हें हमारे मित्र प्रेमबल्लभ जी एक 'जीनियस' नज़र आए हैं। प्रेमबल्लभ ने उन्हें 'गाँव की गोरी' नामक विषय पर, आशु-कविता की अदा में, कई कथाएँ सुनाई हैं। कुँअर साहब उन्हें सुनकर चित हो चुके हैं। उन्होंने उन्हें एक ख़ास कहानी को सिनेमाई स्क्रिप्ट के रूप में तैयार करने के लिए कहा है। बंबई आने का न्यौता दिया है। कहानी और स्क्रिप्ट के लिए कुछ हज़ार रुपिया देने का इशारा किया है, फिर भी प्रेमबल्लभ में इतनी समझ है कि ऐसा रुपिया उसे कोई न देगा। जो भी मिल जाए–रम, खाना या फ़र्स्ट क्लास में बंबई की यात्रा–इसी उम्मीद में प्रेमबल्लभ अब इस कहानी के उद्‌भव और विकास में अपने दिमाग को उलझाए हुए है। अभी मज़दूर महिलाओं को लेकर जो मज़ाक चल रहा था, वह इसी फिल्म की रचनात्मकता का ख़ुमार है।

"पर छोड़ो भी गुरू…।"

दूसरी खबर :

एक वकील साहब कचहरी के किसी बाबू को घूस देने गए। वे किसी फ़ाइल से कोई काग़ज़ ग़ायब कराना चाहते थे। सुना जाता है कि बाबू ने पहले एक छोटी रकम एडवांस में ली. बाद में कह दिया कि फाइल से वह काग़ज़ पहले से ही ग़ायब है। एडवांस की वापसी को लेकर दोनों में झगड़ा हुआ, गाली-गलौच के रस्मी प्राक्कथन के बाद हाथापाई होने लगी। पहले हाथ चला, फिर पाँव। इसके बाद कचहरी में दंगा हो गया। एक दल बाबुओं का था, एक वकीलों का। हालत ज़्यादा बिगड़ने पर पुलिस और मजिस्ट्रेटों का तीसरा दल भी शामिल हो गया। फिर वकीलों ने आंदोलन छेड़ दिया–बाबुओं ने भी। दोनों ने हड़ताल कर दी। बाबुओं के प्रादेशिक संगठन ने वकील की गिरफ़्तारी की माँग की, उनके अनुसार हाथ पहले उसी के ओर से चला था। वकीलों के प्रादेशिक संगठन ने कचहरी में व्याप्त भ्रष्टाचार की समाप्ति, कलेक्टर की मुअत्तली और न्यायिक जाँच की आवाज़ उठाई। बाबुओं ने नारे ज़्यादा लगाए, तक़रीरें कम दीं। वकीलों ने तक़रीरें ज्यादा दीं, नारे कम लगाए। दोनों ओर से अच्छी-खासी गुंडागर्दी हुई। बाद में बाबुओं ने हड़ताल वापस ले ली। वकील हड़ताल पर अटल रहे। पहले कुछ इक्का-दुक्का बुज़ुर्ग वकील विवेक और धीरज की बात करते थे। चार-छह दिन बाद उन्हें साबित करना ज़रूरी हो गया कि वे टोडी बच्चा नहीं हैं। वे भी हड़ताल को पुख़्ता और बुज़ुर्गाना शक्ल देने लग गए। यानी, कलेक्टर की मुअत्तली की बात तो उन्होंने युवाशक्ति पर छोड़ दी, खुद सरकारी कर्मचारियों में फैले भ्रष्टाचार की निराकार प्रतिमा के विध्वंस में लग गए। फ़िलहाल, सारी अदालतें बंद न होकर भी बंद हैं, कलेक्टर के तबादले और

तरक़्क़ी—दोनों के एक साथ होने की ख़बरें आ रही हैं, और लगता है, इस बार कचहरियों से भ्रष्टाचार का सफ़ाया होकर ही रहेगा।

जो भी हो, प्रेमबल्लभ की दैनिक आमदनी मारी गई है। पर उसे एक अनोखा मौका मिल गया है। जब तक वकील हड़ताल पर हैं और अदालतों को लकवा मारा हुआ है, वह अपने सीनियर की विधवा बहन पर चौबीसों घंटे केंद्रित रहने को स्वतंत्र है। यह दूसरी बात है कि वह कल ही अपनी ससुराल चली गई है।

हमारा आचारशास्त्र इसकी इजाज़त नहीं देता था कि दोस्त उधार माँगे तो उसका मक़सद पूछा जाए। पर मुझे शुबहा हुआ कि प्रेमबल्लभ इजलासबंदी और हड़ताल के निठल्ले दिनों में विधवा के पीछे-पीछे ससुराल तक पहुँचना चाहता है और मेरी गाढ़ी कमाई के दो सौ रुपयों को अपनी प्रेमबेलि के थाले में यूरिया, सुपरफास्फेट और पोटाश के मिक्श्चर की तरह डालकर उसे हरा-भरा, मजबूत और फलदार बनाना चाहता है। पता नहीं हमारे बीच कैसा बेतार-का-तार खिंचा था कि मेरे ऐसा सोचते ही प्रेमबल्लभ ने कहा, ''गुरू, घर पर बैलों की गोई की समस्या है।'' 'समस्या' हमारे बीच बड़ा विद्वतापूर्ण शब्द माना जाता था और उसे मुँह से निकालते वक़्त चेहरा लटका लेने की परंपरा थी। ''एक बैल मर गया है, दूसरा गरियार है। पूरी गोई खरीदनी पड़ेगी। मैंने बाप को एक हज़ार की मदद देने का वायदा किया है। उसी में कुछ कमी पड़ रही है। सोचा, तुम्हारा अच्छा वक़्त चल रहा है। चलकर तुम्हीं को पकड़ा जाए।''

बिलकुल साफ़ था कि वह बेमतलब और सरासर झूठ बोल रहा है। मवेशीचोरों के ख़ानदान में बैल कब से खरीदे जाने लगे? फिर भी मैंने नाक सिकोड़कर यह सफ़ाई सुनने से विरक्ति प्रकट की, ऐसा ज़ाहिर किया कि कोई भी वजह हो, मेरे लिए सभी बराबर हैं। रुपिया देना है, दे दूँगा।

जब उसे भरोसा हो गया कि रुपए के बारे में अपनी ज़रूरत को और परिवार के प्रति अपनी बलिदान-भावनाओं को वह बख़ूबी उजागर कर चुका है तो वह हल्का हो गया। इसके सबूत में मेरे पिछले गंभीर व्याख्यान को बिलकुल भुलाते हुए उसने फिर 'पटाख़ा' और 'गदराया जोबन' वाली बातें शुरू कर दीं। इस बार मैंने कुछ नहीं कहा, सिर्फ मुँह से सीटी बजाते हुए बाहर की ओर ताकना शुरू कर दिया। लुच्चे बकवास करते रहते हैं और भले आदमी सीटी बजाते हुए परमात्मा जी के प्रकट होने का इंतजार करते हैं।

परमात्मा जी प्रकट हुए। मैंने दौड़कर मोटर पर ही उनका स्वागत किया। तब तक दिन के चार बज चुके थे, आसपास सड़क की पटरी पर पड़ी सुर्ख़ी और बालू के बवंडरों में बच्चे खेल रहे थे। उनसे बहुत दूर, जहाँ सड़क के लिए मिट्टी काटी गई थी, धूल के असली बवंडर—लंबे और पेंचदार—अपना असली खेल दिखा रहे थे। मैंने कार की खिड़की में झाँककर परमात्मा जी से कहा, ''बड़ी गर्मी है।'' शीशा नीचा कर दिया गया था। गर्म हवा के एक थपेड़े ने मेरी ताईद की। ड्राइवर मुझे धकियाकर दरवाजा

खोलने जा रहा था। मैंने उसे रोका, जल्दी से सौ रुपए का नोट परमात्मा जी के हाथ में चुराकर पकड़ाने की कोशिश की, कहा, ''एक दोस्त वहाँ कमरे में है। इसे आप उसको उधार दे दीजिएगा।'' परमात्मा जी गाड़ी से नीचे उतरे, नोट उनकी बुशशर्ट की जेब में पहुँच गया था, पर ज़बान ने उल्टी बात कही, ''हमें अपनी धमाचौकड़ी में क्यों डालते हो भाई?'' मैंने कहा, ''मुझसे लेकर देने का नाम न लेगा। पुराना क्लासफैलो है। आपके नाम पर शायद वापस कर दे। इसीलिए आपके हाथ से दिला रहा हूँ।''

परमात्मा जी ने अंदर आते ही प्रेमबल्लभ को देखकर पूछा, ''तुम्हीं ने तो परसों कचहरी के फाटक का ताला तोड़ा था?''

प्रेमबल्लभ ने ग़ौर से परमात्मा जी को देखा और मेरी ओर मुड़कर पूछा, ''आपकी तारीफ?''

''जीजा जी को नहीं पहचानते? परमात्मास्वरूप जी, ऐडवोकेट।''

''माफ़ कीजिएगा, मैंने आपको पहचाना न था।'' उसने लपककर जीजा जी के चप्पल छुए।

पर परमात्मा जी अपनी ही धुन में थे। इस शिष्टाचार से प्रभावित हुए बिना बोले, ''तुम आनंद साहब के जूनियर हो न?''

''जी नहीं, मैं तो अभी पढ रहा हूँ।''

''तो उस दिन वकीलो की भीड़ में ताला तोड़ने कैसे पहुँच गए थे?''

प्रेमबल्लभ ने रौब, मुलायमियत, तिरस्कार और घरेलूपन—सबको मिलाकर बड़े इत्मीनान की आवाज़ में जवाब दिया, ''आप क्या कह रहे हैं? मैं इस बारे में कुछ नहीं जानता। अख़बार में जरूर पढ़ा था कि कुछ वकील फाटक कूदकर कलेक्टरेट के अहाते में पहुँच गए, कुछ ने ताला तोड़ दिया, फिर उन्होंने अहाते में सभा की, बड़े-बड़े प्रस्ताव किए।'' फिर: ''क्या आप भी उस भेड़ियाधसान में थे?''

परमात्मा जी उसे देखते रह गए, मुझसे बोले, ''इनसे बात ख़त्म कर लो तो फिर हम अपनी बातें शुरू करें।''

''यह तो जा रहा था। सिर्फ आपके आने तक मैंने इसे रोक लिया था। दरअस्ल, इसे कुछ रुपयों की जरूरत है, मेरे पास कुछ कम पड़ रहा है। सौ रुपिया आप दे दें तो काम बन जाएगा।''

परमात्मा जी ने प्रेमबल्लभ को घूरते हुए कहा, ''इन्हें तो मैं जानता भी नहीं। कचेहरी में इन्हीं जैसे किसी को देखा था, पर ये कहते हैं कि ये वह नहीं हैं। तुम चाहो तो मैं तुम्हें रुपिया दे दूँगा। उसके बाद तुम जानो, तुम्हारा काम जाने।''

प्रेमबल्लभ ने अचानक मेरी पीठ पर हाथ रक्खा, बड़े प्यार से कहा, ''क्यों परेशान होते हो भाई, आज रुपए नहीं हैं तो लौटालने की जल्दी क्या है? फिर कभी दे जाना। इतना फ़िक्र करने की क्या बात है?''

मैं कुछ कहता, इसके पहले ही वह परमात्मा जी से बोला, ''इसे आप जानते ही हैं।

बात-बात पर तुनकता है। बात आपसी लेन-देन की थी, पर यह आप तक पहुँच गया।"

"अच्छा भाई, फिर मिलेंगे।" कहकर वह तेज़ी से चल दिया। मैं लपकता हुआ उसके पीछे-पीछे बाहर तक आया, जेब से सौ का एक नया नोट निकालकर उसके हाथ में थमाया, कहा, "यह नौटंकी करने की क्या ज़रूरत थी ?"

उसने नोट ले लिया, पर उसकी निगाह तनी रही। कहने लगा, "यह साला जीजा भी अव्वल दर्जे का खबीस है। आते ही कचेहरी के क़िस्से से टकरा गया। मुझसे यों बोल रहा था जैसे मैं कोई पाकेटमार हूँ।"

मैंने बड़ी संजीदगी से जवाब दिया, "चलो, कोई तो तुम्हें पहचाननेवाला मिला। देखनेवाले क़यामत की नजर रखते हैं। क्या समझे, गुरू ?"

उसने दोनों नोट इत्मीनान से मोड़कर अपनी पर्स में रक्खे और पर्स पतलून की पिछली जेब में रक्खी। मेरे मज़ाक को अनसुना करके एक स्वतंत्र वक्तव्य दिया, "मैं किसी चिड़ीमार का एहसान हरगिज नहीं ले सकता।"

मैं उसके सिद्धांतों से पूरी तरह परिचित हूँ, यह दिखाने के लिए मैंने सिर हिलाया। वह कहता रहा, "तुम्हें दिक़्क़त हो तो ये रुपए वापस ले लो। मैं तुम्हारी हालत समझता हूँ। मेरे लिए ज़्यादा फ़िक्र न करो। कोई-न-कोई इंतज़ाम हो जाएगा।"

अभिप्राय यह था कि मैं उसके पाँव पकड़कर गिड़गिड़ाऊँ और कहूँ कि ए भैया प्रेमबल्लभ, मेरा दिल न तोड़ो। ये रुपए स्वीकार करके मुझे भी सेवा का अवसर दो। पर मैं इस नाटक से थक गया था। यह कहने के लिए कि अब रफूचक्कर हो जाओ, पूछा, "अब कब आओगे ?"

साइकिल का हैंडिल एक हाथ से थामकर दूसरे हाथ से वह अपनी कमर खुजलाने लगा। यक़ीनन गर्मी के मौसम में वहाँ दाद उभरा होगा। पर अपनी समझ में वह सोचने का अभिनय कर रहा था।

"कभी भी आ सकता हूँ। अभी तो कचहरी में भी कोई काम नहीं है। हड़ताल चल रही है।" अचानक उसकी आवाज़ में बुलबुले फूटने लगे, "सुनो यार, अभी तुम इन मज़दूरों के बारे में जितना चहक रहे थे, मैं उसी पर सोच रहा हूँ। इन भट्ठेवाले और ठेकेदारों के खिलाफ कुछ किया जाना चाहिए। पर खटिया पर बैठकर तुम्हारी तरह लेक्चर झाड़ने से कुछ नहीं होने का। सोचो यार, कुछ सोचो। कोई बड़ा काम हाथ में लिया जाना चाहिए। देखो, मैं भी दिमाग़ लगाऊँगा। कोई ऊँची स्कीम बननी चाहिए।"

इस तरह उस अजूबे अगियाबैताल का जन्म हुआ जिसे 'उत्तर प्रदेश दैनिक मज़दूर संघ' के नाम से कुछ लोग आज भी याद करते हैं। पर उसकी चर्चा कुछ देर बाद।

6

"अब सरकार नाम की कोई चीज नहीं रही। अंग्रेज एक कूड़े का ढेर छोड़ गए थे। नौकरशाही। उसी की सडाँध में हम लोग साँस ले रहे हैं। हालत बड़ी खराब है। गधे जलेबी खा रहे हैं। हर शाख पै उल्लू बैठा है। सीधे-सादे लोगों को कोई नहीं पूछता…"

परमा म. जी उदास आवाज़ में धीरे-धीरे ऐसे ही अनमोल बोल निकालते जा रहे थे। अचानक मुझे लगा कि वे बूढ़े हो रहे हैं; नहीं तो चार कोठी, नई कार और एक नई नवेली दुलहन का स्वामी ज़माने को लेकर ऐसी लस्त-पस्त बातें क्यों करता? मेरी निगाह उनकी खोपड़ी के गोलाकार ऊसर पर जाकर टिक गई। उसका रकबा कल के मुकाबले आज कुछ बढ़ा हुआ दीख पड़ा। तब तक उन्होंने कहा, "और हमारे इंजिनियर साहब जैसे भले आदमी रगड़े जा रहे हैं।"

पिछला घंटा मकान की प्रगति-समीक्षा में बीता था। परमात्मा जी हर काम में खुचड़ निकाल रहे थे। अपनी रणनीति के अनुसार मैं हर खामी की ज़िम्मेदारी इंजिनियर साहब पर थोपता जा रहा था और हर खूबी को अपने से ज़ोड़ता जा रहा था। इंजिनियर साहब को लेकर मेरे और परमात्मा जी के बीच कुछ वही स्थिति पैदा हो गई थी जिसे 'मैत्रीपूर्ण असहमति' कह सकते हैं। इस समय मैंने 'नम्रतापूर्ण अपमान' की नीति अपनाकर कहा, "जीजा जी, आप कहते हैं भले आदमी? इसका मतलब यह कि आप अब सौ फ़ीसदी शहराती हो गए, बकरी और लकड़बग्घे में भी फ़र्क़ नहीं कर पाते?"

"इसका मतलब यह कि तुम गँवार हो। भला आदमी तुम्हें कहीं पहचान ही में नहीं आता।" कहकर परमात्मा जी संजीदा हो गए। तुनककर बोले, "इंजिनियर साहब भले आदमी हैं। सज्जन पुरुष। और क़ाबिलियत में तो उनका कहना ही क्या? तुम्हारी तरह उन्होंने नक़ल के सहारे थर्ड डिवीजन नहीं पाई है। क्या समझे? सिविल इंजिनियरिंग में अपने कालेज में उन्होंने टाप किया था। क्या समझे? इसी से उनके मुहकमे में लोग नीचे से ऊपर तक जलते हैं। 'ब्रेन ड्रेन' का नाम सुना है? सारे क़ाबिल इंजिनियर और डॉक्टर विलायत की ओर क्यों भाग रहे हैं? क्यों? इसलिए कि क़ाबिल आदमी की यहाँ क़द्र नहीं है। गधे जलेबी खा रहे हैं।"

''हर शाख पर उल्लू बैठा है।'' मैंने कहा।

''बिलकुल।'' वे रुके, आवाज़ पर क़ाबू पाकर बोले, ''ये जो तुम्हारा दोस्त यहाँ बैठा था न, क्या नाम है उसका…।''

''प्रेमबल्लभ।''

''हाँ प्रेमबल्लभ। तुम समझते नहीं हो। छटा हुआ शोहदा है। एक दूसरा शोहदा है : रामरतन। हमारी ही जमींदारी का कुर्मी है, कुर्मी नहीं काछी। उसका बाप आज भी आधे बीघा खेत में करैला-कद्दू उगा रहा है। वह यहाँ पर बार असोसिएशन का ज्वाइंट सिक्रेटरी बन बैठा है…।''

''आप तो इंजिनियर साहब जैसे भले आदमी की बात कर रहे थे। ये कुर्मी काछी बीच में कहाँ से घुस आए?''

''वही बता रहा हूँ। कचहरी में वकीलों की जो हड़ताल चल रही है न, वह इसी रामरतन की कारस्तानी है। और तुम्हारा दोस्त प्रेमबल्लभ उसी का साथी है। झगड़ा बचाने के लिए कलेक्टर ने कचेहरी के फाटक पर ताला डाल दिया था। पर इसी प्रेमबल्लभ ने फाटक लाँघकर ताला तोड़ दिया। सभी लौंडे-लफाड़ी वकील अंदर घुसकर मीटिंग करने लगे, उसी से मारपीट हुई। बात और बढ़ गई। अब हड़ताल जमकर चल रही है। समझौते का कोई रास्ता नहीं बचा। तभी प्रेमबल्लभ को यहाँ देखकर मेरी देह जल उठी थी। क्या समझे?''

मैं यही समझा कि परमात्मा जी आवेश में हैं। आवेश में आने पर ही वे अपनी हर बात के पीछे 'क्या समझे' का संपुट जोड़ते हैं। मैंने उन्हें ठंडा करने के लिए कहा, ''आप ठीक कहते हैं जीजा जी, यह प्रेमबल्लभ कुछ ऐसा-वैसा ही है। मेरी उससे कोई वैसी दोस्ती भी नहीं है। पर हम लोग बरसों साथ-ही-साथ डेली पैसेंजर रहे हैं। वहीं की मुलाकात है।…''

''मैं तुम्हें थोड़े ही कुछ कह रहा हूँ। सिर्फ बता रहा था कि इन लोगों की हड़ताल ने इंजिनियर साहब का बना-बनाया मामला बिगाड़ दिया।

''इंजिनियर साहब के मामले में हाई कोर्ट ने पिछली बार सरकार को रगड़ दिया था। हारकर सरकार को इंजिनियर साहब की तनख़्वाह देनी पड़ी। अब अगली पेशी में उनकी मुअत्तली और जाँच के मुद्दे पर बहस हो जाती। पर जानते हो सरकार ने इसी बीच क्या किया? यह किया कि उनकी मुअत्तली का हुक्म वापस ले लिया। उन्हें अपनी पुरानी जगह पर चार्ज दे दिया। उसके बाद, इंजिनियर साहब समझ भी न पाए थे कि क्या हो रहा है कि उन्हें चौथे दिन फिर मुअत्तल कर दिया। और इस बार जो चार्जशीट पकड़ाई है उसमें पुराने चार्जों में फेरबदल कर दिया है, दस नए चार्ज जोड़ दिए हैं। इस तरह अब उन्होंने एक बिलकुल नई जाँच शुरू कर दी है।

''पुरानी मुअत्तली और पुरानी जाँच के ख़त्म हो जाने के बाद इंजिनियर साहब की जो याचिका हाई कोर्ट में चल रही थी, वह बेकार हो गई है। 'इन्फ्रक्चुअस' जानते हो?

नहीं जानते तो यल. यल. बी. काहे को पढ़ रहे हो ? वह इन्फ्रक्चुअस हो गई है। अब उन्हें इस नई मुअत्तली के खिलाफ नई याचिका दायर करनी पड़ी है।

''याचिका तो दाखिल हो गई पर हमारे अधिवक्ता संघ के नेताओं की नेतागिरी उसे खा गई। देखो, वकीलों की हड़ताल का यह नतीजा हुआ कि भाइयों ने मुझे कोर्ट में घुसने नहीं दिया। इंजिनियर साहब खुद ही याचिका दायर करने गए। साथ में यह दरख़ास्त भी कि मुअत्तली के हुक्म को स्थगित कर दिया जाए। उनकी तरफ से कोई वकील तो पैरवी के लिए था नहीं, जो कहना था, उन्होंने ख़ुद ही कहा। जज साहब ने बड़े ध्यान से सुना, याचिका सुनवाई के लिए ग्रहण कर ली। पर स्थगन-आदेश देने से इनकार कर दिया। तुमने इस बार गवर्मेंट की हरामज़दगी देखी? मुअत्तली के साथ ही सरकार ने उन्हें चार्जशीट भी पकड़ा दी थी। जज साहब ने सारे आरोप पढ़े और पूछा, 'गौतमविहार में वह चौमंजिला पन्नालाल मार्केट आप ही का है ?' इंजिनियर साहब ने कहा, 'हरगिज नहीं, माई लार्ड।' यह सुनते ही उन्होंने मुअत्तली के स्थगन की प्रार्थना खारिज कर दी। इतनी तेज़ी से ख़ारिज की कि इंजिनियर साहब को हैरत हो गई। वे अब भी सोच रहे हैं कि अगर उन्होंने पन्नालाल मार्केट का मालिक होना स्वीकार कर लिया होता तो शायद मुअत्तली से बच जाते।

''दरअसल, इंदिरा जी ने देश के लिए कई बड़े-बड़े काम किए हैं। हिंदुस्तानी का स्वभाव ही ऐसा है कि अपने बाप का भी एहसान नहीं मानता, इंदिरा जी का न माने तो कोई नई बात नहीं। इन हाई कोर्ट के जजों को सही सबक उन्होंने ही सिखाया था। तुम कहाँ हो ? पंजाब हाई कोर्ट में ? तो जाओ सीधे आसाम। और बंगाल के हो तो जाओ कर्नाटक। तभी क़ायदे से इंसाफ हो सकता है। यहाँ क्या है ? एक टुटहे तख़्त पर दरी बिछाए बैठे रहते थे और हलफनामों की पाँच-पाँच रुपए में तस्दीक करते थे। यही उनकी वकालत थी। किस्मत ने पलटा खाया, उसी रेले में हाई कोर्ट के जज बना दिए गए। कभी पैसा देखा नहीं। सो दूसरे के पास दस पैसा देखते ही चेहरा भभूका हो जाता है। चार्जशीट में देख लिया कि पन्नालाल मार्केट की मिल्कियत इंजिनियर साहब से जुड़ी है। अब न उन्हें सच्चाई से मतलब न झूठ से। यहीं के रहनेवाले हैं, सिर्फ इस शुबहे पर कि इंजिनियर साहब बड़े आदमी हैं, उन्होंने उनकी मुअत्तली पक्की कर दी। यह है हमारे देश का न्याय !''

उच्चतम न्यायालय के मुख्य न्यायाधीश ने एक व्याख्यान में कहा था कि हमारे देश का न्यायतंत्र भरभराकर गिर रहा है। यह मैंने हाल ही में अखबार में पढ़ा था। मैंने परमात्मा जी को यह सुनाकर उनसे सहमति दिखाई, इंजिनियर साहब से सहानुभूति प्रकट की, फिर पूछा, ''यह पन्नालाल मार्केट तो बहराइच के किसी कलवार का है न ?''

''क्या बकते हो ? इंजिनियर साहब के ससुर का है। तो क्या इसी से इंजिनियर साहब को सूली पर चढ़ा दोगे ?''

मैंने इससे भी सहमति दिखाई, यानी इंजिनियर साहब को सूली पर नहीं चढ़ाया जा

सकता। परमात्मा जी ने कहा, ''आज इन लोअर कोर्ट के वकीलों ने मुझे बाहर न रोक लिया होता तो इंजिनियर साहब मूँछों पर ताव देते घूम रहे होते।''

क्यों नहीं—बशर्ते कि उनके मूँछें होतीं।

चूना, सुर्खी, गिट्टी, ईंट, लोहे आदि के झाड़-झंखाड़। जहाँ मैंने एक साफ-सुथरी जगह निकालकर खटिया डाली थी, वहाँ से मैं सभी दिशाओं में सबकुछ देख सकता था। सड़क-पार जगमगाती ट्यूबलाइट की दूर तक खिंची कतार, उसके बीच-बीच चौराहों पर दमकते हुए मरकरी बल्ब। पर यह सब सिर्फ सड़क पर। उनके किनारे जो अधबने मकान पड़े थे, उनकी मटमैली दीवारों के भीतर हल्की रोशनी के बल्ब टिमटिमा रहे थे। उन दीवारों के पास कई जगह बढ़ई और लोहारों के काम की खटर-पटर अब भी चल रही थी। उन्हीं इमारतों के इर्द-गिर्द जलते हुए चूल्हे, और ईंट के दरबों से उजाला फेंकती ढिबरियाँ। इन सब पर अपनी धौंस गाँठती हुई बुरी नज़रवाले तेरा मुँह काला—छाप ट्रकों की हेडलाइटें, जो हर मिनट पर चारों ओर रोशनी का बवंडर उठाती हुई आती थीं और गुबार के धमाके में खो जाती थीं। हार्न की तीखी आवाज़ें।

गर्मी, उमस, धुआँ और धूल-धक्कड़ के बावजूद खटिया पर पड़े-पड़े मैं कवि नीरज की एक कविता गुनगुनाने लगा—उनकी इकतारा-छाप तर्ज़ पर नहीं, बल्कि अपने ढंग से। यह मेरा निजी अंदाज था।

बहरहाल, नीरज कवि की कविता ट्रकों के हार्न और आसपास बजते हुए ट्रांजिस्टरों से टक्कर लेती हुई कुछ देर तो चली पर जब उसकी टकराहट सुरेस के 'गों-गों' से हुई तो उसका चक्का जाम हो गया। सुरेस को लेकर मेमसाहब मेरी खटिया के पास कब पहुँच गईं थीं, मैं जान नहीं पाया। उन्होंने कहा, ''यह क्या कह रहा है मुंसी, बूझो तो?''

सड़क के दूसरी ओर कुछ दूर आगे जो गली थी उसकी ओर वह बार-बार हाथ उठाकर इशारा कर रहा था। बहुत जोर से बोलने की कोशिश में उसका मुँह समूचा खुल जाता था और 'गों'-'गों' के साथ आवाज़ की जगह मुँह बंद होते-होते एक फुफकार जैसी सुनाई देती थी। मैंने मेमसाहब से पूछा, ''यह कब आया?''

''अभी-अभी दौड़ता हुआ आया है। मेरा हाथ पकड़कर उधर खींचे लिए जा रहा था। पता नहीं क्या कह रहा है।'' फिर सुरेस से, ''क्या है? काहे को घिघिया रहा है?''

मैंने पूछा, ''नेता कहाँ है?''

''गया तो इसी के साथ था। अभी नहीं लौटा। बैठ गया होगा कहीं…।''

पर नेता का जिक्र आते ही सुरेस ने मेरा हाथ पकड़कर मुझे खटिया से खींच लिया। उसकी 'गों-गों' में नई अकुलाहट आ गई। मैंने हाथ खींचकर कहा, ''क्या है बे?''

वह दौड़ता हुआ गली के मोड़ तक गया, वहाँ भी 'गों-गों' निकालता हुआ हाथ उठाकर दूर से इशारा करता रहा और फिर उसी तरह दौड़ता हुआ वापस आ गया। मेमसाहब बोलीं, ''उधर जाने को कह रहा है।''

मैं पायजामा समेटता हुआ खड़ा हो गया, "उधर क्या है बे?" कहता हुआ, सुरेस को लगभग धकियाता, गली की ओर चला। मेमसाहब ने कहा, "देख आओ मुंसी जी, लगता है उधर कोई गड़ा हुआ ख़जाना देख आया है।"

गली चौक-राजाबाज़ार-काश्मीरी मुहल्ला जैसी नाकलपेटू गलियों में नहीं थी। इस नई बस्ती में सड़कें चौड़ी और सीधी हैं, कदम-कदम पर पार्कों, स्कूलों, अस्पतालों, बाज़ारों के लिए छूटी हुई जमीनें हैं और स्कूली बच्चों की नोच-खसोट और पशुपालकों की अराजकतावादी कटाई-छँटाई के बावजूद बचे हुए पेड़ों की हरियाली है। इन चौड़ी सड़कों से जो छोटी सड़कें फूटतीं हैं वे भी सीधी और जगमग हैं, सिर्फ इनके किनारे रहनेवालों की हैसियत कुछ घटिया है। इसलिए इन सड़कों को हम गली कहते हैं, वैसे पुराने शहर के हिसाब से इन्हें आसानी से हुसनेगंज या नजरबाग़ की सड़क कहा जा सकता है।

सुरेस की चाल और दौड़ में फ़र्क करना मुश्किल था। उसके पीछे चलते हुए मुझे मुश्किल से अपने को दौड़ने से रोकना पड़ा। आधा किलोमीटर पार कर चुकने पर मुझे अपने पायजामे और छेदही बनियाइन का ख्याल आया और मैंने उसे रुकने को कहा। मैं इस पोशाक में घूमने की स्वीकृत हद से दूर आ गया था। पर रुकने का हुक्म सुनकर सुरेस ने मेरी ओर 'गों-गों' का एक नया सैलाब फेंका और दाईं ओर की गली की ओर हाथ उठाकर उसमें दस-बीस गज़ आगे निकल गया। हालत अब भी मेरे काबू में है, यह साबित करते हुए मैंने उसे दो-चार गालियाँ दीं पर वे बड़े बेमन ढंग से निकलीं, क्योंकि मेरा मन अब दूसरी ओर खिंच गया था।

मैं सोचने लगा था कि जो भी हो सुरेस मुझे किसी छिपे हुए ख़जाने के पास नहीं लिए जा रहा है। उसकी यह उतावली मैंने नेता से जोड़ ली थी और उम्मीद कर रहा था कि वह मुझे किसी ऐसे मकान में पहुँचाएगा जहाँ नेता जुए में सारा रुपिया हारकर, मेमसाहब को दाँव पर लगाकर, एक कोने में बकरी की तरह बँधे हुए 'में-में' कर रहे होंगे। यह न होगा तो गाँजा, भाँग, शराब का करिश्मा होगा जिसके असर में वे कहीं अंटागफील पड़े होंगे। मैं सुरेस के पीछे चलकर इस जंजाल में फँस जाने के लिए अपने को कोसने लगा था, तब तक वह दूसरी गली एक बड़े चौकोर पार्क के पास आकर ख़त्म हो गई।

पार्क के एक ओर किसी स्कूल की लंबी इमारत अधूरी बनी पड़ी थी, उधर अँधेरा था, सन्नाटा भी। एक ओर तीन-चार इकमंजिले बँगले बने थे, पर उनमें भी अभी कोई रहने को न आया था। एक ओर परचून, चूना-सुर्खी और लोहे-लक्कड़ की कुछ दुकानें थीं जिनमें दो-चार लोग बैठे हुए थे। एक ओर ख़ाली जगह पर यूकेलिप्टस के पेड़ों का घना झुरमुट था। पार्क के चारों ओर कुछ खंभों की ट्यूबलाइटें ख़राब थीं। पार्क में इस वक़्त आवारा कुत्ते भूँक रहे थे और एक-दूसरे पर झपट रहे थे। पार्क के चारों ओर लोहे

की ऊँची रेलिंग लगाई गई थी, पर वह जगह-जगह टूटी हुई थी। उसके लंबे-लंबे टुकड़े लोग धीरे-धीरे निकालकर अपने घरों को सजाने में लगा रहे होंगे। किनारे-किनारे जमीन पर जो ईंट का काम हुआ था वह भी नाकाम हो गया था, ईंटें भी बेरहमी से उखाड़ी जा रही थीं।

टूटी हुई रेलिंग के बीच बने एक रास्ते से सुरेस मुझे पार्क के अंदर ले आया। रेलिंग के किनारे-किनारे चलकर वह एक जगह खड़ा हो गया और हाथ और मुँह से इशारे करने लगा। दोनों हाथ मत्थे तक ले जाकर उन्हें फावड़ा जैसा चलाते हुए वह जमीन की ओर झुका और फिर धरती के समानांतर जैसे कोई बिस्तर बिछाया जा रहा है, हाथों को एक छोर से दूसरी ओर ले जाने लगा। मैं सिर्फ इतना समझा कि यहाँ कुछ हुआ है। तब तक सुरेस ने बड़ी आजिज़ी से मेरा हाथ पकड़कर मुझे नीचे झुकने का इशारा किया। उसकी चेष्टा की नक़ल करके मैंने जमीन पर इधर-उधर कोई ऐसी चीज खोजनी शुरू की जिसके बारे में मैं कुछ नहीं जानता था। पहली निगाह में, वहाँ कुछ था भी नहीं। तभी सुरेस ने उकड़ूँ बैठकर उँगली से चार-पाँच छोटे-छोटे धब्बों की ओर इशारा करते हुए हाथ झटका और मुँह से 'गों-गों' निकाली। मैं भी उसी की तरह पंजों के बल धरती पर बैठ गया। ज्यादा उजाला न था पर इतना था कि वहाँ सूखी मिट्टी पर पड़े हुए बहुत छोटे धब्बे मैं देख सकूँ, यह भी समझ सकूँ कि ये खून के धब्बे हैं।

इस इलाके में साफ-सुथरी जमीन कहीं नहीं मिलेगी, जहाँ भी मिट्टी होगी वहाँ पान की गंदी पीक पड़ी होगी। पर कुत्तों की चिल्लपों और एक दुकान से निकलनेवाले हनुमान चालीसावाले शाम के उस सुनसान में, दूर से रोशनी फेंकनेवाले धुँधलके में, मेरा मन उसे पान की पीक मानने को तैयार न हुआ। सुरेस का हाथ दबोचकर मैंने पूछा, ''यह क्या है? क्या हुआ है यहाँ?'' कहकर उसके हाथों के टेढ़े-मेढ़े इशारे और 'गों-गों' का नया दौर देखने के लिए रुके बिना मैं पार्क के बाहर निकल आया। इस जगह की सीध में दूसरी ओर जो दुकान थी, वहाँ जाकर खड़ा हो गया।

दुकानदार एक थुलथुल क़िस्म का जीव था, गले में तुलसी की कंठी बाँधे बैठा था। मैंने पूछा, ''साह जी, कोई झगड़ा-झंझट हुआ था यहाँ?''

साह जी चोर की तरह मुँह फेरकर तराजू और बाँट सँभालने लगे। फिर दूसरी ओर देखते हुए बोले, ''क्या चाहिए?''

मैंने इस सवाल के जवाब में अपना सवाल दोहराया। साह जी ने कहा, ''सौदा-सुलुफ की बात करो भाई। हम झगड़ा-झंझटवाली बात नहीं करते।''

''वहाँ पार्क में···'' पीछे से सुरेस ने अपने समूचे तनाव को नए सिरे से 'गों-गों' में उतारने की कोशिश की। साह जी ने न मेरी बात पूरी होने दी, न सुरेस की। उसे ललकारकर कहा, ''हट यहाँ से। कोई ख़ैरातखाना खोल रक्खा है क्या?''

तब दो-एक और दुकानदारों से पूछताँछ की। पर वे सब साह जी ही की तरह सुरेस

से भी ज़्यादा गूँगे निकले—अंधे भी। मेरी परेशानी दुगनी हो गई। सुरेस का हाथ पकड़कर पार्क के कोने से निकलनेवाली एक कम चौड़ी सड़क से मैं बड़ी सड़क पर आ गया। यहाँ रिक्शों, बसों और ट्रकों का शोर था। पर मेरे दिमाग में जिस हथौड़े की खटखट हो रही थी, उसके आगे यह सब पोच था। सड़क के किनारे डॉक्टरों के जो क्लिनिक बैसाख में छिपकली के बच्चों की-सी तेज़ी से बढ़ रहे थे उनमें से एक जो ज़्यादा चमकदार दिखा, उसी में मैं घुस गया। जैसी कि उम्मीद थी वहाँ एक टेलीफोन भी था। मैंने अपनी सभ्यता को एक-एक अक्षर से कपड़छान करके फ़ोन के इस्तेमाल की इजाज़त माँगी। और जैसी की उम्मीद थी, डॉक्टर ने बताया कि टेलीफ़ोन ख़राब है। उसने मुझे घूरकर देखा भी, जिसके असर में मैंने भी अपने आपको देखा।

मेरी दाढ़ी तीन दिन से नहीं बनी थी, बालों में धूल होगी ही। बनियान में छेद थे। पायजामा वही था जिसमें चार दिन से सो रहा था, पाँवों में रबर के घिसे हुए हवाई चप्पल। इस आत्मदर्शन के बाद मेरे लिए अब किसी भली जगह से सभ्यतापूर्ण स्वागत पाने की उम्मीद ख़त्म हो गई।

''कहीं पड़ा होगा इन्हीं मिस्त्री के झमेले में।'' फिर सुरेस को देखते हुए मेमसाहब ने खनकती आवाज में पूछा, ''ख़ज़ाना मिला?''

मैंने जवाब नहीं दिया। पतलून-बुश्शर्ट पहनकर, बालों में कँघी करके सड़क पर निकल आया। एक दूसरे क्लीनिक से परमात्मा जी के यहाँ फोन मिलाया।

वे घर पर न थे। उधर से सावित्री ने पूछा, ''कौन बोल रहा है?''

''मैं, मैं हूँ जिज्जी।''

''तो बोलो न, क्या बोल रहे हो?''

शादी के बाद मैं उसे जिज्जी कहने लगा था। उसके भाई उसे यही कहते थे। वह उम्र में मुझसे चार-छह महीने छोटी ही होगी। तभी उसे यहाँ जिज्जी कहने में मज़ा आता था। यह एक खिलवाड़ था जिसे वह भी समझती थी। पर इस वक़्त जिज्जी कहना खिलवाड़ नहीं लगा, उससे सहारा जैसा मिला।

''जीजा जी कितनी देर में लौटेंगे जिज्जी?''

''पता नहीं। सबेरे बात कर लेना।''

''एक गड़बड़ी की बात है। वह जो हमारा नेता है न···।''

''कौन नेता?''

''एक मज़दूर है जिज्जी, वह मेला देखने गया था। लौटा नहीं है···।''

''तो मैं क्या करूँ? मोटर तो है नहीं, उसके लिए हेलिकाप्टर भेज दूँ?''

''क्या बात है भाई? शाम को तो चैन से बैठने दिया करो।'' अब फ़ोन पर परमात्मा जी की आवाज़ आई।

मैंने नेता के न लौटने की बात सुनाई। वे मेमसाहब की बोली बोलने लगे, ''पड़ा होगा साला कहीं···।''

तब मैंने सुरेस के अजीब व्यवहार का हवाला दिया, पार्क में खून के छींटों की बात बताई, अपनी पूछताँछ का नतीजा भी बताया।

परमात्मा जी बोले, "तुम भी, भाई, क्या चीज़ हो! आसमान में बाँस ठोंक रहे हो। अरे कोई बात होती तो अब तक हल्ला मच गया होता। खून का क्या, किसी ने पान खाकर थूक दिया होगा। और खून भी हुआ तो क्या? सैकड़ों कुत्ते वहाँ लोटा करते हैं। पता नहीं किसके कौन-सा घाव लगा है!"

वे हँसे, "अब खा-पीकर सोओ जाकर। होगा कोई कुत्ता ही। बाज़ारू कुत्तों के घाव रिसा ही करते हैं।"

लौटकर खा-पी तो लिया पर बड़ी देर तक सो नहीं सका। नेता रात को नहीं लौटे, दूसरे दिन भी नहीं। मेरे मन में एक बाज़ारू कुत्ता घायल पड़ा था, बराबर कूँ-कूँ करता था, उसके घाव रिस रहे थे।

दूसरा भाग

1

वह धूल-धक्कड़ और लू का दिन था, दुपहरी तप रही थी। हमें जब लाशघर जाकर एक लावारिस लाश पहचानने के लिए बुलाया गया तो, आशंका के बावजूद, मिस्त्री ने बहादुरी दिखाई थी। कहा था, ''नेता तो अपनी मेम को छोड़कर कहीं टरक लिए, अब मुंसी! हमारे-तुम्हारे लिए यही बचा है। पुलिस के साथ दुनिया-भर के मुर्दे देखते रहो। चलो, देख आएँ।''

अपने-आपको शायद ज़्यादा, पर प्रकट रूप से मुझे ही दिलासा देते हुए वे कहते रहे, 'अपना नेता शेर बच्चा है। देखना, दो-चार दिन में उछलता हुआ वापस आ जाएगा। कोई उसका बाल भी टेढ़ा नहीं कर सकता।''

पर मनहूस मौसम का असर हो, या मेरी ही गिरी तबीयत–लाशघर तक आते-आते मुझे लगा, जमीन और आसमान के बीच हू-हू करती हुई हवा सिर्फ़ हवा नहीं है, उसके थपेड़ों में ज़माने की मार है जो चारों ओर से हम पर पड़ रही है। अपने पर मैंने क़ाबू पाने की भरसक हिम्मत दिखाई, पर दिल बैठने लगा। लाशघर में घुसने के पहले ही मुझे विश्वास हो गया कि पाँच दिन पहले बड़ी ललक के साथ जिन्हें मैंने मेले की ओर जाते देखा था, उन मेड़ूराम उर्फ नेता को अब जिंदा हालत में कभी नहीं देखूँगा।

सचमुच ही नेता की जगह एक गँधाती हुई लाश देखने को मिली। वही ललछौंही कमीज–कुछ कटी-पिटी, खून के धब्बों और मिट्टी के लगाव से और भी बदरंग। उसी से पहचाना कि यही अपने में मगन रहनेवाले, हमेशा बेमौक़े बोलनेवाले हमारे नेता थे, जिनका कोई दोस्त रहा हो या न हो, दुश्मन कोई नहीं था।

लाश विकृत होने लगी थी। दिल काँपा, पैर उससे भी ज़्यादा जोर से काँपे। लाशघर की छुतही दीवार से पीठ न टिकाई होती तो अब तक फ़र्श पर ढेर हो गया होता। मिस्त्री हमारे पीछे खड़े थे। बोले, ''यह क्या हो गया मुंसी जी?'' फिर मुँह पर अँगोछा ढाँपकर जोर-जोर से रोने लगे। हमारे साथ आए हुए चार मज़दूर भी अब अंदर आ गए। आपस में पहले वे एक-दूसरे से कुछ बोले, फिर ख़ामोशी से मेरी ओर देखते हुए मेरी ओर से कुछ कहे जाने का इंतज़ार करने लगे।

मैं तत्काल कुछ भी नहीं कह सका। क्या कहा जाए या किया जाए–सोच नहीं

सका। मन जिस वज़न के नीचे दबा जा रहा था, उसकी चपेट में कुल इतना आभास हुआ कि इस बेरहम शहर में यह लाश नहीं सड़ रही है, खुद सारा शहर सड़ रहा है।

सबसे पहले मिस्त्री ही सँभले। उनका चेहरा सहज हो गया था, सिर्फ़ आवाज में भर्राहट थी। बोले, "चलो मुंसी, यहाँ की कार्रवाई पूरी करा लो। फिर मिट्टी को ले चला जाए।"

मैं अब भी धुँधलके में था। बिना सोचे हुए पूछा, "कहाँ?"

मिस्त्री ने कहा, "सीधे शमशान ले चलें। एक आदमी साइट पर भेज देते हैं। जिसको आना हो, वहीं आ जाए। अब मिट्टी को घंटे-भर भी रोकना ठीक नहीं है।"

"जसोदा···"

"वह कैसे आ पाएगी? बुख़ार में है। और आकर करेगी भी क्या?"

"फिर भी···।"

मिस्त्री सोचते रहे, बोले, "खुद सोच लो मुंसी। पूरा शहर घूमकर इसे उल्टी ओर साइट पर ले जाने से क्या फायदा? शमशान इधर से पास पड़ेगा। जसोदा चाहे तो वहीं आ जाए। उधरवाले सेक्टर में इन लोगों के कुछ गाँववाले हैं। उन्हें खबर कराए देते हैं। वे सीधे वहीं शमशान पर चले आवेंगे। आगे का काम वही सँभालें आकर।"

आते वक़्त एक हेड कांस्टेबुल सड़क के पास नीम के नीचे बने गोलाकार चबूतरे पर बैठा मिला था। कुछ देर पहले वह हमारे पास आकर खड़ा हो गया था और हमारी बातें सुन रहा था। उसके पीछे एक नौजवान सिपाही भी आ गया था, जो हमारे आते समय वहाँ पहले नहीं दिखा था। उसी ने पूछा, "तुम लोगों ने ठीक से पहचान लिया है न? यही गुमशुदा मेडूराम है?"

"हाँ साहब," हमारे साथी मज़दूर बोले।

मिस्त्री ने भी कहा, "बड़ा हीरा आदमी था नेता। पता नहीं यह कैसे हो गया दीवान जी।"

दीवान जी यानी हेड कांस्टेबुल के कुछ कहने के पहले ही सिपाही के मत्थे पर बल पड़ गए। बोला, "नेता? इसका नाम नेता है?"

"हाँ साहब, हम लोग नेता ही कहते थे।" सिपाही ने दीवान जी की ओर देखकर कहा, "तब कैसे चलेगा? सही नाम तो कोई बता नहीं रहा है।"

दीवान जी मुझसे बोले, "है तो यह मेडूराम ही न? नेता तो आपस में कहते होंगे?"

"ऐसा ही है दीवान जी।" मिस्त्री ने कहा।

"तब क्या दिक़्क़त है? इन लोगों को मिट्टी ले जाने दो।" दीवान जी ने सिपाही से कहा।

सिपाही ने हम सबको ध्यान से देखा, पूछा, "तुम लोगों में कोई इसका क़रीबी रिश्तेदार है। बाडी की डेलिवरी कौन लेगा?"

मैंने कहा, "ये चारों आदमी मेडूराम के गाँववाले हैं। यहाँ मज़दूरी करने आए हैं। इनमें से कोई भी दस्तख़त कर देगा।"

चारों मज़दूर, जो अभी तक आपस में धीरे-धीरे कुछ कह रहे थे, अचानक चुप हो गए। फिर उनमें से एक मेरे पास आया, बोला, ''हमसे अँगूठा न लगवाओ मुंसी जी, हम लोग बड़े गरीब हैं।''

अब तक मैं नेता की मौत और उनकी मिट्टी के दर्शन का झटका झेल ले गया था। दीवान जी को एक क़दम अलग ले जाकर उन्हें पूरी स्थिति समझाई। मुझे एक ट्रेन दुर्घटना की दो लाशें याद आ गई थीं। उनका हवाला देकर दीवान जी को समझाया कि लिखा-पढी में मज़दूरों को न घसीटा जाए। अपना पूरा परिचय देकर, मेड़ूराम से अपने संबंध बताकर, उन्हें राजी किया कि मेरे और मिस्त्री के दस्तखत पर मिट्टी हमें सौंप दी जाए। (मिट्टी जैसा भयानक शब्द कितनी आसानी से सिर्फ़ दो-चार बार सुनते ही मेरी ज़बान से भी निकलने लगा था) वे राज़ी हो गए, सिर्फ़ इस शर्त पर कि कोई आदमी खुद मेरी शिनाख़्त के लिए मिलना चाहिए।

नेता और उनके साथियों की हालत सुनकर दीवान जी ने, लगभग स्वगत, कहा :

उमा दारुजोसित की नाईं,
सबहिं नचावत राम गोसाँईं।

दीवान जी सही आदमी लगे, तभी जो बात इतनी देर से मेरे भीतर घुमड़ रही थी, मेरे मुँह पर आ गई। मैंने कहा, ''दीवान जी, यह मिट्टी तो आज फूँक दी जाएगी, पर मेड़ूराम के हत्यारे कब पकड़े जाएँगे?''

''कैसे हत्यारे भैया? क्या कह रहे हो?''

दीवान जी मुझे हैरत से देखते रहे। मैंने कहा, ''आपको इस केस का हाल मालूम नहीं है?''

''है क्यों नहीं भैया,'' वे मुलायमित से बोले, ''मैं यहीं चौकी पर तैनात हूँ। दो दिन हुए इसे बेहोशी की हालत में अस्पताल ले आया गया था। आपही के थाने की पुलिस ले आई थी। ऐक्सिडेंट का मामला दर्ज हुआ है। इसे होश नहीं आया और परसों आधी रात को बेचारे ने दम तोड़ दिया। कल दिन-भर इसके किसी जान-पहचानवाले की खोज होती रही। थाने पर ख़बर भिजवाई गई। तभी आज आप लोग यहाँ आ पाए हैं। ऐक्सिडेंट का मामला है। कल ही इसका पंचनामा करा दिया गया है। पोस्ट मार्टम भी किया जा चुका है।''

वे सोचते रहे, बोले, ''हत्या की बात आज पहली बार सन रहा हूँ।''

सिपाही ने काग़ज़ों पर दस्तख़त करा लिए थे। दीवान जी से बोला, ''अब मैं जाता हूँ।''

वह हमारे थाने का सिपाही रहा होगा, दीवान जी के अधिकार को बहुत बेमन स्वीकार कर रहा था। दीवान जी ने कहा, ''अभी नहीं। मैं यहीं रुका हूँ। तुम चौकी पर चले जाओ। जो भी सिपाही मिले, उसके साथ कोई खड़खड़ा या इक्का पकड़ लो, मिट्टी को ये लोग उसी पर ले जाएँगे।''

सिपाही ने कहा, "इनके दस्तख़तों की शिनाख़्त कौन करेगा ?"

"मैं करूँगा।" कहकर उन्होंने काग़ज़ के नीचे दस्तख़त कर दिए। मुझसे बोले, "मैं किसी और से अलग काग़ज़ पर आपकी शिनाख़्त कराके अपने पास रख लूँगा।"

मिस्त्री ने एक आदमी 'साइट' पर ख़बर देने के लिए रवाना कर दिया था। जब हम लोग खड़खड़े की राह देख रहे थे, उन्होंने अचानक कहा, "एक बात तो भूल ही गया मुंसी।" मेरे पास मुँह लाकर बोले, "किरिया करम का पैसा कहाँ से आएगा ? तुम्हारे पास दो-चार सौ रुपए हैं ?"

मेरे पास पचास-साठ रुपए पड़े थे। मिस्त्री ने कहा, "इतने से क्या होगा ?"

"तो तुम मिट्टी लेकर शमशान चलो। इतने रुपयों में कफ़न और सवारी का काम हो जाएगा। मैं परमात्मा जी के यहाँ से रुपए लेकर आता हूँ।"

हम लोग नीम के नीचे चबूतरे पर बैठे थे। दीवान जी भी हमसे कुछ हटकर वहीं अँगोछा बिछाकर बैठे हुए थे। वे कुछ देर मिस्त्री को निर्विकार भाव से देखते रहे। उसी तरह देखते हुए उन्होंने कमीज़ की जेब से प्लास्टिक का एक पर्स निकाला, उससे कुछ नोट निकालकर गिने और इशारे से मिस्त्री को अपनी ओर बुलाया; बोले, "यह लो। चालीस हैं।"

मिस्त्री भौंचक खड़े रहे। दीवान जी बोले, "ले लो भाई, ये सरकारी मदद है।"

दीवान जी ने मुझसे कहा, "मुकद्दर की बात है। कल शाम हम लोग इस लाश को लावारिस समझकर फूँकने जा रहे थे। पर इसके लिए जो चालीस रुपए सरकार खर्च करती है, वे टाइम से हमें मिल नहीं पाए। कल मास्टरों का एक बड़ा जलूस निकला था न ? मास्टरों की माया भी निराली है। खूब धमा-चौकड़ी मचाई। हमारे सी. ओ. साहब उसी जलूस में फँसे रहे। यहाँ लाश पड़ी रही। ये रुपए उनके दस्तखत से आज सबेरे मेरे हाथ में आए हैं।

"अगर मास्टरों का कल जलूस न निकला होता तो यह मिट्टी यहाँ रुकी थोड़े ही रहती ? पर भाग्य का यही विधान था। जब बेचारे का दाह उसी के गाँववालों के बीच होना था, तो पहले कैसे हो जाता ?"

लू की लपटों से अब हम बेख़बर होते जा रहे थे। सबकुछ इतनी तेज़ी से घूम रहा था कि मौसम की कोई अलग हैसियत नहीं रह गई थी। मैंने कहा, "दीवान जी, ये सरकारी रुपए हैं। आपको इनका हिसाब देना होगा।"

"दे दूँगा भैया, काहे को परेशान हो। आदमी को पहली चिंता ऊपरवाले के हिसाब की करनी चाहिए।"

दो-तीन साल पहले की बात है, बिहारी मज़दूरों का एक बड़ा जत्था पंजाब से वापस लौट रहा था। जैसा कि चलन है, वे रेलगाड़ी की छत पर बैठकर सफ़र कर रहे थे। जब

गाड़ी एक पुल के नीचे से गुज़री तो दो मज़दूर पता नहीं कैसे, दो डिब्बों के बीच से गिरकर रेल की पटरी पर आ गए, बचने का सवाल ही नहीं उठता था। सवाल सिर्फ़ यह उठा कि वे कौन थे, कहाँ के रहनेवाले थे।

मैं भी अपने सखा-सँघातियों के साथ उसी गाड़ी से चल रहा था। इसलिए लाशों के इर्द-गिर्द जो भीड़ जमा हुई उसमें ज़्यादातर हमीं हम थे। कुछ और लोग भी थे पर बिहार के मज़दूर नदारद थे। वे मौक़े से काफ़ी दूर खड़े रहे। जैसे किसी छिपकली की दुम कट गई हो और फिर भी वह दीवार पर पहले की तरह बेलौस चिपकी हुई हो, मज़दूरों का ख़ामोश हुजूम दूर से कुछ वैसा ही दीख रहा था। पुलिस के दारोगा ने उनसे बड़ी पूछताछ की पर उनमें कोई भी ऐसा नहीं निकला जो मृतकों को पहचानता हो। लाशों को बटोरकर गाड़ी किसी तरह आगे बढ़ी।

उनकी जेबों से तेरह-चौदह सौ रुपए भी निकले थे। इसलिए हम लोग गाड़ी पर दारोगा जी को घेरे बैठे रहे। यह तय हो गया था कि जब तक पुलिस के काग़ज़ात में इन रुपयों का सही-सही इंदराज नहीं हो जाता तब तक हम दारोगा जी का पीछा नहीं छोड़ेंगे।

आगे बड़ा स्टेशन आने पर हमने रुपयों की भनक मज़दूरों के कान में डाल दी। यह भी प्रचारित कर दिया कि इन्हीं रुपयों में से सौ-सौ रुपए मुर्दों के जलाने के काम में लगाए जाएँगे। जब उन्हें पूरा भरोसा हो गया कि दाह-संस्कार में उन्हें कुछ अपने टेंट से नहीं निकालना पड़ेगा, और पुलिस उन्हें पूछताछ के नाम पर रोककर बेइज़्ज़त नहीं करेगी, और जैसा भी हो, डेली पैसेंजरों का समुदाय उनके पीछे रहेगा, तब कहीं लाशों को पहचाननेवाले पुलिस के सामने आए।

मैं जानता था कि ऐसे मौक़ों पर यही होता है। इसलिए नेता के अंत पर उनके इलाक़े के साथी काग़ज़ पर अँगूठे का निशान लगाने से हिचक गए और मुझे हैरत नहीं हुई।

न जाने किस तरफ से कुछ बेतार के तार सक्रिय हो उठे थे जिस पर मेमसाहब ने रोते-रोते मुझे सुझाव दिया था कि अस्पताल की तरफ़ जाकर नेता का पता किया जाए। यह नेता के ग़ायब होने के चौथे दिन की बात है। भीतर-ही-भीतर कहीं कुछ सुगबुगाहट चल रही थी। उससे यह ख़बर निकली थी कि तीन दिन पहले दो सिपाही रिक्शे पर एक अधमरे बेहोश आदमी को लादकर शहर के बड़े अस्पताल में ले गए हैं। कोई अपने गुमशुदा भाई की तलाश में अस्पताल पहुँच गया था। यह बेहोश आदमी उसका भाई न था। उसी ने अस्पताल में इस अनजाने मरीज को दम तोड़ते देखा था। संयोगों की उस ज़ंजीर में एक कड़ी यह भी थी कि वह आदमी इसी नए मुहल्ले के किनारे बसे हुए एक गाँव में रहता था। इसलिए अस्पताल में होनेवाली मौत की ख़बर हमारी ओर भी उड़कर आई। पर यह कुछ देर से हुआ, कल रात हमने तय किया था कि सबेरे

अस्पताल चलेंगे। आज बारह बजे दोपहर को अस्पताल में एक लावारिस लाश की खबर मिली। उसी के बाद एक सिपाही ने हमें लाशघर जाकर अपने आदमी की शिनाख़्त करने का हुक्म दिया। तब तक हँसमुख चेहरेवाले नेता वीभत्स मिट्टी में बदल चुके थे।

लाश की हैसियत में आने के दो या शायद तीन दिन पहले से वह बेहोश रहे थे। जब जिंदगी ने, जो अब तक बराबर उनसे लुकाछिपी खेलती रही थी, उनका हमेशा के लिए साथ छोड़ा तो पुलिस को ख्याल आया कि इस लाश के कोई दावेदार भी हो सकते हैं : और उनका मजबूरन् चौबीस घंटे तक इंतजार किया गया। 'मजबूरन्' इसलिए कि जिस पुलिस अफसर को लावारिस लाश जलाने के लिए रुपए की मंज़ूरी देनी थी वह उस दिन शहर में अध्यापकों के एक जुलूस को तितर-बितर करने में और 'जेल भरो' का नारा लगानेवालों की गिरफ़्तारी और फिर उनकी रिहाई में आधी रात तक व्यस्त रहा और लाश फूँकने का ख़र्च उस दिन मंजूर नहीं हो सका। अध्यापकों के आंदोलन की कृपा, दूसरे दिन हम लोगों के पक्ष में नेता की 'बाडी' की डेलिवरी हो गई।

नेता को मुर्दाघाट की ओर रवाना कराके मैं साइकिल से परमात्मा जी के यहाँ गया। वे कचहरी से अभी लौटे न थे। सावित्री का भी पता न था। तब मैं इंजिनियर साहब के घर की ओर मुड़ा। उनके घर जाने का यह पहला मौक़ा था।

कोई पुराना बँगला उन्होंने सस्ते में खरीद लिया था। उसी के आगे तोड़फोड़ करके पुरानी इमारत से नए विलायती काट का बँगला निकाला जा रहा था। इंजिनियर साहब पिछवाड़े के बरामदे में मेज-कुर्सी लगाए हुए मिले। अंदर के उस कमरे में दो बाबू लोग फ़ाइलें देख रहे थे, एक टाइपराइटर खटखटा रहा था। इंजिनियर साहब फ़ोन पर किसी से बात कर रहे थे जिसका मतलब था कि कोई पन्नालाल मार्केट में दुकान लेना चाहता था। वे फ़ोन में बोले, "एक लाख से एक पैसा कम न होगा, वह भी आपके लिए है। एक-पच्चीस पहले ही लग चुका है।" फ़ोन रखकर मुझे ग़ौर से देखकर शायद यह भाँपते हुए कि मैं ठीक से प्रभावित हुआ या नहीं, वे मुस्कराए। मैंने बिना प्रभावित हुए उन्हें नेता की दुर्घटना सुनाई और दाह-कर्म के लिए तीन सौ रुपयों की माँग की।

वे सोचने लगे। ख़ामोशी से इतनी देर सोचा कि मुझे शक हुआ, उन्होंने मेरी बात नहीं सुनी है। मैं दोहरानेवाला था कि वे बोले, "देखिए, हमदर्दी मुझे भी है पर मेरी समझ में हमारा इस काम में रुपए लगाना ठीक न होगा।"

सुनकर देह सुलग उठी। तबीयत में आया कि इसका मुँह इसी वक़्त पूरब से पच्छिम कर दूँ, सिर्फ एक झाँपड़ की ज़रूरत थी। पर पिछले महीनों परमात्मा जी की मुंशीगिरी करके मैं पहले जैसा नहीं रह गया था। जो भी हो, उनके कार्बाइनधारी अंगरक्षक की फ़िक्र किए बिना मैंने कहा, "मैं आपसे किसी कारोबार में रुपया लगाने की बात नहीं कर रहा हूँ, आपका एक मज़दूर मर गया है। उसको फूँकने के लिए रुपए चाहिए।"

इंजिनियर साहब काला चश्मा लगाए बैठे थे। जैसे यह दीवार काफी न हो, उन्होंने अपना सिर भी घुमा लिया। बरामदे में ख़स्ताहाल प्लास्टर को देखते हुए बोले, "यही तों दिक़्क़त है। अगर इस काम के लिए हमने रुपए दे दिए तो कल के दिन कोई हमसे उसकी मौत का मुआवज़ा भी माँग सकता है। मज़दूरों के नेता तो ऐसे मौकों की ताक ही में घूमा करते हैं।"

मैं कुर्सी पर नहीं बैठा था, न उन्होंने बैठने को कहा ही था। भले ही वे मुअत्तल हों, वे सरकारी इंजिनियर थे और मेरी हैसियत मेट के आसपास थी। पर मैं खड़े-खड़े जिस तेजी से मुड़ा और जिस फुफकार के साथ मैंने कहा, "ठीक है।" उसने उन्हें शायद कोई झटका दिया। वे उठकर खड़े हो गए। बोले, "क्या ठीक है? दिमाग़ तो ठीक है न?"

बिना मुड़े, बिना कुछ कहे मैं तेजी से बरामदे के बाहर आ गया और बँगले के फाटक की ओर चला। दिमाग़ झनझना रहा था। फिर भी मुझे भीतर से किसी ने आगाह किया कि कोई मेरे पीछे आ रहा है। पीछे मुड़कर देखते ही मुझे कार्बाइन वाला आदमी, पप्पी, दिखाई दिया। वह अपने ठिगने पाँवों को तेजी से चलाता हुआ मेरी ओर बढ़ा आ रहा था। अपने को हाथापाई के लिए तैयार करके मैं खड़ा हो गया, पूछा, "क्या है?"

इस पर उसने जो कहा, वह रामायण-भक्त हेड कांस्टेबुल के मुकाबले और भी ज़्यादा भौंचक करनेवाला था। वह जैसी बात कर रहा था, वह उसके लिए बिलकुल नए किस्म की होगी, क्योंकि वह लगभग शरमा रहा था और आवाज़ को धीमी रखने की कोशिश में उसके कुछ शब्द खोए जा रहे थे। जो भी हो, उसका आशय यह था बड़े साहब की बात का बुरा मत मानो। इतने साल से इनके पास हूँ, आज तक इनका स्वभाव समझ में नहीं आया। कब क्या कहेंगे, क्या करेंगे—वही जानें। तुम्हें इनसे बात करने की ज़रूरत नहीं थी। जो नेता की मज़दूरी बाकी हो, दे दो; नहीं तो जो भी ख़र्चा हो, बेवा के हिसाब में डाल दो।"

"नेता की मज़दूरी बाकी नहीं है—दो-एक दिन की भले ही पड़ी हो और बेवा का मैं एक पैसा भी ख़र्च न होने दूँगा।"

"तब आपस में मिल-बाँटकर निपटाया जाए।" उसने जेब से कई मुड़े-तुड़े नोट निकाले, उनमें से पच्चीस के नोट चुनकर मेरी ओर बढ़ा दिए, कहा, "यह मेरी ओर से है।"

मैं उससे आँख मिलाकर उसके असमंजस को और गहरा न करना चाहता था। नोट हाथ में लेकर बोला, "आप असली आदमी हैं।"

बिलासपुर की तरफ का एक आदमी बीवी के साथ मज़दूरी करने लखनऊ आया था। एक दिन वह किसी दुर्घटना में फँस गया, उसके पेट में कोई गहरी चोट लगी थी। उसे बेहोशी की हालत में पुलिस ने अस्पताल पहुँचाया। वहाँ उसका देहांत हो गया। उसकी गर्भवती विधवा को भारी सदमा पहुँचा है। पर वक़्त की मार को वक़्त ही काटता है। सब ठीक हो जाएगा।

नेता के अंत की यही मामूली और संक्षिप्त कहानी है। पर शायद इतनी मामूली नहीं, क्योंकि अगर हम लोगों की चेतना बिलकुल ही भोथरी नहीं है तो अब तक भले ही कुछ न हुआ हो—आगे चलकर उसके कई ग़ैरमामूली नतीजे निकल सकते हैं।

कहानी उतनी संक्षिप्त भी नहीं है। अभी तक तो मैंने वही बताया है जिसे मैंने देखा था या कुछ हद तक झेला था। नेता की मौत से पहले की और भी घटनाएँ हैं जिन्हें सुनकर जाना है या कुछ सुनकर और कुछ अनुमान करके। कुछ बातों की बाद में जानकारी मिली, पर बहुत धीरे-धीरे।

हमारी नई बस्ती में एक नया सेक्टर विकसित हो रहा है। वहाँ पहले बागें और उपजाऊ खेत थे। उन्हीं पर अब ओहदेदारों, नेताओं और व्यापारियों के लिए शानदार मकान बनाए जा रहे हैं। मकानों की तैयारी में जो सबसे पहला काम वहाँ हुआ था वह यह कि सारी बागें काटकर पूरा इलाक़ा वीरान कर दिया गया। पर न जाने क्यों, एक घने बाग को देखकर किसी अफ़सर का दिल पसीज गया। उसे बख़्श दिया गया है। पर वहाँ पेड़ों के नीचे मज़दूरों ने अपनी झुग्गी-झोंपड़ी डाल ली हैं, एक कोने में खच्चरों के रहने का इंतज़ाम हो गया है, वे दिन को मिट्टी ढोते हैं, रात को वहाँ एक बाड़े में रहते हैं। बाग के दूसरे कोने को कंटीले तारों से घेर दिया गया है। वहाँ इमारत बनाने का सामान इकट्ठा किया गया है। कंटीले तारों से सटाकर एक कोठरी बनाई गई है जिसमें चौकीदार रहता है। बाग के चारों ओर अधबनी सड़कें हैं। उनके किनारे अधबने मकानों की कतारें हैं।

एक शाम अँधेरा हो जाने पर कुछ लोग एक मैटाडोर वान से वहाँ आए। वान में लोहे की रेलिंग भरी थीं। एक अफ़सर-जैसा आदमी ड्राइवर की सीट से नीचे उतरा, पीछे से मज़दूर-जैसे दीखनेवाले दो लोग कूदकर ज़मीन पर आए। चौकीदार को लगा कि कोई हाकिम अचानक मुआयना करने के लिए आ गया है। वह भागा हुआ उसके पास गया। उसके सलाम के जवाब में उसने चौकीदार से उसका नाम पूछा, यह भी पूछा कि ठेकेदार साहब आए कि नहीं। चौकीदार ने कहा, "इस वक़्त तो आते नहीं हैं।" उसने कहा, "पर मैंने उन्हें यहाँ साढ़े सात पर बुलाया था।"

तब तक सड़क की बत्तियाँ जल गई थीं, चौकीदार इस आदमी के हाकिमाना चेहरे को पहचानने की कोशिश कर रहा था। यह चेहरा उसने कभी पहले नहीं देखा था पर उसके चौकीदारी जेहन में यह पक्का हो गया था कि ये कोई नए इंजिनियर हैं। जीप की जगह वे मैटाडोर वान से क्यों आए हैं, यह सवाल उस वक़्त उसके ज़ेहन में नहीं आया।

उस आदमी ने चौकीदार को दो रुपए का नोट देकर कहा, "जाओ, लपककर पान ले आओ। तंबाकू और मसाला अलग से ले आना। हम लोग यहीं रुकेंगे।" पान खानेवाले हाकिमों के इस स्टेंडर्ड हुक्म की तामील करने के लिए चौकीदार वहाँ से चला गया। करीब पंद्रह मिनट बाद पान लेकर जब वह वापस आया तो मैटाडोर जा चुकी थी। वहाँ कोई न था। चौकीदार ने इसे हाकिमाना सनक का नमूना माना और पान

सहेजकर रख लिए। दो घंटे बीत जाने पर भी कोई नहीं आया तब चौकीदार रोटी खाकर खुले में अपनी खटिया पर लेट गया।

आधी रात को जब उसकी नींद खुली, उसे सामने के एक अधबने मकान से किसी के कराहने की आवाज़ सुन पड़ी। चौकीदार क़ुबूल तो नहीं करता, पर मुझे लगता है कि उसे भूत-प्रेत का वहम हुआ। उसने उसी वक़्त उठकर कराह के उद्गम तक पहुँचने की कोशिश नहीं की। रात को एक बार वह फिर उठा, पर तब तक कराहें ठंडी पड़ चुकी थीं, सिर्फ़ हवा की सरसराहट रह गई थी। पर चार बजे सबेरे जब वह अपने वक़्त से उठा तब उसे हवा के साथ बहुत धीमी कराह का फिर से एहसास हुआ। इस बार उसने दो-एक मज़दूरों को जाकर जगाया और उनके साथ सामने के अधबने मकानों की जाँच शुरू की। इस वक़्त हवा में कराह का स्वर फिर नदारद हो गया था। दूसरे मकान में घुसते ही सामने के बड़े कमरे में चौकीदार ने नेता को बेहोश हालत में पाया।

नेता के मुँह पर छींटें मारे गए और मुँह में पानी की कुछ बूँदें पहुँचाने की कोशिश की गई। वह हल्के से कराहे और छटपटाकर ख़ामोश हो गए। चौकीदार और मज़दूरों ने नेता की बीमारी को पहचानना चाहा, पर परख नहीं पाए। उजाला होते-होते उन्होंने नेता के पेट पर एक बड़ा-सा नीला निशान देखा, सूजन भी। नेता के घुटने को छोड़कर जिस्म पर कोई टूट-फूट की चोट नहीं थी। घुटने की खाल फट गई थी, वहाँ खून जमकर सूख गया था। यह सब देखकर मज़दूर और चौकीदार बाहर निकल आए। वे घबरा रहे थे कि कहीं पुलिस की चपेट में न आ जाएँ। इस अधमरे आदमी को अपने बीच पाकर वे खुद डर के मारे अधमरे हुए जा रहे थे।

चौकीदार ने जाकर ठेकेदार को बताया। उसने जवाब में चौकीदार को ही गालियाँ देनी शुरू कीं। उसे शायद लग रहा था कि चौकीदार ने उसे झंझट में फाँस दिया है और थाना-कचहरी देखे बिना उसका निस्तार न हो पाएगा। पहले तो उसने चौकीदार को इसी बात पर 'टाइट' किया कि तुम कैसे घामड़ आदमी हो, अपने इंजिनियर साहब तक को नहीं पहचानते। कोई भी आदमी पतलून पहने हुए किसी गाड़ी पर चला आए और तुम सलाम करके 'साहब-साहब' करने लगते हो! फिर उसने उसे दूसरी नासमझी के लिए कोसा : अगर मान लो कि वही बदमाश इस अधमरे आदमी को हमारी साइट पर छोड़ गए तो तुम से यह भी नहीं सधा कि अँधेरे में उसे उठाकर तुम लोग उसे अपने चार्ज से बाहर डाल आते। वह तो मर ही रहा है, हम तो बेमौत न मरते। बहरहाल, घबराहट में ठेकेदार पहले तो साइट की ओर गया ही नहीं, मोटर-साइकिल के पीछे चौकीदार को बैठाकर अपने बड़े साहब यानी बड़े इंजिनियर के यहाँ गया और उन्हें अपनी विपत्ति का हाल बताया। विनती की कि वे थाने पर एक चिट्ठी लिखकर भेज दें और इस विपत्ति को किसी अस्पताल पहुँचाने के लिए अपनी जीप दे दें। शायद बेचारा बच जाए।

बड़े साहब ने बड़े ग़ौर से पूरी बात सुनी और बोले, ''अगर उसके चोटें लगी हैं तो यह मेडिको-लीगल मामला हो चुका है। कोई भी अस्पताल बिना थाने की रिपोर्ट के

उसे भर्ती नहीं करेगा। सबसे पहले थाने ही पर खबर जानी चाहिए।''

यह कहकर उन्होंने ठेकेदार को समझाया, ''ये सारे मकान तुम बनवा रहे हो। हमारा काम तो सिर्फ़ यह चेक करना है कि मकान शेड्यूल के बमूजिब बनते रहें। मकान जब तक बनकर हमारे कब्जे में नहीं दे दिए जाते तब तक वे तुम्हारे चार्ज में हैं। इसलिए थाने पर रिपोर्ट तुम्हें ही देनी पड़ेगी।''

उस दिन दोपहर के तीन बजे तक ठेकेदार बदहवास हालत में किन्हीं साहनी साहब को खोजता रहा। साहनी साहब के भट्ठे चलते हैं। जब दूसरे नेता खद्दर छोड़कर सफ़री सूट में घूमने लगे हैं, उन्होंने खद्दर पहनना शुरू किया है। पैसेवाले हैं और इलाक़े के नेता हैं। थाने पर उनका रोज का उठना-बैठना है। ठेकेदार की हिम्मत नहीं पड़ी कि वह बेसहारा हालत में रिपोर्ट दर्ज कराने जाए। लगभग तय था कि थानेवाले पहले उसे वहीं बैठा लेंगे और तब इस अधमरे आदमी की जाँच-पड़ताल शुरू करेंगे। इसलिए वह साहनी साहब को साथ लेकर थाने जाना चाहता था। साहनी साहब चार बजे मिले और अपनी मोटर पर ठेकेदार और उसके चौकीदार को आगे-पीछे बैठालकर पाँच बजते-बजते थाने पर पहुँचे। वहाँ जाते ही उन्होंने थानेदार से उनकी अम्मा की गठिया का हालचाल पूछा, मालूम हुआ कि साहनी साहब ने उन्हें जो तेल की शीशी दी थी उसकी मालिश से उन्हें बड़ा फायदा हुआ है। फिर उन्होंने थानेदार साहब के मकान की प्रगति समीक्षा सुनी। मकान उनके बड़े भाई गाँव में बनवा रहे थे, बेवकूफी में बहुत लंबी-चौड़ी नींव भरा बैठे, अब पूरा होने में आफ़त आ रही है। 'आफत की कोई बात नहीं, मकान इसी तरह बनते हैं।' कहकर साहनी साहब ने ठेकेदार से कहा कि कल दो ट्रक ईंट हमारे भट्ठे से लदवाकर साहब के गाँव भिजवा दो, पच्चीस बोरी सीमेंट भी रखे लिए जाना।

ठेकेदार ने खुद यह सारी घटना परमात्मा जी को बताई थी। नेता की मौत के कई दिन बाद, मन पर कुछ बोझ महसूस करते हुए, उन्होंने मुझे बताया था। नेता के अंतिम संस्कार का खर्च भी परमात्मा जी ने दे दिया था—यह कहकर कि 'इस बारे में किसी से कुछ कहने की ज़रूरत नहीं है।' वह 'किसी' कौन था, मुझे बताने की ज़रूरत न थी। सच तो यह है कि ठेकेदार बेरहम नहीं था, थाने पर बैठे हुए भी उसका दिल उस बेहोश आदमी के लिए कसक रहा था, पर उस वक़्त उसकी सारी ताक़त खुद अपनी बचत का रास्ता खोजने में लगी थी।

बहरहाल, साहनी साहब ने जब ठेकेदार साहब के साइट पर कल रात से पड़े हुए एक बेहोश आदमी का जिक्र किया तो थानेदार साहब ने छूटते ही कहा, ''कोई बेचारा मज़दूर होगा, आ गया होगा किसी चपेट में।'' ठेकेदार ने इस हमदर्दी की उमंग में आकर मैटाडोर वान वालों की बात उठाई भर थी कि साहनी साहब ने उसका पाँव दबाकर उसे रोक दिया। कहा, ''आजकल इतने ऐक्सिडेंट हो रहे हैं कि...।''

थानेदार साहब ने दो सिपाहियों को उसी वक़्त चौकीदार के साथ घटनास्थल को

रवाना कर दिया। बोले, ''यह जाँच बाद में होती रहेगी कि वह वहाँ पहुँचा कैसे, पहले उसे अस्पताल भिजवा दें। शायद बच जाए।''

थाने से लौटते-लौटते ठेकेदार साहब की हिम्मत वापस आ गई थी। थानेदार के मधुर व्यवहार से उन्हें बड़ी शांति मिली थी। इसलिए, और शायद अपनी आत्मा की कुरेदन को दूर करने के लिए, सांहनी साहब की चेतावनी के बावजूद उन्होंने थानेदार से मैटाडोर वान पर आनेवाले लोगों की बात बता दी। पर उससे न किसी का कुछ बना, न बिगड़ा। थानेदार साहब ने कहा, ''पर मेरे इलाक़े में किसी साले की ऐसा करने की हिम्मत नहीं। साहनी साहब ने भी कहा है कि ऐसा हो नहीं सकता। बड़े-बड़े हत्यारों में भी यह हिम्मत नहीं कि सरेशाम किसी को अधमरा बनाकर उसे अपनी गाड़ी में डाल लें और बीच शहर में इतने मज़दूरों और चौकीदारों के बीच उसे एक मकान में उतारकर चले जाएँ। फिर, वे मकान सैल्फ फाइनेंसिंग स्कीम के हैं। दिन-रात कोई-न-कोई मोटरवाला अफ़सर अपना मकान देखने के लिए आया ही करता है। वहाँ कोई ऐसा हादसा नहीं हो सकता।''

थानेदार साहब ने पूछा, ''क्या किसी ने उस मैटाडोर से घायल आदमी को उतरते या उतारा जाते देखा था?''

ठेकेदार ने कहा, ''वहाँ कोई नहीं था। चौकीदार था, वह भी पान खरीदने चला गया था।''

''तब एक सीधी-सादी बात को क्यों उलझा रहे हो?''

इस तरह, जब कि ठेकेदार को डर था कि एक सीधे-सादे मामले को पुलिस उसके खिलाफ उलझा देगी, हुआ यह कि पुलिस के लिए खुद ठेकेदार ने ही उसे उलझाने की कोशिश की, भले ही वह उसे उलझा न पाया हो।

2

अगला पखवारा एक अजीब खींचतान में बीता। मेरा जिस्म वही था पर उसमें तीन व्यक्ति सक्रिय हो रहे थे। एक नाराज़ होता था, बदला लेना चाहता था और बदले के लिए जिस ताक़त की ज़रूरत है उसको सपनों और कल्पनाओं के ज़ोर से रह-रहकर अपने में खींचता था, दूसरा गिरे मन से परमात्मा जी की नौकरी करता था, यल.यल.बी. के पहले साल में पास होने के लिए प्रोफ़ेसरों तक पहुँच के रास्ते खोजता था ; तीसरा नेता की मौत से जुड़ी या जुड़ सकनेवाली घटनाओं की पड़ताल में उलझा हुआ था।

पहला व्यक्ति मेरा जाना-पहचाना स्वप्नदर्शी था—दिमाग में चलनेवाली फ़िल्म का सुपर हीरो। अकेले में, जब मैं गर्मी की गर्दभरी शाम में छितरी हुई बालू-छर्री और लोहे के बीच टुटही खटिया पर लुँगी और बनियाइन में लेटता था, वह मुझे अचानक अपने प्रदेश का पुलिस महानिदेशक बना देता था। मैं स्थानीय थानेदार को मुअत्तल करके एक परम ईमानदार और मेहनती इंस्पेक्टर को उसकी जगह नियुक्त करता, उसे नेता पर हमला करनेवालों की गिरफ़्तारी का हुक्म सुनाता, और थानेदार का सैल्यूट लेकर उसे अड़तालीस घंटे में मुकदमे की प्रगति-रिपोर्ट सीधे अपने पास भेजने की माँग करता। पर कुछ ही दिनों में पुलिस महानिदेशक की तस्वीर धुँधली पड़ने लग गई। उसके सफ़ेद बाल आइंस्टीन के फ़ोटो के बालों की तरह ऊलजलूल दिखने लगे और उसकी मोटर—जो नीली बत्ती और वायरलेस से लैस रहा करती थी—मटमैली बनकर किसी खटारा टैक्सी की शक्ल में बदलने लगी। इस माहौल में मैं पुलिस महानिदेशक से भी ऊपर उठकर गृहमंत्री बननेवाला था कि फिल्म की रीलें बदल गईं। मैं दैनिक मज़दूरों के एक अखिल भारतीय संघ का अध्यक्ष बन गया।

यह काम मेरी क्षमता और प्रतिभा के हिसाब से बड़ा उत्साहवर्धक था। मैंने मज़दूरों की हड़तालें कराईं, एक बेक़सूर मज़दूर की हत्या के विरोध में बड़े-बड़े जुलूस निकाले, गृहमंत्री का घेराव किया, शहर में तीन दिन के बंद का ऐलान किया और सरकार ने मुझे गिरफ़्तार करने के बजाय शांति-वार्ता के लिए आमंत्रित किया।

यह फ़िल्म बार-बार अलग-अलग रीलों में कई दिन मेरे दिमाग में चलती रही ; इतना चली कि एक नुक्ते पर सपने और हक़ीकत एक में घुलने लगे। वह दूसरा मैं, जो

रोज़मर्रा के काम दिन-भर गिरी तबीयत से निपटा रहा था, एक दिन इससे इतना अभिभूत हुआ कि उसने तय कर डाला, दैनिक मज़दूरों के बचाव के लिए उनकी एक यूनियन यहाँ अब बननी ही चाहिए।

दूसरा मैं, असली मैं—अगर परमात्मा जी की मुंशीगीरी करनेवाला, इंजिनियर साहब से लगातार कुढ़नेवाला और इन दिनों जसोदा से जान-बूझकर कतरानेवाला संतोषकुमार उर्फ़ सत्ते ही असली 'मैं' हो तो—इन दिनों कुछ चिड़चिड़ा हो रहा था। पर न जाने क्या वजह थी, कोई भी मुझसे झगड़ नहीं रहा था। ऊपर से सब काम पहले जैसा हो रहा था, सिवाय इसके कि जब मैं मज़दूरों से खीझकर बोलता तो कोई पहले की तरह चिल्लाकर, हँसकर या उलाहना देकर बात न करता था। वे पहले से ज़्यादा सीधे हो गए थे। मिस्त्री भी पहले से ज़्यादा खामोश थे।

जिस दिन नेता की मिट्टी को हम जलाकर लौटे थे, उसके दूसरे दिन मैं जसोदा को देखने गया था। वह परमात्मा जी की कोठी से हटकर कुछ दूरी पर अपने देश के मज़दूरों में चली गई थी। वह बीमार थी, दो-तीन औरतों के बीच निढाल पड़ी थी। मैं थोड़ी देर बैठा रहा, बड़ी हिम्मत करके पुरानी खनक से आवाज़ को सुनाई देने लायक बनाकर इतना कह पाया, 'अब रोने-धोने से क्या होना है ? आगे की देखो।' कहकर लगा, यह बात मेरे बाप या बाबा के मुँह की है। उसकी मदद के लिए कुछ रुपए छोड़कर चुपचाप लौट आया।

कोई सुबूत नहीं था। जिसने कुछ देखा था और जो कुछ कह सकता था—वह गूँगा है। सुरेस को अगर कुछ मालूम भी है तो प्रकृति उसे उसकी हलक़ के नीचे दफ़न कर चुकी है। और जो बोल सकते हैं, वे बोलना नहीं चाहते ; वे अपने आपको गूँगा बना चुके हैं। फिर भी मेरा मन नेता की मौत को पुलिसवाली आसानी से एक दुर्घटना भर मानने को तैयार नहीं था; आज भी तैयार नहीं है।

परमात्मा जी से बात की। उन्होंने क़ानूनी तौर से तथ्यों का ज़र्रा-ज़र्रा अलग करके मुझे ज्यादा न सोचने की सलाह दी। तब मैंने प्रेमबल्लभ से बात की।

इन दिनों उसका मेरे पास आना-जाना बढ़ गया था। परमात्मा जी के मकान का काम ख़त्म होते ही मुझे फिर शायद उसी पुरानी दुनिया में लौटना होगा—यह सोचकर मैं भी उससे ज़्यादा मिलने लगा था। प्रेमबल्लभ ने सुरेस को साथ लेकर चार-पाँच दिन मेहनत की। कुछ नई बातें भी खुलीं, पर वे ऐसी न थीं जिनसे परमात्मा जी की सलाह में किसी परिवर्तन की राह खुलती।

नेता के न लौटने पर सुरेस मुझे वहाँ ले गया था जहाँ की मिट्टी पर हमें खून के कुछ छींटे मिले थे; उसके पास ही दुकान थी। उसमें परचून का माल और पोशीदा तौर पर गाँजा बिकता था। चूँकि सुरेस के इशारों से जाहिर था कि ग़ायब होने के पहले नेता वहाँ

पर गए थे इसलिए प्रेमबल्लभ ने छानबीन की शुरुआत नेता और गाँजा के आंतरिक संबंधों से की। पहले उसने गाँजे की पुड़िया खरीदी, उसके बाद उसने अपना चोला बदला; कुछ दिन पहले पार्क में जो झगड़ा हुआ था, उसका उसने दुकानदार से ज़िक्र किया। दुकानदार ने वही रुख दिखाया जो पहले एक-दूसरे दुकानदार ने मुझे दिखाया था; यानी उसने प्रेमबल्लभ को अपना रास्ता नापने की सलाह दी। तब प्रेमबल्लभ अफ़सराना ढंग से वहीं एक मोढ़े पर बैठ गया और कहा, 'थाने चलोगे?' यूनिवर्सिटीवाला अपना परिचय-पत्र दूर से दिखाकर उसने कहा, 'देख बे, मैं सी.आई.डी. इंस्पेक्टर हूँ; या तो जो कुछ जानता है उसे सीधे-सीधे बता दे, तो तुझे कुछ न होगा, नहीं तो सीधे थाने पर ले चलूँगा, वहीं तुझे तेरे गाँजे में दफ़न करूँगा।' तब दुकानदार ने इस लँगड़े सी.आई.डी. इंस्पेक्टर की असलियत को चुनौती दिए बिना कुछ बातें बताईं।

कुछ दिन पहले लाल बुशशर्ट पहने एक मज़दूर वहाँ गाँजा लेने आया था। मज़दूर को दुकानदार शक्ल से पहचानता है। वह पहले भी कई बार उसके यहाँ आ चुका था। उसके साथ एक गूँगा लड़का भी था। मज़दूर ने गाँजा ख़रीदकर लड़के को जाने के लिए कह दिया था पर लड़का थोड़ी देर दुकान पर अटका रहा था। मज़दूर उधर पार्क की ओर चला गया था।

इस इलाके में जगह-जगह लंबे-चौड़े मैदान पार्कों के लिए छोड़ दिए गए हैं। उनके चारों ओर ऊँची-ऊँची लोहे की रेलिंग लगाई गई है। रेलिंग चुराने में एक खास गिरोह ने महारत दिखाई है। उनके पास एक बड़ी-सी मैटाडोर वान है। उस पर एक आदमी कई बार देखा गया है। वह तंग पतलून पहनता है, गोरा-चिट्टा और मोटा है, अफ़सरों की तरह मुँह में टेढ़ी सिगरेट लगाए रहता है।

यह सही है कि नेता जब पार्क की ओर गए, पार्क के किनारे मैटाडोर खड़ी हुई थी। रेलिंग चुरानेवाले पार्क के किनारे अपना काम कर रहे थे। उनके काम का ढंग बहुत से लोग जानते हैं, वे लंबा फीता निकालकर पार्क की दीवार की पैमाइश करने लगते हैं। उधर दो आदमी रेलिंग के नीचे, जहाँ ईंट और कांक्रीट का काम टूटा होता है, तोड़-फोड़ करके रेलिंग के टुकड़े निकालने लगते हैं। टुकड़ों को निकालकर वे मैटाडोर पर रखते जाते हैं, पैमाइश करनेवाले बड़ी गंभीरता से नाप-जोख करके आपस में पार्क के पुनर्निर्माण की योजना पर विचार-विमर्श करते हैं, रेलिंग की जगह पक्की चहारदीवारी बनाने की बात चलाई जाती है। किसी भी बाहरी आदमी को यह लगेगा कि सरकारी इंजिनियर और उनका स्टाफ पार्क की टूटी रेलिंग हटाकर उसका जीर्णोद्धार करने के लिए आया है। वे बड़े इत्मीनान से मैटाडोर-भर लोहा लादकर अपना फीता और नोटबुकें जेब में रखते हुए गाड़ी में बैठ जाते हैं। दूसरे दिन किसी दूसरे जगह पार्क में जीर्णोद्धार का काम शुरू हो जाता है।

शायद नेता इन चोरों की असलियत जानते रहे हों, शायद अपनी सहज उमंग में उन्होंने चोरों को छेड़ दिया हो, या, शायद फैल मचाने को तैयार हो गए हों, शायद चोरों ने उन्हें शाम के धुँधलके में वहीं दबोच लिया हो, उन्हें खामोश करने के लिए कोई वहशियाना तरीक़ा अपनाया हो। शायद उसी कोशिश में नेता के पेट में कोई सांघातिक चोट आई हो।

शायद गूँगे सुरेस ने दूर से इसका कुछ अंश देखा हो। भागता हुआ वह शायद हमें मदद के लिए बुलाने आया हो।

दुकानदार ने प्रेमबल्लभ के आगे हाथ जोड़ दिए, कहा, "मैटाडोरवाले उस दिन यहाँ पैमाइश कर रहे थे, वह मज़दूर भी उधर पार्क की तरफ आया था। मैं कुल इतना ही जानता हूँ सरकार। व्यापारी आदमी हूँ, अपने काम-से-काम रखता हूँ, दूसरे के टंटे में नहीं पड़ता। यक़ीन मानिए, मैंने कुछ नहीं देखा। यहाँ किसी से भी पूछ लीजिए, किसी ने कुछ नहीं देखा।"

प्रेमबल्लभ को इस वक़्त पुलिस इंस्पेक्टर का धर्म भी निभाना था, इसलिए गाँजे की गैर-कानूनी बिक्री की बात दबाने के लिए उसने दुकानदार से कुछ वसूली की, उसे बेधड़क अपना काम करने की सलाह दी, मैटाडोरवालों के खिलाफ उसे कहीं गवाही नहीं देनी पड़ेगी, इसका इत्मीनान दिलाया और वापस आकर मुझे दिलासा दे गया कि अब आगे कुछ और सोचना बेकार है। "तुम जो बार-बार 'शायद-शायद' लगाकर एक किस्सा जैसा गढ़ रहे हो, उससे सच्चाई पर पर्दा नहीं पड़ सकता। सच्चाई वही है जो पुलिस बता चुकी है। कोई दुर्घटना-भर हुई थी, और कुछ नहीं।"

जब दो हफ्ते बाद मेमसाहब—गर्भ के छठे या सातवें या शायद आठवें महीने में—काम पर वापस आईं तो उनकी हैसियत बदल चुकी थी। सभी ने उन्हें जसोदा कहना शुरू कर दिया था।

दोपहर तक वे मुर्दा हाथों से सीमेंट, बालू और मोरंग का मसाला तैयार करती रहीं। बाद में वे वहीं, तपती धरती पर, खामोश बैठ गईं। मिस्त्री ने बुज़ुर्गाना ढंग से कहा, "जा, अंदर जाकर लेट।"

धीरे-धीरे उठकर वह बरामदे तक आईं और दीवार के सहारे टिककर बैठ गईं। मैं वहीं कुर्सी पर बैठा था। एक बार मेरी ओर देखकर उसने फर्श पर निगाह टिका दी।

मैंने कहा, "जसोदा तुम शंकरगढ़ क्यों नहीं चली जातीं?"

नेता का एक भाई—पता नहीं सगा या चचेरा—बहुत दूर शंकरगढ़ में पहाड़ियों के पत्थर तोड़ने में लगा था। जसोदा के गाँववाले उसे वहीं जाने की सलाह दे रहे थे।

"वहाँ मेरे लिए कोई काम नहीं है।"

"तुम्हारा देवर जो है वहाँ पर।"

"निकम्मा है।"

याद आया, जसोदा नेता को भी निकम्मा कहती थी। पता नहीं उसे भी यह याद आया कि नहीं।

"ऐसे दिनों में तुम्हारी देख-रेख तो करेगा?"

"मुझे किसी की देख-रेख नहीं चाहिए।"

"किसी की भी नहीं?"

उसने सिर झुका लिया, रोई नहीं पर यह हालत आँसू बहाकर रोने से भी बदतर थी।

थोड़ी देर बाद मैंने कहा, "तुम्हारे गाँव के लोग चिल्लाएँ नहीं तो एक काम करो। मेरा गाँव यहाँ से बहुत पास है। तुम और सुरेस वहीं जाकर कुछ दिन रह लो। तुम अम्मा की थोड़ी-बहुत मदद कर देना। बना-बनाया खाना मिलेगा, आराम से पड़ी रहना। अब बरसात आनेवाली है। खेत-खलिहान के बहुत-से काम हैं, घर की मरम्मत भी होनी है। सुरेस उसमें मदद कर देगा। अच्छा न लगे तो वापस लौट आना।"

जसोदा बरामदे से उठकर धीरे-धीरे कमरे की ओर चली। मैंने कहा, "तुम्हीं से बात कर रहा हूँ।"

"सुन लिया।" कहकर वह उस कमरे की ओर चली गई जहाँ कुछ दिन पहले उसका चूल्हा जलता था, जहाँ अब गिने-चुने दिनों के लिए उसका इतना ही हक़ बचा है कि फर्श से कुछ देर पीठ टिका ली जाए।

इंजिनियर साहब को देखकर मेरा मन उनकी गर्दन पकड़ने को लपकता था। उनसे बात करते वक़्त लगता था कि मैं अपने ही पाँवों अपने आपको रौंद रहा हूँ। जिस बेरुखी से उन्होंने नेता के दाह-कर्म के लिए मदद देने से इनकार किया था, वह मुझे बराबर कचोटती रहती थी। उधर वे जब से बाकायदा मुअत्तल हो गए थे और सरकारी जमात में कोई सवाल करनेवाला नहीं रह गया था, वे मोटरसाइकिल छोड़कर एक मारुति कार पर चढ़ने लगे थे जो शायद उनकी चौथी कार थी। अब वे जब मकान का हालचाल पूछने आते तो, बिना बनियाइन, कुर्ता-काट टीशर्ट में झलक रहे होते थे। उनका किसी फूहड़ गाली जैसा मोटा सीना उससे फूटा पड़ता था। वे गाड़ी में ड्राइवर की सीट पर होते और कार्बाइन-धारी पप्पी पिछली सीट पर। मुझसे वे बहुत कम बोलते, बोलते भी तो एक बड़ी सभ्यतापूर्ण हिक़ारत उनकी आवाज से टपकती रहती।

लगता था कि मुअत्तल हो जाने के बाद उन्होंने अपनी जिंदगी की पंचवर्षीय योजनाओं में काफी बड़ा संशोधन कर लिया है। एक दिन परमात्मा जी ने उन्हें बताया, "बड़ी कोशिश के बाद आपका मुक़दमा जस्टिस खुराना की बेंच में लगवा पाया हूँ। अरे वही अपना खुराना। वकालत के दिनों में जब भी फोकट की ह्विस्की पीना होता,

हमारी कोठी की ओर टहलता चला आता था। अब भी भीतर-ही-भीतर बड़ा लिहाज़ करता है। आई.ए.एस. का तो खानदानी दुश्मन है। सोचता हूँ, अगले महीने कोर्ट खुलने पर आपके केस को सुनवाई के लिए उसी बेंच में लगवा लूँ। कोई नई बात न पैदा हो गई तो उसी पेशी में आपके खिलाफ सारी कार्रवाई 'क्वैश' करा लूँगा।''

'क्वैश' का उच्चारण उन्होंने बड़े तपाक से किया, जैसे एक लपलपाता उस्तरा उन्होंने किसी की गर्दन पर तेजी के साथ बाएँ से दाएँ फेर दिया हो।

कुछ दिन हुए परमात्मा जी की कोठी से दो कुर्सियाँ और एक बड़ी मेज यहाँ पर आ गई थी जिन पर इंजिनियर साहब इधर अपना कैंप आफिस करने लगे थे। वे इस वक़्त एक कुर्सी पर बैठे थे। परमात्मा जी की बात सुनकर किसी विलायती मार-धाड़वाली फिल्म के हीरो की तरह वे धीरे-धीरे कुर्सी छोड़कर खड़े हो गए। झटके से सिर उठाकर उन्होंने गर्दन सीधी की, सीना आगे फेंक दिया—हालाँकि इससे उनकी ऊँचाई कुल जमा चौथाई इंच ऊपर गई। फिर वे मेज़ के कोने पर नितंब टिकाकर बैठ गए। डिब्बी निकालकर उन्होंने एक सिगरेट सुलगाई, बुझी हुई तीली हाथ में लिए हुए उन्होंने चारों ओर निगाह दौड़ाई और उसके दायरे में मुझे भी बेरुखी से देखा, गोया सोच रहे हों कि ऐशट्रे न रखने के जुर्म में इसे क्या सज़ा दी जाए। फिर मेरी चारपाई की ओर, जिस पर मैं आराम से पड़ा था, तीली फेंककर, नाक से धुआँ निकालने के बाद बोले, ''अभी कुछ मत कीजिए।''

इस अभिनय के दौरान परमात्मा जी ने भी छोटा-मोटा अभिनय किया था। उन्होंने एक डिबिया से पान निकालकर खा लिया था, दूसरी से मसाला और तीसरी से तंबाकू निकालकर फाँक ली थी और मुँह को कुछ देर के लिए मोहरबंद कर लिया था। उन्होंने ठुड्डी उठाकर, आँख के इशारे से पूछा, ''क्यों?''

''ऐसा है कि पन्नालाल मार्केट का दूसरा फ़ेज शुरू हो गया है। उसे पूरा होने में कम-से-कम डेढ़ साल लगेगा। वह रेडीमेड कपड़ों की फैक्टरीवाला मामला भी उलझा पड़ा है। वाइफ इस 'शुभकामना' वाले काम से ऊब रही हैं। कपड़ों के एक्सपोर्ट का मामला अभी तय नहीं हुआ है। अब वे कहाँ बार-बार दिल्ली भागेंगी? मुझे ही दौड़-धूप करनी होगी। इधर दो-ढाई साल तक यह सब सरकारी नौकरी के साथ निभाना—कुछ मुश्किल ही दीखता है। अगर कोर्ट से जीत गया तो अजब नहीं कि वे साले मुझे बिजनौर या बलिया ज़िले में किसी प्रोजेक्ट पर झोंक दें। और सारा काम यहाँ अटका है।''

उन्होंने सिगरेट का एक और कश खींचा, कहा, ''फिलहाल ऐसे ही चलने दें। मुझे अब सरकारी कुर्सी पर बैठने की जल्दी नहीं है।''

''पर पता नहीं, आगे मुकदमे का रुख किधर मुड़ जाए।''

''चाहे जिधर मुड़े जीतना आखिर में मुझे ही है।''

वे एक भारी-भरकम बयान हल्की आवाज़ में दे रहे थे। देखने में भले ही ठिंगने हों,

उनकी जीन्स भले ही मँगनी-जैसी हो, फूला हुआ सीना भले ही सूजे हुए फोड़े-जैसा दिख रहा हो—इस वक़्त वे यकीनन अपने को नीत्शे के महामानव से छोटा नहीं मान रहे थे, कहते रहे, ''चार-पाँच साल बाद भी अगर वे मुझे नौकरी में बहाल करते हैं तो क्या हर्ज़ है? पूरी तनख़्वाह तो सालों को देनी ही पड़ेगी। डेढ़-दो लाख का बकाया मिलेगा।''

परमात्मा जी आँख सिकोड़े, ओंठ बंद किए हुए, पान चबाते रहे। उनकी शक्ल से लगता था कि उनकी अक्ल इस भविष्यवाणी का साथ नहीं दे रही है।

इंजिनियर साहब कुर्सी में दोबारा धँसकर बैठ गए, मुस्कराए, बोले, ''खरे को तो जानते होंगे न?''

प्रश्नवाचक चिह्न के रूप में परमात्मा जी की भौंहें सिकुड़ीं।

''अरे वही, हमारे चीफ इंजिनियर सक्सेना का बहनोई। वार-सर्विसवाला आई.ए.एस. था। सत्ताईस साल की सर्विस में चार-चार, पाँच-पाँच साल के लिए तीन बार मुअत्तल हुआ। तीनों बार सब जगह से हारकर हाईकोर्ट से जीता, तीनों बार पूरी-पूरी तनख़्वाह खींची, लाखों रुपए का एरियर लिया। मुझे गलत न समझिए, मेरा उसका कोई मुकाबला नहीं, मैं तो सिर्फ यह कहता हूँ कि ऐसे-ऐसे लड़ाकू भी पड़े हैं। मैं उसके जैसा नहीं लड़ सकता, उसके लिए बड़ा जिगरा चाहिए। पर अभी मुझे दफ़्तर की कुर्सी सँभालने की जल्दी नहीं है।''

परमात्मा जी ने धीरे-धीरे सिर हिलाया, न ऊपर-नीचे, न दाएँ-बाएँ, बल्कि गोल-गोल।

''अब भी अगर इंसाफ कहीं मिल सकता है तो सिर्फ़ हाईकोर्ट में,'' कहकर उन्होंने अपनी जलती हुई सिगरेट कमरे में एक कोने में फेंक दी। मेरी चारपाई भी उसी तरफ थी।

मैं चारपाई से उठ खड़ा हुआ। चप्पल पहनकर जलती हुई सिगरेट तक गया। इंजिनियर साहब के चेहरे पर निगाह गड़ाकर उसे रौंदा और बुझाया, इस तरह उन्हें असभ्य आचरण के ख़िलाफ एक ख़ामोश सबक सिखाकर चारपाई पर दोबारा लेट गया।

उधर परमात्मा जी बाहर पान की पीक गिराने गए, इधर इंजिनियर साहब ने खिड़की की ओर तर्जनी उठाई। हवा में भाला जैसा भोंकते हुए बोले, ''यह औरत अब भी उधरवाले कमरे में रहती है?''

''मैंने इंजिनियर साहब से कहा, ''कहाँ जाए?''

उन्होंने मुँह बिचकाकर, कंधे उचकाकर दोनों हाथों के पंजे नाटकीय ढंग से फैलाए।

परमात्मा जी लौट आए थे। अब उन्हें मुँह खोलने में कठिनाई न थी। बोले, ''क्या है?''

''इंजिनियर साहब जसोदा को देश-निकाला दे रहे हैं।''

उन्होंने इंजिनियर साहब से नहीं, मुझसे पूछा, ''क्यों?''

''इन्हीं से पूछिए।''

फिर भी परमात्मा जी मुझे ही देखते रहे। मैंने कहा, ''वह बीमार है, ठीक होते ही यहाँ काम करने लगेगी।''

इंजिनियर साहब ने कहा, ''उसकी हालत देखी है? काम कैसे करेगी?''

''उसके आदमी को मरे पंद्रह दिन भी नहीं हुए।''

''वह तो सभी जानते हैं। पर बात तो काम की हो रही है।''

परमात्मा जी अपनी प्राचीन शैली पर उतर आए : ''भाई हम लोग पुराने जमींदार हैं। किसी को सताना नहीं चाहते, पर जब वह काम ही न कर पाएगी तो उसके यहाँ पड़े रहने से क्या फ़ायदा। यहाँ उसके लिए कोई हल्का काम नहीं है?''

इंजिनियर साहब ने कहा, ''यहाँ ऐसा कौन-सा काम होगा? पन्नालाल टावर्स में शायद निकल भी आए। वैसे जाना चाहे तो भट्ठों पर चली जाए, सिर्फ इतना देखना होगा कि ठेलों में कोई 'बी' की जगह 'ए' क्लास का ईंटा न लाद दें।'' फिर परमात्मा जी से बोले, ''भट्ठे का काम ही बेहूदा है। उसे ख़त्म कर रहा हूँ। देखा नहीं आपने, चौकीदार पर भी चौकीदार रखने पड़ते हैं।''

मैं कुछ नहीं बोला। इंजिनियर साहब ने कहा, ''क्या कहते हो?''

''मुझे क्या कहना है। मैं उसका सरपरस्त हूँ? आप खुद उससे बात कर लीजिए।''

''नहीं, बात तुम करना। उसे बता देना कि या तो पन्नालाल टावर्स पर जाए या भट्ठे पर।''

मैंने चारपाई पर लेटे ही लेटे अपना सिर दाएँ-बाएँ हिलाया।

इंजिनियर साहब फिर पहलेवाली शैली में बोले, ''क्या कहते हो?''

''कहता यह हूँ कि'' मैं चारपाई पर उठकर बैठ गया। ''मैं जसोदा से यह जगह छोड़कर जाने के लिए नहीं कह सकता। भट्ठे पर जाने के लिए तो हर्गिज नहीं। आपको याद होगा उसने बहुत पहले भट्ठे पर काम करने से इनकार कर दिया था। उसे डर है कि वहाँ आपके आदमी गुंडागर्दी करेंगे। वह वहाँ पर काम नहीं करेगी। इसके बाद अगर उसे यहाँ से भगाना है, सोने-बैठने का इंतजाम कहीं और करने को कहना है तो ऐसी बात मैं नहीं कहूँगा। अभी-अभी वह बेवा हुई है, बच्चा पेट में है। उसकी जान-पहचान के दस-पाँच बिलासपुरी परिवार यहीं आसपास काम पर लगे हैं। वह उनके साथ रह सकती है। पर मैं उसे यहाँ से निकाल नहीं सकता। निकालना ही है तो जीजा जी उसे निकालें। मकान उनका है और फैसला भी उन्हीं का चलेगा। क्या समझे इंजिनियर साहब?''

''आपके मुँह में यह जो चमड़े की जबान है न, गंदी तो पहले ही थी, इधर कुछ लंबी भी हो गई है।''

इंजिनियर साहब की यह बात सुनने के पहले ही मुझे एहसास हो गया था, मैं बिला वजह ग़लत डाइलाग बोल गया हूँ। उपर्युक्त डायलाग, जो डेली पैसेंजरों वाली बेलौस बेफिक्री के साथ शुरू हुआ था, अपने एक-एक अक्षर में मेरे मन की पूरी ईमानदारी और कचोट से भीगा होने के बावजूद, ख़त्म होते-होते मुझे खुद फिल्मी जैसा जान पड़ने लगा था। इसलिए इंजिनियर साहब की बात, अपनी बदतमीजी के बावजूद, मुझे उतनी बदतमीज़ नहीं लगी। मैंने समझा कि वह एक तरह से मेरी ही बात थी जो अपने भटके हुए विवेक की वापसी पर मैं खुद भी कह सकता था।

पर बात जिधर निकल गई थी, उधर और आगे बढ़ते जाने का भी एक नशा था जो मुझ पर हावी हो रहा था। अचानक ऐसा हुआ हो, ऐसा न था। इंजिनियर साहब एंड कंपनी ने इधर जिस तरह मकान का काम अपने हाथ में ले लिया था, उससे मेरा यहाँ होना लगभग बेमानी हो गया था और मैं किसी भी समय अपना रास्ता नापने को मजबूर किया जा सकता था। इसी के साथ इंजिनियर साहब का तौर-तरीक़ा जिसे हम आपसी ज़बा्न में नक्शेबाजी कहते—इतना खिझाऊ था कि उनकी शक्ल देखते ही लगता था, नाक के आगे सीवर का ढक्कन खुल गया है। वे ऐसे लोगों में थे जिनको देखते ही पहले एक झाँपड़ रसीद किया जाता है और फिर पूछा जाता है, 'कहो भाई, तुम्हारा नाम क्या है ?' इसी सबसे मैं कई दिन से परमात्मा जी की मुंशीगीरी छोड़ने के लिए अपने को मन-ही-मन तैयार करता रहा था। मैंने इंजिनियर साहब से कहा, ''आप मुझसे उम्र में बड़े हैं। फिर आपके पीछे बड़ी-बड़ी राइफलें और कार्बाइनें हैं। मैं भारतमाता का एक मामूली-सा निकम्मा बेटा हूँ। आपकी गाली का जवाब गाली से देने की मेरी हैसियत नहीं।''

परमात्मा जी बोले, ''अरे भाई, प्रेम की बोली बोलो। इस सबमें क्या रक्खा है ? मगर क्या है कि…''

''क्या है कि…'' कहने का बंबइया तर्ज़ परमात्मा जी ने इधर नया-नया सीखा था। मैं कई दिन से देख रहा था कि जब कोई टेढ़ी-मेढ़ी बात उन्हें मुँह से निकालनी होती तब इस प्रस्तावना का वे सहारा लेते थे। मैंने उन्हें ध्यान से देखा।

''मगर क्या है कि मज़दूरों की देखरेख तो भाई तुम्हारे ही हाथ में है। इसलिए जसोदा को हटाना है तो तुम्हीं हटाओगे। जैसा चाहो, वैसा करो। बस भाई, मेरे कंपाउंड में कोई झमेला न पैदा करो।''

उनके जैसा नर्मदिल आदमी भी ऐसा हो जाएगा, मुझे झटका लगा। बोला, ''जीजा जी, क्या है कि अब मेरे लिए यहाँ कोई ख़ास काम तो बचा नहीं है। दूसरे लोग सारा काम ठीक से कर ही रहे हैं। इसलिए अगर हटने-हटाने की बात चली है तो मुझे ही हट जाने दें।''

तबीयत में काफ़ी गर्मी भरी थी। अगर मैं कोई फिल्मी हीरो होता तो ऐसी ठंडी बात कहने के बजाए पहले कोने में पड़े पेंट के खाली डिब्बे को जोरदार ठोकर मारता जिससे

प्रतीक रूप में यह प्रमाणित होता कि मैं इस ज़लील नौकरी को ठोकर मार रहा हूँ, फिर वह डिब्बा फुटबाल की तरह हवा में उड़कर सामनेवाली खिड़की के शीशे को चूर-चूर करता जिससे यह प्रमाणित होता कि मैं गरीबी और अमीरी के बीच की दीवारें तोड़ रहा हूँ। पर मैंने ऐसा कुछ नहीं किया। चुपचाप चारपाई पर लेटा रहा और परमात्मा जी का मुँह निहारता रहा।

वे बोले, ''यहाँ मन नहीं लगता तो कोई और काम खोज लो। पर आपस में बिगाड़ करने की क्या जरूरत है?''

शायद इतनी सभ्यता इंजिनियर साहब के लिए असह्य थी। वे उठकर खड़े हो गए। बोले, ''नमस्कार! मैं चलता हूँ।''

साथ ही उनकी मुद्रा ने कहा, 'उसी के साथ तुम दोनों जाओ जहन्नुम में।'

3

गाँव के स्टेशन पर उतरते ही पुरवाई के जिस ठंडे झोंके ने मेरे चेहरे को छुआ, वह मेरे बचपन के दिनों का बासीपन लिए हुए भी एकदम ताजा था। उसे छूकर जसोदा की जगह पिछले दिनों की चमकदार आँखोंवाली मेमसाहब एक पल के लिए लौट आईं। मैंने कहा, "चलो मेमसाहब, यहाँ से मील भर पैदल चलना होगा।" रेक्सीन से ढकी एक कार्ड बोर्ड की अटैची थी। कभी मुझे उस पर बड़ा घमंड था। शहर में फाइबर के सूटकेसों के लकदक विज्ञापन देखते-देखते अब मैं इसकी हैसियत समझ गया था। हिक़ारत से उसे मैंने सुरेस के सिर पर—या यों कहिए कि सिर पर लदे जसोदा के टीन के बक्से पर फेंका! कहा, "चल बेटा गिरधारीलाल!" रेलवे लाइन के किनारे जाती हुई पगडंडी पर हम तीनों उतर आए। टिकट मेरी जेब में थे। किसी ने उनकी फ़रमायश न की। पुरानी आदत के जोर से एक बार दिल में कचोट उठी, बेकार ही किराये में पाँच का नोट फूँक दिया।

पगडंडी पर उतरते ही, असाढ़ की गर्मी के बावजूद, शाम की सुहानी धूप में जब पुरवा ने ज़मीन पर गर्द के बवंडरों की पटखनी दी और नीम के पेड़ों की टहनियाँ सरसराईं तो मन में एक नई उमंग और हिम्मत पैदा हुई। अभी सात-आठ दिन में ही आसमान बादलों से ढक जाएगा, वे पेड़ असाढ़ के पहले दौंगरे में भीग रहे होंगे, तब मेरी भी जिंदगी का मौसम बदलेगा, तपन के छोटे-छोटे धब्बे भले ही रह जाएँ, चारों ओर से बँधा हुआ दमघोटू उमस का यह घेरा टूटेगा—ज़रूर टूटेगा।

अपनी भावुक आशावादिता पर हँसी आई। काश, सचमुच ही यह इतना आसान होता! आज तक तुम्हारे साथ जो हो रहा था, उसका धुएँ के किसी जादुई बवंडर में एकदम गुम हो जाना, उसकी जगह अपने मनपसंद भविष्य के महल का फिल्मी अंदाज में अचानक उभर आना, उस तक पहुँचने के लिए हरी-भरी क्यारियों, फूलों और आरामगाहों के बीच किसी लंबे-चौड़े रास्ते का अचानक खुल जाना! काश ... पर पुरवा मेरे चेहरे पर ठंडक उँडेल रही थी, मेरे खुले हाथों पर रोवों को सिहरा रही थी, मेमसाहब की आँखों में नेता की मौत के बाद शायद पहली बार चमक दिखी थी और सुरेस—दो बक्सों के बोझ के बावजूद—मुस्तैदी से यूँ चल रहा था जैसे इस पगडंडी से वह रोज ही गुज़रता रहा हो।

यही वह बाग थी जिसमें जाड़े की अँधेरी रातों में मैंने प्रेमबल्लभ के साथ लकड़ी के कोयले का रहस्य-रोमांच भोगा था। चोरी की थी। वह मूल्यपरक फैसला आज भले ही दिया जा सके पर तब कोयला उठाने में चोरी का अपराध-बोध कहाँ था? जंगल में किसी धारा का पानी पीते हुए जब कोई हिरन शेर की आमद के बारे में चौकन्ना रहता है तो उसे अपने बचाव का एहसास भले ही रहे, पानी की चोरी की बात उसके भेजे में कभी आ सकती है? हम दोनों ऐसे ही थे। रखवालों से बचे रहना एक बात थी, पर चोरी के अपराध से कुंठित होने की बात हमारे मन में कभी आई ही नहीं। जैसे बिना टिकट रेल का सफ़र, जो ज़्यादा-से ज़्यादा टिकट चेकरों के साथ आँख-मिचौनी के खेल जैसा था।

और यह पुरवाई? जिस भरोसे से वह यहाँ घूम रही है, उससे साबित हो चुका है कि यह अपने आपको यहीं का समझती है। यहीं की है भी। जिसे मैं पीछे छोड़ आया हूँ वह उस शहर की होगी। वहाँ जो कल रात से अचानक बहने लगी है वह कोई दूसरी पुरवा होगी जिसे खुले में चारपाई पर लेटे हुए महसूस किया था। सीमेंट और कांक्रीट की गुफाओं में कहीं-कहीं इस हवा की फुफकार जैसी गूँजी थी, बस इतना! और दिन में, यहाँ आने की तैयारी में जब मैं सड़कें नाप रहा था, यह होते हुए भी गायब थी। पेड़ों की टहनियों को यह जरूर झकझोर रही होगी, पर मैंने देखा नहीं। देखने को रिक्शे, स्कूटर, मोटरें, बसें थीं, ट्रक थे, जिनकी चपेट में आए बिना मुझे सड़क पार कर लेनी थी। सुवर, गाय और गंध से भरी-पूरी, कूड़े के ढेर से गँधाती गलियाँ थीं। उन्हें पार करके एक दूसरी चौड़ी सड़क, उसमें एंप्लायमेंट एक्सचेंज के बड़े हाकिम का बड़ा कमरा था जिसमें एक बड़ा कूलर घर्र-घर्र करता हुआ चिपचिपी हवा फेंक रहा था। उस हाकिम के हाथ में मुझे देने को कुछ भी न था। उससे कुछ दूर रेंट कंट्रोल आफिस का उमस भरा, पसीने से तर-बतर कमरा था जहाँ का इंस्पेक्टर सिफ़ारिश के आधार पर मुझे कुंदनपुर कोठी का एक कमरा एलाट करने को तैयार न था। ''इस एक कमरे के लिए इसे एक हजार की घूस चाहिए। मैं तुम्हारी ओर से दो सौ तक देने को तैयार हो गया हूँ। मान नहीं रहा है। पर घबराओ नहीं, टंडन साहब को छुट्टी से वापस आने दो। तब इस इंस्पेक्टर की खटिया खड़ी कर दूँगा।'' वहाँ के एक क्लर्क ने, जो कभी मेरे साथ डेली पैसेंजरी करता था, मुझे समझाया था। उसी दिन तीसरे पहर परमात्मा जी के नए मकान पर लौटकर जसोदा और सुरेस के साथ मैं अपने गाँव के लिए चल दिया था।

परमात्मा जी ने कहा था :

''देखो भाई, तुम युवाशक्ति हो। तुम्हारी तुनकमिजाज़ी मैं समझता हूँ। पर अपने इंजिनियर साहब अफसर आदमी हैं। उन्हें ऐसी साफगोई पसंद नहीं है। तुम्हारी उनकी टुन्न-फुन्न होने लगती है तो मुझे बड़ी उलझन होती है। किसकी तरफ से बोलूँ और बोलूँ तो क्या बोलूँ? तुम हो भाई युवाशक्ति, तुम्हें तो उस वक्त टोका नहीं जा सकता। और वह ठहरे अफसर, हमेशा यस सर सुनने के आदी। यस्सर, यस्सर, यस्सर—उनके कान इसी के आदी हैं। बीच में वे कोई दूसरी आवाज़ क्यों सुनेंगे? अब

भैया, युवाशक्ति और अफ़सर के बीच मारा गया वकील। वकील की क़िस्मत ही ऐसी है, सभी की अकड़ उसे झेलनी है। जज भी अकड़कर बोलता है, उसके मन की बात न करो तो मुअक्किल भी अकड़कर बोलता है। पेशकार तो हमेशा ही अकड़ा रहता है और जो दूसरे फरीक का वकील है, वह तो अकड़कर बोलने की फ़ीस ही पाता है। तो भाई युवाशक्ति, तुम भी जितना चाहो उतना अकड़ लो।

"ठीक ही है। यहाँ तो वैसे भी काम खत्म होनेवाला है। जो कल होना है, आज ही हो जाए। तुम छोड़ना चाहते हो तो छोड़ दो। तुम्हें इसी में ठीक लगता है, तो वही सही।

"वाइफ़ का एक प्लाट तालकटोरा रोड पर पड़ा है। उस पर भी दो फ्लैट बनवाने हैं। अगर तुम्हारा मन हो तो वह काम हाथ में ले लेना। वैसे, हमारा क्या? किसी-न-किसी तरह काम चल ही जाएगा।

"इंजिनियर साहब से तुम्हारी निभ नहीं पाई, इसका अफ़सोस ज़रूर होता है। वे करोड़पति आदमी हैं। तुम्हारी पटरी बैठ जाती तो तुम्हारे लायक सैकड़ों काम निकलते। उनके यहाँ नौकरी भी चल सकती थी, साझेदारी भी, ठेकेदारी भी और वकालत भी।" तब जैसे कोई बंदर सूखी डाल को झिझोड़कर हिला रहा हो, युवाशक्ति मेरी खोपड़ी पर चढ़कर मेरी नस-नस को झकझोरती हुई बोली, "इंजिनियर साहब की नौकरी या साझेदारी करनी हो तो उसके मुकाबले डकैतों के किसी गिरोह में घुस जाने में क्या बुराई है? चंबल घाटी के मरियल-से-मरियल डाकू की भी इनसे ज़्यादा इज्जत होगी।"

परमात्मा जी ने युवाशक्ति द्वारा दिए गए इस विकल्प पर थोड़ी देर ग़ौर किया, कहा, "उसमें बड़ी मेहनत है। तुमसे नहीं सपरेगा।" पहली बार मैंने उनके मुँह से एक बेझिझक अश्लील शब्द सुना, "वहाँ के भरकों में तुम्हें एक बार भी चढ़ना-उतरना पड़ा तो तुम्हारी वह जो···है, सड़ी मारकीन जैसी भर्र से फट जाएगी।"

मैंने बुरा नहीं माना, बुरा मानने की बात भी न थी। अपनी आदत के खिलाफ वे पहली बार मेरे आगे एक ऐसा असंसदीय शब्द बोल रहे थे जो अच्छे बच्चे कभी मुँह से नहीं निकालते। इससे सिर्फ़ यह साबित होता था कि इंजिनियर साहब के लिए उनके मन में जो श्रद्धा-विश्वास है, वह उनके मन, वचन और कर्म पर पूरी तौर से छा गया है। मैंने कहा, "आप ठीक कहते हैं जीजा जी, वहाँ भी मेरा आपसे कोई मुकाबला नहीं। कहाँ आपकी गैबर्डीन, कहाँ मेरी सड़ी मारकीन!"

अश्लीलता का गोंद लगा देने से जीजा-साले का पारंपरिक रिश्ता फटते-फटते एक बार फिर जुड़ गया। वे हँसे, बोले, "भाई, नो हार्ड फीलिंग्स। आते-जाते रहना।"

कार्ड बोर्ड की अटैची के अलावा, जिसमें एक पतली दरी और दो-चार पुराने-धुराने कपड़े थे, मेरे पास कंधे से लटकाने के लिए एक नीला-सफ़ेद झोला भी था। उसके एक

ओर 'एअर इंडिया' लिखा था, दूसरी ओर 'वी.आई.पी.', दरअसल उसका इन दो से कोई भी रिश्ता न था। ऐसे सस्ते झोले यहीं अमीनाबाद में बनते हैं। वह, और उसमें एक किताब, कुछ कापियाँ, एक टूथ ब्रश और पेस्ट, साबुन की एक घिसी टिकिया—यही मेरी, सारे जहाँ से अच्छा हिंदोस्ताँ हमारा के एक एम.ए. डिग्री-शुदा नौजवान की, सारी चलाचल संपत्ति थी। हाँ, इसके अलावा 'भाँग की पकौड़ी' नामक एक फटी हुई किताब भी थी जिसमें एक नाज़नीं हसीना को भाँग की पकौड़ी खिलाकर उसके साथ की गईं भाँति-भाँति की लीलाओं का सचित्र वर्णन था। यह उन किताबों में से थी जो चुराकर छपती और बिकती हैं और चुराकर अकेले में या ऐसे दोस्तों में पढ़ी जाती हैं जो बिलकुल शाब्दिक अर्थ में लँगोटिया हों। यह किताब कई महीने से मेरे झोले के पेंदे में पड़ी हुई थी। जिसके हाथों सौंपकर इस गलीज़ से मैं फ़ुरसत पा सकता, ऐसे सुपात्र मित्र का इंतज़ार कर रही थी।

जेब में दो-तीन हरे पत्त भी थे—सौ-सौ के नोट। अभी दो पत्ते प्रेमबल्लभ से भी मिलने थे। इनके सहारे दो महीने तक परमात्मा जी की युवाशक्ति यानी माबदौलत को असली परमात्मा जी की भी परवाह नहीं थी।

चलने के पहले जसोदा रोई थी—खामोशी से और दूसरी ओर मुँह फेरकर। सुरेस ने उसका हाथ पकड़कर खींचा था। घुड़ककर रोने से मना किया था।

झोले की इबारत देखी जाए तो लंबे सफ़र पर जानेवाला मैं वी.आई.पी. था। एअर इंडिया से विलायत जाने को तैयार खड़ा था। पर जसोदा का विलाप देखकर मैं उसी क्षण उस दुनिया के कीड़ों-मकोड़ों और भुनगों में शामिल हो गया था जिसमें जमीन से उखड़कर कोई एक सैकड़ों मील दूर मज़दूरी करने आता है, कहीं पर सांघातिक चोट खाकर अस्पताल में पहुँचता है और वहाँ से लावारिस लाश बनकर निकलता है, पुलिस के कागज़ों में एक दुर्घटना बनकर गुम हो जाता है, एक घबराई हुई, गर्भवती बेवा को रात की खामोशी में थम-थमकर रोने के लिए छोड़ जाता है।

अब तक वह मेरे आगे कभी नहीं रोई थी। दूर से ही उसका रोना सुना था। उससे भी ज़्यादा जिन्होंने उसका रोना सुना था उनकी बातें सुनी थीं। जब और लोग सो जाते थे तब कहीं से रोने की आवाज़ आती थी। उस आवाज में किसी बिंधे हुए घायल जानवर की यंत्रणा थी। वह स्वर सीधा आसमान की ओर बढ़ता जान पड़ता था। फिर मिट जाता था, उसके बाद रह-रहकर उसकी आवृतियाँ होती थीं। कभी-कभी देर से लौटनेवाला कोई मज़दूर सड़क पर, किसी को संबोधित किए बिना, पूछता, 'कौन रो रहा है?' तब किसी अधबने मकान के अहाते में पड़ा कोई दूसरा मज़दूर निंदारी आवाज़ में कहता, 'जसोदा है। उसका आदमी नहीं रहा।'

मैंने उसकी व्याकुलता का कभी सीधा सामना नहीं किया था, करना भी नहीं चाहता था। पर आज कर रहा था। मेरी सारी चालाकी, सारी दुनियादारी इस खुले हुए

विषाद के सामने जड़ बन चुकी थी।

"मुझे शंकरगढ़ पहुँचा दो मुंसी।" उसने अचानक कहा था।

मैंने जवाब दिया, "अब शंकरगढ़ नहीं। जो पहले तय किया है, वही करो।"

"समझ में नहीं आता कि क्या करूँ।"

यह दूसरी जसोदा थी, वह नहीं जो कुछ दिन पहले कह चुकी थी कि उसे किसी की देखरेख की जरूरत नहीं है।

मैंने कहा, "तब वही करो जो मैं कह रहा हूँ। अब चलो।"

हमारा ख़ानदान एकदम दरिद्र नहीं है, ग़रीब है। बाप बेवकूफ हैं, पर बाबा सुनते हैं ऐसे न थे। गाँव में झूठ-मूठ की यानी कुछ पाई की जमींदारी थी। यूँ कहिए कि पूरे गाँव की मिल्कियत एक रुपए की हो तो सिक्कों में दशमलव प्रणाली लागू होने के पहले की कुछ पाइयों के बराबर ज़मीन हमारी थी। पर उसे भी बाबा ज़मींदारों की तरह नहीं सँभाल पाए और मुक़दमेबाजी, पारिवारिक कलह, कपटी नौकर और रुपए की कीमत की परख न होने से अपने समय में ही अदना किसान बन गए। इसमें दो और कारण भी जुड़े थे। एक तो हमारे बाबा के चार कन्याएँ हुईं जिनके दहेज का जुगाड़ करते-करते बाबा के पाँव के नीचे कुआँ निकल आया, दूसरे यह कि उन्हें सांस्कृतिक कार्यों से बेहद प्रेम रहा, यानी कोई भी जवान बेड़िन उन्हें नाच दिखाकर और 'लंबरदार' का खिताब देकर अच्छा इनाम खींचने में कामयाब होती रही।

मेरे लिए ये सुनी-सुनाई बातें हैं। जैसे कि खुदकाश्त और सीर जैसे शब्द भी मेरे लिए सुने-सुनाए हैं। खुदकाश्त जमींदारी की वह ज़मीन है जिसे कानून में बताए गए एक किसी खास फ़स्ली साल के बाद ज़मींदार साहब ने किसान से छुड़ाकर खुद जोतना शुरू कर दिया हो। यह दूसरे दर्जे की संपत्ति है। सीर वह चीज़ हुई जो आपकी जमींदारी में हो और पुरखों के ज़माने से आपके क़ब्जे में रही हो। वह पुख्ता तौर पर आपकी अपनी चीज़ है। पर अपने खानदान की सीर और खुदकाश्त बाप के मालिक होते-होते जिनके कब्जे में चली गई थी उनके हाथ से नहीं लौटी और जो लौटी भी उसके आज भी मुक़दमे चल रहे हैं। मुक़दमे भी किसके साथ? अपने ही ख़ानदान वालों के साथ।

बहरहाल, हमारे बाप ने जब आँख खोलकर चारों ओर परिदृश्य का सिंहावलोकन किया—माफ कीजिएगा, कैसा सिंह और कैसा अवलोकन—तो पता चला कि नए भूमि व्यवस्था कानून में हमारे सारे बटाईदार हमारी ज़मीन के भूमिधर बन गए हैं, अधिकांश जानवर बहुत पहले मर चुके हैं, उनकी सारी हैसियत पंद्रह बीघा घटिया ज़मीन और आधे बीघे में बसे हुए कच्चे घर में सिमटकर रह गई है। कुछ और भी बचा था—सामने के सहन में नीम के दो संतरीनुमा पेड़, एक घटिया गाय, बैलों की एक मरियल गोई और कुछ पुराने जेवर जो कई साल हमें जिंदा रखने के काम आए।

अतः मैंने जब शहर में जाकर कालिज में दाखिला लिया तो फीस से छूट पाने के

लिए कक्षा में मैं बहुत वाजिब उम्मीदवार साबित हुआ।

अब आइए इस छप्पर-छाए महल में।

घर में घुसते ही मैंने देखा, बहन बर्तन माँज रही है। उसने पुकारकर कहा, ''अम्मा सत्ते आ गए।''

मैंने कहा, ''क्या हुआ तेरे उसका ? अब भी लटका है कि नौकरी मिली।''

उसका चेहरा खिल गया, बोली, ''बड़े दद्दा ने तीन हज़ार लगाया, उसी से उन्हें नौकरी फिर से मिल गई। तुम कैसे हो ?''

मैंने कहा, ''अम्मा की कुंडली में इस साल के अंत तक मृत्यु-योग लिखा है। बची हैं, कि गईं ?''

तभी अम्मा कोठरी से निकलकर छप्पर के नीचे विराट् बरामदे में आईं, बोलीं, ''यह कौन है ?''

'यह' यानी जसोदा तब तक नाबदान के पास जा चुकी थी। जो जूठे बर्तन मलने को बचे थे उनमें से एक को उठाने लगी थी। बहन ने कहा, 'नहीं-नहीं मैं कर लूँगी', तब तक वह गीली ईंटों पर बैठकर बर्तन रगड़ने लगी थी। सुरेस मुँह टेढ़ा-मेढ़ा करता हुआ सिर पर बोझ लिए खड़ा था।

अपने कंधे से झोला उतारकर उसे आँगन में नीम के नीचे खटिया पर पटकते हुए, उसके बाद सुरेस के सिर से जसोदा का ट्रंक उतारते हुए मैंने कहा, ''यह तुम्हारी बहू है।''

बात मज़ाक में कही थी और अम्मा शायद समझ भी गईं। दो-तीन दिन पहले मैं खबर भेज चुका था कि दो बिलासपुरी मज़दूरों को लेकर गाँव आनेवाला हूँ। पर अम्मा ने तीखेपन से कहा, ''लूमड़ कहीं का, क्या बक-बक कर रहा है ? यह कौन है ? और यह कौन है ?''

''अपना ही साला है अम्मा। चिल्लाओ नहीं। ज़रा चाय बनाओ। उसके बिना काम नहीं चलेगा।''

''कौन है ये ?'' कहती हुई भाभी ने तब तक घर में प्रवेश किया। हाथ में पीतल का लोटा, मत्थे पर खिंचा हुआ आधा घूँघट। मोटी देह पर, जिसका सलोनापन अभी मिटा नहीं था, लिपटी हुई उठंग साड़ी।

मैंने उनके चरण छुए, झमेले में अम्मा के चरण अनछुए ही रह गए थे। लोटा एक किनारे रखकर पीठ पर गीला हाथ रखते हुए उन्होंने आशीर्वाद दिया।

कुछ-कुछ हाँफ रही थीं। गाँव के किनारे की बागें और पास के जंगल जब से कटकर वीरान बन गए तब से उन्हें और दूसरी औरतों को सवेरे-शाम वाली क्रियाओं के लिए दूर जाना पड़ता है। जहाँ भी कहीं किसी मेड़ की आड़ मिल जाती है या किसी इकलौते अरंडे की छाँह, उसी से गुजारा करना पड़ता है। पुराने ज़माने के ऋषिमुनि

आज इस इलाक़े में होते तो नदी के एकांत किनारे और किसी घने वन की तलाश में पेट दाबे-दाबे पंद्रह साल से भटक रहे होते।

''ये तुम्हारी देवरानी है भौजी।'' मैंने कहा, और उन्होंने अपने ख़ूब गोल, ख़ूब चौड़े चेहरे की मुस्कान का गुब्बारा बनाते हुए गंदा लोटा उठाकर मेरी पीठ पर पटकना चाहा। इत्मीनान हुआ कि उन्होंने मज़ाक समझा, पर अम्मा बोलीं, ''इसे लेकर इस्सी दम इस्सी दम वापस जाओ, नहीं तो टाँग तोड़ दूँगी।''

मैं भाभी को दूसरी ओर ले गया और जसोदा के बारे में बताने लगा।

''कौन आया है।'' बरोठे में खटिया तोड़ते हुए बाप ने इसी बीच में पुकारा। उनके पास पहुँचा, पैर छुए, असीस पाई। उन्होंने अपना सवाल दोहराया। मैंने कहा, ''कमर के क्या हाल हैं ?''

''अब लाठी के सहारे पुरानी बाग तक टट्टी चला जाता हूँ। पहले तो उधर के खँडहर में ही ईंटें रखनी पड़ी थीं,'' उन्होंने बताया। कमर का हाल मुझे मालूम हो गया। उसी के साथ, शहर में रहते हुए जिसे भूल गया था, उसकी याद भी ताजा हो गई, कि चाहे भौजी हों, चाहे बाप, सबके दिमाग पर जो समस्या सबसे ज्यादा हावी है, वह टट्टी है। उसके अनेक नाम हैं। दिशा मैदान, जंगल-झाड़ी, टट्टी। यानी जहाँ भी ओट मिल जाए उसी के पीछे मल-विसर्जन कर दो, उसे ज़्यादा गरिमामय बनाना हो तो हमारे इंटरमीडिएट के संस्कृत के पंडित का पुरीषोत्सर्ग कह लो। तेन काकेन तस्य शिरस्युपरि पुरीषोत्सर्गः कृतः।

''दवा कौन-सी कर रहे हैं ?''

''अब तो ठीक हो गया हूँ। पंचगुण तेल की मालिश कराता हूँ।''

''कहाँ मिला ?''

''बड़े भैया से''—यानी चाचा से, जिन्होंने मेरे बाग़ उजाड़े हैं और हम पर दीवानी के तीन दावे ठोक रखे हैं।

''कौन है ?'' कमर को सीधा करते हुए, और यह दिखाते हुए कि वे कितना ठीक हो गए हैं उन्होंने पूछा। मैंने जसोदा का पूरा इतिहास बता दिया।

कहा, ''मेहनती औरत है। यह गूँगा लड़का भी यहाँ के गरियार मज़दूरों से दुगुना काम करता है। असाढ़ के दिन आ गए हैं। छानी-छप्पर का काम है। खेतों पर भी काम रहेगा। यहीं पर ये लोग महीना-दो महीना पड़े रहेंगे, आप लोगों को भी सुभीता रहेगा।''

''पर मैंने दूर से देख लिया है, उसका तो पाँव भारी है। काम क्या करेगी ?''

''बर्तन तो माँज ही लेगी। आते ही बर्तन माँजने लगी है।''

''मर्द नहीं रहा तो पाँव कैसे भारी हो गया ?''

''भगवान की माया है। सुनते हैं मरने के पहले वही उसके पाँव में पत्थर बाँध गया था।''

बाप सोचते रहे । दीन भाव से बोले, ''सत्ते बेटा, बुढ़ापे में मेरी नाक न कटाना ।''

''तुममें यही ख़राबी है बापू, कमर सीधी हुई नहीं कि आँय-बाँय-शाँय बोलना शुरू कर दिया ।''

बहन ने पुकारा, ''चाय तैयार है ।''

अंदर आँगन में चारपाई पर काँसे की थाली रखी थी । उसमें चार-छह आटे के लड्डू थे—गुड़ के नहीं, बाकायदा घी और शक्कर के, उनकी मटमैली गोलाकार सतह पर चिपकी हुई चिरौंजी और किशमिश दूर से चमक रही थी । पीतल का एक लोटा नीचे ज़मीन पर रखा था जिससे भाप उठ रही थी । उसी के पास स्टेनलेस स्टील का ग्लास रखा था । बनानेवाली कंपनी का कागज़ी बिल्ला अभी तक उस पर चिपका था । मेरे सम्मान में, ज़ाहिर था, यह नया ग्लास निकाला गया है । इसे, और इसके जैसे तीन और ग्लास कुछ दिन पहले मैं ही शहर से खरीदकर लाया था ।

तब तक शायद जसोदा और सुरेस की गाथा पूरे परिवार में फैल चुकी थी और दोनों को अपनी-अपनी हैसियत के मुताबिक आसन दिए जा चुके थे । जसोदा नाबदान से कुछ हटकर छप्पर के नीचे लिपे-पुते, पर धूल भरे चबूतरे पर मज़दूरों की लोकप्रिय मुद्रा में बैठ गई थी—पाँवों के दोनों पंजे जोड़कर आगे ज़मीन पर रोपे हुए, देह का सारा भार धरती पर जमे हुए नितंबों पर छोड़े हुए, दोनों हाथ घुटनों के बाहरी हिस्सों को समेटकर पाँवों को सहारा देने की गरज़ से आगे आकर फँसाए हुए, बायाँ पंजा दाएँ हाथ की कलाई को जकड़कर पकड़े हुए । चारपाई पर पड़े हुए अँगोछे की मदद से लोटे को पकड़कर ग्लास में चाय उँड़ेलते हुए मैंने सोचा, सात महीने की गर्भवती को इस आसन में क्या आराम मिल रहा होगा ? जसोदा बहन से धीरे-धीरे जो बता रही थी उसका संबंध परमात्मा जी के ढुलमुलपन से था । ज़ाहिर था, नेता की कथा सुनाई जा चुकी है और बात का रुख़ अब हल्के उपाख्यानों की ओर मुड़ चुका है । सुरेस आँगन के दूसरे कोने में नीम के पेड़ के नीचे अपने अल्यूमुनियम के लोटे में सत्तू घोल रहा था । मैंने थाली से एक लड्डू उठाकर उसे लेने का इशारा किया । बहन का ध्यान जसोदा पर था । मेरे लड्डू उठाते ही न जाने कैसे उसकी तीखी निगाह मेरी ओर मुड़ी । बोली, ''अब घी का लड्डू खिलाकर उसका दिमाग न बिगाड़ो । अम्मा ने उसे पहले ही गुड़ दे दिया है ।''

''दिमाग़ तो बेचारे का क्या बिगड़ेगा, हाज़्मा भले ही बिगड़ जाए ।'' मैंने कहा, पर उसे लड्डू देने पर आगे ज़ोर नहीं दिया ।

रात में पुरवा का ज़ोर कम हो गया और आसमान पर असाढ़ के पहले बादलों की पर्त दिखाई देने लगीं । गर्मी की चिपचिपाहट से बचने के लिए मैंने बान की चारपाई पर दरी भी नहीं बिछाई थी, खटेटे में लेट गया था । मेरी आँख के आगे नीम के दो ऊँचे पेड़ थे । एक पेड़ जामुन का । चारपाई दरवाजे के बाहर सहन में पड़ी थी । उसकी दाईं ओर कुछ

हटकर बूढ़े बैलों की एक गोई बँधी थी, एक ऊँचे कद की गाय थी, काफी दूध देनेवाली नस्ल की, पर उसकी पसलियाँ निकली थीं और दूध अब वह एक ही जून देने लगी थी। वह कितनी कुलच्छनी है, इसका ब्यौरा बाप पहले ही दे चुके थे, एक तो गाभिन होने के पहले ही वह यकजुनी हो गई थी, दूसरे यह कि उसकी पिछली संतान बछड़ा न होकर बछिया थी। बछड़ा होता तो आगे चलकर वह इस गोई का जाँनशीन होता, वैसा ही एक दूसरा खरीदकर इन बूढ़े बैलों की जगह एक लस्टम-पस्टम नई गोई बन सकती थी। बछिया बेकार थी।

इस वक्त यह बछिया ही मेरी नींद हराम किए हुए थी। बार-बार रंभाती थी और, हालाँकि पिछले दिनों की लू में मच्छर-वंश का काफ़ी विनाश हो गया था, वह बराबर सिर झटक रही थी और पूँछ पटक रही थी। पूँछ बैल भी पटक रहे थे और रह-रहकर जुगाली रोककर मुँह से फुफकार जैसी निकाल रहे थे। बाहर के सहन में मैं अकेला था और मुझे नींद नहीं आ रही थी।

बड़े भाई की ड्यूटी दो मील दूर एक डाकबँगले पर थी। वे चकबंदी में लेखपाल थे जो अफ़सरी ज़ीने की सबसे निचली सीढ़ी है। डाकबँगले में उनका कोई हाकिम रुका था जिसे गाय का शुद्ध दूध पीने की आदत थी। भाई की ड्यूटी लगी थी कि वे हाकिम के सोने के पहले दूध का ग्लास उसके कमरे में पहुँचाएँ और सबेरे जब वह सोकर उठे तो शुद्ध दूध में चाय की कुछ पत्तियाँ मिलाकर उसे बेड-टी के रूप में अर्पित करें। चूँकि वह ब्रह्म मुहूर्त में उठने का आदी था इसलिए भाई को वहीं डाकबँगले पर सोना पड़ गया था। मज़ाक में मैंने भाभी को सुझाव दिया था कि भाई की जगह रात मैं ही छत पर सो जाऊँ, पर उन्होंने जसोदा का नाम लेकर मेरे ऊपर मज़ाक पलट दिया था। कहा था कि तुम मेरे साथ ऊपर सोए तो यह बिलासपुरिया कुएँ में कूदकर मर जाएगी। इस वक्त, रात के अँधेरे, अकेलेपन और पेड़ों में हवा की सरसराहट के बीच इस मज़ाक पर पुनर्विचार करते हुए मैंने जसोदा के बारे में सोचना चाहा पर अब बात बदल चुकी थी। मैं उसमें नेता की गर्भवती विधवा के सिवाय कुछ और नहीं देख पाया। बछिया बराबर रंभाती रही।

एक इत्मीनान था। सुरेस और जसोदा यहा महीना-दो महीना चैन से रह लेंगे। उनकी सेवाएँ घर में सभी ने बिना ज्यादा रगड़-झगड़ के कुबूल कर ली थीं।

गाँव के दूसरे सिरे से कुत्तों के अचानक भूँकने की आवाज़ आई। कौन होगा या होंगे, जिसे या जिन्हें देखकर कुत्ते भूँक-भूँककर आसमान की छाती फाड़ रहे हैं? डाकू? मैंने बेचैनी से करवट बदली।

यह अख़बारों और अफ़वाहों की मेहरबानी है। आज से सात-आठ साल पहले तक मुझे इंसान का कोई डर नहीं था। अँधेरी रात में घनी बाग़ों और सुनसान वीराने से मैं अकेला निकल जाता था। चोर-उच्चके-डाकू-हत्यारे भी कहीं होंगे, इस कल्पना के

खिलाफ मेरा दिमाग चारों ओर से मोहरबंद था। डर तब भी लगता था, पर वह टेढ़ी बाग के पास पीपल पर रहनेवाले ब्रह्मराक्षस का या इमली के पेड़ के नीचे जिनका मज़ार बना है उन इमाम अली बाबा का था। धीरे-धीरे भूत-प्रेत-जिन्नात का अवमूल्यन हो गया, उनका खौफ झीना हो चला और, आज से चार-पाँच साल पहले वह दिमागी राम-राज्य क़ायम हुआ जिसमें मेरे लिए डर-जैसी चीज का कोई खास वजूद नहीं रहा।

इधर एक अजीब-सा ख़ौफ मुझे घेरने लगा था—मुझे, जिसके दर्जनों हथछुट साथी-संघाती थे, जो खुद डेली पैसेंजर्स एसोसिएशन का उपाध्यक्ष रह चुका था। हुआ यह था कि इतनी कम उम्र में ही मेरे देखते-देखते पूरा इलाका चोरों-उठाईगीरों, डाकुओं और बदमाशों, पियक्कड़ों और गुंडों से उफना चला था। चारों ओर चोरी-डकैती, बदमाशी-छुरेबाजी, तमंचाबाजी और हत्याओं का बोलबाला था। अख़बार हाथ में लेते ही चाहे उसका पहला पन्ना हो, या ज़िलों की ख़बरोंवाला सातवाँ पन्ना—यही खबरें आपको घूरती हुई मिलती थीं। और जहाँ कहीं भी दो आदमी मिलते, संभाषण का शिष्टाचार कुछ ऐसे ही वाक्य से शुरू होता, 'उस्माननगर का हाल सुना? कल रात ब्रजलाल के यहाँ डाका पड़ गया। उसे तो वहीं गोलियों से भून दिया, और उसकी बहू के साथ—वह भी बचेगी नहीं।'

तो, बक़ौल किसी फिल्मी डाइलाग के, बात यहाँ तक पहुँच गई है! सिर्फ़, बक़ौल दूसरे फिल्मी डाइलाग के, आप डाकुओं और हत्यारों से यह नहीं कह सकते, 'अब आप जा सकते हैं।' अब न वे जा सकते हैं और न आप ही इन सबसे कहीं दूर जा सकते हैं। ये घटनाएँ अख़बारों और अफ़वाहों में ज़हरीली मधुमक्खियों की तरह चिपटी हुई हैं। आप पढ़ें या न पढ़ें, सुनें या न सुनें, वहाँ से उड़कर वे आपके चेहरे पर मँडराने लगती हैं और आपकी चेतना पर बार-बार बेरहमी से भनभनाती हैं।

नतीजा? रेल से सफ़र कर रहा हूँ। जाड़े की शाम, आठ बजे हैं। एक छोटे स्टेशन पर रेल रुकती है। डिब्बे का दरवाजा खोलकर दो नौजवान—मेरे जैसे ही—अंदर आते हैं, फ़र्क इतना कि दोनों के बड़ी-बड़ी मूँछें हैं जो रोबीला दिखने के लिए बढ़ाई गई हैं और वे रोबीले दिखते भी हैं। मेरा तनाव बढ़ जाता है। मुझे लगता है कि एक की जेब से देसी तमंचा अब निकला, अब निकला। अपनी कल्पना में दूसरे नौजवान को मैं दरवाजे पर पैना छुरा लिए खड़ा देखता हूँ। चलती गाड़ी से बाहर कूदने की राह तक नहीं बची है। सब मुसाफिर पत्थर-जैसे बैठे हैं। सिर्फ़ चेहरों पर घबराहट है। तमंचेवाला नौजवान एक-एक मुसाफिर की घड़ी, अँगूठी, पर्स निकलवाता चलता है—औरतों ने गले की चेन, हाथों के कंगन पहले ही उतारने शुरू कर दिए हैं ··· पर यह फिल्म, जिसमें मैं अकेला इन दो लुटेरों पर काबू पाता हूँ, नेता पर हुई ट्रेन डकैती के बाद कई बार देख चुका हूँ। उसे दोहराना बेकार है।

तब एक नई फिल्म, जो अभी-अभी रिलीज़ हुई है। मैं परमात्मा जी की कोठी पर

एक कमरे में लेटा हूँ। परमात्मा जी सपरिवार पहाड़ पर गए हैं। यह मेहमानों का कमरा है। बाहर गर्मी है। भीतर कूलर चल रहा है। मेरे नीचे रबर का मुलायम गद्दा है जिस पर मैं ऐसे ऐश में पड़ा हूँ जो महाराज चंद्रगुप्त विक्रमादित्य, शहंशाह अकबर, महाबली नैपोलियन तक की क़िस्मत में नहीं लिखा था। मैंने कमरे का दरवाजा अंदर से बंद कर लिया है। उधर से किसी के आने का डर नहीं। खिड़कियाँ, जो बाहर पिछवाड़े खुलती हैं, सब तरह से सुरक्षित हैं। बाहर की ओर जाली के पल्ले हैं, वे मजबूती से बंद हैं, उसके बाद लोहे का ग्रिल है, अंदर की ओर शीशे के पल्ले हैं। उनकी सिटकनी लगी है। इस तेहरी क़िलेबंदी को तोड़कर किसी का अंदर आना आसान नहीं। कूलर की भन्नाहट की लोरी सुनते हुए मैं सो जाता हूँ। पर कुछ घंटे बाद जैसे ही मेरी नींद खुलती है मैं अपने पलँग के पास कुछ लोगों को खड़ा देखता हूँ। एक आदमी मेरी खोपड़ी पर लोहे की मोटी छड़ ताने खड़ा है, दूसरा मेरी कमर के पास हाथ में छुरा लिए, उसकी नोक मेरी छाती से छुवाता हुआ, बैठा है, तीसरा हाथ बढ़ाकर मुझसे कह रहा है, 'चाभियाँ निकालो।' खिड़की की तेहरी क़िलेबंदी टूट चुकी है। कमरे में बाहर के गलियारे की रोशनी फैल रही है।

ऐसे दर्जनों दृश्य हैं जिनका भूत मेरी खोपड़ी पर हमेशा चढ़ा रहता है। पर मेरे दिवास्वप्नों ने, मेरी खोपड़ी में बराबर चलनेवाले फिल्मों ने इनका इलाज भी खोज लिया है।

इलाज यह है : मुझमें अपार पौरुष है, अदम्य साहस है। तभी परमात्मा जी के गेस्टरूम में इस वक्त मेरा जिस्म अचानक तन गया है—पर डाकू इसे भाँप नहीं पाते। तलवार चलने की-सी फ़ुर्ती से मेरे दोनों पैर ऊपर उठते हैं। मेरी कमर के पास बैठा हुआ ख़ंजरबाज़ लुढ़ककर ज़मीन पर गिर जाता है, चाभी माँगनेवाले हाथ को घसीटकर मैं पलँग पर फेंक देता हूँ और पल के एक बटा चालीस अंश में मेरे सिरहाने खड़े डाकू की छड़ का वार मेरी जगह डाकू नंबर दो की खोपड़ी पर पड़ता है, फिर डाकू नंबर एक के सँभलने के पहले ही वह छड़ मेरे हाथ में आ जाती है। उसके बाद शोरगुल, अख़बारों की सुर्खियाँ, मेरा फोटू, हजारों बधाई-संदेश। बस इतना हुआ कि तीनों में मरा कोई नहीं, तीनों डाकू ज़िंदा पकड़े गए हैं, बक़ौल स्थानीय हिंदी अख़बारों के—'घायलावस्था' में। मैं खुद अपने साहस, अपनी चुस्ती, अपनी फ़ुर्ती से हैरान, बक़ौल उन्हीं अख़बारों के, 'अचंभित!'

क़दम-क़दम पर डकैतों और हत्यारों का खतरा है, क़दम-क़दम पर बदतमीज़ बाबू और अफसर मिलते हैं, क़दम-क़दम पर धाँधलेबाजी है। इस डर और ज़लालत के माहौल में मैं बराबर अपने को कभी सूरमा, कभी जन-मन-गण-अधिनायक, कभी चतुर वक्ता, कभी ओलंपिक-विजेता के रूप में देखा करता हूँ। अकेले चलते-चलते कभी-कभी मेरे दाहिने हाथ की मुट्ठी किसी काल्पनिक रिवाल्वर के बेंट पर कस जाती है, तर्जनी बार-बार ट्रिगर दबाने को मुड़ती है, कभी भारत के राष्ट्रपति से इनाम पाते वक्त

बोला जानेवाला कोई शिष्ट वचन मेरे मुँह से निकल पड़ता है, कभी किसी अफसर को फटकार लगानेवाला ज़हरीला जुम्ला—पर जैसे ही मेरी नाटकीय आवाज़ मेरे कान में पड़ती है, सिनेमा की रील टूट जाती है।

इस वक़्त, जब तक कुत्ते बोलते रहे, परमात्मा जी के बँगले पर प्रदर्शित पुरुषार्थ के सहारे मैंने अपने को सँभाले रखा। पर जब कुत्तों का शोर बढ़ा और उसमें किसी मोटर की आवाज़ जुड़ गई तो खौफ के तंतुजाल मुझे चारों ओर से बाँधने लगे। यह जीप की आवाज़ ही है न? पुलिस की वर्दी पहने हुए डाकुओं का कोई गिरोह सचमुच गाँव में तो नहीं घुस रहा है? मेरी सारी देह पाँच फुट सात इंच लंबे एक कान में परिवर्तित हो गई। साँस रोककर मैं मकान से लगभग पचास गज़ दूरी पर निकलनेवाले गलियारे में मोटर की रोशनी फैलने का इंतजार करता रहा—इस यकीन को भी सहलाता रहा कि कहीं कुछ नहीं है, मैं यूँ ही घबरा रहा हूँ।

पर गलियारे के मोड़ पर सचमुच ही किसी गाड़ी की रोशनी दिखाई दी। उसका चक्करदार घेरा गलियारे पर छा गया और देखते-देखते एक मोटरसाइकिल मेरे घर की ओर मुड़ी। मैं चारपाई से उछलकर खड़ा हो गया, निगाह का एक कोना मोटर-साइकिल की हेडलाइट से चकाचौंध था, दूसरा चारपाई के नीचे पड़ी हुई लाठी को देख रहा था। तभी मोटरसाइकिल की भर्राहट बंद हो गई, उसका सवार उसी तरह गद्दी पर बैठा रहा और पीछे से मेरे बड़े भाई एक प्लास्टिक का थैला सँभालते हुए उतर पड़े।

''अभी कैसे आए?'' मेरे सवाल में थोड़ी भर्राहट थी क्योंकि मन की बेचैनी अभी एकदम दूर नहीं हुई थी; फ़ेड-आउट होते हुए ख्यालों में मेरा एक दूसरा रूप पप्पी की कार्बाइन से दनादन गोलियाँ बरसाता हुआ डकैतों के एक बड़े गिरोह का मुकाबला कर रहा था।

भैया ने सवाल के जवाब में सवाल किया, ''तुम कब आए?''

वे इसका जवाब सुनें या मेरे पहले सवाल का जवाब दें, इसके पहले ही मोटर साइकिल-सवार ने कहा, ''चलें भाई, नहीं तो वह रात-भर सियारिन की तरह हुआती रहेगी।'' कहकर और इस तरह अपनी धर्मपत्नी के बारे में अपना सम्मान जताकर उसने गाड़ी स्टार्ट कर दी। कुछ ही पलों में उसकी मोटरसाइकिल गलियारे के नुक्कड़ पर तेज़, तिरछी रोशनी फेंकती हुई ग़ायब हो गई। कुछ देर कुत्तों का कोहराम और गाड़ी की फट्-फट् हवा में गूँजी, फिर धीरे-धीरे यह सब रात की बेआवाज़ आवाज़ों में थिर हो गया।

भैया ने मेरा ही हालचाल लेना शुरू किया। मैं परमात्मा जी का काम छोड़ आया हूँ, यह मेरा हाल था। मैं जसोदा और सुरेस नाम के दो मज़दूरों को कुछ महीने के लिए, जब तक घर में छप्पर-छानी और धान की रोपाई का काम है, ले आया हूँ—यह चाल थी। अँधेरा था इसलिए भैया के चेहरे से पता नहीं चल पाया कि वे उसे चाल मान रहे हैं या कुचाल। उन्होंने सिर्फ़ इतना कहा, ''ज़माना ख़राब है, गाँव में गुंडागर्दी और

दारूबाजी का जोर है। बापू खटिया पर पड़े है। मुझे सरकारी काम से दो-दो, तीन-तीन दिन बाहर रहना होता है। ऐसी हालत में बाहरी औरत का झमेला बड़ा गड़बड़ है। बाहर से आई है, कोई छेड़-छाड़ दे···''

''करेगा सो मरेगा। भली औरत है पर मिट्टी का ढेला नहीं है। कोई बात हुई तो खुद निबट लेगी। और तुम ? तुम्हें तो कल शाम तक लौटना था ?''

भैया ने समझाया :

''साहब को इसी वक़्त शहर जाना पड़ गया है। शहरी गुंडों के चोंचले हैं। वहाँ चौक में चौराहे के बीचोंबीच हनुमान जी का मंदिर बना है। जानते ही हो, आजकल शंकर जी के मुकाबले हनुमान जी पर ज़्यादा ज़ोर है। कहीं भी उनकी मठिया बना लो और एक कर्रे किस्म के हिस्ट्रीशीटर को पुजारी का बाना पहनाकर खड़ा कर दो। हर मंगल और सनीचर को सैकड़ों रुपया चढ़ावे में गिरने लगेगा; एकाध क्विंटल लड्डू ऊपर से। और आठ-दस घंटे तक एक से एक फैशनेबुल लेडियों के दर्शन। जो भी हो, वे यह चौराहेवाला मंदिर रातों-रात बनाकर तैयार कर रहे थे कि नगर महापालिकावालों को खबर लग गई। आजकल वहाँ कोई जानदार अफसर आया है। वह उसी वक़्त फौज-फाटे के साथ मौके पर पहुँचा और अधबना मंदिर तोड़ दिया गया। इसी बात पर झमेला खड़ा हो गया है। दंगा हुआ नहीं है पर किसी भी वक़्त हो सकता है। रात से ही भक्तों के जुलूस पर जुलूस निकल रहे हैं। उस बेचारे प्रशासक का पुतला जलाया जा चुका है, तबादले की माँग हो रही है, उसे महमूद गज़नवी बताकर गालियाँ दी जा रही हैं। ताज्जुब है कि शहर में रहते हुए दोपहर तक तुम्हारे कान में इसकी भनक नहीं पड़ी।''

''पर इससे तुम्हारा क्या लेना-देना ?''

''है ! बताता हूँ ! शहर में शाम से दफ़ा 144 लगा दी गई है। इंतज़ाम के लिए हमारे सेटिलमेंट अफसर को भी इसी वक़्त शहर बुला लिया गया है। चकबंदी के वे सेटिलमेंट आफ़िसर तो हैं ही, मजिस्ट्रेट भी हैं। अब रात-भर उन्हें चौक की कोतवाली में पुलिस के साथ ड्यूटी देनी होगी। ज़िला मजिस्ट्रेट का संदेसा रात को दस बजे आ गया था। उसी वक़्त वे झोला-झंगड़ उठाकर शहर के लिए रवाना हो गए। उधर वे शहर गए, इधर हमारे साथ के भाई लोगों ने उनके स्वागत-सत्कार के लिए मँगाई गई मिठाई और नमकीन साफ़ की। सिर्फ़ कंसालिडेशन अफसर ने कुछ नहीं खाया। उपवास किए हुए थे। एक दारू की बोतल बची हुई थी। कत्थई रंग की। क्या कहलाती है, साली, रम ही न ? बस, वही लेकर चले गए। यह जगन्नाथ है, हमारे साथ का लेखपाल। मुझे मोबाइक पर यहाँ छोड़ने आया था।''

''अब लेखपाल भी मोबाइक पर चढ़ते हैं ?''

भैया को अपने प्रिय साथी जगन्नाथ की सत्यनिष्ठा पर यह आक्षेप नागवार लगा होगा। बोले, ''क्यों, क्यों ? मोबाइक पर चढ़ने के लिए किसी ख़ास बनावट के चूतड़ होने चाहिए क्या ?''

रात के बारह बजे चकबंदी विभाग के कारकुनों के शरीर और शरीर-रचना पर विमर्श करने की इच्छा नहीं हुई। बात मैंने वहीं छोड़ दी। दरवाज़ा खुलवाने के लिए कुंडी खटखटाते हुए मैंने पूछा, "शहर में तुम्हारे अफसर को सवेरे शुद्ध गाय का दूध कैसे मिलेगा?"

"जैसे यहाँ मिला था। भैंस के दूध में पानी कुछ ज़्यादा मिला दो, गाय का दूध बन जाएगा।"

सवेरे देर से नींद खुली। उठते ही मैं नहर की ओर चला गया। वही, जिसे पंडित लोग दिव्य निपटान कहते हैं, वह हुई और, जैसा कि गाँव के पानी के असर से हमेशा होता है, खुलकर हुई। दातून की। उसके बाद पास ही आम के अपने एक पुराने बाग में गया। इतना पुराना था कि इमारत होती तो पुरातत्व विभाग इसे अब तक अपनी रखवाली में ले चुका होता और खर्जूर वाटिका से निकले खजुराहो महोत्सव की तरह अब तक यहाँ दस-पाँच आम्र-कानन-महोत्सव मनाए जा चुके होते। यह सिर्फ़ अब से नौ-पीढ़ी ऊपर के पुरखों का बाग़ था। बाद की आठ पीढ़ी के संतोष के पैमाने की शक्ल में वह अब तक मौजूद था। मतलब यह कि हमारे खानदान की पिछली आठ पीढ़ियों ने इस बाग़ के होते हुए अब तक कोई दूसरा बाग़ नहीं लगाया—कलमी आमों के उस छोटे-से बाग़ को छोड़कर जिसे हमारे एक पुरखे यानी पिताश्री ने लगाया और दूसरे पुरखे यानी चाचा ने उजाड़ा। पेड़ लगाने में जिस तरह हमारे पिछले पुरखों का उद्यम लगभग नदारद था, वैसे ही यह बाग़ भी अब तक नदारद हो चुका था। रेह-भरी उसरीली ज़मीन में सिर्फ़ तीन-चार आम के ऊँचे पेड़ खड़े थे जिनको संपूर्ण ठूँठ की हैसियत पाने में दो-तीन मौसमों की ही कमी रह गई थी। पर वसुंधरा देवी की महिमा देखिए, उनमें अब भी एकाध हरी डालें थीं और उनमें अब भी कुछ पके-अधपके आम लटके हुए थे। जामुन के भी एकाध पेड़ थे जिनकी निचली शाखाएँ कट चुकी थीं और फुनगी पर हरियाली की एक कटी-फटी छतरी बची थी। वसुंधरा देवी का यह दूसरा करिश्मा था। उन छतरियों में पके हुए जामुन लगे थे और उनमें से कुछ चू कर धरती पर गिरे थे।

बाग-बगीचा, आम-जामुन, उमड़ती हुई घटा आदि-आदि के बावजूद वह मसाला नहीं बन पा रहा था जो ग्राम-गीतों और रस-भरी ग्राम-कथाओं की इमारत में लगाया जाता है। क्योंकि धरती में ऊसर फूट रहा था, वनस्पतियों को पीढ़ियों का निकम्मापन चर चुका था और भारत माता सचमुच ही मिट्टी की प्रतिमा उदासिनी बन गई थी।

इस रेह-भरी धरती पर खड़े होते ही दिमाग़ में कुछ कौंधा और उसी के साथ कुछ टूटता-सा जान पड़ा। लगा कि बाप-भाई-माँ-बहन-भाभी—इन सबसे अब ऊपरी रिश्ता-भर रह गया है। मामलों-मुकदमों में अपने फँसाव के बावजूद अब मेरा जी उनमें रम नहीं पा रहा है। मैं उनसे उखड़ चुका हूँ।

स्टेशन पर पुरवा का पहला झोंका लगते ही तबीयत में जो उछाल कल जागा था वह वक़्त नदारद था। लगा, इस ऊसर धरती को, इन ठूँठों से भरे बाग के खँडहर को भी मैं पीछे छोड़ रहा हूँ। बेचैनी यही है कि इसके बाद का पड़ाव कहाँ होगा, यह साफ नहीं है।

बहरहाल, रस्म अदायगी के लिए ढेले फेंककर दो-चार पके आम गिराए, कुछ जामुन बीने, उन्हें ले जाकर नहर के मटियाले पानी में धोया, खाया, उसके बाद अचानक मूड बदलने लगा। पेट लगभग भर चुका था। एक दिवा स्वप्न जागा : मैं गाँव में रह रहा हूँ, इधर नहर के पासवाली सारी उपजाऊ ज़मीन मेरे बाप की है, मैं सवेरे इधर सैर करने के लिए आया हूँ और अकेला नहीं हूँ। गाँव के दस-पंद्रह नौजवान 'भैया जी, भैया जी' कहते हुए मेरे पीछे चल रहे हैं। इस उसरीले बाग की जगह लहलहाता हुआ एक बड़ा फ़ार्म है, उस तरफ जहाँ वास्तव में सिर्फ़ मिट्टी का ढेर है, तीन कमरे का एक फ़ार्म हाउस खड़ा है। उसमें वह सबकुछ है जो परमात्मा जी के घर में है—फ्रिज़, टी.वी., सोफ़े।

अचानक एक कौवा सिर के ऊपर कहीं शीशम की डाल से बोला और दिवास्वप्न टूटा। ऊसर कुछ पहले से ज्यादा फैला हुआ नज़र आया। तब यह भी देखा, आसपास कोई चिड़िया उड़ती नज़र नहीं आती। वे भी इस दृश्य से गायब हो चुकी थीं।

नहर से लौटने के बाद मूड़, परीदीन, बंदीहीन और सुखदीन नामक चार मज़दूर घर पर छप्पर तैयार करते हुए मिले। उनके काम का ढंग उनका अपना था। यानी उसमें काम का कम, तैयारी का जोश ज़्यादा था। वे चारों बीड़ी पी रहे थे और आँख फाड़कर जसोदा और सुरेस को देख रहे थे। एक पीढ़ी पहले वे अब तक पाव-भर गुड़ खाकर, दो लोटा पानी पीकर चिलम फूँक रहे होते। बहरहाल, इस वक़्त वे काम की तैयारी में थे। काम करनेवाले सिर्फ़ जसोदा और सुरेस थे।

लगभग बीस फुट लंबे और दस फुट चौड़े छप्पर को बाँधने का काम यही दोनों कर रहे थे। इन्हें मैंने ईंट-गारा ढोते, सीमेंट कांक्रीट का मसाला तैयार करते देखा था; उन्हें यह करते देखकर हैरत हुई। छप्पर का नीचे का ढाँचा बाँस और झाँखरों को लेकर बनना था और ये सबेरे से अब तक उसे लगभग पूरा कर चुके थे। अब वे कुश-कास के सहारे छप्पर छा रहे थे। उनकी उँगलियाँ मशीन की-सी नियमितता से चल रही थीं। उसी के साथ उँगली की सुघड़ हरकत पूरी क्रिया को सिर्फ़ मशीनी होने से बचाती थी। उसके पीछे पंद्रह-बीस शताब्दियों की कला थी।

बापू खटिया पर यथावत् पड़े थे। उनसे कहा, "धान की रोपाई में इन्हें देखिएगा। अपनी मेहनत से गाँववालों का मुँह धुँवा कर देंगे।"

वे बोले, "औरत बड़ी फुर्तीली है।"

मूड़ू बोले, "जनाना खूबसूरत है।"

मैंने कहा, "इससे कभी बदमाशी की बात करोगे तो तुम्हारे सत्तर जूते मारेगी।"

मूड़ू—खानदानी चोर—विनम्र बन गए, बोले, "भैया जी, मैं इससे क्या बोलूँगा। ये राँड हमें खुद छोड़े रहे, इसे यही समझा दो।"

शाम को शहर लौटते वक़्त, जैसे हमारे बीच हमेशा ऐसा ही रिश्ता रहा हो, मैंने जसोदा के कंधों पर दोनों हाथ रखकर कहा, "खुश रहो जसोदा, यहाँ आराम से दो-एक महीना रहो। फिर तुम्हें शहर वापस ले चलेंगे। हमारा नन्हा राजकुमार किसी झोंपड़ी में नहीं, अंग्रेजी अस्पताल में पैदा होगा। फिक्र मत करो।"

कवियों और कथाकारों में चलन है कि वे अपनी नायिका की आँखों में अलग-अलग मौक़ों पर अलग-अलग ढंग की रोशनी या रोशनी की नामौजूदगी देखते हैं। कभी उनकी आँखों में चमक बढ़ जाती है, कभी बुझ जाती है, कभी उनसे रस टपकता है, कभी घृणा चूने लगती है। एक तरह से उनकी आँखें उनके रूहानी मौसम के बैरोमीटर का काम करती हैं। जो भी हो, मेरी इस पीठ-थपथपाऊ और तबीयत-सहलाऊ वार्ता का कोई असर जसोदा की आँखों पर नहीं पड़ा। नेता के न रहने के बाद से उनमें जो एक सूनापन आ गया था, वह उसी तरह क़ायम रहा। पर मेरे हाथों के दबाव से उसके कंधे ढीले हो गए।

उसी वक़्त मेरी पीठ पर एक धमाका हुआ। सुरेस ने मुक्का मारा था। मेरे लिए ज्यादा स्वाभाविक होता कि पलटकर मैं सुरेस के जबड़े पर अपना मुक्का जमाता और हमेशा के लिए उसे आत्म-संयम का एक धमाकेदार पाठ पढ़ा देता। पर एक अस्वाभाविक माहौल में मेरी प्रतिक्रिया भी अस्वाभाविक हुई। एक झटके के साथ मैं जसोदा से अलग हो गया। सुरेस ओंठ दबाए हुए मुझे अब भी ध्यान से देख रहा था। मैंने उसकी ओर ध्यान नहीं दिया। कहता रहा, "जसोदा, तुम यहाँ आराम से रहना। अम्मा की बकवास पर ध्यान न देना। फटे बाँस की तरह दिन-भर भाँय-भाँय करते रहना उनकी आदत है। आवाज़ बहन की भी तीखी है पर उसका मन मुलायम है। कोई बात हो तो उसी से कहना, या बड़े भैया से। मुझे खबर मिल जाएगी।"

जसोदा मेरे और पास आ गई। मैं उसे अपनी बाँहों में ले सकता था पर सुरेस की मुट्ठी अब भी बँधी हुई थी, और यह भी लग रहा था कि जसोदा कोई खास बात कहने के लिए मेरे इतना पास आई है। जब वह बोली तो लगा कि खड़े तो हम एक ही धरातल पर हैं पर हमारे बीच एक नहीं, दो दुनियाओं की दूरी है : एक दुनिया अतीत की है, एक भविष्य की। वह बोली, "पर मुंसी, तुम्हारे नेता को क्या हो गया था ? तुमने कभी बताया नहीं ? वह ऐसा-वैसा नहीं था। बड़ा बहादुर था। दो-दो मन का बोझ पीठ पर लादकर कोसों चल सकता था। उसे क्या हो गया ? किसने मार दिया ? उसे किसी ने क्यों मारा ?"

वह रोने लगी थी। एक पल मैं वैसे ही खड़ा रहा। फिर सुरेस की बँधी मुट्ठी को तिरस्कार से देखते हुए मैंने जसोदा के कंधों पर दुबारा हाथ रखते हुए कहा, "परेशान

न होओ जसोदा, मैं सारी बात का पता लगा लूँगा, और एक-एक से बदला लूँगा।"

गूँगे-बहरे सुरेस ने इस बार मुक्के का प्रयोग नहीं किया। किस बात का बदला? किससे? सोचे बिना ही मैं इतनी बड़ी बात कह गया। क्यों? जो भी हो, यह कह चुकने पर मैंने अपने को अपने से बेहतर हालत में पाया।

4

उनका कोई भी नाम हो सकता था—बिहारीलाल, गिरधारीलाल, बनवारीलाल। पर उनके बारे में जो पुख्ता बात थी वह यह कि दो साल पहले वे इस प्रदेश के श्रममंत्री रह चुके थे। उन दिनों वे अपने हँसमुख चेहरे, ज़ोरदार लेक्चरबाज़ी और पिछड़े वर्गों से हमदर्दी के लिए मशहूर थे। उससे भी ज़्यादा मशहूर वे एक ऐसी समाजसेवी महिला के पति होने के नाते थे जो साँवली-सलोनी, बकवास में प्रवीण और सबके बीच में खुश रहनेवाली और सबको खुश रखनेवाली थी। मौजूदा मंत्रिमंडल में न लिए जाने के बावजूद उनकी लोकप्रियता घटी न थी, बल्कि बढ़ी ही थी क्योंकि अब वे शहर में हर वक़्त हर जगह पाए जाते थे। चाहे युवा कांग्रेस के किसी नेता की शादी हो, चाहे किसी बूढ़े स्वतंत्रता-संग्राम-सेनानी का दाहकर्म, अपने पुराने चपरासी के लड़के का ख़तना हो या पी.ए. की लड़की का कनछेदन—दो ठिगने पैरों पर टिकी हुई जनसंपर्क की यह सचल नुमाइश सभी जगह देखने को मिल जाती थी। परमात्मा जी ने उनसे मेरा फ़ोन पर परिचय कराया था। कहा था, यूनियन बनानी है तो उसमें इस तरह के दो-चार भारी-भरकम नाम डाले बिना काम नहीं चलेगा।

वही लाल बाबू हमारे उत्तर प्रदेश दैनिक मज़दूर संघ के अध्यक्ष बने। हमने उनकी साँवली-सलोनी पत्नी को भी कार्यकारिणी में लेना चाहा पर उन्होंने मुस्कराकर 'नहीं' में सिर हिला दिया और इसके पहले कि हम कुछ कहें, हमारे हाथ में पाँच सौ रुपए के नोट टिकाकर कहा, ''मेरी ओर से अभी बस इतना ही। इससे तुम संघ का दफ्तर जमा लो।''

लाल बाबू से भी ऊपर, नाम के लिए, हमने अपना एक संरक्षक नियुक्त किया—पाल बाबू को। उन्हें लेकर पति-पत्नी में कुछ देर बहस हुई। पत्नी ने कहा कि युवाशक्ति इस लाश का बोझ कहाँ तक ढोएगी। पति ने कहा, उसी का नाम लेकर युवाशक्ति पुरानी पीढ़ी को, जो इस वक़्त सारी सरकार को अपने पंजों में दबोचे बैठी है;अपनी ओर खींच सकेगी। पत्नी ने पाल साहब के लिए कुछ और अपमानजनक बातें कहीं, पर पति ने उसकी उँगलियाँ प्यार से दबाईं, कहा, ''शैल, ज़िद नहीं करते।'' इसके बाद भोली-भाली मासूम बच्ची की तरह शैल ने एक ओर सिर झुकाकर उनकी बात मान ली।

पाल बाबू का असली, यानी स्कूल का नाम था सत्यपाल। कुछ दिन पहले वे दक्षिण के एक राज्य में गवर्नर थे। उससे भी पहले कई साल तक राज्य सभा के मेंबर रहे थे। विलायत के पढ़े थे। राजनीतिज्ञों की उस खेप के थे जो जनता से सौ कोस दूर रहकर जनता की सेवा में पूरी उम्र बिता ले जाती थी। अब इक्यासीवें साल की उम्र में यहाँ आकर वे अपनी पुश्तैनी कोठी में रहने लगे थे। इस समय वे आदमी और प्रेत के बीच की उस योनि में थे जिसे 'ज़ांबी' कहा जाता है। हमें उनकी इन खूबियों से कुछ लेना-देना नहीं था, सिर्फ़ लाल बाबू के कहने पर हमने उन्हें अपने संघ का संरक्षक बना लिया। इस तरह हमारे लेटरहेड पर एक भूत जैसे भूतपूर्व गवर्नर और एक अभिनेता जैसे नेता का नाम संरक्षक और अध्यक्ष की हैसियत से झलकने लगा।

जैसा कि होना चाहिए, संघ का महासचिव मैं बना। प्रेमबल्लभ का ख़्याल कुछ और था। उसका कहना था कि डेली पैसेंजर्स एसोसिएशन का उपाध्यक्ष होने के नाते मुझे संघ का उपाध्यक्ष बनना चाहिए। पर प्रेमबल्लभ खुद कहीं महासचिव न बन जाए, इस जोखिम से बचने के लिए मैं पहले ही महासचिव बन गया, लगभग वैसे ही जैसे जनता सरकार बनते समय बाबू जगजीवनराम के रंगभूमि में आने के पहले ही मुरारजी भाई देश के प्रधानमंत्री बन गए थे। प्रेमबल्लभ को उपाध्यक्ष के पद से समझौता करना पड़ा।

कारख़ाने के मज़दूरों की यूनियनबाज़ी और दूर देस से आनेवाले इन डरे-दुबके दैनिक मज़दूरों की नेतागीरी में बड़ा फ़र्क है। कारख़ानों के मज़दूर साठ-सत्तर साल तक बेईमान लीडरों, दुमुँहे दलालों, काइयाँ मालिकों और ज़रखरीद पुलिस का साम-दाम-दंड-भेद झेलकर मज़बूत हो गए हैं, उठापटक के मुकाबले वे जवाबी उठापटक भी दिखा सकते हैं। उनका नेता बनने के लिए सिर्फ़ कड़कदार आवाज़, दमख़म की बाहरी नुमाइश और जुझारू तेवर की ज़रूरत है। पर जब सचमुच ही जूझने की ज़रूरत पड़े तो अपने नेता के पहले मज़दूर खुद ही अखाड़े में कूदकर आ जाते हैं। नेता के सफ़ेद कालर की कलफ़ कहीं से दरकने नहीं पाती। पर हमें डर था कि इन दैनिक मज़दूरों की नेतागीरी में जूझने का सारा काम हमीं को करना होगा। एक ओर ठेकेदार और दलाल हमें घेरकर तोड़ने की कोशिश करेंगे और दूसरी ओर जूझने की घड़ी में हमारे मज़दूर भाग्य और भगवान के गुन गाने लगेंगे और हो सकता है कि जिस व्यवस्था की दुम पकड़कर वे यहाँ तक प्रहुँचे हैं उसी का भरोसा करके महाराजा पोरस के हाथी की तरह पलटकर वे हमें ही कुचलने लगें। इसलिए शत्रुपक्ष की गुंडागर्दी से निबटने के लिए हमें न सिर्फ़ पहले से पूरी तैयारी करनी थी बल्कि उस तैयारी की खबर को बढ़ा-चढ़ाकर शत्रुपक्ष की छावनी में पहले से ही आतंक और हताशा फैलाना था।

लाल बाबू ने कहा, "इसके लिए अपने संघ में संजीवन भाई को भी डाल लो।"

संजीवन भाई एक ग़रीब जिले के भूमिपुत्र थे और सत्ताधारी पार्टी के टिकट पर हाल ही में चुनकर विधायक बने थे। राजनीति जब ज्यादा अपवित्र होने लगी थी तो वे पार्टी की

ओर से अचूक ढंग से ट्रबुलशूटर यानी विघ्नविनाशक का काम करते थे। ऐसा वे कई साल से करते आ रहे थे और उनकी इन्हीं सेवाओं को देखते हुए उन्हें इस बार विधायक बनाया गया था। पर उनके बहुधंधी कारोबार में विधायक का पेशा बड़ी अदना हैसियत रखता था। इतना अदना कि वे विधायक के पद का वेतन तक नहीं लेते थे, उसे पूरा-का-पूरा उस डिग्री कालिज को दान कर देते थे जिसके वे संस्थापक और आजीवन अध्यक्ष थे। एक बड़े खूँख्वार माफ़िया गिरोह के सम्राट् होने के बावजूद वे पच्चीस साल से अपराध की मायापुरी पर चंदन-चर्चित भाल लिए हुए राज्य कर रहे थे। (यानी, उनके मस्तक पर सचमुच ही हमेशा चंदन का तिलक शोभित होता रहता था।) औसत गिरोहबंद गुंडे का औसत शासन काल दस साल होता है। यह अवधि बीतने के पहले ही वह प्रतिद्वंद्वियों के हमले, पुलिस की मुठभेड़ या यह न हुआ तो किसी संदिग्ध दुर्घटना का शिकार हो जाता है। पर संजीवन भाई अपनी गिरोहबंदी की रजत-जयंती मना चुके थे। राजधानी में विधायक के रूप में उनके प्रकट होने के पहले हम लोग दूरवर्ती ज़िले के इस माफ़िया सम्राट् की गौरवगाथा सुना करते थे। पर जब एक दिन विधानसभा के सामने फुटपाथ पर खड़े हुए हमने उन्हें एक ऐंबैसेडर कार से उतरते देखा, उनकी दुबली-पतली मझौली कद-काठी का कलकतिया किनारी की बेशकीमती धोती और सिल्क के कुर्ते में सौम्य दर्शन किया तो हमें एक झटका-सा लगा और बिना किसी तर्क के हमें भरोसा हो गया कि उनके बारे में गाई जानेवाली अपराध-गाथाएँ अफ़वाह-भर हैं। हमें लगा कि बंगाल का कोई महान उद्योगपति उत्तर प्रदेश पर तरस खाकर यहाँ की गरीबी हटाने के लिए आया है और कई उद्योग-धंधे लगाने के लिए हमारे दीन-हीन मुख्यमंत्री से विचार-विमर्श करने जा रहा है। पर तभी हमें ऐंबैसेडर के आगे और पीछे खड़ी हुई खुली जीपों पर पंद्रह-बीस आदमी-बैठे दिखे और उनके हाथों में टिकी हुई बंदूकें, राइफ़लें और कार्बाइनें दिखाई दीं। हमारा मत्था विधानसभा के फाटक की ओर जाते हुए दो गोरे चरणों के प्रति अनायास झुक गया।

हमें मालूम था कि इधर कई सालों से उन्होंने ठेके-वेके का काम बंद कर दिया था और अब अपना पूरा समय समाज की सेवा को समर्पित किए हुए थे। जीविका के साधनों की टुच्ची चिंता उन्हें कभी उलझन में नहीं डालती थी। उनके सेनापतियों के मातहत सूबेदारों के भी मातहत ज़िलेदार लोग वह मोर्चा सँभाले हुए थे। ज़िलेदार अपने इलाक़े के बेईमान हाकिमों की, विशेषत: जंगल और इंजिनियरिंग विभाग के ऐसे अफसरों की सूची रखते थे जो इनकम टैक्स की गिरिफ़्त के बाहर की आमदनी करने में प्रवीण थे। ज़िलेदार उन्हीं से उस आमदनी पर लगनेवाले इनकम टैक्स के बराबर रक़म की माहवारी वसूली करते थे और उसके एवज़ में इन अफसरों को सरकार से लेकर धौंस से काम करानेवाले ठेकेदारों से, ईर्ष्यालु सहकर्मियों से, बात-बात पर जन-आंदोलन की धमकी देनेवाले स्थानीय नेताओं से निर्भीकता का व्यवहार करते हुए अपना कारोबार करने की छूट मिली रहती थी। एकाध को छोड़कर उनमें से किसी का

भी संजीवन भाई से कोई सीधा और साबित होने लायक सरोकार न था।

बहरहाल, यह तय हुआ कि चूँकि संजीवन भाई को संघ का संरक्षक, अध्यक्ष या उपाध्यक्ष अब नहीं बनाया जा सकता, इसलिए कार्यकारिणी में चीफ़ टेक्निकल ऐडवाइजर यानी प्रमुख प्राविधिक परामर्शदाता का एक ओहदा निकाला जाए और उस पर उनका नाम दे दिया जाए।

लाल बाबू ने संजीवन भाई से फ़ोन पर बात की। उन्होंने हमारी योजना की सराहना की, समय की कमी का सवाल उठाकर अपनी मजबूरी की मुआफी माँगी और कहा, "मैं अस्थाना को भेज रहा हूँ। चाहिए तो उसे ले लीजिए।"

फ़ोन रखकर उन्होंने हमारी ओर देखा, पूछा, "क्यों? ठीक नहीं रहेगा?"

प्रेमबल्लभ ने कहा, "अस्थाना बदनाम आदमी है। अभी-अभी तो वह एक क़त्लवाले मामले से छूटा है। आप सोच लें।"

"मुझे क्या सोचना? शाम को अस्थाना यहाँ आएगा तब तक तुम्हीं लोग सोच-समझ लेना। मैं तो यहाँ रहूँगा नहीं।"

शाम को अस्थाना ने खुद हमारी उलझन दूर कर दी। उसने पूछा, "जो मज़दूर हमारे मेंबर होंगे उनसे चंदा कितना लिया जाएगा?"

"अभी कुछ तय नहीं है।" प्रेमबल्लभ के इस जवाब को मैंने कुछ आगे बढ़ाया, "खर्च बहुत काफी होगा। उनके लिए एक छोटा-सा दवाखाना खोलना है, उनके बच्चों के लिए या तो कोई स्कूल खोलेंगे या मौजूदा स्कूलों में उनकी पढ़ाई का इंतजाम करेंगे। उनकी ओर से मामले-मुक़दमे करने में भी पैसा लगेगा। फिर दफ़्तर चलाने का खर्च। लगता है हर मेंबर से कम-से-कम दो रुपया महीना वसूलना पड़ेगा।"

"दो रुपिया भी भारी पड़ेगा," प्रेमबल्लभ ने कहा।

"तीन रुपिया महीना कर दो।" जैसे उसने प्रेमबल्लभ की बात सुनी ही न हो, इस अंदाज से अस्थाना ने सलाह दी। "दो रुपिया तो तुम लोग अपने छुटपुट खर्च के लिए रख लो, एक रुपिया हर मेंबर के नाम से अलग मज़दूर सुरक्षा कोष में जमा होना चाहिए। वह कोष मेरे हाथ में रहेगा।"

प्रेमबल्लभ ने अस्थाना को घूरकर देखा, पर अस्थाना पर उसका उल्टा असर हुआ। मुँह टेढ़ा करके बोला, "कुछ कहना चाहते हो?"

प्रेमबल्लभ हँसने लगा। अस्थाना ने फिर कहा, "मैंने कोई दिल्लगी की है?"

"दिल्लगी नहीं अस्थाना भाई आपको ग़लतफहमी हुई है। हमारे मजदूर पैसा लगाकर अपनी सुरक्षा खरीद सकते तो इस संघ की ज़रूरत क्या थी? फिर सब तरह के कोष तो संघ के महासचिव देखेंगे। प्राविधिक परामर्शदाता का कोष से क्या मतलब?"

अस्थाना सोचता रहा, "शुरू में तुम्हारे कितने मेंबर होंगे? सात-आठ सौ?"

इतने ही की हमें भी उम्मीद थी, पर प्रेमबल्लभ ने कहा, "सौ-पचास समझ लो।"

बात वहीं खत्म हो गई। अस्थाना ने बाहर जाकर अपना स्कूटर स्टार्ट कर दिया।

हम लोग उसे वहाँ तक पहुँचाने आए। चलते-चलते उसने बड़ी शिष्टता से कहा, "जब भी ज़रूरत पड़े, मुझे पुकार लेना। पर यह प्राविधिकवाला झंझट मेरे बूते का नहीं। दरअसल, हम लोग इतने छोटे काम में हाथ नहीं डालते।"

संजीवन भाई का जिक्र आते ही मुझे बेचैनी महसूस हुई थी। अस्थाना ने उसे ख़ुद दूर कर दिया।

उसी रात हमने संजीवन भाई और उनकी मंडली को संघ से दूर रखने का निश्चय किया। लाल भाई के कारण हमें भरोसा था कि संजीवन भाई हमारे ख़िलाफ़ न जाएँगे। इतना काफी था।

हमने अपनी रणनीति अलग से तैयार की। प्रेमबल्लभ के असर में चार-छह तेज-तर्रार छोकरे वकील थे। उनमें से कुछ पहले हथछुट किस्म के छात्र-नेता रह चुके थे। इसके अलावा मेरे साथ के कुछ भरोसेमंद डेली पैसेंजर थे जो रेलवे स्टाफ को पीटने की प्रवीणता हासिल कर चुके थे। इन्हें हमने कार्यकारिणी के सदस्य के रूप में शामिल किया। कुछ मज़दूर रखे, मिस्त्री को शामिल करना चाहा पर वे ढीले पड़ गए। इन सबके अलावा हमने दो ऐसे गाँधीवादी नेताओं को भी पकड़ा जो अनशन करने और मार खाने में बड़े तेज थे और हर आंदोलन में पिटकर पुलिस या विरोधीपक्ष की बर्बरता के ख़िलाफ़ नारे लगाते हुए घर वापस आते थे। हर झमेले में आगे करने के लिए ऐसे उत्साही लोगों की हमेशा जरूरत होती है।

परमात्मा जी भी शामिल हुए, पर कुछ दिनों बाद।

परमात्मा जी के ड्राइंगरूम में बैठे हुए पूरा अखबार चाट गया। कई दिन बाद पढ़ने को मिला था। बड़े स्वाद से पढ़ा। कुल मिलाकर साबित हुआ कि हालत बड़ी खराब है। आधी से ज़्यादा सरकारी खबरें भविष्यकाल की हैं जिनमें सिर्फ 'ऐसा होगा, वैसा किया जाएगा' की तोता-रटंत है। वर्तमान काल में सिर्फ केंद्रीय कर्मचारियों का फ़ायदा हुआ है। तय हो गया है कि चीजों की कीमत जितनी बढ़ेगी उन्हें उसके हिसाब से सौ फ़ीसदी राहत मिलेगी। पर जसोदा को अब भी दैनिक मज़दूरी में ज़्यादा-से-ज़्यादा दस रुपिया मिलेगा जिसका चीजों की कीमत से कोई रिश्ता नहीं है, और सुरेस को कुल इतना मिलेगा कि अगर किसी दिन उसने जोश में आकर एक कुल्फी खा ली तो उस दिन रोटी खाने की हैसियत न रहेगी।

देश के बाहर की हालत भी खराब है। पर खैरियत है, उसकी चिंता करने के लिए अपने प्रधानमंत्री मौजूद हैं।

ख़्याली पुलाव बनाते हुए, फिर उसे खाते हुए मैं अपने आपको प्रधानमंत्री के कक्ष में बैठा देखता हूँ। मैं उस गिरोह में शामिल हो गया हूँ जिसे सारे अखबार 'प्रधानमंत्री के सलाहकार' के नाम से जानते हैं। मैं उन्हें सलाह दे रहा हूँ, 'दरअसल दक्षिण अफ्रीका आदि की समस्या का समाधान दिल्ली में बैठकर नहीं निकाला जा सकता। अगर आप

अपना एक शिविर कार्यालय जिनेवा या त्रिपोली में रख लें, तो बड़ा सुभीता रहेगा। वहाँ बैठकर आप योरुप और अमेरिका के मामलों में जब कभी चाहें, आनन्-फानन् अपनी राय दे सकते हैं। अगर आप वहाँ तीन महीने भी बैठ लें तो नामीबिया की आज़ादी में कोई शक नहीं रहेगा। पी.एल.ओ. को भी उसका वाजिब दर्जा दिलाने के लिए वहाँ से ज़्यादा पुरअसर कोशिश की जा सकती है।'

जब सारा ख़्याली पुलाव खाया जा चुका तो मेरे लिए वहाँ मैं और परमात्मा जी का ड्राइंगरूम भर बचा।

'सुरुचि' और 'सॉफिस्टिकेशन' जैसे शब्दों से मेरा कोई खास परिचय न था। कोश में इनका जो अर्थ लिखा है, उसका धुँधला-सा आभास भले रहा हो पर व्यक्तिगत या सामाजिक जीवन से इनके रिश्ते पर मैंने कभी ग़ौर नहीं किया था। तभी मुझे परमात्मा जी का ड्राइंगरूम बड़े रईसी काट का लगा। उसकी आन-बान-शान में मैं काफी देर खोया रहा।

आज मुझे वह हाहाहूती कमरा सिर्फ़ अजीबोगरीब जान पड़ता है। ऊँची छत, बड़े-बड़े दरवाज़े—जिनमें से अधिकांश बराबर बंद रहनेवाले, सिलेटी रंग की सीमेंट का फर्श जो दो बड़े गहरे कत्थई गलीचों के बावजूद अपने सिलेटीपन को छिपा न पाता था, दीवारों का नीला रंग—कमरे में सीलन न होने पर भी सब मिलकर उसमें निरंतर सीलन का-सा संचार करते हैं। पर उस वक़्त वह मेरी निगाह में किसी राजभवन का कोना जैसा जान पड़ा। क्योंकि दीवारों के पास चारों ओर बड़े-बड़े सोफ़े लगे थे, जैसा कि मैं अपने नीचे महसूस कर रहा था, हर सोफ़े का कोई-न-कोई स्प्रिंग टूटकर कहीं-न-कहीं ऊपर उठा होगा। इसे मैं पुश्तैनी ज़मींदाराना शान का प्रमाण समझकर नज़रअंदाज कर रहा था। सोफ़ों पर उजले झक्क गिलाफ मढ़े हुए। एक कोने में भुस-भरा शेर, जो मुझे ख़ूँखार पर मुर्दा आँखों से देख रहा था। जगह-जगह दीवालों पर जड़ी हुई साँभर और बारहसिंघे की सींगें। एक ओर दीवार से सटा हुआ रीछ का सिर, उसके मुँह से लटकती हुई ज़बान, जो अगर बोल सकती तो यक़ीनन् बोलती, 'हम तो, भई, पुराने जमींदार हैं। हाँका करनेवाले को भी काका कहते हैं।'

एक बहुत बड़ा फ़ायर प्लेस, जिसमें आग की जगह सुनहरे चमकदार गमले रखे हुए, जिनमें प्लास्टिक के बड़े-बड़े पौधे और फूल। फायर प्लेस के ऊपर बनी हुई टाँड़ पर अनगिनत फ्रेमों में कई बदरंग फ़ोटो। इनका मुआयना करने के लिए मैं अपनी जगह से उठा भर था कि बाहर मोटर रुकने की आवाज सुनाई दी। मैं ड्राइंगरूम से निकलकर बाहर के बरामदे में आ गया और पोर्टिको के पास सीढ़ियों पर खड़ा हो गया। मोटर पोर्टिको के दूसरी ओर लान के किनारे पतली अर्धगोलाकार सड़क पर खड़ी थी।

कार विलायती थी, यानी जापानी टोयोटा थी। इंजिनियर साहब उसे हाँक रहे थे। हमारी बचपन की सहचरी (सचमुच सहचरी, क्योंकि तब हम दोनों साथ-साथ चरने को निकला करते थे) और आज की जिज्जी खिड़की पर झुकी हुई उनसे कुछ कह रही

थी। इंजिनियर साहब की बाँह खिड़की पर टिकी थी। मुझे शक हुआ कि उसकी मोटी मांसपेशी सिर्फ जिज्जी की साड़ी को नहीं छू रही थी, वह छुवन अपनी सारी उष्म-तरंगों के साथ साड़ी को बेधकर कुछ और गहराई में पहुँच रही होगी। मुझे किसी ने नहीं देखा। जब गाड़ी चली गई और जिज्जी पोर्टिकों में आईं तब उन्होंने मुझे देखा। देखने पर वे या तो मुस्कुराती थीं या ऐंठ से कोई बड़प्पन-भरा वक्तव्य देती थीं। इस वक्त उन्होंने ऐसा कुछ नहीं किया। सहजता से पूछा, ''तुम कब से खड़े हो?''

बचपन से उन्हें गँवार लड़की मानते रहने के कारण मैं अब तक नहीं देख पाया था कि वे अब एक भरी-पूरी, सजी-धजी, प्यारी-सी शहरी लड़की—दरअस्ल, लड़की नहीं, बल्कि महिला—बन चुकी हैं। आज देखा। जिस्म पर मौसम के अनुरूप झीनी सूती साड़ी, जिसके रेशे-रेशे से रईसी झलक रही थी, गले में छोटे मोतियों का हार, बाल करीने से सँवारकर पीछे एक लंबे जूड़े में बँधे हुए, उसके चारों ओर सजा हुआ बेले की कलियों का हार। ओंठों पर शादी के बाद फूहड़ ढंग से पोती जानेवाली खूनी रंग की लिपस्टिक नहीं, बल्कि हल्की, सलीक़े से लगाई गई लिपस्टिक, जिससे ओंठों का बनाव-कटाव गोरे मुँह पर निखर आया था—और वही सुडौल, नुकीली नाक जो इस वक्त उनके झुके चेहरे पर बड़ी कमनीय लग रही थी, ज़रूरत पड़ने पर किसी भी वक़्त ग़रूर से ऊपर उठ सकती थी। यह महिला आज गाँव के बाहर पुआल के गोलाकार ढेर को सैकड़ों प्रकाश-वर्ष पीछे छोड़ चुकी है। सिनेमाघरों के ड्रेस सर्किल में, पंच सितारा होटलों की किसी भी काकटेल पार्टी में, अखिल भारतीय महिला सम्मेलन के उद्घाटन मंच पर यह कहीं भी खप सकती है—बशर्ते कि बोलने के लिए मुँह न खोले। बोलने में, शुद्ध किताबी खड़ी बोली के बावजूद, अपना गाँव अब भी रह-रहकर बोल जाता है।

''चाय पी?''

''नहीं, नौकर पूछ गया था। पर बहुत गर्मी है। पी नहीं।''

''तब? कुछ ठंडा पियोगे? बियर पियोगे? कभी पिया है?''

चारों सवालों का एक जवाब : नहीं। ड्राइंगरूम में वह एक छोर से दूसरे छोर की ओर जा रही थीं। मैं उनके पीछे-पीछे था, सोच रहा था, वह शायद अंदर के बरामदे में पंखा खोलकर बैठेंगी। पर दूसरे किनारे की दीवार तक जाकर एक बड़ी आलमारी के पास वे रुक गईं। चाभी का गुच्छा निकालकर उसे खोला, पूछा, ''इसे कभी देखा है?''

अंदर शराब की रंग-बिरंगी बोतलें भरी थीं। हरेक पर चमचमाते लेबेल। कुछ में तस्वीरें भी, शेर-चीतों से लेकर रंगीन पोशाकों में सजे हुए मुछंदर आदमियों की। देखते ही लगता था, यह सामग्री मरियल इंसानों के लिए नहीं है। इसे ताकत और मर्दानगीवाले असली इंसान ही भोग सकते हैं।

''जीजा जी पीते हैं?''

''नहीं,'' वह आलमारी बंद करने लगी। ''यह मेहमानों के लिए है। कल ही यहाँ एक हाई कोर्ट के जज आकर पी गए हैं। क्या नाम है उनका : धमीजा, तनेजा, सतीजा, जुनेजा—याद नहीं आ रहा है। इन पंजाबियों के नाम भी न जाने कैसे-कैसे होते हैं। याद

नहीं रहते।" कहकर वह खिलखिलाकर हँसी। शहरी ड्राइंगरूम में अपने पुराने गाँव की तलैया लहराने लगी।

"बियर यहाँ नहीं है। मशीन में लगी है। ठंडी हो रही है। खूब ठंडी पी जाती है न।"

मैं एक सोफ़े की नोक पर बैठ गया। पूछा, "जीजा जी कहाँ हैं? उन्हीं के लिए घंटे-भर से बैठा हूँ।"

"आज तो वे आधी रात के पहले न लौटेंगे," वह अंदर के बरामदे में चली गई। मैंने सोचा, जीजा जी नहीं पीते तो वह इंजिनियर पीता होगा। उसी के लिए यह आलमारी सजाई गई है। उसके पास सबकुछ है, जबकि यह सब पाने के लिए उसने कुछ भी नहीं किया है। कभी इन्क़लाब आएगा तो सबसे पहले उसकी खोपड़ी मैं तोड़ूँगा। या जब ऐसा करूँगा तभी इन्क़लाब आएगा। मेरे अंदर एक जुलूस निकला और नारा उठा : इन्क़लाब जिंदाबाद। उसी के साथ मेरे भीतर कुछ धम्म से गिरा और मैं समझ गया कि मैं फिर हवाई दुनिया में उड़ने लगा हूँ। अपने पर हँसा, अपने को समझाया, 'ठंडे हो जाओ पुत्तर। तुम उसकी खोपड़ी नहीं तोड़ोगे। तुम इन्क़लाब नहीं लाओगे। ज्यादा-से-ज़्यादा यू.पी. को-आपरेटिव बैंक में, घूस या सिफारिश लग गई तो, बाबू बन जाओगे।'

एक तश्तरी में मिठाई और एक हाथ में पानी का ग्लास लिए वे ड्राइंगरूम में वापस आईं। सामने मेज पर रखकर मेरे पास के दूसरे सोफे पर बैठ गईं। बोलीं, "वे आज उस मंदिरवाले मामले में उलझ गए हैं। एक सौ चौवालीस की दफा लगी है न? उसे तोड़ने गए हैं।"

"पर उससे तो उन्हें हिरासत में ले लिया जाएगा।"

"अकेले थोड़े ही हैं। उनके साथ चार-पाँच सौ वालंटियर हैं।"

"पर ज़िज्जी…" जूड़े में बेले की कलियाँ, गले में मोतियों का हार, जिस्म पर एक सूती, पर बेशकीमती मखनिया रंग की साड़ी—इस सबमें वे मेरे लिए कुछ भी हो सकती थीं, सिवाय जिज्जी के।

"…यह काम तो विश्व हिंदू परिषदवालों का है। काँग्रेसी होकर भी जीजा जी इस झमेले में कैसे फँस गए?"

जिज्जी बोलीं, "कल आधी रात तक इसी पर तो यहाँ बमचख होती रही है। वह शर्मा जी हैं न, उधर चौकवाले मिनिस्टर, उन्होंने कहा है कि इस मंदिर को हमें बचाना चाहिए। आज सवेरे वे वहाँ खुद पूजा करने गए थे। तभी अब काँग्रेसी लोग उस मंदिर के लिए धरना देने गए हैं। सुनो सत्ते…" कहकर वे सोचने लगीं। मैंने उन्हें कुरेदा, "क्या सुनूँ?"

"सत्ते, यह राज-बाजनीति तो मेरे पल्ले पड़ती नहीं है। पर कल जो बहस यहाँ चल रही थी उसमें यह बात भी उठी थी। तब किसी नेता ने कहा कि विश्व हिंदू परिषदवाले

तो इसे हनुमान जी के मंदिर का मामला समझकर चिल्ला रहे हैं। यह बड़ा तंग–पता नहीं क्या है!"

"नज़रिया।"

"अरे बिलकुल वही। नज़रिया। पर काँग्रेस का कहना है कि चाहे हिंदू हो या मुसलमान, सिक्ख हो या···या कोई भी। सबको अपने धर्म पर चलने की आज़ादी है। कोई संविधान है न?"

"हाँ है।"

"उसी में धरम-करम की पूरी छूट दी गई है। नेता ने कहा कि अगर कोई हिंदुओं का मंदिर तोड़ना चाहता है तो हम हिंदू की हैसियत से नहीं, संविधान के सिपाही की हैसियत से उसका विरोध करेंगे। यह बात है। समझे कि नहीं?"

"समझ गया जिज्जी। तो जीजा जी संविधान के सिपाही बन गए हैं?"

सिपाही की वर्दी में जीजा जी का हुलिया उन्हें शायद भाया नहीं। बोलीं, "वे कप्तान बनकर गए हैं।"

"तो मैं चलूँ। अब वे आज तो लौटेंगे नहीं।"

"लौटेंगे क्यों नहीं। वे उन्हें सचमुच थोड़े ही पकड़ेंगे।"

"फिर भी–पता नहीं कब लौटें?"

जिज्जी ने नाक सिकोड़ी, जिसका अर्थ था : तुम बकवास कर रहे हो। मैं चलने के लिए दरवाजे की ओर बढ़ा, तब उन्होंने पूछा, "तुम आए कैसे थे?"

"जीजा जी से मुझे अभी डेढ़ सौ रुपिया पाना है। वही लेने आया था।"

"बैठ जाओ।"

उन्होंने पर्स उठाया। ऋद्धि-सिद्धि से घिरी हुई लक्ष्मी जी की तस्वीर जैसी, सबका कल्याण करने को तत्पर, पर किसी से आँख न मिलाने की कसम जैसी खाए हुए, उन्होंने अपना पर्स खोलकर उसमें झाँका। सैकड़ों रुपए के तुड़े-मुड़े नोट दो-दो, चार-चार की संख्या में निकाले, फिर छाँटकर पचास रुपए के तीन नोट एक-एक के क्रम से मेरी ओर बढ़ाए। निगाह पर्स और नोटों पर, हाथ मेरी दिशा में। बोलीं, "ठीक है?"

"थैंक्यू जिज्जी।"

अब उन्होंने मेरी ओर देखा। थैंक्यू सुनकर कुछ झेंप-सी गई थीं। इसलिए बिला वजह ऊँची आवाज़ में बोलीं, "आजकल सभी रुपिया बनाने में लगे हैं। तुम इन लोगों के साथ रहते हो। इन्हीं के साथ कुछ अपने लिए भी कर लो। सौ-पचास के पीछे कब तक चक्कर काटा करोगे?"

उन्हें मेरी गरीबी नापसंद होगी–शायद एकदम ऐसा नहीं। मेरी वजह से उन्हें खुद सौ-पचास रुपए के घटिया स्तर पर उतरना पड़ रहा है, यही उन्हें शायद पसंद न रहा होगा। जो भी हो, मैंने भोलेपन से कहा, "मैं तो बिलासपुरी मज़दूरों के साथ रहता हूँ। उनके साथ कितना कमा सकता हूँ?"

"मैं मज़दूरों की बात नहीं करती, इनकी बात कर रही हूँ।" उनकी आवाज़ ने 'इनकी' के नीचे इतनी मोटी रेखा खींची कि उसमें परमात्मा जी के नाम के स्वर्णाक्षर चमक उठे। मैंने कहा, "और इंजिनियर साहब की भी।"

"हाँ, उनकी भी।" उन्होंने उखड़कर कहा।

फिर, कुछ रुककर : "मैं तो तुम्हारे भले की बात करने जा रही थी।"

"फिर क्या हुआ?"

"तुम कोई-न-कोई उल्टी बात कह देते हो।"

"मान लिया। पर मैं तो जीजा जी और इंजिनियर साहब के साथ रहता हूँ। उसके बाद?"

वे मुझे देखती रहीं। फिर : "तुम इंजिनियर साहब से बहुत चिढ़े हो न?"

"बिलकुल नहीं।"

"हर रुपएवाले से तुम चिढ़ा करते हो।"

"ग़लत बात।"

"रुपएवाला होना बड़ी खराब बात है न?"

मैंने उन्हें समझाना शुरू किया। मैं समझाता रहा कि रुपिया बहुत अच्छी चीज है, कि इंजिनियर साहब बड़े प्यारे आदमी हैं, कि वह बनियाइननुमा कुर्ता उन पर कितना फबता है, कि लोग-बाग उनके और इंजिनियर साहब के सामने मेरी झूठी चुगली खाते रहे हैं, कि मुझे सचमुच बहुत से ढेर सारे रुपए चाहिए।

वे सहज हो गईं। यानी सोफ़े के पीछे पीठ टिकाकर इत्मीनान से उस आलमारी की ओर देखने लगीं जिसमें बियर छोड़कर शराब के लगभग सभी रूप स्थापित थे। उसी तरफ देखते हुए बोलीं, "किसी से न कहो तो एक बात बताऊँ।"

कुछ चींटियाँ इतनी छोटी होती हैं जो आसानी से दिखती नहीं। सिर्फ उनके काटने की चुन्नाहट से लगता है कि कमीज के नीचे वे कहीं पर हैं। ऐसी ही कोई चींटी बड़ी देर से कहीं बड़े गहरे मेरे मन में बैठी थी और बार-बार कहीं चुभती थी। अब वह अचानक सतह पर आ गई। मुझे लगा, ये अब बहुत पुरानी यादों की आत्मीयता से घिरकर मुझे कोई राज़ बताएँगी और वह राज़ शायद उनके और इंजिनियर साहब के बीच का होगा। मैं उसे नहीं सुनना चाहता था, पर एक तरह से सुनना भी चाहता था। मैंने गोपनीयता की शपथ खा ली।

"सुनो सत्ते, इधर सीतापुरवाली सड़क पर एक बड़ा भारी कारखाना लगनेवाला है। टैक्टर-वैक्टर बनाए जाएँगे, ट्रक-वक भी बनेंगे। सरकारी कारखाना होगा। दिल्ली से आएगा। यह सब तय हो चुका है, अभी कुछ ही लोग जानते हैं। कारखाना बनते ही शहर उस तरफ फैलने लगेगा। अभी आठ-दस किलोमीटर तक लोगों के खेत हैं, बाग हैं, ऊसर-बंजर हैं। पर चार-पाँच साल में ये सब शहर में आ जाएँगे। इसलिए पहले ही से ये और इंजिनियर साहब वहाँ पच्चीस-तीस बीघा जमीन लेने जा रहे हैं।

जमीन ज्यादा अच्छी नहीं है, सस्ते में मिल जाएगी। पर बाद में उस सरकार छीन न ले— होता है न ऐसा ? इसलिए वे एक सोसायटी बनाकर उसके नाम से जमीन ले रहे हैं। अब बताओ, मैं तुम्हें यह क्यों बता रही हूँ ?"

कारखाने का जिक्र मेरे लिए नया न था, नई चीज यह सोसायटी थी। फिर भी इसमें मुझे कुछ ऐसा न दीखा जिसके लिए गोपनीयता की कसम खाई जाती। जो भी हो, मैंने उनकी रफ्तार कायम रखने के लिए उन्हीं की शैली में कहा, "तुम मुझे यह इसलिए बता रही हो कि उसमें कूदकर मैं भी रुपिया बटोर लूँ।"

कहा तो यूँ ही था पर कहते ही मैं समझ गया कि मेरा निशाना ठीक 'बुल्स आई' के बीचोंबीच लगा है।

वे चहक पड़ीं। फिर, शायद मेरी जबान के लंठपन पर ग़ौर करके, बेरुखी से बोलीं, "ठीक कहते हो। पर रुपिया इस तरह कूदकर नहीं बटोरा जाता। थोड़ी समझदारी दिखानी पड़ेगी।"

समझदारी यह थी। सोसायटी में कोई भी सदस्य एक बीघा से ज्यादा जमीन नहीं ले सकता। आधी जमीन इंजिनियर साहब के नाम से और उनके दस-बारह आदमियों के नाम बेनामी खरीदी जाएगी। बाक़ी परमात्मा जी, उनकी बीबी, उनके बच्चों और उनके लग्गू-भग्गू लोगों के नाम ली जाएगी। आधा बीघा जमीन मेरे नाम से ली जाएगी—लग्गू-भग्गू के हिस्से में से। उसकी लागत चार हजार रुपए होगी। जितने में यहाँ शहर में चाट का खोंचा रखने-भर की जमीन न मिले, उतने में किसी किसान का आधा बीघा इस तरह मेरे नाम हो जाएगा। यह जमीन जिज्जी अपने निजी रुपए से खरीदेंगी। तीन साल के भीतर अगर मैं उन्हें दो हजार रुपिया वापस कर दूँ तो उसमें से आधी जमीन सचमुच मेरी हो जाएगी। न वापस किया तो उस पर जिज्जी का क़ब्जा रहेगा। मेरे हिस्सेवाली चौथाई बीघा जमीन सात-आठ साल में डेढ़ लाख रुपए की न हो जाए तो जिज्जी को जो कहो वह सज़ा मंज़ूर होगी।

"मैं किसी के भी नाम से ले सकती हूँ, पर सत्ते, मैं सचमुच चाहती हूँ कि तुम भी लाख-पचास हजार के आदमी बन जाओ।"

"थैंक्यू जिज्जी।"

"अब दोबारा थैंक्यू-शैंक्यू न कहना।"

मेरे बाहर आते-आते उन्होंने कहा, "ये बता रहे थे किसी मज़दूर औरत को तुम गाँव में बैठा आए हो।"

"क्यों ? यह तुम्हें कैसे याद आ गया ?"

"एक नौकरानी काम छोड़ गई है। उसे यहाँ लिए आओ तो झाड़ू-पोंछा कर दिया करेगी। पचास रुपिया महीना और खुराक—ठीक रहेगा न ?"

"नहीं जिज्जी, वह न आएगी। उसका सातवाँ-आठवाँ महीना चल रहा है।"

"देख लेना। यही कह रहे थे कि उसे बुला लो।"

पूछना चाहा कि जीजा जी उसे एक इज़्ज़तदार मज़दूर की तरह तो रख नहीं पाए, अब शरणार्थी बनाकर क्यों रखना चाहते हैं? पर इस तरह मैं शायद ख़ुद उनसे भी नहीं पूछ सकता था। सावित्री से कुछ नहीं कहा।

सड़क पर बारिश हो रही थी और मैं भीग रहा था। मेरा मन कह रहा था कि जमीन के व्यापार में इस घर का मुझे साथ न देना चाहिए। पर मैं जानता था कि मैं जिज्जी का सुझाव ठुकरा न पाऊँगा। अचानक लखपती बनने की चाह मुझे नहीं थी, पर यह अचंभा देखने की चाह जरूर थी कि जहाँ दिन-भर फावड़ा चलाने के बाद किसी को दस रुपिया मिलता है वहाँ दो हजार रुपया बंजर में बिखराकर अचानक डेढ़ लाख रुपए की फसल कैसे काटी जाती है।

5

वकीलखाना घुड़साल जैसा था; चारों ओर से खुला, चीकटदार खंभों पर टिकी एक लंबी-चौड़ी बारादरी थी जिसमें बीच से निकलने की झूठ-मूठ जगह छोड़कर लकड़ी के तख़्त पड़े थे। चारों ओर बासी चारे-दाने की जगह फटे पुराने काग़ज़ बिखरे थे, लीद की जगह पीक के बाद बची हुई पान-सुपारी की लुगदी फर्श पर छितरी पड़ी थी। बारादरी के दो ओर जो छिछली, कश्तीदार नालियाँ थीं, उनमें बहती हुई पान की पीक का रंगीन घिनौनापन कई घोड़े दिन-रात मूत्र-धारा बहाकर भी नहीं हासिल कर सकते थे। मेरे मुँह में पान भरा था, इन नालियों को देखकर मुझे अपने मुँह से घिन होने लगी। रोज की भाँति मैंने उसी वक़्त आगे के लिए पान का बहिष्कार करने की प्रतिज्ञा की।

नालियों के उस पार लंबे बरामदों के टुकड़े करके छोटी-छोटी दुकानें बना ली गई थीं, औसत नाप के तख़्त के बराबर। उनमें तख़्त पड़े थे, कुछ में कुर्सी-मेज, जो कम असफल या ज़्यादा भाग्यवान् वकीलों की होंगी। सब लोग मिलकर जिस पदार्थ का पक्के इरादे से उत्पादन कर रहे थे उसका नाम था शोर, अर्थात् बमचख। वकील, मुंशी, दलाल, अर्ज़ीनवीस, स्टांप-विक्रेता, मुअक्किल, पेशेवर ज़ामिन, पेशेवर गवाह, सभी पेशेवर। पर सबकी हालत घुड़साल के घोड़ों से बदतर, कोई भी खाया-पिया, तरोताजा नहीं दीख रहा। वकील और उनके मुंशी मुअक्किलों से मुस्कुराते-खिलखिलाते-खौखियाते, उन्हें पुचकारते और कभी-कभी राज-ज्योतिषियों की मुद्रा में गंभीर भविष्यवाणी करते हुए जानदार आवाज़ में बोल रहे थे। पर लगभग सभी की आवाजें एक थकी हुई नाटक मंडली के अभिनेताओं जैसी थीं जिन्हें कई दिन से ढँग से खाने और सोने का मौका नहीं मिला है।

मैं एक तख़्त के पास प्रेमबल्लभ के पीछे खड़ा हो गया। मुझे बिना देखे वह अपने या अपने वकील के मुअक्किल से किसी मुक़दमे की बात करता रहा। मुअक्किल धीरे से बता रहा था कि उसका चचेरा भाई सेल्स टैक्स अफसर है और उसका मजिस्ट्रेट के साथ बड़ा उठना-बैठना है। "कहो तो वकील साहब, उससे कुछ कहला दिया जाए।"

"नहीं भाई, जहाँ घूस चलती है वहाँ सिफारिश नहीं चलेगी।"

प्रेमबल्लभ के इस सिद्धांत-वाक्य का मैंने हार्दिक अनुमोदन किया। तब उसने मुझे

देखा और बरसों से बिछड़े प्रेमियों की तरह हमने एक-दूसरे का आलिंगन किया। उसके मुँह से अब तक बासी रम की भभक आ रही थी।

''मालूम है बेटा, मैं अब असली वकील बन गया हूँ।''

''यल.यल.बी. थर्ड इयर का नतीजा निकल गया ?''

''बिलकुल। और, कुछ और मालूम है? फर्स्ट डिविजन पास हुआ हूँ, थर्ड पोजीशन आई है।''

मैंने उसके चेहरे की ओर देखा। उम्मीद की थी कि वह आँख मारेगा क्योंकि वह भी जानता था और मैं भी जानता था कि इस बार परीक्षा कक्ष में एक के बजाय तीन निरीक्षक लगाए गए थे ताकि विद्यार्थी उनकी सद्भाव-भरी देखरेख में इत्मीनान से नकल कर सकें। पर फर्स्ट डिविजन और तीसरी पोजीशन पाकर वह शायद यह सब भूल जाने के लिए बेचैन था। उसका चेहरा कोरे काग़ज़ जैसा बना रहा। वह एक पुराने मित्र के साथ दगाबाज़ी जैसी थी, पर वह तुरंत खिली हुई आवाज़ में बोला, ''चलो, तुम्हें उम्दा लस्सी पिलाएँ।'' मुअक्किल से उसने कहा, ''तुम कोर्ट चलो, हमारे सीनियर वहीं आ रहे होंगे।'' कहकर, जब इसकी कोई उम्मीद नहीं थी, उसने मेरी ओर देखते हुए आँख मारी।

उम्दा लस्सी टीन के नीचे चाय-बिस्कुट-लस्सी की एक चीकट दुकान में मिलती थी। दही के तीन-चार खाली कुंडे नाली के पास पड़े थे। उन पर टूटती हुई मक्खियों की और दुकान पर जल्दबाजी मचाते हुए काले-मटमैले कोटवाले वकीलों की इफ़रात देखकर शुबहे की रत्ती-भर गुंजायश न थी कि इस हल्के में लस्सी की यही सर्वश्रेष्ठ दुकान है। वहीं मैंने लगभग अपनी उम्र के एक वकील को देखा जिसकी मरियल देह पर काला कोट विशेष रूप से चमक रहा था। कोट में मटमैलापन अभी घुस नहीं पाया था। मटमैलापन था जरूर, पर वह सारा-का-सारा कभी सफेद रह चुके पतलून में था। पैरों में रबर के हवाई चप्पल। मेरी तबीयत गिर गई। दो साल बाद, यल.यल.बी. पास कर चुकने पर, हो सकता है कि इंसाफ के मंदिर के इर्द-गिर्द फैली हुई फिसलन भरी, बदबूदार पगडंडियों में मुझे भी ऐसी ही चप्पलें चटकानी पड़ें। इस वक़्त मैं जूता पहने था। पर यह कितने दिन टिक पाएगा? कानून के पेशे का भेड़ियाधसान दुकान पर वकीलों की भीड़ और उनकी पोशाक की दयनीयता के साथ मुझे दमघोटू जान पड़ने लगा। मैं दुकान से दो-चार क़दम पीछे हट आया।

प्रेमबल्लभ लस्सी का ग्लास मेरी ओर बढ़ा रहा था पर तिरछे होकर किसी दूसरे वकील से सुना रहा था, ''राघवन् का तो भागवन् हो गया।''

उस वकील ने सिर हिलाकर इस खबर को लस्सी के घूँट के साथ खामोशी से पी लिया। मैंने पूछा, ''क्या हुआ?''

कुछ ज़्यादा ही जोर से, ताकि सारे समाज के ठस खोपड़े में वह सनसनीखेज खबर ठुँस जाए, प्रेमबल्लभ ने अपनी बात दोहराई। फिर उसकी व्याख्या की, ''वह चोट्टा

राघवन् भागवन् हो रहा है। भाग रहा है। तबादला हो गया साले का।''

राघवन् ज़िला मजिस्ट्रेट थे। एक घूसखोर क्लर्क और टिकियाचोर वकील के झगड़े को लेकर दो महीना पहले वहाँ वकीलों का जो आंदोलन हुआ था, उसमें काले कोटों की प्रमुख माँग यही थी कि जिला मजिस्ट्रेट को मुअत्तल किया जाए और उसका तबादला किया जाए। यह साफ नहीं था कि इन दो में से पहले क्या हो। जो भी हो, बड़े घमासान आंदोलन के बावजूद और उसके बाद भी इन दो में से कोई बात नहीं हुई थी। अब तबादलों की साधारण कड़ी में राघवन् का भी तबादला हुआ है। प्रेमबल्लभ का दावा था कि यह उसके सीनियर के असर से, जो कि वकीलों के असोसिएशन के महामंत्री हैं, और एक तरह से कुछ खुद उसके असर से हुआ है।

पर लस्सी की दुकान के आगे खड़े हुए वकीलों का जत्था ऊपरी हाँ-हूँ के सिवाय इस बारे में उदासीन हो चुका था। शायद उनको लग रहा था कि यह किसी बड़े दूर-दराज़ देश की खबर है, हाइती या फिलिपीन में राज-सत्ता पलटने जैसी, जिससे उनकी नून-तेल लकड़ी का कोई लेना-देना नहीं। मुझे हैरत हुई कि प्रेमबल्लभ, जो और चाहे जो कुछ हो, बेवकूफ नहीं है, श्रोताओं की प्रतिक्रिया से बिलकुल अछूता रहकर इस बारे में कैसी बक-बक कर रहा है।

इन वकीलों की उदासीनता कुछ-कुछ मेरी समझ में आ रही थी। ये संघियों, जेठमलानियों, गोरेवालाओं की जमात के न थे। ये मामूली घरों में से और उससे भी ज़्यादा मामूली दिमागवालों में से थे। इनकी दैनिक आमदनी इतनी भी न थी कि इनसे रिक्शावाले तक रश्क करें। हड़ताल ने, जो प्रेमबल्लभ के सीनियर ने अपने अहंकार को थपथपाने और अपनी नेतागिरी को जमाने के लिए इन पर थोपी थी, इन्हें अधमरा बना दिया था। वह हड़ताल इनके लिए भीषण आगजनी, सूखा, भूकंप आदि की तरह भुखमरी फैलाती हुई आ गई थी और अब जबकि फुहार पड़ने लगी थी, पिछली गर्मी की भयानक तपिश पर वे प्रेमबल्लभ का व्याख्यान नहीं सुनना चाहते थे, शायद उसके बारे में वे सोचना भी नहीं चाहते थे।

बच सकूँ तो मुझे बचना चाहिए, मटमैली पतलून और रबर की चप्पल में एक चमकते काले कोट का निकम्मा हथियार लेकर देशव्यापी गरीबी के खिलाफ लड़ी जानेवाली इस निजी और शर्मनाक लड़ाई से मुझे बचना चाहिए—मैंने सोचा। प्रेमबल्लभ लस्सी और राघवन्-भागवन् की गाथा को समाप्त करके मेरे पास आ गया था। मैंने कहा, ''कभी फुरसत से मिलो तो अपने मजदूरों की यूनियन की रजिस्ट्री करा ली जाए।''

''इसी इतवार को बैठ लिया जाए'' कहकर वह अदालत की इमारतों की ओर बढ़ा। जो मेरे मन में नियाग्रा प्रपात बनी हुई थी, वह बात प्रेमबल्लभ के लिए बुलबुले जैसी उभरी और फूटकर गायब हो गई।

तब हिंदुस्तानी प्रथा के अनुसार, जिसके अंतर्गत घंटे भर बकवास करने के बाद

चलने के वक़्त ही असली बात पर आया जाता है, मैंने उससे अपनी समस्या और उसका समाधान बताया, "मैं एक ठेकेदार का मेट बनकर कुछ दिन परमात्मा जी के नए मकान के पास सरकारी इमारतों का काम देखूँगा। और रात तुम्हारे यहाँ बिताया करूँगा।"

उसने शाहाना अंदाज में कहा, "आजकल तो मेरे पास दो-तीन कमरे हैं। जब चाहो, आ जाओ।"

अदालत के दरवाज़े तक पहुँचते-पहुँचते मुझे यह भी मालूम हो गया कि उसके सीनियर वकील उस पर संदेह करने लगे हैं। अपनी बेवा बहन को उन्होंने उसकी ससुराल में ही रखने का फैसला किया है। प्रेमबल्लभ से उनका नाता अभी टूटा नहीं है पर अगर वह ज़रा भी चूक जाए तो किसी भी वक़्त टूट सकता है। इसीलिए दिन-रात उनके घर में घुसे रहने के बजाय अब प्रेमबल्लभ विधायक-निवास में एक विधायक के फ्लैट में रहने लगा है। वहाँ रहनेवाले दो-चार लोग और भी हैं। पर, प्रेमबल्लभ ने कहा, "वे सबके सब चिड़ीमार हैं। विधायक जी के क्षेत्र के रहनेवाले हैं, निकम्मे हैं। उनका वहाँ रहना न रहना, सब बराबर है।"

मेरे चलने के पहले प्रेमबल्लभ ने अचानक जोश से कहा, "सत्ते, सत्ते, सुनो भाई। आज शाम फोकट की दावत खाना चाहते हो?"

मेरे पूछने पर बोला, "कुँवर साहब आए हैं। मैंने भी उनकी फिल्म के लिए एक ऐसी कहानी सोची है कि गुलशन नंदा और समीर—सब चित्त हो जाएँगे। क्या समझे? शाम को बैठक होगी। आनंद साहब भी रहेंगे।"

कहकर उसने इस बार आँख मारने की कोशिश में उसे बिलकुल कानी बना डाला। मैंने कहा, "आज जाने दो, फिर कभी।"

चलते-चलते उसने मुर्ग मुसल्लम के बारे में कुछ कहा जो मैं ठीक से सुन नहीं सका।

परमात्मा जी से मेरे संबंध खराब हो सकते थे, पर हुए नहीं थे। वैसे तो मैंने उनका काम अपनी खीझ के सम्मान में छोड़ा था, पर उससे उन्हें भी एक असमंजस से छुटकारा मिल गया था। इंजिनियर साहब के रंगमंच पर आ जाने के बाद भवन-निर्माण के नाटक में मेरी भूमिका एक एक्स्ट्रा की सी हो गई थी। वहाँ से अपने आप हटकर मैंने परमात्मा जी को इस उलझन से बचा लिया था कि वे मुझे खुद हट जाने को कहें। इसी के साथ मैंने उन्हें यह कहने का मौका भी दे दिया था कि कैसा समय आ गया है भाई, अब अपने लोगों का भी भरोसा नहीं रहा। इन्हीं को देखो, घर के आदमी की तरह रखा था। जब काम का वक़्त आया तो ठेंगा दिखाकर किनारे खड़े हो गए। मुझे मालूम था कि वे इस मौके का पूरा-पूरा इस्तेमाल भी करते रहते थे। मिस्त्री इसका जो जवाब देते होंगे, उसका भी मुझे अंदाज था। 'अब भलमंसी के दिन नहीं रहे सरकार,' या, 'अब आदमी की आँख में सील नहीं रहा साहेब।'

दिहाड़ी मज़दूरों की यूनियन में मैं किसी अपने वज़नी आदमी को रखना चाहता था। मेरे लिए वह वज़नी आदमी अकेले परमात्मा जी थे। पर इस समय इंजिनियर साहब खुद उन्हीं की पीठ पर वज़नी होकर बैठे थे। सवाल यह था कि परमात्मा जी यूनियन के सहारे नेतागिरी के खुले बाजार में अपनी एक स्वतंत्र दुकान जमाना चाहेंगे या इंजिनियर साहब बनाम श्रमशक्ति के झमेले में इंजिनियर साहब के पिछलग्गू रहेंगे।

इतना तय था : वे यूनियन में आकर भी इन दिहाड़ी मज़दूरों का मामला उठा कर अपनी पार्टी या सरकारी तंत्र के आगे कोई तेजी नहीं दिखाएँगे। फिर भी उनसे कई लाभ हो सकते थे। वे कानूनी मामलों में पक्की सलाह दे सकते थे, जोश में आ जाएँ तो रुपए-पैसे की मदद भी। परमात्मा जी के घर की ओर बढ़ते हुए मैंने समस्या का हल निकाल लिया : परमात्मा जी को हमें इस यूनियन का दूसरा संरक्षक बनाकर उन्हें उस परम पुनीत काम में जोतने की कोशिश करनी चाहिए जिसे गाँधीवादी सुधारकों से लेकर सरकारी प्रचारक तक 'रचनात्मक कार्यक्रम' कहते हैं : मज़दूरों के लिए छोटा-सा औषधालय, उनके बच्चों के लिए छोटा-सा स्कूल (आश्रमनुमा, ताकि इमारत के अभाव पर कोई उँगली न उठाए) प्रौढ़ों की शिक्षा के लिए एक रात्रिशाला जिसमें न प्रौढ़ होंगे, न शिक्षा होगी, जो सरकारी अनुदान के लिए सिर्फ एक छोटे से सोख्ते का काम करेगी जैसा कि ऐसी लगभग सभी शालाएँ कर रही हैं और जिसके सहारे यूनियन के दूसरे रचनात्मक कार्यक्रम चलेंगे। यह भी सोच लिया कि इंजिनियर साहब तक बात पहुँचने के पहले ही हमें परमात्मा जी से हामी भरा लेनी चाहिए।

सोचा था कि परमात्मा जी से आज इसका जिक्र भर करूँगा, ठोस प्रस्ताव तब प्रस्तुत किया जाएगा जब हम तीन-चार युवाशक्तियों का प्रतिनिधि मंडल उनके सामने औपचारिक ढंग से उपस्थित होगा। पर जिक्र करने का अवसर नहीं आया। मालूम हुआ कि परमात्मा जी कोर्ट से सीधे दिल्ली से आनेवाले एक मिनिस्टर के यहाँ चले गए हैं। और मेम साहब? वे अभी-अभी इंजिनियर साहब के साथ गई हैं। वह उनकी मोटर है न, विलायती, सफेद, उसी पर अभी आए थे। शायद अपने घर गए हैं।

यह कैसे मालूम?

मेम साहब कह गई हैं, साहब आ जाएँ तो इंजिनियर साहब के यहाँ फ़ोन कर देना।

अचानक ऐसा काम कर बैठा जिसका कोई तुक-ताल नहीं था। बिना कुछ सोचे, बिना योजना बनाए इंजिनियर साहब के बँगले की ओर चल दिया। अधकचरे मनोवैज्ञानिकों के लिए यह मानना कितना आसान होगा कि मेरे भीतर कहीं गहरे में सावित्री के लिए गहरी लालसा रही होगी, उसे इंजिनियर साहब के बँगले पर गया हुआ सुनकर मेरी ईर्ष्या भड़क उटी होगी, आदि-आदि-आदि। पर बँगले की ओर बढ़ते हुए मेरे मन में एकाध बार भले ही इस जिज्ञासा ने सिर उठाया हो कि सावित्री वहाँ क्या करने गई है, मेरा ध्यान ज़्यादातर प्रेमबल्लभ के बहुमुखी व्यक्तित्व पर टिका रहा। शाम के

मुर्ग मुसल्लम पर नहीं, इस कल्पना पर कि उसी कहानी पर जो गुलशन नंदा और समीर को चित्त करके गढ़ी गई है। कुँअर साहब की फिल्म बन चुकी है। प्रेमबल्लभ के पास दर्जनों बंबइया प्रोड्यूसर नई कहानी के लिए क्यू लगाए खड़े हैं। प्रेमबल्लभ अपनी लँगड़ी टाँग को बेशकीमती पतलून से ढके हुए, अब बड़ी मोटर पर चढ़ता है, बंबई के एक लकदक फ्लैट में रहता है, किसी तलाकशुदा फिल्मी अभिनेत्री पर फ़िदा है, अपने प्रेम की प्रगति-रिपोर्ट हर सप्ताह मुझे लिखकर भेजता है, मुझे बंबई बुला रहा है। कैसी होगी बंबई ?

अपनी निरर्थक यात्रा और बेवकूफ़ी का एहसास बँगले के फाटक में घुसते ही हुआ। सोचा, लौट चलूँ, पर नहीं लौटा।

कुछ सप्ताह पहले नेता के दाहकर्म के लिए मदद माँगने इसी बँगले पर आया था। तब इसकी रंगत कुछ और थी। बदरंग हो रहा था। आज यह दूर-दूर तक 'लैट' मार रहा था। मामूली शक्लो-सूरत की कोई अधेड़ महिला, जिसे कल सब्जी मंडी में झोला लिए हुए घूमते देखा था, आज जगमगाते स्टेज पर रँगी-पुती सजी-सँवरी नृत्यांगना के रूप में आकर मुझे तिरछी चितवन से देख रही थी। बँगले का कायाकल्प हो गया था, जैसे किसी ने जनेऊ-चुटिया, चीकट कुर्ता छोड़कर बिलकुल नए फैशन का सफरी सूट पहन लिया था और फैब्रिक्स के किसी विज्ञापन फिल्म में माडेलिंग के लिए तैयार खड़ा था।

उस बार बँगले के सामनेवाले सहन में कुछ झाड़-झंखाड़, दो-एक टूटी-फूटी ट्रकें, एक ट्रैक्टर और लोहा-बालू सुर्खी का भंडार जैसा दीखा था। आज वहाँ करीने से लगी हुई लंबी-चौड़ी लॉन थी जिसमें घास पूरी तौर से उगी न होने पर भी दूर से हरियाली का आभास होता था। चहारदीवारी के किनारे जो पेड़-पौधे-लताएँ थीं, वे बारिश से धुल चुकी थीं। चारों ओर रंगीनी, नफासत और तरतीब का माहौल था। अंदर बरामदे में हरे-भरे गमले, बगीचे की कुर्सियाँ और ताजे पेंट में झलझलाते दरवाजे और खिड़कियाँ, यही सब करिश्मा देखकर पुराने पंडित पुराणों की कथा बाँचते हुए कहते हैं : 'तो जजमान ये भया, जो है सो कि द्वारवती में शिरी किशन जी ने उस जीर्ण-शीर्ण पुराने महल को पाँव के अँगूठे से दबाके रसातल में पहुँचाय दिया और उसके अस्थान पर शिरी विश्वकर्मा जी महाराज ने अमरावती से एक मणिजटित, रत्नरचित सुवर्ण प्रासाद उतार करके शिरी किशन जी के भोग-बिल्लास के निमित्त उस नगरी में प्रस्थापित कर दिया।'

मैं बरामदे के पास कुछ अचकचाया, कुछ चौंधियाया-सा खड़ा था। बँगले की विस्तीर्ण चहारदीवारी के पार सड़क थी जिसे शहर में सबसे ज्यादा साफ़-सुथरी, सबसे ज़्यादा शानदार माना जाता था। सड़क के दूसरी ओर किसी रिटायर्ड कर्नल ने अपने पुश्तैनी बँगले को तुड़वाकर एक आधुनिक बाज़ार बनवा लिया था। उस क्षेत्र में नगर प्राधिकरण ने बाज़ार बनवाने की स्वीकृति कैसे दे दी, उस मुद्दे पर कुछ महीने पहले

अख़बारों में कई भंडा-फोड़वादी खबरें आई थीं। पर उधर खबरें छपती रहीं, इधर बाज़ार बनता रहा। बन जाने पर उसी बाज़ार के उद्घाटन के अवसर पर उन्हीं अखबारों ने दो-दो पृष्ठ के विशेषांक निकाले, एक पृष्ठ में सत्तर व्यापारियों के अलग-अलग शुभकामना संदेश, दूसरे में कर्नल का फोटो, और मुख्यमंत्री का संदेश जिसमें इसे नगर विकास का कीर्ति-स्तंभ कहा गया था। क्योंकि उसमें ऊपर की मंज़िल के लिए एस्केलेटर लगनेवाले थे। राज्यपाल का भी एक शाकाहारी गाँधीवादी चित्र छपा था जिसके बीच सूचना थी 'जिनके करकमलों द्वारा आज इस शापिंग कांपलेक्स का उद्घाटन होगा।' बहरहाल, इस वक़्त कांपलेक्स में मोटरें खँची पड़ी थीं। रंग-बिरंगी रोशनी में वह जगमगा रहा था। बड़ी कर्री तबीयत का होने पर भी आज तक इस कांपलेक्स में पाँव रखने की मेरी हिम्मत नहीं हुई थी। मन भी नहीं हुआ था। इस समय भी यह कांपलेक्स मुझसे सिर्फ दो सौ गज दूर नहीं था, मेरे लिए वह पेरिस था, लॉस एंजिल्स था, टोकियो था, मेरे लिए वह इतिहास की वैशाली था, अवंतिपुरी था, काव्य की अलका नगरी था।

शापिंग कांपलेक्स से कुछ आगे, जिसे मैं बरामदे के कोने से देख सकता था, एक पंच-सितारा होटल की इमारत का उजाला पूरे अंतरिक्ष को दबोचे बैठा था। पर अदृश्य आसमान की पृष्ठभूमि में उसकी छत पर लगे लाल रोशनी के सितारे दमक रहे थे। एक और अलका नगरी।

सड़क पर दोनों ओर, विपरीत दिशाओं को भागती हुई मोटरों की कतारें, वैभव से उपजी, वैभव से चलती हुई, वैभव का ही पीछा करती हुईं—भले ही वह चोरी और सीनाजोरी का वैभव हो। फुटपाथों पर टहलते हुए, अपने आपसे मुदित सजे-धजे जोड़े, लहराती हुई लड़कियों के झुंड—जिनके बालों की खुशबू मैं आँख मूँदकर यहाँ तक से सूँघ सकता था। लगता था, उँगली के एक इशारे से सारी हरकतें किसी भी वक़्त थम सकती हैं, फिर सिनेमा के किसी बेशकीमती सेट पर 'ऐक्शन' कहते ही वे धीरे-धीरे थिरकना शुरू करेंगी, प्रेमियों के ये जोड़े प्रणय-मुद्राओं का धीमी लय से अभिनय करने लगेंगे। उसके बाद, अगर कोई कह दे : कट्!

'कट्' मेरे दिमाग़ में हुआ।

बरामदे के आगे अकेला खड़ा हुआ एक मैं हूँ जिसने जसोदा से न जाने किस बूते पर वादा किया है। नेता को किसने मारा, क्यों मारा, इस घटना के जासूसी उपन्यास में मैंने हीरो बनने का बीड़ा उठाया है। शायद यही है गदहपचीसी।

बरामदे में खड़े-खड़े मुझे पाँच मिनट हो रहे थे पर कोई भी मेरे पास नहीं आया था। सामने सहन में भी कोई न था। न माली, न चौकीदार, न कार्बाइनधारी पप्पी। पोर्टिको में मोटर तक नहीं। मैंने चुपचाप फाटक के बाहर निकलना ही वाजिब समझा। मुड़कर फाटक की ओर चला।

तभी दरवाजा खोलकर इंजिनियर साहब बरामदे में बाहर आए। चौखाने की कमीज, कसी हुई जीन्स, ऊँचे बूट जूते। मुझे देखते ही बोले, "तुम ?"

मैं पलटकर खड़ा हो गया था। अपनी अचकचाहट दबाकर इंजिनियर साहब को नमस्कार किया। खुले दरवाजे से सावित्री भी दीख पड़ी। हरी साड़ी में तोता-परी बनी हुई, उनसे कुछ दूर पीछे हटकर वह एक सोफ़े के पास खड़ी थी। कायदे से मुझे असमंजस दिखाना चाहिए था; पर इंजिनियर साहब के चेहरे ने मेरे भीतर का आत्मविश्वास जगा दिया, शरारत की पुरानी आदत सिर झटककर खड़ी हो गई। ज़रूरत से ज़्यादा हैरत भरी आवाज़ में आगे बढ़कर मैंने ज़ोर से कहा, "सावित्री ? तुम ?"

वह भी बरामदे में आ गई। भली लड़की की तरह साड़ी के पल्लू को दोनों कंधों पर समेटते हुए बोली, "तुम्हारा यहाँ कैसे आना हुआ ?"

इंजिनियर साहब मुझे लगातार घूरे जा रहे थे, पर मुझे अपनी मज़बूती का पता था। सावित्री के सामने कोई अप्रिय घटना न हो पाएगी, उनका घूरना जलती आग में दियासलाई लगाने से ज्यादा सार्थक नहीं था। मैंने घूमकर पीछे देखा, एक मज़दूर जैसा आदमी बरामदे के पास आ गया था। माली-वाली होगा। पप्पी भी न जाने कहाँ से आ गया था, वह लॉन के पास था, कार्बाइन नदारद थीं।

मैंने सावित्री से कहा, "यूँ ही उधर शापिंग कांपलेक्स की ओर जा रहा था। फाटक के पास से निकलते हुए लगा कोई बँगले में 'बचाओ-बचाओ' कहकर चीख रहा है। जनाना आवाज़ थी, मैं झपटकर यहाँ आ गया, खैर, भगवान की दया से यहाँ सब राजी-खुशी है।"

इंजिनियर साहब के बस में होता तो अपनी टाँगें अपनी ही गर्दन में फँसाकर ऐटम बम की शक्ल में तब्दील हो गए होते। कम-से-कम उनकी आवाज़ से ऐसा ही लगा। बोले, "मेरे बँगले पर तुम्हारे आने की कोई ज़रूरत नहीं है। तुम ग़लत आदमी हो।"

ऐसी ही मौकों पर फिल्मी हीरो अपने प्रतिद्वंद्वी पर अवज्ञा की हँसी हँसता है। उस स्टैंडर्ड हँसी में अस्सी फ़ीसदी कटौती करके मैंने कहा, "माफ़ कीजिएगा। पता नहीं था कि यह आपका बँगला है। पिछली बार जब आया था न उस मज़दूर की चिता के लिए कुछ मदद माँगने, तब तो आपका कोई दूसरा ही बँगला हुआ करता था। बाहर पुरानी ईंटों पर पीला-पीला रामरज पुता हुआ था न ? यह तो कोई दूसरा बँगला है। मैं जानता कि आपका है तो मैं यहाँ हरगिज न आता। चाहे 'बचाओ-बचाओ' चिल्लानेवाली ये सावित्री ही क्यों न होती।"

इंजिनियर साहब ने मेरी पूरी बात नहीं सुनी। अंदर चले गए और दूसरे ही क्षण हाथ में चाभी का गुच्छा हिलाते हुए बाहर आ गए। सावित्री से बोले, "आईए, आपको घर पहुँचा दूँ। अब आज सावित्री टावरवाली स्कीम पर क्या बात हो पाएगी ? मैं कल पूरी फाइल लेकर आपके ही यहाँ आ जाऊँगा। भाई साहब होंगे तो और भी अच्छा रहेगा।"

डेली पैसेंजरी से इतना फ़ायदा तो होता ही है कि किस्म-किस्म के लोग देखने को मिलते हैं। सिर्फ दूसरे की आँखों में झाँककर आप जान सकते हैं कि यह मुसाफिर चाहता क्या है। अब यह समझने के लिए मुझे किसी लंबे-चौड़े तजुर्बे की ज़रूरत न थी कि मुझे अपनी निगाहों से जलाना चाहते हुए भी इंजिनियर साहब सावित्री के वहाँ होने की सफाई दे रहे हैं।

हाथ में चाभी का गुच्छा झुलाते हुए वे बँगले के पिछवाड़े की ओर चले गए। मैंने सावित्री से कहा, ''तुम यहाँ अपने मन से आई थीं तो फिर चिल्लाने की क्या जरूरत थी ?''

वे कुर्सी पर बैठ गई थीं। तुनककर बोलीं, ''मैं चिल्लाई कब थी ?''

''यह भी कह दो कि मैं आई ही कब थी।''

वह चुप रही, फिर मुस्कराई, हँसी। बोली, ''तुम बड़े बेढब हो। यह 'बचाओ-बचाओ' कहाँ से सुन लिया ?''

''मैं इधर से निकल रहा था...''

''अब वही न रटते रहो। मैं सब समझती हूँ। यहाँ रुके क्यों हो, जाओ न। कुछ कहना हो तो घर पर आना।''

इंजिनियर साहब गाड़ी लेकर सामने आ गए थे। सावित्री के साथ मैं गाड़ी की ओर बढ़ा। इंजिनियर साहब से बोला, ''बुरा न मानिएगा साहब, मैं बिना जाने हुए आपके बँगले पर आ गया था।''

फाटक के बाहर आ जाने पर पप्पी ने कहा, ''मान गए मुंसी जी ! पक्के शोहदा हो।''

''ठीक कहते हो।'' कहकर मैं सड़क पार करने के लिए बढ़ा। आत्मविश्वास की इसी लहर में मैं सामने के शापिंग कांपलेक्स को भी नाप लेना चाहता था।

पप्पी ने मेरा हाथ पकड़ लिया, कहा, ''ठीक हो या गलत, पर तुम्हें एक बात बता दूँ मुंसी जी। साहब के इधर अब कभी मत आना।''

''क्यों ? आऊँ तो क्या गोली मार दोगे ?''

''गोली लायक तुम नहीं हो मुंसी जी। यही माली-वाली कभी तुम्हारी पीठ की गर्द झाड़ देंगे, और क्या ?''

''तो फिर पप्पी भाई, गोली खाने लायक लोग कौन से हैं।''

''अब मुझसे क्यों पूछते हो मुंसी जी, मैं तो खुद अपने घर वापस जा रहा हूँ।''

उसने बिना मेरे उकसाए अपने घरेलू हालात सुनाने शुरू कर दिए। घटना कुछ इस प्रकार की थी। पप्पी बिहार के भोजपुर जिले के रहनेवाले हैं। उनके बड़े भाई को डकैत का दर्जा देकर, जब कि वह इस सम्मान के लायक़ न था, पुलिस ने एक मुठभेड़ में उसका सफ़ाया कर दिया है। बक़ौल पप्पी, मुठभेड़ फर्जी है। घर पर खेती-बाड़ी है, उसकी देखरेख के लिए पप्पी को अब गाँव में जाकर रहना होगा।

''ऐसा न करना पप्पी भाई, पुलिस दूसरी मुठभेड़ में तुम्हारा भी सफ़ाया कर देगी।''

पप्पी ने इसे बड़े संयत ढंग से स्वीकार किया। कहा, ''पर यहाँ मन भर गया है।''

''तो उधर अहमदाबाद की ओर चले जाओ।''

''वहाँ क्या है?''

वहाँ डकैती की अमित संभावनाएँ हैं। मैंने उन्हें समझाया। हमारे क्षेत्र के कई साहसी लड़कों को न जाने क्यों भरोसा हो गया है कि गुजरात की धरती डाकेज़नी के लिए इधर के पुरबिहा लोगों के स्वागत में अपना आँचल फैलाए खड़ी है। बहुत से लड़के उधर जाकर इस व्यवसाय में फल-फूल रहे हैं। कुछ पकड़े भी गए हैं, यह नहीं बताया। इसका भी जिक्र नहीं कि उनकी तरफ से जमानत की दरखास्त तक देनेवाला कोई नहीं है।

मैंने कहा, ''जाना चाहो तो एकाध लड़कों के पते मेरे पास हैं। तुम्हें वे एकदम अपना सरदार बना लेंगे।''

पप्पी खिसखिसाकर हँसे, इतने रोबदार चेहरे और इतनी खतरनाक मूँछों में वह हँसी सचमुच ही बड़ी दिलकश लगी। बोले, ''मुंसी जी, तुम मुझे डकैत समझते हो? अरे भाई, नेकनामी-बदनामी तो भगवान जाने, मैं फौज का पुराना हवलदार हूँ। आर्टिलरी में था। पेंशन पाता हूँ। मुझसे डाका क्यों डलवा रहे हो।'' ख़ामोशी से मैंने इसे पचाया, फिर कहा, ''तो जाओ हवलदार साहब, अपने भोजपुर में खेत गोडो।''

वे फाटक के बाहर फ़ुटपाथ पर खड़े रहे। कहने लगे, ''यही तो करना चाहता हूँ मुंसी जी। पर तुम ठीक कहते हो। पुलिस यह भी नहीं करने देगी।''

''तब फिर यहीं बने रहो।''

उन्होंने बाएँ हाथ का पंजा पलटकर उँगलियाँ फैला दीं। मुझे समझने में दिक्कत नहीं हुई : यह हारे हुए खेतिहर की हताश मुद्रा थी।

6

जो मज़दूर मज़दूरों के सिर पर खड़ा होकर काम कराता है, उसे इधर मेट कहते हैं। पर ठेकेदार साहब ने मुझे पहले दिन से ही सुपरवाइजर साहब कहना शुरू कर दिया था। दैनिक मजदूरी की जगह मासिक वेतन की बात तय हुई थी। ठेकेदार साहब एक बड़ी सरकारी योजना के मकान बनवा रहे थे। लोहा, सीमेंट आदि सामग्री सरकार लगा रही थी। मेरा वेतन तय करते समय यह मानकर चला गया था कि जहाँ ठेकेदार साहब और सरकारी अफसर इस सामग्री को डकैतों की तरह लूटेंगे, मैं भी, कुछ बना तो उठाईगीरों की तरह, थोड़ा-बहुत चोरी से बचा ही लूँगा। मुझे यहाँ अभी आए सात-आठ दिन ही हुए थे, मेरे लिए इस सार्वजनिक लूट का 'इन्फ्रास्ट्रक्चर' नहीं बन पाया था, इस बारे में मैं कुछ तय भी नहीं कर पाया था।

वैसे, ठेकेदार साहब एक बुजुर्ग सज्जन थे। उन्हें देखकर कोई नहीं कह सकता था कि ये कभी पुलिस के डिप्टी यस. पी. रह चुके हैं, ऐसा शायद इसलिए कि वे अपने महकमे में ज़्यादातर ऐसी इमारत में बैठे रहे थे जिसकी छत से टपककर अगर कोई चूहा भी फ़र्श पर गिरता तो भूखों मर जाता। वे खुफ़िया पुलिस में थे। उनके दामाद यहाँ इंजिनियर थे, इसलिए एक दूसरे इंजिनियर ने उनको यहाँ एक बड़ा ठेका इस सद्भावना से दे दिया था कि खुद उनके साले को पहले इंजिनियर अपने नीचे उतना ही बड़ा ठेका दे देंगे। ठेके का काम दो हिस्सों में बँटा था, पहला तो एक टीले से मिट्टी खुदवाकर निर्माण की निचली ज़मीन में भराई कराना, दूसरे सरकारी अमले के लिए कुछ दुमंजिले आवास बनवाना। पहले में सरकार रुपए को मिट्टी बनाती थी, दूसरे में ये मिट्टी को रुपिया बनाते थे। दूसरे में निर्माण-सामग्री की लूट थी, जिसके ख़िलाफ़ अपनी अंतरात्मा को छोड़कर कोई भी आवाज़ उठानेवाला न था, वहाँ लूट की सीमा या सीमाहीनता लूटनेवाले की हिम्मत के सीधे अनुपात में तय होती थी।

ठेकेदार साहब का असली काम सिर्फ़ मौजूद रहना था, ठेके का सारा काम इंजिनियर साहब के मातहत लोग सँभालते थे। ठेकेदार के काग़ज़-पत्तर किसी सरकारी आदमी की लिखावट में न बनें, इसलिए, लाज़मी न होते हुए भी, मुझे काम पर लगा लिया गया था। तनख़्वाह किसी अच्छी कंपनी के चपरासी की चौथाई, और

मज़दूरों की उजरत की दो-तिहाई थी। शहर में अपने पाँव टिकाने और दूरस्थ नियंत्रण, अर्थात् रिमोट कंट्रोल की प्रक्रिया से यल. यल. बी. करने के लिए मेरे लिए फ़िलहाल इतना काफ़ी था।

पानी रात से ही बरस रहा था। सवेरा घने बादलों से ढँके आकाश, झकझोरती पुरवा और चारों ओर घने होते धुँधलके के बीच हुआ, पर 'प्रकट हुआ' जैसी कोई चीज़ नहीं हुई। बचपन की लोककथाओं में 'कजरी-वन' सुनकर मन में जिस घने, अँधेरे, दिशाविहीन, मार्गविहीन जंगल की तस्वीर उभरती थी, सड़कों और बहुखंडी भवनों से भरा हुआ शहर कुछ देर के लिए मेरे मन की इस तस्वीर में विलीन हो गया। फ़र्क यह था कि आतंक की जगह मन में हुलास था। क्योंकि बारिश हो रही थी और अभी होती रहेगी। मौसम विभाग कुछ भी कहे, किसी को भी यह बताने की ज़रूरत न थी कि आज पानी जमकर बरसेगा।

गाँव का रहनेवाला हूँ और जानता हूँ कि लहलहाती हरियाली, लहराते पोखर, हिंडोले, कजरी, रोपाई के गीत, तीज, राखी, जन्माष्टमी आदि-आदि-आदि-आदि का चाहे जितना बड़ा मायालोक फैलाया जाए, हहराती-हरी-लहराती-लता चाहे जितना झूमें, वर्षा ऋतु गाँव के लिए नरक है। टपकते छप्पर और ढहती हुई कच्ची दीवारें, पशुओं और नरपशुओं के मलमूत्र से गँजे हुए कीचड़ सने गलियारे, भारी पंखों की मक्खियाँ; झुंड-के-झुंड मच्छर, कीड़े-मकोड़े, केंचुए, जोंक, बिच्छू और साँप, धुँआते-धुँधवाते चूल्हे और गँधाते ओसारे, जुकाम-खाँसी-मलेरिया, जानवरों का खुरहा और धान की रोपाई से लौटनेवाले आदमियों के सड़े पंजे, जल-भराव और बाढ़। यह सब जानते हुए भी अचंभे की बात यह कि उस मायालोक में उतरनेवाली एक परी का मैं हमेशा इंतज़ार करता हूँ। केवल एक परी का जो पानी बरसाती है। किसी भी मौसम में हो, अगर बादल घुमड़ रहे हों और पानी बरस रहा हो तो मेरा मन अपने लिए अपने आप एक मायालोक रचने लगता है, वह हुलास और उमंगों का लोक है, उसमें हताशा नहीं है, हार नहीं है। यहीं मैं एक-सौ-एक फ़ीसदी रोमांटिक हूँ।

सबेरा ऐसा था कि उसमें सिर्फ मैं रह गया और खुली खिड़की के उस पार बारिश रह गई। इस पार, मेरे पास टीक के सरकारी पलँग पर मुलायम सरकारी गद्दे के ऊपर अपनी मैली ग़ैरसरकारी चादर बिछाए प्रेमबल्लभ मुँह-बाए खर्राटे ले रहा था, यह फौजी रम और उत्तम हाज़्मे और गदहपचीसी का प्रसाद था। विधायक के चुनाव-क्षेत्रवाले निठल्ले लोग पहले ही धारीदार अंडरवियर या लुंगी में फ्लैट का दूसरा क़मरा छोड़कर बरामदे में आ गए थे और दतून चबाते हुए बार-बार नीचे सहन में थूक रहे थे। मैंने जल्दी से तैयार होकर अपनी साइकिल निकाली और बरसते पानी में, यह जानते हुए भी कि आज मज़दूर अपना नफ़ा-नुकसान सोचे बिना सिर्फ वर्षा मंगल मनाएँगे, 'साइट' पर जाने के लिए निकल पड़ा। छाता या बरसाती से हमारा क्या

लेना-देना, सिर्फ़ एक सूखी बुशशर्ट पॉलीथीन के एक थैले में रक्खी और उसे अपने नाभिप्रदेश के पास पतलून में ठूँस लिया।

कल परमात्मा जी का आदमी एक निमंत्रण-पत्र दे गया था। आज उनके नए मकान के गृहप्रवेश की साइत थी।

सबसे ऊपर हिंदीवाली 'श्री' नहीं, बाक़ायदा संस्कृत की 'श्रीः'। उसके नीचे गणेश-जी की अठन्नी की नापवाली तस्वीर। फिर कोई वेदमंत्र, जिसकी पंक्तियों पर उदात्त-अनुदात्त आदि के निशान बने हुए। फिर 'स जयति सिंधुरवदनो' इत्यादि का श्लोक। फिर निमंत्रण की इबारत, जिसमें सावित्री-सदन नामक सदन में प्रवेश के पुण्य अवसर पर श्रीमती सावित्री सरन और श्री परमात्मा सरन ने अमुक तिथि-मास-विक्रमाब्द संवत् तदनुसार फ़लाँ अगस्त सन् फ़लाँ ईसवी को सायंकाल छह बजे आपको पूजन का प्रसाद ग्रहण करने, तदुपरांत प्रीति भोज का उपभोग करने के लिए सादर, सस्नेह, सविनय निमंत्रित किया है। पीला कार्ड, उस पर सिंदूरी वर्ण के अक्षर। भारत की महान संस्कृतनिष्ठ संस्कृति के निर्मल केसरिया पटल पर एकमात्र कोई कलंक था तो वह था लोक भाषा का 'सरन', किसी पंडित के धवल अँगरखे पर रम के कत्थई धब्बे जैसा। पर उसके ज़िम्मेदार परमात्मा जी नहीं, उनके पिता जी थे जिन्होंने 'शरण' की शरण न लेकर 'सरन' की सरन ली थी।

निमंत्रण-पत्र क्या था, कलियुग में हम जैसे गँवारों की छाती पर ठोंकी गई धर्म की ध्वजा थी। दूसरी ओर, वह इक्कीसवीं सदी की ओर बढ़ते हुए निमंत्रणदाता की पीठ पर चढ़ा हुआ ग्यारहवीं सदी का कोई सांस्कृतिक बैताल था। जिस तरह देवी-देवता मनाए जा रहे थे और किसी भी प्रकार के विघ्न के ख़िलाफ़ चारों ओर मंत्र-तंत्र जैसी क़िलेबंदी की जा रही थी, उससे लगता था कि आधुनिक सुख-सुविधा से लैस एक खूबसूरत बँगले में टीक के खुले दरवाज़े से प्रवेश न करके परमात्मा जी, सिर पर कफ़न बाँधे और जान हथेली पर लिए, ताना जी की तरह गोह में बँधे रस्से के सहारे दीवार लाँघकर दुश्मनों से भरे हुए सिंहगढ़ क़िले में आधी रात को घुस रहे हैं। हर हर महादेव !

बहरहाल, यह जलसा तो शाम को देखना है, अभी बरसते पानी का नज़ारा देखते हुए मैं सरकारी आवासों के 'साइट' पर हूँ। एक कच्चे फर्श के खुले, अधबने बरामदे में, ईंट की एक अस्थाई चौकी पर, सीमेंट की दो खाली बोरियाँ बिछाकर बैठा हूँ। उधर एक मज़दूर महिला अपने दो-ढाई साल के चीख़ते हुए नंग-धड़ंग बच्चे की बाँह अपने एक हाथ से टाँगकर दूसरे अधबने मकान से बाहर निकलती है और सामने सड़क पर पानी में टट्टी करने के लिए पटक गई है। यह मेरा जाना-बूझा, सुपरिचित परिदृश्य है। ये सभी महिलाएँ बच्चों को इसी तरह मरियल चूहे की तरह झुलाती हुई ले आती हैं और किसी भी जगह उन्हें गोबर के छोत की तरह पटककर चीख़ने और टट्टी करने के लिए छोड़ देती हैं। यहाँ न इक्कीसवीं सदी की उमंग-भरी आशाएँ हैं, न ग्यारहवीं सदी के

सांस्कृतिक सपने। यह इस महिला की और बच्चे की, और खुद मेरी बीसवीं सदी है—घोर बीसवीं सदी।

जहाँ अभी बच्चा बैठा हुआ चीख़ रहा था, वहीं से पानी की फुहारें उड़ाते हुए ठेकेदार साहब स्कूटर पर आते दिखाई दिए। आते ही बोले, "अच्छा हुआ आप आ गए। दिल्ली से ऊँचे अफसरों की एक टीम आई है। उनके साथ वर्ल्ड बैंक वाले भी हैं। वे सब तीन बजे यहाँ मुआयना करने आ रहे हैं।"

"ऐसी बारिश में?"

"बारिश तो होती ही रहती है। टीम आज ही मुआयना करके शाम के हवाई जहाज से लौट जाएगी। कल दोपहर तक उन्हें तमिलनाडु में एक प्रोजेक्ट का मुआयना करना है।"

"हमें क्या करना होगा?"

"कुछ नहीं, सिर्फ़ यहाँ मौजूद रहना है। टीम को खिलाने-पिलाने, दिखाने-सुनाने का काम तो सरकार का है।"

कहकर उन्होंने बरसाती के बटन खोलने के बाद बुशशर्ट के बटन खोले, उसके नीचे खद्दर की बनियाइन में छातीवाली जेब से काग़ज़ का मुड़ा हुआ एक पैकेट निकाला। बोले, "यह देखिए।"

पाँच-छह पन्नों में टाइप किए हुए कुछ चार्ट थे, कुछ नक्शे, मकानों की कुछ डिज़ाइनें। उन्होंने कहा, "दो-एक बार पढ़ लीजिएगा। शायद कुछ पूछताँछ हमीं लोगों से होने लगे।"

मैंने कहा, "आप बुरा न मानें तो कहूँ। आप अपनी पुरानी आदतों से मजबूर हैं। इस वक़्त आप डिप्टी यस.पी. नहीं, ठेकेदार हैं। आपको न कुछ पढ़ना है, न कुछ बताना है। मुआयना और मीटिंग का नाम सुनते ही आपकी आदत आपको परेशान करने लगती है। पर इस वक़्त आप अपने डी.आई.जी. की माहवारी बैठक में कोई रिपोर्ट नहीं देने जा रहे हैं। अब आप वहाँ हैं जहाँ से आप दूसरों को इन नक्शों से माथापच्ची करते हुए देख सकते हैं और खुश हो सकते हैं कि आपका इससे कुछ लेना-देना नहीं है। अभी दो-तीन घंटे यहाँ कोई नहीं आएगा। आप चाहें तो तब तक कहीं जाकर चाय-वाय पी आएँ। फिर लौटकर बैठिए और तमाशा देखिए।"

उन्होंने मेरी समझदारी की दाद दी, मुझे स्कूटर पर बैठाला, दो-तीन किलोमीटर चलकर एक धुँआते हुए ढाबे में मुझे उम्दा चाय पिलाई, समोसे खिलाए, खुद टोस्ट खाया और दूध पिया, फिर हम दोनों तमाशा देखने के लिए वापस लौट आए।

पर तमाशा कुछ ज़्यादा देखने लायक़ न था। बस इतना हुआ कि दोपहर बाद दो इंजिनियर वहाँ जीप से आए। तब आसमान कुछ और काला हो चुका था और हवा पहले से तेज़ बह रही थी। पर पानी के नाम पर बहुत हल्की फुहार भर रह गई थी। दोनों हाकिमों के हाथ में एक-एक फ़ाइल थी। वें ठेकेदार साहब से मसाले के अनुपात

आदि के बारे में बात करते रहे। आधी हिंदी और आधी अंग्रेजी बोलते रहे और फ़ाइल भी देखते रहे। मैंने जीप के पास आकर देखा, वे वही चार्ट देख रहे थे जो ठेकेदार साहब की जेब में था।

चार बजे के लगभग इन्हीं दो इंजिनियरों के पीछे एक ऐंबैसडर गाड़ी से चार और अफसर आए। वे चारों आपस में सिर्फ़ अंग्रेजी बोलते रहे। उनमें से एक ने उतरकर इंजिनियरों के साथ, कीचड़ के बावजूद, दो-तीन अधबने मकानों में झाँककर देखा, फिर अपनी फ़ाइल खोलकर पढ़ने लगा। मुझे लगा कि उसमें भी ठेकेदार साहब की जेबवाला चार्ट रखा है।

उनके चले जाने के बाद लगभग छह बजे दूर से एक जीप का हार्न सुनाई दिया। हम लोग सड़क के किनारे आकर खड़े हो गए। जीप और ऐंबैसडर के बाद तीन-चार मोटरों का एक कारवाँ धीमी गति से सड़क का कीचड़ दाएँ-बाएँ हमवार करता निकला। इन मोटरों में दो विलायती मोटरें भी थीं। एक में दो गोरे बैठे थे, बाक़ी सब काले अफ़सर थे। हमारे सलाम के जवाब में गोरों ने मुस्कुराकर हाथ हिलाए। हिंदुस्तानी अफसर उन्हें कुछ समझाने में मशग़ूल रहे। गाड़ियाँ तीन सेकिंड के लिए लगभग रुक गईं। हम दौड़ते हुए एक विलायती मोटर के पास पहुँचे, तब तक हम गोरों के लिए ईंट और लोहे का हिस्सा बन चुके थे। एक हिंदुस्तानी अफ़सर गाड़ी की खिड़की से हाथ निकालकर अधबने मकानों की क़तार की तरफ इशारा कर रहा था। दूसरा आगे की सीट पर टेढ़ा-मेढ़ा होकर पीछे देखता हुआ एक फ़ाइल से कुछ पढ़ रहा था। यक़ीनन् वह भी वही चार्ट पढ़ रहा होगा।

धीरे-धीरे गाड़ियाँ पानी और कीचड़ भरी, पर चौड़ी और सीधी सड़क पर रेंगती हुई वहाँ पहुँच गईं जहाँ धरती और आसमान मिल रहे थे। मैंने ठेकेदार साहब की ओर देखकर ज़ोर की साँस खींची, कहा, "चलिए, अब चला जाए।"

उन्होंने बताया कि जे.ई. साहब अभी आनेवाले हैं, कुछ देर रुकना होगा। फिर पूछा, "कहीं से फ़ौजी रम की दो-चार बोतलें नहीं मिल सकतीं?"

"आज?"

"नहीं, जल्दी नहीं है। चार-छह दिन में।"

मैंने डेली पैसेंजरीवाली बेफ़िक्री से कहा, "इंतज़ाम हो जाना चाहिए। मेरी जान-पहचान के एक कर्नल साहब हैं। उन्हीं से कहूँगा।"

यह नहीं बताया कि कर्नल साहब का नाम कुछ और नहीं, प्रेमबल्लभ है। ठेकेदार साहब खुश थे। कहने लगे, "आपने एक फ़िक्र दूर कर दी। मुझे अपने लिए नहीं, इन्हीं जेई-शेई टाइप के लोगों के लिए मँगानी पड़ती है।"

परमात्मा जी के नए मकान पर कुछ देर से पहुँचा। जब पहुँचा, अश्वमेध यज्ञ समाप्त हो चुका था, पूजन-प्रसाद बँट चुका था। प्रीति-भोज चल रहा था।

बारिश के कारण सारा आयोजन छतों के नीचे हुआ था, सिर्फ़ नीले बल्बों की झालरें ऊपर मुँडेरों पर और मकान के तीन ओर चमक रही थीं। बरामदे से लगे हुए छोटे कमरे में नक़ली फूलों की मालाएँ, टूटकर समेटी जानेवाली दर्जनों कुर्सियाँ, बड़े-बड़े पेडस्टल पंखे, बिजली की राडें और न जाने कितना सामान इशारा कर रहा था कि बारिश न हुई होती तो जलसे की शक्ल और भी शानदार हो सकती थी। फिर भी वह जैसी थी, एक बार मुझे चौंधिया देने के लिए काफ़ी थी।

केले के बंदनवारों और आम के पल्लव की झालरों के बीच से निकलकर ड्राइंगरूम में आया। सफ़ेद सीमेंट में सफ़ेद संगमरमर की बहुत छोटी चिप्पियों के मोज़ेइक का बना साफ़-सुथरा चिकना फ़र्श। एक ओर जहाँ हवन हुआ था, वहाँ से सुगंधित धुआँ अभी भी धीमी गुँजलकों में उठकर खिड़की के रास्ते बाहर जा रहा था। उसके तीन ओर बिछे हुए कालीनों पर पूजन-सामग्री के अवशेष, खासतौर से गुड़हल के लाल फूल अब भी छितरे पड़े थे। एक कालीन पर हमारे गाँव के एक बुज़ुर्ग पुरोहित बैठे हुए माला जप रहे थे। मैंने जाकर उनके पाँव छुए। ऊपर जगमगाती शीशे की कंदीलों से झकाझक उजाला हो रहा था। फिर भी उन्होंने आँखें मिचमिचाईं। कहा, ''कौन?'' फिर पहचानकर कहा, ''अच्छा, सत्ते हो? अब आए हो?'' अचानक उनका चेहरा भाव-विह्वल हो गया, छत की ओर देखा, जहाँ से शायद इंद्र, वरुण, कुबेर, आदित्य, वसु, साध्य, नाग, गंधर्व, यक्ष, किन्नर मरुद्‌गण, सप्तर्षि और अप्सराओं के समूह विमानों पर चढ़े हुए उनको देख रहे थे। बोले, ''देर से आए। भगवान सिद्धनाथ जी महाराज अभी-अभी गए हैं।''

''तब तो मैं चूक गया!''

गाँव-घर के चार-छह लोग तब तक मेरे आसपास आ गए थे। पूजा करानेवाले पंडितों की, वेदमंत्रों का उच्चारण करनेवाले पुरोहितों की प्रशंसा करने में तल्लीन। एक ने कहा, ''एक पंडित काशी जी से भी आए हैं।''

''पर सिद्धनाथ महाराज जैसा कोई नहीं। मुझे यह केला दे गए हैं।'' दूसरे ने कुर्ते की जेब में सुरक्षित रखे हुए केले को थपथपाया, मैंने कहा, ''मंत्र से पैदा किया हुआ होगा?''

''मंत्र भी नहीं, ख़ाली हाथ हवा में घुमाया और हाथ में केला आ गया।''

''चलो, तुम्हारी भी बन गई।'' मैंने वह कहा जो वह सुनना चाहता था।

सिद्धनाथ जी शहर के मशहूर योगी हैं, प्रसिद्ध तांत्रिक। यहाँ से सात-आठ किलोमीटर दूर एक लंबे-चौड़े रियासतनुमा आश्रम के अधिष्ठाता हैं जिस पर किसी खुदाई क़ानून से जोतों की सीमा का इंसानी क़ानून लागू नहीं होता। लगभग सभी बड़े नेता, अफसर और व्यापारी उनका आशीर्वाद लेने जाते हैं और उसके सहारे अपनी, और उसके सहारे देश की संपत्ति बढ़ाते हैं। वे विचारमात्र से अपनी हथेली में भभूत, मेवा, फल—कुछ भी प्रकट कर देते हैं। वही उनकी सिद्धि है और इस सिद्धि से

निकलनेवाली उनकी बहुमुखी समृद्धि है। उनके इस अवसर पर आ जाने से यह गारंटी हो गई है कि परमात्मा जी की भूमि पर मेघ समय से बरसेंगे, उनकी जायदाद फले-फूलेगी और अजब नहीं कि उनके और सावित्री के संयोग से सावित्री-सदन का उत्तराधिकारी इसी साल पृथ्वी पर अवतार लेकर आ जाए।

परमात्मा जी भीतर के विशाल लाउंज में विराजमान थे। अपने गाँव-घर के सिद्धिनाथ-भक्तों से किसी तरह छुटकारा पाकर उनकी ओर बढ़ा, पर मेहमानों की भीड़ में उन तक पहुँचना मुश्किल था। इस वक़्त जो बचे थे वे ज़्यादातर जज, वकील, इंजिनियर, प्राध्यापकगण, डॉक्टर लोग थे। कुछ बड़े व्यापारी भी। उनकी बातों के जो टुकड़े सुनने को मिले उससे पता चला कि गृह सचिव महोदय आए थे, जा चुके हैं; न्यायमंत्री जी आए थे, जा चुके हैं; मुख्य न्यायाधीश जी आए थे, जा चुके हैं। मुझे लगा कि इन लोगों की भी पैंट की जेबें थपथपाई जाएँ तो वहाँ सबके अपने-अपने केले सुरक्षित मिलेंगे।

लाउंज में सीधे न जाकर एक दूसरे कमरे में गया, वहाँ खाना चल रहा था। लौट आया, दूसरी तरफ से एक कमरे में गया, वही कमरा जहाँ कभी जसोदा अपनी रसोई राँधती थी। वहाँ भी खाना चल रहा था, पर वहाँ सिर्फ महिलाएँ थीं। सावित्री की एक झलक मिली, और फिर नहीं मिली। वह महिलाओं की प्लेटों को बराबर भरा रखने में व्यस्त थी। पलटकर मैं ड्राइंगरूम में आया, फिर परमात्मा जी के पास पहुँचा।

वे एक तख़्त पर बिछे हुए काश्मीरी नमदे पर बैठे थे। ब्रर्राक़ादार धोती, सिल्क का कुर्ता, मत्थे पर लाल तिलक। इतना फब रहे थे कि उनके पास का आदमी होने के नाते मैंने खुद एक क्षण के लिए बड़प्पन का, एक तरह के गर्व का अनुभव किया। लपककर उनके पाँव छुए।

"अरे भाई, इतनी देर से आए? यह तो तुम्हारे ही घर का गृहप्रवेश था।"

मैंने उन्हें समझाया कि मैं बहुत देर का आया हुआ हूँ। बाहर इंतज़ाम देख रहा था।

"प्रसाद लिया? भोजन किया? अरे भाई, इस सबसे निबट आओ तब इधर आना। कुछ काम की बातें करनी हैं।"

आसपास सम्मानित मेहमान सोफ़ों और कुर्सियों पर बैठे थे। इंजिनियर साहब एक ओर खड़े हुए किसी अलीगढ़ी पायजामे और कुर्तावाले आदमी से बातचीत कर रहे थे। धोती और चिकन का कुर्ता पहने और जो अब मुश्किल से ही कहीं नज़र आती है ऐसी दुपल्ली टोपी लगाए एक आदमी चाँदी की बड़ी तश्तरी में चाँदी के वर्क लगे हुए पान लेकर आया। सब ओर मेहमानों को दिखाकर परमात्मा जी के पास लाया, बोला, "सरकार तो कुछ देर में भोजन करेंगे। तब तक यह तांबूल ग्रहण किया जाए।"

तश्तरी से पान उठाने के पहले परमात्मा जी ने चारों ओर देखा। एक बुजुर्ग कुछ दूरी पर आरामकुर्सी में धँसे हुए थे। परमात्मा जी ने उनसे कहा, "मौसा जी, तांबूल ग्रहण कीजिए।"

मौसा जी न अपने पोपले मुँह की ओर इशारा किया। खीसें निकालकर मुस्कुराते हुए मजबूरी दिखाई, सिर हिलाया और उसे छाती पर लटका लिया।

तब परमात्मा जी ने तांबूल ग्रहण किया।

प्रसाद लेकर और खाना खाकर मैं बाहर बरामदे में निकल आया। इस भद्र समुदाय में मिस्त्री का कहीं पता नहीं था। इन दीवारों की एक-एक ईंट जिसके हाथों चिनी गई है, वह आया भी है या नहीं, और है तो कहाँ है?

ज़्यादा नहीं खोजना पड़ा। मज़दूर मंडली गैरेज में बैठी थी। मिस्त्री, तीनों छोटे मिस्त्री, अपने सभी पुराने मज़दूर, बिजली मिस्त्री, प्लंबरिंग फ़र्मवाला छोकरा—सभी मौजूद थे। सभी ने ललककर मुझे अपनी पुरानी खटिया के सिरहाने बैठाया। मिस्त्री पैताने बैठे, बाकी सब नीचे बिछी दरी पर।

गैरेज के बाहर एक कोने में पड़े जूठे पत्तल मैं देख चुका था। वे खाना खा चुके थे। मुझे अच्छा लगा कि परमात्मा जी इन्हें भूले नहीं थे।

तब मुझे नेता की याद आई। कुछ कहना चाहता था पर अपने को रोका। पर किसी जादू से मिस्त्री ने मेरा चोर पकड़ लिया। बोले, "अपना नेता नहीं है। यही मन को सालता है मुंसी जी।"

दूसरे भी उसी विषय पर आ गए—और उस विषय के भी सबसे नाजुक नुक्ते पर, "कौन थे वे लोग मुंसी? नेता से उनकी क्या दुश्मनी थी।"

अपनी होशियारी का सिक्का जमाने के लिए यहाँ झूठ बोलने की मजबूरी न थी। फिर भी आदत की लाचारी—मेरे मुँह से निकला, "धीरे-धीरे सब पता चलेगा। तब एक-एक से निबटा जाएगा।"

मिस्त्री बोले, "मैं अभी यहीं लगा हूँ मुंसी। पिछवाड़े दीवारों का ऐपरन बनाना है, ज़मीन में पानी का टैंक बनेगा। कई काम हैं। कभी-कभी आ जाया करो। नेता के लिए कहीं चलना हो, तो वह भी बताओ। थाना, कचहरी—मुझे किसी का डर नहीं है।"

"मौक़ा आने दो, बताऊँगा।"

दो-तीन लोग चलने के लिए उठने लगे। मिस्त्री बोले, "अब चला जाए।"

"जीजा जी से तो मिल लो जाकर।"

किसी ने कहा, "इत्ते-इत्ते बड़े आदमियों में हम कैसे घुसेंगे मुंसी जी? तुम्हीं कह देना उनसे कि बहुत छककर खा लिया है सबने।" तब तक छोटे मिस्त्री बोले, "अंदर पान होगा मुंसी जी। दो-चार बीड़े मँगवा दो, तब चलें।"

जिस मज़दूर ने छककर खा चुकने का ऐलान किया था, वह अब भी खड़ा था। उसके पाँवों में प्लास्टिक की चप्पल थी, फिर भी ऐड़ी पर सूखा हुआ कीचड़ साफ़ दिख रहा था। बँगले का चिकना सफ़ेद फ़र्श अब इन पाँवों से कोसों दूर हो चुका है। हलवाहे को काका कहने के, मज़दूरों के बीच मिल-बाँटकर पान खाने के दिन बीत चुके हैं।

जेब से दो रुपिए का नोट निकालकर मैंने छोटे मिस्त्री की तरफ़ बढ़ाया, कहा, "अपनी पुरानी दुकान पर ही पान खा ले यार। अंदर पान नहीं है।"

"किसी से पता तो लगा लो।"

"पता लगा लिया है। वहाँ पान नहीं है, तांबूल है।"

उस रात मेहमानों के चले जाने पर, जब मैं एक बाथरूम का दरवाज़ा बंद करके उसका अपनी शैली में उद्घाटन कर रहा था, तब दरवाज़े के दूसरी ओर मुझे परमात्मा जी की आवाज़ सुनाई दी। इस स्वर का अंदाज़ बिलकुल दूसरा था। लगता था कि नाराज़ और अभद्र होने की कोशिश में वे क्षमायाचना जैसी कर रहे हैं। दूसरी आवाज़ इंजिनियर साहब की थी। पर वह पूरे तौर से समझ में नहीं आ रही थी।

मैं उनमें तो हूँ नहीं जो किसी की चिट्ठी पढ़ने में या छिपकर किसी की बातचीत सुनने में किसी तरह का गुरेज़ करें। इसलिए मैंने अपने कान दरवाज़े के उस पार होनेवाले कथोपकथन पर लगा लिए।

पहले लगा, बातचीत सावित्री को लेकर हो रही है, फिर शायद किसी इमारत के बारे में। उसके बाद मैं पूरा प्रसंग समझ गया।

परमात्मा जी कह रहे थे, "भाई तुम समझदार हो। इसके बावजूद इतनी बड़ी बेवकूफी कैसे कर बैठे? दस आदमियों के बीच सावित्री टावर्स, सावित्री टावर्स बकते हुए घूम रहे हो। तुम्हें इस प्रोजेक्ट के लिए कोई दूसरा नाम नहीं मिलता?"

इसके जवाब में इंजिनियर साहब का अंग्रेजी में कुछ मुन्न-मुन्न। फिर परमात्मा जी की कुछ तीखी आवाज, "सावित्री ने सिर्फ़ दो दुकानों का प्रीमियम जमा किया है। पाँच-पाँच दुकानों का प्रीमियम देनेवाले भी मौजूद हैं। उनके नाम से ये टावर क्यों नहीं बनाते?"

कुछ और मुन्न-मुन्न।

फिर परमात्मा जी : "भाई, देखो, ये झिकझिक मुझे अच्छी नहीं लगती। माना, सावित्री नाम पर मेरा कोई कापीराइट नहीं है, पर साफ़ बात यह है कि मैं यह तमाशा बरदाश्त नहीं करूँगा। इस शहर में सावित्री के नाम से सावित्री-सदन बन चुका है। आपको अगर उसी तरह कोई टावर बनवाना है तो अपनी बीबी के नाम से चाहे टावर बनवाइए, चाहे पूरा शहर बसा दीजिए। मैं कुछ नहीं बोलूँगा। ज़्यादा क्या कहूँ, तअज्जुब है कि आप इस पर बहस कर रहे हैं।"

दोनों ओर से कुछ देर चुप्पी। मुझे लगा कि उनमें से कोई भी दरवाज़े की मूठ घुमाकर देख सकता है कि बाथरूम ख़ाली नहीं है। अपनी निर्दोषिता प्रमाणित करने के लिए मैंने फ़्लश का हैंडिल घुमाया, थोड़ी देर इंतजार किया, फिर वाशबेसिन का टैप खोलकर मुँह धोने लगा। दो-तीन मिनट बाद बाहर आया, कमरे में कोई न था।

7

दूरदर्शन पर उस शाम श्रीकृष्ण भगवान की लीलाओं पर एक फ़िल्म आनेवाली थी। विधायक-निवास का नीचेवाला सभाकक्ष, जिसमें रंगीन टी.वी. लगा था, पहले ही से भर गया था। दर्शकों में विधायक-निवास के नौकर-चाकर और उनके बीवी-बच्चे थे। प्रेमबल्लभ जैसे विधायकों के कुछ अतिथि या मुझ जैसे उन अतिथियों के अतिथि भी थे। विधायक नहीं थे, उनके लिए यहाँ कुछ नहीं था, उनका 'कुछ' कहीं और था।

श्रीकृष्ण लीला का रंगीन शीर्षक टी.वी. के पर्दे पर झलका और उसी के साथ श्रीकृष्ण का ट्रेडमार्क यानी वंशी की तान हमारे कान में पड़ी। हम अपनी-अपनी सीटों पर हुमसकर बैठे ही थे कि शीर्षक और ट्रेडमार्क, दोनों ही गायब हो गए और उनकी जगह एक नौजवान लड़की, चूड़ीदार गरारे और कुर्ते में बड़ी तेजी से चलती दिखाई दी। वह फूलों और लहराती लताओं से घिरे रास्ते को फुर्ती से नापती हुई चली आ रही थी। मैं सोच ही रहा था कि वृंदावन के ये कैसे लताकुंज हैं और उनके बीच राधा जी का यह कैसा रूप है कि वह झपटकर सड़क पर आ गई। उसके आगे कुछ दूरी पर एक बस आकर रुक गई थी। वह दौड़कर उसकी ओर बढ़ी और आँखों पर उड़कर आए हुए बालों की परवाह किए बिना बस पर कूदकर चढ़ गई। वंशी बहुत पहले ग़ायब हो गई थी। अब जो अंग्रेजी बाजे बजकर हमारे कान फाड़ रहे थे उनकी जगह अंग्रेजी में कोई कुछ ललकारकर कहने लगा। छितरे हुए फूलों की सेज पर एक पैकेट उभरा। उस पर भी वैसे ही फूल बने थे। बस चल पड़ी थी, लड़की ने खिड़की से झाँककर अपने सुडौल दाँतों और ओंठों से हम पर मुस्कान फेंकी, हाथ हिलाया और पर्दे पर कुछ देर के लिए वही फूल और वही पैकेट रह गए। अंतरिक्ष में वही अंग्रेजी बाजे, वही ललकार-भरी आकाशवाणी। हमारी हैरत अभी खत्म नहीं हुई थी कि फिर से वंशी की तान गूँजी और कृष्ण जी की साँवरी सूरत मोहनी मूरत की पृष्ठभूमि में फ़िल्म बनानेवालों के नाम पर्दे पर आने लगे। मैंने प्रेमबल्लभ से पूछा, ''अबे यह क्या है?''

''विज्ञापन''

''काहे का विज्ञापन बे?''

''सेनिटरी टावेल का।''

"यह क्या होता है ?"

पर्दे पर नए-नए नाम झलक उठते थे, विलीन होते थे, पृष्ठभूमि में बादल उमड़ रहे थे, बिजली चमक रही थी, जमुना बह रही थी। वंशी-ध्वनि की जगह अब गीता का एक प्रसिद्ध श्लोक बड़ी मर्दानी आवाज़ में गाया जा रहा था।

प्रेमबल्लभ घोड़ों की हिनहिनाहट के वजन पर हँसने लगा था, मेरी पीठ पर अपना उल्टा हाथ पटककर बोला, "यार, सच ? तुम यह भी नहीं जानते ?"

"बता दो।"

"एक बच्चे के बाप बनने जा रहे हो और तुम्हें यह भी नहीं पता कि औरतों की माहवारी क्या चीज होती है ?"

सबकुछ उलजलूल। टी.वी. पर कृष्ण लीला, उसी में बस पर कूदकर चढ़ती हुई एक चुस्त-दुरुस्त लड़की। फिर एक ही साँस में सेनिटरी टावेल, मुझे अचानक पिता बनाने की कोशिश, औरतों की माहवारी। दुनिया में सबकुछ हासिल हो सकता है, सिर्फ़ एक साथ दो पल ऐसे नहीं मिल सकते जिसमें सबकुछ तुक से हो रहा हो।

"ठीक है, ठीक है, मैं समझ गया।" कहकर मैंने उसे चुप करना चाहा, पर आज भले ही समझ गया होऊँ—उस वक़्त कुछ नहीं समझ पाया। जो भी हो, अचानक प्रेमबल्लभ की ओर से जसोदा का इशारे से प्रसंग उठ जाने के कारण मुझे यह बात याद आ गई जो मुझे भूलनी न चाहिए थी।

कल सावित्री-सदन के उत्सव में गाँव के एक आदमी ने मुझे बड़े भैया की चिट्ठी दी थी। बाद में पढ़ने के लिए मैंने उसे अपनी जेब में रख लिया था, पर अब तक उसे पढ़ नहीं पाया था। रात को जब लौटा तो दिमाग़ में सावित्री-सदन बनाम सावित्री टावर्स का मुकदमा चल रहा था। पूरी बात मेरे गदहपचीसीवाले दिमाग में भी साफ़ थी। मान लीजिए कि आपकी श्रीमती जी का नाम सावित्री है। आप उन्हें प्यार ही नहीं करते, दुनिया को यह दिखाना भी चाहते हैं कि आपको उनसे प्यार है। इसके लिए आप क्या करेंगे ? इतना तो करेंगे ही कि सावित्री नाम की अपनी प्यारी, अधेड़ उम्र में पाई दुलारी पत्नी के नाम से कहीं सावित्री-सदन बनवा दें और दाँत से ओंठ दबाकर उस शुभ घड़ी का इंतजार करें जब सावित्री जी वहाँ आपके बच्चे की माता बनेंगी, और उसके पहले कई महीने तक सेनिटरी टावेल का विज्ञापन देखे बिना भी काम चला लेंगी। अब इस पूरे घरेलू आयोजन में अगर कोई सरकार का मुअत्तल इंजिनियर सावित्री टावर्स नाम का वृहत् बाज़ार बनाने का संकल्प करे और दुनिया को यह दिखाना चाहे कि सावित्री-सदनवाली सावित्री उसके लिए भी उतना अर्थ रखती है कि उसके नाम पर सावित्री टावर्स बना दिया जाए तो आप क्या करेंगे ? आप क्या करेंगे, मैं नहीं जानता पर मैं यह ज़रूर करूँगा कि इंजिनियर साहब के ऊँची एड़ीवाले बूटों से उन्हीं की खोपड़ी ठोंकना शुरू कर दूँगा। परमात्मा जी सचमुच परमात्मा हैं जो पापियों के बड़े-से-बड़े पाप क्षमा कर सकते हैं। यह न मैं कर सकता हूँ न आप कर सकते हैं। आप करें, तो आप भी मेरे लिए दूसरे परमात्मा हैं।

पर मेरे दिमाग़ में एक दूसरी बात भी थी। परमात्मा जी सावित्री और इंजिनियर साहब के बीच चलनेवाली मुहब्बत और मुहब्बत न हो तो कम-से-कम उनके बीच चलनेवाली साँठ-गाँठ का शायद पता पा चुके हैं। इसका परिणाम इंटरमीडिएट में पढ़ी हुई डिडक्टिव लॉजिक के सहारे मेरी निगाह में यह होना चाहिए कि वे अब इंजिनियर साहब से खिचेंगे, और चूँकि मैं पहले ही उनसे खिचा हूँ इसलिए वे--यानी परमात्मा जी अब मेरी ओर झुकेंगे। यही वक़्त है, सत्ते, जब चूकना नहीं है। यही वक़्त है जब परमात्मा जी को अपनी प्रस्तावित यूनियन का संरक्षक बनाया जा सकता है। यही वक़्त है जब भट्ठों पर पुष्ट-दुष्ट देहवाली मेहनतकश लड़कियों को अपनी दुष्टता का शिकार बनानेवालों पर परमात्मा जी की तरफ से दूरगामी अस्त्रों का वार कराया जा सकता है। ये अस्त्र सत्ते और उसी जैसे चुचके गालवाले कई बेकार नौजवान होंगे, बाक़ायदा वकालत की सनद लिए बिना भी काला कोट ओढ़कर जिला कचहरी में घूमनेवाले प्रेमबल्लभ जैसे वकील होंगे।

रात में मैं इसी तरह के जुगाड़ों की जुगाली करता रहा था। तब तक वह चिट्ठी मेरी जेब में स्याही का आलोकवृत्त काग़ज़ पर फैलाती हुई खंडिता नायिका की तरह पड़ी रही थी। हिंदी के मास्टर साहब बता चुके हैं, खंडिता नायिका का काजल भी इसी तरह आँखों से बहकर गालों पर फैला करता है।

चिट्ठी ठीक से पढ़ी नहीं जा सकी। स्याही सचमुच ही इधर-उधर फैल गई थी। पर बड़े भैया की खीझ का पूरा-पूरा पता चल गया। कुछ यह भी आभास हो गया कि वे जसोदा की समस्या को लेकर खीझे हैं। वह सुरेस के साथ खेत पर धान की रोपाई करने गई थी। गाँव के और भी मज़दूर थे—ज़्यादातर महिलाएँ और लड़के। वे रोपाई कर रहे थे, घुटने झुकाकर वे धान की बेड़ कीचड़-काँदों से भरे खेत में लगा रहे थे। कुछ औरतें कोई रोपाई का गीत भी गा रही होंगी, जिसका कैसेट तैयार करने के लिए अब जगह-जगह क्षेत्रीय सांस्कृतिक केंद्र तैयार हो रहे हैं। यह पत्र में नहीं लिखा था, पर मैं पढ़ रहा था। लिखा था कि धान रोपते-रोपते जसोदा मुँह के बल कीचड़ में गिर पड़ी। उसे उठाया गया। तब उठ न पाने की मज़बूरी में वह वहीं कीचड़ में लेट गई और उसने पेट के दर्द की शिकायत की।

उसे घर पहुँचाया गया। लिखा नहीं गया था पर मैं सुन रहा था, बाप मुझे फूहड़ गालियाँ दे रहे हैं, लोगों को बता रहे हैं कि इस बेचारी गाबिन बेवा को खुद उनका लड़का यहाँ छोड़कर शहर भाग गया है। अब अगर यह मर गई तो थाना-कचेहरी को क्या उस साले का बाप भुगतेगा? जो लिखा था वह यह था कि बड़े भैया ने समझदारी से गाँव की ए.यन.यम. को बुलाया। ए.यन.यम. यानी आक्जिलरी नर्स मिडवाइफ। यह नहीं लिखा था कि वह उस दिन प्राइमरी हैल्थ सेंटर के पियक्कड़ ड्राइवर के साथ मलयालम, अंग्रेजी और हिंदी में चूँ-चूँ-चूँ करती हुई शहर में सिनेमा देखने चली आई

थी। लिखा था कि वह उसी वक़्त शहर से सिनेमा देखकर वापस लौटी थी और वहीं, गाँव में, प्रधान जी के मकान की एक कोठरी में अपने बालों को नारियल का तेल पिला रही थी। उसे पकड़कर मेरे घर ले आया गया। उसने जसोदा को देखकर बताया कि इसे प्राइमरी हैल्थ सेंटर ले जाओ। पता नहीं इसे क्या हो रहा है। पर उसे सिर्फ़ पेट का दर्द हो रहा है। हो सकता है उसे प्राइमरी हैल्थ सेंटर ही ले जाना पड़े। भैया ने लिखा था, अपनी इल्लत खुद तुम्हीं आकर सँभालो।

राजनीतिशास्त्र के पंडितों ने धान पैदा करनेवाले, बंगाल, आंध्र प्रदेश-जैसे राज्यों में नक्सली आंदोलन के कारण खोजे हैं। यह आंदोलन उन्हीं राज्यों में चमका है। उनकी निगाह में इसका प्रमुख कारण धान है। गेहूँ बोने का काम राजसी क़िस्म का है। तब शरत् ऋतु आ जाती है। अब डॉ. बोरलॉग की कृपा से, हेमंत भी। ठंडी हवा और चिकनी धूप-छाँह और खिली धूप में खेत जोते जाते हैं। दशहरा और दीवाली के बीच की स्निग्धता धरती में रची-बसी होती है। आकाश पहले से ज्यादा नीला, धरती पहले से ज्यादा हरी दीखती है। चिड़ियाँ खुलकर चहकती हैं और लड़कियाँ ज्यादा खुले गले से गाती हैं। गाती धान रोपते समय भी हैं। पर धान के खेतों में बेड़ लगाते समय माहौल बड़ी बेरहमी का होता है। घुटने-घुटने पानी में खड़े होकर सारे दिन देह झुकाकर काम करना पड़ता है। पानी बरसता रहता है। घुटने दर्द से चटकने लगते हैं। पाँव की उँगलियों के बीच की खाल सड़ने लगती है। केंचुए टखनों पर खिसकते हुए निकल जाते हैं और जोंकें पिंडलियों में चिपक जाती हैं। पनिहा, बरजतिया, अंबरहा-जैसे स्थानीय साँप पानी में तैरते हुए मारने लायक जहर न होने पर भी मौत के राजदूत बनकर डिप्लोमैटिक कोर की स्वच्छंदता के साथ घूमते हैं। और जब सबेरे से शाम तक मज़दूरी के नाम पर धान की कटाई के समय मिलनेवाले अन्न का आश्वासन लेकर रोपाई करनेवाले वापस लौटते हैं तो उनका तन-बदन चूर-चूर हो चुकता है। कुछ का बदन मलेरिया में टूटने लगता है या जानकेंपाऊ खाँसी के आतंक से आँधी से झकझोरे हुए बाँस की तरह हिलने लगता है। बरसात में उनके यहाँ रबी की फ़सल का अवशेष नहीं होता क्योंकि उस इलाके में रबी की कोई कहने लायक फसल नहीं होती है। आम की गुठली, महुए के फूल और साँवा-कोंदों के सहारे पेट को फुसलाने की कोशिश की जाती है। दिन भर झुकी रहनेवाली कमर की मालिश के लिए कड़वा तेल मिल जाएगा, इसका भी भरोसा नहीं रहता। धान उपजानेवाले इलाकों से जो संस्कृति-प्रेमी विद्वान् रोपाई के ग्राम-गीत कैसेट पर उतारने की कोशिश करते हैं, उन्हीं की जाति में वे भी होते हैं जो मसान में जलती चिता की लकड़ियाँ खींचकर नदी में बुझाते हैं और फिर उसका चूल्हे के ईंधन के लिए कारोबार करते हैं। तभी उल्टी-सीधी, अधकचरी, टेढ़ी-मेढ़ी क्रांति की गर्जना जिन खेतिहर मज़दूरों को पहले सुनाई देती है वे धान उपजानेवाले इलाक़ों के हैं। जसोदा भी उसी इलाक़े की है। यह और बात है कि अभी उसने वह गर्जना नहीं सुनी है। पर कभी-न-कभी सुनेगी ही, वह नहीं सुनेगी तो भले ही

आधा बहरा हो, कुछ दिन बाद सुरस सुनेगा।

कृष्ण लीला को वहीं छोड़ दिया।

यह पहली बार हुआ था जब ड्राइवर मोटर चला रहा हो और मैं उस पर मालिकाना अंदाज में बैठा होऊँ। मेरे साथ प्रेमबल्लभ भी था। जीप पर बैठकर देहात की बरसाती हवा का लुत्फ़ लेने के लिए वह भी मेरे साथ आ गया था।

भाई की चिट्ठी पढ़कर पहले मैंने सोचा था कि उसी रात ट्रेन से गाँव चला जाऊँ, पर उसमें बड़ा झमेला जान पड़ा था। अगर जसोदा की हालत सचमुच ख़राब हुई और एक-आध महीना पहले ही बच्चा होने को हुआ तो उसे रेल से शहर तक लाना मुश्किल हो जाएगा। हमारे गाँव में जब कोई मरने को होता है तो उसके घरवाले हैसियत के प्रतीक के रूप में उसे सीधे शहर के मेडिकल कालेज के अस्पताल में ले आते हैं। उस मौके पर परिवहन का जाना-माना साधन ताँगा होता है जिस पर उसे लादकर दो घंटे में अस्पताल तक पहुँचा देते हैं, वहाँ ज़्यादातर, वह इमर्जेंसी वार्ड की देहरी पर घंटे-दो घंटे गुमसुम पड़ा रहता है और फिर अस्पताल के बाहर कतारों में लगी हुई लाश की गाड़ियों में से किसी एक को चुनकर उसे पहले गाँव वापस लाया जाता है फिर गंगा घाट पर फूँकने के लिए उसे नब्बे किलोमीटर की अंतिम यात्रा कराई जाती है। यही स्टैंडर्ड प्रक्रिया है। ताँगे पर जसोदा को धक्के खिलाने की कल्पना तो भयानक थी ही उससे आगे जुड़ी हुई स्टैंडर्ड प्रक्रिया की मैं कल्पना भी नहीं करना चाहता था। तब एकमात्र विकल्प दिमाग में कौंधा : जीप। उसी के साथ एक और नाम कौंधा : डॉक्टर साहब।

शहर के बड़े अस्पताल के अपने पुराने डॉक्टर साहब सचमुच बड़े प्यारे साबित हुए। आजकल पुराने एहसानों की याद रखनेवाले लोग हैं कहाँ? दीर्घगामी रिश्ते भलमनसाहत और एहसान के तो रहे नहीं, घूस या लेन-देन के भले ही हों। मैंने यहाँ देखा है, अगर किसी इंजिनियर ने किसी ठेकेदार को हेराफेरी करके कोई बड़ा ठेका दे दिया तो वह इंजिनियर को भाई साहब बनाकर कमीशन देगा, उनकी बीवी को भाभी बनाकर उनके लिए सिंगापुर से लाई हुई साड़ियाँ पहुँचाएगा और पंद्रह साल बाद भी अगर बिटिया की शादी हुई तो बेबी के ब्याह में अपनी मोटर और दो ख़िदमतगारों के साथ पहुँचकर एक नेकलेस का सेट तक भेंट कर आएगा। जब इंजिनियर साहब के ख़िलाफ़ कोई जाँच चलेगी तो उनके साथ दौड़-धूप करेगा, जाँच करनेवाले के ख़िलाफ़ उससे भी कड़ी जाँच बैठालने की कोशिश करेगा और हाईकोर्ट में याचिका दायर करने के लिए किसी मशहूर घुमाऊ-फिराऊ वकील का इंतज़ाम भी करेगा। इसके विपरीत, अगर किसी दूसरे इंजिनियर ने ठेठ मुंसीगिरी के सहारे किसी का ठेका देन-लेन की बात उठाए बिना मंजूर कर लिया तो उसका सत्कार ज़्यादा-से-ज़्यादा दीवाली के त्योहार पर—बशर्ते कि दीवाली का त्योहार ठेके की रकम का भुगतान होने के पहले पड़ रहा हो—एक मिठाई के डिब्बे से हो जाएगा, काजू का दूसरा डिब्बा भी हो सकता है, पर

उसकी मेरी ओर से कोई गारंटी नहीं, और उसके बाद ये दोनों विपरीत दिशाओं के राही अपनी-अपनी दिशाओं में चल देंगे और कभी पीछे मुड़कर नहीं देखेंगे।

तो, ऐसे विकट जमाने में भी हमारे डॉक्टर साहब अपने घर पर ऐसे बैठे थे गोया वे टी.वी. पर कृष्णावतार नहीं, हमारे द्वारा उन पर किए हुए एहसान का विडियो टेप देख रहे हों। स्वागत, सोफे का आसन-दान, चाय-शाय, कॉफी-वाफ़ी, शरबत-वरबत का आग्रह, जिसका निषेध करके मैंने कल सबेरे के लिए जीप की माँग की। एक कोई रईस हैं जिनकी बहू का डॉक्टर साहब साल भर से इलाज कर रहे हैं। उसकी हालत में बराबर सुधार हो रहा है, यह और बात है कि रोग छूट नहीं रहा है। उनकी जीप कल सवेरे विधायक-निवास पर मुझे लेने को पहुँच जाएगी : आश्वासन मिला। तब तक कृष्णावतार हो चुका था और छोटे बच्चे टी.वी. के परदे पर जीभ लपलपाते हुए किसी बच्चे को ही देखने लगे थे जो कोई चाकलेट खा रहा था। मैंने उधर से पूरी उपेक्षा दिखाते हुए डॉक्टर साहब को समझाना शुरू किया कि हो सकता है, कल दोपहर तक नेता की मेमसाहब को हमें यहीं लाना पड़े। उन्होंने कहा, ''यहाँ नहीं, पड़ोस के जनाना अस्पताल में। मैं वहाँ की सुपरिंटेंडेंट से बात कर लूँगा।''

हमारा ड्राइवर टी-शर्ट और जीन्सवाली खदान का था, झबरी मूँछ और अँगोछेवाले जंगल का नहीं। चुस्त छोकरा, लगभग हमारी ही उम्र का। गीली, बरसाती सड़क पर दस-पंद्रह किलोमीटर चलते ही उसने हमसे पूछा, ''यह तो कलकत्तेवाली सड़क है न, सर?'' यह भी पहली बार हुआ था जब किसी ने मुझे 'सर' कहा हो। कबूतर की तरह मेरी गर्दन अपने आप तन गई। पर उसकी बात का मतलब समझा प्रेमबल्लभ ने और कहा, ''रायबरेली जाती है।''

''हाँ, रायबरेली भी रास्ते में पड़ती है।''

हमारे पूर्वी उत्तर प्रदेश में जिस तरह दही और हाथी जैसे ईकारांत शब्द स्त्रीलिंग हो जाते हैं वैसे ही ड्राइवर ने रायबरेली जैसे शहर को स्त्रीलिंग बनाकर उसे एक घटिया बस्ती की हैसियत पर छोड़ दिया। साक्षात् श्रीमती इंदिरा गाँधी ने जिसे अपना चुनाव क्षेत्र बनाकर सँवारा-सिंगारा था, जहाँ पर उनको हराकर चरणसिंह रूपी राम के अनुचर राजनारायण ने हनुमान के साथ ही जैक द जाइंट किलर की पदवी धारण की थी, वहाँ के इस पौराणिक और ऐतिहासिक महत्व को बिलकुल अनदेखा करते हुए ड्राइवर ने कहा, ''तो बनारस भी इसी सड़क पर होगा।''

प्रेमबल्लभ ने कुछ इस तरह से सिर हिलाया और आँखें सिकोड़ीं जिससे ड्राइवर को कुछ और कहने का बढ़ावा न मिले। तब मैं समझा। यह ड्राइवर हमें बता रहा था कि असली शहर कलकत्ता है। रायबरेली, बनारस, पटना आदि उसके लिए छोटे-छोटे गाँव भर हैं। अगर उसकी बात जारी रही तो वह हमें सिंगापुर और हांगकांग तक ले जा सकता है। प्रेमबल्लभ की बेसब्री वाजिब थी। समझ का यह दौर अभी ख़त्म ही हुआ था कि ड्राइवर ने जीप रोक दी। जिस देहाती बाजार में गाड़ी रुकी वह हमारे गाँव से

तीन किलोमीटर था। जहाँ जीप रुकी वहाँ के ज़्यादातर दुकानदार, ख़ासतौर से पनवाड़ी समुदाय हमारा जाना-बूझा था। ड्राइवर ने कहा, ''दो मिनट रुक लें।''

सड़क के किनारे का कीचड़ तीन डगों में पार करके वह पान की दुकान तक गया, बोला, ''पान लेंगे, सर ?''

''तंबाकू अलग से।'' प्रेमबल्लभ ने कहा। हम तक पान पहुँचाकर ड्राइवर फिर दुकान पर गया और एक सिगरेट ख़रीदकर हमारी ओर पीठ करके, धुआँ उड़ाने लगा। उसकी इस सभ्यता से हम खुश हुए। हमें खुशी के चरम बिंदु तक पहुँचाने के लिए अब इतना भर बाकी था कि दो-चार परिचित हमें जीप पर बैठा हुआ देखें। वह भी हो गया। हमारे गाँव के पास के एक ठाकुर साहब झोला लटकाए घूम रहे थे। पास आकर उन्होंने नमस्कार किया, जीप का गौर से मुआयना करते रहे। बोले, ''जीप किसकी है ?''

मैंने प्रेमबल्लभ की ओर इशारा करके कहा, ''वकील साहब की। गाँव जा रहा हूँ।''

''हो आओ। सुना है तुम्हारे चचा वहाँ घर पर आजकल बड़ी आफ़त जोते हैं।'' कहकर वे फिर जीप को देखने लगे। हमने इस समाचार को खामोशी से पचा लिया। वे फिर बोले, ''तुम्हारे पिता जी तो सारी उमर कुदाल चलाते-चलाते बूढ़े हो गए। तुम लोगों के राज में उन्हें दम मारने का कुछ मौका मिला है। भगवान चाहेंगे तो उन्हें अब भला-ही-भला देखने को मिलेगा।''

मेरी खुशी ने अब चरम बिंदु छू लिया। उनकी ये शुभकामनाएँ उनके मुँह से निकलनेवाली उस ज्वाला की चिनगारियाँ थीं जो जीप पर मुझे बैठा देखकर उनके भीतर धुधुवाने लगी थीं। मैंने उन्हें लगभग पुचकारते हुए कहा, ''आप ठीक कहते हैं।''

पर जीप पर चढ़कर गाँव पहुँचने के जोश में लगाम लग चुकी थी। बाप के कुदाल चलाने का ज़िक्र आते ही मुझे अपना फटेहाल घर याद आ गया था और इस स्मार्ट ड्राइवर के आगे अपनी ग़रीबी के कोढ़ को दिखाने से तबीयत हिचकने लगी थी। हम उस तिराहे पर पहुँचे जहाँ से पक्की सड़क छोड़कर हमें अपने गाँव की ओर मुड़ना था। आगे सिर्फ़ सड़क का सपना था, चकबंदी में खेतों के बीच से सड़क नाम का गलियारा निकाल दिया गया था जिसे हर साल सरकारी अमला पक्का कराने का वादा करता था और उसी के साथ किनारे का हर किसान उसे फ़ावड़ों से काट-काटकर सँकरा करता जाता था। ड्राइवर ने पूछा, ''इस पर चलना होगा सर ?''

''हाँ, पर कोई दिक्कत न होगी। इस पर ऐंबैसडर तक चली जाती है।'' कहने को तो यूँ कह दिया जैसे उस पर रोज मेरी ही ऐंबैसडर निकला करती हो पर उसी के साथ मेरी हिचक बढ़ गई। हो सकता है कि मकान और घर-गिरिस्ती के मामले में ड्राइवर की हैसियत हमसे ऊँची हो। उस दशा में अजब नहीं कि इस समय के 'सर' दस मिनट में 'भाई साहब' और उसके दस मिनट बाद 'देखो' बनकर रह जाएँ। इस गिरावट की

आशंका से पेशबंदी के तौर पर मैंने पहले ही ड्राइवर से भाईचारा बनाने की चतुराई शुरू की। वह कहाँ का रहनेवाला है, शादीशुदा है या नहीं, घर में कौन-कौन लोग हैं, आदि के बारे में पूछताछ करने लगा। पहले ही जवाब में उसने मुझे धराशायी कर दिया : सदर में हमारी कोठी है, फ़ादर महापालिका के हैडक्लर्क और ट्रांसपोर्ट के इंचार्ज हैं, बड़ा भाई वहीं ट्रांसपोर्ट इंस्पेक्टर है, खुद फिलहाल ड्राइवरी कर रहा हूँ; वैसे मोटर मरम्मत का गैरेज खोलने की सोच रहा हूँ।

प्रेमबल्लभ चारों ओर फैली हरियाली और मघा नक्षत्र में वर्षाकालीन प्रकृति की छटा निहार रहा था, कुछ गुनगुना भी रहा था। मेरे लिए वह इस समय बड़ी अश्लील मनःस्थिति में जान पड़ा।

घर पहुँचते-पहुँचते मौसम बदल गया। बारिश शुरू हो गई। छप्पर के नीचे पड़े हुए चीकट तख़्त पर बैठने से इनकार करके ड्राइवर जीप में बैठा रहा। जीजा जी घर से बाहर निकले और जसोदा का हालचाल देने के बजाय वे कब आए थे, इसका हवाला देकर अपनी नौकरी की तत्कालीन स्थिति के बारे में ख़बर प्रसारित करने लगे जिसे प्रेमबल्लभ ने सुनना शुरू कर दिया। घर के अंदर जाते ही बाप ने खटिया पर पड़े-पड़े, बिना किसी आक्रोश या वेदना के छप्पर के बाँसों को संबोधित करके बड़बड़ाना शुरू किया जिसका अर्थ था कि उनका छोटा बेटा नालायक व नामाकूल है; एक औरत को चक्कर में डालकर अब उन सबको घनचक्कर बना रहा है। बहन मुस्कुराती हुई कोठरी से बाहर आई, बताया कि लगता है कन्हैया होनेवाले हैं। परसों से पेट में पीर उठी है। यहाँ पड़ोस के प्राइमरी हेल्थ सेंटर के डॉक्टर हमेशा की भाँति शहर गए हुए हैं, कंपाउंडर कहता है कि पता नहीं यह सातवाँ महीना है कि आठवाँ कि नवाँ, इसे शहर ले जाएँ, यही अच्छा है। जसोदा खुद कोई ठीक हिसाब नहीं बता पा रही है, पता नहीं कैसी बेलच्छ है। बेलच्छ का तत्सम हुआ विलक्षण, उससे मेरे लिए कोई नतीजा नहीं निकला। अम्मा ने रसोईघर से पुकारकर कहा कि वे तो अब सठिया गए हैं, उनकी बात सुनने की जरूरत नहीं, पहले चाय पी लो, रोटी खा लो, तब इसे शहर ले जाओ, घबराने की कोई बात नहीं है। आज अम्मा सचमुच ही प्यारी अम्मा लगीं। सुरेस अंदर दहलीज़ में बैठा हुआ अरहर के गीले झांखरों से एक डलिया बुनने की कोशिश कर रहा था। बुन नहीं पा रहा था। उछलकर पास आया, चलने का इशारा किया और बाहर जीप देखने चला गया। जसोदा दहलीज़ के दूसरे कोने में टाट बिछाकर आँखें मूँदे पड़ी थी। आँखें खोलकर एक बार मुझे देखा और उन्हें फिर बंद कर लिया। पड़ी रही। अम्मा ने दोबारा पुकारा। पूछा कि बाहर कौन है। प्रेमबल्लभ भी आया है, मैंने बताया। बहन से पूछा, ''क्या हुआ? मिसिर जी फिर नौकरी से निकाल दिए गए क्या?'' उसने कहा, ''अभी तक तो नहीं। पर न जाने क्यों इनका किसी से निभाव नहीं होता। अपने अफसर से फिर झगड़ा कर बैठे हैं।'' बड़े भैया नौकरी पर गए थे। भौजाई नैहर चली गई हैं।

अपने पर बड़ी ग्लानि हुई। यह भी क्या हुआ कि एम.ए. की डिग्री लेकर ठेकेदार

का मेट बना हुआ घूम रहा हूँ। जितने भी नाते-रिश्तेदार हैं, फटीचरी के ओलंपिक्स में स्वर्ण पदक जीतने की होड़ लगाए हुए हैं। जनता की सेवा करने चले तो वहाँ भी क्या हुआ ? रायपुर, बिलासपुर या न जाने कहाँ की यह गर्भवती मज़दूर बेवा मिली जिसे कुछ हो गया तो झमेला खड़ा हो जाएगा। वह मिली और एक गूँगा मिला। एक वे हैं जिनके बाप अस्सी साल की उम्र में गवर्नर बन जाते हैं, खुद प्लानिंग कमिशन की मेंबरी हथिया लेते हैं, बीवी राज्य सभा की सदस्य हो जाती है। होटल की लकदक नौकरी करते-करते कोई मोहतरमा अचानक विधायक बन जाती हैं और उसी के दूसरे दिन मंत्री बनकर हमें देश की अखंडता और एकता की सीख देने लगती हैं। विलायत से लौटते ही कोई अचानक दिल्ली में किसी संस्था का चेयरमैन हो जाता है और देश की गरीबी हटाने के लिए बीस सूत्री कार्यक्रमों का परिपत्र भेजने लगता है। इंडिया इंटरनेशनल सेंटर में लंच खाते-खाते कोई कूदकर कहीं राजदूत बन जाता है और कोई जयबर्द्धन को तमिल समस्या के बारे में राय देने की तनख़्वाह खींचने लगता है। कोई युवा मुँह से जोशीले जुम्ले और थूक बहाते हुए अचानक किसी युवा काँग्रेस या युवा जनता का अध्यक्ष तैनात हो जाता है और रूस या पूर्वी बर्लिन का एक दौरा करने के बाद हमें आतंकवाद के खिलाफ संगठित होने का पाठ पढ़ाने आता है और हवाई जहाज से दिल्ली लौट जाता है। और मैं, सत्ते, इसी पर इतरा रहा हूँ कि कभी डेली पैसेंजर्स एसोसिएशन का उपाध्यक्ष बनकर गुंडागर्दी के जोर से तीन टिकट चेकरों को धमका चुका हूँ !

अम्मा से कहा, "सिर्फ़ चाय पिला दो। हो सके तो हलुवा-शलुवा बना दो। अभी ही लौटना है। खाना वहीं खाएँगे।"

प्रेमबल्लभ भीतर आकर चारपाई पर बैठा। बारिश जिस तेज़ी से आई थी उसी से निकल भी गई। लंबे-चौड़े छप्पर के नीचे की जगह लहराती हवा से भर गई। अलगनी पर सूखने को टँगी हुई दो मैली, गँधाती धोतियाँ पेंगें भरती हुई हम दोनों के सिर को सहलाने लगीं। हम चारपाई पर बैठे रहे।

प्रेमबल्लभ बाप की तंदुरुस्ती के हालचाल पूछकर उन्हें अपने और मेरे उज्ज्वल भविष्य के बारे में उत्साहित करता रहा। उसकी बातों से मैं बिलकुल प्रभावित नहीं हुआ, कुछ खीझ भी हुई, बाप भी शायद प्रभावित नहीं हुए।

चाय, हलुआ। प्रेमबल्लभ ने बहन की तारीफ की, हलुआ बहुत अच्छा बना है। बहन ने हँसकर कहा, "अम्मा ने बनाया है।"

प्रेमबल्लभ बोला, "तुम जीजा की फिक्र न करो। इनके अफसर को जिस दिन दो हाथ लग जाएँगे, उसकी सारी अफसरी फिस्स हो जाएगी।" बहन ने कहा, "यह उन्हीं को सुनाओ, जैसे लबाड़ी तुम हो वैसे ही वे।" मैं जसोदा की तैयारी देखने के लिए खड़ा हो गया।

उसका चेहरा साफ-सुथरा और चिकना हो रहा था। पर दर्द का एहसास होने पर

उसके होंठ खिच जाते थे, कभी-कभी दबे हुए दाँतों की झलक भी दिख जाती थी, आँखें सिकुड़ जाती थीं। इसके सिवाय उसके आसपास किसी प्रकार की दीनता नहीं थी, सिर्फ उसकी चालढाल एक ऊँघते हुए आदमी की सी थी। दोनों हाथ मत्थे से लगाकर उसने घर में बड़ों को प्रणाम किया, मुँह से कुछ नहीं कहा। आशीर्वाद में बाप मुझसे बोले, ''गूँगे को चाहो तो यहीं छोड़े जाओ। इसे अब इधर-उधर लेकर घूमने की ज़रूरत नहीं है।''

'गूँगा,' नाम मेरे कान पर हथौड़े जैसा पड़ा। मेरे लिए वह सिर्फ सुरेस था। शायद उसे मैं यहाँ छोड़ भी जाता, पर उसी ने फैसला कर दिया। इशारे से कहा, ''यह भी साथ ही जाएगा।''

अम्मा ने जिस शाहदिली से पाँच रुपए का नोट बढ़ाकर जसोदा को और दो का नोट सुरेस को दिया उससे मैं चौकन्ना हो गया। पूछा, ''इनकी पूरी मज़दूरी मिल चुकी है?''

बाप बोले, ''खर्चा भी तो हुआ है इन पर।'' भूखा भूखे को लूट रहा है, इस पर कोई व्याख्या न देकर मैंने बहन की ओर देखा। उसने कहा, ''बारह दिन की बाकी है—दोनों की।''

बाप को छोड़कर, जीजा समेत घर के सारे लोग जीप तक जुलूस बनाकर आए। मैंने ड्राइवर से पूछा, ''चाय पी ली?''

जिस तरह से उसने 'हाँ' में सिर हिलाया, साबित हो गया वह किसी 'सर' से नहीं एक खेतिहर के लड़के से मुखातिब है।

फिर पूछा, ''हलुवा खाया?''

''मैं मीठा नहीं खाता।''

इसका जवाब हमारी भाषा में है : तो साले जूता खाना। कोई जवाब नहीं दिया, कहा, ''इन्हें पीछे बैठाओ।''

ड्राइवर ने पीछे का दरवाज़ा खोलने के बजाय आगे की सीट गिरा दी और जसोदा को चढ़ने का इशारा किया। बहन ने उसे सहारा देकर पीछे बैठाला। उसके बाद सुरेस। तब ड्राइवर ने कहा, ''लेने किसको आए थे? उन्हें नहीं चलना है क्या?''

इसके जवाब में प्रेमबल्लभ गुर्राया, बोला, ''आँख हैं कि बटन? देख नहीं रहे हो?'' मैं भी सबके पैर छूकर उसके पास बैठ गया।

जब ड्राइवर जीप स्टार्ट करने जा रहा था, अम्मा अचानक मेरी पीठ पर झुकीं और जसोदा का हाथ पकड़कर बोलीं, ''भगवान करे सब ठीक-ठाक हो जाए। सदा सुखी रहो। बाद में हँसी-खुशी के साथ यहाँ एक बार आना ज़रूर।''

ये मेरी सचमुच की अम्मा थीं।

गाँव पार करते-करते गाड़ी कीचड़ में फँस गई। गलियारे में एक गढ़ा था, कब से चला आ रहा था, कहना मुश्किल है। कभी भी किसी ने उसमें चार टोकरी मिट्टी डालकर

पाटने की ज़रूरत नहीं समझी थी। हम लोग उसे पहचानते थे और अँधेरी रात में भी साइकिल से किनारा काटकर निकल जाते थे। आते समय मैंने ड्राइवर को पहले ही आगाह कर दिया था। कीचड़ और पानी से भरा होते हुए भी गढ़े का भूगोल मुझे भूला नहीं था। लौटते में मैं कुछ कहूँ, इसके पहले ही गाड़ी का पहिया उसमें धँस चुका था।

पहली चिंता जसोदा की। वह पेट दाबकर बैठी थी और कराह रही थी। मैंने ड्राइवर से कहा, ''इसका कुछ गड़बड़ हुआ तो...''

''मैं क्या करूँ। रास्ता ही ऐसा है।'' सधे चेहरे से उसने जवाब दिया और बंद इंजन को फिर से स्टार्ट किया। प्रेमबल्लभ ने मेरा हाथ दबाकर शांत रहने का इशारा किया। गाड़ी भर्र-भर्र करती रही, आगे नहीं बढ़ी। उतरकर देखा, कीचड़ में धँसा पहिया वहीं चक्कर लेने लगा था। ''धक्का लगेगा।'' ड्राइवर ने राय दी।

पाँच-छह नंग-धड़ंग लड़के दूर से तमाशा देख रहे थे। कुछ लोग अपने-अपने दरवाज़े छप्परों के नीचे बैठे हमीं पर निगाह लगाए थे। धक्का देने के लिए कोई नहीं उठा, न हमें ही किसी को बुलाने की हिम्मत पड़ी। गाँव की हालत प्रेमबल्लभ भी उतना ही समझता था जितना मैं। मेरे साथ वह भी जीप से उतर आया, सुरेस भी। हम तीनों कीचड़ सने गलियारे में जीप को धकियाते रहे। कोई नतीजा नहीं निकला। फिर सुस्ताने के लिए हाथ ढीले किए ही थे कि इंजिन नए ढंग से गुर्राया और गाड़ी आगे बढ़कर सपाट में आ गई।

प्रेमबल्लभ ने कहा, ''यह जानबूझकर अब तक नौटंकी कर रहा था। स्पेशल गियर इसने अब लगाया है।''

''जसोदा को पहले अस्पताल पहुँच जाने दो। तब इसे भी देख लेंगे।''

हम लोग तने चेहरे और खिंची तबीयत से गाड़ी में आकर बैठ गए। रास्ते भर कोई बात नहीं हुई। ड्राइवर ने ही दो-एक बार वार्तालाप चलाने की कोशिश की, पर हम, जो 'सर' की उपाधि बहुत पहले गँवा चुके थे, संधि के लिए तैयार न थे। ख़ामोश बैठे रहे। जसोदा अब रह-रहकर कराहने लगी थी।

शहर पहुँचकर ड्राइवर को कुछ व्यावहारिक प्रशिक्षण देने का इरादा था। दो-चार जूते न लगाए, तो गालियाँ ही सही। पर वहाँ जसोदा की जो आवभगत हुई, उससे तबीयत खिल उठी। प्रेमबल्लभ से मैंने कहा, ''जाने भी दो, यह मालिकों का गुलाम है। ऐसे लोग हम जैसे गुलामों के भाई तक बनना गवारा नहीं करते। वे गुलामों के गुलाम कहाँ से हो जाएँगे?''

डॉक्टर साहब का करिश्मा! जसोदा को जनरल वार्ड में एक बिस्तर दे दिया गया। लेडी डॉक्टर ने हमसे मुस्कुराकर बात की, जसोदा के लिए सहानुभूति उकसाने के लिए हमें अपनी ओर से कुछ कहने की ज़रूरत नहीं पड़ी। डॉक्टर साहब ने कह दिया था कि जसोदा के लिए दूध और ख़ुराक का इंतज़ाम अस्पताल से ही हो जाएगा। सुरेस को भी अस्पताल के बाहर एक बरामदे में पड़े रहने की इजाज़त दिला दी गई।

रेडियो और दूरदर्शन की भाषा म कहा जाए तो माननीय प्रधानमंत्री के सपनों को साकार करने और भारत देश में उत्पादकता बढ़ाने के लिए एक महान् श्रम-शक्ति की ज़रूरत है। स्वर्गीय नेता और जसोदा के प्रयास से उसमें आज इज़ाफ़ा होने जा रहा है। हम लोग डॉक्टर साहब के घर पर बैठे हुए काफ़ी देर तक भविष्य के एक अनुशासनबद्ध, विनम्र और परिश्रमी मज़दूर के जन्म की प्रतीक्षा करते रहे।

प्रतीक्षा चार घंटे बाद सफल हुई।

तीसरा भाग

1

कार्बाइन के बिना पप्पी को देखकर ऐसा लगा जैसे किसी हाथी के दाँत उखाड़ दिए गए हों। और जब दुलंगी धोती और टेरिलीन के मटमैले कुर्ते में पप्पी को आप नए बाज़ार की एक शानदार दुकान में पाएँ—काउंटर के पीछे खड़े हुए एक अंग्रेजीबाज़ दुकानदार से मोलभाव करते हुए, तब कैसा लगेगा ? मुझे लगा कि सावित्री सदन के चिकने दरवाज़े पर कोई मिट्टी पोत रहा है।

दुकान के अंदर मुझे झाँकता देखकर पप्पी ने काउंटर पर पड़ी हुई साड़ियाँ एक ओर बेमुरब्बती से खिसका दीं। मूँछों पर अपनी मोटी-मोटी उँगलियाँ फेरते हुए वह बाहर आया। आते ही मेरे सामने ऐलान किया, ''ठग है।''

''साड़ियाँ ख़रीद रहे थे ?''

''साड़ियाँ नहीं, साड़ी। और साड़ी भी क्या, उसे कहो धोती। हमारे घर में साड़ी नहीं पहनी जाती, धोती पहनती हैं। साड़ियाँ तो परमात्मायिन ख़रीदती हैं।''

पप्पी के मुँह से एक साथ इतना लंबा वक्तव्य पहली बार सुना था। बात कुछ समझ में आई, यह आज़ाद परिंदे की चहक थी। पूछा, ''क्या घर जा रहे हो ?''

''आज ही रात को। सोचा घर के लिए एक धोती ले लें।''

''तुम इन बड़े आदमियों की बाज़ार में कहाँ फँस गए ? तुम्हारे लायक दुकानें तो उधर अमीनाबाद में हैं।''

''जल्दी है न रात की गाड़ी से जाना है।''

इस झलझलौआ बाज़ार में भी किसी पुराने-धुराने सरकारी दफ़्तर जैसी एक हैंडलूम की दुकान थी, मद्रास या हैदराबाद की। वहाँ ज्यादा लकदक न थी। जैसे किसी कलेक्टर के बूढ़े बाप हों जो कभी पटवारी रहे हों और अब उसके बँगले के पीछेवाले कमरे में पड़े खाँसा करते हों। ऐसी ही दुकान से मैंने पप्पी को साड़ी यानी धोती खरीदने की सलाह दी। खुद भी एक मोटी धोती जसोदा के लिए खरीदी।

''अब पप्पी भाई, कब आना होगा ?''

''खेती-पाती, पुलिस की झाँय-झाँय, देखो कब मौक़ा मिले !''

शाम हो गई थी और पच्छिमी आसमान पर घटा घहरा रही थी। नीचे मरकरी लाइट में झलझलाती चौड़ी सड़क, जगमग दुकानें—सब बड़ी साफ-सुथरी, धुली-पुँछी

लग रही थीं। शहर के इस हिस्से पर हमारा कोई हक़ नहीं, इस सड़क से सिर्फ़ गुजरने का रिश्ता है। मैं अनमना हो गया।

''ए मुंसी।'' पप्पी ने बिहारी लहजे में कहना शुरू किया, ''जाने के पहले एक बात बता रहा हूँ। बस सुन लो और भूल जाओ।''

''न भूल पाऊँ तो?''

''तो नहीं बताऊँगा।''

हम लोग साथ-साथ चलते रहे, कुछ देर बाद अपनी ओर से उसने कहा, ''दो एक ठेकेदार हैं—बड़े गिरोहबंद। दिन को ठेकेदारी करते हैं, रात को सरकार के खुले गोदामों का माल उठवाते हैं, लोहा, सीमेंट, सैनिटरी पाइप—जो भी मिल जाए।''

''नेता की यह हालत उन्होंने की थी?''

हम लोग इंजिनियर साहब के बँगले के पास पहुँच गए थे। पप्पी फाटक के बाहर खड़ा हो गया। बोला, ''अगर कसम खाकर कहना हो तो नहीं कह पाऊँगा। पर हो सकता है, नेता के न रहने पर वे कानपुर की तरफ़ चले गए थे। अपनी मैटाडोर वान वे उधर ही कहीं बेच आए हैं। मैटाडोर की चर्चा होने लगी थी न? उसकी जगह वे अब एक ट्रेकर पर चलते हैं। हरे रंग का ट्रेकर। गड़बड़ आदमी हैं।''

''मैं सालों को हवालात दिखाए बिना नहीं रहूँगा।''

''तुम्हारा खून गरम है, मगर यह सब तुम्हारे बूते का नहीं। तभी कहा था, सुन लो और भूल जाओ।''

''तो बताया ही क्यों?''

''तुम्हें बताना तो था ही, खून भले ही गरम हो पर आदमी तुम समझदार हो।''

समझदारी इसी में थी कि चुप रहूँ। पप्पी ही ने कहा, ''इंजिनियर साहब से भी छेड़छाड़ मत करना। ये बड़े पावरफुल लोग हैं।''

ताक़तवर कहा होता तो वे शायद इतने ताक़तवर न लगते। अंग्रेजी में पावरफुल कहते ही पप्पी ने उन्हें नाभिकीय अस्त्रों की श्रेणी में बैठा दिया।

जिन सरकारी मकानों पर मैं काम की देख-रेख कर रहा था, उनमें से कुछ में जसोदा के गाँव की तरफ के लोग लगे हुए थे। उसी जमात की कुछ मज़दूरिनें अस्पताल में उसे देखने आती थीं। टखनों के ऊपर तक आनेवाली कुछ मैली, पर रंगीन साड़ियाँ, अपने-आपसे दुबके हुए ब्लाउज़। सभी के पाँवों में प्लास्टिक के चप्पल, जो गारे-चूने से तलुवों को बचाने के लिए अनिवार्य हैं—पीछे से देखने पर वे सब कम-उम्र की छोकरियाँ जैसी दीखतीं; वही दुबले-पतले टख़ने, वही तनी हुई पीठ, पीछे को लचकती-सी कमर, पर सामने से दिखते असमय में बूढ़े होते चेहरे, बुझा हुआ रूप—सिर्फ दो-एक को छोड़कर, जो जवानी के पंचसाला फ़रेब से अभी छूटी नहीं थीं। प्रेमबल्लभ इन दो-एक चेहरों के साथ रंगीन कल्पनाओं के तंतुजाल भले ही बुनता रहे,

इस हुजूम को देखकर मेरा उससे अजीब-सा बुज़ुर्गाना लगाव हो चला था।

वे आई थीं और अपनी छत्तीसगढ़ी में जोर-जोर से बोलने लगी थीं। चाहे किसी किशोरी की संगीत भरी आवाज़ हो, चाहे किसी बूढ़ी खूसट की भाँय-भाँय, सभी अपने सुर की बुलंदी पर बोल रही थीं। मुँह फाड़कर हँस रही थीं, पता नहीं वह क्या था, पर हँसने के लिए शायद उनके पास, सबकुछ के बावजूद, अब भी बहुत कुछ था।

वार्ड में एक नर्स थी। पहली बार देखने में बड़ी नाज़ुक जान पड़ी थी, पर पहली बार जब वह बोली तो भरम मिट गया। उसकी आवाज़ पत्थर पर गिरनेवाले हथौड़े जैसी थी। लगता था, शब्दों की चिप्पियाँ बिखरकर आपके चेहरे पर पड़ रही हैं। उसने इस महिला-समुदाय को सभ्यता सिखाना शुरू किया। कई बार शू-शू करके उसने उन्हें ख़ामोश रहने का इशारा किया। बाद में आवाज़ के हथौड़े के सहारे उन्हें वार्ड के बाहर कर दिया जहाँ वे फिर उसी तरह बोलने और हँसने लगीं।

अस्पताल से छूटते ही जसोदा इस जमात में शामिल हो गई थी। एक अधबने मकान के कमरे में जहाँ दो कोनों में दो परिवार पल रहे थे, उसने तीसरा कोना अपना लिया था। साथ में बच्चा भी था। मानव संसाधन और श्रम मंत्रालय को जसोदा की विनम्र देन।

सुरेस चौथे कोने में पसर गया था।

''मुंसी, ये धोती कितने की है?''

धोती उसे पसंद आई थी, हालाँकि मुझे अब लग रहा था कि इसका रंग कुछ और चटख होना चाहिए था। जसोदा अपनी दरी के नीचे उसे दबाने के पहले उसकी क़ीमत जानने की जिद कर रही थी।

''तुम्हें आम खाने से मतलब कि पेड़ गिंनने से?'' मेरी यह कहावत उसकी समझ में नहीं आई। थोड़ी देर मुँह ताकने के बाद उसने फिर अपना सवाल दोहराया। मुझे बताना पड़ा। चालीस रुपए लगे थे।

उसने सुरेस को अपने पास इशारे से बुलाया, पूछा, ''कितने दिन का पगार बाकी है?'' यह शायद मुझे सुनाने के लिए था क्योंकि वह न पूरा सुन सकता था, न जवाब दे सकता था। जसोदा ने उँगली और पंजों के इशारे से उससे कुछ जानना चाहा, गों-गों की आवाज़ के साथ वह भी उँगली और पंजों से उसे कुछ समझाता रहा।

एक दूसरे पर सिर झटककर और मुँह से विकृत आवाज़ें निकालकर खीझ उतारते हुए, कभी पंजा, कभी पूरा हाथ, कभी एक-आध उँगली उठाकर लगभग पूरे शरीर के सहारे वे एक-दूसरे की समझ को छूने की कोशिश में थे। अंत में जसोदा ने कुछ समझ लिया। मैं कुल इतना समझा कि कोई लेन-देन का हिसाब है।

तब जसोदा ने एक पतली लकड़ी के कई टुकड़े किए, मेरी मौजूदगी को भुलाकर वह काफ़ी देर उन टुकड़ों को अलग-अलग, फिर एक में, फिर दो-तीन जगहों पर रखने में

व्यस्त रही। बाद में बोली, "एक सैकड़ा और बीस हमें अभी और पाने हैं।"

"क्या?"

"रुपए और क्या," उसने इस तरह कहा जैसे इससे अच्छी कोई दूसरी ठिठोली नहीं हो सकती थी, "तुम्हारे घर पर हमारा एक सैकड़ा और बीस अभी पड़ा हुआ है।" जसोदा की बोली और उसकी अपनी निजी पद्धति से निकाला गया हिसाब मेरी समझ के बाहर था। जिस प्रक्रिया से उसने सुरेस की और अपनी मज़दूरी के दिन जोड़े और उनकी मज़दूरी निकाली वह यकीनन गणित की कक्षा में नहीं पढ़ाई जाती। फिर उस रक़म से अम्मा जी से मिले हुए रुपयों को उसने जिस तरह घटाया, और लकड़ी के टुकड़ों से जिस तरह उसे सही सिद्ध किया वह और भी जटिल तरीक़ा था। अंत में उसने कहा, "यह हुआ सैकड़ा और यह तीन बीसी। इसमें इस धोती की दो बीसी कट गईं। अब अम्मा जी से हमारा एक सैकड़ा और एक बीसी और मँगा दो।"

इस हिसाब के बाद धोती दरी के नीचे उसके सिरहाने चली गई।

मैंने जेब से कुछ नोट निकाले, एक सौ साठ गिनकर उन्हें जसोदा की ओर बढ़ाते हुए कहा, "अम्मा से जो तुम्हें एक सौ साठ मिलने हैं उनका पूरा-पूरा हिसाब यह हुआ। और वह साड़ी मेरी ओर से है। उसकी कीमत तुम्हें नहीं देनी है।"

वह मेरी ओर देखती रही। चेहरे पर शरारत थी। मुझे लगा, मैं उसे बरसों से जानता हूँ। कई साल पहले खलिहानों और बागों में पुवाल के ढेर पर मेरे साथ जो खेलती रही थी, वह लड़की सावित्री नहीं थी, वह जसोदा थी। उस चेहरे पर निगाह जमाकर मैं इस पहचान को पुख्ता करता रहा। जसोदा ने कहा, "तुम मुझे यह धोती क्यों दे रहे हो मुंसी?"

मैं जान-बूझकर इस सवाल की सतह के नीचे नहीं उतरा। कहा, "तुम्हारे पास एक ही बची है न?"

उसके चेहरे पर जो शरारत की चमक थी, बुझ गई। सिर नीचा करके वह अपने बच्चे की ओर देखती रही। उसी तरह बैठे-बैठे बोली, "मुंसी तुम मुझे क्या-क्या दोगे? जो देनेवाला था वह तो चला गया।"

मेरे नोट जमीन पर पड़े थे। उन्हें हममें से किसी ने नहीं छुआ। मैं उठकर खड़ा हो गया और चुपचाप बाहर निकल आया। पीछे जसोदा के बिलखकर रोने की आवाज आई।

एक दिन हरे रंग का ट्रेकर अचानक ही मिल गया।

जाड़े के दिन आ गए थे। सुहावना मौसम था, बकौल प्रेमबल्लभ के किसी हरे-भरे पार्क में किसी बेंच पर बैठकर रम पीने का मौसम। हम दोनों ने उस दिन, यह जानते हुए कि इतवार का दिन है और कामकाजी आदमियों को आज ही उनके घर पर पकड़ा जा सकता है, काफी दौड़-धूप की थी।

यूनियन का काम जमाने के लिए हम दोनों ने लगभग एक दर्जन दरवाज़े खटखटाए थे। अब विधायक-निवास से मिले हुए एक ढाबे में सस्ता खाना खाकर, दो घंटे सोकर, पार्क की किसी बेंच पर रम पीने के इस सुहावने मौसम में दिन के चौथे पहर हम पार्क में आए। वकील बाबू प्रेमबल्लभ वैसे तो काफी कमाई कर रहे थे—अदालत के दो-तीन पेशकार और मुहर्रिर उनके लँगोटिया यार बन चुके थे—पर रम हासिल करने की लँगोटिया यारी आज उन्होंने मुझ पर उतारी थी। उन्हें मैंने रम का एक पौवा ख़रीद दिया था। मेरा हिस्सा सिर्फ़ उस मूँगफली के छोटे थैले में था जो उन्होंने अपनी जेब से सौ-सौ के कुछ नोटों के बीच से खोजे हुए तीन रुपयों से खरीदी थी।

बेंच पर रम नहीं पी जा सकी, प्रेमबल्लभ को खड़े-खड़े ही गटकना पड़ा। पार्क में सभा हो रही थी। तिरंगा लहरा रहा था। और इत्तफ़ाक यह कि एक नेता झटकदार सिर, मटकदार कमर और हथौड़े की तरह चलते नाजुक हाथों से शहर के इस नए हिस्से में मज़दूरों के शोषण पर भाषण दे रहा था। ज़ाहिर था कि बिना जाने हुए या शायद जान लेने के कारण ही वह हमारी प्रस्तावित यूनियन का प्रतिद्वंद्वी बनने पर आमादा था। पर कुछ देर भाषण सुनने के बाद हमें सुकून मिला। हम समझ गए कि वह सिर्फ़ ज़बानी जमाखर्च है—वही जो दिल्ली की विकास गोष्ठियों में होता रहता है। भाषण उगलनेवाले नेता और मंच पर बैठे लोगों की शक्ल ही बता रही थी कि ये बोलनेवालों की क़ौम के हैं, करनेवालों में से नहीं। यह भी मालूम हो गया कि मज़दूरों की विपदा का हवाला वह सिर्फ़ उदाहरण के लिए, उपमा और रूपक अलंकारों का विधान रचाने के लिए, दे रहा है। उसकी असली चिंता, जो बहुत बाद में खुली, अमीनाबाद के घने बाजार में पटरी दुकानदारों द्वारा सड़क पर दुकानें चलवाने और सड़क पर चलनेवाली सवारियों और पाँव-पियादों को हवा में उड़ा देने की है।

"साला दुकानदारों से हफ़्ता वसूलता है। गुप्ता जी का आदमी है।" कहकर प्रेमबल्लभ ने रही-सही रम गटक ली और आखिरी फ़ैसला दिया, "असली हरामी है।"

भाषण, जैसा कि ज़्यादातर हमारे नेताओं का होता है, वाहियात था। पढ़ने-लिखने और इम्तहानों में अच्छे नंबर लाने में मैं भले ही कमजोर रहा होऊँ पर मैं खालिस गाँव की उपज था और इन तरकीबों और पैंतरों को बख़ूबी समझने लगा था। गरीबी क्यों है और कैसे है और बेरोजगारी क्यों पनप रही है और उसे कैसे हटाया जा सकता है, ये बातें मैं उस यूनिवर्सिटी में बचपन से सीखता आ रहा था जिसका नाम गर्दिश और बेहाली है। उधर ये भाषण देनेवाले यह समझकर चल रहे थे कि जो बात तर्क और ठंडे दिमाग से सोचने की है वह मुँह से फेंचकुर बहाकर की जा सकती है। और जो काम लगन, हिम्मत और सरफ़रोशी का है वह सिर झटककर और हाथ हिलाकर जोशीले भाषणों-भर से हो सकता है। उनके ऐसा सोचने की वजह भी है। सदियों से शोषण और ज़ुल्म की मार झेलते-झेलते मामूली आदमी की बुद्धि बुझ चुकी है, उसकी चेतना बेहोश हो गई है। तभी, जो बिना शोर मचाए उसी के भले के लिए चुपचाप जूझने को

तैयार है, उसे वह शक की निगाह से देखता है। उसे उकसाने के लिए नेता जानते हैं, ठंडे तर्क की जरूरत नहीं है। भावुकता और जोश और शब्दों के उलजलूल सैलाब में उसे बहाकर ही उभारा जा सकता है। उसे तर्क न चाहिए, गुत्थी को सुलझानेवाली विचार-श्रृंखला नहीं चाहिए, सिर्फ़ आवाज़ का थिएटरी उतार-चढ़ाव चाहिए, तभी तालियाँ बजेंगी। मामूली आदमी की जेब काटकर उसी के रुपए से उसे छोटी-सी बख़्शीश दे दो और गला फाड़कर उसका ऐलान कर दो तो वह तुम्हारी जय-जयकार बोलने लगेगा।

''चलो भाई प्रेमबल्लभ, तुम तो सिर्फ़ टाँग से लँगड़े हो, इस नेता का भाषण अगर मुझे दस मिनट झेलना पड़ा तो मैं अक्ल से लँगड़ा हो जाऊँगा।'' कहकर मैं उसे पार्क के बाहर खींच लाया। वहाँ सड़क के किनारे जो गाड़ियाँ खड़ी थीं, उनमें वह ट्रेकर भी था।

इस शहर में रहज़नी मोटरसाइकिलों पर चलती है। यह तरीक़ा अब तक परंपरा बन गया है। पर मैटाडोर वान पर डकैती और हत्या अभी नई-नई निकली है। उसने भी सवारी बदलकर अब ट्रेकर को अपना लिया है। नेता पर हमला करनेवालों और मैटाडोर का आपसी रिश्ता प्रेमबल्लभ को पहले से मालूम था पर मैटाडोर और ट्रेकर का रिश्ता उसे मैंने अब बताया। मेरे सीने में मेरा दिल झींगुर की तरह उछल रहा था और मैं जो कहना चाहता था उसका हर शब्द 'क्यू' तोड़कर ओंठों पर सबसे पहले आने की कोशिश में था। पर मैंने इन हरकतों को कड़ाई से रोका, अपने लहजे को जितना ठंडा और कारोबारी बना सकता था बनाया, और हरे ट्रेकर के बारे में पप्पी ने मुझे जो बताया था, वह सब धीरे-धीरे प्रेमबल्लभ को समझा दिया। उसे बताते हुए मैं यह भी सोचता रहा कि उसे जवाब में क्या कहना चाहिए, यानी उसकी जगह मैं होता तो क्या कहता, और मैंने यह भी सोच लिया कि क्या कहता। मैं कहता, 'अबे, शहर में क्या यही एक हरा ट्रेकर है? तूने एक ऐसा ट्रेकर देख लिया तो क्या हुआ? मोटर की किसी भी दुकान पर ऐसे दो-चार ट्रेकर खड़े मिल जाएँगे।'

बात पूरी करते-करते मेरा जोश ढीला पड़ गया था और जो अब खुद मेरी थी, उसी प्रतिक्रिया की उम्मीद मैं प्रेमबल्लभ से करने लगा था। पर मेरी बात ख़त्म होते-होते प्रेमबल्लभ एकदम से तन चुका था। बोला, ''ऐसा है दोस्त, तो तुम यहीं रुको, मैं आधे घंटे में दो-चार लोगों को विधायक-निवास से लेकर आता हूँ। देखता हूँ ये बचकर कैसे निकलते हैं।''

उसके जोश में मुझे रम की लपट महसूस हुई और मैंने उसे ठंडा करने की कोशिश की। मैं अपना ही हेमलेट बन गया और यह करूँ या वह करूँ या न करूँ के झमेले में डूबने लगा। मैं अपनी ओर से ही कहने लगा कि यह ट्रेकर हरा तो है पर ये कैसे कहा जा सकता है कि उन्हीं लोगों का है। शहर में हरे ट्रेकर तो और भी होंगे।

प्रेमबल्लभ ने एक नया काम किया, खामोश होकर मेरी हिचक के बारे में सोचा।

यह तय हुआ कि प्रेमबल्लभ वहाँ रुकेगा और ट्रेकरवालों की प्रतीक्षा करेगा, उनसे कोई बहाना निकालकर बातचीत करेगा और उनका परिचय पाने की कोशिश करेगा। बाद में उनकी जनम-कुंडली पढ़ी जाएगी। यानी हम पता लगाएँगे कि वे कौन हैं, क्या हैं, हम मालूम करेंगे कि वे नेता के शोकांत से जुड़ते हैं या नहीं और अगर जुड़ते होंगे तो एक बार हमारी सारी युवा-शक्ति, वह चाहे जितनी बोदी हो और चाहे जितनी बिखरी हो, उनका विध्वंस किए बिना न रहेगी।

उधर मैं तेज़ी से जाकर सुरेस को अपने साथ ले आऊँगा। अगर ट्रेकरवाले तब तक जा न चुके होंगे तो हम उनका इंतज़ार करेंगे। उनके नमूदार होने पर अगर सुरेस ने उन्हें पहचान लिया तो आगे के लिए हमारा लक्ष्य साफ़ हो जाएगा। अगर न पहचाना तो खोज जारी रहेगी।

सुरेस को साइकिल के कैरियर पर बैठाले हुए मैं जब पार्क के पास पहुँचा, प्रेमबल्लभ को ट्रेकर के नजदीक खड़े तीन आदमियों से बातचीत करता पाया। सुरेस को मैं रास्ते में ही समझा चुका था कि उसे क्या करना है। यह जानना कठिन था कि वह कितना समझा है। उसे इतना-भर पहचानना था कि जो आदमी उस ट्रेकर पर आया है वह नेता का अपहरण करनेवाले गिरोह में था या नहीं। हमने यह भी सोच रखा था कि अगर यह उन्हीं का ट्रेकर है तो इस वक़्त भी शायद उस पर कोई अकेला आदमी न होगा, वहाँ दो-तीन लोग होने चाहिए। हमारा ख़्याल सही निकला।

साइकिल से उतरते ही सुरेस ने उनकी ओर उँगली उठाकर 'गों-गों' करना शुरू कर दिया। वह उनकी ओर झपटा, फिर बीच से पलटकर मेरी ओर भागता हुआ आया। हाथ उठाकर उसने उस दिशा की ओर इशारा किया जहाँ के पार्क से नेता का अपहरण हुआ था। फिर वह भागकर सड़क के दूसरी ओर गया, जहाँ कुछ मिट्टी जमा थी। उससे दो-तीन टुकड़े उठाकर वह दौड़ता हुआ मेरे करीब आया और ट्रेकर के पास खड़े हुए एक बहुत नाटे आदमी पर जो प्रेमबल्लभ से बात कर रहा था, ताककर फेंका। इतना करके शायद वह अपने ही जोश से घबरा गया और दूसरी ओर से भागकर पार्क की भीड़ में गुम हो गया।

पत्थर का टुकड़ा मोटे आदमी तक नहीं पहुँचा, उससे बहुत पहले ही वह एक लाई-चना के खोंचे के पास आकर गिरा। खोंचेवाले ने भागते हुए सुरेस को गाली दी। उसी समय मोटे आदमी ने अपना चेहरा उठाकर खोंचेवाले की ओर ताका; फूला हुआ लाल-लाल चेहरा। उसकी झलक देकर वह तुरंत ट्रेकर में बैठ गया। उसके साथी भी उसी के साथ गाड़ी में बैठ गए। ट्रेकर चलने के पहले उसके और प्रेमबल्लभ के बीच नमस्कारों का आदान-प्रदान हुआ।

"यही पार्टी थी न?" मेरे पास आते ही प्रेमबल्लभ ने पूछा।

मैंने सिर हिलाया, कहा, "सुरेस को तुमने देखा नहीं? वह बिलकुल पागल हो गया

था। उसने उस मुटल्ले पर एक पत्थर फेंका था। अच्छा हुआ चूक गया, नहीं तो नया टंटा शुरू हो जाता।''

''सुरेस का तमाशा मैं भी देख रहा था। सुनो सत्ते, शिनाख़्त तो हो गई। अब क्या करोगे?''

मैं इस सवाल का अभी सीधा मुक़ाबला नहीं करना चाहता था। पूछा, ''तुम इस मुटल्ले को जानते हो?''

''हाँ, पर ज़्यादा नहीं। दफ़ा 307 के एक मुकदमे में यह पिछले साल मेरे सीनियर का मुवक्किल था।''

''करता क्या है?''

''उठाईगीरी। वाहियात आदमी है। ठेकेदारी करता है, शराब की दुकानें हैं, दो ट्रकों का मालिक है।''

केंद्र के एक मंत्री इसी शहर के रहनेवाले हैं। अपनी नफ़ासत और शराफ़त के लिए मशहूर हैं। कविता, संगीत और कलाओं के प्रेमी हैं। उनका नाम लेकर प्रेमबल्लभ ने कहा, ''उनका ख़ास आदमी है।''

''आदमी कैसा है?''

''ऊँचे दर्जे के गुंडों में जो एक दिखावटी भलमनसाहत होती है उससे कोसों दूर। बेहूदा है और चाहता है कि लोग उसे बेहूदा समझें।''

''तुम्हें तो बड़े कायदे से नमस्कार कर रहा था।''

''नहीं जी। वह तो मेरे नमस्कार का जवाब था।''

मैं ख़ामोश हो गया। फिर पूछा, ''अब क्या करोगे?'' अभी यही सवाल प्रेमबल्लभ ने मुझसे किया था।

2

उत्तर प्रदेश दैनिक मज़दूर संघ के दफ़्तर का पहला दिन। समय दोपहर डेढ़ बजे। मिस्त्री लकड़ी की बेंच पर बैठे हुए लाई-चने का नमक-मिर्च के साथ लंच ले रहे थे। आज वे घर से रोटी बाँधकर नहीं चले थे, इसलिए भड़भूजे के फ़ास्ट फूड रेस्त्राँ का सहारा लिया था। मैं नई मेज के पीछे उतनी ही नई कुर्सी पर बैठा हूँ। सिर्फ़ तबीयत में नयापन नहीं है।

बेवकूफ़ी की बात हो, वह भी उनके मुँह से समझदारी की जान पड़ती है। मिस्त्री ने कहा :

''काम तुम अच्छा कर रहे हो मुंसी, पर तुम्हारे उखाड़ने से कुछ उखड़ने का नहीं। पहले भी कई बार यूनियन-ऊनियन बनानेवाले आए थे, पर सरदारों और ठेकेदारों और भट्ठेवालों के मुकाबले सभी कुछ दिन बाद झोला-झंगड़ छोड़कर भाग खड़े हुए। मैंने भी दो-एक बार चंदा दिया था। उसका पता नहीं चला। रसीदें अब भी कहीं पड़ी हैं। शहद भी नहीं है, जिसे लगाकर उन्हें चाटते। अब तुम कह रहे हो तो तुम्हें भी पाँच का नोट नज़र कर दूँगा। पर कुछ होना-हवाना नहीं है इससे!

''और सच पूछो तो यूनियन-शूनियन की कोई जरूरत नहीं है। तुम बिलासपुरी लेबर को अभी तुक से समझ नहीं पाए हो, बड़ी मस्त क़ौम है। दिन-भर जुटकर काम करेंगे, बस विविध भारती पर बाजे की सुई टिकाकर छोड़ दो। बाजा बजता रहेगा और इनका हाथ चलता रहेगा। शाम को जमकर देह पर तेल मालिश करेंगे। गाएँगे ज़रूर। और सबेरे उठकर बंबे पर देह मलकर नहाएँगे—तुम्हें क्या बताना, तुम तो सब देख ही रहो हो—हम लोगों की जनाना भला इतनी सफ़ाई रख सकती है? मर्द जो हैं, यहाँ आकर गाँजे की लत पाल लेते हैं, जुआ खेलने को बैठ जाएँ तो लँगोटी तक दाँव पर लगा दें, यह अपना नेता था, देखने लायक था उसका खेल। हेंह, इन्हीं करमों से फटीचर बने घूम रहे हैं। जो समझदार हैं वे सीज़न में सैकड़ों-हजारों की गड्डी लेकर अपने देस लौटते हैं। और मुंसी, ये सब बड़ी मौज में हैं। यूनियन-फूनियन के पास न फटकेंगे ये। पर तुम्हारी तबीयत में है तो यह भी करके देख लो।''

पहले यूनियन-ऊनियन फिर यूनियन-शूनियन और अब यूनियन-फूनियन।

मिस्त्री अपना संदेश बहुत साफ़ भाषा में मुझ तक पहुँचा रहे थे। भुने हुए लाई-चने के पीछे मुँह में नमक-मिर्च झोंककर वे मुँह के व्यास की वृहत्तम दूरियाँ दिखाते रहे, मसूढ़ों और दाँतों की अधिकतम गलाज़त थी। मैंने पूछना चाहा, 'ये लोग, जो नोट की गड्डियाँ लेकर देस वापस जाते हैं, इतनी जल्दी लौट क्यों आते हैं?' पर मिस्त्री ने इसका मौका नहीं दिया। पानी पीकर और इधर-उधर देखते हुए कि शत्रुपक्ष का कोई जासूस वहाँ मौजूद नहीं है, बड़े गोपनीय अंदाज़ में बोले, "इनकी औरतों को भी सीधा न समझो।" फिर फुसफुसाकर, "एक-से-एक क्रप्ट हैं।"

"क्या हैं?"

"क्रप्ट। और क्या?" कहकर उन्होंने फिर चारों ओर देखकर इत्मीनान किया कि यह बात मेरे, उनके और दीवारों के भीतर ही रहेगी। सहज ढंग से कहना शुरू किया, "यही अपनी जसोदा को लो। नेता को मरे कितने दिन हुए? पाँच महीने ही न? अभी से कसमसा रही है। भली औरत है, मैं उसको कुछ नहीं कहता। पर देस-देस का चलन है। अभी से वह घर-बैठा करने की सोचने लगी है। वही क्यों, सभी उसे समझा रहे हैं। उसका एक कोई देवर है। इलाहाबाद ज़िले में एक जगह है न शंकरगढ़, वहाँ पत्थर-वत्थर तोड़ता है। वहीं जाने की तैयारी कर रही है।"

"तो वह इसी बात पर करप्ट हो गई?"

"मुंसी जी, तुम लाख पढ़े-लिखे होओ पर यह तुम्हारी समझ में नहीं आएगा। बुरा न मानो, अभी तुम नए बछेड़े हो।" कहकर मिस्त्री स्वभाव के विपरीत ठठाकर हँसे। मैंने पूछा, "तो जसोदा शंकरगढ़ जा रही है?"

"ठीक ही कर रही है। देवर के साथ घर-बैठा कर ले तो उसका पाप कटे। यहाँ रहेगी तो निठल्ले उसे चैन से बैठने थोड़े ही देंगे। कातिक के कूकुरों की तरह उसे हर जगह पिछुआए रहते हैं।"

जसोदा की दिक्कतों के इस पहलू का मुझे पता न था, मिस्त्री मुझे चतुराई से देख रहे थे। मैंने उन्हें कुछ ज़्यादा चतुराई से देखा। वे मेरे बारे में जसोदा को लेकर सिर्फ़ अटकल लगा रहे होंगे, मैं उनके बारे में जानता था, खुद जसोदा के मुँह से सुन चुका था। कातिक के कूकुरों में किसी ज़माने में वे भी दुम हिलाते हुए घूम चुके हैं। मिस्त्री ने अँगड़ाई लेकर बदन तोड़ा, इस अभिनय के सहारे इस प्रसंग पर ख़ाक डाली, पाँव सिकोड़े, करवट के बल, कुहनी के तकिए के सहारे बेंच पर लेट गए। बोले, "थोड़ी देर आँख मूँद लूँ।"

मैं पुराने विषय से ही चिपका रहा, बोला "तो तुम्हारी राय में वह हर हालत में करप्ट है। शंकरगढ़ जाकर देवर के घर रहे तब भी और यहाँ कातिक की कुतिया जैसी घूमे, तब भी।"

मिस्त्री ने आँखें मूँद लीं, विकारहीन चेहरे से बोले, "मुंसी तुम तो बात पकड़ते हो। मैं जसोदा को थोड़े ही कुछ कह रहा था। मैंने तो इन बिलासपुरियों की बात उठाई थी।

इनका चाल-चलन, रहन-सहन सब अलग है। अब जैसे वकील साहब हैं, इंजिनियर साहब हैं, तुम हो। बड़े खानदानवालों की बात ही और है।

''...अब आप यूनियन चलाएँगे न। तो सुनो मुंसी जी,'' कहकर उन्होंने टप-से आँखें खोल दीं, मेरे लिए कभी 'आप' कभी 'तुम' का साथ-साथ प्रयोग करके—जैसे भक्त लोग भक्ति के आवेश में 'तुम' और 'तू' का परमात्मा के लिए साथ-साथ प्रयोग करते हैं—उन्होंने घरेलू ढंग से समझाया, ''नौजवान आदमी हो, इन जनाना लोगों से बहुत बच के रहना। इनके बीच काम करते हुए इंसान को हमेशा लँगोट का पक्का होना चाहिए।''

''तुम्हारी तरह!'' मेरी बात उनके कानों में ज़रूर पड़ी होगी पर वे आँखें बंद कर चुके थे और उनका चेहरा यह बता रहा था कि उनके कान पहले से ही बंद हैं।

मेंबरी के लिए पाँच रुपिया शुरुआती चंदा देनेवालों में मिस्त्री पहले न थे। उससे पहले कल पच्चीस मज़दूर हमारे मेंबर बन चुके थे। उनका चंदा हमारे ठेकेदार साहब यानी डिप्टी यस. पी. साहब उर्फ़ डिप्टी साहब ने दिया था।

सुनने में यह वैसा ही लगता है जैसे स्व. पंडित जवाहरलाल नेहरू ने स्व. डॉक्टर राममनोहर लोहिया-जैसे विरोधियों को अपने खिलाफ़ चुनाव अभियान के लिए कोई रक़म भेजी हो। पर ऐसा नहीं था। ठेकेदार साहब आत्महंता-योग के चक्कर में नहीं थे। कुल इतनी-सी बात है, जिसे पहले भी साफ़ किया जा चुका है कि वे ठेकेदार नहीं थे, ठेकेदारी का मुखौटा भर थे। वे सही आदमी थे। दो-तीन दिन पहले एक ऐसी घटना हो गई थी जो रोजमर्रा की घटना होते हुए भी उन्हें तिलमिला देने के लिए और उनकी शराफ़त को मथकर मुलायम मक्खन सतह पर उभार देने के लिए काफ़ी थी। उसी के असर में डिप्टी साहब ने हमारी यूनियन को मदद करने का फ़ैसला किया।

घटना मेरी देखरेखवाले मकानों की नहीं, पड़ोस के सैक्टर की थी। वही झाड़-झंखाड़ और वीराने में चलनेवाले भट्ठे पर 'बिन नारि दुखारे' की चिरंतन समस्या। भट्ठे की मिल्कियत में एक हिस्सा उन जूनियर इंजिनियर का था जो उक्त सैक्टर में डिप्टी यस. पी. साहब के नाम से ठेकेदारी करते थे और बतौर जूनियर इंजिनियर उसी काम के सरकारी निरीक्षक भी थे। मैं उन्हें जानता नहीं हूँ पर उद्यम, महत्वाकांक्षा, परिश्रम की क्षमता, अर्थार्जन, सफलता के प्रति एकनिष्ठता आदि ऊँचे इंसानी आदर्शों के मामले में वे यक़ीनन् हमारे इंजिनियर साहब के गुटका संस्करण होंगे, और इन आदर्शों को व्यावहारिक, मूर्त रूप देने की पद्धति उन्होंने साथ-साथ एक ही प्रशिक्षण केंद्र में सीखी होगी। बहरहाल, जूनियर इंजिनियर साहब को भट्ठे पर किसी पेड़ की छाँह में कविता की पुस्तक, मक्खनदार रोटी और मदिरा की सुराही के होने पर भी जब तस्वीर मुकम्मल करने के लिए किसी कामिनी की कमी खटकने लगी तो उनकी निगाह अपने सैक्टर में काम करनेवाली एक मज़दूर युवती पर पड़ी और पड़ते

ही गड़ी-की-गड़ी रह गई । पर ज़्यादा देर नहीं, क्योंकि उपलब्ध सूचनाओं के अनुसार वे किंतु-परंतु वाली शैली में विश्वास नहीं करते और दिल्ली-स्थित आज की नई राजनीतिक पीढ़ी की तरह तेज़ रफ़्तार से साहसपूर्ण और निर्भीक फ़ैसले करने के क़ायल हैं । तभी उन्होंने मज़दूरों के एक छोटे से गुट को जिसमें लगभग सभी आयु, वर्ग और लिंग के व्यक्ति थे, यह सैक्टर छोड़कर भट्ठे पर जाने का हुक्म दिया और यह पक्के तौर से देख लिया कि इस गुट में वह युवती गिन ली गई है । यह भी देख लिया कि उसके शौहर को नहीं गिना गया है ।

मज़दूरों ने भट्ठे पर जाने से इनकार कर दिया । सरदार को उनका हृदय-परिवर्तन करने के लिए बुलाया गया, सरदार यानी वह नर-व्यापारी जो मज़दूरों को उनके गाँव से कुछ पेशगी कर्ज़ देकर और हमेशा के लिए उनकी चुटिया अपने अँगूठे से बाँधकर यहाँ ले आया है । पर कुछ देर की बहस के बाद उसका ख़ुद हृदय-परिवर्तन हो गया और वह जूनियर इंजिनियर से यह कहकर चलता बना कि ये सब जाहिल गँवार भुच्च हैं और इन्हें यहीं घिसटने दीजिए । तब जूनियर इंजिनियर के स्थानीय गिरोहबंदों ने उन्हें रगड़ाना शुरू किया ।

'सालों को रोटी लग गई है,' 'दिमाग़ ख़राब हो गया है' आदि मुहावरों के बीच एक स्थानीय बोली की कहावत भी सुनी गई : 'गगरी दाना, सूद उताना ।' यानी देखो, परचून की दुकान पीछे छोड़ते हुए खुद संसद-सदस्य होकर, दूधमुँही बहू को अपने प्रदेश की उपमंत्री बनवाकर, एक लड़की को आई. ए. यस. और एक लड़के को आई. एफ. यस. में घुसेड़कर राजधानी के बसंत बिहार में कोठियाँ खड़ी करके, हरियाणा में यूकेलिप्टस के जंगल उगा करके और स्विट्ज़रलैंड के बैंकों में अंकलक्षित मोटे खाते खोल करके भी जहाँ चच्चू जी के चेहरे पर आज भी इतनी सौम्यता और बीते गाँधी युग की विनम्रता है वहीं इन शूद्रों के घड़े में अनाज के चंद दाने आते ही उनकी हेकड़ी अंग-प्रत्यंग से फूटने लगी है । फिर दूसरी कहावत : 'लात के देवता बात से नहीं मानते ।'

इस मामले में जूनियर इंजिनियर साहब का फ़ैसला साहसपूर्ण और निर्भीक तो रहा पर उतनी तेज़ रफ़्तारवाला नहीं, उन्होंने भट्ठे पर मज़दूरों के तबादले की बात छोड़ दी, मामले को ढील दे दी । चार दिन बाद उस मनोवांछित युवती के शौहर और उसके दो साथियों को सरकारी सीमेंट की चोरी करते हुए पकड़ लिया गया । तब इन लात के देवताओं का थप्पड़ों और हाकी की स्टिकों से सत्कार किया गया जिसमें शौहर की सिर्फ़ कलाई टूटी, हफ़्तों के लिए उसे काम से सपरिश्रम विश्राम दे दिया गया । यही क्या कम है कि मामला पुलिस को नहीं दिया गया । जो भी हो बात उन्होंने फिर भी नहीं मानी । टूटी हुई कलाई और रुआँसी बीवी को लिए हुए उसने डिप्टी यस. पी. साहब के पास आकर फ़रियाद की । उसके बाद उनके साथ दस-पंद्रह मज़दूर उस सैक्टर से हटकर हमारे मकानों पर काम करने के लिए आ गए । यह तीन दिन पहले की घटना है और

सच पूछिए तो इसमें घटना भी क्या है, यह सिर्फ़ एक परिदृश्य है।

मिस्त्री आजकल गायत्री टावर पर काम कर रहे थे। गायत्री टावर का व्याकरण भी यहीं खोल दिया जाए। शिलान्यास के समय इस इमारत का नाम सावित्री टावर था। परमात्मा जी-सावित्री-इंजिनियर साहब का सुनहरा त्रिकोण जब कुछ मलीन पड़ गया और परमात्मा जी कुछ कानूनी और उससे ज़्यादा जज़्बाती वजहों से इस नामकरण का विरोध करने लगे तो टावर की सावित्री तुरंत गायत्री बन गईं। हो सकता है कि दोनों शब्दों में 'त्री' की मौजूदगी इंजिनियर साहब को बराबर 'स्त्री' जैसे शब्द की ध्वनि से जोड़े रखती हो, पर नाम बदलना ही हो तो गायत्री को बज़ाहिर इसलिए तरजीह दी गई कि साँची, भरहुत, सारनाथ आदि के स्तूपों के बराबर रुपया जोड़ चुकने के बाद, सुना गया, इंजिनियर साहब में खुद इधर एक बदलाव आया था। इतनी हैसियत बनाकर हर भले आदमी का रुझान धर्म और संस्कृति के प्रति होना चाहिए और उनके साथ यही हो रहा था। गायत्री एक मंत्र था और है, वह एक धुरी थी और है जिस पर विश्व हिंदू परिषद्-जैसे पवित्र संगठन दिन को और रात को, शाम को और प्रभात को बराबर चकरघिन्नी खा रहे हैं। सुनते हैं कि इंजिनियर साहब का धर्म और संस्कृति की धमक से धौंसाया मन इन दिनों इसी परिषद् की ओर भाग रहा था और 'आखिर इंसान को अपने राष्ट्र के लिए भी कुछ करना चाहिए,' का समाधान कुछ भगवा वस्त्रधारी चिंतकों के आशीर्वादों और उनकी मार्फ़त परिषद् को पहुँचाए जानेवाले चंदे में खोज रहा था। हम सब जानते थे कि इंजिनियर साहब के सारे पितु-मातु-सहायक-स्वामि-सखा—जैसा कि वाजिब है—सत्तारूढ़ इंका दल में मौजूद हैं। पर इन दो नावों की सवारी में इंजिनियर साहब का कोई पैर कहीं डगमगाया हो इसका कहीं से भी आभास नहीं मिलता था। लगता था तेज धारा में बहनेवाली ये दो नावें नहीं हैं, चिकनी सड़क पर चलती हुई इंजिनियर साहब की मोटर साइकिल के ये दो पहिए हैं। तभी, सावित्री नहीं तो न सही, उसकी जगह गायत्री। शहर की जिस नई बस्ती में मैं भटक रहा हूँ उसके एक छोर पर परमात्मा जी का सावित्री-सदन, दूसरे छोर पर इंजिनियर साहब का—क्षमा कीजिएगा, उनके ससुर पन्नालाल का गायत्री टावर। नाम जो भी हो, दोनों को भावात्मक स्तर पर पहले जोड़ने और फिर तोड़नेवाली सावित्री। दोनों से जुड़े हुए और दोनों में ईंट-पर-ईंट जोड़नेवाले दो ख़ानदानी रईसों के एकमात्र भक्त : मिस्त्री।

तो, मेंबरी का पाँच रुपिया शुरुआती चंदा देनेवाले मिस्त्री हमारे संघ के छब्बीसवें मेंबर थे। कुछ देर समझाने-बुझाने के बाद वे सिर्फ़ मुझ पर एहसान करने के लिए तैयार हो गए थे कि बीस-पच्चीस मज़दूरों को वे गायत्री टावर से भी मेंबर बनवा देंगे। समझाने-बुझाने के लिए उन्हें मार्क्स-इंजील-लेनिन के सिद्धांत या विश्वश्रम संगठन का साहित्य पढ़ाने की ज़रूरत नहीं थी। उनके मन में आपस के आदमी के लिए यानी खुद मेरे लिए, कितनी वफ़ादारी है और उसके लिए वे किस तरह आग में छलाँग लगा सकते हैं, उनके मन में बस इसी की चेतना जगानी थी।

मिस्त्री ने मदद करने का वायदा किया। उनकी सिर्फ़ दो शर्तें थीं। एक तो यह कि इंजिनियर साहब को पता न चले कि मेंबरी की भर्ती में उनका हाथ है, और दूसरी यह कि जहाँ तक हो सके इंजिनियर साहब को यूनियन का पता न चलने पाए।

''इंजिनियर साहब ख़ानदानी आदमी हैं। (इस बार उन्होंने 'शराफ़त का पुतला' नहीं जोड़ा।) उन्हें किसी झमेले में नहीं डालना है। पर तुम्हारी बात भी कैसे टाली जाए मुंसी ? काम भी तुमने ऊँचे दर्जे का किया है। भला बताओ, ये डाँगर-गोरू जैसे मजूर, इनके लिए तुमने डॉक्टर तक को यहाँ लाकर बैठा दिया ! कोई बात नहीं, अगर बात खुली भी तो मैं यही कहूँगा कि हमने मजूरों से अस्पताल में दवा-दारू के लिए चंदा दिलाया था। उसके आगे मैं कुछ नहीं जानता।''

सरकारी अस्पताल के हमारे डॉक्टर साहब हर बुधवार और इतवार को दो घंटे के लिए यहाँ गरीबों की मुफ्त चिकित्सा के लिए बैठने को राज़ी हो गए थे। मिस्त्री इसी का इशारा कर रहे थे। उन्हें ज़्यादा गंभीर देखकर मैंने कहा, ''चंदा सिर्फ़ दवा के लिए है, दारू के लिए नहीं।''

वे हँसे नहीं, सिर्फ़ धीरे से सिर हिलाया मानो आगाह कर रहे हों कि यह कहने की बात नहीं है, खुद मेरे समझने की बात है।

दारोगा जी हम दोनों से बड़ी सभ्यता और संस्कृति के साथ मिले। परमात्मा जी ने उन्हें फ़ोन कर दिया था। बता दिया था कि युवा अधिवक्ता संघ के एक महत्वपूर्ण सदस्य श्री प्रेमबल्लभ ऐडवोकेट और मज़दूर नेता श्री संतोषकुमार एक भयंकर अपराध के मामले में आपसे मिलना चाहते हैं। रात के नौ बजनेवाले थे। दारोगा जी ने उसी वक़्त आने के लिए कहा। परमात्मा जी ने कहा कि रात हो गई है। आपको इस समय तकलीफ होगी। ये लोग कल सुबह आपसे मिल लेंगे। उन्होंने जवाब दिया कि पुलिसवालों के लिए क्या दिन और क्या रात ! खुद उन्हें तक़लीफ न हो तो इसी वक़्त आ जाएँ। आप फ़िक्र न करें मैं सब देख लूँगा।

थाने के सिपाही ने कहा कि दारोगा जी क्वार्टर में हैं। वहीं आपका इंतज़ार कर रहे हैं।

वे प्रेम से मिले। ड्राइंगरूम में बैठाया। साधुओं का-सा कमरा। एक लकड़ी का तख़्त। उस पर कुछ भी बिछा न था। पर सतह के चिकनेपन से सिद्ध था कि इस पर जमकर बैठा जाता है। दीवार से सटी हुई एक लकड़ी की बैंच।

बीच में एक बिना मेज़पोश की मेज़। उसके आसपास तीन-चार दफ़्तरी कुर्सियाँ, उन्होंने हमसे कुर्सी पर बैठने का आग्रह किया। क्या लेंगे ? चाय या कॉफी ?

हम लोगों ने सधन्यवाद इनकार किया, प्रेमबल्लभ ने कुछ ज़्यादा ही ज़ोर से। उन्होंने कहा, ''तो रम पीजिए। अभी बाज़ार से मँगाए देता हूँ।''

सरे-शाम पी गई रम की भभक अभी तक प्रेमबल्लभ के मुँह में बसी थी। उन्हें रम

का प्रेमी समझने के लिए दारोगा जी को शर्लाक होम्स बनने की ज़रूरत न थी, मैंने मेज के नीचे प्रेमबल्लभ के टखने में ठोकर दी। यकीन तो नहीं था कि वह इतना आत्मसंयमी निकलेगा, पर हुआ ऐसा ही। उसने कहा, ''थैंक्यू, मैं शराब नहीं पीता।''

नेता की गुमशुदगी से लेकर लाशघर में पाए जाने तक की कथा मैंने उन्हें विस्तार से बताई। बीच में दो-एक छोटे-छोटे सवालों को छोड़कर वे बड़ी ख़ामोशी से पूरी बात सुनते रहे। पुलिस के पंचनामे के बारे में उन्होंने कुछ ज़्यादा सवाल पूछे, बातचीत के दौरान चाय आ गई थी, पर वे मेरी बात इतने ध्यान से सुन रहे थे कि ट्रे वैसे ही धरी रह गई। मैं अपनी बात लगभग खत्म कर रहा था कि अचानक बिजली ग़ायब हो गई। उनके पुकारने के साथ ही एक सिपाही जलती हुई मोमबत्ती लेकर कमरे में आया। उसे चाय की ट्रे ले जाने और दूसरी गर्म चाय लाने की हिदायत देकर दारोगा जी बोले, ''यह वाक़या मेरे यहाँ आने के पहले का है। मैंने इसके बारे में पहले भी सुना था।''

मोमबत्ती की रोशनी में उनकी परछाईं दीवार पर बड़ी गंभीरता से कुछ लम्हों तक नीचे-ऊपर हिलती रही। दारोगा जी बोले, ''सूरत यह है कि जो सच्चाई जानता है और उसे खोल सकता है, वह गूँगा है।''

पहले लगा कि वे आज के भारत की सच्चाई बयान कर रहे हैं। पर बाद में समझा उनका इशारा सुरेस की तरफ़ है।

चाय आ गई थी। एक प्याले में सलीके से डालकर उसे प्रेमबल्लभ की ओर बढ़ाते हुए उन्होंने उसी से कहा, ''आप तो कानून के माहिर हैं। आप किस आधार पर कह सकते हैं कि यह हत्या का मामला है। बहस के लिए मान लीजिए कि मैं कहूँ यह दुर्घटना थी, कोई हत्या-वत्या नहीं हुई, तो मुझे ग़लत साबित करने के लिए आप क्या कहेंगे।''

''कि पुलिस निकम्मी है।''

दारोगा जी इस वक्तव्य पर भी थोड़ी देर खामोशी से ग़ौर करते रहे, दीवार की परछाईं उसी तरह ऊपर-नीचे हिलती रही। बोले, ''आपकी बात सही है, पर यह मेरी बात का काट नहीं है।'' उन्होंने चाय की प्याली मेरी ओर बढ़ाई। बाहर बरामदे में घुप अँधेरा था। मैं उधर ही देख रहा था, बढ़ी हुई प्याली को नहीं देख पाया। वे सौम्यता से बोले, ''चाय लीजिए।'' चीखने और मेज उलट देने की बेतुकी इच्छा पर किसी तरह क़ाबू पाकर मैंने चुपचाप प्याली पकड़ ली।

प्रेमबल्लभ ने कहा, ''देखिए साहब, मैं भी समझता हूँ कि हमारे पास कोई तगड़ा सुबूत नहीं है। पर मैं पता लगा चुका हूँ। इन लोगों का गिरोह इमारती सामान की बराबर चोरी करता है। नेता को इस गिरोह का पता था, पार्क में जब वे लोहे की रेलिंग उखाड़ रहे थे तब नेता उनसे टकराया। सुरेस ने अपनी आँख से देखा है। पार्क के पासवाले दुकानदार ने भी देखा है। भले ही वह भी गूँगा बन जाए, पर ज़ोर देने पर वह बहुत कुछ बता सकता है। वे नेता का अपहरण करके उसे बेहोश हालत में अपनी मैटाडोर वान पर ले जाते हैं। एक वीरान जगह पर अधबनी इमारत में उसे घायल

हालत में फेंक आते हैं। उसके बाद जो हुआ उसके लिए जितना चाहिए उतना सुबूत मौजूद है। इस गिरोह का पूरा पता मैं आपको दे चुका हूँ। अब ये आपका काम है कि इन बदमाशों को कर्रा करके...।''

तभी बिजली आ गई, न जाने क्यों उसी के साथ प्रेमबल्लभ की आवाज़ की तल्ख़ी एक झटके से कम हो गई। उसने कहा, ''उन्हें दबाकर आप उन्हीं से सारी सच्चाई मालूम कर सकते हैं।''

दारोगा जी खड़े हो गए। चलने का इशारा करते हुए बोले, ''आइए थाने पर चलते हैं। वहाँ से अभी आपके सामने ही फ़ोन करता हूँ।''

क्वार्टर थाने के पिछवाड़े था। रास्ते में चलते हुए दारोगा जी कहने लगे, ''देखिए वकील साहब, मेरे पिता जी ज़िला जज रहे हैं। बड़े भाई आई. ए. एस. में हैं। पुलिस सर्विस में मैं अपने शौक से आया हूँ। बात सुनने में आपको भले ही अजीब लगे, पर मैं वाकई लोगों की सर्विस करना चाहता हूँ। किसी भी इंसान पर अपने इलाक़े में ज़ुल्म होना बरदाश्त नहीं कर सकता। पर अफ़सोस है कि मेरे ख़ानदान की एक अपनी कल्चर है।

''जज का लड़का होने के नाते मेरे दिमाग़ में भी कुछ मुंसिफमिजाजी घुस गई है। जब तक मुझे इत्मीनान न हो जाए कि किसी ने कानून तोड़ा है, मैं अपना हाथ नहीं उठाता। पर जब मेरा हाथ उठता है तो बदमाश आदमी उसकी गिरफ़्त से छूट नहीं सकता। किसी से भी पूछ लीजिए, सब जगह मेरी यही नेकनामी या बदनामी है।''

प्रेमबल्लभ ने कहा, ''तब आप हमारा काम कैसे कर पाएँगे हुज़ूर ? इस मामले में अगर आप उस मुटल्ले पर पहले हाथ उठा दें तो उसके जुर्म के बारे में आपको इत्मीनान होते देर न लगेगी।''

''ये ट्रक कौन पकड़ लाया है ?'' दारोगा जी ने थाने पर पहरे के सिपाही से पूछा।

दो लदे-फँदे ट्रक थाने के फाटक पर खड़े थे। दोनों में शीशम के मोटे-मोटे कुंदे गँजे हुए थे। जवाब दिया एक ड्राइवर ने, जिसने सामने आकर पहले दारोगा जी को सलाम किया। कहा, ''सलीमपुर से आए हैं सरकार।''

''तो यहाँ आने को किसने कहा था ?'' उन्होंने पहरे के सिपाही की ओर घूमकर कहा, ''आप पहरे में हेड साहब से कहकर किसी दूसरे को खड़ा करा दीजिए। खुद इन ट्रकों के साथ मकान पर चले जाइए।'' फिर ड्राइवर से 'जाने से पहले मुझसे मिलते जाइएगा।' कहकर दोनों ट्रकों पर एक पैनी नजर डालते हुए वे थाने के अंदर अपने दफ़्तर में आकर बैठ गए। एक सिपाही से बोले, ''विकास प्राधिकरण के एक्ज़ीक्यूटिव इंजिनियर खन्ना साहब से फोन मिलाइए।''

ख़ानदान की कल्चर निश्चय ही उम्दा थी। पुलिस इंस्पेक्टर के मुँह से सिपाही के लिए भी 'आप' और 'जाइए', 'मिलाइए' की ज़बान पहली बार सुनी थी।

प्रेमबल्लभ की निगाह में और चेहरे पर हरामीपन उतर आया था। मैंने देखा, और

शायद दारोगा जी ने भी। वे मुस्कराए, कहने लगे, ''हमारे ममेरे भाई हैं। कुँवर कृष्णनंदनसिंह। बहुत बड़े ज़मींदार रहे हैं। मैंने उन्हें एक सुझाव देकर अपने लिए मुसीबत पाल ली। गाँव में उनकी बहुत बड़ी कोठी है। मैंने समझाया कि आगे चलकर आप लोगों को शहर ही में रहना पड़ेगा। अभी मौक़ा है, एक बँगला यहाँ बनवा लीजिए। उन्होंने दूसरे ही दिन ज़मीन खरीद ली। यहाँ बँगला बन रहा है। देहात में उनके शीशम के सैकड़ों बीघे जंगल हैं। यहाँ अपने बँगले के लिए लकड़ी भेजी है। मेरी मुसीबत यह है कि काम की देखरेख मेरे ऊपर छोड़ दी है। डबुल ड्यूटी पड़ रही है।'' मुँह बिचकाकर उन्होंने आत्मदया दिखाई।

''तो यह कहिए कि बँगला बन रहा है।'' प्रेमबल्लभ के इस मानहानि-पूर्ण वाक्य का उन्हें जवाब नहीं देना पड़ा; सिपाही ने कहा, ''हुजूर फ़ोन।''

फ़ोन में दारोगा जी बोले, 'नमस्कार जी।' फिर पुराने परिचय के कुछ घरेलू लटके। फिर, ''कष्ट इसलिए दिया जी कि एक मामले की जाँच कर रहा हूँ। उसमें यह बात उभरकर आ रही है कि आपके वर्कसाइटों से इमारती माल की काफ़ी चोरी हो रही है। यह बात भी कही गई है कि पार्कों में लगी लोहे की रेलिंग तक चोर उखाड़ ले गए हैं। कई पार्कों में ऐसा हुआ है। मगर मैं देख रहा हूँ कि हमारे यहाँ इस सिलसिले में आपके मोहकमे की ओर से एक भी रिपोर्ट दर्ज नहीं कराई गई।''

वे उधर का जवाब सुनते रहे और प्रेमबल्लभ की ओर देखते रहे। एक बार इशारे से 'अजब बात है।' की मुद्रा भी बनाई। फिर वे फ़ोन में हँसे, ''कोई बात नहीं जी, कोई बात नहीं।'' अंत में 'नमस्कार जी' कहकर फ़ोन उन्होंने सिपाही को दे दिया, कुर्सी पर सीधे बैठकर गंभीर हो गए।

बोले, ''यह तो फ़र्माते हैं कि इनके यहाँ इमारती माल की इधर साल भर से कोई चोरी नहीं हुई, किसी पार्क की रेलिंग भी ग़ायब नहीं हुई, कहते हैं कि लोहे की रेलिंग लगाने का चलन ही ख़त्म कर दिया गया है।''

प्रेमबल्लभ ने कह तो दिया कि वह साला ख़ुद चोर है, पर कहकर सकुचा गया। बोला, ''आई ऐम सॉरी।'' दारोगा जी बोले, ''सॉरी कहने की क्या बात है? ठीक तो कह रहे हैं।'' दारोगा जी ने मेरी ओर एक संतुष्ट नज़र फेंकी, प्रेमबल्लभ से कहना शुरू किया, ''जो भी हो सूरत यह है कि विकास प्राधिकरण के अनुसार उनके इमारती माल और पार्क की रेलिंग्स की कोई चोरी नहीं हुई। उन्होंने हमारे यहाँ लगभग साल भर से सामान गायब होने की कोई रिपोर्ट नहीं लिखाई है। जिनका माल है वे ख़ुद उसकी चोरी से इनकार करते हैं।''

प्रेमबल्लभ के ज़हन में इसके धँसने का उन्होंने एक क्षण इंतज़ार किया। कहने लगे, ''हत्या के लिए उसका उद्देश्य, उसका मोटिव साबित करना पड़ता है। आपको क्या बताना, बहैसियत ऐडवोकेट आप मुझसे ज़्यादा जानते हैं। यहाँ चोरी ही नहीं हुई। तब यह कैसे कहा जाए कि आपका वह मज़दूर चोरी का भंडाफोड़ करने के चक्कर में मारा गया।''

हाथ के इशारे से प्रेमबल्लभ को धैर्य की नसीहत देते हुए वे कहते रहे, ''अब हत्या की बात लें। कोई चश्मदीद गवाह नहीं, कोई कमजोर क़िस्म का भी परिस्थितिगत सुबूत नहीं। ज़्यादा से ज़्यादा यह है कि वह चौकीदार इन लोगों की शिनाख़्त करके कह सकता है कि वही लोग हैं जो उस दिन मकानों के नए सैक्टर में मैटाडोर पर पहुँचे थे। अगर अकेले गवाह की यह बात मान भी ली जाए तो उससे क्या हुआ ? एक अधबनी इमारत में उस घायल मज़दूर की मौज़ूदगी के साथ आप इन लोगों को कैसे जोड़ देंगे ?

''मैंने इस मामले के काग़ज़ात अभी देखे नहीं हैं। डॉक्टर की लिखी हुई इंजरी रिपोर्ट नहीं पढ़ी है। आप चाहते हैं तो कल मैं इस सबका अध्ययन कर लूँगा। पर एक बात उन्हें पढ़े बिना भी कह सकता हूँ। मज़दूर को जो चोटें लगी थीं उनमें कोई भी ऐसी न होगी जो दुर्घटना की थ्योरी के खिलाफ पड़ती हो। अगर एक भी चोट ऐसी होती जो मारपीट से ही आ सकती है तो पंचनामा लिखाकर मामला ख़त्म नहीं किया जा सकता था। क्यों साहब, आप बताइए।'' उन्होंने मुझसे पूछा।

साहब क्या बताते ?

''चोरी नहीं हुई और यक़ीन मानिए हत्या भी नहीं हुई। सिर्फ़ एक ग़रीब की दर्दनाक मौत हुई है।''

''शुक्रिया दारोगा जी, यही क्या कम है कि आप कम-से-कम मौत को फ़र्जी नहीं मान रहे हैं।'' प्रेमबल्लभ ने खड़े होते हुए कहा और मुझे चलने का इशारा किया।

दारोगा जी बोले, ''बैठ जाइए वकील साहब, नाराज़ होकर मत जाइए। आप सिर्फ़ उखड़कर बात कर रहे हैं। मैंने शुरू में ही आपसे निवेदन किया था कि हत्या के जो भी प्रमाण आपकी निगाह में हों आप उन्हें बता दें। आपने कुछ नहीं बताया।

''मैंने जब हत्या की थोड़ी असंगतियाँ बताईं तो आपका सिर्फ़ यह जवाब था कि पुलिस निकम्मी है। आप अब भी मुझे कुछ नहीं बता रहे हैं, सिर्फ़ नाराज़गी दिखा रहे हैं। यह कौन-सा न्याय है ?'' न्यायाधीश की संतान ने मुलायमियत से अर्ज़ किया।

''मैंने पहले ही कहा था कि आप हमारी बात पर विश्वास करके इन गिरोहबंदों को पकड़कर ज़रा ऊँचा-नीचा दिखाइए। किसी-न-किसी के मुँह से सच्चाई खुल जाएगी।''

''थर्ड डिग्री ? आप पुलिस को थर्ड डिग्री इस्तेमाल करने की सलाह दे रहे हैं ?''

''कभी इस्तेमाल किया नहीं है आपने ?''

''किया क्यों नहीं है ? रोज ही करना होता है।''

उन्होंने समझाना शुरू किया, ''पर थर्ड डिग्री का इस्तेमाल वहाँ करते हैं जहाँ कोई नतीजा निकल सकता हो। इस मामले में ऐसा कुछ नहीं है।'' ओंठ सिकोड़कर उन्होंने अफ़सोस जाहिर किया।

''देखिए, आप यह कई बार कह चुके हैं कि उन्हें शुबहे पर पकड़कर ऊँचा-नीचा दिखाया जाए तो सच्चाई खुल जाएगी। पर बताइए, उसी से क्या होगा ? मान लीजिए

कि उन्होंने हमारे हाथ में पड़ते ही स्वीकार कर लिया कि उन्होंने उस मज़दूर को अधमरा करके एक इमारत में फेंक दिया था। उसी से हमें कौन-सा सुबूत मिल जाएगा ? हम इस इक़बालिया बयान का कोई फ़ायदा नहीं उठा सकते। एविडेंस ऐक्ट की दफ़ा 24 आपने पढ़ी ही है। पुलिस के सामने दिए हुए इक़बालिया बयान को कैसे माना जाएगा ?''

''इन्हें पकड़कर अगर घंटों पूछताछ की भी जाए तो आप उनसे कौन-सा सुबूत पाने की उम्मीद करते हैं ? कुछ सोचा तो होगा ही आपने ?''

''हमारी उम्मीद है कि सचमुच पुलिसवाले स्टाइल में आप उनसे सच उगलवा लें तो आप उनसे मजिस्ट्रेट के सामने अपराध के स्वीकार का बयान भी लिखवा लेंगे।''

दारोगा जी के चेहरे पर हैरत की अलामत इतनी असली थी कि मेरी निगाह अपने आप प्रेमबल्लभ की ओर मुड़ गई। दारोगा जी ने कहा, ''मेरे पास एक शरीफ शिक्षित नागरिक आता है। कहता है कि कुछ महीने पहले एक हत्या हुई है। हत्या होने का कोई सुबूत नहीं है। पर वह कहता है कि इस हत्या के अपराधियों में फलाँ लोग हैं। वह चाहता है कि मैं उन लोगों को गिरफ्तार कर लूँ, उनसे हत्या का जुर्म क़ुबूल करा लूँ और इस हद तक थर्ड डिग्री इस्तेमाल करूँ कि वे लोग मजिस्ट्रेट के सामने भी अपना इक़बालिया बयान लिखा आएँ ? आप सचमुच मुझसे ऐसा कराना चाहते हैं ?

''ग़लत न समझिएगा वकील साहब, तब तो मैं आपसे भी कोई जुर्म क़ुबूल करा सकता हूँ और इन साहब से भी'' मेरी ओर देखते हुए उन्होंने हल्के-फुल्के ढंग से कहा, ''आप अनुमति दें तो जिसे आप हत्या कहते हैं, वह अपराध भी मैं आपसे क़ुबूल करवा लूँ।

''सॉरी, मुझे ऐसा मजाक़ न करना चाहिए। पर इससे आप यह ज़रूर सोच सकते हैं कि आपका सुझाव कितना अनुचित है।''

प्रेमबल्लभ उठ खड़ा हुआ। बोला, ''आपका कहना सही हो सकता है, फिर भी मैं एक काम करूँगा। नेता की हत्या के बारे में मैं कल आपके थाने पर लिखित रिपोर्ट भेजूँगा और इन लोगों के नाम बतौर मुल्ज़िम दर्ज कराऊँगा।''

दारोगा जी ने खड़े होकर हाथ बढ़ाते हुए कहा, ''आप परमात्मा जी के आदमी हैं। मेरा ख़्याल है कि उनसे सलाह लिए बिना ऐसा न कीजिएगा। रिपोर्ट ग़लत निकली तो वे आप पर दफ़ा 182 का मुकदमा भी चला सकते हैं। अगर वे सचमुच ख़तरनाक हैं तो इतना तो वे करेंगे ही।''

मेरे मन में कितनी बहुखंडी इमारतें ध्वस्त हो रही हैं, इससे बिलकुल अनजान बने हुए दारोगा जी ने तपाक से एक-एक करके हम दोनों से हाथ मिलाया, कहा, ''मुझे सचमुच बड़ा बुरा लग रहा है। इस मामले में मैं आप लोगों की कोई सेवा नहीं कर पाया। पर जब भी आप समझें कि मामले में कोई दमदार बात निकल रही है, मुझे तुरंत फ़ोन कर दें।''

बाहर निकलते ही मैंने दारोगा को गालियाँ देना शुरू किया। प्रेमबल्लभ ने कहा, "क्यों बकवास करते हो? उसने जो कुछ कहा है उसमें गलत क्या है।"

मैंने उसे एक घूँसा मारा, मुँह से निकला 'बेहूदे।' उसने सिर्फ़ मेरा हाथ मजबूती से पकड़ लिया, जवाबी घूँसा नहीं मारा।

3

शराबखाने का फर्श इतना मैला था कि उसका चीकट जूते का तल्ला तोड़कर तलुओं तक को छूता जान पड़ता था। मैल की अनगिनत पर्तों पर सिगरेट की राख और छितरे पड़े टुकड़ों ने बेलबूटे बना दिए थे। उन्हें लाँघते और जहाँ लाँघना मुमकिन न था, वहाँ उन्हें रौंदते हुए हम लोग दीवार के पास एक कोने की मेज पर जाकर बैठ गए। हालाँकि सर्दी थी, शराबखाने के दोनों छोकरों ने—जिन्हें लोग वेटर के नाम से याद कर रहे थे—अभी गर्म वर्दी नहीं निकाली थी। वे अंडरवियर और हाफ़ पैंट के बीच की किसी चीज़ से कमर और जाँघों के उत्तरी ध्रुव को ढँके हुए लाल रंग की टी-शर्ट पहने फुर्ती-से इधर-उधर घूम रहे थे और जहाँ थे वहीं से गाहकों का आर्डर ऊँची आवाज़ से काउंटर की ओर पहुँचा रहे थे।

काउंटर से एक सफेद कोढ़वाला मोटा आदमी पूरे शराबघर पर हुकूमत कर रहा था। प्रेमबल्लभ कुर्सी पर बाद में बैठा, एक बड़े रम का आर्डर हमारी ओर आते हुए छोकरे को पहले ही दे दिया। मुझसे बड़े दोस्ताना अंदाज में कहा, ''आज तुम भी ले लो।''

''आज कोई खास बात है क्या?''

''यूनियन के आज सौ मेंबर पूरे हुए हैं।''

''उसका शराबखोरी से क्या रिश्ता?''

''तुमसे बात करना फ़ज़ूल है। गधे हो और गधे रहोगे।''

''सुवर होने से तो अच्छा ही है जो अभी दो पेग के बाद तुम होनेवाले हो।''

उल्लसित होकर वह जोर से हँसा, जैसे यही सुनने के लिए उसने मुझे गधा कहा था। बोला, ''अबे दो दिन बाद हमारे बार-असोसिएशन के चुनाव हैं। मैं उसका ज्वाइंट सिक्रेटरी बन रहा हूँ। उस खुशी में भी नहीं पिएगा?''

''कैसे माना जाए कि तुम चुनाव जीत ही जाओगे?''

''कोई तुक का उम्मीदवार मेरे खिलाफ खड़ा नहीं हुआ। एक टिटिहरी जैसा, उधर चौक का रहनेवाला कोई अग्गरवाल है, वही खड़ा हुआ है। हर साल खड़ा होता है और दो-चार वोट् काटकर चला जाता है। यही इस साल भी होनेवाला है।''

''तब तो इस खुशी में मैं चाय पी लूँगा।''

छोकरा रम लेकर आ गया था। बोला, ''यहाँ चाय नहीं मिलती साहब।''

''तब नींबू पानी ले आओ।''

उसने नासमझ की तरह मुझे देखा। ''एक ग्लास पानी, उसमें एक बड़े नींबू का रस डालो, ऊपर से नमक।'' मैंने समझाया।

इस आर्डर को चीखकर उसने काउंटर की ओर नहीं उछाला। कुछ सोचता हुआ चला गया।

''उस मुर्गे को पहचानते हो ?''

कमरे के दूसरे कोने में उम्दा सूट पहने हुए, रोबीले चेहरेवाला एक अफसरनुमा आदमी बैठा था। उसके सामने जो शख़्स कुर्सी की धार पर बैठा हुआ, पर अपना सारा बोझ मेज़ पर हाथ की कुहनियों पर डाल रहा था, उसका व्यक्तित्व संपूर्ण रूप से मरियल और 'इलाज के पहले' वाली तस्वीर जैसा था। पर अफसरनुमा आदमी के रोबीले चेहरे के बावजूद लगता था कि वह अपने साथी के सम्मान में गला जा रहा है। हम लोग उन्हें असभ्यता के साथ खुली निगाह से घूरने लगे। वह कभी चुटकी बजाकर वेटर को अपने पास बुलाता, कभी ताली बजाकर काउंटर के पीछे खड़े सफेद चमड़ेवाले आदमी के आगे इशारों से कोई ध्यानाकर्षण प्रस्ताव रखता। ज़ाहिर था कि वह मरियल आदमी को आज ही इसी वक़्त 'मिस्टर उत्तर प्रदेश' के हुलिया में परिवर्तित करने पर आमादा है। लगभग सभी दूसरी मेज़ों पर शराब के साथ दी गई तली मूँगफली की प्लेट भर थी। पर इस मेज़ पर हमारे देखते-देखते पनीर के पकौड़े आए, शामी कबाब आए और जब शायद इशारे से प्रस्तुत किए गए ध्यानाकर्षण प्रस्ताव के फलस्वरूप वेटर दो ग्लासों में व्हिस्की के छोटे पेग लाया तो अपने लिए एक ग्लास रखकर उसने दूसरा ग्लास वापस कर दिया। दुबारा जब वही वेटर एक ग्लास में बड़ा पेग लाया तो रोबीले आदमी का चेहरा ताज़ी मुस्कान से चिटक गया और वेटर के हाथ से ग्लास लेकर उसने हेडवेटर के अंदाज़ से मरियल आदमी के सामने उसे पेश किया।

''शाबाश।'' प्रेमबल्लभ ने ज़ोर से कहा और शाबाशी के उद्गम का किसी को पता न चले, इस ख़्याल से गंभीरतापूर्वक अपने ग्लास में झाँकने लगा। धीरे से बोला, ''यह शर्मा है। सेल्स टैक्स आफ़िसर। मुअत्तल हो गया है।''

''तुम कैसे जानते हो ?''

''कचहरी में देखा था। हाई कोर्ट में मुअत्तली रुकवाने के लिए पेटिशन दायर करना चाहता था। पर हमारे सीनियर ने राय नहीं दी।''

''उस चिड़ीमार को भी जानते हो ?''

''वह साला काग-भगोड़ा ? नहीं, उसे नहीं जानता। सेल्स टैक्स कमिश्नर के दफ्तर का कोई बाबू-शाबू होगा।''

''फ़ाइल ग़ायब कराने का चक्कर तो नहीं है ?''

प्रेमबल्लभ ने बड़े ग़ौर से इस संभावना पर विचार किया, बोला, ''मेरी समझ में

कोई छोटा मसला है। किसी गोपनीय नोट की जानकारी की कोशिश या शराब-कबाब से चल जानेवाला कोई और अदना-सा काम। फ़ाइल ग़ायब करानी होती तो दो-चार हज़ार की सीधी घूस चलती, ऐसा काम दारू-वारू के बूते का नहीं।''

अचानक जैसे उसे बोध हुआ कि उसका ग्लास खाली है। वेटर का पदनाम छोड़कर उसने जोर से पुकारा, ''ए छोकरे!'' जब वह रम का दूसरा या शायद तीसरा ग्लास उसके सामने रखने आया तो उसे सुनाते हुए प्रेमबल्लभ ने कहा, ''छोकरा नमकीन है। पहाड़ी लगता है।''

छोकरे ने मुड़कर प्रेमबल्लभ की ओर देखा, जैसे पूछ रहा हो, 'आपने मुझसे कुछ कहा?' प्रेमबल्लभ ने सिर हिलाकर इशारे से अपनी ओर बुलाया, पूछा, ''यहाँ कितनी तनख़्वाह पाते हो?''

उसने काउंटर की ओर इशारा करके कहा, ''उस गोरे साहब से पूछिए। वही हमारा मालिक है।''

''अबे हवा क्यों खिसकी जा रही है तेरी? बताता क्यों नहीं?''

लड़के ने काउंटर की तरफ देखते हुए स्वगत शैली में बताया। उसे तीन रुपिया रोज़ मिलता है। खाना भी। ग्राहकों के ग्लास में बची शराब की काकटेल भी वह पी सकता है, पर पीता नहीं है।

''सत्ते,'' आवाज़ को दबाने की कोई कोशिश नहीं, ''सत्ते! तुमने देखा यह एक्स्प्लवायटेशन! मैं इन लड़कों को अपनी यूनियन का मेंबर बनाऊँगा क्या समझे? ये भी दैनिक मज़दूर हैं। हमारी यूनियन इनके लिए आंदोलन करेगी। इस साले कोढ़ी की हवा ढीली कर दूँगा!''

छोकरा इस विस्फोट के पहले ही कमरे के दूसरे छोर पर मुअत्तल सेल्स टैक्स आफ़िसर की बिना बजी चुटकी का जवाब देने चला गया था, मैंने कहा, ''चुप बे!''

''मैं अब चुप नहीं रहूँगा।'' संसार के सारे शोषितों को क्रांति के लिए ललकारनेवाली आवाज़ में वह बहकने लगा। मैंने उसकी बाँह में पूरी ताक़त से जब चुटकी काटी तब वह एक कराह के साथ थमा।

यूनियन का बार-बार ज़िक्र करते हुए वह नैतिक गुंडागर्दी पर उतर आया था। मुझे डर लगा कि वह काउंटर के पीछे खड़े हुए गोरे साहब को ललकारने की तैयारी कर रहा है। मैंने अपना नींबू-पानी और तली मूँगफली का आहार वहीं छोड़ दिया। कहा, ''तुम बकझक करो, मैं जा रहा हूँ।''

''बस! घबरा गए!'' उसकी आवाज़ का तापमान अचानक सामान्य हो गया। ''तुम साले समझते हो कि मैं इस लौंडे के चेहरे पर फ़िदा हो गया हूँ? बहक रहा हूँ? अरे यार, तुम मुझे इतना ज़लील समझते हो?''

कहकर उसने छोकरे को आवाज़ दी। इशारे से एक नए पेग का आर्डर दिया।

''जब यूनियन बनी है तो सबसे पहले हमें इन मासूम छोकरों को इस सफ़ेद कोढ़ी

जैसे दरिंदों के चंगुल से छुड़ाना होगा। घबराओ नहीं, आज नहीं, मैं कल यहाँ आकर इनके बारे में इस गोरे साहब से बात करूँगा।''

''मैं नहीं आऊँगा।''

''यह और भी अच्छा होगा। मैं अपने साथ निगोहांवालों को लाऊँगा!'' यानी डेली पैसेंजरों के वरिष्ठ वर्ग के गुंडों का सबसे वरिष्ठ गुट! प्रेमबल्लभ के इस जोश से मुझे घबराहट होनी चाहिए थी—यूनियन के रास्ते में अभी से नए क़िस्म के झाड़-झंखाड़ गाड़ने के लिए मैं तैयार न था पर आज का ख़तरा टल चुका था। मेरे मन में यह आशा उभरी, और उसके लिए एक प्रार्थना भी कि नशा उतरने के बाद कल तक वह शायद यूनियनबाज़ी के इस आयाम को भूल जाएगा।

वह शांत हो गया था और कभी मुँदी, कभी अधमुँदी आँखों की आत्मतुष्टि के साथ रम की चुस्की लेने लगा था। मैंने कहा, ''तुमसे, यार, सुरेस के बारे में बात करनी है। उसका बाप इधर दो-तीन बार उसकी पूछताँछ करने आया था। शायद सुन लिया हो कि उसके पास सौ-पचास रुपिया जमा हो गया है। इसके बाद फिर से उसकी कुटम्मस शुरू होगी, फिर कभी उसे लत्ते जैसा सड़क पर फेंक दिया जाएगा। मैंने सोचा है कि क्यों न उसे मूक-बधिर स्कूल में भर्ती करा दें। वहाँ खाने और रहने का भी इंतज़ाम है। कुछ खर्चा यूनियन से दे देंगे। ज़रूरत हुई तो परमात्मा जी से कहूँगा। यूनियन के लेटरपैड पर मैं एक चिट्ठी संरक्षक जी से लिखा दूँगा। इधर मुझे फ़ुरसत नहीं है। या तो तुम उसे साथ लेकर स्कूल में भर्ती करा आओ, या किसी दूसरे साथी को लगा दो। साल-दो साल भी अगर वह पढ़ ले…।''

विदित हुआ कि मैं कुर्सी से बात कर रहा था। उसका ग्लास खाली था, मुँह खुला हुआ, ओंठ के एक कोने पर लार का सूत रेंगता हुआ नीचे ठुड्डी की पैमायश करने को उतर आया था। सिर कुर्सी पर टिका हुआ, पर छत का निरीक्षण करने में असमर्थ क्योंकि आँखें मुँदी हुई थीं। मैंने उसे जगाया। जागते ही, ''छोकरे, एक और बड़ा रम!''

सुरेस को स्कूल में भर्ती कराने के लिए मुझे ही ठेकेदार साहब से छुट्टी लेकर जाना होगा। खीझकर मैंने कहा, ''मेरे पास सिर्फ़ पाँच रुपए का नोट है। जितनी पियक्कड़ी दिखानी हो, अपने बूते पर दिखाना।''

उसने छोकरे को दुबारा आवाज़ लगाई और अपने पेंट की जेब की ओर हाथ बढ़ाया। दो-तीन कोशिशों के बाद हाथ ने सही जगह पा ली। कुर्सी पर कई बार कसमसाकर उसने जेब से दस और पाँच रुपए के कई नोट निकाले। वज़नी पलकें खोलते हुए उन्हें धीरे-धीरे गिना। पचपन रुपए थे। बोला, ''काफ़ी है। अभी डेढ़ पेग तक चल जाएगा।''

इस बार उसने छोकरे को युद्धधर्मी ललकार के साथ पुकारा। पर मेरा दिल बैठ गया था। उन्हीं नोटों में यूनियन की सदस्यता की एक पतली-सी रसीद बुक भी थी।

सफ़ेद दागोंवाला मालिक, हाफ़ पैंट और टी-शर्टवाले छोकरे, मुअत्तल अफसर, मरियल बाबू, छाती पर सड़े कद्दू जैसा सिर लटकाए प्रेमबल्लभ सिगरेट का धुआँ और सस्ती शराब की हवा में बसी गंध—इन सबसे मेरा ध्यान खिंचकर उस रसीद बुक पर टिक गया। उससे कितनी रसीदें आज कटी हैं, यह गिनने की मुझे ज़रूरत न थी। पचपन रुपए को पाँच से भाग देकर सामान्य गणित के सहारे यह जाना जा सकता था। मैंने रसीदबुक उठाकर अपनी जेब में रख ली और शराबख़ाने से बाहर आकर खुली हवा में एक पेड़ के तने के सहारे किसी पेड़ के तने जैसा ही बिना कोई हरकत किए खड़ा रहा।

बरामदे में बालू का ढेर लगा है। एक चार महीने का बच्चा उससे सटा हुआ लेटा है। फटे-पुराने कपड़ों को जोड़-गाँठकर एक बिस्तर बनाया गया है जिससे तेल और बच्चे के मूत की हल्की गंध निकलकर हवा में बसी हुई है। बच्चा अपनी नाप से काफ़ी बड़ा एक हरा सुएटर पहने है जो बिस्तर के सामने उससे ज़्यादा साफ़ और चमकदार दीखता है। बच्चे का चेहरा गोल-मटोल है और तेल और काजल से सना हुआ है। बाल भूरे हैं, रंग गोरा है। बच्चा न मोटा है न पतला। इस वक़्त वह अपने पैर बार-बार उठा रहा है, पटक रहा है। रो नहीं रहा है, बल्कि अपना प्यारा गाना गा रहा है। गाने के सुप्रसिद्ध बोल हैं 'गीं-गीं-गीं-गीं।'

अब उसकी आँखें चीजों पर टिकने, उन्हें परखने और उनसे फिसलकर दूसरी चीज़ों पर जाने लगी हैं। ओंठ इस तरह सिकुड़ने और खिलने लगे हैं कि पोपले मुँह पर उसे मुस्कान समझकर आप ताली बजा सकते हैं। ताली बजाने के लिए एक दस साल की लड़की, इतनी कम उम्र में भी लाल-मटमैली साड़ी पहने, उसका कछोटा बाँधे, उसके पास सिकुड़कर बैठी हुई है। बच्चा गाने और मुस्कुराने की कोशिशों को छोड़कर कभी हवा में अपने नन्हें पावों से एक काल्पनिक साइकिल चलाता है, कभी अपने हाथ ऊपर-नीचे, दाएँ-बाएँ झटकता है। दायाँ हाथ जब दाईं ओर जाता है तो बालू के ढेर से टकराता है और जब बाएँ आता है तो बालू की एक झीनी फुहार उसके भूरे बालों पर बरसती है और तेल में सोख़ते का काम करती है।

मैं बरामदे के दूसरे छोर पर एक कुर्सी डाले बैठा हूँ। मज़दूरों ने दिन का काम ख़त्म कर दिया है और सामने सहन में पाइप पर अपने हाथ-पाँव रगड़-रगड़कर धो रहे हैं। लाल साड़ीवाली लड़की उठकर उसी गुट में शामिल हो जाती है। बच्चा गीं-गीं-गीं का गाना नए जोश से गाने लगता है, फिर अचानक चीख़कर रोने लगता है। उसकी चीख़ नीचे सहन में ट्रांज़िस्टर पर बजते हुए लोकगीत को एकदम दबोच लेती है।

चीख़ में एक अस्वाभाविकता है जो जसोदा को अधबने मकान के अंदर से बाहर खींच लाती है। वह बच्चे को गोद में उठा लेती है, कंधे से लगाकर उसे जोर-जोर से थपथपाती है, उसके रोने में उसी ऊँचाई पर अपना सुर मिलाकर उसे दुलराती है, चुप

कराना चाहती है। फिर उसकी दाईं हथेली में चुभी हुई एक बहुत पतली कील निकालकर जोर से कहती है, ''यह कील है!''

उठकर मैं माँ-बेटे के पास आता हूँ। बच्चा रोता जा रहा है। हाथ झटक रहा है। मैं उसकी उँगलियाँ पकड़कर अपनी हथेली में उसकी अठन्नी-भर की हथेली रख लेता हूँ। खून की एक बहुत नन्ही बूँद उसकी हथेली पर छलछला उठी है। जसोदा जिस हाथ से बच्चे को गोद में सँभाले है उसी की उँगलियों से उसे थपथपा रही है, दूसरे हाथ की उँगलियों से कील पकड़कर उसे देखती जाती है। मैं कील खींचकर बरामदे के बाहर गीली ज़मीन में गाड़ आता हूँ।

''लोहा अगर खाल फाड़ दे तो डॉक्टर कहते हैं टिटेनस की सुई लगवानी चाहिए।'' मैंने कहा।

जसोदा दोनों हाथों से बच्चे को ऊपर उछालती है। उसका रोना कम हो गया है। दुलराती हुई कहती है, ''हमारे बच्चे को सुई लगेगी, यहाँ कुच्ची की जाएगी।'' वह उसके कूल्हे को सुहलाती है, जहाँ अस्पताल में बच्चे को कोई टीका लगाया गया था।

बरामदे से उतरकर वह पाइप के पास गई, उसका हाथ धोया, साड़ी से उसे पोंछा, फिर जहाँ कील चुभी थी वहाँ गीली मिट्टी लगा दी। बोली, ''यह रही तुम्हारी सुई।'' उसने बच्चे की बोली में मुझे सुनाया, बच्चे की हथेली मेरी ओर घुमा दी।

''तुम शंकरगढ़ कब जा रही हो?''

''न···नई बताऊँगा,'' यह फिर बच्चे की बोली में।

''बता दो राजा-बेटा, बता दो मुन्ना।''

''पलछों।''

जानकर खुशी हुई। जसोदा को भविष्य अब भी बहुत कुछ दे सकता है।

''ठीक है, कल तुम्हारा पूरा हिसाब कर दिया जाएगा।'' कहकर मैं भी वहाँ से चल दिया। मज़दूर पहले ही जा चुके थे।

धूल-भरी ऊबड़-खाबड़ सड़क। सटर-पटर, सटर-पटर, सटर-पटर। मेरे आगे-पीछे मज़दूरों के जत्थे चले जा रहे थे। लहराते बाल और नीली लुँगीवाले नौजवान। बहुतों के कंधे से लटकता ट्रांजिस्टर, जो अब खबरें सुना रहा था। सर्कसवालों की-सी खूबी से सिर पर पोटलियाँ साधे हुए औरतों का हुजूम। सबकी चाल में तेज़ी थी, जो घर नहीं है, उसी घर पर लौटने की ललक थी।

शाम की घिरती धुँध में एक साथ सभी ट्रांज़िस्टरों से खबरों की जगह कोई भजन आने लगा। सड़क छोड़कर एक पगडंडी से सात-आठ मज़दूर, टेढ़ी-मेढ़ी क़तार में एक मैदान पार कर रहे थे। उसके दूसरे छोर पर उनका रैनबसेरा होगा। सभी चादरों से अपना बदन ढके थे, सभी ख़ामोश थे, एक अजीब-सा बिंब मेरे मन में उभरा। यह संतों की जमात है जो हमारे अपराधों के प्रायश्चित के लिए उपवास और तपस्या में अपने को गलाती हुई, किसी लंबी तीर्थयात्रा पर जा रही है।

दोपहर की गाड़ी से जसोदा को शंकरगढ़ जाने के लिए बिदा कर दिया। उसके साथ एक बूढ़ा मज़दूर, उसकी बीवी और लड़की भी गई। शाम होते-होते ठेकेदार साहब को जब चार मज़दूरों की ग़ैरहाज़िरी का पता चला, वे मेरे ऊपर भुनभुनाए। पर कुल इतना ही : मुझसे पूछ लिया होता। मैंने कहा, ''आप हाँ कहते या ना कहते। हाँ कहते तो वही होता जो हुआ। ना कहते तब भी वही होता जो हुआ। तब आपसे कहकर किसी को क्या मिल जाता ?''

वे नर्मी से बोले, ''मैं एक बार ना कह देता तो उनकी यहाँ से पैर निकालने की हिम्मत न होती।''

यह कुछ-कुछ परमात्मा जी-छाप वक्तव्य था। साल-भर मैं ऐसे ही वक्तव्य का सामना करता रहा था। बोला, ''आप इतने ऊँचे पुलिस अफसर रह चुके हैं। आपके बारे में हमें कोई मुग़ालता नहीं है। पर आपका स्वभाव लोग जान चुके हैं। सभी जानते हैं कि आप किसी ग़रीब बेवा पर ज़ोर-जब्र नहीं कर सकते। यह आपके स्वभाव में नहीं है। वही बूढ़ा मज़दूर जहाँ एक बार हाथ जोड़कर आपके पाँव पकड़ने दौड़ता आप उसे जाने से न रोक पाते। दो-चार आँसू बहा देता तो अपनी जेब से उसका रेल-भाड़ा भी निकाल देते।''

''तुम मुझे बेवकूफ़ समझते हो ?''

ये तो हूबहू परमात्मा जी हुए जा रहे हैं ! मैंने कहा, ''आप मेरे पिता-समान हैं। ऐसी बात मुँह से न निकालिए।''

कहकर मैं अपने पिता से, जो पूरे गाँव की निगाह में आजीवन-प्रमाण-प्राप्त बेवकूफ़ रहे हैं, मन-ही-मन उनकी तुलना करने लगा। सोचा, कितना अच्छा होता अगर यही मेरे पिता होते। ठेकेदार साहब ने कहा—''कल कुछ नए मज़दूर लाने होंगे।''

जो नहीं किया था उसे किया हुआ मानकर पूरे आत्मविश्वास से मैंने कहा, ''उसका इंतज़ाम हो चुका है।''

ठेकेदार साहब ने इस बार मुझे नीचे से ऊपर तक और ऊपर से नीचे तक देखा। यह निगाह नख-शिख अवलोकनवाली नहीं थी, यह एक भूतपूर्व पुलिस अफ़सर की निगाह थी जिसे सही यक़ीन था कि यह इतना सीधा नहीं है जितना उसे समझा जाता है। मेरा पूरा मुआयना करके वे चले गए।

मैं झेंपू नहीं हूँ, पर ऐसा मुआयना मुझमें हमेशा उलझन पैदा करता है। उनके जाने पर आँख की पुतली को ऊपर नीचे किए बिना मैंने भी अपना मुआयना किया। मेरे पैरों में चार साल पुराने, दस दिन पुरानी पालिशवाले कत्थई रंग के बूट हैं। उसके ऊपर चौड़ी मोहरीवाली पतलून है जो दस साल पहले फैशन से उठ चुकी है। क़मीज ठीक-ठाक है सिर्फ उसका बटन नं. 2 और नं. 3 टूटा हुआ है और चलन न होने के कारण ऊपर का बटन नं. 1 बंद नहीं किया गया है। क़मीज के ऊपर एक मटमैले नीले रंग की

वह चीज़ है जिसे जर्किन कहा जा सकता है। यह उस कपड़े की है जिसे पैराशूट का कपड़ा कहते हैं और वहाँ से चार रुपए में खरीदी गई है, जिसे निक्सन मार्केट कहा जाता है। इस जर्किन में सबसे घृणित तत्व छाती पर दाहिनी ओर छपा हुआ एक गोल पहिया है जिसमें अंग्रेजी के तीन 'ए' मीनार जैसी बनाते हुए अंकित हैं। मुझे नहीं मालूम यह क्या है और क्यों है और चार रुपए की सस्ती क़ीमत सुनते ही जब मैंने जर्किन को एक सेकिंड में खरीद लिया था तब देखा भी न था कि उस पर कोई ऐसा अलंकरण भी है। बहरहाल, तब से अब तक यह मेरी छाती पर मूँग दल रहा है और जब तक चार रुपिया पूरा-पूरा वसूल न हो जाए यानी जब तक यह जर्किन फटकर घूरे पर न चली जाए, यह वैसे ही मेरी छाती पर मूँग दलता रहेगा।

ऐसा नहीं कि अच्छी पोशाक पहचानने की और मिल जाए तो उसे पहनने की मुझे तमीज़ नहीं। एक बार मैंने अच्छी पोशाक पहनी भी थी। आज से चार साल पहले की बात है। मुझे सहायक खाद्य निरीक्षक के पद के लिए इंटरव्यू में बुलाया गया था। उन्हीं दिनों मेरे ही डील-डौल के एक डेली पैसेंजर की शादी हुई थी और वह नगर महापालिका में डिस्पैच क्लर्क की नौकरी पर, जो उसे वहीं के हेडक्लर्क से बहैसियत दामाद दहेज़ में मिली थी, एक नया क़ीमती सूट पहनकर आने लगा था। बताने की ज़रूरत नहीं कि यह सूट भी उसे दहेज़ में मिला था। इंटरव्यू के लिए मैंने यह सूट अपने साथी से एक दिन के लिए उधार ले लिया और स्टेशन के फ़र्स्ट क्लास वेटिंग रूम में हम दोनों ने अपनी पोशाकों की अदला-बदली कर ली। वेटिंग रूम के चौड़े शीशे में जब मैंने गले में टाई लटकाकर सूट डाटा तो अपने लुभावने रूप पर खुद मेरा दिल हाय-हाय करने लगा। इसी जोश में मैंने सूट के रंग को देखते हुए उस दिन ये कत्थई रंग के जूते भी खरीद डाले और नए जूतों की चर्र-मर्र के साथ गले में टाई और कोट की बाईं जेब में चौखानेदार नफ़ीस रूमाल डाले जब मैं दुकान के बाहर आया तो मेरे साथियों के दिल भी लगभग वैसे ही हाय-हाय करने लगे। 'जँच रहे हो साले/बेटा/पट्ठे।' अपनी-अपनी रुचि के संबोधनों के साथ उन सबने मुझे इंटरव्यू के लिए रवाना किया।

न घूस दी थी, न ऊँची सिफ़ारिश थी—इसलिए इंटरव्यू में तो फ़ेल होना ही था। पर धुप्पल के भरोसे चला गया था क्योंकि घूस, सिफ़ारिश, गुटबंदी, गुंडागर्दी के तर्क जहाँ रोज चलते हैं वहाँ कभी-कभी बिना किसी तर्क के धुप्पल भी चल जाता है। क़ायदे आज़म को पाकिस्तान कैसे मिला? प्रबल प्रचंड नेहरू-वंश के होते हुए भी लालबहादुर शास्त्री भारत के प्रधानमंत्री कैसे बने? सुचेता कृपलानी उत्तर प्रदेश के लौह पुरुष चंद्रभानु गुप्त को हराकर यहाँ की मुख्यमंत्री कैसे बन गईं? पुवाल के तिनकों से भरे बालोंवाली हमारे गाँव की सावित्री नाम की लड़की किस तर्क से परमात्मा जी जैसे रईस की उत्तराधिकारिणी हो गई? जानते हुए भी कि धुप्पल नहीं चलेगा, हमें कहीं गहरे से उसका सहारा भी था। पर धुप्पल नहीं चला। पूरी घटना एक उम्दा सूट के पहनने और उतारने और एक जोड़ी उम्दा बूट पर पैसा लगाने की यादगार बनकर रह गई।

बहुत दिन बाद परमात्मा जी की कोठी की ओर जा रहा हूँ। तन घटिया पोशाक से सजा है और मन उन्हीं कपड़ों से जुड़ी गुत्थियों में उलझा है जो ठेकेदार साहब की एक गाढ़ी, गहरी और सर्वदर्शी निगाह ने पैदा कर दी हैं।

पहले भी कई बार अपने ऊलजलूल हुलिया को लेकर मन में ऐसी गुत्थियाँ पैदा हुई हैं जिनको उन शुक्राणुओं ने जन्म दिया है जो जीवन की गुणवत्ता या 'क्वालिटी आफ़ लाइफ़' नाम की समझ से जुड़े हैं। क्वालिटी आफ़ लाइफ़, यानी दूरदर्शन पर आनेवाले विज्ञापनों की जितनी खपत आपकी ज़िंदगी में हो जाए उतनी ही ज़िंदगी की क्वालिटी उम्दा होती जाती है। इस हिसाब से, मैं जानता हूँ मेरी ज़िंदगी घटिया क्वालिटी की है। 'क्वालिटी आफ़ लाइफ़' खुद एक मुहाविरा है और इसका दिलो-दिमाग़, नैतिकता और आदर्श से कोई वास्ता नहीं, मैं यह भी जानता हूँ। इसी से यह भी जानता हूँ कि जसोदा और दिवंगत नेता की क्वालिटी आफ़ लाइफ़ बिलकुल गलीज रही है और असली क्वालिटी अगर कहीं देखनी हो तो वह इंजिनियर साहब के यहाँ और थोड़ी-बहुत परमात्मा जी के यहाँ देखी जा सकती है।

जो भी हो, जब भी मुझे क्वालिटी आफ़ लाइफ़ के चींटे भीतर-ही-भीतर काटना शुरू करते हैं तब मेरे दिमाग़ में एक सपने की रील खुल जाती है। इसमें मैं अपने-आपको एक पुरानी, पर धुली-पुँछी ऐंबैसेडर गाड़ी में बैठा हुआ पाता हूँ। मैं अगली सीट पर ड्राइवर के पास बैठा हूँ। पीछे की सीट पर परमात्मा जी, काली टोपी, काली शेरवानी और फ़लालैन के चूड़ीदार पायजामेवाली बीस साल पुरानी राष्ट्रीय पोशाक में बैठे हैं। बग़ल में सावित्री है जो सिल्क की हरी, बैंगनी साड़ी में मलाई जैसा झकझक सफेद शाल डाले—यानी लापरवाही से डाले बैठी है। उसकी एक गोरी बाँह परमात्मा जी की काली शेरवानी से जुड़कर गंगा-जमुनी संगम बना रही है। हम लोग ऐसी सड़क से निकल रहे हैं जिसके दोनों ओर मैदान और छोटी-छोटी झाड़ियोंवाले जंगल हैं। सावित्री मुझे सुनाकर मेरे बारे में एक डाइलॉग बोल रही है जिसका अर्थ यह है कि सत्ते का दिमाग़ पढ़ने-लिखने में अच्छा था, अगर यह डेली पैसेंजरों की शोहदागीरी से अपने को दूर रखते तो थर्ड डिविज़न में एम. ए. न होते। इन्हें यक़ीनन् फ़र्स्ट डिविज़न मिलती और आई. ए. यस. में तो ख़ैर न आते क्योंकि वहाँ ख़ानदान देखा जाता है पर पी. सी. एस. में ज़रूर आ जाते।

बहरहाल मैं खामोश रहता हूँ और तभी हमें पीछे से एक ज़ोरदार हार्न सुनाई देता है। मैं चौंककर पीछे देखता हूँ और मुझे हमारी ओर तेज़ी से आती हुई एक चमकदार ऐल्युमूनियम के रंगवाली इंपाला आती हुई देख पड़ती है। इंपाला इसलिए कि मुझे विदेशी मोटरों में ब्यूक, मर्सिडीज़, क्रिसलर, टायोटा, डाटसुन आदि के नाम तो ज़रूर याद हैं पर कई साल हुए नज़दीक से देखी मैंने सिर्फ़ एक ही गाड़ी है जिसका कि नाम इंपाला है।

तो मैं देखता हूँ कि यह इंपाला तेज़ी से हमारी तरफ़ बढ़ती आ रही है। मैं देखता हूँ,

ड्राइवर उसका हार्न सुनता है, परमात्मा जी और सावित्री इससे बाख़बर हैं। और हमारे देखते-देखते यह इंपाला हवा के झोंके की तरह हमारी कार के दाएँ से निकलकर आगे बढ़ जाती है। और उसमें मैं, सेकिंड के एक खंड में देखता हूँ एक गोरी विलायती लड़की को—जो उस कार को हाँक रही है। गाड़ी सर्र-फर्र-छर्र-पर्र-फर्र-भर्र वाली लय में मुझसे सौ गज़ आगे निकल जाती है। अचानक लड़की फिर हार्न बजाती है, गाड़ी में ब्रेक लगाती है, पीछे की ब्रेक लाइट्स दमकती हैं, और हिंदुस्तानी ड्राइवरों की संकेत-भाषा समझने की असमर्थता को समझते हुए वह अपना गोरा, सुडौल हाथ बाहर निकालकर हमारी गाड़ी को रोकने का इशारा करती है।

हमारी गाड़ी रुकती है। रुकते ही वह दरवाज़ा खोलकर अपने नुकीली ऊँची ऐड़ियोंवाले जूतों पर कड़बड़-कड़बड़ करती हमारी ओर आती है। मेरी ओर का दरवाज़ा खोलकर वह मुझे बाँह पकड़कर बाहर घसीट लेती है, मुझसे चिपटती है, मुझको चूमती है, नाराज़गी, प्यार और थकान की आवाज़ में मुझसे अंग्रेजी में कहती है, 'सत्ते तुम कितने बदमाश हो !' और मुझे खींचकर इंपाला में अगली सीट पर बैठा देती है।

पर मैं बैठता नहीं हूँ। अंग्रेजी फ़िल्मों में हताश नायक जिस तरह प्रेमिका को पागलों की तरह चूमता हुआ लहराता और भुनभुनाता जाता है उसी तरह मैं भी वही सब करता हुआ बार-बार कहता रहता हूँ—'ऐग्नीस, मेरी प्यारी ऐग्नीस, तुम अब तक कहाँ थीं ?'

परमात्मा जी, 'मैडम, मैडम' कह रहे हैं। सिर्फ़ एक भटकती नज़र में मैं देखता हूँ कि सावित्री आँखें फाड़कर, समझ के इलाके से कोसों दूर, यह सब देख रही है, मैं ऐग्नीस के गले में अपने ओंठ खोंसकर, जो अब तक नीम की दातून छोड़कर सभी टूथपेस्टों को तस्वीर की चीज़ भर मानते हैं, लहरा और भुनभुना रहा हूँ।

तब ऐग्नीस उन्हें अंग्रेज़ी में बताती है कि सत्ते बड़ा शरारती है, कैंब्रिज में हम साथ-साथ पढ़ते थे, यह न जाने वहाँ से अचानक कैसे ग़ायब हो गया। उसी के पीछे मैं इंडिया में साल-भर से घूम रही हूँ। आपको उलझन हुई, इसके लिए सॉरी, वेरी-वेरी सॉरी। यह मेरा, सिर्फ़ मेरा है। अब यह मेरे साथ जाएगा।''

सपना यहीं खत्म। क्योंकि मेरे लटे-पटे पैंट उर्फ़ फ्लेयर, बिना बटन की कमीज़, नीली जर्किन और बिना पालिश के जूतों का बदला सावित्री से इंपालावाहिनी ऐग्नीस ने ले लिया है। अब सत्ते सावित्री पर सीधी निगाह डालता है, यह बताने के लिए कि लखनऊ जैसी निकृष्ट यूनिवर्सिटी का वह एक निकृष्ट एम. ए. नहीं है, वह कैंब्रिज में पढ़ चुका है। डार्लिंग, तुम इतना भी नहीं जानतीं ! और वह ऐग्नीस का प्रेमी है। डार्लिंग, तुम यह भी नहीं समझ पाईं ! रील यहीं टूटती है, क्योंकि ऐग्नीस के साथ इंपाला में बैठकर जाने का कोई अर्थ नहीं, क्योंकि वहाँ न परमात्मा जी होंगे, न सावित्री होगी।

बिजली बोर्ड के दफ़्तर के आगे मैं बस स उतर पड़ा। दफ़्तर की लॉन पर भीड़ लगी थी। रोज़मर्रा का कारोबार। कुल दो मिनट में पूरा मामला समझ में आ गया। मंगरू, मटरू, कतवारू, पातीराम जैसे नाम का एक दैनिक मज़दूर जिसका नाम ही उसे संजय, संदीप, राजीव, संजीव की जाति से जुदा करता है, ट्रांसफ़ार्मर के खंभे पर चढ़ गया था और 'बिच्छू का मंत्र न जाने और साँप की बाँबी में हाथ खोंसे' की मूर्खता पर तीन विस्मयवाचक चिह्न लगाता हुआ कैथे की तरह ऊपर से नीचे चू पड़ा था। अब उसकी लाश को लॉन में सजाकर मज़दूर-यूनियनवाले उसके घरवालों को पचास हज़ार रुपए का मुआवज़ा दिलाने के लिए बोर्ड के सिक्रेटरी का घिराव किए हुए थे। जब तक मुआवज़ा नहीं मिलेगा, लाश यहाँ से नहीं उठेगी। बोर्ड के सिक्रेटरी का कहना था कि मज़दूर बोर्ड का नहीं, ठेकेदार का है। बोर्ड से उसका कोई लेना-देना नहीं। ठेकेदार ने अबूझे-अजाने मज़दूर को ट्रांसफार्मर के खंभे पर चढ़ा दिया तो ठेकेदार जाने। मज़दूर का लड़का भी मज़दूर था। वह अपना सिर पीटता जाता था और कहता जाता था कि मुझे कुछ नहीं, सिर्फ़ बापू की लाश चाहिए। जैसा कि पहले कहा है, यह रोजमर्रा का कारोबार था। मैं वहाँ सिर्फ दो-चार मिनट रुका।

मज़दूर यूनियन की हालत देखिए। उसके नेताओं ने मुआवज़े के बारे में काँख-काँखकर इतना सोचा और अपनी कल्पना की राइफ़ल से जिसे बड़ी दूर का निशाना समझकर गोली चलाई, वह जगह सिर्फ़ पचास हज़ार मिलीमीटर दूर निकली। सुनने में भले ही यह चंद्रमा तक का फ़ासला लगे, मामूली नाप के हिसाब से हुआ कुल पचास मीटर! अपनी-अपनी समझ है। ग़रीबों की यूनियन ग़रीबों की अक्ल की ही नहीं, अक्ल की ग़रीबी की भी शिकार है। मेरे पास कुछ भी न हो, पर रुपए की हैसियत मुझे मालूम है। रोज ही अख़बारों में छपता है कि इन्होंने इतने करोड़ रुपए ज़रा-सी तरकीब से कमा लिए, उन्होंने इतने अरब रुपए से उस होटल की अंतर्राष्ट्रीय श्रृंखला हथिया ली, इतने खरब रुपयों से उस ऑयल कंपनी के अधिकांश शेयरों को अपने ब्रीफ़केस में डाल लिया। चारों ओर, भले ही मेरी पहुँच के बाहर हों, रुपए की नदियाँ उफनाती हुई बह रही हैं। माना कि उनमें गंगा से भी लाख गुना ज़्यादा प्रदूषण है पर उनका यह प्रदूषण ही हमारी सभ्यता का विभूषण है। कहीं दूर नहीं, यह सब सारे जहाँ से अच्छे अपने हिंदोस्तान में हो रहा है। और यहीं एक फटीचर यूनियन है जो अपने साथी की मौत का मुआवज़ा माँगने में पचास हज़ार तक आते-आते घिघियाने लगती है। यह हुई अपनी मज़दूर यूनियन की निगाह! मेरी दादी की वह कहावत सच ही है। शहरी भाषा में उसका अनुवाद होगा : गिलहरी की खोपड़ी पर महुए का एक फल चू पड़े तो उसके लिए वही गाज है।

पर यूनियनवाले भी शायद कुछ सोच-समझकर ही अपने दिमाग़ का पेंच इतने नीचे खाँचे में कस रहे थे। एक जोशीले नेता से मिनट भर बात करते ही मुझे पता चल गया। वे जानते थे कि पूरे बिजली बोर्ड को डाइनामाइट से उड़ा देने पर भी वे बोर्ड के

हाकिमों पर मज़दूर की मौत की जिम्मेदारी नहीं थोप पाएँगे। क़ानून का नुक़्ता-नुक़्ता उन्हीं की तरफ है। इसलिए हाहाकार मचाकर वे ठेकेदार के भागते भूत से उसकी लँगोटी हथियाने की कोशिश में थे। यानी जिसे मैंने शुरू में आंदोलन समझा था, वह धमाचौकड़ी भर है। काफ़ी दिलचस्प नाटक था, बशर्ते कि सहन में रखी हुई वह चीज़ आदमी की लाश न होकर कपड़े से ढकी एक आदमक़द कठपुतली होती।

गिरी तबीयत से परमात्मा जी के बँगले पर पहुँचा।

ड्राइंगरूम में शांति थी और नहीं भी थी। थी इसलिए कि सिर्फ़ पति-पत्नी वहाँ ख़ामोश बैठे थे, परमात्मा जी एक गद्देदार दीवान पर मोटे गावतकिए के सहारे न कुछ करते, न कुछ कहते हुए; सावित्री उनसे कुछ दूर एक सोफ़े पर ख़ामोशी से सुएटर बुनती हुई। शांति नहीं थी इसलिए कि उनके सामने वी. सी. आर. पर कोई फ़िल्म चल रही थी जिसमें तीन गुंडे किसी रमेश नामक नौजवान को चीख़-चीख़कर धमका रहे थे और वह उन्हें समझा रहा था कि वह रमेश नहीं, महेश है। थोड़ी देर में ज़ाहिर हो गया कि एक सी शक्ल वाले दो जुड़वा भाइयों का खेल है और हर भाई धोखे में बार-बार ग़लत हाथों पिटता है या ग़लत होंठों प्यार पाता है। जब लगभग सात-आठ मिनट तक मैं दर्शक मंडली में शांतियोग कर चुका तब परमात्मा जी ने कहा, "बकवास है। तुम देखो, मैं दफ़्तर में जाकर कुछ काम करूँगा।"

यह वक्तव्य सावित्री के लिए था। सुएटर पर ध्यान केंद्रित किए हुए पर ज़बान से गोली जैसी चलाते हुए उसने कहा, "मैं तो पहले ही कह चुकी, वाहियात पिक्चर है। मैं एक बार देख चुकी हूँ। 'आघात', 'दामुल', 'खँडहर' से भी गई गुज़री है।"

मैं इन तीन फ़िल्मों के बारे में अखबारों की लंबी-चौड़ी तारीफ़ें पढ़ चुका था। इसलिए मन में इस फ़िल्म के लिए उत्सुकता जागी। पर तब तक परमात्मा जी ने पिक्चर बंद कर दी। नौकर ने कमरे में दो-तीन रोशनियाँ जला दीं। परमात्मा जी कुछ और आराम से तकिये पर लुढ़क गए। दफ़्तर के कमरे की ओर जाने की उन्हें कोई जल्दी नहीं थी। मुझसे बोले, "कैसे आए?"

"ऐसे ही—बहुत दिन से दर्शन नहीं किया था।"

"कैसा चल रहा है?"

"बस चल रहा है।"

सावित्री के ओंठ सिकुड़े, नथुने चौड़े हुए। हम दोनों ने इस मुद्रा पर गौर किया। परमात्मा जी बोले, "चलो दफ्तर ही में चलते हैं।" सावित्री बिना कुछ कहे ड्राइंगरूम से उठकर, उस आलमारी पर झटकेदार निगाह डालती हुई जिसमें कुछ दिन पहले मैंने जजों और साथी वकीलों के लिए सीलबंद शराब की बोतलें गँजी हुई पाई थीं, अंदर के कमरे में चली गई। परमात्मा जी एक जोरदार जम्हाई लेकर तकिये के सहारे कुछ और पसर गए। बोले, "बस चल रहा है का क्या मतलब?"

मैंने पिछले अक्तूबर की बेहूदा बारिश में गिरी हुई मकान की दो कोठरियों, पिता

की बीमारी, उनकी छूटते ही गाली देने की आदत में इज़ाफ़ा, चाचा के साथ चलते हुए ज़मीन के मुक़दमे में चकबंदी अफसर द्वारा माँगी जानेवाली घूस, बहनोई और उसके हाकिम के बीच खिंचती हुई खिच-खिच आदि का ज़िक्र किया। वे मुक़दमे में अटक गए।

"कितना माँग रहा है?"

"पाँच हजार रुपए। उधर से इतना ही ले चुका है। कहता है कि इधर से इतना ही हो जाए तो उधर की रक़म वापस कर देगा।"

"दो हजार तक दे दो।"

"दो में नहीं मानेगा।"

"कोशिश करो। तुम्हारा वकील समझाएगा तो मान जाएगा।"

वे समझाने लगे, "मुझे याद नहीं रह गया है। पर परसाल जब तुमने अपना केस बताया था तो मुझे लगा था कि तुम्हारा मामला मजबूत है। ईमानदारी से फैसला हो तो तुम जीते बैठे हो। वैसा फैसला लिखने में उसे कोई मेहनत नहीं करनी पड़ेगी। दूसरी पार्टी के हक़ में उल्टा सीधा फैसला लिखना बड़ी मशक्कत का काम होगा। अपील में उस पर लताड़ भी पड़ सकती है। इसीलिए मेरा ख्याल है वह तुमसे कम पैसा लेने को राजी हो जाएगा।"

"पर हमारे लिए तो दो हजार भी बूते के बाहर हैं।"

"तो मुकदमा क्यों लड़ रहे हो?"

वे न्याय-व्यवस्था की नस-नस पहचानते हैं। उनके इस तर्क का मेरे पास कोई जवाब न था। मैं खामोश रहा। वे बोले, "चार-पाँच सौ की कमी पड़े तो मुझसे ले लेना।"

"आपसे रुपिया नहीं माँगूँगा, जीजा जी। ऐसे ही आपने कौन कम एहसान किए हैं? हज़ारों काम आपकी कृपा से पूरे होते रहे हैं। कल के दिन आप अगर न्यायमंत्री बन गए तो अभियोजन अधिकारी बनने के लिए मुझे आप ही के पास दौड़कर आना होगा।"

"मैं अब न्यायमंत्री तो क्या विधायक भी नहीं बनूँगा। मैं राजनीति छोड़ रहा हूँ।" कहकर उन्होंने तकिये के पास ही पड़ा हुआ घंटी का बटन दबाया। नौकर के आने पर बोले, "चाय लाओ।"

चाय आने तक वे समाज, राजनीति, अर्थव्यवस्था, सत्तारूढ़ पार्टी का चाल-चलन—ऐसे विषयों पर धीरे-धीरे बोलते रहे। मुख्य विषय था : हम पुराने ज़मींदार रहे हैं। सीधा काम करना जानते हैं। आज की राजनीति का छलछंद हमारे बूते का नहीं।

उन्हें राजनीति में घुसे हुए मुश्किल से पाँच साल हुए होंगे। पर उन्हें अभी से पुरानी पीढ़ी मान लिया गया है। पिछली बार विधान-परिषद के नामांकन होने थे। उन्हें पार्टी का टिकट पाने के लिए खुद प्रदेश कमेटी के अध्यक्ष ने बुलाया था। बाद में कह दिया कि

आप पार्टी की ज़िला-स्तरीय कानूनी इकाई के कन्वीनर बन जाएँ। टिकट एक ऐसी देवी जी को दे दिया गया जो दिल्ली की किसी पर्यटक एजेंसी में जन-संपर्क की मैनेजर थीं। वे अब राज्यमंत्री बनने जा रही हैं। ऐसा क्यों हुआ ? न पूछो। चारों ओर गंदगी फैली है। उसे बखानते हुए अपनी ही जीभ गंदी होती है। अब इधर फैजाबाद में संसद के उपचुनाव हो रहे हैं। उनसे पहले कहा गया कि आप ही इसके सर्वेसर्वा होंगे। खजांची का सारा काम आप पर···।

उन्होंने साफ़-साफ़ नहीं कहा पर मैं समझ गया कि उसी के जोश में परमात्मा जी ने एक वज़नी रक़म चुनाव के फ़ंड में जमा की होगी। पर दिल्ली में पहले ही से मिनिस्टरी करता हुआ जो सितारा इस उपचुनाव में उम्मीदवार बनाकर खड़ा किया गया है उसने बाद में किसी दूसरे को ट्रेज़रर बनाने का इशारा कर दिया और ट्रेज़रर बनकर आज वहाँ के चुनाव क्षेत्र में लाखों के वारे-न्यारे कर रहा है।

''कौन है यह इस सितारे का नायब सितारा ?''

''तुम सचमुच नहीं जानते ? अपने इंजिनियर साहब !''

मेरे मुँह के भीतर पड़ा हुआ पेड़ा, जो चाय और नमकीन के साथ आया था, अचानक कड़ुवा हो गया। मुँह चलना बंद हो गया। अभी तक मैं परमात्मा जी का एकालाप चेहरे को बहुत गंभीर बनाकर, पर मन-ही-मन बड़े हल्केपन से सुन रहा था। अब मेरी तबीयत को एक अजीब ढंग के बिला-मिलावट, ख़ालिस गुस्से ने झकझोरना शुरू किया। बचपन से अब तक सीखी हुई अनगिनत गालियाँ अचानक मेरे गले से उभरकर कड़ुए पेड़े, लार और चाय के घूँट को लाँघती-फलाँगती ओंठों की ओर दौड़ चलीं। पर परमात्मा जी की शांत मुद्रा ने मुझे अपने पर काबू पाने में मदद की। चाय, पेड़े और लार को गले के नीचे उतारकर मैंने सिर्फ़ इतना कहा : ''ऐसा कैसे हो सकता है ? वे सरकारी नौकर हैं। वे चुनाव में किसी उम्मीदवार की ओर से कैसे काम कर सकते हैं ?''

''तो तुम्हें अभी यह भी नहीं मालूम ? उन्होंने इस्तीफ़ा दे दिया है। अब वे स्वतंत्र नागरिक हैं।''

इस बार परमात्मा जी हँसे, जैसे किसी सर्दी खाए कुत्ते ने छींका हो। बोले, ''हो सकता है कुछ दिनों बाद वे मिनिस्टर भी हो जाएँ। नौकरी के लिए अब तुमको मेरे पास नहीं, उनके बँगले में जाना होगा। क्या समझे ?''

कुछ देर में पूरा नक्शा मेरी समझ में आ गया। हाई कोर्ट के प्रतिकूल फैसले के बाद इंजिनियर साहब के खिलाफ विभागीय जाँच तेज़ी से चल निकली थी। उन्हीं दिनों भाग्य, भगवान या संयोग कहिए या लखनऊ से दिल्ली तक पाँच सौ किलोमीटर लंबे राजनीतिक तिकड़म का करिश्मा--प्रदेश के सार्वजनिक निर्माण मंत्री का थैला बदल गया। उन्हें हरिजन कल्याण का थैला पकड़ाया गया जो थैलों में सबसे हल्का थैला है, पर ऐसा कोई कहता नहीं क्योंकि वह समाज के सबसे ज्यादा शोषित और पीड़ित वर्ग

की सेवा का अवसर प्रदान करता है। इस थैलम्थैल बदलाव में सार्वजनिक निर्माण का थैला जिसे थमाया गया, वह मंत्री इंजिनियर साहब का आदमी निकला, या यूँ कहें कि इंजिनियर साहब उसके आदमी निकले। अतः इस शर्त पर कि इंजिनियर साहब सरकार पर कोई दावा नहीं करेंगे और बदले में सरकार उनके खिलाफ चलनेवाली कार्रवाई खत्म कर देगी, उन्हें नौकरी से इस्तीफा देने का मौका दिया गया। इसके लिए उन्हें पहले नौकरी में बहाल किया गया। उसी दिन उनका इस्तीफा मंजूर हुआ। दूसरे दिन उन्हें इस उपचुनाव के प्रबंध के लिए भेज दिया गया।

यह सब हो गया और सरकार में किसी ने कोई ऐतराज नहीं किया? नहीं, क्योंकि सरकार को क़ानूनी सलाह मिली थी कि इंजिनियर साहब के खिलाफ होनेवाली कार्रवाई में कई कमजोरियाँ हैं और उसमें उन्हें दंडित नहीं किया जा पाएगा।

''चलिए जीजा जी, किसी तरह—इस्तीफ़ा लेकर ही सही, सरकार को एक भ्रष्ट अधिकारी से छुट्टी मिली।''

''तुम्हारा दिमाग तो सही है? उन्हें भ्रष्ट अधिकारी कहने का किसी को क्या हक़ है? कुछ साबित भी हुआ है? सीधे-सीधे यूँ क्यों नहीं समझते कि एक काबिल आदमी ने सरकारी नौकरी छोड़कर अब राजनीति में प्रवेश किया है। पार्टी में उनकी कितनी साख है; इसका सुबूत तो इस उपचुनाव में मिल ही गया। सरकार में उनकी कितनी साख है, यह भी कल साबित हो जाएगा। अखबार नहीं पढ़ा क्या?''

तकिये के पास कई मुड़े हुए अखबार पड़े थे। एक के तीसरे पन्ने पर चश्मे के अभाव में आँखों को सिकोड़ते हुए उन्होंने कुछ पढ़ने की कोशिश की, फिर उसे मेरी ओर बढ़ा दिया। वहाँ छपा था कि सरकार ने राज्य निर्माण निगम नामक सार्वजनिक उपक्रम में निरंतर घाटे की स्थिति से चिंतित होकर उसके प्रशासन को चुस्त-दुरुस्त बनाने का निर्णय लिया है। उसके प्रबंध-निदेशक बदल दिए गए हैं। अखबारी भाषा में: एम.डी. को 'मार्चिंग आर्डर' दे दिए गए हैं। इसी सिलसिले में इंजिनियर साहब को निगम का अवैतनिक परामर्शदाता बनाने का विचार किया जा रहा है।

4

''तो क्या है साब, कि एक नौजवान खेतिहर अपना गाँव छोड़कर अपनी हसीन बीवी के साथ शहर की ओर चल पड़ता है। गाँव में अकाल पड़ा है। ताल-पोखर, नदी-नाले—सब सूख गए हैं। जानवरों की ठठरियाँ छितरी पड़ी हैं, वगैरह-वगैरह आसमान में गिद्ध मँडला रहे हैं...।''

सुनहरी कमानी के चश्मे के नीचे एक नुकीली नाक। उसके नीचे एक बहुत चौड़ी मुस्कान। प्रेमबल्लभ के सीनियर आनंद साहब ने कहा, ''चलो, आगे चलो। गिद्ध आसमान में चीलों की तरह नहीं मँडराते।''

''कोई बात नहीं। तो, अकाल पड़ा है। गाँव-के-गाँव उजड़ रहे हैं। लोग दाना-पानी की तलाश में दूसरे इलाकों की ओर भाग रहे हैं। तभी यह सरदार गाँव में आकर लोगों को शहर में मज़दूरी करने की सलाह देता है। अच्छे दिनों में भी वह मज़दूर इकट्ठा करने के लिए गाँव आया करता था। गाँववाले उसे जानते हैं। शहर चलने के लिए वह बड़ा जत्था तैयार करता है। उन्हें पेशगी रुपए देता है। हमारा मज़दूर भी अपनी बीवी को लेकर उसके साथ शहर के लिए चल देता है।''

प्रेमबल्लभ का यह नाटकीय भाषण मुझमें हैरत पैदा कर रहा है। बचपन में कोयला चुराकर मेरे साथ भागनेवाला लड़का, लंगड़ाकर चलनेवाला, ज़बानदराज़, डेली पैसेंजरी की अकड़-फूँ में लंबी-चौड़ी बातें भले ही हाँक ले, रेलगाड़ी में बेसुरे ढंग से सिनेमा के गाने भी गा ले, पर इस चमाचम होटल के कमरे में मेरी और आनंद साहब की मौजूदगी में वह सिनेमा का एक 'सब्जेक्ट' भी इस तरह पेश कर सकता है! अगर इसी वक़्त कुर्सी से उठकर बिना लंगड़ाए वह दोनों पैरों से डिस्को करने लगे तब भी मुझे इतना अचंभा न होना चाहिए।

कुँअर साहब किसी पुराने तअल्लुकेदार के लड़के हैं। ज़मींदारी टूटने पर बंबई चले गए थे। इधर कुछ साल पहले उन्होंने दो फ़िल्में बनाई हैं। खुद ही पैसा लगाया है, खुद ही डाइरेक्टर हैं, उन्हीं की कहानी, उन्हीं के संवाद। उसी तरह यह तीसरा फ़िल्म बनने जा रहा है। इसमें यहीं की अवधी बोली का बोलबाला होगा। ज़्यादातर यहीं के ऐक्टर होंगे, शूटिंग भी इसी इलाक़े में होगी। फ़िल्म यहीं की समस्याओं पर होगी। बाद में

यहीं की सरकार से अनुदान झटकेंगे, उसी से मनोरंजन कर की छूट लेंगे।

अब समस्याएँ देखिए :

''हसीना पहली बार रेल पर बैठी है। उसके साथ कुछ छोटी-मोटी मज़ेदार घटनाएँ होती हैं। वे सिर्फ़ हसीना के भोलेपन और दिलकश अदाओं को उभारने के लिए हैं। इनका मेन सब्जेक्ट से कोई ख़ास मतलब नहीं। ये घटनाएँ स्क्रीनप्ले में वक़्त से डाल दी जाएँगी। यही मौका है जब गाँव के गीतों की धुन पर एक गाना भी डाला जा सकता है। गाना हसीना गाएगी।

''जिसका मेन सब्जेक्ट से सीधा तअल्लुक है, वह है छोटा विलेन। वह हसीना के ही गाँव का एक आवारा नौजवान है। वह हसीना के जोबन पर शुरू से आँख लगाए था। उसे कई बार छेड़ा भी था। पर हसीना शहर की छुईमुई नहीं, असली गाँव की गोरी थी। अपने बचाव के लिए उसने इस नौजवान को एक बार तालाब के कीचड़ में ढकेला था। एक बार पेड़ पर चढ़कर अपने को बचाने की कोशिश में उसे लात मारकर नीचे गिराया था। यह सब फ्लैशबैक में दिखाया जा सकता है। जो भी हो, इन्हीं वजहों से यह नौजवान जिसका नाम आप रंगीलाल रख सकते हैं—हसीना के ख़िलाफ अपने दिल में बुग्ज़ रखने लगा था।''

आनंद साहब ने कहा, ''अब तक कहीं नौटंकी का नाच भी डालना चाहिए। नौटंकी की एक अलग से कल्चरल हैसियत है।'' आनंद साहब वकील तो हैं ही, नाच-गाने के यानी सांस्कृतिक आयोजनों के भी शौकीन हैं। नाटक और सिनेमा में भी दिलचस्पी है। कोई फ़िल्म यूनिट शूटिंग के लिए आए, तो सबसे पहले उनसे राय लेती है। प्रेमबल्लभ हर मामले में उनका जूनियर है। वह अपनी कहानी रम पीते हुए सुना रहा है, कुँअर साहब बियर पी रहे हैं। आनंद साहब कॉफ़ी। मैं अनन्नास का रस पी रहा हूँ। इसे मैंने पहली बार चखा है।

''बहरहाल,'' प्रेमबल्लभ ने अपना बयान जारी रखा।

''बहरहाल, यह रंगीलाल रेल में हमारी हसीना के सामने आ जाता है। कल्लू उस वक़्त प्लेटफ़ार्म पर उतरकर मूँगफली या चना या समोसे या लैया—रामदाना ख़रीदने गया है। गाँव के कुछ लोग वहाँ मौजूद तो हैं पर अपनी-अपनी धुन में हैं। आप चाहें तो यहाँ एक सामूहिक ग्राम-गीत भी दे सकते हैं। ऐसे में यह रंगीलाल अपना मुँह हसीना के कान के पास ले जाकर क्या बोलता है...।''

कुँअर साहब ने जो बगुला-शैली में ध्यानमग्न होकर पूरी कथा सुन और बियर सोख रहे थे, अचानक एक प्रश्न की मछली पर चोंच मारी, पूछा, ''इस साली हसीना का कोई नाम भी है या नहीं?''

''नाम तो हसीना ही हो सकता है पर गँवारों में ऐसा नाम शायद चलेगा नहीं। उसे सीना भी कह सकते हैं पर सेंसरवाले भड़क जाएँगे। तब क्यों न उसे दीना कहें या उससे भी अच्छा बीना!''

''बीना चलेगा।'' आनंद साहब ने कहा।

''तो क्या है कि रंगीलाल बीना के कान में मुँह लगाकर डाइलॉग बोलता है कि जानेमन, गाँव में तो बहुत छिपी रहीं, अब यहाँ शहर में कभी-न-कभी रंगीलाल तुम्हारे काम आएगा।'' बीना उसकी कलाई मरोड़ देती है। वह तिलमिलाता हुआ डिब्बे के दूसरी ओर चला जाता है।

''अब शहर में आप इन मज़दूरों की बेहाली पर आइए। कुछ आसपास देहात में भट्ठों पर काम करते हैं, बाक़ी नई कालोनियों के मकानों पर। बीमारी, ग़रीबी और बदहाली का नक़्शा दिखाइए। ठेकेदार उन्हें चूसते हैं, मालिक लड़कियों की अस्मत से खेलते हैं। पुलिस उन्हें लूटने के लिए बार-बार जुए और कच्ची शराब के फ़र्ज़ी मुकदमों में बंद करती है और रिश्वत लेकर या लौंडियों की अस्मत लूटकर उन्हें छोड़ देती है। बुरी हालत है। उधर रंगीलाल आकर बीना को बराबर तंग करता रहता है। वह बहादुरी से अपनी अस्मत बचाती है और अपने भोले-भाले शौहर कल्लू से कभी इस मुसीबत का ज़िक्र नहीं करती। कल्लू को इधर टी.बी हो जाती है। उधर हसीना यानी बीना के पेट में पहला बच्चा आता है।

''जिस अधबनी कोठी पर हसीना यानी बीना और कल्लू काम कर रहे हैं, उसका मालिक देखने में मरियल पर असलियत में बड़े ऊँचे क़िस्म का दादा है। वह ज़मीन और मकानों का कारोबार करता है, साथ ही अफीम का काला व्यापार भी करता है। ऊँचे दर्जे के गुंडों का एक गिरोह उसके साथ है। वह एक पैर से लंगड़ाकर चलता है, दुबला-पतला है, उसकी नाक एक तरफ मुड़ी है और वह हमेशा आँखों पर काला चश्मा लगाए हाथ में सफ़ेद दस्ताने और जिस्म पर फ़ैशनेबुल सूट पहने बेंत के सहारे तेज़ी से, मगर जैसा कि कहा, लंगड़ाकर चलता है...।''

आनंद साहब ठठाकर हँसे, हँसी और हिचकी के बीच बोले, ''शाबाश प्रेमबल्लभ! यानी तुमने इस फ़िल्म में अपने लिए बॉस का रोल निकाल लिया।''

''बेजा किया?'' प्रेमबल्लभ ने ग्लास की पूरी रम एक घूँट में गटक ली, कहा, ''अगर कुँअर साहब यह रोल मुझे दे दें तो कोई ऐतराज नहीं, पर मैं तो सबजेक्ट की नेचर के हिसाब से चल रहा हूँ।

''तब क्या होता है कि रंगीलाल बॉस का सामना बीना से करा देता है। वह उसे देखते ही एकदम चित हो जाता है। कहता है, यह माल हमारे बेडरूम में आना चाहिए। तभी एक हादसा हो जाता है।

''यह जो कल्लू है न अहमक, टी.बी. का मरीज! वह स्मगलरों के गैंग की एक मैटाडोर को कहीं खड़ा देखता है। वह बेवकूफ़ी में उसका मुआयना करने लगता है और क्या पाता है कि उसमें पालीथीन में पैक किए हुए अफ़ीम के सैकड़ों पैकेट रखे हुए हैं। है तो बेवकूफ़, पर समझ जाता है कि यह अफ़ीम है। वह चीख़कर बोलता है : यह इत्ती अफ़ीम कहाँ से आई। मैटाडोर में बॉस के गिरोहवाले जो लोग हैं न , वे उसका मुँह चाँप

देते हैं। मारपीट होने लगती है। थोड़ी-सी ढुशुम-ढुशुम। कल्लू वहीं ढेर हो जाता है।

''वे क्या करते हैं कि कल्लू को तेज़ी से उठाकर मैटाडोर में डाल लेते हैं। टेढ़ी-मेढ़ी गलियों से निकलकर मैटाडोर ग़ायब हो जाती है। अब कैमरा उसे पेड़ों के एक झुरमुट के पास रुकता पाता है। वहाँ सन्नाटा है। चारों ओर नए-नए सरकारी मकान अधूरे बने पड़े हैं। शाम हो गई है। एक चौकीदार मैटाडोर के पास आता है। एक मोटा आदमी उससे उतरता है। चौकीदार उसे सलाम मारता है। मोटा आदमी अफसरी अंदाज़ से उसे दो रुपए का नोट देता है और पान ख़रीदकर लाने को बोलता है। फिर जैसे ही चौकीदार पान लाने के लिए वहाँ से जाता है, गुंडे कल्लू को अधमरी हालत में एक मकान में फ़ेंक देते हैं। चौकीदार जब पान लेकर आता है तो मैटाडोर को मौके से नदारद पाता है।

''इधर बीना कल्लू के ग़ायब होने से घबरा जाती है। उसके साथ के दो-चार मज़दूर कल्लू की तलाश में निकलते हैं। पर उसका सुराग़ नहीं मिलता। तीन दिन के बाद दो बड़ी घटनाएँ एक साथ होती हैं।

''कल्लू के साथवाले मज़दूर उसे खोजते हुए सरकारी अस्पताल पहुँचते हैं। वे उसे अस्पताल में पाते हैं। तब तक शाम हो चुकी होती है। अँधेरा आसमान से उतरकर बड़ी-बड़ी इमारतों और रईसों के बँगलों को अपने में समेटना चाहता है। यह अँधेरा क्या है? जी, इसी को इन्क़लाब कहते हैं। पर पूँजीवादी समाज बड़ा चालाक है। वह अँधेरे की गिरफ़्त से पहले ही दूर निकल गया है। आज दीवाली की रात है। रईसों के बँगले रंग-बिरंगी रोशनी में झलमला रहे हैं। अँधेरा उनका कुछ नहीं बिगाड़ सकता। और इधर यह ग़रीब मज़दूर, बेचारा कल्लू अस्पताल में पड़ा दम तोड़ रहा होता है। उसी रात वह दम तोड़ देता है।

''इधर यह हो रहा है, उधर रंगीलाल बीना को बॉस के बँगले पर पहुँचाने की कोशिश में है। वह बीना की जान-पहचान के एक मज़दूर को यह कहकर बीना के पास भेजता है कि कल्लू का पता चल गया है, बॉस उसका एक नर्सिंग होम में इलाज करा रहा है और बीना को तुरंत कल्लू को देखने के लिए चला आना चाहिए। बॉस की एक मोटर भी वह इस मज़दूर के साथ बीना के पास भेज देता है। घबराई हुई बीना ज़्यादा पूछताछ किए बिना मोटर पर चढ़ जाती है और वह बॉस के चँगुल में फँस जाती है। बॉस के बँगले को नर्सिंग होम समझकर वह अंदर दाख़िल होती है। उसके साथी मज़दूरों को यह कहकर बाहर रोक लिया जाता है कि डॉक्टर साहब ने अभी बीना को छोड़कर किसी और को भीतर जाने से मना किया है।

''अंदर बेडरूम में पहले बॉस की शराबखोरी के सीन, बीना को फुसलाने के डाइलॉग, फिर बॉस उससे जब्र करने की कोशिश करता है। बाँहों की तोड़-मरोड़। बीना उसके हाथ में दाँत से काटती है। बॉस की ओर से गाली-गलौज। वह उसकी साड़ी का आँचल पकड़कर खींचता है। बीना बिस्तर पर पेट के बल गिरती हुई। आधी

खुली हुई साड़ी। पीछे से फटता ब्लाउज़। बीना का एक नंगा कंधा रोशनी में दमकता हुआ। बीना अपने को झटका देकर छुड़ाती है, झपटकर एक टेबुल लैंप उठाती है। बॉस—लँगड़ाता और हाँफता—पीछे से उसकी कमर जकड़ लेता है। बीना की ओर से दूसरा झटका। बीना अब कमरे के कोने में। बीना टेबुल लैंप बॉस पर फेंकती है। बॉस का सिर घायल। मत्थे से बहता हुआ खून! बॉस घंटी दबाता है। तीन गुंडे तीन दरवाज़ों से अंदर दाख़िल होते हैं। 'पकड़ लो इस हरामज़ादी को,' बॉस चीखता है। पेटीकोट और फटे ब्लाउज़ में हाँफती, चीखती-चिल्लाती बीना अब गुंडों की जकड़ में…।''

क्रिकेट का आँखों देखा हाल जैसा बयान करते-करते अब प्रेमबल्लभ ने मेरी ओर देखा, देखकर मुस्कुराया, मुस्कुराकर आँख मारी और क्रिकेट कमेंटरी—अब कुछ इत्मीनान के साथ, जैसे टेस्ट मैच में किसी बल्लेबाज़ के छक्के के बाद अब फिर टिप्प-टिप्पवाला बदरंग खेल शुरू हो गया हो—फिर से चालू।

''अब यह जो बीना है, उसकी माँ भी किसी ज़माने में इसी शहर में मज़दूरी करने आई थी। बीना के पैदा होने के पहले उसके एक बच्चा इसी शहर में हुआ था। मज़दूरों की ख़स्ताहाल ज़िंदगी में उसने इस बच्चे को एक भट्ठे पर पेड़ के नीचे जनम दिया था। जनम की दूसरी रात जब सब मज़दूर थककर सो रहे थे, एक लकड़बग्घा इस बच्चे को उठा ले गया। रात के वक़्त उस इलाके में गश्त करते हुए पुलिस के दो सिपाहियों ने लकड़बग्घे को ललकारा, उस पर पत्थर फेंके और दहशत में लकड़बग्घा उस बच्चे को राह में छोड़कर भाग निकला। यह चौबीस साल पहले की बात है।

''इस ज़िले के पुलिस कप्तान के कोई बेटा न था। सिपाहियों को मालूम था कि हमारे बड़े साहब किसी बच्चे को पालना चाहते हैं। वे उसे उठाकर कप्तान साहब के घर ले गए। उसे कप्तान साहब की बीवी ने बड़े लाड़ से पाला-पोसा। यह लड़का बीना का सगा भाई है। पर उसे यह मालूम नहीं है। उधर कप्तान साहब आई. जी. पुलिस होकर रिटायर हो चुके हैं। यह लड़का—जिसका नाम अशोक है—अब खुद आई. पी. यस. हो चुका है और इसी शहर में असिस्टेंट सुपरिंटेंडेंट आफ़ पुलिस होकर तैनात है। वह बॉस की कारस्तानियों को शुबहे की निगाह से देखा करता है और दो-चार बार इन दोनों में कशमकश भी पैदा हो चुकी है।

''अब ड्रामा देखिए, एक ओर तो कल्लू है जो अस्पताल में दम तोड़ रहा है, दूसरी ओर उसका असली साला अशोक यानी मिस्टर अशोक, आई. पी. यस. है जो अपनी जीप पर रात के वक़्त गश्त पर निकला है, तीसरी ओर उसकी बहन बीना है जिस पर यह लँगड़ा बॉस ज़िना बिल् जब्र, यानी रेप करने जा रहा है। बँगले के पिछवाड़े की पतली सड़क से अशोक की जीप निकल रही है। बीना की चीख़ें सुनकर वह जीप रोक देता है, सिपाहियों को मुस्तैद रहने की हिदायत देकर वह बँगले की चहारदीवारी में अकेला कूद जाता है!…''

फ़िल्म की कहानी के बहाने प्रेमबल्लभ की बदतमीज़ी मेरी बरदाश्त के बाहर पहुँच रही थी। मैं उठकर धीरे-से कमरे के बाहर निकल आया।

स्वत:चालित लिफ़्ट में अकेले डर लगता, इसलिए पाँचवीं मंज़िल से सीढ़ियाँ उतरकर नीचे आया। होटल की लंबी-चौड़ी लॉबी में सोफ़े पड़े थे। उन पर भड़कीली साड़ियों और नक्शेबाज़ीवाले सूट-बूट में सजे लेडीज़ एंड जेंटिलमैन अपने-अपने लिए बड़ी लियाक़त से कोई भूमिका चुनकर उसे बड़ी क़ाबिलियत से निभाने में लगे थे। कोई उद्योगपति बना था, कोई ऊँचा अफ़सर, कोई नेता, कोई अभिनेता। लेडीज़ के लिए सिर्फ़ एक भूमिका बची थी, हिंदुस्तानी या विलायती फ़िल्मोंवाली किसी मनपसंद अभिनेत्री की। सब अपने-आपसे बहुत ख़ुश, अपने-आपको कोई बड़ी शै बनाकर उसे दिखाते हुए। हों या न हों, बहरहाल, मुझे वे सब ऐसे ही लगे।

मैं जो पिछले सालों अपनी महत्वाकांक्षा में उत्तर प्रदेश को-ऑपरेटिव बैंक के क्लर्क की हैयिसत से–जिसे ज़्यादा हैसियतमंद बनाने के लिए 'असिस्टेंट' कहा जाता है–ऊपर उठने की सोच भी नहीं पाया था, इस रईसाना हवा में उड़ नहीं पाया; कुछ और दब गया, मन में भारीपन महसूस करते हुए एक कोने में सोफ़े पर जाकर बैठ गया। घर की चिंताएँ, दो-तीन महीने बाद होनेवाले क़ानून की परीक्षाएँ, लगभग ख़ाली जेब, मज़दूर यूनियन के झमेले, ख़ासतौर से प्रेमबल्लभ की जंजाल-भरी दोस्ती और सबसे पहले और सबसे बाद : जसोदा कहाँ होगी और क्या कर रही होगी ? और उसी के साथ, रघुनाथ–हरी ट्रेकर का मुटल्ला मालिक–कहाँ होगा और क्या कर रहा होगा ? फिर भी, जो भी हो, ये सारे विचार बेचैनी की चीटियाँ बने हुए दिमाग़ के पिछवाड़े रेंगते रहे। दिमाग़ का सदर दरवाज़ा आँखों के आगे फैली हुई ज़िंदगी के लिए खुला रहा–लॉबी की चकाचौंध, नफ़ासत से उठते-बैठते रईसों की गुटरगूँ, आसमान से ज़मीन पर उतरकर आई हुई, गोया आसमानवालों के लिए आरक्षित अपनी लचकती काया को उनकी बाँहों में सौंपने के लिए अकुलाती हुई हसीनाएँ, वग़ैरह वग़ैरह।

यह सब नक़ली है। ऐश और ऐयाशी का नाटक है। मुझे एक पल के लिए आँखें मूँद लेनी चाहिए, जब उन्हें खोलूँगा तो यह सब कहीं नहीं होगा। एक छिछली नहर का किनारा होगा, ऊसर के हमले से जलती हुई धरती होगी, दो शताब्दी पुराना ठूँठों से भरा आम का बाग होगा। वही हमारी असलियत होगी।

सोफ़े पर फैलकर, थककर, मैंने आँखें मूँद लीं। कुछ ही पलों में कंधों पर किसी की उँगलियों का कसाव महसूस किया।

''अरे वाह, तुम यहाँ जमे हो ! मैं तो समझा था कि खिसक लिए।'' कहता हुआ प्रेमबल्लभ मेरे पास आकर बैठ गया।

''मैं तो तुम्हारे ही इंतज़ार में रुक गया था।''

''तो चलो,'' कहकर प्रेमबल्लभ उठ खड़ा हुआ। पर बाहर चलने के बजाय मेरी

बाँह पकड़कर उधर चलने लगा, जिधर मधुशाला का साइनबोर्ड था। कुछ कहना-सुनना बेकार था। अगले ही मिनट में हम दोनों बार के आगे मोढ़ों पर बैठे थे, उसके सामने रम का एक ग्लास था जिसे बारमैन ने नाक सिकोड़ने से भी ज़्यादा बेहूदा हरकत से—यानी आँख के कोनों को सिकोड़कर—पेश किया था। मैं प्लेट में रखी मूँगफली टूँगता रहा।

''कोयला चुराकर हाईस्कूल पास किया, बिना टिकट रेल पर चलकर वकालत पास कर ली, अब इस फ़िल्म के बहाने एक दुखी बेवा को ज़लील करके तुम साले क्या साबित करना चाहते हो ? वकालत तुम्हारे लिए काफ़ी नहीं है ?''

मेरी इस तल्ख़ी का उस पर कोई असर नहीं हुआ। जैसे कोई बड़ा नेता किसी नाराज़ पत्रकार का कोई तीखा सवाल चुपचाप सुन ले, उसने मेरी बात सुनी। फिर जैसे वह नेता सवाल का जवाब किसी पुरमज़ाक कहावत से दे, उसने जवाब दिया, ''आगे-आगे देखिए होता है क्या।''

बड़े अपनापे से समझाया, ''देखो भाई, फ़िल्मों से मेरा कुछ लेना-देना नहीं, सिवाय इसके कि मैं यारों का यार हूँ। आनंद साहब मेरे सीनियर हैं। उन्होंने ही कुँअर साहब से मिलाया। कहा कि यहाँ की हालत पर वे एक फ़िल्म बनानेवाले हैं, कहानी की तलाश में हैं। मैंने सोचा कि तब अपने ग़रीब मज़दूर भाइयों की दर्द-भरी दास्तान पर ही कैमरा क्यों न तान दिया जाए। इसमें क्या ख़राबी है ? यह तो, समझ लो, समाज-सेवा हुई। कुँअर साहब कहानी के लिए पैसा देनेवाले तो हैं नहीं। कुछ खिला-पिला देंगे, ज़्यादा-से-ज़्यादा हज़ार-दो हज़ार रुपए दे देंगे। रुपिया मिला तो उसका पाँचवाँ हिस्सा मैं बाक़ायदा अपनी यूनियन को दान कर दूँगा। कोई ऐतराज़ है ?''

कोई ऐतराज़ सुनने के पहले ही उसने कहा, ''अच्छा इसे छोड़ो। परमात्मा जी से कल क्या बात हुई ?''

बातें तो बहुत हुई थीं पर राजनीति से उनके मोहभंग और इंजिनियर साहब के कायाकल्प की बात बताने का कोई तुक न था। मैंने वही बताया जो वह जानना चाहता था। कहा, ''सुरेस के मूक-बधिर स्कूल में रहने के लिए वे तीस रुपिया महीना दे देंगे। यही नहीं, शाम को दवाख़ाना चलाने के लिए उन्होंने दो सौ रुपए की सहायता भी दी है। वह रुपिया मैं आज बैंक में जमा कर आया हूँ।''

''यह हुई कोई बात !'' कहकर उसने ग्लास ख़त्म किया और जेब से सौ रुपिए का नोट निकालकर बारमैन की ओर बढ़ा दिया। जब वह फुटकर रुपए बिल के साथ तश्तरी में सजा रहा था, प्रेमबल्लभ ने कहा, ''कोई-कोई दिन बड़ा शुभ होता है। कल ही अध्यक्ष जी के घर जाकर दवाखाने के लिए मैं उनसे चार सौ रुपए ले आया हूँ। डॉक्टर साहब ने कहा था, वहाँ पर बच्चों का वज़न लेने के लिए एक मशीन चाहिए। अध्यक्ष जी उसका ख़र्च देने को राज़ी हो गए हैं। चार सौ रुपए उन्होंने वहीं उसी वक्त नक़द हाथ में पकड़ा दिए।'' और फिर वही चार शब्द, ''यह हुई कोई बात !''

मेरा ध्यान तश्तरी में पड़े हुए बीस-दस-पाँच के नोटों पर था । कहा, ''पर प्रेमबल्लभ, तुमने अभी वह रुपए बैंक में ज़मा नहीं किए । है न ?''

''अपना बैंक तो यहाँ है ।'' कहकर उसने पतलून की जेब थपथपायी और पाँच रुपए का एक नोट बैरे के लिए छोड़ते हुए बाकी रुपए तश्तरी से उठाकर उसी जेब में ठूँस लिए ।

स्टूल से नीचे उतरते हुए मैंने कहा, ''कल शाम तुम्हारे साथ दफ़्तर में बैठूँगा । तुम्हें एक-एक पैसे का हिसाब देना होगा ।''

''ज़रूर-ज़रूर, कल शाम ज़रूर बैठेंगे ।'' उसने ऐसे उत्साह से जवाब दिया जैसे वह किसी काकटेल पार्टी का न्यौता स्वीकार कर रहा हो ।

सत्तारूढ़ पार्टी का जो पहलवान फ़ैज़ाबाद में उपचुनाव लड़ रहा था, वह केंद्र में इस समय छोटा मंत्री था । पहले वह राज्य सरकार में मंत्री रह चुका था । विधान सभा का चुनाव हार जाने से वह अचानक सड़क पर आ गया । पर सिर्फ़ थोड़े दिनों के लिए, क्योंकि तुरंत ही वह केंद्र में राज्य मंत्री बना लिया गया । वह इस वक़्त नई दिल्ली के एक बँगले में रह रहा था । पर संविधान की निगाह में अभी सड़क पर ही था । मंत्री बनने से छह महीना के भीतर अगर वह सड़क से संसद में न पहुँचा तो उसे दुबारा संसद से सड़क पर आना पड़ेगा । इसलिए जीतना उसके लिए नैतिक और राजनैतिक—लगभग आध्यात्मिक मज़बूरी थी । चुनाव में उसके विरोधी उम्मीदवार हारें या न हारें, उसे जीतना ही था ।

जीतने की पूरी-पूरी आशा थी । सभी साधन थे, बोलने का शऊर भी था । बल्कि वह कुछ ज़्यादा ही था । हिंदी, उर्दू, अंग्रेज़ी—तीनों में वह बड़ी आसानी से मौलिक सूक्तियाँ निकाल सकता था जो अख़बारों को बहुत भाती थीं । इसके लिए मशहूर था । अख़बारवालों को उससे और उसको अख़बारवालों से बात करने में बड़ा मज़ा आता था । जनता में उसकी शक्ति का कोई आधार हो या न हो, अख़बारों में उसकी शक्ति का आधार यही था ।

विरोधियों ने उसकी और उसकी पार्टी की नालायक़ी के सुबूत में आँकड़े दिए थे, दिखाया था कि इस चुनाव क्षेत्र में आज भी ग़रीबी की रेखा के नीचे रहनेवालों का प्रतिशत सबसे ऊँचा है । उसका जवाब : साथियो, मैंने भूगोल में विषवत् रेखा और कर्क रेखा के बारे में पढ़ा है । ये सब रेखाएँ फ़र्ज़ी हैं, और ग़रीबी की रेखा भी फ़र्ज़ी है । अगर हम मान लें कि ग़रीबी की कोई रेखा होती है तो यक़ीन मानिए उसके नीचे होने का यह मतलब नहीं कि आप छोटे हैं या कि आप बुद्धि की रेखा के भी नीचे हैं । सच तो यह है कि जो ग़रीबी की रेखा से जितना ही नीचे है, वह बुद्धि की रेखा से उतना ही ऊपर है । इसीलिए वोट के लिए मुझे आपसे ज़्यादा नहीं कहना है । आपकी बुद्धिमत्ता पर मुझे उतना ही भरोसा है, जितना हमारे विरोधी दोस्तों को आपकी ग़रीबी पर है । पर मैं

सिर्फ़ एक वादा कर सकता हूँ । अगर आपने मुझे मौक़ा दिया तो मैं ग़रीबी की रेखा ही को मिटा दूँगा । और तब न कोई ग़रीब रहेगा, न अमीर ।

मुदितमन पत्रकारों ने इस भाषण को कहीं बड़ी-बड़ी सुर्ख़ियों में, कहीं छोटे कालम के बीच मोटे हरूफ़ में, कहीं मुख-पृष्ठ पर चौकोर घेरे में, कहीं उसके चित्र के नीचे उद्धरण-चिह्नों में छापा । यह नहीं छापा कि चुनाव-अभियान में दूर-दूर के सैकड़ों गिरोहबंद अपराधी, शातिर गुंडे, शोहदे और लुच्चे भी उसकी मदद के लिए पहुँच रहे हैं ।

निर्माण-निगम के अवैतनिक अफ़सर होने के नाते सरकारी कर्मचारी-आचार-संहिता से बरी होने का फ़ायदा उठाते और दूसरों को इसका फ़ायदा देते हुए इंजिनियर साहब वहाँ पहले ही पहुँच गए थे । वे चुनाव-अभियान के वित्तीय प्रबंधकों में थे । हमारी यूनियन के अध्यक्ष और राज्य के भूतपूर्व श्रममंत्री लालबाबू और उनकी दिलकश बातूनी बीवी—ये भी दो दिन पहले उधर ही गए । वे तो अभियान में आर्मी सप्लाई कोर के कर्नल भर होंगे । उन्हीं के पीछे-पीछे बंदूक की नली से शक्ति निकालने की चलती-फिरती मिसाल, चिकने-चुपड़े चेहरे, सिल्क के कुर्ते और कलकतिया धोती में लेफ्टिनेंट जनरल की-सी हैसियतवाले संजीवन भाई उर्फ़ श्री रामसंजीवन विधायक भी अपनी शाकाहारी दिखनेवाली, पेट्रोल की जगह शायद गोमूत्र से चलनेवाली जीप पर गए । यह दूसरी बात है कि उनके आगे-पीछे क्रव्यादि वर्ग से भरा एक-एक ठेला था जिसकी हर सवारी के हाथ, कमर या कंधे में राइफल, तमंचा या बंदूक थी । ये संजीवन भाई के अंगरक्षक भर थे । संजीवन भाई का स्थानीय जन-संपर्क महाप्रबंधक अस्थाना भी अपनी मोटर साइकिल साथ में लादकर पीछेवाले ठेले से पहुँचा ।

उधर यह भी पता चला कि हरे ट्रेकरवाला रघुनाथ अपने फ़ौज-फाटे के साथ दूसरे रास्ते से रणक्षेत्र के दूसरे छोर पर दूसरे उम्मीदवार को उम्मीद बँधाने के लिए पहुँच रहा है । शहर के सारे गिरोहबंदों का नाम गिनने से क्या फ़ायदा, चुनाव-अभियान चलते ही शहर के सभी अपराध रिपोर्टर कुछ दिनों के लिए बेरोज़गार हो गए । कॉफ़ी हाउस में इस दूरवर्ती चुनाव की अपराध कथाएँ सुनने और कॉफ़ी पीने के सिवाय उनके लिए कोई काम नहीं बचा ।

वैसे तो शाम को यूनियन दफ़्तर में प्रेमबल्लभ एक घंटा बैठता था और लगभग साढ़े सात बजे विधायक-निवास पर वापस लौटता था, पर सप्ताह में दो दिन जब हमारे डॉक्टर साहब मज़दूर-परिवारों की मुफ़्त चिकित्सा के लिए आते थे, वह विधायक निवास में एक घंटा देर करके आता था । पर आज यह मालूम हुआ कि डॉक्टर साहब भी चुनाव क्षेत्र में चले गए हैं और दो-तीन महीने के लिए मज़दूरों की दवा-दरमत का काम घपले में पड़ गया है । चुनाव-अभियान में वे गए नहीं, बल्कि भेजे गए थे और उन्हें बाक़ायदा सरकारी ठप्पे से भेजा गया था ।

हुआ यह कि चुनाव क्षेत्र में जब प्रदेश के स्वास्थ्य मंत्री प्रचार-भाषणों के लिए गए तो जनता ने उन्हें कई शिकायतों के साथ उन चिकित्सालयों, औषधालयों, प्राकृतिक स्वास्थ्य केंद्रों आदि की सूची खेद, रोष और आक्रोश के साथ दी जहाँ डॉक्टर नहीं थे । इसमें वे ग्रामीण अस्पताल शामिल न थे जहाँ डॉक्टर तैनात होते हुए भी रहते न थे और ग्राम प्रधान और क्षेत्र प्रमुख के घर के आदमी बनकर उनकी सहमति और सहयोग से शहर में अपना क्लिनिक चलाते हुए सिर्फ़ तनख्वाह लेने के लिए दो दिन प्रति मास की दर से गाँव में आ जाया करते थे । जो भी हो, स्वास्थ्य मंत्री को लगा कि चुनाव के दिनों में क्षेत्र के ग्रामीण दवाख़ानों में डॉक्टर का न होना उनके उम्मीदवार की राजनीतिक तंदुरुस्ती पर बुरा असर डाल सकता है । इसलिए उन्होंने शहर के अस्पतालों से कई डॉक्टरों को, जो जगह न होते हुए भी बड़े आदमियों के दामाद, भाई या लड़के होने के नाते झुंड-के-झुंड वहाँ भर लिए गए थे, तुरंत उपर्युक्त ग्रामीण दवाख़ानों में जाकर काम सँभालने का आदेश दिया । आदेश इतना 'आवश्यक एवं त्वरित' था कि सब डॉक्टरों को उनके पिता, ससुर, भाई आदि के ओहदे या हैसियत का लिहाज़ किए बिना एकदम से कार्य मुक्त कर दिया गया और चौबीस घंटे में फ़ैजाबाद पहुँचने को कहा गया । इतना ज़रूर देखा गया कि शहर में टिके रहने के अपने संवैधानिक और मौलिक अधिकार की रक्षा के लिए कोई डॉक्टर हाई कोर्ट में याचिका दायर करके स्थगन आदेश न ले ले । इस अप्रिय, पर लोकप्रिय घटना को बचाने के उद्देश्य से डॉक्टरों को इशारा कर दिया गया कि उन्हें शहर में अपने मकान छोड़ने की ज़रूरत नहीं है । सभी जान गए कि यह चक्कर गिने-चुने दिनों का है । इसलिए दो-एक डॉक्टरों को छोड़कर, जिन्हें अचानक अपने में या अपने माँ-बाप में किसी सांघातिक बीमारी के लक्षण मिले, सभी डॉक्टर फुर्ती से चुनाव क्षेत्र में अपने-अपने पदों पर जाकर, वोटों की सबसे बड़ी दुश्मन नसबंदी को छोड़कर जनता में सब प्रकार की चिकित्सा-सेवा करने लगे । उनमें हमारे डॉक्टर साहब भी थे ।

मैं विधायक-निवास के अपने कमरे में आजकल प्रायः सात बजे शाम तक लौट आता था । आज भी समय से लौटा । विधायक-निवास में, जहाँ के बरामदों में सामान्यतः सब्ज़ी मंडी, मछली मार्केट और रेलवे प्लेटफार्म का-सा दृश्य रहता था, आजकल सन्नाटा छाया था । विधायक लोग अपने-अपने उम्मीदवारों की ख़ैरख़्वाही में चुनाव क्षेत्र में चले गए थे या कूटनीतिक अस्वस्थता से अस्पतालों में भर्ती थे । उनके लग्गू-भग्गू भी इधर-उधर लगे या भगे हुए थे । सिर्फ़ हमारे-जैसे कुछ लोग विधायक-निवास में रात को लेटने के लिए आते और दिन को प्रायः अपने-अपने धंधे से निकल जाते थे ।

प्रेमबल्लभ को साढ़े सात तक आ जाना था । उससे आज यूनियन के रुपयों का हिसाब लेना था । कल रात होटल में कुँअर साहब के साथ हुए कथा-सत्र के बाद और नीचे मधुशाला में उसके मधुपान के दौरान यही तय हुआ था । घंटे-भर कमरे में बैठे रहने के बाद भी जब वह नहीं आया तो मैंने बाहर बरामदे में टहलना शुरू किया । वहाँ

एक मोटर मैकेनिक मिला जो नीचे किसी सरकारी गैरेज में मोटर मरम्मत की अपनी वर्कशाप चलाता था और हमारे ही तल्ले पर एक विधायक के फ्लैट में रह रहा था। उसने बताया कि शाम की गाड़ी से प्रेमबल्लभ भी फ़ैज़ाबाद के चुनाव में काम करने के लिए गया है।

"जल्दी में था, इसलिए आपको कोई चिट्ठी नहीं लिखी। मुझसे ख़ासतौर से कह गया है कि आपको बता दूँ। उसका कल सवेरे तक वहाँ पहुँचना ज़रूरी है।" यह तो हुआ संदेश और उसके बाद यह समीक्षा, "आजकल वहाँ चाँदी बरस रही है। आप भी एक चक्कर क्यों नहीं लगा आते?"

सवेरे देर से नींद टूटी क्योंकि रात में देर से आई थी।

पहले भी कई बार देर से नींद आई थी पर अँधेरे में आँखें मूँदकर लेटने पर ज़्यादातर उकताहट नहीं होती थी। जागने और सोने के बीच के सहन में एक सिनेमाघर होता है, जिसमें मैं अपनी खोपड़ी से तरह-तरह की फ़िल्में निकालकर चलाता रहा हूँ। हर फ़िल्म में खुद ही पटकथा लिखता हूँ, खुद ही संवाद रचता हूँ, खुद ही उसका निर्देशन करता हूँ। हर फ़िल्म का खुद ही प्रमुख नायक रहता हूँ और उस सिनेमाघर में खुद ही फिल्म का अकेला दर्शक भी। इन फ़िल्मों में मैं कभी अंतर्राष्ट्रीय स्तर के सेमिनारों में आधुनिक राजनीतिशास्त्र पर फ्रेंच में भाषण देता हूँ, कभी पंडितों की सभा में न्याय-दर्शन का विश्लेषण संस्कृत में पेश करता हूँ, कभी ट्रेन डकैती में निरीह मुसाफ़िर का बाना छोड़कर अपने रिवलाल्वर के अचूक निशाने से एक की छाती पर गोली चलाता हूँ, दूसरे की कलाई घायल करके उसके हाथ के तमंचे को नाकाम कर देता हूँ, तीसरे को जान बचाने के लिए चलती गाड़ी से नीचे कूदने पर मजबूर करता हूँ। कभी किसी बड़े कारख़ाने का मालिक बना हुआ विलायती कार से उतरकर सीधे अपने दफ़्तर में पहुँचता हूँ और उसके दरवाज़े पर इंजिनियर साहब को अपना इंतज़ार करते हुए पाता हूँ। ज़ाहिर है कि उनको मेरे यहाँ नौकरी नहीं मिलती। कभी रास्ते में एक विलायती लड़की द्वारा हाँकी जाती हुई बड़ी गाड़ी को रुकता हुआ पाता हूँ और देखता हूँ कि हवा में उड़ते हुए बालों और फैली बाँहों से जो मुझे अपने गले लगाने के लिए बढ़ी आ रही है वह मेरी कैंब्रिज की पुरानी दोस्त है। कभी मैं मिनिस्टर बनकर किसी भ्रष्टाचारी चीफ़ इंजिनियर को बरख़ास्त करता हूँ, कभी क्रांतिकारी नेता बनकर किसी निकम्मे पुलिस अफ़सर के बिल्ले उतरवाता हूँ। इनमें कई फ़िल्में ऐसी भी हैं जिन्हें आप 'ब्लू फ़िल्म' कह सकते हैं। इनमें मेरे प्रेमकांडों की धीमी रफ़्तारवाली कथाएँ हैं जिन्हें मैं खुद एकाध रीलों के बाद हिचककर बंद कर देता हूँ।

फ़िल्में सैकड़ों हैं और अलग-अलग कथाओं की हैं पर प्रत्येक का मूल विषय घूम-फिरकर बस एक है और वह है : मैं शक्तिमान्! इन फ़िल्मों में अभी तक कोई ऐसी रील नहीं जुड़ी है जिसमें मैं दूर देश से आए विपन्न मज़दूरों से मिलकर

सुपरवाइज़र की हैसियत से उनके दुख-दर्द में शरीक होता, उनके लिए खटता, और अंत में उन्हीं का होकर रह जाता ।

पिछली रात जब मैंने सिनेमाघर सजाकर प्रोजेक्ट पर अपनी फ़िल्म चढ़ाई तो सबकुछ धुँधला-धुँधला दिखाई पड़ा । आज मैं ख़ासतौर से एकाध ब्लू फ़िल्में लगाना चाहता था । जी नहीं, सावित्री या हँसी-खुशी के दिनोंवाली मेमसाहब को लेकर नहीं, विधायक-निवास में काम करनेवाली एक लड़की को लेकर जो रोज़ हमारे बरामदे से गुज़रती थी और अकेलापन महसूस करनेवालों से बड़ी हमदर्दी के साथ पेश आती थी । पर बात बनी नहीं । दरअस्ल, कल रात मैं कोई सिनेमा नहीं देखा सका । सिर्फ़ उलझनों में उलझा रहा ।

नेता के हत्यारे को सज़ा देने की उलझन । इंजिनियर साहब को नीचा दिखाने की उलझन । परमात्मा जी को खींचकर अपने मज़दूर आंदोलन में लाने की उलझन । ठेकेदार साहब को फ़ौजी रम की पाँच बोतलें पहुँचाने की उलझन । फिर प्रेमबल्लभ का टेंटुआ दबाकर उससे यूनियन का रुपिया वसूलने की, विधायक-निवास छोड़कर अपने रहने की कोई जगह खोजने की उलझन । और पृष्ठभूमि में गाँव-घर की सभी उलझनें ।

सबेरे देर से उठने पर जो उलझन खोपड़ी को मथती हुई मिली वह दवाख़ाने में किसी डॉक्टर या कंपाउंडर को पहुँचाने की थी ।

लाल बाबू प्रतापगढ़ जा चुके थे । पर हमारी यूनियन के संरक्षक अत्यंत बूढ़े भूतपूर्व गवर्नर पाल बाबू यहीं थे । कोठी पर पता चला, वे नाश्ता कर रहे हैं । मुझे अंदर बुला लिया गया । नौकर ने मकान के पिछले हिस्से में पहुँचा दिया । लॉन में वे नाश्ता कर रहे थे ।

उनका नाश्ता देखिए : एक तश्तरी में अँखुआये हुए चने, एक में फलों की सलाद, एक में गरम टोस्ट । उसी के पास मक्खन, शहद, नमक आदि, एक बड़े जग में धुँआ उठाता दूध । मेरे लिए यह सब बेकार था । मैंने हर चीज़ के लिए 'नहीं' कहा तो एक साफ़-सुथरी, नौजवान नौकरानी से उन्होंने कहा, "इनके लिए रसगुल्ले, गज़क और मठरी लाओ ।" फिर मुझसे "चाय तो पीएँगे न ?"

चाय पी । रसगुल्ले, मठरी और गज़क खाया, एक संतरा भी । खाते-पीते यूनियन के दवाख़ाने की समस्या बयान की । दूध का ग्लास नीचे रखकर वे बोले, "ये दवाखाना कहाँ है ?"

यूनियन के दफ़्तर का नक्शा समझाया, डॉक्टर साहब के तबादले की बात बताई, कहा कि कोई कंपाउंडर ही वहाँ पहुँच जाए तो मामूली बीमारियों की दवा देता रहेगा ।

"कंपाउडर ? अब उसे कंपाउंडर नहीं कहा जाता । वह फार्मेसी ऐक्ट है न ! अब उसे फ़ार्मेसिस्ट कहा जाता है ।"

तन पर महीन खादी का कुर्ता और सँकरी मोहरी का पायजामा, उस पर गाँधी आश्रम का ऊनी गाउन, सफ़ेद बचे-खुचे बाल शायराना अंदाज़ में खोपड़ी और मत्थे पर छितरे हुए । कान में सुनने की बटन, नक़ली दाँत, आँखों पर मोटे ग्लास का चश्मा । मौसम और उम्र के ख़िलाफ़ पूरी क़िलेबंदी से लैस । उनका संशोधन सुनकर मैंने कहा, ''तो दवाख़ाने के लिए एक फ़ार्मेसिस्ट ही कहीं से भिजवा दें । उसे कुछ देने का भी इंतज़ाम कर दिया जाएगा ।''

''किस दवाख़ाने में ?''

सवाल काफ़ी मानसिक विचार-विमर्श और संधान-अनुसंधान के बाद किया गया था । मैंने कहा, ''यूनियन के दवाख़ाने में ।''

''किस यूनियन के दवाख़ाने में ?''

मैंने उन्हें यूनियन के जन्म, उत्थान और अब होनेवाले पतन का पूरा ब्यौरा दिया । बोले, ''पर मेरा इस यूनियन से क्या सरोकार है ?''

''आप इसके संरक्षक हैं, लाल बाबू इसके अध्यक्ष हैं । आपको याद होगा, उन्होंने संरक्षक बनने के लिए फ़ोन पर आपकी अनुमति ली थी । आजकल वे फ़ैज़ाबाद के चुनाव में गए हैं । नहीं तो आपको कष्ट न देता ।''

''ओह ! लाल बाबू,'' अचानक जैसे उनकी याददाश्त का स्विच किसी ने दबा दिया हो । ''उन्होंने मुझको फ़ोन किया था ? कब ?''

मैं, इसकी भी याद दिलाई । नक़ली बत्तीसी झलकाते हुए उन्होंने कहा, ''आप कहते हैं तो ठीक ही होगा । बड़ी अच्छी बात है । आप-जैसे नौजवान इतना भारी काम हाथ में लिए हैं, सुनकर अच्छा लगा । बहुत अच्छा लगा । यही तो प्रजातंत्र का कमाल है । सही नेतृत्व की इसमें कभी कमी नहीं रहती । जाइए, कोई अच्छा-सा क्वालीफ़ाइड फ़ार्मेसिस्ट खोज लीजिए । पर हर काम क़ायदे से होना चाहिए । बात-बात पर लोग रिट पेटिशन दायर कर देते हैं । अख़बारों में इस जगह का विज्ञापन ज़रूर दे दीजिएगा । फिर एक चयन समिति बनाइए । उसमें खुद तो रहिए ही, एक उम्दा-सा डॉक्टर भी बतौर एक्सपर्ट रखिए । मैं उसमें नहीं रहना चाहूँगा । पर मुझे उसमें रखना ही चाहते हो तो चुनाव किसी शाम को यहीं कराना होगा । मैं शाम पाँच से छह बजे तक ही ख़ाली रहता हूँ ।''

''अच्छे क्वालीफ़ाइड फ़ार्मेसिस्ट आजकल आसानी से मिलते नहीं हैं । कोशिश कीजिए, शायद कोई मिल जाए ।''

''पर यूनियन के संरक्षक के नाते आपसे मैं तो यह कहने आया था कि ...''

''कौन-सी यूनियन ?'' कहकर उन्होंने दूध का ग्लास हाथ में उठा लिया ।

काम पर जाने की देर हो रही थी, फिर भी सोचा फ़ार्मेसिस्ट के लिए परमात्मा जी से भी बात कर ली जाए । वे कचहरी जा रहे थे, मोटर में बैठ चुके थे । मुझे देखते ही बोले,

"शाम को आना । तभी बात होगी ।"

मैंने कहा, "दिन को सोच रखिएगा, हमारे डॉक्टर साहब का तबादला फ़ैज़ाबाद के किसी प्राइमरी हेल्थ सैंटर में हो गया है । शाम को कोई मरीज़ देखनेवाला नहीं है । हफ्ते में दो दिन की बात है । किसी फ़ार्मेसिस्ट का ही इंतजाम हो जाए तो ··· ।"

"फ़ार्मेसिस्ट क्या होता है ?"

"कंपाउंडर ।"

"तो कंपाउंडर कहो न । अच्छा, सोचूँगा ।"

उनकी गाड़ी के चल देने पर पीछे जो गाड़ी खड़ी थी, वह भी स्टार्ट हुई। पर मुझे देखकर रुक गई। गाड़ी में बैठे-ही-बैठे आनंद जी ने कहा, "आप हैं? आपको तो मालूम होगा–प्रेमबल्लभ कहाँ है ?"

"फ़ैज़ाबाद के उप-चुनाव में भाग गया है।"

"भाग गया है ?"

मेरे दिमाग़ में यूनियन के रुपए घूम रहे थे जिनका प्रेमबल्लभ के हाथों ग़बन हो चुका या हो रहा था। तभी भागने की बात अचानक मुँह से निकल पड़ी थी। पर उनसे यह सब कहना बेकार था। मैंने कहा, "आजकल सभी वहीं को भाग रहे हैं। प्रेमबल्लभ भी उन्हीं में है।"

"कब तक लौटेगा ?"

"पता नहीं। पर आठ-दस दिन तो लग ही जाएँगे। चुनाव के पहले तो लौटेगा नहीं।"

"यह तो झंझट हो गया। सबेरे विधायक-निवास पर आदमी भेजा था। प्रेमबल्लभ मिला नहीं। उधर कुँवर साहब कल बंबई जा रहे हैं। वे आज ही उससे मिलना चाहते हैं।"

"फ़िल्म की कहानी के बारे में? पर वह तो बकवास है।"

"बकवास नहीं है भाई, बड़ी कड़कदार चीज़ है। बस उसमें थोड़ा मिर्च-मसाला और डालना है। कुँवर साहब चाहते हैं कि कोई ऐसा किरदार और डाला जाए जिसे नचाया जा सके। कैबरे के एकाध सीन···।"

मैंने सोचने की, यानी यह दिखाने की कोशिश की कि बड़ी गहराई से सोच रहा हूँ कहा, "इसका एक्सपर्ट तो प्रेमबल्लभ ही है। पर आप चाहें तो खुद कुँअर साहब को एक सुझाव दे दें। वह जो हसीना है न, मज़दूर की बीवी, जिसके साथ बलात्कार दिखाए बिना फ़िल्म जमती नहीं है, क्यों न उसी से कैबरे नचवा लें? क्या ख़्याल है?"

आनंद जी ने गाड़ी स्टार्ट कर दी, बोले, "तब तो कहानी सचमुच बकवास हो जाएगी।"

उनके जाने पर मैंने देखा, सावित्री बरामदे में खड़ी है। दूर से पहले से ज़्यादा मोटी, पहले से ज़्यादा खुश दिखी। नज़दीक जाने पर मोटी नहीं, सिर्फ़ खुश दिखी; उतनी ही

खुश जितनी कि पिछली मुलाक़ात में स्वेटर बुनते हुए गुमसुम दिखी थी।

"बैठोगे नहीं ?"

"क्या बैठूँ ? उस दिन तुम चुपचाप मुँह फुलाए स्वेटर बुनती रहीं, मुझे घास नहीं डाली।"

"बैठ जाओ, अभी घास मँगाती हूँ। या भूसा लोगे ?" कहती हुई वह खुद एक आरामकुर्सी पर बैठ गई। मैं खड़ा रहा, बोला, "मुझे काम पर जाना है।"

"उस दिन मैं वकील साहब से नाराज़ थी । इसीलिए किसी से नहीं बोल रही थी । अब सुलह हो गई है । यह गुलाब अच्छे लगे ?"

गुलदस्ते में लगे गुलाबों पर मेरी निगाह नहीं पड़ी थी । दरअस्ल, इस कोठी पर जैसे कि बड़े आदमियों की दूसरी जगहों पर, चीजों पर मेरी अलग-अलग निगाह नहीं पड़ती थी । खूबसूरत लॉन, खिले हुए रंग-बिरंगे फूलों की लहलहाती क्यारियाँ, लताएँ, पेड़-पौधे, अंदर की सजावटें—सबके बारे में मुझे लगता था कि संपत्ति का फ़रिश्ता किसी जादू के जोर से इन जगहों को एक साथ अपनी मनपसंद डिज़ाइन से सजा गया है । गाँव में आम, नीम, पाकड़ या महुआ का पेड़ तो हम अपने हाथों उगाते हैं । इसलिए उनकी बढ़त देखने की ज़रूरत होती है । पर यहाँ सिर्फ़ जादू है । उसे एक ही नज़र में देखकर चकाचौंध हुआ जा सकता है, खुश होने का मन हो तो खुश भी । पर उन्हें अलग-अलग देखकर किसी की रुचि को या किसी की मेहनत को दाद देने की ज़रूरत है, ऐसा मैंने कभी सोचा न था । फिर बात जंग और सुलह की हो रही थी ।

"नाराज़ क्यों हो गई थीं ?"

"ये गुलदस्ता मैंने अपने हाथ से सजाया है ।"

"अच्छा है, बहुत अच्छा है । पर सुलह किस तरह की हुई ?"

"ओह ! वह बात ! तुम बैठो, मैं अभी तुम्हें एक चीज़ दिखाऊँगी ।"

उसके अंदर जाने के बाद मैंने गुलदस्ते को ग़ौर से देखा । जिस फूलदान में गुलाब सजाए गए थे वह पीतल का भी हो सकता था, सोने का भी । मैंने इसमें अपना सर नहीं खपाया । गुलाब बड़े-बड़े थे, लाल, पीले, सफ़ेद, एकाध काले रंग के भी । पहली बार सूझा कि गुलाब लाल ही नहीं होते, कई रंग के होते हैं । इन गुलाबों के अलग-अलग नाम होते हैं, यह तब भी नहीं सूझा । और जिस ढंग से ये फूल फूलदान में सजाए गए हैं, वह कोई ढंग होता है और उसके अलावा कोई दूसरा भी ढंग होता है, यह तो उस वक़्त बिलकुल ही नहीं सूझा । यह सब सुझाने का काम कई दिन बाद सावित्री ही ने किया था, पर उससे मैं यही समझ पाया कि वैसे तो दुनिया की बात-बात में पेंच है पर जहाँ कोई पेंच न होना चाहिए वहाँ भी लोगों ने नए-नए पेंच पैदा कर रक्खे हैं ।

बहरहाल गुलाबों और उनकी सजावट की पद्धति पर ज़्यादा ग़ौर करने लायक़ उस वक़्त मेरी निगाह न थी और मैं ज़्यादा ग़ौर नहीं कर पाया । तभी सावित्री अंदर से कई काग़ज़ लिए बाहर आई । बोली, "यह थी लड़ाई की जड़ !"

''ये जो तुम्हारे जीजा जी हैं न, वे इंजिनियर साहब से बहुत नाराज़ हैं । होना भी चाहिए ।''

''क्यों ?'' अब सावित्री गाँव के लोकप्रिय और शहर के फूहड़ ढंग से हँसी । मुझे घरेलूपन का एहसास हुआ, दोहराया, ''क्यों ?''

''पूरी रामायण सुन ली और यह भी तुम्हें मालूम नहीं कि सीता का ब्याह राम से हुआ था कि रावण से ?

''सुनो सत्ते, ये इंजिनियर बड़ा बेईमान है । पता नहीं तुम्हारे जीजा जी उसके चक्कर में कैसे फँस गए थे ।''

''और तुम ?''

''मेरा क्या ? तुम बिलकुल अंधे हो क्या ? खोपड़ी में दिमाग़ है कि कैथे का गूदा भरा है ? मैं कोई ऐसी-वैसी हूँ ?''

एक साथ इतने सवाल करके उसने मुझ पर आँखें तरेरीं, फिर मुस्कुराकर समझाने लगी, ''वह आदमी ठीक नहीं है । मैं पहले ही जानती थी । पर वह अपने चक्कर में था, मैं अपने चक्कर में । उसके मन में जो भी रहा हो, वह न तो पूरा हो सकता था न हुआ । पर मुझे जो करना था वह मैंने कर लिया ।''

वह कुछ ज़्यादा ही सफाई दे रही थी, पर मैंने टोका नहीं ।

''यह सावित्री टावरवाली स्कीम जो उसने बनाई थी न, बुरी नहीं थी । ज़मीन में हम लोगों का आधा-आधा हिस्सा होता । इमारत की सारी दुकानों के लिए यहाँ के व्यापारियों ने पहले ही रुपिया जमा कर दिया था । समझ लो, पूरा काम फोकट में होना था । तभी तुम्हारे जीजा जी उससे उखड़ गए । इस लंगूर के कुछ लच्छन मैं भी जान गई थी । इसलिए मैंने सोचा कि सावित्री टावर बने तो, पर इसके साथ साझेदारी में नहीं । सत्ते, सावित्री टावर अब मैं बनवाऊँगी ।''

बात साफ़ होने के बजाय उलझती जा रही थी । तब भी मैंने उसे नहीं टोका ।

''यह जो सावित्री टावरवाली ज़मीन है न, यह उसने मेरे नाम से ख़रीदी थी । बेनामी । बेनामी समझते हो न ? इंतज़ाम के लिए उसका मुख़्तारनामा उसने अपने नाम करा लिया था । मुख़्तारनामा जानते हो न ? जब तुम्हारे जीजा जी ने उसे सावित्री टावर बनाने से मना कर दिया तो उसने चाहा कि वह ज़मीन उसके किसी साले के नाम लिखा दी जाए । तुम्हारे जीजा जी पहले ही मुझ पर झल्लाए थे कि मैंने उसके लिए बेनामी कारोबार में अपना नाम क्यों डालने दिया । यह सुनकर उन्होंने चाहा कि वह ज़मीन चाहे जिसके नाम करा दे, मैं चुपचाप दस्तख़त कर दूँ । पर सत्ते, मैं उसे इतने मज़े से थोड़े ही निकल जाने दूँगी ! मैंने दस्तख़त करने से इनकार कर दिया । दस्तख़त तभी किया जब उसने मेरी शर्त मान ली । न मानता तो मेरा क्या जाता ? सावित्री टावरवाली ज़मीन तो मेरे नाम थी ही ।''

''कौन सी शर्त ?''

''सावित्री ने मेज़ से काग़ज़ात उठाकर उन्हें झंडे की तरह हिलाया । बचपन में

किसी पहेली का जवाब देने में जब मैं चूक जाता था । तो जिस उल्लास से मुझे बेवकूफ़ साबित करने के लिए वह जवाब बताती थी, उसी की धुँधली नक़ल मुझे उसकी चहक में दिखाई दी । बोली, ''यह सावित्री टावरवाली ज़मीन छोड़ने के पहले मैंने राधानगर की एक चौथाई ज़मीन उससे अलग से लिखा ली ।''

राधानगर ! एक क्षण को इस अजनबी शहर के नाम ने मुझे भटकाया, फिर याद किया कि यह उसी गाँव का नाम है जहाँ एक बड़ा कारखाना खुलने जा रहा है, जहाँ कई बीघे एक आवास समिति के नाम से इंजिनियर साहब और परमात्मा जी ख़रीदने जा रहे थे, जहाँ आधा बीघा ज़मीन मेरे नाम से भी ली जा रही है । मगर बेनामी !

''घबराओ नहीं, तुम्हारा भी इंतज़ाम हो गया है !'' उसने क़हा ।

''पर पूरी बात सुन लो । राधानगर की ज़मीन में आधा हिस्सा हमारा था, आधा उस लंगूर का । मैंने कहा कि अब तीन चौथाई हमारा होगा, एक चौथाई उसका । बहुत क़समसाया पर हारा बैठा था । बाद में राज़ी हो गया ।

''तब तुम्हारे जीजा जी बमकने लगे । बोले, मैं वहाँ न एक इंच खरीदूँगा न तुम्हें ख़रीदने दूँगा । मैं उसके कारोबार से कोई मतलब नहीं रखना चाहता । इसी पर हमारी लड़ाई हो गई । सत्ते, मेरी ज़िद तुम जानते हो । मेरा कहा ब्रह्मा की लकीर है । कोई टाल नहीं सकता । मैंने कहा, अभी तो वह गाँव की ज़मीन है, सोसायटी बनेगी तो बाद में । अभी किसी का कोई साझा नहीं है । जिस ज़मीन की बात हुई है, उसका तीन हिस्सा मैं अपने आदमियों के लिए ख़रीदूँगी । एक हिस्से को वह अपने लोगों के लिए ले ले । हमारा क्या नुकसान है ? हमारी जायदाद एक जगह रहेगी । उसके एक किनारे वह भी पड़ा रहे कोढ़ी जैसा । तुम्हारे जीजा वकील हैं न, आख़िर में समझ गए ।

''कल ही हमने इस ज़मीन का बैनामा लिखा लिया है । आठ आदमियों के नाम । चार हज़ार देकर आधा बीघा तुम्हारे नाम भी लिखाया है । रजिस्ट्री का ख़र्चा भी कुछ हुआ है । सत्ते, मैं तुम्हें उसमें से सचमुच ही चौथाई बीघा दे दूँगी । पर उसके लिए तुम्हें छः महीने में दो हज़ार रुपए देने होंगे ।''

मैंने समझ जाने के प्रमाण में सिर हिलाया । फिर भी नहीं टोका क्योंकि वह कुछ और कहना चाहती थी ।

''अब सुनो असली बात । यह एक चौथाई ज़मीन जो अलग से ली है न, उसी में सावित्री टावर बनेगा । पर अभी नहीं, वहाँ शहर बस जाने के बाद !''

न जाने क्यों, बेवकूफ़ी का एक बवंडर उठा और उसने मुझे आसमान तक उड़ाया । वहीं से मैंने पुकार लगाई, ''जिज्जी, पर मेरा चौथाई बीघे में कैसे काम चलेगा ? मुझे मेरा पूरा-पूरा प्लाट दे दो । मैं महीने-भर में ही तुम्हें चार हज़ार रुपए दे दूँगा ।''

''मुझे क्या, मैं पूरा प्लाट दे दूँगी । पर चार हजार रुपए कहाँ से लाओगे ?''

उसी तूफ़ान ने अब मुझे कड़ी ज़मीन पर लाकर पटक दिया ।

उस दिन काम पर जाते हुए मुझे रईसी के सपने देखने चाहिए थे । पालिश उतरे फ्रेम वाली गर्द-भरी साइकिल की किर्र-किर्र सुनते हुए, मैले कालरवाली कमीज़ से ढके तन के भीतर मन से मुझे राधानगर का एक संपन्न भूस्वामी होने का एहसास होना चाहिए था । मुझे एक के बाद एक दर्जनों प्लाट ख़रीदने थे, शहर के उस नए मुहल्ले का सबसे भारी-भरकम नागरिक होना था । चार हज़ार की ऐसी पूँजी से, जिसे अभी मेरे हाथों ने छुआ नहीं, आँखों ने देखा नहीं, मुझे दो साल में चालीस लाख की हैसियत बना लेनी थी, और यहीं से मेरे दिवास्वप्न की शुरुआत होनी चाहिए थी ।

पर न जाने क्यों, सपने का रुख दूसरी ओर हो गया । इसमें हमारे डिप्टी यस.पी. उर्फ़ ठेकेदार साहब मुझे चार हज़ार रुपए की रक़म दे रहे थे । कह रहे थे, 'मुझे पूरा भरोसा है कि आप बहुत तरक़्क़ी करेंगे । आप दूरदर्शी हैं, आपका इरादा बड़ा पक्का होता है ।'

पक्के इरादे की शक्ल म साइकिल के धूल-भरे पहिये से कुछ टकराते-टकराते बचा । एक मोटा सुवर सड़क पार करते-करते मेरे पहिए से लगभग लड़ा, एक ट्रक के पहिए से लगभग कुचला गया और फिर लगभग जीवित अवस्था में जीवन का चीत्कार निकालता हुआ दूसरी ओर निकल गया । तब मुझे एहसास हुआ कि ठेकेदार साहब के काल्पनिक व्याख्यान का एक मात्र श्रोता साइकिल का यह डगमगाता हैंडिल था, कि मैं इन नए स्वतः वित्तपोषित मकानों की क़तार के पास सड़क की भयंकर भीड़ में जूझता हुआ सकुशल सानंद पहुँच गया हूँ ।

ठेकेदार साहब ग़ैरहाजिर । ग़ैरहाज़िरों में ए.ई. साहब, जे. ई. साहब भी । मिस्त्रियों की मदद के लिए दिहाड़ी मज़दूरों में वे दो बूढ़े पति-पत्नी मौजूद, जो कुछ दिन पहले जसोदा के साथ शंकरगढ़ गए थे । और जसोदा भी, जो सीमेंट मिला मसाला फुर्ती के साथ छत पर पहुँचाने के लिए सड़क की पटरी पर तसलों में भर रही थी । और उसका बच्चा ? चार-पाँच महीने की वह चीज़—पता नहीं किस दवा, किस टोटके या किस तर्क के सहारे तंदुरुस्त चेहरा, काजल से पुता, आसमान को देखता हुआ, दोनों पाँवों से पहले की तरह आसमानी साईकिल चलाता हुआ । पहलेवाला ही गाना गा रहा था : गीं, गीं, गीं, गीं, गीं, गीं, गीं, गीं, गीं ।

मिस्टर सत्ते, भूतपूर्व रईस, भूतपूर्व पर्वतारोही, गंदी कमीज़ और उससे भी ज्यादा गंदे पतलून में—मगर ऊपर से वही ए और ए बटा ए वाली जर्किन डाटे हुए—साईकिल खड़ी करके सब समझ गए । जसोदा लौट आई है; उसके साथ जानेवाले मज़दूर भी शंकरगढ़ से लौट आए थे ।

''तुम कब आईं ?'' के जवाब में जसोदा ने मेरी ओर मुँह नहीं किया । फ़ावड़ा मेरी ही ओर चलता रहा ।

''तेरी आँखें हैं कि सीप के बटन ? देखती नहीं, मैं तेरे आगे खड़ा हूँ । तुझसे पूछ रहा हूँ, कब आईं ? वहाँ से लौट क्यों आईं ?''

''मुंसी, काहे को परेसान करते हो ? क्यों न लौट आती ? वहाँ कौन है मेरा ?''

''धन्ना नहीं था ?''

''मर गया धन्ना ।''

नेता के छोटे भाई धन्ना के इस सुखांत से इत्मीनान नहीं हुआ । फिर पूछा, ''क्या हुआ धन्ना को ?''

''मर गया । मेरे लिए हमेशा को मर गया ।''

तब, जब मिस्त्री ने गाँजे की चिलम सुलगाई, कोई मज़दूर उनके लिए पान लाने को भागा, उस बूढ़े मज़दूर की बीवी ने रुक-रुककर एक वक्तव्य को संशोधित करते, दूसरे को निरस्त करते, सारी कथा सुनाई :

''अभागिन है ।

''हम लोग वहाँ से पाँव-पाँव स्टेशन गए । वहाँ से रात-भर गाड़ी पर चढ़े-चढ़े प्रयागराज गए । संगम नहाया । फिर गठरी-बठरी लादे बस तक गए । बड़ा ख़र्चा पड़ा । बस से शंकरगढ़ । वहाँ से फिर पाँव-पाँव चले, पहाड़ी के पत्थर जहाँ तोड़े जा रहे थे, वह कई कोस था । चलते-चलते-चलते-चलते, साँझ हो गई । तब वहाँ पहुँचे ।

''रहने का कोई ठौर-ठिकाना नहीं । हम लोग पंद्रह जन थे । पेड़ के नीचे पड़े रहे ।

''रात को धन्ना आया । नसे में धुत्त । ऐसा नालाय
क कहीं नहीं देखा । भाई के मरने का हाल वहाँ तक पहले पहुँच चुका था । पर आँख में आँसू नहीं । खिलकर बोला, 'भला हुआ भौजाई जो तुम आ गईं । अब यहाँ से कहीं न जाना ।'

''अपनी मड़ैया में जसोदा को ले गया । नालायक़ है । बड़ा ही कुचाली । हाल-चाल तो पूछे नहीं, इसकी बाँह पकड़कर घसीटने लगा । मड़ैया में बड़ा रोर मचा । सब इकट्ठा हो गए । जसोदा वहाँ कैसे रहती । वह कुचाली 'भौजी-भौजी' करता रहा । जसोदा वहाँ से निकल आई । रात-भर पेड़ के नीचे हमारे साथ पड़ी रही ।'यह जो धन्ना है, उसमें नेतावाली बात नहीं । सुरू से ही ऐसा था । गँजेड़ी, नसेड़ी । नसे में बहन-बिटिया का भी लिहाज़ नहीं । जसोदा रात-भर हमारे साथ पड़ी रही । रोती रही ।

''सबेरे दूसरी आफ़त । यहाँ से हमारे पीछे-पीछे उसी गाड़ी से दस-बारह मजूर भी शंकरगढ़ चले आए थे । वे सब हमारे ही साथ पेड़ के नीचे रात-भर पड़े रहे थे । हम जानते थे कि हमारा पीछा ऐसे ही नहीं छूटेगा, पर सोचते थे कि सरदारों में समझौता हो जाए तो यहाँ से छुट्टी मिल जाएगी । पर ऐसा नहीं हुआ । यहाँ जो हमारा सरदार है, उसके दो आदमी वहाँ पहुँच गए । हमें काम से रोक दिया । कहा, पहले पेसगी का रुपिया वापस करो । जसोदा के आदमी को यहाँ आने के लिए उन्होंने पाँच सौ रुपिया दिया था । कुछ दे भी चुका था । उस पर बारह सौ निकाले । हम बूढ़े-ठिहरे दो जने । हम पर पंद्रह सौ निकाले । उधर के सरदार ने कुछ देना चाहा । पर ये राज़ी नहीं हुए । बड़ा झगड़ा मचा, बड़ा झगड़ा । इधर से अपने सरदार के आदमी, उधर का वह

सरदार। हम भी बहुत रोए-गाए। कुच्छ नहीं हुआ। फिर उधर का सरदार बोला, 'ऐसा ही है तो ले जाओ इन सबको। फिर कभी इधर आए तो टाँगें तोड़ दूँगा।' पर मुंसी, कौन किसकी टाँगें तोड़ता है? सरदार-सरदार आपस में मिले हुए हैं। जितना चाहें, हड्डियों को दलें, पीसें। हम लोग दूसरे ही दिन वापस लौट आए।''

सबेरे ज़मीन के लिए चार हज़ार रुपए की ख़याली रक़म खींचकर और बाद में जो डेढ़ लाख रुपए की बिकेगी, उस ज़मीन का इंतज़ाम करके मैं रईस बन चुका था। आगे-पीछे-दाएँ-बाएँ जो भी था वह सिर्फ़ कड़कड़ाते नोटों का ढेर था। इस हवा में रंतिदेव-हरिश्चंद्र-कर्ण बनने में मुझे देर नहीं लगी। मैंने कहा, ''अगर सिर्फ़ बारह सौ रुपयों की बात है तो उसका जुगाड़ मैं कर लूँगा। जसोदा धन्ना के साथ जाकर रहना चाहे तो चली जाएँ, सब ठीक कर दूँगा।''

बुढ़िया ने कहा, ''तो तुम्हीं उससे पूछ लो मुंसी।''

जसोदा सब सुन रही थी। मैंने कहा, ''तुम उसका मन ले लो। मैं क्या पूछूँ?''

जवाब जसोदा ने दिया। पर मुझे नहीं, बुढ़िया को, ''मुंसी की बहन है न गाँव में! उनसे कह दे कि वे उसी को धन्ना के पास भेज दें। मेरे लिए काहे को हलाकान हो रहे हैं?''

शाम को जब जाड़े की असली हवा पच्छिम से आई, मैंने आँखें उठाकर आसमान की ओर निहारा। साफ़-सुथरा, मँजा-पुँछा आसमान। झिलमिलाती हवा। गाँव की याद आई। ईंटों के एक चट्टे पर बैठ गया। मज़दूर काम बंद करके जा चुके थे। बंबे पर कुछ हाथ-पाँव धो रहे थे। उनमें जसोदा भी थी। तब एक दुबला-पतला, काला-काला आदमी स्कूटर से हमारे पास आया, स्कूटर पर बैठे ही बैठे बोला, ''तुम्हारा ही नाम संतोषकुमार है?''

सभी सत्ते कहते हैं, इसलिए संतोषकुमार सुनकर बाइज़्ज़त दीखने का मन हुआ, पर उसने 'आप' की जगह 'तुम' कहा था। डेली पैसेंजरों के गोल में जो कड़क अपने आप गले में उभर आती है, उसका सहारा लेकर बोला, ''मैं ही हूँ। तुम्हें किसने भेजा है?''

स्कूटर खड़ा करके वह मेरे पास आया, खड़ा रहा। मैं चट्टे पर बैठा रहा। वह बोला, ''गायत्री टावर में यह क्या गोलमाल हो रहा है?''

मैंने भी सुना था। इंजिनियर साहब के एक आदमी ने किसी मज़दूर पर हाथ उठा दिया था। उसका सबसे ज़्यादा विरोध किया था—और किसी ने नहीं—एक जुम्ले में सौ बार 'सरकार' कहनेवाले मिस्त्री ने। कुछ झमेला हुआ था जो अभी शायद सुलझा नहीं था। मुझे अभी तक वहाँ जाने की फ़ुरसत नहीं मिली थी।

''क्या हो रहा है?'' मैंने हेकड़ी से पूछा और इस तरकीब से बताया कि वहाँ कुछ नहीं हो रहा है। फिर पूछा, ''तुम किसके आदमी हो?'' और इस तरकीब से बताया कि मैं तुम्हें आदमी नहीं ज़्यादा से ज़्यादा एक पोस्टकार्ड समझता हूँ। वह ग़ौर से मेरी ओर

देखता रहा, फिर मेरे ही पास चट्टे पर बैठ गया।

"निर्माण-निगम के श्रीवास्तव साहब को जानते हो?" उसने पूछा।

"जानता हूँ। अभी हाल ही में जाना है। वहाँ के कर्मचारियों की यूनियन के वे मंत्री हैं।"

"तो तुम श्रीवास्तव के आदमी हो?" मैंने पूछा।

उसने चिढ़कर जवाब दिया, "आदमी-आदमी क्या लगा रक्खा है? मैं किसी का आदमी नहीं हूँ। हम सब मिलकर साथ काम करते हैं।"

भौंहें चढ़ाकर, आँखें सिकोड़कर—फिर उसी डेली पैसेंजरी वाली अदा में मैंने पूछा, "कौन-सा काम?" जैसे पूछ रहा होऊँ कि जेब काटते हो या सेंध मारते हो।

जो कहा नहीं था, उसने शायद वही सुना। उठकर खड़ा हो गया। बोला, "तुम्हारा नाम मैंने सुन रक्खा है। ज़्यादा काँव-काँव करोगे तो इसी चट्टे पर तुम्हें पटककर सारी अकड़-फूँ निकाल दूँगा।"

अब मैं भी खड़ा हो गया। अकेला था, थोड़ा हिचका और अपने मन को तौलने लगा कि युद्ध की घोषणा हो जाने के बाद मैं इसे पटक पाऊँगा या नहीं। चूँकि ध्यान अपने पक्ष की शक्ति-समीक्षा में लगा था इसलिए मुँह से कुछ नहीं बोला।

उसने कहा, "घंटे भर से तुम्हें खोज रहा हूँ। श्रीवास्तव साहब ने कहा है कि ये तुम्हारी यूनियन-शूनियन यहाँ नहीं चलेगी। मज़दूरों की सिर्फ़ एक यूनियन होनी चाहिए। इन इकन्नी-दुवन्नीवाली यूनियनों से सिर्फ़ तुम्हारे जैसे टुकाची नेताओं का भला चाहे हो जाए, मज़दूरों का भला नहीं होना है। निर्माण-निगम की यूनियन में ही तुम लोगों को मिल जाना चाहिए। सुन रहे हो कि नहीं?"

मैं उतना सुन नहीं, जितना देख रहा था। हाथ-पैर धोकर मज़दूर वहाँ से चले गए थे। मेरे पास एक अधबने बरामदे में जसोदा का बेटा एक चीथड़े पर पड़ा था और गीं-गीं-गीं का गाना बंद करके सो रहा था। जसोदा खंभे से टिकी हमारी बात सुन रही थी। बुढ़िया बच्चे के पास बैठी थी।

मैंने कहा, "श्रीवास्तव से कह देना, मुझसे बात कर ले।"

"उन्होंने कहा है कि तुम कल तक उनसे बात कर लो। ग्यारह बजे निर्माण-निगम के दफ्तर में आ जाना। और देखो, श्रीवास्तव साहब के सामने तमीज़ से बात करना।"

अपने को क़ाबू में किया, कहा, "ठीक है, ठीक है। तुम अपनी चपरासगीरी कर चुके, अब चलते-फिरते नज़र आओ।"

इस बात ने उसे उखाड़ दिया। पैंतरा बदलकर वह मेरे सामने आ गया, बोला, "मैं तो जा रहा हूँ साले; पर समझ ले साले, अगर यह गायत्री टावरवाला गोलमाल कल तक ख़त्म नहीं हुआ तो, साले, तुझे हलाल कर दूँगा साले! अपने को समझता क्या है साला!"

कोई हल्का-फुल्का मौक़ा होता तो साले के इस बेतहाशा प्रयोग पर कोई वाजिब जुम्ला रसीद करता, पर मामला संगीन बन चुका था। 'साले' 'साले' कहते हुए उसने

अपनी नाभि के पास बुशशर्ट के अंदर हाथ ले जाकर एक छुरा निकाल लिया था। फ़िल्मों में जैसे बटन दबाते ही छुरे का ब्लेड उछलकर तन जाता है वैसा तो नहीं हुआ, पर जब मैंने उसके हाथ की ओर देखा तो वहाँ छुरा—अपनी पूरी लंबाई-चौड़ाई के साथ शाम के धुँधलके में भी चमक रहा था।

मैंने अपना दायाँ हाथ धीरे-से पीछे ले जाकर चट्टे के ऊपर की एक ईंट टटोलने की कोशिश की।

''तिमाक ठीक रक्खो साले,'' कहकर उसने आँखें तरेरीं, जोश में निकला हुआ 'दिमाग़' 'तिमाक' होकर रह गया। मैंने धीरे-से साँस छोड़ी, क्योंकि उसकी बकवास से मुझे पता लग चुका था कि यह सिर्फ़ धमकाना चाहता है; गुंडागर्दी के अखाड़े का यह पहलवान नहीं है, सिर्फ़ लतमरुआ है।

पर जसोदा को गुंडागर्दी के इन नफीस फ़र्कों का पता नहीं था। उसने सचमुच ही समझा होगा कि यह गुंडा मेरे ऊपर छुरे का वार करना चाहता था। इसीलिए जब वह 'तिमाक' ठीक रखने की हिदायत देने के बाद मुझे फिर से गायत्री टावर का गोलमाल ख़त्म कराने की सलाह देने लगा तो जसोदा ने तेंदुए की सी तेज़ी से उस पर झपट्टा मारा। पता नहीं, उसकी जकड़ में कैसा कसाव था, छुरा उसके हाथ से पके हुए जामुन जैसा चू पड़ा। जसोदा को झिंझोड़कर जब तक उसने अपने को छुड़ाया, तब तक छुरा मेरे हाथ में आ चुका था और जसोदा उससे दूर हटकर बरामदे में पहुँच चुकी थी। बुढ़िया चिल्लाने लगी थी।

जैसा कि होना चाहिए था, मैंने पूरी ताकत से छुरे को सड़क के दूसरी ओर फेंक दिया। वह थोड़ी देर भौंचक खड़ा रहा, फिर स्कूटर की ओर बढ़ते हुए बोला, ''समझ लूँगा।''

'साले' कहने की अब मेरी बारी थी। कहा, ''समझ होगी तभी तो समझेंगा साले।''

छुरा खोजने के लिए उसने कोई अभियान नहीं छेड़ा। यह तय है कि इसकी जड़ में छुरे के बारे में उसकी अनासक्ति नहीं थी, उन मज़दूरों की आवाज़ें थीं जो बुढ़िया की चिल्लपों सुनकर दौड़ पड़े थे। देखते-देखते वह स्कूटर पर हचककर बैठ गया और गालियाँ देता हुआ तेज़ी से चला गया।

तीन-चार मज़दूर इकट्ठे हो गए थे। मैं जसोदा का वह फ़ौलादी हाथ पकड़- कर, जिससे उसने उस आदमी के हाथ का छुरा गिराया था, धन्यवाद भी नहीं दे सकता था। धन्यवाद के रूप में कुल इतना किया कि उसके पास थोड़ी देर खड़ा रहा और मज़दूरों की 'क्या है ? क्या हुआ ?' का जो जवाब जसोदा दे रही थी, उसे सुनता रहा। आखिर में, ''अँधेरा हो गया है मुंसी, अकेले मत जाओ।''

तब मैंने दोनों हाथों से उसका दायाँ हाथ पकड़कर ऊपर उठाया, उसकी कलाई दबाई, कहा, ''झाँसी की रानी की कलाइयाँ ऐसी ही रही होंगी।'' मेरी बात उसने समझी हो या नहीं, पर यह एहसान ज़रूर किया कि अपना हाथ झटका देकर खींचा नहीं।

5

अखबारों में पढ़ा करते हैं कि उस आदिवासी स्त्री ने कुल्हाड़ी के वार से आदमख़ोर तेंदुआ मार दिया और गाँव की इस छोकरी ने अपनी बहादुरी से डाकुओं के हमले को नाकाम कर दिया। झाँसी की रानी का इतिहास पढ़ा है, उपन्यास भी; और, भले ही अंत्याक्षरी के लिए हो, 'खूब लड़ी मरदानी'-जैसी कविताएँ भी। जिस एक क्षण में जसोदा ने उस गुंडे पर झपट्टा मारा और उसके हाथ के छुरे को ज़मीन दिखाई, उसमें ये सारी ख़बरें, सारा इतिहास, सभी कथाएँ और कविताएँ एक साथ मेरे लिए शब्दों का जामा छोड़कर ज़िंदा खड़ी हो गईं। यह तो नहीं कह सकता कि जसोदा ने मेरी जान बचाई थी क्योंकि उस संक्षिप्त घटना में मुझे किसी भी क्षण अपनी जान का असली ख़तरा नहीं जान पड़ा था, पर अपनी ओर से उसने जो किया था वह उसकी जान के जोखिम का काम था और यह जोखिम उसने मेरी जान बचाने के लिए उठाया था।

काम पर से विधायक-निवासवाले कमरे की ओर लौटते हुए मेरा ध्यान जसोदा पर था, पर थोड़ी ही देर में वह घटना की दूसरी सुर्ख़ियों पर ढल गया। एक तो यह कि वह छुरेबाज़ असली आदमी न था। उसने जो नौटंकी दिखाई, उससे आतंक तो पैदा हुआ था पर उसका छुरा देखकर मुझे जान का ख़तरा नहीं लगा था। शादी अभी नहीं हुई है पर बारातों में जरूर गया हूँ। यानी खुद कभी छुरेबाज़ी नहीं की पर छुरेबाज़ी का तमाशा रेलगाड़ी में, चौराहों पर, सिनेमाघरों के सामने देख चुका हूँ। छुरा भोंकनेवाले उसे हवा में लहराकर 'साले' 'साले' का डिस्को नहीं करते। यह पलक झपकते शुरू होने और ख़त्म होनेवाला खेल है। छुरा हाथ में निकालकर भी उसने मुझे इतना मौक़ा दे दिया था कि मैं चाहता तो गुम्मा फेंककर उसकी खोपड़ी तोड़ देता। जसोदा का जीवट अपनी जगह है और वह झाँसी की रानी की कहानी को हम-जैसों के लिए सार्थक बनाने को काफ़ी है; पर खुद गुंडा न होते हुए भी मैं इतना समझ सकता हूँ कि गुंडागर्दी के अखाड़े में उस आदमी को अभी मिट्टी गोड़ने का काम भी भरोसे से नहीं सौंपा जा सकता।

पूरी बात पर ग़ौर करने से लगा कि मुझे डरकर रहने की ज़रूरत नहीं है, पर थोड़ा सतर्क होकर रह लिया जाए तो कोई नुक़सान नहीं होगा। सतर्क होने का एक ढंग यह होगा कि मैदान ही छोड़ दिया जाए, पर जिस मैदान में मैं जानबूझकर आया नहीं, जो ख़ुद सपने के अनहोने दृश्य की तरह अपने आप मेरे चारों ओर फैल गया है और जिसमें

मैं अपने-आपको भटकता हुआ पा रहा हूँ, उसके लिए एक अजीब-सा खिंचाव भी है और उसकी लंबाई-चौड़ाई की, अनजानी जगहों में छिपे हुए गड्ढों की गहराई की, पड़ताल किए बिना मैं शायद उसे नहीं छोड़ सकता। एक बात यह भी है कि मैदान में आने के पहले मैं जहाँ था वह भी इसी मैदान का विस्तार-भर था; भले ही तब मैं इसे पहचान न पाया होऊँ क्योंकि वे किशोर उत्तेजना के दिन थे जो हमें बसंती हवा और जेठ की लू में फ़र्क़ करने से रोकते थे। मैदान तब भी यही था, सिर्फ़ इसका एहसास न था। अब, झटके से नींद टूट जाने के बाद नींद में चलनेवाले किसी आदमी को अचानक अपने आसपास की वीरानगी पर भले ही हैरत हो रही हो पर उसे जानना चाहिए कि वहाँ शुरू से ही सबकुछ ऐसा ही था, कि वह खुद शुरू से यहीं पर था। न यहाँ वह कहीं से भागकर आया है, न यहाँ से कहीं भागकर जा पाएगा। वह चाहे या न चाहे, यही उसका चिरंतन मैदान है।

सोचा और बोर हो गया! यानी, इतनी देर तक मैदान में आने, या न आने, या वहाँ पहले ही से मौजूद होने, उसे छोड़कर भागने, या न भाग सकने और मैदान में निरंतर चलते रहने का जो घटाटोप मैं बना रहा था, वह सिर्फ़ सिनेमा के गानों और नेताओं के चौराहा-छाप भाषणों की अनुगूँज-भर थी! वही साला धर्मक्षेत्र, कर्मक्षेत्र, रंगभूमि, कर्मभूमि का घिसा-घिसाया, पिटा-पिटाया रूपक! कुल मिलाकर, 'ऐकला चलो रे' और 'चल-चल रे नौजवान' का स्कूली कोरस! और किसके लिए? सत्ते की और उसी के जैसे डेली पैसेंजरों की सींकिया टाँगों के लिए जो घुटनों के बल घिसटना छोड़ते ही तेज़ी से दौड़ने लगी हैं, ऊटपटाँग राहों में बराबर चलती रही हैं और जवानी की दहलीज़ तक आते-आते लड़खड़ाने भी लगी हैं। क्या मज़ाक है कि 'चल-चल रे नौजवान' का उद्‌बोधन मेरे लिए! और उनके लिए ऐसा कोई उद्‌बोधन नहीं जो बोल फूटते ही चले नहीं, बल्कि उड़ने लगे थे, जिनके लिए उम्दा पब्लिक स्कूलों की डार्मिटरी, नेल्सन हाउस या टैगोर हाउस, अलामती कोट और टाई, नाज़-अंदाज़-रफ़्तार-गुफ़्तार की चौबीसों घंटे सीख, फिर कोई आई. आई. टी. में कोई यम. आई. टी. में, कोई बहुराष्ट्रीय कंपनी में! फिर छलाँग लगाकर पाई गई संसद-सदस्यता, अजब नहीं कि कोई मिनिस्टरी, फिर कुर्ते-पायजामे-सदरी या सफ़री सूट या साफ़ा-शेरवानी या किसी भी बहुरूपिया पोशाक में मंच पर खड़े होकर जनता के लाभ के लिए देश की अखंडता और एकता की टें-टें! और हम जैसे लड़खड़ाती टाँगों और चुचके गालवाले बेरोज़गारों के लिए गलियारे पाटकर कच्ची सड़क बनाने के लिए ग्रामीण बेरोज़गारी निवारण योजनाओं का उद्‌घाटन! ठीक है, चलो कुछ साल तक यही सही! चल-चल रे नौजवान! काट इसी मैदान के चक्कर! छोड़ना भी चाहेगा तो यह कैसे छूटेगा!

दिमाग़ बहक रहा था। बैलगाड़ी गलियारा छोड़कर गड्ढे में जा रही थी; उसे रोका, लीक पर लाए। तय किया कि भला लगे या बुरा, मैदान में ही रहना है। पर सँभलकर रहना है। उसका तरीक़ा यह होना चाहिए कि सुरक्षा के लिए निजी सेना तैयार कर ली जाए; यानी झगड़ा-झंझट झेलने के लिए यूनियन में शुरू से ही जिन सूरमा डेली पैसेंजरों

को रखा था, उनका आह्वान किया जाए। पर खोपड़ी के जिस ख़ाने में यथार्थ का गूदा भरा हुआ है उस पर रेंगते हुए किसी कीड़े ने कहा कि अभी ऐसी चिल्ल-पों की दरकार नहीं है। बेमतलब की नौटंकी करने से क्या लाभ, कुछ दिन हवा का रुख़ अभी और परखा जाए।

विधायक निवास में रात बिताकर जब दूसरे दिन काम के लिए निकला तो मैं साईकिल पर था। साथ में रिक्शे पर एक फ़ोल्डिंग चारपाई, एक मोढ़ा, एक छोटा ट्रंक और चल-चल रे नौजवान की जीवन यात्रा से जुड़ा हुआ कुछ और अंगड़-खंगड़ था। सबकुछ कई महीनों के उपहार-उधार और उखाड़-पछाड़ के सिद्धांत से हासिल किया गया था। ठेकेदार साहब के मकानों में दो-चार लगभग पूरे हो चुके थे। उन्हीं में से एक में फ़िलहाल मुझे रहना था। मैं तय कर चुका था कि प्रेमबल्लभ से मुझे अगर यूनियन की धरोहर वसूलनी है तो उसके साथ अब मेरे प्रेमपूर्ण बिलगाव का समय आ गया है।

पिताश्री खटिया पर लेटे हुए खाँस रहे थे। मुझे देखते ही गाली देकर बोले कि इतने दिन वहाँ शहर में क्या उखाड़ रहे थे। यहाँ दुश्मनों ने पुवाल जैसा पीटकर रख दिया, तुम नालायक मुँह दिखाने तक नहीं आए। हमारे बाप से कोई ऐसा सुलूक करता तो उसकी हड्डी-पसली का अब तक पता न चलता।

पिताश्री और चाहे जो कुछ करें, अपनी छवि के बारे में आपको कभी निराश नहीं करेंगे। सभी तरह के रोगों से जकड़े हुए; सारी दुनिया से सताए हुए, सारे कुटुंब से ठुकराए हुए और इसके बावजूद अपनी चिरंतन नाराज़गी को बड़े जतन से बचाए हुए एक असंतुष्ट बूढ़े की छवि। उससे न मुझे उत्साहित होना था और न मैं हुआ। खटिया के पास जाकर उनके पाँव छुए, फिर सिरहाने आकर उनका मत्था छुआ। उधर उन्होंने आशीर्वाद में घुड़की और बामशक़्क़त खाँसी के मेलजोल से एक 'खुँहुँक' निकाली। मैंने कहा, ''इस वक़्त तो बुख़ार नहीं है।''

''रात-भर देह तवे जैसी तपती रही है। तुम्हारे लिए कुछ है ही नहीं।''

मैं जानता था कि इसके बाद उनकी प्रिय शिकायत सुनने को मिलेगी : 'मर जाऊँगा तभी समझोगे कि मुझे कुछ हुआ था। मेरे जीते-जी कभी मानोगे ही नहीं कि मुझे कुछ हो रहा है।' इसके पहले कि मुझे यह इस बार भी सुनने को मिले, मैंने पूछा, ''यह मारपीटवाला माजरा? क्या हुआ?''

तब तक माँ मुझे खींचकर अंदर ले गईं, बोलीं, ''मैं बताती हूँ।''

बहन ससुराल चली गई थी, घर में माँ और बड़े भैया का परिवार भर था। छप्पर के नीचे चबूतरे पर मैले गद्दे और चीकट रज़ाइयों के दो पलँग पड़े थे। एक पर मैं बैठा, दूसरे पर बैठी हुई भाभी ने पूरी घटना बताई जिससे सिद्ध हुआ कि यह वैसी कोई घटना नहीं, घटना की शुरुआत भर थी जो शुरू में ही ख़त्म हो गई।

चाचा से चकबंदीवाला जो मुक़दमा चल रहा था, उसमें परमात्मा जी की सलाह के अनुसार, चकबंदी अफसर को भैया ने घूस दे दी थी। उसे चाचा से और बड़ी घूस मिली

थी, पर, जैसा कि परमात्मा जी का तर्क था, हमारा मुक़दमा मज़बूत होने के कारण अफसर हमसे छोटी घूस लेने को राज़ी हो गया था। इस पर पता नहीं कि चाचा उससे अपना रुपिया वापस ले पाए या नहीं, उन्होंने चकबंदी अफसर की निष्पक्षता के ख़िलाफ ऊपर दरख़ास्त लगा दी और मुक़दमा किसी दूसरे अफसर के यहाँ भेजे जाने की प्रार्थना की। यहाँ मुक़दमे में पूरी कार्रवाई ख़त्म हो चुकी थी, दोनों ओर से बहस सुनी जा चुकी थी, मुक़दमा फ़ैसले के लिए पक चुका था और शायद दो में से किसी पक्ष से या दोनों पक्षों से कुछ और रक़म ऐंठने के इंतिजार में—हाकिम फ़ैसला सुनाने के लिए पेशी पर पेशी देता चला जा रहा था। चाचा पैसेवाले हैं। उनको अफ़सर से अपना रुपिया वापस मिला हो या नहीं, वे सिर्फ़ हमारे रुपए पर पानी फेरने के लिए अपने रुपए को पानी में डुबोने को तैयार थे। इस हाकिम के इजलास से मुक़दमा हटा सकने से उनका दोहरा फ़ायदा होगा। शायद हम अपना रुपिया वापस न ले पाएँगे, यह चोट तो होगी ही, दूसरी चोट यह होगी कि दूसरे इजलास में जाने पर मुकदमा फिर साल-छह महीने के लिए अटक जाएगा।

चाचा ने गलत नहीं किया था। मेरे पास उनके जैसा पैसा, और उसी अनुपात में उनके जैसा मुक़दमेबाज़ी का बूता होता, और मेरा मामला भी उनके जैसा मरियल होता तो मैं भी यही करता और रुपए के बल्ले से बार-बार चौके मारकर दूसरे पक्ष को मैदान के एक छोर से दूसरे छोर तक दौड़ाता रहता। पर मेरे बाप इस सहज रणनीति को समझने को तैयार न थे। वे हमारे चचेरे भाई के आगे चाचा को उसी भरोसे से गालियाँ सुनाने लगे जो वे हमारे बारे में दिखाया करते थे। जवाब में चचेरे भाई ने उनकी पीठ पर दो डंडे मारे—ज़्यादा ज़ोर से नहीं, बस ऐसे कि बंडी की गर्द झड़ गई। शाम को भैया मारपीट में तेज़ न होते हुए भी जब रस्मी मारपीट के इरादे से उधर गए, तो चचेरे भाई की जगह ख़ुद चाचा जी मिले। उन्होंने अपने लड़के को नालायक़ बताया, अपने चचेरे भाई, यानी हमारे बाप के लिए पुनः एक आयुर्वेदिक तेल देने का प्रस्ताव किया जिसे चोट पर लगाकर सेंक करने का प्राविधान था और इस बात को दोहराते हुए खेद प्रकट किया कि ज़मीन-जायदाद होती है तो मुक़दमे भी होते हैं, पर उससे क्या खून का रिश्ता ख़त्म हो जाएगा? इसके बाद भैया की निगाह में बाप की इज्ज़त बहाल हो गई। पूरी बात सुनकर मुझे भी लगा कि पूरी घटना में चाचा, चचेरे भाई, भैया सभी की भूमिका ठीक ही रही है। हमारे बाप ने भी कुछ अस्वाभाविक नहीं किया था। अगर उन्होंने अपने चचेरे भाई के कुटिल, कपटी व्यवहार से दुखी होकर उसे गालियाँ दी थीं तो गाँव की आचार-संहिता के हिसाब से वह भी ठीक था।

ठीक बस यह नहीं था कि मुक़दमा झमेले में पड़ गया। अब मुझे ही परमात्मा जी से राय लेकर अपने तहसीली हैसियतवाले वकील को समझाना पड़ेगा और पूरी कोशिश करके इस मुक़दमे को इसी घूसख़ोर चकबंदी अफ़सर के पास रुकवाना होगा।

अँधेरा हो जाने पर बड़े भैया चकबंदी दफ़्तर से वापस आए। आते ही सीधे कोठरी

में घुस गए—पीछे-पीछे भाभी। यह उनकी पुरानी आदत है। घर लौटते ही उनका पहला काम यह है कि जो दिन में कमाया है उसे प्रिय पत्नी के हाथ में सौंप दो। महीने-भर बाद जो तनख़्वाह मिलती है उसका पचास फ़ीसदी बाप के हाथ में रखते हैं, पाँच फ़ीसदी माँ के हाथ में। अच्छे कमाऊ पति और पूत की सभी अलामतों से लैस हैं।

जब कोठरी से बाहर निकले तब उन्होंने मुझे देखा। हालचाल पूछकर बोले, "कब तक हो?"

कल सवेरे जाना चाहता था पर मुँह से निकला, "अभी रातवाली गाड़ी से निकल जाऊँगा। तुम्हीं से एक काम था, बाहर आओ तो बताऊँ।"

बाहर आकर उनके आगे चार हज़ार रुपयों की समस्या प्रस्तुत की। वे सोचते रहे। मैंने कहा, "ऐसा मौक़ा फिर न मिलेगा। दो-चार साल में वह ज़मीन डेढ़ लाख रुपए की बिकेगी।"

उनका सोचना कम नहीं पड़ा। बोले, "मेरे पास तो कानी कौड़ी भी नहीं है।" फिर नए सिरे से कुछ और सोचा। अंत में बोले, "तुम्हारी भौजाई के पास शायद पड़ा हो। ऐसा क्यों नहीं करते? यह ज़मीन उन्हीं के नाम से ख़रीद लो।"

"परमात्मा जी सिर्फ़ मुझी को ज़मीन देने पर राजी हुए हैं। भौजाई के लिए तैयार न होंगे।"

"बड़ी मुश्किल है।" कहकर वे धीरे-से उठे। मुश्किल मैं समझता था। भौजाई के पास रुपिया पड़े होने की संभावना बताकर उससे मुकरना मुश्किल था। वे अंदर जाने लगे, बोले, "देखो, मान जाए तब है। उसी से माँगता हूँ।"

मैं बाहर अँधेरे में बैठा हुआ पेड़-पौधों की, निश्चल बँधे जानवरों की धुँधली आकृतियाँ देखता रहा, डकैतों के किसी गिरोह के हमले की आशंका में, यह जानते हुए भी कि आशंका झूठी है, जवाबी हमले की ख़याली तैयारियाँ करता रहा। थोड़ी देर बाद भैया लालटेन लिए हुए दरवाज़े तक आए, पुकारकर मुझे अंदर बुलाया।

वहाँ छप्पर के नीचे बैठकर उन्होंने चार हज़ार रुपए के नोट गिने, उन्हें एक लिफ़ाफ़े में सहेजकर रखा और लिफ़ाफ़ा मेरे हाथ में पकड़ा दिया। सबकुछ इतनी आसानी से हुआ कि मुझे लगा कोई सपना देख रहा हूँ। पर उसके बाद की कार्रवाई सपने का हिस्सा न थी। उन्होंने सिरहाने रखा हुआ कागज़ उठाया और उसे मेरे आगे रख दिया, बोले, "इस पर दस्तख़त भी कर दो।"

भाभी की ओर से लिखाया गया प्रोनोट था। मैं उसे देखता रह गया। भैया बोले, "ब्याज की दर जो चाहो सो लिख दो।"

उनकी आवाज़ में बड़ा अपनापा था, झेंप या शर्म जैसी चीज़ उससे उतनी ही दूर थी जितनी घृणा या नाराज़गी। मैंने कहा, "तुम बड़े घटिया आदमी हो भैया, अपने सगे भाई से प्रोनोट लिखा रहे हो।"

वे ज़रा भी उत्तेजित नहीं हुए। बोले, "अभी लड़के हो, तुम्हारी समझ में नहीं आएगा।"

मैंने दस्तख़त कर दिए, कहा, ''ब्याज की दर तुम ख़ुद भर लेना।''

उन्होंने गहरी साँस ली। समझाने लगे, ''जमाना बड़ा ख़राब लगा है। कोई किसी को एक कौड़ी नहीं देता। तुमने एक बार कहा और तुम्हारी भौजाई ने जो कुछ पास में था, निकालकर तुम्हारे आगे धर दिया। इसका एहसान तो मानते नहीं हो, ऊपर से मुझे घटिया आदमी कह रहे हो!''

भाभी रसोईघर में थीं, पुकारकर बोलीं, ''खाना तैयार है।'' फिर सबको सुनाते हुए स्वगत भाषण : पूरा घर झाड़-पोंछकर अपनी कमाई दूसरों को लुटा रहे हैं। और जब अपने ऊपर पड़ेगी तो कोई पानी को भी नहीं पूछेगा।

भैया बोले, ''चलो, रोटी खा लो। और, यह सब लेकर जाना है तो रात को मत जाओ। सवेरे निकल जाना।''

ठेकेदार साहब से दो दिन की छुट्टी लेकर तहसील, चकबंदी दफ़्तर, सब-रजिस्ट्रार के दफ़्तर और आयकर अधिकारी के चक्कर काटता रहा। जो ज़मीन बेच रही थी यानी सावित्री, उसको यह प्रमाण पत्र देना था कि वह इनकम टैक्स नहीं देती या देती है तो उसका कोई भुगतान बाक़ी नहीं है। किसी इंस्पेक्टर को कुछ ले-देकर यह प्रमाणपत्र दिलवाया गया। चकबंदी दफ़्तर से प्रमाणपत्र लेना था कि जमीन चकबंदी के बाहर है। वहाँ घूस नहीं देनी पड़ी, सिर्फ़ दस्तूरी दी गई और परमात्मा जी के एक जूनियर वकील की दौड़-धूप से यह प्रमाणपत्र भी मिल गया। फिर तहसील से इस ज़मीन के बाज़ार-भाव का अनुमान पत्र लिया। उसमें भी परमात्मा जी का असर काम आया। अंत में सब-रजिस्ट्रार के यहाँ रजिस्ट्री हुई पर वहाँ से निकलते-निकलते जेब में चार हज़ार रुपए के ऊपर जो भी था वह खुक्ख हो गया, चपरासियों और बाबुओं ने ऐसी खुली लूट मचाई कि देह पर जो पतलून-कमीज़ बची थी, उसके लिए उन्हें धन्यवाद देना आवश्यक हो गया। चार हज़ार रुपए सावित्री के हाथ में पहुँचाकर जब परमात्मा जी के पास पहुँचा तो उन्होंने बधाई दी, कहा, ''खुशी की बात है कि तुम आज साहबे जायदाद बन गए।''

''इसी खुशी में अब मुझे पचास रुपए उधार दे दीजिए।''

पचास रुपए के नोट जब मैं बटुए में रख रहा था तभी उन्होंने कहा, ''रघुनाथ के बारे में कुछ सुना?''

पहले तो इस नाम के साथ किसी रूप की संगत ही नहीं बैठा पाया, फिर अचानक एक हरा ट्रेकर निगाह के आगे कौंध गया। परमात्मा जी ने बताया, ''उसका ऐक्सिडेंट हो गया है। सदर अस्पताल में उसे ले आए हैं। बचना मुश्किल ही लगता है।''

'पोयटिक जस्टिस' या दैवी दंडविधान की कहानियाँ नाटकों में पढ़ी थीं। पर इस ठोस धरती पर सचमुच ही कुछ ऐसा हो सकता है या हुआ है, यह सोचना मुश्किल था। विश्वास नहीं हुआ कि नेता की मौत का जिसे हम ज़िम्मेदार मानते थे, उसका विनाश

हमारे चाहने भर से हो जाएगा। बड़े-बड़े इंजिनियरों, दर्जनों छोटे-मोटे ठेकेदारों और दूसरे गिरोहबंदों का साथ, पुलिस की इनायत और जिसे सामान्य आदमी कहा जाता है, उसके दिल में पनपता हुआ असामान्य आतंक—ये सारे तत्व मिलकर जिसके लिए सुरक्षा-चक्र बनाए हुए थे, वह ऐसी आसानी से एक दुर्घटना में उलट जाएगा, यह सोचते ही मुझे परमपिता परमात्मा की असीम अनुकंपा याद आई। परमात्मा जी ने कहा भी, "तुम लोग तो भाई भगवान को मानते नहीं हो, पर हमारा तो यही विश्वास है कि उसके दरबार में देर भले ही हो, अँधेर नहीं है।"

मेरी तबीयत उफान पर थी। परमात्मा जी से सहमत होने के लिए ज़रा भी नहीं सोचना पड़ा। बोला, "वाह, भगवान के क्या कहने हैं! इस मामले में तो उन्होंने देर भी नहीं की। यह तो हमारी अदालतों ही में होता है। देर तो होती ही है, ज़्यादातर अँधेर भी हो जाती है।"

परमात्मा जी की गरदन पैंतालीस अंश के कोण पर घूम गई। आकाशी अदालत के मुक़ाबले पृथ्वीतल की अदालतों का हवाला उन्हें शायद अच्छा नहीं लगा। मैंने पूछा, "ऐक्सिडेंट हुआ कैसे?"

"यह सब मुझे नहीं मालूम," कहकर वे एक फ़ाइल उलटने लगे। मैंने उनके रुख के बदलाव को ताड़कर भी अनदेखा किया, पहलेवाली प्रसन्न मुद्रा को खींचते हुए उन्हें प्रणाम करके बाहर निकल आया।

सबकुछ कैसे हुआ, यह जानना मेरे लिए बहुत जरूरी था। एक प्रेमबल्लभ है जो ख़बरों और अफ़वाहों को सूँघकर पकड़ता है। वह होता तो पूरी बात बताता। पर वह अभी चुनाव-क्षेत्र से लौटा नहीं है। चुनाव आज हो रहा होगा। उससे कल या परसों ही मुलाक़ात हो पाएगी। तब मुझे ही खोजी पत्रकारिता के मैदान में उतरना पड़ेगा। यह सोचकर अस्पताल की ओर चला।

साइकिल की चेन उतर-उतर जाती थी। फ्रीव्हील की गोलियाँ कट गई थीं। उधर सड़क पर भीड़ का यह हाल कि वह एक मील चौड़ी होती तब भी कोई फ़र्क न पड़ता। किसी मैनहोल के ढक्कन के नीचे चिपके हुए तिलचट्टों की तरह सड़क पर पैदल, साइकिलें, स्कूटर-कार, रिक्शे-इक्के, टेम्पो, बसें, ट्रक—सब बेतरतीब सटे पड़े थे और चलते हुए भी एक स्थिर दृश्य बनकर रह गए थे। हर सवारी अपनी-अपनी आवाज़ में बोल रही थी और सब आवाज़ों को तोड़कर कुछ जांबाज मोटर साइकिल-सवार न जाने किस तरकीब से अपने से आगे की सवारी को पछाड़कर दायाँ-बायाँ देखे बिना निकले जा रहे थे। किसी तरह साईकिल घसीटकर फुटपाथ पर लाया जहाँ पर, जैसे सड़क पर सवारियाँ, वैसे ही पटरी पर दुकानदार इस तरह क़ब्ज़ा जमाए बैठे थे कि सुई की नोक भर ख़ाली ज़मीन के लिए क़दम-क़दम पर महाभारत करना पड़ा। बहुत दूर जाकर एक मरम्मत की दुकान पर साईकिल छोड़ी और पैदल ही अस्पताल की ओर चला।

फाटक के अंदर घुसते ही लगा कि कोई परम विशिष्ट मरीज चुनाव के मैदान से लौटकर अस्पताल में भरती हुआ है। कुछ साफ सुथरी गाड़ियाँ भी थीं पर ज़्यादातर

जीपें और धूल-सनी मोटरें, कुछ मिनी बसें, दर्जनों मोटर-साईकिलें सारे सहन को घेरकर अस्पताल को मुख्य चुनाव अधिकारी का दफ़्तर बना चुकी थीं। उन गाड़ियों में चिपके हुए पोस्टर ज़्यादातर एक ऐसे उम्मीदवार की सिफ़ारिश कर रहे थे जो सत्ता पार्टी के उम्मीदवार के ख़िलाफ़ खड़ा हुआ था। पर दो-एक गाड़ियाँ ऐसी भी थीं जिन पर सत्ता पार्टी के चुनाव का अभियान छाया था। लगभग सभी पोस्टर नुच चुके थे फिर भी कुछ की पकड़ इतनी पुख़्ता थी कि उनका संदेश आँखों को फोड़कर दिमाग़ तक सीधे पहुँच जाता था।

चुनाववाली लगभग सभी गाड़ियाँ लहूलुहान थीं। किसी का बंपर टेढ़ा हो गया था, किसी का रेडिएटर चू रहा था, कुछ के एक्ज़ास्ट पाइपों की दुम गिर गई थी। आगे-पीछे, दाएँ-बाएँ हर गाड़ी कहीं-न-कहीं चोट खा चुकी थी। यह और बात है कि जीपों के घाव उभरकर इतना ऊपर नहीं आए थे। कुछ जीपों में ड्राइवर लोग बैठे हुए ऊँघ रहे थे, कुछ अपनी या अपने मालिक की राइफ़ल या बंदूक सुहला रहे थे।

इमर्जेंसी वार्ड का बरामदा दर्जनों उत्सुक और चिंतित चेहरों से भरा था। वार्ड का दरवाज़ा बंद था और लोग उसके खुलने का इस बेचैनी से इंतजार कर रहे थे जैसे उसके खुलते ही चुनाव का मनपसंद नतीजा घोषित हो जाएगा और वे सब 'हमारे नेता जिंदाबाद' का नारा लगाने लगेंगे।

कुछ ड्राइवरों, घासखोदू कार्यकर्त्ताओं और बाहरी तमाशबीनों की बातें सुनकर, कुछ सुनाकर और कुछ पूछकर दुर्घटना का ब्यौरा इकट्ठा किया। कुछ कार्यकर्त्ताओं ने बड़े शोक और आक्रोश से चीख़-चीख़कर उसकी पूरी नाटकीयता को भी प्रकट कर दिया। 'खून का बदला ख़ून से लेंगे'-जैसे शहीदी नारे सुने। उन्हें शांत रहने की अपीलें भी सुनीं जो बरामदेवाले नेताओं ने आकर उनके शांतिलाभ के लिए प्रसारित कीं। काफ़ी देर बाद घटना का क्रमबद्ध रूप साफ़ हुआ और उसे अपनी कल्पना और अनुभव के जोड़ से मैंने पूरी तौर से समझ लिया।

रघुनाथ के मित्रों, सहायकों और प्रशंसकों को—क्योंकि विरोधियों की चौथी श्रेणी छोड़कर हर राजनीतिक महत्ववाले व्यक्ति की जान-पहचान का दायरा इन्हीं तीन श्रेणियों से बनता है— पूरा यक़ीन था कि यह दुर्घटना का नहीं हत्या का मामला है और एक ट्रक द्वारा पूँछ मारकर रघुनाथ के ट्रेकर को दुर्घटना के नाम पर सड़क से नीचे गिराया गया है।

गुंडों और गिरोहबंदों की दुनिया में ट्रक की पूँछ मारने का काम एक मनोरंजक युद्ध-क्रीड़ा है। इस खेल के नियम बड़े सीधे-सादे हैं। इसके अंत त आपको अपना ट्रक बड़ी तेज़ रफ्तार से सड़क पर चलाना चाहिए। आपके आगे अगर कोई छोटी गाड़ी या जीप जा रही हो तो ट्रक का हार्न पूरी आवाज सें बजाकर और एक से ज़्यादा हार्न हो तो उन्हें एक साथ बजाकर उस गाड़ी को सड़क के बिलकुल बाएँ या पटरी पर उतरने को मजबूर करना चाहिए। फिर ट्रक को उस गाड़ी से लगभग छुआते हुए उससे आगे बढ़ा ले जाना

चाहिए और उसी क्रम में ट्रक को कुछ और बाएँ करके इस चतुरता से अचानक दाएँ मोड़ना चाहिए कि ट्रक का पिछला हिस्सा मुड़ते-मुड़ते गाड़ी की दाहिनी साइड से या इंजिन के दाएँ हिस्से से टकरा जाए। ध्यान रहे कि इस खेल में ट्रक की पूँछ का छोटी गाड़ी पर इतना जोरदार धक्का लगे कि गाड़ी ड्राइवर के क़ाबू से बाहर जाकर किनारे किसी पेड़ से टकरा जाए या सड़क से नीचे उतरकर उलट जाए।

रघुनाथ का ट्रेकर इसी दूसरी हालत में जाकर रुका था।

चुनाव में प्रचार के साथ-साथ अनाचार की जो गहराई और ऊँचाई थी, उसके क़िस्से हम कई दिनों से सुनते आ रहे थे। सत्ता पार्टी के उम्मीदवार को, जिसे हर हालत में जीतना था, दूसरे साधनों के अलावा कई ऊँचे दर्जे के गिरोहबंदों का समर्थन मिला हुआ था क्योंकि गिरोहबंद सत्ता का समर्थन करके ही ऊँचे दर्जे में रह सकते हैं। विरोधी पक्ष के प्रमुख उम्मीदवार के साथ भी कुछ ऊँचे दर्जे के गिरोहबंद थे क्योंकि कुछ साल पहले वह भी सत्ता में था और उन दिनों के कुछ गिरोहबंदों ने उसका साथ अभी तक न छोड़ा था। रघुनाथ के बारे में पता चला कि पहले उसकी एक टाँग इस ख़ेमे में और दूसरी उस ख़ेमे में रहा करती थी जिससे कभी वह दोनों का आदमी गिना जाता और कभी किसी का नहीं। इस चुनाव में उसने अपने को अपने तन-जन और धन के साथ, उसका मन जहाँ भी रहा हो, विरोधी पक्ष के साथ बाँध लिया था जिसके कारण सत्ता पक्ष के गिरोहबंद उसे दलबदलू समझने लगे थे।

ऐसा नहीं कि चुनाव-प्रचार के दौरान ये गिरोह बराबर गुंडागर्दी या मारपीट करते रहे हों। जिस देश के पास परमाणु शक्ति है उसके लिए जरूरी नहीं कि वह परमाणु युद्ध करे ही। या, अगर आपने कुत्ता पाल रखा है तो जरूरी नहीं कि आप उसे दूसरों पर छोड़ते ही रहें। ये सब शक्ति-संतुलन और युद्ध -निरोध की नीतियाँ हैं। सुना जाता है कि गिरोहबंद प्रायः दिन-भर अपने कैंपों में पड़े रहते थे। ठर्रा-पान और बकरे के भोजन का लालच इलाक़े के सैकड़ों नौजवानों को कर्मक्षेत्र में खींच लाया था और कैंपों की संख्या और उनकी जनशक्ति का सीधा अनुपात उनकी गुंडई से उतना नहीं जितना इलाक़े की बेरोज़गारी के साथ बैठता था। जो भी हो, ये नौजवान जब 'महिष खाय करि मदिरा पाना' वाली धज में गरजते हुए, जीपों और ट्रकों पर नारे लगाते निकलते थे तो लोगों को साफ़ पता चल जाता था कि प्रजातांत्रिक चुनावों के साथ जो 'अभियान' 'मैदान' 'संघर्ष' वाली युद्ध की शब्दावली जुड़ी हुई है, वह खोखली नहीं है।

तभी पूँछ मारने का खेल होता था। अगर सड़क पर दो विरोधी ख़ेमों की गाड़ियाँ आगे-पीछे पड़ जातीं तो मनोरंजन का यही साधन था कि दोनों गाड़ियों के नौजवान और ज़्यादा ऊँचे नारे लगाएँ, गाड़ियों की रफ़्तार और तेज कर दी जाए, पीछेवाला आगे और आगेवाला कुछ और आगे जाने की कोशिश करे और पूँछ का खेल खेला जाए। प्रायः यह सब मौज से शुरू होता और मौज ही में ख़त्म होता क्योंकि खाने-खेलने के इस निश्चित वातावरण में कोई भी पुलिस या मजिस्ट्रेसी को घुसने का मौक़ा नहीं देना

चाहता था। यह अफ़सोस की बात थी कि ऐसी अलमस्त फ़िज़ाँ में भी बेचारा रघुनाथ पूँछ की चोट खा गया और बिना कोई वीरता दिखाए ही वीरगति पानेवालों की प्रतीक्षा सूची में नाम लिखा बैठा। उसके ड्राइवर और साथ के तीन आदमियों के बारे में ग़नीमत है, डॉक्टरों ने कह दिया है कि वे वीरगति नहीं पाएँगे और आगे के चुनावों में वीरता दिखाने के लिए बचे रहेंगे।

भीड़ में कई भूतपूर्व मंत्रियों, मौजूदा विधायकों, सिंचाई, सार्वजनिक निर्माण और आवास विभाग के इंजिनियरों, वकीलों, दुकानदारों के अलावा छोटे-मोटे अफसरों के भी चेहरे दिखाई दिए। थाने पर जाकर मैंने और प्रेमबल्लभ ने रघुनाथ को पकड़कर 'कर्रा' किए जाने की जिनसे अपील की थी वे थानेदार चौहान साहब भी एक विलायती पुलोवर, यानी सादी पोशाक में भीड़ के अंदर जाते और बाहर आते दीख पड़े। जो आदमी आज तक मेरी निगाह में अदना-सा गुंडा था जिसका काम ठेकेदारी के अलावा सार्वजनिक पार्कों से लोहे की रेलिंग की चोरी कराना, सरकारी गोदामों से सीमेंट और लोहे के सरिया तिड़ी करना और पहले एक मैटाडोर गाड़ी में, बाद में एक हरे ट्रेकर में शहर का भ्रमण करते हुए मज़बूत लोगों के आगे 'हें-हें' और कमजोरों पर 'खों-खों' करता था, आज वीरगति पाते-पाते शहर की जानीमानी हस्ती बन चुका था। आज जब रघुनाथ इमर्जेंसी वार्ड में पड़ा हुआ आख़िरी साँसें गिनने का होश भी खो चुका था, मुझे चौहान के सामने पड़ना ठीक नहीं जान पड़ा। मैं कतराकर दूसरी ओर निकल गया।

अचानक मैंने अपने कंधे पर किसी के हाथ का दबाव महसूस किया और पलटकर देखा। लालभाई थे—हमारी यूनियन के अध्यक्ष, भूतपूर्व श्रममंत्री। हमेशा की तरह शांत, धीमे मुस्कराते हुए। जैसा होना चाहिए था, उनकी सुघर-चतुर बातूनी बीवी कुछ दूरी पर अपने प्रशंसकों से घिरी हुई बातें कर रही थीं, एकाध शब्दों में ही पता चल गया कि परिवहन आयुक्त के संगठन में व्याप्त भ्रष्टाचार की बात हो रही है जो सड़क दुर्घटना, ग़लत आदमियों को दिए जानेवाले ड्राइविंग लाइसेंस आदि के गलियारों से निकलकर सीधे परिवहन आयुक्त के चरित्र तक पहुँची होगी। मन को उधर बहकने से रोककर मैंने लालभाई को नमस्कार किया, कहा, "आपके दर्शन करने गया था। पता चला कि आप चुनाव में गए हुए हैं।"

"चुनाव तो आज है। प्रचार अभियान बंद होने के बाद लौट आया हूँ। रास्ते में रघुनाथ जी के ऐक्सिडेंट का हाल सुना। सीधे यहीं आ रहा हूँ।" फिर, "कोई ख़ास बात थी ?"

मैंने डॉक्टर साहब के तबादले की घटना बताई। यह भी बताया कि यूनियन-आफ़िस में मज़दूरों को दवा देने का काम ठप्प हो गया है...। "कोई फ़ार्मेसिस्ट ही कुछ दिन के लिए मिल जाए तो...।"

"वह सब ठीक हो जाएगा।" उन्होंने कुछ इस ढंग से कहा जैसे कोई नेता कह रहा

हो कि देश की गरीबी और बेरोज़गारी की सारी समस्याएँ जल्दी ही हल हो जाएँगी। मैंने बात को नेतागिरी के दायरे से निकालकर ठोस ज़मीन पर रखना चाहा, पूछा, "कोई है आपकी निगाह में?"

उनका हाथ मेरे कंधे को हल्के दबाव से ठेलता-सा जान पड़ा। वे चल पड़े और उन्हीं के साथ मैं भी चला। भीड़ से दूर आकर हम लोग एक पाकड़ के नीचे खड़े हो गए। वे बोले, "अब यह दवाख़ाने आदि का काम ऊँचे पैमाने पर होगा। हमने सोचा है कि इस यूनियन का पुनर्गठन करके इसे एक बड़ी और मज़बूत संस्था का रूप दिया जाए।"

सरकारी आदमियों और राजनेताओं के मुँह में पुनर्गठन जैसे भोले शब्द जब पैठ जाते हैं तो उनकी लार का करिश्मा कहिए या जो भी हो वे अचानक ख़तरनाक बन जाते हैं। कुछ ही दिन हुए यहाँ के मुख्यमंत्री ने कई ज़िलों में बरसों से चली आ रही नशाबंदी को जब ख़त्म करना चाहा तो यह नहीं कहा कि हम मद्य-निषेध की नीति छोड़ने जा रहे हैं, उन्होंने कहा कि हम आबकारी संगठन का पुनर्गठन करने जा रहे हैं। दरअसल, उन्होंने 'अभिनवीकरण' जैसे शब्द का भी प्रयोग किया था जो मेरी समझ में आज तक नहीं आया। तो, एक ओर 'पुनर्गठन' की आड़ से झाँकता हुआ अनाम ख़तरा, दूसरी ओर मुझे अचानक याद आ जानेवाला एक छुरेबाज़ का चेहरा—लालभाई के कुछ और कहे बिना ही उनका यह संदेश पूरी तौर से मेरी समझ में आ गया कि उत्तर प्रदेश दैनिक मज़दूर संघ की भ्रूणहत्या होनेवाली है।

मुझे झटका लगा; पर सोचा, खुद कुछ न बोलकर हत्यारे को ही बोलने दिया जाए। बड़े भोलेपन से उनकी तरफ़ देखा, वे बोले, "ऐसा है संतोषकुमार जी कि यह मज़दूर-आंदोलनवाला काम बड़ा पेचीदा होता है। यह तो आप भी देख रहे होंगे कि इस आंदोलन की सबसे बड़ी कमज़ोरी यह है कि एक-एक की जगह चार-चार यूनियन काम कर रही हैं और सभी जगह मज़बूत नेतृत्व की कमी है। फिर गाँव से आनेवाले दिहाड़ी मज़दूरों की समस्या तो बिलकुल ही अलग ढंग की है। माना कि सरकार उनके बारे में बहुत कुछ सोच रही है, कई पेनल भी बैठाए गए हैं, उनके लिए कोई नया क़ानून भी आ सकता है, पर ये भूखे-नंगे लोग उसके इंतिजार में बरसों नहीं बैठे रह सकते। उसके लिए उन्हें एक होना होगा और उससे भी ज़्यादा ज़रूरी है कि मज़दूरों के नेता एक होकर उनके लिए कंधे-से-कंधा मिलाकर काम करें।

"अभी परसों फ़ैज़ाबाद में इस विषय पर बात हुई थी। आपके पुराने मुलाक़ाती इंजिनियर साहब भी थे। वैसे तो वे निर्माण-निगम के सलाहकार हो गए हैं पर उनकी हैसियत ग़ैरसरकारी आदमी की है। आनरेरी हैं न। उन्होंने भी इस समस्या में गहरी दिलचस्पी दिखाई। उनके निगम में जो मज़दूर यूनियन है वह पुरानी है और उसका महासचिव श्रीवास्तव बड़ा दबंग आदमी है। हमारा विचार हो रहा है कि उनकी यूनियन और हमारी यूनियन मिल जाए। इससे उनके सारे साधन हमारी यूनियन के मेंबरों को अपने आप मिल जाएँगे। पहले से ही वे दवाख़ाना, क्रीश, प्रौढ़-कक्षाएँ और

न जाने क्या-क्या चला रहे हैं। उनके साथ हो जाने पर हमें ये काम नए सिरे से न शुरू करने पड़ेंगे। मैं सोचता हूँ दो-तीन दिन में दोनों संस्थाओं के कार्यकर्त्ताओं की बैठक कर ली जाए।"

कई सवाल पूछे जा सकते थे। जिस गायत्री टावर के मालिक ने हमारे मज़दूरों को धरना देने पर मज़बूर कर दिया है वही क्या उन मज़दूरों के अब संरक्षक बनाए जाएँगे? निर्माण-निगम की यूनियन में वही श्रमिक आ सकते हैं जो निगम के अपने कर्मचारी हैं, वहाँ के जो दिहाड़ी मज़दूर ठेकेदारों के मस्टर रोल पर हैं उनका अभी निर्माण-निगम की यूनियन से कोई नाता नहीं है। तब निजी मकानों पर ईंट-गारा उठानेवाले मज़दूर उस यूनियन में कैसे घुस पाएँगे? और सिर्फ़ निजी लूट-खसोट के लिए छुरा-तमंचा बाँधकर चलनेवाले श्रीवास्तव-छाप गुंडे ही क्या अब इन मज़दूरों को मज़बूत नेतृत्व देने के लिए चुने जाएँगे?

इन सवालों को उठाना चाहा। विलय के नाम पर वे यूनियन को दफ़न करने जा रहे थे। इसके ख़िलाफ़ बोलने का मन हुआ, पर मैंने कुछ नहीं कहा, बुज़दिली के कारण नहीं, इस एहसास के कारण कि यूनियन के साथ इन बड़े लोगों को जोड़ने की जो ग़लती हो चुकी है उसका अनिवार्य नतीजा स्वीकार करने के सिवाय फ़िलहाल कोई दूसरा रास्ता नहीं।

यूँ भी इंजिनियर-श्रीवास्तव-धुरी में उनके जुड़ जाने के बाद लालभाई से कुछ भी कहना बेमानी था। मैंने कहा, "संयुक्त बैठक बुलानी हो तो आप श्रीवास्तव को फ़ोन कर दीजिए। वही सबको चिट्ठी भेज देगा। मेरे लिखने पर उस यूनियन के लोग शायद ही आने को तैयार हों।"

लाल बाबू खुश हुए। बोले, "यही ठीक रहेगा। तब तक आप अपने कागज़-पत्तर ठीक कर लीजिए।"

यही मौक़ा था जब अपनी कमज़ोरी को भी भुनाया जा सकता था। मैंने कहा, "कागज़-पत्तर सब ठीक हैं, सिर्फ़ कुछ रुपयों का चक्कर है। चंदे के कुछ रुपए-अपने साथ लेकर प्रेमबल्लभ चुनाव में चला गया है, पता नहीं उससे कब वसूल हो पाएँ।"

"उसकी फ़िक्र मत कीजिए। श्रीवास्तव वसूल कर लेगा। न हो पाया तब भी कोई बात नहीं। कितने रुपए होंगे? सौ? दो सौ? चार सौ? सार्वजनिक कामों में ऐसा हो ही जाता है। उस मामले को भी फ़िट कर लिया जाएगा।"

6

दूसरे दिन साइट पर कुछ घंटे रुका रहा। तबीयत कहीं टिक नहीं रही थी। अपने को ख़ुश करने के लिए उस ज़मीन के बारे में सोचा जो दो साल बाद मुझे लखपती बनानेवाली थी। उसने मुझे और भी बेचैन कर दिया, वह मुझे घुमा-फिराकर उसी गिरोह का सदस्य बनाने जा रही थी जिसके सरगना इंजिनियर साहब हैं या अनजाने ही सावित्री है। कुछ घंटे बाद अपने कमरे में लौट आया। बिस्तर पर पड़ा रहा। क़ानून की एक किताब के पन्ने पलटता रहा।

भारतीय साक्ष्य अधिनियम। देखता रहा कि कितनी मेहनत से यह इंतज़ाम किया गया है कि दस में नौ अपराधी भले ही सज़ा से बच जाएँ, दस निर्दोषों में एक को भी सज़ा नहीं होनी चाहिए। क़ानून ने निर्दोष नागरिक की सुरक्षा के लिए बड़ी मज़बूत क़िलेबंदी की है। तभी उसकी सुरक्षा हो या न हो, दस में नौ अपराधी आराम से क़ानून का शिकंजा तोड़कर मूँछों पर ताव देते घूम रहे हैं। और हम करोड़ों नौजवान जो सब तरह निर्दोष हैं, इसी क़ानूनी माहौल में दिन-रात ज़िंदगी की सज़ा भुगत रहे हैं, इस सज़ा से बचाव के लिए अभी कोई साक्ष्य-अधिनियम नहीं बना है।

ऊँघ गया। लगभग साढ़े चार बजे किसी ने बाहर का दरवाज़ा खटखटाया। मिस्त्री अपनी कन्नी-बसूली लिए खड़े थे। मैंने कहा, "तुम यहाँ मिस्त्री ? तुम तो गायत्री टावर में लगे थे।"

"कुछ न पूछो मुंसी," वे अंदर आकर फ़र्श पर पंजों के बल बैठ गए। पुराने दरबारी अंदाज़ में, जिसमें किसी के लिए कोई भी कड़ी बात करना मना है, कहने लगे, "उधर इंजिनियर साहब, इधर तुम्हारी यूनियन। सारे मजूर और मिस्त्री उजरत को लेकर वहाँ धरने पर बैठ गए हैं। झगड़ा पहले एक मारपीट को लेकर शुरू हुआ, वह रफ़ा-दफ़ा हुआ तो मजूरों ने उजरत की बात उठा दी। अब मैं क्या करूँ ? उनके साथ न बैठूँ तो मजूर नाराज़, बैठूँ तो इंजिनियर साहब नाराज़ होंगे। दो दिन घर पर बैठा रहा हूँ। अब यही पूछने आया हूँ, आपके यहाँ काम निकल आए तो कल से आपकी साइट पर चला आऊँ।"

"ठीक है, आ जाओ। पर गायत्री टावर का धरना अब हट चुका होगा। हमारी यूनियन भी अब इंजिनियर साहब के आदमी चलाएँगे।" कहकर बड़ी सम्मानसूचक

शब्दावली में मैंने मिस्त्री को श्रीवास्तव का परिचय दिया। मिस्त्री खिल उठे। बोले, "श्रीवास्तव भी इंजिनियर साहब की तरह बड़े हीरा आदमी हैं। अगर धरना हट गया हो तो वहीं वापस चला जाऊँगा। वैसे, आप जैसा कहें।"

"ज़रूर जाओ। इंजिनियर साहब के साथ काम का मज़ा ही कुछ और है।"

मिस्त्री गंभीर हो गए। कहने लगे, "मुंसी, तुम इंजिनियर साहब को ठीक से समझे नहीं हो। राजा आदमी हैं। तभी तो देखो न, सरकार ने अपनी ग़लती मान ली। उन्हें इतना बड़ा ओहदा दिया है। सरकारी मोटर, चाहें तो सरकारी बँगला भी मिल सकता है। और तो और, उन्हें एक शेडो भी मिला है। पप्पी चला गया है न। उसकी जगह सादी वर्दी में एक दीवान जी उनके साथ रहते हैं। इतना होने पर भी उनका स्वभाव वैसा ही है। वैसे ही हँसकर बोलना, हालचाल पूछना।"

पुरानी बातें चल निकलीं। सुरेस का ज़िक्र आया। मैंने कहा, "मिस्त्री, यूनियन तो अभी तक सुरेस के लिए कुछ खास कर नहीं पाई। उसका तीस-चालीस रुपए महीने का ख़र्च मैं परमात्मा जी से लेनेवाला था। पर अब यह काम इस बड़ी यूनियन को करना चाहिए। इसके लिए इंजिनियर साहब से बात कर लो। अपनी ज़िंदगी में कोई एक ते भला काम कर लें।"

मिस्त्री ने मुझे झटका दिया। बताया कि वह तो कई दिन हुए स्कूल से चला आया है। उसका बाप उसे वहाँ से खींच लाया था। आजकल छोकरा सैक्टर दस में काम पर लगा है।

"यह तो बड़ा बुरा हुआ।"

मेरे इस वक्तव्य से मिस्त्री को हैरत हुई। बोले, "इसमें बुरा क्या है? स्कूल में रहता तो क्या हो जाता? बोलने लगता? यहाँ मेहनत-मजूरी करके सात-आठ रुपए रोज फटकारता है। मौज में है।" फिर वही, "इसमें बुरा क्या है?"

एक मज़दूर साईकिल पर हमारी ओर चला आ रहा था, हरी लुंगी और काली बुशर्ट में, और, जैसा कि चाहिए, बुशर्ट कंधे पर फटी हुई। आते ही कहा, "आपको बुलाया है।"

कई सवाल करने पर बात साफ़ हुई। यूनियन के कमरे के बाहर जसोदा बैठी है। कई मर्द-औरतें जमा हैं। कमरे के दरवाज़े पर बाहर से कुंडी लगी है। भीतर किसी को बंद कर रखा है। जसोदा का कहना है कि जब तक मुंसी नहीं आएँगे, दरवाज़ा नहीं खुलेगा।

क्यों बंद कर रक्खा है? इसका जवाब नहीं।

मिस्त्री भी मेरे साथ यूनियन आफ़िस तक आए। यह एक कमरेवाला जनता क्वार्टर था। अभी किसी के नाम लिखा नहीं गया था। नगर विकास प्राधिकरण के इंजिनियर की ख़ुशामद करके कुछ दिनों के लिए इसी पर यूनियन का साइन बोर्ड लगा दिया था।

मुझे देखते ही, साईकिल खड़ी करने का मुझे मौक़ा दिए बिना, पंद्रह-बीस मज़दूरों

ने मुझे घेर लिया और एक साथ बोलने लगे। मैंने देखा कुछ चीख़ रहे हैं। कुछ मुस्करा रहे हैं। कोई भयानक घटना नहीं हुई है, इस इत्मीनान से मैंने चारों ओर देखा। जसोदा बाहर के बरामदे में अपने बच्चे को नंगी ज़मीन पर लिटाए बैठी हुई थी। उसी से पूछा, ''क्या बात है जसोदा ? क्यों बुलाया है ?''

वह कुछ नहीं बोली, पर अब कई औरतें मेरे पास सिमट आईं। एक-साथ अपनी-अपनी बात कहने लगीं। धीरे-धीरे सब ज़मीन पर बैठते गए। मैं भी बरामदे की धार पर एक जगह रूमाल बिछाकर बैठ गया। मिस्त्री दूसरी ओर चार-पाँच मज़दूरों से घिरे हुए उनसे बात करते रहे। फिर मेरे पास आकर बोले, ''बड़ी बेजा बात है। जंट्लमैन होकर ऐसी हरकत करते हैं। ये लँगड़े-लूले बड़े कुचाली होते हैं।''

ग़नीमत है कि समाज कल्याण विभाग का कोई कार्यकर्ता इस वक्तव्य को सुनने के लिए वहाँ मौजूद न था। मैं, जो मौजूद था, इतनी देर में समझ गया था कि इस घटना के हीरो मेरे हमदम, मेरे दोस्त बाबू प्रेमबल्लभ हैं और वही इस वक़्त कमरे में बंद हैं।

मालूम हुआ कि शंकरगढ़ से धन्ना आया है। अब फ़सल कटने के दिन आ रहे हैं। इसलिए जसोदा को साथ लेकर अपने देस जानेवाला है। बड़ी चिरौरी-बिनती करके जसोदा को साथ चलने के लिए राज़ी किया है। जसोदा दो-तीन दिन में उसके साथ जानेवाली है।

वह घंटा-डेढ़ घंटा पहले यहाँ आई थी। उसे उम्मीद थी कि शाम को मैं यहाँ मिल जाऊँगा। पिछली मज़दूरी का आज ही हिसाब कराना चाहती थी।

यहाँ उसे मिले प्रेमबल्लभ। ''इत्ती दारू पिए कि सड़ी मछली जैसे गंधा रहे थे।'' जसोदा को देखकर उन्होंने उसे कुर्सी पर बैठने को कहा, पहले अच्छी-अच्छी बातें कीं, फिर अचानक उसकी बाँह पकड़ ली। जसोदा पहले ही से ताड़े हुए थी कि इनका मन ठीक नहीं है। उसने हाथ छुड़ाना चाहा तो वह ज़ोर-ज़बर करने लगे। तब उसने उन्हें ढकेलकर गिरा दिया और बाहर आकर दरवाज़ा बंद कर लिया। कहती है कि खोलेंगे तो मुंसी के सामने ही खोलेंगे।

मैंने जसोदा की ओर देखकर दरवाज़े की ओर इशारा किया। पूछा, ''क्यों ?''

जसोदा ने झनझनाती आवाज़ में कहा, ''मुझसे क्या पूछते हो ? साथी तो तुम्हारे ही हैं।''

मिस्त्री बोले, ''थाने में रपट कर दी जाए।''

जैसे रिपोर्ट मज़दूरों के ख़िलाफ़ की जानेवाली हो, सभी ने इसका विरोध किया। यहाँ तक कि जसोदा ने भी, ''हमें नहीं जाना थाना-कचहरी।''

मैंने ही दरवाज़ा खोला, खोलते ही लगा कि सड़ी मछली की उपमा बहुत हल्की थी। इतनी देर में पता चल चुका था कि मज़दूरों में पूरी घटना को लेकर ख़ूनी क़िस्म का गुस्सा नहीं हैं। ऐसा क्यों है, इसका जवाब प्रेमबल्लभ को देखकर मिल गया।

बाबू प्रेमबल्लभ फ़र्श पर लेटे हुए हैं। आँखें मूँदे हैं और कराह रहे हैं। कमरे के

अंदर कई मज़दूरों को एक साथ आया हुआ समझकर ये आँखें खोलते हैं। मुझे कड़ी निगाह से देखते हुए उठने की कोशिश करते हैं। एक बार लड़खड़ाते हैं, फिर सँभलते हैं; गोया ज़िंदगी के चढ़ाव-उतार के प्रत्यक्ष रूप हैं। फिर एक कुर्सी पर धम्म से बैठ जाते हैं, कुछ और कराहते हैं। लगता है कि जसोदा ने उनके साथ कसकर बलात्कार किया है।

पहले एक, फिर दूसरा, फिर कई मज़दूर हँसने लगते हैं। मिस्त्री किलककर बोलते हैं, ''साबास मेमसाब।''

मैंने एक रिक्शा बुलाया, प्रेमबल्लभ को उस पर लाद दिया गया, कहा, ''अबे अब तो अपनी फ़िल्मी कहानी बदल दे।''

इसका जवाब उसने गरजकर दिया। इतना पिटकर भी जो इस तरह गरज सकता हो, वही असली सूरमा है। बकझक करते हुए प्रेमबल्लभ ने जो टुकड़ा-टुकड़ा भाषण दिया, उसका मतलब था : यह औरत बदचलन है। मुझे नशे की हालत में समझकर इसने मेरी जेब से मेरा बटुआ निकालना चाहा। मैंने अपने को बचाने की कोशिश की तो उसने मुझे ढकेल दिया और चिल्लाती हुई बाहर आ गई। उसने मुझे नाजायज़ तौर से कमरे में बंद कर दिया। लूटमार की कोशिश और नाजायज़ क़ैद के जुर्म में मैं इस साली को दो साल के लिए जेल भिजवाऊँगा। न भिजवाया तो वकालत की डिग्री पर मूत दूँगा।

अपनी ही फंतासी का शिकार प्रेमबल्लभ! रिक्शे पर आधा लेटकर, आधा बैठकर बकझक करता हुआ वह चला गया। फिल्म अभी तक नहीं बनी; जब बनेगी तो कुँअर साहब इस हादसे को उसमें यक़ीनन् नहीं आने देंगे।

महीनों बाद आज सवेरे एक कापी और किताब हाथ में लिए बाक़ायदा छात्र की धज में क़ानून की कक्षा में हाज़िर हुआ। पता चला कि खुद प्राध्यापक महोदय ग़ैर-हाज़िर हैं। अपने मकान में टीन के छावन के नीचे उन्होंने बच्चों का एक स्कूल खोल रखा है जिसका नाम है सेंट ऐंथनी कान्वेंट स्कूल। उसी का कोई चक्कर है जिसे सुलझाने के लिए आज वे घर पर रुक गए हैं। वैसे भी आज की हवा पढ़ाई के ख़िलाफ़ थी। छात्र यूनियन के चुनाव होनेवाले थे और जो ठेकेदार साहब अध्यक्षपद के उम्मीदवार हैं वे इत्तफ़ाक़ से इसी कक्षा के छात्र हैं। मैं उन्हें ठेकेदार साहब इसलिए नहीं कह रहा हूँ कि साल भर से ठेकेदारों के बीच रहते-रहते मुझे सारी दुनिया ठेकेदारमयी जान पड़ने लगी है। वे सचमुच ठेकेदार हैं, नगर-विकास निगम में उनके लाखों रुपए के ठेके हैं और उनके साथ के कई छोटे-मोटे ठेकेदार, कुछ जूनियर इंजिनियर और इमारती सामानों के कुछ दुकानदार मिलकर उनके चुनाव का ख़र्च उठाने को तैयार हैं। प्राध्यापक महोदय के न आने से कक्षा के लगभग एक सौ बीस छात्रों में से आधे से ज़्यादा बाहर चले गए थे। बाकी छोटे-छोटे गुटों में बँटकर चुनाव-चर्चा कर रहे थे। मैं बहुत दिन बाद यहाँ

आया था और मुझे वहाँ की टूटी हुई डेस्कें और कुर्सियाँ, मटमैली, पलस्तर गिराती हुई दीवारें, ठीक से बंद न हो पानेवाली खिड़कियाँ और बिना बुहारा फ़र्श—सबकुछ अचानक बड़ा लुभावना जान पड़ने लगा था। इसलिए मैं वहीं रुका रहा, चुनाव-चर्चा सुनता रहा, सोचता रहा कि ये जो आवाज़ें हवा में गूँज रही हैं वे मेरी ही आवाज़ की अनुगूँज हैं।

''सत्ते, अरे ओ सत्ते भाई!'' किसी ने पुकारा और पुकारने के अंदाज़ भर से उसने यूनिवर्सिटी के लेक्चर हॉल को बदलकर गाँव का खलिहान बना दिया। यह हमारे गाँव के पास का ही था। मेरे नाम पर 'प्राक्सी' की हाज़िरी यही बोलता था। तगड़ा था और हथछुट भी। मैंने इसीलिए उसे अपनी यूनियन की कार्यकारिणी में शामिल किया था। अपने गँवरपन का उसे बड़ा नाज़ था जिसे वह विश्वविद्यालय की शिक्षा के थपेड़ों से बहुत सँभालकर बचाए हुए था। अच्छा और भरोसेमंद लड़का था।

''आज क्लास में कैसे आ गए?''

मैंने कहा, ''सपने में कल रात मैंने देखा, लंबी सफ़ेद दाढ़ी-मूँछोंवाला एक महापुरुष मुझसे कह रहा है : प्राक्सी के सहारे यल. यल. बी. करने से क्या फ़ायदा? तुझे तो क़ानून की जमकर पढ़ाई करनी चाहिए और रोज अपनी क्लास जाना चाहिए। तभी मैं...''

''चढ़ाय लिया होगा भाँग का गोला—इसी से ऐसे-ऐसे ख़राब सपने आए होंगे।''

इसका जवाब डेली पैसेंजरों की शैली में देना चाहिए था और अपने वाक्य में 'साले' और 'हरामी' का खुलकर प्रयोग करना चाहिए था। पर तबीयत में न जाने कैसा उचाट था, मैंने उसे संजीदगी से समझाना शुरू किया। बताया कि मैं इम्तहान की नक़ल और प्राक्सी से ऊब गया हूँ। अब कुछ दिन जमकर पढ़ लेना चाहता हूँ।

''तब साले सात जनम तुम यल. यल. बी. नहीं कर पाओगे। देख लेना इसी साल इम्तहान में प्लक हुए बिना नहीं बचोगे।''

मैंने बहस आगे नहीं बढ़ाई। सिर हिलाकर उसकी भविष्यवाणी क़ुबूल कर ली। वह मुझे अचंभे के साथ देखता रहा, बोला, ''तो अब प्राक्सी न बोला करूँ?''

''कभी क्लास में न आ पाया तो तुम्हें बोलना ही पड़ेगा।''

उसने पहलवानी मुद्रा में बदन तोड़ा, कहने लगा, ''चलो अच्छा है। अब इसी महीने से रेल का माहवारी टिकट बनवा लो। जब कोई काम नहीं करना है तो शहर में रहकर क्या करोगे?''

मैंने कहा, ''देखो भाई, घर की हालत जानते ही हो। वहाँ से मेरे ख़र्च के लिए एक कौड़ी मिलनेवाली नहीं। यहाँ लगा-लगाया काम है। एक पुलिस के डिप्टी साहब हैं। रिटायर होकर ठेकेदारी कर रहे हैं। उन्हीं के साथ मैं भी लगा हूँ। सवेरे के क्लास में मैं आ जाया करूँगा, पर उनका काम भी देखता रहूँगा। अभी तक आठ बजे जाता था, अब दस बजे जाया करूँगा। उधर हिसाब-क़िताब के लिए देर तक रुकना पड़ेगा। यह डेलीवाली मौज अब मेरे मुक़द्दर में नहीं है।''

वह अब भी मुझे उसी तरह देखता जा रहा था। पास में बैठ गया। बोला, "सुनो यार, तुम्हें कुछ हो गया है। इतनी गिरी तबीयत से तुम कभी नहीं बोलते थे। क्या मामला है प्यारे?"

क्या बताता? उसने फिर कहा, "पहले से कुछ झटक भी गए हो। कोई चक्कर है क्या? कोई लौंडिया-वौंडिया ... ?"

इस बार मैं हँसा पर तबीयत लहलहाई नहीं। कहा, "लौंडिया भी यार अपने मुक़द्दर में नहीं दीखती। सारी अच्छी लौंडियाँ तो आई. ए. एस. वाले ले गए।

एक जूनियर इंजिनियर ठेकेदार साहबवाले मकानों पर बिजली के काम की देखरेख करने आया करते थे। जिस अधूरे मकान में मैंने अपना डेरा डाला था, उसके पिछवाड़े कुछ दूरी पर उनका क्वार्टर था। सरसों का शुद्ध तेल, शहद, पापड़, मुँगोड़ी जैसी चीज़ें हमारी नई बस्ती में अभी सुभीते से नहीं मिल पाती थीं और उम्दा चीज़ों के शौकीन अब भी कई किलोमीटर चलकर शहर के पुराने बाज़ार से उन्हें ख़रीदते थे। जूनियर इंजिनियर साहब के घर का यह सामान मैं कभी-कभी ख़रीदकर अपने साथ ले आता था। इस प्रेम-व्यवहार के बदले उन्होंने अपने स्कूटर पर मुझे ड्राइविंग सीखने का मौक़ा दे दिया था। दिन को काम के वक़्त मैं कभी-कभी उनका स्कूटर लेकर चलाने की मश्क करता था: चलाना आ गया था, पर मश्क अभी पूरी नहीं हुई थी।

उसी शाम, जिस दिन मैंने बहुत दिन बाद क़ानून की कक्षा देखी थी, मैं स्कूटर लेकर सड़क पर आया। मुझे पंद्रह-बीस मिनट में वापस आ जाना चाहिए था। पर उस दिन पिछले दिनों की बूँदाबाँदी के बाद जनवरी का आसमान कुछ खुला था और शाम होने के पहले ही हल्का कोहरा चारों ओर फैलने लगा था। शहर के बाहर की यह सड़क लगभग सुनसान थी। स्कूटर पर बैठकर मैंने ठंडक और मुँह पर हवा के हल्के झोंके महसूस किए। मैं काफ़ी देर सड़कों का चक्कर लगाता रहा; जल्दी लौटने की मजबूरी से बेख़बर हो गया।

अँधेरा होने पर स्कूटर की रोशनी में चलने का पहला मौक़ा था। मैंने उसकी रफ़्तार बढ़ा दी और बिलकुल नए क़िस्म की उमंग का अनुभव करता हुआ बस्ती के दूसरे छोर पर एक नए बाज़ार में पहुँच गया। वहाँ ठसक के साथ स्कूटर रोककर मैंने पान खाए। उसके बाद आगे बढ़ता हुआ राष्ट्रीय राजमार्ग पर आ गया और उस पर चलती हुई बसों और ट्रकों के साथ होशियारी से स्कूटर चलाता हुआ एक तिराहे पर पहुँच गया।

तिराहे से निकलनेवाली सड़क सँकरी और टेढ़ी-मेढ़ी थी। वह हमारी नई बस्ती के एक छोर पर सीमा रेखा का काम करती थी। इसके किनारे-किनारे सटाकर उगाए गए घने यूकेलिप्टसों की दो दीवारें जैसी बन गई थीं। हल्के कोहरे में सड़क के किनारे जलती हुई ट्यूबलाइटों का प्रकाश धीमा था, पर उस सड़क पर मुड़ते ही मुझे सारा

परिमंडल बड़ा लुभावना, मुझे अपने में समेटता-सा जान पड़ा। मैं जानता था कि यह सड़क आगे जाकर सरकारी जंगलों में खो जाएगी पर उसके बहुत पहले बाईं ओर जानेवाली एक दूसरी सड़क मुझे सीधे अपने अड्डे पर पहुँचा देगी।

पेड़ों की दीवार से दोनों ओर घिरी सुरंग जैसी इस पतली, टेढ़ी-मेढ़ी सड़क पर मैं उमंग के साथ बढ़ता जा रहा था, तभी आगे की सभी रोशनियाँ बुझ गईं। मुझे झटका-सा लगा—दैत्याकार घने पेड़, वीरानगी, अँधेरा और स्कूटर जिसे चलाने के अलावा उसके बारे में मैं कुछ नहीं जानता था, इन सबने मिलकर मुझे एक क्षण के लिए कुछ व्यग्र किया, पर इस विश्वास से कि कुछ दूर आगे इसी रास्ते पर मुझे अपने डेरे पर ले जानेवाली सड़क मिलेगी और शायद वहाँ की रोशनियाँ बुझी न होंगी, मुझे दिलासा मिला; मैं आगे बढ़ता रहा।

मुझे पता नहीं कि सड़क से दाईं ओर निकलनेवाले एक और भी पतले रास्ते पर मेरा स्कूटर कब उतर आया, इसका एहसास मुझे तब हुआ जब वह रास्ता स्कूटर के लिए सँकरा पड़ गया और एक पगडंडी में तबदील होने लगा। मैं अँधेरे और कोहरे में देख नहीं सकता था, पर दाएँ-बाएँ स्कूटर की हेडलाइट से जो रोशनी फैल रही थी वह कुश-काँस के झंखाड़ और दूसरी बेतरतीब झाड़ियों पर पड़ रही थी। स्कूटर घुमाने की वहाँ जगह न थी। उतरकर मैंने उसे मोड़ा और उसी रास्ते सड़क तक वापस लौटने की कोशिश की। स्कूटर चलाना चाहा, पर वह स्टार्ट नहीं हुआ।

मैं दोनों हाथों स्कूटर को घसीटता हुआ पगडंडी से वापस लौटा। कोई वजह नहीं थी, पर एक अजीब-से आतंक ने मेरे फेफड़ों को जकड़ लिया था; साँस लेने में दिक्कत होने लगी थी। सड़क पर पहुँचकर मन में कुछ सहजता आई। यहाँ मैंने रुककर एक बार फिर स्कूटर स्टार्ट करना चाहा, कोई नतीजा नहीं निकला।

अँधेरे में सुनसान सड़क पर मैं स्कूटर घसीटता हुआ उस तिराहे की ओर बढ़ा जहाँ से एक चौड़ी-सीधी सड़क मुझे मेरे डेरे तक पहुँचानेवाली थी। चारों ओर सन्नाटा था। जानवरों और चिड़ियों की आवाज़ें थमी हुई थीं। मेरे आसपास कोई आबादी न थी। सिर्फ मेरे पीछे और बाईं ओर दूर-दूर कोहरे में सड़क की मद्धिम रोशनियाँ चमक रही थीं।

अचानक मैंने पाया कि मेरे दोनों ओर यूकेलिप्टसवाली दीवारें टूट चुकी हैं। मैं फिर एक पगडंडी पर हूँ जो पहलेवाली से कुछ ज़्यादा चौड़ी है पर जिसके किनारे उन्हीं ठिगनी झाड़ियों का जंगल है। मैं दोबारा वापस लौटा और सड़क पर आया। यहाँ आकर मैंने एक पेड़ के पास स्कूटर खड़ा कर दिया।

ज़ोर-ज़ोर की साँस ली। चारों ओर अँधेरा और कोहरा, ऊपर घने पेड़ों की सरसराती हुई पत्तियाँ। दाईं ओर और आगे झाड़ियों का अछेद्य विस्तार, बाईं ओर दूर पर रोशनी की मद्धिम लहरें, मोटरों के हार्न की आवाज़ें, पीछे—बहुत पीछे रोशनी की उजास।

अजीब-सा भय, पर यह भय नहीं कि दाईं ओर के जंगल से तीन आदमी अचानक सामने आकर मेरा स्कूटर छीन सकते हैं, मेरी गर्दन रेत सकते हैं। सिर्फ़ एक अपरिभाषित भय।

मैंने कभी शराब नहीं पी, पर मुझे जिस दिमाग़ी अव्यवस्था ने जकड़ लिया था वह शायद शराब के नशे में ही आ सकती हो। फिर भी जितने ठंडे ढंग से सोच सकता था, सोचा। सोचा कि इस भटकाव से बचने का सिर्फ़ एक रास्ता है, वह यह कि इस यूकेलिप्टसवाली सड़क को तब तक हाथ से न जाने दूँ जब तक रोशनी के दायरे में न आ जाऊँ।

आगे बढ़ने का सवाल ही न था। स्कूटर घुमाकर उसे सड़क पर घसीटना शुरू किया, लौटते में रोशनी की क़तारें अब बाएँ के बजाय बहुत दूर दाईं ओर थीं। अपनी समझ का रेशा-रेशा चौकन्ना करके देखता रहा कि दुबारा बाईं ओर वाली जंगली पगडंडी में न धँस जाऊँ, जल्दी-से-जल्दी वहाँ पहुँचूँ जहाँ पूरी-पूरी रोशनी भले ही न हो, उसकी उजास तो हो।

पता नहीं कि स्कूटर घसीटते-घसीटते कब मेरी चाल तेज से बढ़कर दौड़ में बदल गई थी। पता तब चला जब लगा कि फेफड़े चौगुना काम कर रहे हैं। रुका, सुस्ताया, और यहाँ से दाईं ओर रोशनियाँ कुछ नज़दीक आती जान पड़ीं। तब लंबी साँस खींचकर अपने को सहज बनाने की कोशिश करते हुए, मैंने स्कूटर को फिर से स्टार्ट करने की कोशिश की। दो-तीन ठोकरों के बाद वह स्टार्ट हो गया।

7

किसान के घर का संस्कार—नींद टूटते ही बिस्तर से उठ जाना। यही पुरानी आदत है। पर आज आँख खुलने पर उठा नहीं, बिस्तर पर पड़ा रहा।

पिछली रात के अनुभव से अभी छुटकारा नहीं मिला था। अँधेरी राहों की भूलभुलइयाँ का दबदबा अभी मन पर हावी था। पर मुझे यह भी एहसास था कि यह एक गुज़रे हुए, उलझाव भरे कल का खुमार भर है। असलियत यह थी कि उस अँधेरे के घेरे में भी मैंने होश नहीं खोया था, आगे-पीछे, दाएँ-बाएँ, किसी-न-किसी राह से मैं अपनी सड़क पर आ गया था।

''आँखें मूँदकर मैंने दोबारा सोने की कोशिश की। पर जानता था, सो नहीं सकूँगा।

यूनियन की शुरूआत ही गलत थी। उस वक़्त जो हुआ था, खेल-खेल में किया गया था। तब पता नहीं था कि जो करने जा रहे हैं, वह खेल नहीं है।

भूतपूर्व राज्यपाल पाल बाबू, भूतपूर्व श्रममंत्री लाल बाबू, उनकी अभूतपूर्व बीवी, लफंगा प्रेमबल्लभ, दैनिक यात्री-संघ के कुछ पशु-पक्षी, इनको इकट्ठा करके चिड़ियाघर तो चलाया जा सकता था, देश के अलग-अलग जिलों से आए हुए अपढ़ मज़दूरों का संगठन नहीं बन सकता था। मुझे यह तभी सोचना चाहिए था और हैरत है कि तब इसके बारे में मैंने कुछ भी नहीं सोचा। शायद पाल बाबू-लाल बाबू जैसी हस्तियों का तब ज्यादा ही भरोसा रहा हो।

मुझे जानना चाहिए था, यहाँ भी अँधेरी राहों की एक भूलभुलइयाँ है। जो सैकड़ों मील पीछे अपना घर छोड़कर दो जून की रोटी की तलाश में यहाँ आए हैं, उनका पहला और आखिरी लक्ष्य यही है कि उनकी रोटी सुरक्षित रहे। वे यहाँ अपने हक़ की लड़ाई लड़ने नहीं आए हैं, न कोई क्रांति करने आए हैं। यह करने की उनमें चेतना होती तो वे शायद अपनी ही ज़मीन पर अपनी लड़ाई लड़ते, यहाँ आने की उन्हें ज़रूरत न पड़ती।

यह यूनियन भी क्या थी? पर, पहले यह क्या नहीं थी? सेवा संगठन तो नहीं ही थी, और न इन मौजूदा हस्तियों के होते हुए कभी वैसी बन सकती थी जिसके पाँव के धमाके

से सत्ता के खेमे में भूचाल आ जाए। प्रेमबल्लभ और लाल बाबू के साथ यह कभी भी वैसी ताकत नहीं बन सकती थी जो मज़दूरों की ज़िंदगी पर थोपी हुई उन शर्तों को चकनाचूर कर देती जो शताब्दियों से उन पर लगी हुई हैं। ज़्यादा-से-ज़्यादा यह हरी-भरी अमरबेलि जैसी बन सकती थी जो मज़दूरों की ज़िंदगी के कँटीले झाड़ पर लहलहाती। अपनी मौजूदा हैसियत में वह व्यवस्था की शर्तों पर ही व्यवस्था से संघर्ष का ढोंग करती। किसी को धक्का दिए बिना छोटी-मोटी सुविधाएँ खींचकर अपनी विजय का ऐलान करती। नासूर होता तो उसके इलाज के लिए ऐस्पिरिन की टिकिया बाँटती।

अच्छा हुआ, एक फरेब टूटा, ज्यादा-से-ज्यादा यही हुआ कि अमरबेलि के तंतु उजड़ गए। उसके नीचे छिपे हुए बबूल के सूखे काँटे फिर धूप में चमकने लगे।

इसी तरह कभी आश्रमों का दौर-दौरा या—वेद-पुराण के युग में नहीं, आज से पचास-साठ साल पहले। वे आश्रम चलाते थे—महिलाओं के लिए, हरिजनों के लिए, आदिवासी बच्चों के लिए, पर इस शर्त पर कि व्यवस्था की सलामती को खरोंच न लगे। जो भी समाज-सुधारकों की सूची में शामिल होना चाहता, इस भोले यक़ीन के साथ आता था कि आश्रम खोल देने से ही सारी समस्याओं की जड़ कट जाएगी। तभी आश्रम पनपे, उनको पनपानेवाले भी पनपे और वे समस्याएँ भी पनपीं जिनको काटने के लिए आश्रम बनाए गए थे। और फिर आए संघ, और हमारी जैसी यूनियनें। वैसे ही भोले यक़ीन की उपज।

तब?

जब सौम्य संघर्ष के रास्ते बंद हो चुके हों, तब?

क्या बंदूक की नली से ताकत निकलने का पैग़ाम सुना जाए?

एक ऐसा कमरा जिसका फ़र्श कच्चा है, छत में पलस्तर नहीं हुआ है, खिड़कियों में लोहे की ग्रिल है, किवाड़ नहीं हैं, दरवाजे पर किवाड़ लगे हैं पर उन पर रंग नहीं हुआ है। ऐसे कमरे में अपनी ढीली चारपाई पर मैं कंबल में लिपटा पड़ा था। लाल भाई के विश्वासघात के सदमे का आज मुझे एहसास पूरी तौर से हो रहा था, फिर भी मैं समझ रहा था कि कुछ भी बिगड़ा नहीं है, अभी बहुत कुछ किया जा सकता है।

सशस्त्र क्रांति तक आते-आते मैंने सोने का बहाना छोड़ दिया। पीढ़ी-दर-पीढ़ी पिटनेवाले किसान परिवार का पारंपरिक दब्बूपन हो, या मेरी समझ—इस संभावना पर सोचने के पहले ही मैंने उसे ख़ारिज कर दिया।

राइफ़ल के क्रांति-पंथ में कविता है, उसका एक छंद है, उसकी लय है। उसे लुभावना बनाने के लिए उसे अटूट आशावाद से जोड़ा गया है, लड़ाइयों पर लड़ाइयाँ हारकर भी आखिर में अवश्यंभावी विजय का संदेश दिया गया है। बदलाव का वही असली धारदार साधन है, बहुत हद तक अपने आप में वह एक सिद्धि है, यही बताया गया है।

फिर भी यह पंथ बार-बार पिटा है, पिटता रहा है। इसकी ख़ास वजह यह समझाई गई है कि जिनके हित में लड़ाई लड़ी जा रही है, उनमें सही चेतना की कमी है, इस पंथ के पंथी उन्हें पूरी-पूरी तालीम नहीं दे पाए हैं। तभी जिनकी मुक्ति के लिए राइफ़ल लिए तुम जंगलों में भटक रहे हो, वही तुम्हारे खिलाफ़ मुखबिरी कर रहे हैं।

यही तो दुखती रग है। जिनके लिए तुम यह कर रहे हो, उनमें अगर तुम्हारी परिभाषा की 'सही' चेतना जाग जाए तो शायद राइफल-पंथ के सहारे के बिना ही वे सत्ता का किला तोड़ देंगे। पर वह चेतना कैसे आएगी?

भटकाव के इस घटाटोप में पहली बार अपनी कुशिक्षा पर तरस आया। एक बार जसोदा से कहा था, 'तुम अब कहीं मत जाना। यूनियन के दफ्तर की सफाई कर दिया करो—एक तरह से चपरासी का काम, और बेफ़िक्री से रहो। तुम्हारा बच्चा बड़ा होगा तो उसे ऊँचे दर्जे तक पढ़ाएँगे।'

उसने जवाब दिया था, 'क्या करेगा मुंसी मेरा बच्चा पढ़कर? कुदाल भी नहीं चला पाएगा। तुम्हीं इतना पढ़-लिख गए तो उससे क्या हुआ? मजूरी लायक भी नहीं रहे।'

जसोदा की बात याद आई। नकल के सहारे ही सही, राजनीतिशास्त्र में एम. ए. करके जो टेढ़ी-मेढ़ी राहें दिमाग में खुल रही हैं और फिर आपस में एक-दूसरे को काट रही हैं, इन पर पहले ही न जाने कितना सोचा जा चुका है, कितना लिखा गया है। मुझे कुछ पता नहीं। किताबों और लेखकों के जो नाम सुन रक्खे थे, वे भी भूले जा रहे हैं। एक बार उन्हें ही समझ सकूँ तो शायद इस भूलभुलइयाँ से बाहर निकलने का कोई दरवाज़ा खुले।

मैं दूसरों को क्या समझाऊँगा? पहले अपना 'फंडा' तो 'क्लियर' कर लूँ।

कुछ-कुछ ऐसा ही परसों रात को भी सोचा था। तभी अपने से खीझ हुई थी। खोपड़ी में सिनेमा चलाकर मैं जो बड़े-बड़े तात्विक व्याख्यान देता हूँ, कुछ बेमानी आवाजों के सहारे निरर्थकता का जाल फैलाकर स्पैनिश बोलने का वहम पालता हूँ—इस बचकानेपन से ऊपर उभरने की व्यग्रता ने मुझे ठीक से सोने न दिया था।

सवेरे उठते ही कानून की कक्षा में जाने का फैसला किया था, वहाँ से लाइब्रेरी गया था।

आज एक और फैसला किया।

लाल बाबू ने मुझे बेचैन किया था पर एक तरह से आजाद भी कर दिया था। यूनियन को मारकर उन्होंने मेरे भीतर जो कुछ मरा पड़ा था, उसे फिर से जिलाने में मदद की थी।

उस दिन काम पर नहीं गया। लायब्रेरी में पूरे दिन बैठा रहा। शाम को, सवेरे के फैसले की याद करके, परमात्मा जी के यहाँ पहुँचा। सावित्री से भेंट की और बताया कि मैं अपनी जमीन बेचना चाहता हूँ।

"क्यों? काटती है?"

"हाँ।"

''तो उसे आनंद साहब को दे दो। वे कई दिन से वहाँ एक प्लाट के लिए हुड़क रहे हैं।''

''तुम क्यों नहीं ले लेतीं ? तुम्हें चार हज़ार में वापस कर दूँगा।''

''यह कैसे हो सकता है ? सोसायटी का मामला है। उसमें दस आदमी होने ही चाहिए।''

''तब आनंद जी से तुम्हीं बात कर लो।''

''बात भी कर लूँगी और उनसे तुम्हें सोलह हजार रुपए भी दिला दूँगी। बोलो, इसमें मुझे क्या दोगे ?''

''पूरा मुनाफ़ा तुम्हारा।''

सावित्री हँसते-हँसते सोफ़े पर पसर गई। बोली, ''सत्ते, तुम्हारा पढ़ना-लिखना सब बेकार है। अपना मुनाफ़ा कोई इस तरह छोड़ता है।'' फिर, ''रसगल्ला खाओगे ?''

फ्रिज से रसगुल्ले निकालकर मेरे सामने रखते हुए उसने कहा, ''देखो, चार हजार रुपए तो दो साल पहले का रेट है। पेशगी देकर तभी हम लोगों ने इक़रारनामा लिखा लिया था। आज का रेट वही होगा जो तुम माँग लो। आनंद साहब की ग़रज़ बड़ी तगड़ी है। उनसे सोलह हज़ार लिए बिना मत छोड़ना। बीस भी माँग सकते हो ?

''घबराओ नहीं, मैं सब ठीक करा दूँगी।''

ज़मीन से आज़ाद हो गया, पर रास्ते-भर दिमाग़ चौंधियाया रहा। कितना आसान है रुपिया कमाना, बशर्ते कि आप रुपिया कमानेवालों के साथ हों।

जसोदा का हिसाब कर चुकने पर पूछा, ''धन्ना कहाँ है ?''

''क्या पता ? पड़ा होगा वहीं साइट पर।''

''पिए हुए ?''

''उसने कसम खाई है कि अब ज़्यादा नहीं पिएगा।''

''यानी पीना नहीं छोड़ेगा।''

वह बच्चे के साथ मेरे सामने खड़ी थी। धन्ना के निकम्मेपन को नज़र-अंदाज़ किया जा रहा था। कुछ देर पहले प्रेमबल्लभ की बात उठाकर उसकी पिटाई का मैंने कुछ ब्यौरा सुनना चाहा था, पर नक़ली झुँझलाहट के साथ उसने सिर्फ़ कहा था, ''उचक्का है। तुम उसका साथ न करो मुंसी।'' बहुत दिन बाद मुझे लगा था कि उसकी पुरानी सहजता लौट रही है।

ख़ामोशी ! ''कब तक लौटोगी ?''

''जेठ में। पर पता नहीं कि यहाँ आऊँ कि कहीं और जाऊँ।''

वह जा रही थी। मैंने पुकारा, ''जसोदा।''

मैं उसे रघुनाथ के बारे में बताना चाहता था। कभी गाँव में उसने रोते हुए नेता के बारे में जानना चाहा था, कभी मैंने उससे कहा था कि जिन्होंने भी नेता को चोट पहुँचाई

है, उनसे बदला लिया जाएगा। उसके बाद से आज तक उसने दुबारा वह सवाल नहीं उठाया। शायद उसने भी अपने को समझा लिया हो कि यह एक दुर्घटना-भर थी। नेता की मौत को लेकर मेरे मन में जो संदेह और अनुमान थे, उन्हें मैंने मिस्त्री से भले ही कहा हो, जसोदा से कभी नहीं बताया था।

वह मेरी ओर मुड़कर खड़ी हो गई। जिस साफ़-सुथरी निगाह से उसने मुझे देखा, उससे अपनी निगाह मिलते ही मैंने अपना इरादा बदल दिया। अब रघुनाथ और अस्पताल के बिस्तर पर उसके आसपास मँडराती मौत के बारे में कुछ कहना बेकार था। इन घटनाओं या दुर्घटनाओं के ज़िक्र का कोई अर्थ नहीं रह गया था।

बच्चा उसके कंधे से लगकर सोने लगा था। पास जाकर मैंने बच्चे के गाल थपथपाए, सिर पर हाथ फेरा, जैसे इसी ज़रूरी काम के लिए उसे पुकारकर रोका हो।

कमरे में अँधेरा था, बिजली ग़ायब थी। कभी बाहर सड़क पर मोटरों और स्कूटरों की जो रोशनी दीखती थी, उसमें चमकनेवाली चीजें, लगता था, धरती की होकर भी धरती की नहीं हैं। पर आज खुद अपने को लेकर मेरे मन में वैसा कोई वहम न था। दिवास्वप्न पीछे छूट रहे थे। ठोस ज़मीन पर पाँव टिकाकर जो भी चाहूँ वह करने के लिए मैं अब मजबूर नहीं, आज़ाद हूँ।

कानून की पढ़ाई मेरे लिए अब पेट पालने की मजबूरी नहीं, एक लौहजाल तोड़ने की तैयारी होगी।

●●●